EL SALTO DEL CABALLO

D1605656

Si tienes un club de lectura o quieres organizar uno, en nuestra web encontrarás guías de lectura de algunos de nuestros libros. **www.maeva.es/guias-lectura**

RICARDO ALÍA

EL SALTO DEL CABALLO

MAEVA

Diseño e imagen de cubierta:
© Opalworks

Fotografía del autor:
© Manuel Díaz de Rada / Lurrak

Mapa:
© Jae Tanaka

© Ricardo Alía Franco, 2017
© MAEVA EDICIONES, 2017
   Benito Castro, 6
   28028 MADRID
   emaeva@maeva.es
   www.maeva.es

   ISBN: 978-84-16363-86-5
   Depósito legal: M-110-2017

   Fotomecánica: Gráficas 4, S.A.
   Impresión y encuadernación: CPi
                              BLACK PRINT
   Impreso en España / Printed in Spain

Para mi hija Carlota,
que ya está en edad de leer

Wimbledon
English Pub

Isla de
Santa Clara

Playa de la Conc

Facultad de
Químicas

Hipódromo de
San Sebastián

Pasajes
Factoría marítima vasca Albaola

Irún

Mondragón

Azkoitia

Donostia
San Sebastián

Cementerio
de Polloe

Centro cultural
Koldo Mitxelena

Hospital
Universitario
Donostia

«Algunos dijeron que se le podía ver, como un gran jinete negro, una sombra oscura bajo la luna.»

El Señor de los Anillos
JRR Tolkien

«Es muy difícil conseguir uno vivo. Lecter es tan lúcido, tan perceptivo..., tiene conocimientos de psiquiatría... y es un asesino múltiple.»

El dragón rojo
Thomas Harris

«No confundas, jinete, el galopar del caballo con los latidos de tu propio corazón.»

Proverbio chino

Glosario

Agur: adiós.

Aita: padre, papá.

Aitona: abuelo.

Ama: madre, mamá.

Arrantzale: pescador.

Aurrera: adelante.

Bai: sí.

Cipayo: mercenario, término despectivo para referirse a los agentes de la Ertzaintza.

Egun on: buenos días.

Ez: no.

Ezkerrik asko: muchas gracias.

Goazen: vamos.

Gudari: guerrero, soldado del ejército vasco en la Guerra Civil española.

Kaixo: hola.

Lauburu: cuatro cabezas. Símbolo de una cruz con brazos curvos.

Olentzero: personaje navarro de la tradición navideña vasca. Se trata de un carbonero mitológico que trae los regalos el día de Navidad en los hogares del País Vasco.

Oso ondo: muy bien.

Pottoka: poni vasco de raza *pottoka,* habitante del País Vasco desde el Paleolítico.

Txipironera: embarcación pequeña, generalmente destinada a la pesca aunque también se utiliza como embarcación de recreo. Su nombre proviene de las barcas que salen a pescar *txipirones* de madrugada.

Zutabe: Pilar, nombre del boletín interno de ETA.

NOTA DEL AUTOR

Todo lo que sucede en esta novela es ficticio, cualquier parecido con la realidad es pura coincidencia. Sin embargo, he intentado que los personajes estén rodeados de noticias y hechos reales. Me he tomado ciertas libertades con la descripción de calles, establecimientos y edificios, pero he tratado de ser fiel con aquellas localidades guipuzcoanas que conocí en mi periplo de ajedrecista; les pido que sean benévolos, la mente a veces nos juega malas pasadas.

Solo me queda desearles una excelente lectura.

R. A.

Prólogo

El cuerpo yacía boca arriba con los ojos cerrados bajo la solitaria luz del plafón. Tenía el rostro contraído en una mueca de dolor, la boca abierta de forma grotesca y las arrugas en el cuello y la frente evidenciaban que la muerte se había producido con sufrimiento y había eliminado todo rastro de vitalidad.

El inspector caminaba alrededor de la víctima. Le calculó más de cincuenta años. La piel oscura y curtida, con la marca clara de las gafas de sol, acreditaba fines de semana en la nieve. Los brazos estaban extendidos como si fuese un Cristo sin cruz. En la cabeza, en vez de una corona de espinas, había una jeringuilla clavada justo en medio de la frente. El cadáver presentaba dos orificios de bala, por donde la sangre había salido y empapado parte de la chaqueta del chándal, pero no se veían heridas de arma blanca ni regueros de sangre recorrían su cuerpo como el de Jesús. Las palmas de las manos no estaban abiertas sino agarrotadas, aferrando un puñado de billetes arrugados. Decenas de billetes de cien y de cincuenta euros estaban esparcidos encima del hombre, como si alguien hubiese vaciado sobre él una bolsa llena de dinero.

—¿Qué opinas? —preguntó Max.

El agente de la Científica estaba acuclillado al lado del cadáver, observando de primera mano el rostro inerte. Se acercó más a la cara, como si tuviese un radar en lugar de dos ojos y quisiese escanear el cerebro. Tras unos segundos en silencio, inmóvil, se puso de pie con un suspiro. Se pasó la mano moteada de pecas por el mentón. Un gesto característico de que analizaba y deducía a toda velocidad.

—Dos disparos, uno en el corazón y otro en el pecho. Pinta a calibre Parabellum 38. El émbolo de la jeringuilla está metido, así que es posible que lo anestesiaran antes de pegarle los dos tiros —explicó Joshua.

Lo había encontrado la ayudante del dentista, una mujer joven, de unos treinta años, que no paraba de sollozar. Max no descartaba que el médico tuviese una aventura con ella, a juzgar por cómo esta se había tomado su muerte. Había descubierto el cuerpo a las ocho de la mañana, cuando abría la clínica, y dos horas después el llanto iba en aumento. Los lamentos llegaban a borbotones desde la habitación contigua, donde un ertzaina experto en familiares afectados intentaba consolar a la mujer, al parecer en balde.

—El calibre que usaba ETA. Mierda —protestó Max.

Estaba de mal humor. Los crímenes a finales de año no eran buena señal, siempre predecían años complicados, y aquel asesinato no parecía fruto de un robo frustrado ni de un crimen pasional y, por supuesto, tampoco era fortuito, más bien premeditado y vengativo. Además, sentía la inminencia de la paternidad como una soga al cuello: a Cristina le faltaban solo seis semanas para dar a luz y le exigía que le dedicase más tiempo, así que cada día que pasaba la soga se tensaba. Por si fuera poco, el ginecólogo insistía en que Damián estaba mal colocado y que la madre debía guardar reposo, algo que a ella le costaba mucho cumplir, lo cual enfurecía a Max lo indecible.

—Espero que sea solo una coincidencia —añadió.

—Ojalá.

—Parece que sufrió antes de morir.

No podía dejar de mirar el rostro retorcido de dolor. Los nudillos eran otra señal evidente de padecimiento, revelaban la fuerza con que había aferrado los billetes. ¿Tortura?

—Habrá que esperar a ver qué opinan tus dos amigos forenses —dijo Joshua.

—Pues si eso es todo, vámonos, no soporto el olor a alcohol, me recuerda a los laboratorios de la Facultad de Químicas.

—Ya, a mí tampoco me gusta. De pequeño tenía pánico a los dentistas, una vez me sacaron una muela a trozos...

—¿A trozos?

—Sí, era tan grande y estaba tan incrustada, que el dentista le pidió a mi madre que le ayudara. Dijo que tenía muelas de caballo. Entre los dos tiraron, pero la condenada muela no salía, así que el maldito dentista optó por partírmela dentro de la boca y sacarla a pedazos.

—Joder.

—Sí, recuerdo a mi madre tirando del doctor y este del fórceps y yo tirando en dirección contraria..., pero también recuerdo el helado que me comí después. Eso sí, el agujero que me dejó la muela en la boca aún perdura, puedo tocarlo con la punta de la lengua.

—Joder, no seas desagradable.

El inspector ya se dirigía a la puerta.

—¿Desagradable? Pues espera al parto, como sea natural verás, si te da asco la sangre fresca, te recomiendo que no asistas.

Max se formó una imagen mental. Cristina tumbada en una camilla, con una sábana cubriendo su cuerpo y una cosa chiquita, peluda y amoratada, empapada en sangre, asomando por su vagina. Sí, mejor no presenciarlo, una cosa era descubrir un cadáver con la sangre reseca y otra bien distinta ver una hemorragia en directo. No había color.

—Espera. Aún te falta algo —dijo Joshua, agarrando a Max por el brazo.

—¿Cómo?

—Te falta un elemento más de la escena del crimen, uno que, cuando menos, es inquietante.

—Joshua, no jodas, dispara.

—Como dijo Napoleón, en la guerra, como en el amor, para acabar es necesario verse de cerca. —Condujo al inspector hasta la lámpara cialítica que se extendía como las patas de una araña por encima del sillón dental–. Cuidado, no toques nada. Mira debajo, en el foco.

La lámpara estaba girada y parecía apuntar al cadáver.

–Mierda, ¿qué es esto? –dijo Max. Posicionó la cabeza bajo el foco, donde distinguió unas letras escritas en el cristal.

Joshua apagó la luz del plafón. Los rayos de un sol timorato iluminaron tenuemente la estancia a través de la única ventana de la sala. El agente se acercó al sillón, desplazó a un lado el portainstrumentos y bordeó la lámpara, cuidándose muy bien de no tocarla. Aparte de que no quería contaminar la escena del crimen, aquellos artefactos le daban repelús: cuando su potente foco iluminaba la cara del paciente no había vuelta atrás, era cuando surgían el rostro enmascarado del dentista y el dolor.

–Lo descubrió la ayudante. Me contó que es muy meticulosa y que siempre lo deja todo en orden antes de irse a casa. La lámpara era lo único que no estaba en su sitio.

Pulsó un interruptor situado detrás de la lámpara *maligna* y el foco led cobró vida. La luz incidió sobre el cadáver del suelo. Aunque a través del foco las letras se proyectaban invertidas, Max pudo leer sin dificultad la palabra que iluminaba el cuerpo del médico.

ᴚƎϽOͶOϽƎᴚ

La caligrafía era imprecisa, casi infantil; las letras, rojas.

–Creo que el asesino quiso dejarnos un mensaje con la sangre de su víctima –dijo Joshua.

Reconocer.

FALADA

Viernes 10 de enero de 2014

A pesar de que en el exterior el termómetro indicaba una temperatura por debajo de los cero grados, le sobraba al menos una manta. Estaba empapada en sudor, y eso que la calefacción estaba al mínimo. Cristina Suárez se revolvió inquieta en la cama. A su lado, Max roncaba a pierna suelta. En cambio, ella llevaba prácticamente toda la noche despierta. ¿Quién decía que estar embarazada era una sensación fantástica? Los primeros meses los había sorteado con solvencia, pero estas últimas semanas estaban siendo endiabladas. Dificultad para conciliar el sueño, dolor de espalda, pies hinchados, cambios de humor. Salía de cuentas en veinte días. El ginecólogo insistía en que debía guardar reposo, pero ya estaba más que harta de permanecer el día entero en casa. Además, las noches se le hacían interminables, siempre boca arriba, con la barriga cada vez más abultada. ¿Qué hora sería? No tenía ningún reloj a mano, pero debían de ser más de las seis de la mañana. Hacía un rato había oído al vecino cerrar la puerta de casa, solía salir sobre las cinco y media para ir a trabajar a una fábrica de coches. Carraspeó molesta. Girarse era una odisea que no le apetecía afrontar. Max gruñó, se cubrió con el edredón y le dio la espalda. Cristina miró hacia el techo. Dormían con las persianas bajadas y las cortinas echadas y, dado que era invierno, el sol tardaba en salir, si es que salía, así que la habitación estaba a oscuras. Ni siquiera podía leer, no porque a Max le molestase la luz, estaba acostumbrado al *loft*, sino porque la novela en que se hallaba inmersa era una basura; trataba de una madre separada, alcohólica, y cuyo único afán en la vida era conseguir una botella de vino. ¿Qué tipo de autor era capaz de escribir semejante bazofia, qué tipo de editor era capaz de publicarla y qué tipo de lector era capaz de comprarla? Según su madre, el mundo era tan grande que había cabida para todos; no le faltaba razón. Se acordó de Virginia, ¿dónde y con quién viviría? Debía recordarle a Max que se ocupase de ella, tal como le había prometido. Oyó el ruido del frigorífico. Pronto oiría también al camión de la basura vaciando el contenedor de vidrio. Suspiró. No le quedaban fuerzas para seguir imaginando cómo sería su vida con mucho dinero y viviendo en un país tropical, y contar ovejas nunca le había funcionado. Estaba a punto de levantarse cuando sonó un timbre. Una luz se encendió en el lado de Max, acompañada de una vibración y una música estridente. Le dio un codazo y él gruñó molesto a la vez que abría un ojo.

—¿Qué pasa?

—Tu móvil, está sonando.

Max se sentó en la cama arrastrando medio edredón y destapando a Cristina. Se pasó una mano por el rostro sin afeitar antes de alcanzar el teléfono de la mesilla.

—Diga... ¿Cómo?... ¡Joder! Voy enseguida... No lo sé, media hora... Vale, adiós.

—¿Quién era?

Max se volvió hacia ella y le dio un beso en la mejilla.

—Un incendio...

—¿Y por qué tienes que ir tú?

—Hay un hombre muerto.

El aula magna de la Facultad de Ciencias Químicas de San Sebastián estaba abarrotada, aunque no todos pertenecían a la propia facultad. Leire Aizpurúa consiguió hacerse un hueco entre periodistas, biólogos, químicos, profesores, estudiantes y curiosos que se agolpaban frente a la mesa alargada y serpenteaban por la estancia hasta salir por las dos puertas abiertas que daban acceso a la sala. Tras la mesa se encontraban sentadas tres personas: un hombre y dos mujeres, una a cada lado del primero. La mujer de la derecha era mayor que la de la izquierda, y el hombre era suficientemente viejo como para ser el abuelo de ambas. Tres generaciones frente a un auditorio. Sobre la mesa se distribuían ejemplares del mismo libro en diversos ángulos, de tal manera que la gente que inundaba el aula pudiese ver la cubierta, el título y el nombre del autor. «La terapia del nuevo milenio», se leía en grandes letras negras; debajo, Oliver Lezeta; de fondo, sobre un rojo débil, el dibujo de una doble hélice de ADN que giraba alrededor de un Hombre de Vitruvio. El anciano golpeó con los dedos el micrófono que tenía delante. El sonido del golpeteo crepitó por los altavoces. Sacó el micrófono de su base y se lo ofreció a la mujer de la derecha.

Leire no prestó atención a la presentación del libro, estaba más ocupada en conseguir un buen ángulo para ver más de cerca al hombre. Ocupar un asiento lo daba por imposible. Conocía bien al autor. Fue su profesor de Termodinámica durante dos cursos. Cascarrabias y gruñón, como todos los catedráticos a punto de jubilarse. Llevaba seis años sin verlo, y lo notó más viejo si cabía. Poco pelo, rostro arrugado, manos manchadas; en cierta manera le recordaba al *aitona*. Cuando volvió a poner en marcha el pabellón auditivo, los escasos periodistas que cubrían el evento habían empezado ya con el turno de preguntas.

—¿Cree que es posible curar el cáncer con la terapia génica? —preguntó una periodista que se identificó como redactora de *El Diario Vasco*.

—Así lo afirmo en mi libro —respondió Oliver.

Leire enseguida percibió el nerviosismo del viejo catedrático. A pesar de sus años de profesor al frente de un alumnado muchas veces desconcentrado y ruidoso, se notaba que no estaba acostumbrado a las presentaciones en las cuales él era el protagonista y el único que contestaba a las preguntas. Resultaba diametralmente opuesto preguntar que responder.

—¿Puede extender la respuesta? —insistió la periodista.

Oliver se revolvió inquieto en la silla. La mujer mayor, que había hecho la presentación, le dijo algo al oído. Leire estaba segura de que las palabras habían ido acompañadas de una caricia en la pierna por debajo de la mesa. Al menos a ella le funcionaba cuando quería infundir ánimos a un familiar.

—Estamos muy cerca de lograrlo —dijo Oliver—. Solo es necesario intervenir el gen defectuoso que causa el cáncer o los virus que contribuyen al desarrollo de estas células.

—¿Y las controversias en el ámbito científico? —preguntó la misma periodista.

—¿A qué controversias se refiere?

—No todos los investigadores están a favor de aplicar la terapia génica en humanos.

Los asistentes contemplaban a los dos interlocutores como si de un partido de tenis se tratase, girando la cabeza a un lado y a otro. Leire alargó el cuello para ver mejor a la periodista. Rubia, melena hasta los hombros, alta, flaca, con gafitas. Tenía el rostro crispado, parecía que se tomaba el asunto como algo personal y no se la veía dispuesta a dejar que otro periodista realizase preguntas.

—En septiembre de 1990 se aprobó el primer protocolo en clínica humana —arguyó Oliver—. Desde entonces se han aprobado más de cuatrocientos protocolos que han incluido a más de cuatro mil pacientes en todo el mundo. Entre la comunidad científica siempre ha habido disparidad de opiniones, y de ellas han surgido grandes aciertos. La terapia génica está aún en fase experimental y, por lo tanto, sometida a un amplio debate científico y social.

—Entonces usted está a favor de su empleo en humanos.

—Siempre bajo el rigor científico, técnico y ético que exige cualquier innovación conceptual. Y aplicando los debidos protocolos...

—¿De verdad que no ve ningún problema? —preguntó incrédula.

El rostro del catedrático dibujó una leve sonrisa. Parecía que el rifirrafe con la periodista había eliminado cualquier atisbo de duda o nerviosismo.

—Le reconozco que es necesario disponer de un vector viral adecuado para introducir el gen terapéutico en humanos...

—¿Como en el caso de Gelsinger?

Un murmullo de desaprobación recorrió el aula. Leire se preguntó quién sería esa persona que ella no conocía.

—No es un ejemplo adecuado. Sustituyó a otro paciente y no se le hicieron las pruebas necesarias. Falló el protocolo.

—¿A los monos muertos tampoco se les hicieron pruebas?

—Es fundamental hallar las vías de administración óptimas para alcanzar las áreas cerebrales —respondió Oliver.

A Leire le dio la impresión de que el profesor se salía por la tangente.

—Y el caso de los niños *burbuja* de Francia, ¿lo considera un riesgo asumible?

—Bueno...

La mujer joven, que hasta ahora no era más que una estatua, lo detuvo con un gesto de la mano. Tenía la cara demudada de angustia. Le pasó un móvil. El catedrático frunció el ceño antes de atender la llamada. Cuando colgó era otro. Se levantó como si tuviese un peso de treinta kilos sobre la espalda y con andar cansino se dirigió a la puerta. Los asistentes le abrieron paso asombrados. Las dos mujeres intercambiaron unas palabras en susurros. Un murmullo se elevó por el aula. La mujer mayor tomó el mando de la situación y alcanzó el micrófono, abandonado sobre la mesa.

—El señor Oliver Lezeta ha recibido una pésima noticia y debe ausentarse de inmediato —dijo con la voz a punto de quebrársele—. Lamentamos lo sucedido. Suspendemos la presentación hasta...

—¿Qué noticia? —preguntó la periodista.

La mujer pareció reflexionar.

—Un familiar muy cercano ha fallecido.

—Vamos, no me venga con esas... —intentó protestar la periodista.

—Su hermano, mi tío, ha sufrido un accidente esta mañana —replicó la mujer joven con ojos llorosos.

23

Algunos dejaron escapar un grito ahogado. Leire miró hacia la puerta. El viejo catedrático había desaparecido.

Max Medina se paseaba inquieto por el piso sin fijarse en nada en concreto. Las mañanas eran detestables, y más cuando le tocaba madrugar. Y aquella mañana en especial estaba siendo nefasta, al madrugón y al frío extremo se le unió la pesada tarea de quitar la nieve que cubría el Mustang. Para colmo, cuando acabó el cupé se había negado a arrancar. Tuvo que subir de nuevo a casa, despertar a Cristina y pedirle su coche. Por fortuna, el Seat Ibiza arrancó a la primera. Pero el tráfico era denso y la nieve que se amontonaba a ambos lados de la carretera formaba un murete de casi medio metro. Tardó más de una hora en llegar al piso donde había tenido lugar el incendio y por el que ahora arrastraba los pies.

—¿Max? ¿Dónde estás? —lo llamó Joshua.

¿Dónde estaba? ¿En la habitación de invitados? Se dirigió al lugar de donde provenía la voz de su amigo y compañero de trabajo. El salón.

Toda la casa había quedado impregnada de un intenso olor a quemado aunque solo el salón se había visto afectado, gracias al vecino de arriba, que se había asomado con la fresca a fumar un cigarrillo al balcón y a las tres caladas intuyó que aquel olor a chamusquina no podía provenir de su tabaco. Cuando vio el humo negro que salía por el balcón del piso de abajo corrió a llamar a los bomberos. El fuego había abrasado casi toda la estancia y se abría paso por el pasillo al resto de la casa cuando se topó con la primera manguera de agua.

—¿Qué opinas? —preguntó Max al tiempo que asomaba la cabeza por la puerta.

Un cuerpo yacía de lado en el centro del salón, mirando hacia lo que quedaba de sofá, que era de cuero y había ardido rápidamente. A pesar de que las puertas que daban al balcón permanecían abiertas de par en par, el hedor a carne quemada no había desaparecido.

—Está claro, ¿no?

Joshua llevaba una mascarilla. Max había rehusado utilizarla.

—Ni accidente ni suicidio, ¿verdad?

—En un accidente no es normal encontrar un cuerpo en el origen del incendio. En un incendio, el principal y primer peligro es la falta de oxígeno, lo que se da por el aire viciado de humo, no por las llamas. Se muere antes por asfixia que por quemaduras. Lo habitual es que el cuerpo aparezca en algún sitio cercano a una ventana o a una puerta. Es extraño suicidarse prendiendo fuego a la casa y quedarse en medio del salón para ser abrasado por las llamas. Ni drogado ni borracho es factible. Solo una falta de consciencia lo explicaría.

—Ya. —Fue lo único que se le ocurrió decir a Max. En estos casos que olían a complicaciones y se enquistaban en el tiempo era cuando echaba más de menos a Erika, la compañera a la que había maldecido hacía dos años cuando el comisario se la impuso entre amenazas veladas y que ahora tanto añoraba. Después del caso de los dos psicópatas del sótano le habían concedido un año de excedencia para que se recuperara del horror sufrido durante su cautiverio.

—Es por aquí —dijo una voz al fondo.

Un par de camilleros acompañados por Asier, uniformado de ertzaina, asomaron bajo el dintel.

—Pueden retirar el cuerpo —confirmó Joshua.

Eran los últimos, toda la ristra de personajes que llevaba implícita la aparición de un cadáver ya se había personado. Ahora faltaba el traslado de la víctima al laboratorio forense para la autopsia. Después vendría el informe y, si nadie objetaba lo contrario, el hombre ya podría descansar bajo tierra o ser incinerado.

Tanto el agente de la Científica como el inspector del Departamento de Homicidios contemplaron en silencio la operación. Sábana sobre el cadáver. Camilla al suelo. Cadáver sobre la camilla. Camilla al aire.

—Si el causante del incendio dejó huellas en el salón, serán difíciles de encontrar —dijo Joshua en cuanto los camilleros desaparecieron por la puerta.

Asier se había quedado con ellos. Max pensó que tal vez solicitase al comisario que el ertzaina lo acompañase en algunos interrogatorios. Cuando sustituyó a Erika, cumplió con creces su cometido. Se había ganado un merecido ascenso.

—El fuego elimina pruebas —insistió Joshua—, pero no es infalible, todo deja pistas, solo hay que saber dónde buscar y qué buscar.

Joshua O'Neill conocía las dificultades a las que se enfrentaba un homicida. El mayor problema no era matar sino hacer desaparecer el cuerpo. Sin cuerpo no había delito. Los medios empleados para ello iban desde la incineración al descuartizamiento, la inhumación, el hundimiento en el agua con ayuda de pesos, la utilización de ácidos o sustancias desintegradoras, exponer a la víctima a animales carroñeros o su abandono en lugares aislados: simas, cuevas, acantilados... Pero el asesino olvidaba que el cuerpo humano era muy terco y acababa por aparecer tarde o temprano. Los criminales más avezados, que sabían lo difícil que resultaba hacer desaparecer un cadáver, intentaban engañar a la Policía. Joshua conocía casos en los que el criminal estrangulaba a su víctima y luego colgaba el cuerpo de una cuerda para simular un suicidio; sin embargo, las huellas de ahorcamiento en el cuello diferían de las marcas de los dedos, además, el ahorcado se orinaba y eyaculaba. En otras ocasiones, mataban de un disparo y simulaban el suicidio colocando la pistola en la mano del muerto, sin darse cuenta de que la mano del suicida se agarrota sobre la culata del arma, produciéndose tal contractura que a veces casi era preciso romper los dedos o luxarlos para separar la pistola, mientras que si se colocaba el arma en la mano después de la muerte, se daba una laxitud y relajación de la mano. Pero hoy había cuerpo y delito.

—Como el incendio se pudo atajar pronto, tal vez tengamos suerte con el resto de las habitaciones —dijo Max, sacando a Joshua de sus elucubraciones—. No creo que el culpable pensase en que solo se iba a quemar el salón y quizá no se preocupó de eliminar sus huellas. Ordenaré un registro pormenorizado.

—Me parece una buena idea —corroboró Joshua.

26

Se llevó una mano a la cabeza. Había sentido un pinchazo muy fuerte en la sien izquierda. Afortunadamente, los «cañonazos» cada vez eran más esporádicos.

—¿Otra vez con los dolores de cabeza?, ¿fuiste al médico?

—*Bai*.

La cara del agente medio vasco medio irlandés indicaba que daba por concluido el interrogatorio.

—¿Sabemos cómo se llamaba? —preguntó Max.

—Íñigo Lezeta —leyó Joshua de un cuaderno de notas—, o al menos eso creemos. Con un fragmento del maxilar inferior o algunos dientes obtendremos la confirmación. Cincuenta y dos años, abogado de profesión, aunque llevaba un par de años sin ejercer. Al parecer vivía solo en este piso de su propiedad. Padres fallecidos, tiene un hermano mayor como familiar más cercano.

—Habrá que avisarlo.

—Ya lo hemos hecho.

Asier sacó una chocolatina del bolsillo. El ruido del envoltorio llamó la atención del inspector y del agente de la Científica.

—¿No estabas a régimen? —preguntó Max.

—Es bueno saltarse las reglas de vez en cuando, ¿no?

Max asintió con la cabeza mientras pensaba en cómo iba a afrontar el nuevo caso sin Erika.

La agente López no se había maquillado ni puesto un ápice de perfume; una camiseta holgada con un dibujo de Mickey Mouse le caía hasta las rodillas. Repasó con las yemas de los dedos los lomos de los libros decimonónicos que adornaban la biblioteca de su *aita*. Se detuvo en un volumen grueso de tapas en cuero rojo, una edición muy cuidada de *El conde de Montecristo*. No se atrevió a moverlo de su lugar de reposo. Lo recordaba con ilustraciones en blanco y negro y unas letras arabescas que parecían la caligrafía de un sultán. Desde su encierro, un trocito de aquella novela permanecería siempre en su interior.

Oyó la voz encolerizada del *aita* a través de la pared. Había ido a la habitación contigua a atender una llamada con el inalámbrico. Se le oía muy enfadado con el interlocutor del otro lado de la línea, este no se avenía a razones ni se plegaba a sus exigencias, y eso era extraño, el *aita* era lo suficientemente poderoso para salirse siempre con la suya. Aunque desde su vuelta estaba más calmado. Ya no parecía importarle que ella no se hiciese cargo del negocio familiar; Lácteos Zurutuza SA tendría que seguir al mando del *aita* unos cuantos años más.

Unas horas antes había estado hablando con la *ama,* y había sido placentero evocar su época de niña, al menos las pocas veces que compartieron tiempo y vivencias. Pero ya no quería mirar atrás, no servía de nada angustiarse con el pasado, no más rencor ni más reproches, su cautiverio, por paradójico que pareciese, los había unido a los tres como familia, como nunca antes lo habían estado. Notó a la *ama* consumida, el cáncer la carcomía por dentro, de momento los médicos no les daban muchas esperanzas. La dejó retirarse a descansar mientras ella contenía las lágrimas. Ahora aguardaba a que el *aita* concluyese la llamada para también irse a dormir. Se alojaba en la habitación donde pasó la adolescencia, ya no quería regresar a la casa de Hendaya, no después de lo que le pasó a Lucía. No, jamás volvería a Villa Zurutuza, cada rincón de aquella casona le recordaba a su novia. No tardaría mucho en volver al trabajo, ella no valía para estar en casa sin hacer nada, y un poco de acción le vendría bien. Tal vez Max protestaría, le diría al comisario que ya no la necesitaba, que trabajaba mejor sin ayudantes, que la enviasen a otro departamento, pero no se lo tendría en cuenta, era algo que él llevaba en los genes.

Aunque todo a su debido tiempo. Al día siguiente visitaría a Nagore. La estudiante tampoco había retomado su rutina, se había tomado un año de vacaciones antes de volver a la universidad; la filosofía podía esperar. Oyó que el *aita* se despedía molesto. No había conseguido su objetivo. Cuando entró en la biblioteca, su padre cambió el semblante y le dedicó su sonrisa más afable. Mostraba un aspecto envidiable. Ni una arruga, ni una mancha. Olía a colonia cara. Con el pelo blanco, jersey de pico, la camisa de seda y los pantalones chinos le recordó a un hombre que anunciaba detergentes en la tele.

—Ya está, todo bien —dijo.

Al *aita* se le daba estupendamente enmascarar sentimientos. Si hubiese sido un asesino, les habría costado mucho esfuerzo destapar su lado oscuro en los interrogatorios. Era una de esas personas que conseguían todo lo que se proponían en la vida, a veces pronto, otras veces tarde, pero siempre lo lograban.

—Me voy a dormir, estoy cansada. —En un gesto instintivo, hizo ademán de apretarse la coleta; tras el cambio de look en los Maiso, el pelo no le daba para hacerse una.

—Claro, mi amor, descansa.

Su *aita* le dio un beso en la mejilla. Ella se marchó pensando que ojalá pudiese dormir, aunque creía que no, las noches se le hacían interminables: cada vez que cerraba los ojos se veía en un sótano oscuro y lúgubre, atada por una cadena a la pared, así que permanecía tumbada en la cama con los ojos abiertos.

Arrojó el móvil con furia contra el suelo. La batería saltó por los aires. Aquel maldito de Eneko pretendía chantajearle. Había tenido la desfachatez de comunicarle que conocía el ingrediente que faltaba en la tablilla de arcilla para que la pócima del Dragón fuese una realidad sin consecuencias, pero se había negado a decírselo. La alegría por la noticia se había tornado en ira. ¿Quién se creía que era? Tendría que recordarle de dónde procedía su dinero y el imperio lácteo del que tanto se jactaba ante la prensa. No estaba bien que los perros mordiesen la mano que les daba de comer. Necesitaba un castigo. La rabia iba *in crescendo*. Barrió con la mano los objetos que reposaban en la mesilla. Las piezas del ajedrez volaron. Un vaso de porcelana se hizo añicos. El libro del *Tao Te Ching* cayó al suelo. Enseguida el rostro de Sebastián asomó por el marco de la puerta.

—Está todo bien —dijo Xabier mientras cogía el abrigo largo de invierno y la bufanda.

Antes de apartarse para dejarlo pasar, Sebastián lanzó una rápida ojeada a la habitación para asegurarse de que su jefe decía la verdad.

Xabier Andetxaga emergió al exterior y sintió el aire helado en su rostro. El invierno estaba siendo crudo. El aire raspaba las mejillas como una cuchilla. Al respirar por la boca le dolían la garganta y los pulmones. Un plenilunio, ideal para salir a cazar, alumbraba la noche. A lo lejos vio los tejados de San Sebastián moteados de blanco. Por encima de estos brillaban las luces del ayuntamiento y del Palacio Miramar. Seguro que desde el otro lado lo único que destacaba era la luz del faro que alumbraba a sus espaldas el mar encabritado. El hombre del tiempo había anunciado para el día siguiente vientos de más de cien kilómetros por hora, lluvias intensas y riesgo de nevadas en los próximos días. El Gobierno vasco mantenía la alerta roja en toda la costa del Cantábrico. Se tapó la boca con la bufanda; respirar por la nariz era menos doloroso. Caminó con cuidado, lo último que necesitaba era una caída para que su decrépita espalda volviese a molestarle. La escarcha helada colgaba de las ramas de los árboles. Ni un solo animal se movía por la isla a esas horas, se refugiaban del frío en sus guaridas. Resbaló y a punto estuvo de irse al suelo si no se hubiese apoyado en el tronco de un árbol. De pronto la ira que sentía en su interior se convirtió en esperanza. Una sonrisa asomó a su rostro. El torpe de Eneko era incapaz de averiguar el ingrediente secreto. ¿Quién podía haberlo hecho? Solamente se le ocurría una persona: aquella pelandusca, la profesora de Historia con la que el empresario se acostaba. Conseguir el ingrediente iba a ser más fácil de lo que pensaba. Eneko se lo había puesto muy sencillo. Solo tendría que hacer un par de llamadas. Aunque había destrozado el móvil. No pasaba nada. No tenía prisa. Si había esperado tantos años, bien podía esperar un día más. El destino era caprichoso. Rio con ganas. Sus carcajadas se perdieron en la noche helada.

Sábado 11

El sábado no era ni de lejos el día preferido de Max. La comisaría trabajaba a medio gas, la mitad de los agentes tenía fiesta y la otra mitad hacía horas extras, todo se ralentizaba y se complicaba, y los interrogatorios y las pesquisas se suspendían. La Policía y los criminales no descansaban, pero muchas veces se daban una tregua para reanudar la batalla después del fin de semana. El aliciente de aquel sábado era hacer una visita al laboratorio forense, siempre resultaba enriquecedor conversar con los hermanos Galarza. Cuando entró en el laboratorio, los gemelos ya habían comenzado con la autopsia siguiendo su costumbre de no esperarlo.

–*Egun on* –dijo Arkaitz.

Kepa lo saludó apenas con el mentón. Se inclinaba sobre el cuerpo carbonizado de la mesa, enfrascado en una operación más propia de un dentista que de un forense. Daba la sensación de que intentaba sacar algo de la frente del cadáver. Llevaba una bata verde, un gorrito en la cabeza, guantes de látex y mascarilla.

–¿Habéis descubierto algo? –preguntó Max, ahorrándose los saludos protocolarios.

El contraste de la luz de la lámpara cialítica y la piel blanquecina de los hermanos forenses con el cuerpo negruzco de la mesa era evidente.

–Hummm –graznó Kepa por debajo de la mascarilla.

El cuerpo de Íñigo Lezeta estaba colocado de lado, tal como lo habían encontrado en el salón de su casa, y Max se preguntó si se desharía en polvo al darle la vuelta.

—Justo estamos en ello —dijo Arkaitz, que al contrario que su hermano solo llevaba la bata. Se mantenía un poco alejado de la mesa y, por lo visto, ese día no iba a intervenir en la autopsia, que dejaba a su hermano mayor; había nacido cinco minutos antes.

El inspector paseó la mirada por el laboratorio. Los mismos azulejos blancos y relucientes de siempre, en contrapunto con la sangre de los cadáveres; el molesto olor a alcanfor tan característico; la ausencia de ruido exterior, como si estuviesen en una burbuja.

—De acuerdo, espero —dijo Max.

Kepa retiraba con ayuda de unas pinzas una especie de tela adherida a la frente del cuerpo. Parecía que le estaban quitando la piel. Max observó con desagrado la operación. En cambio, Arkaitz acercó con una sonrisa un cuenco metálico a su hermano, en donde este depositó con sumo cuidado la tela.

—¿Qué es eso? —pregunto Max ansioso. Ahora no podía esperar.

—Plástico quemado —afirmó Kepa.

—Algunas tribus indígenas quemaban a personas vivas —dijo Arkaitz—. Aunque no hace falta irse tan lejos, aquí en España la Inquisición quemaba a brujas y herejes en hogueras para sacarles el diablo de dentro.

—¿Plástico?

—Sí, inspector —dijo Kepa—. Y aún hay más.

—Los vikingos, los íberos, las tribus del Norte... incineraban a sus muertos: solo con la instauración del Cristianismo como religión oficial se pasó a enterrarlos, la idea era que estuviesen en contacto directo con la tierra —explicó Arkaitz.

—Los celtas eran bastante pirómanos, ¿no? —dijo Kepa.

Se inclinó nuevamente sobre el cuerpo. Esta vez había elegido unas pinzas más pequeñas y alargadas entre el instrumental de disección que estaba dispuesto en meticuloso orden sobre la mesa de acero inoxidable situada al lado del cadáver.

—*Bai*. Julio César contaba que cuando un celta de alto rango moría era incinerado y sus esclavos quemados vivos junto a él...

Arkaitz siguió hablando de tribus y ritos ancestrales, fiel a su forma de ser y a su máster en civilizaciones antiguas, casi ajeno al trabajo de su hermano, mientras que Max seguía con sus ojos el recorrido de las pinzas que Kepa sostenía entre los dedos e interiormente hacía fuerza con la mirada para que pudiesen sacar de la frente aquello que solo el médico forense veía.

—... y los druidas dedicaban sacrificios humanos a Taranis, el dios del Trueno, para calmar su ira; en ocasiones se trataba de prisioneros de guerra, que quemaban en jaulas de madera —concluyó Arkaitz, y se calló al ver que su hermano extraía una pequeña aguja de la frente del cadáver.

—¡Eureka! —exclamó Kepa feliz.

La aguja soltó un chasquido seco al liberarse de las pinzas y chocar contra otro cuenco metálico que Arkaitz había acercado a su hermano.

—¿Qué cojones...? —fue lo único que pudo decir Max.

—Una aguja hipodérmica —aseguró Arkaitz sin apartar la vista del cuenco.

—¿Y? —preguntó el inspector.

—¿Recuerdas el cadáver de hace un mes?, ¿el dentista? —dijo Kepa.

Como siempre, los hermanos Galarza se turnaban para hablar.

—Sí —afirmó Max.

—Pues eso —dijo Arkaitz.

—Mismo *modus operandi* —aseguró Kepa.

—El dentista tenía una jeringuilla clavada en la frente —dijo Arkaitz—. Tendremos que enviar a Madrid muestras de corazón e hígado, y de sangre para análisis farmacológicos. Hay dos opciones: anestesiado con una dosis tan elevada como para tumbar a un caballo, o superior a la efectiva para producir solo parálisis.

–O sea que el sujeto ya estaba muerto en el momento del incendio.

–Es una posibilidad –corroboró Kepa–. Hasta que no recibamos los resultados de Madrid no lo sabremos.

Max intentó poner en orden sus ideas. El caso del dentista aún permanecía abierto, pero sin sospechosos ni pistas. Se había preguntado muchas veces qué significaba aquella palabra escrita en el foco: *reconocer*. ¿Reconocer?, ¿a quién?, ¿al dentista?, ¿al propio asesino? Ahora el criminal había vuelto a actuar. Tendrían que volver a registrar el piso del abogado. Sus agentes no habían encontrado ningún mensaje, pero si el *modus operandi* se repetía, debía de existir uno escondido en algún sitio. Puede que tuviera entre manos un caso de asesino en serie, y estos no paraban de matar hasta que eran capturados, vivos o muertos. No se presentaba bien el año, no.

Cristina apartó el edredón y bajó los pies al suelo. Todo el día en la cama y seguía sintiéndose cansada. Pero cualquiera salía a la calle con el frío que hacía. No nevaba, pero las placas de hielo se adherían a las aceras peligrosamente; a través de la ventana, había visto caerse a no pocos transeúntes. Se dirigió al baño. Se subió a la báscula y comprobó con pesar que había engordado cuatrocientos gramos desde la última vez. Y no todos se los llevaba el bebé, la mayoría se los quedaba ella. A ver cómo conseguía desprenderse de los kilos después del parto. Tendría que tomarse en serio lo del peso cuando Damián naciese.

Se vistió con el albornoz que colgaba de una percha y fue a la cocina. Eludió mirarse al espejo. Se veía gorda y fea. No hacía el amor con Max desde hacía meses, ni le apetecía, solo quería tumbarse en la cama y ver la televisión, algo que él no soportaba. Por lo menos no podían decirle que no hacía caso al ginecólogo y no descansaba. Llevaba dos meses de baja. En la cocina, puso a calentar la cafetera de acero que había dejado preparada por la noche. Max le había contagiado su pasión por el café hasta tal punto que necesitaba uno para ponerse en marcha. Cuando la cafetera empezaba a despedir un delicioso aroma a café recién hecho sonó el timbre de la puerta. Lanzó una maldición mientras se preguntaba quién sería a aquellas horas de la tarde. Estaba hecha un desastre y no pensaba abrir. Se acercó de puntillas a la puerta. Miró por la mirilla.

—Mierda —susurró. Abrió al tiempo que intentaba peinarse un poco con las manos.

—*Kaixo, ama.*

—*Kaixo,* hija.

Si su madre se sorprendió de su aspecto tan descuidado lo escondió muy bien porque le dio un beso en la mejilla y entró en el piso sin decir nada. Cristina no captó ningún reproche en su mirada y la siguió por el pasillo hasta la cocina.

—¿Podrías servirme una taza de ese café que huele tan bien?

—¿Eh? Sí, ahora mismo.

Puso los ojos en blanco y preparó dos tazas; para ella, solo, para su madre, con un chorrito de leche. ¿Qué querría? No tenía ganas de discutir otra vez con ella. Ahora que había dejado de molestarla con el tema de la boda —ya se había hecho a la idea de que iba a ser una madre soltera—, ¿qué nuevo asunto se le había ocurrido para incordiarla?

—¿Cómo lo llevas? —preguntó su madre. No se había quitado el abrigo y, a pesar de llevar guantes, se frotaba las manos para mitigar el frío.

—Te puedes imaginar...

—Ya.

Aguardó a que se decidiese. Un sorbo del café humeante hizo la espera más agradable. Damián iba a ser un cafetero empedernido.

—Te he traído un regalo. —Su madre dejó una bolsa sobre la mesa—. Todo lo que el ginecólogo os habrá pedido para el parto. No creo que haya cambiado mucho desde mi época. Un gorro, unos patucos, un pijama, una manta...

—*Ezkerrik asko.*

Abrió la bolsa. La pequeña ropita azulada la enterneció.

35

Tras un rato en silencio, su madre se decidió a atacar. No había probado el café.

—Ya he aceptado que no vais a casaros, al menos antes de que nazca Damián. —Apretó los dientes—. Pero me pregunto si...

Se quitó los guantes y los dejó al lado de la taza. Comenzó a desabrocharse el abrigo mientras miraba a su hija como pidiendo su aprobación para poder continuar hablando.

—¿Qué, *ama?*, ¿qué te preguntas?

—Si también vais a vivir separados.

Cristina ya se había acabado el café, así que se levantó a por otro. Con la taza otra vez llena, se sentó frente a su madre.

Ambas bebieron en silencio.

—No es buena tanta cafeína en tu estado.

—Es descafeinado —dijo—. Y no, *ama,* no hemos pensado en nada que no tenga que ver con Damián y su nacimiento...

—Lo digo por el bien de tu hijo, los niños deben crecer en un hogar con padre, siempre se necesita la autoridad paterna.

—Como papá.

Aquello pilló desprevenida a su madre. Cristina nunca nombraba a su padre. Las abandonó a las dos y para ella estaba más que muerto, y si aún vivía ya podía pudrirse en el infierno.

—Eres imposible.

Tras un par de minutos de tensión, su madre volvió a tomar la palabra.

—¿Has pensado en Imanol?

—¿En qué?

—¿No piensas decirle que vas a ser mamá?

—Pues claro que no. Además no sé ni dónde está ni ganas que tengo de saberlo.

Hacía mucho que no pensaba en su ex. Y cuando lo hacía nunca era para bien. Aunque algo cambió en su interior desde que fue secuestrada y viajó encerrada en el maletero de un coche. Ya no se le ponía la carne de gallina cuando pensaba en él. Pero no debía bajar la guardia; las palizas, los años de vejaciones, las violaciones sistemáticas, todo era muy difícil de olvidar. Lo último que supo de él es que pidió su traslado en Correos a Galdakao. Su madre seguía sin enterarse: tenía una orden de alejamiento. Y si se atrevía a acercarse a ella no se echaría atrás y acabaría lo empezado, le clavaría un cuchillo en lo más hondo de su corrompido corazón. Se podía pudrir también en el infierno junto a su padre, harían una pareja perfecta, seguro que congeniaban.

—Entonces, ¿vivirás sola con el bebé? Los recién nacidos necesitan mucha atención.

Cristina permaneció con el rostro inalterable. No necesitaba la ayuda de nadie, pero debía andarse con cuidado, intuía que navegaba por aguas pantanosas. Nada más lejos de sus pensamientos que su madre ocupase el puesto de Max. Qué espanto.

—No lo hemos hablado. Max se encuentra muy a gusto en el *loft,* y suele recibir llamadas de madrugada, no tiene horarios, así que me imagino que no es tan dramático que no viva conmigo, al menos por el momento.

—Las parejas deben conocerse, ver lo bueno y lo malo del otro, comprobar si se aguantan, y para eso hay que convivir.

—Max y yo estamos hechos el uno para el otro.

Su madre soltó una extraña risita que indicaba que no estaba de acuerdo.

—¿Necesitas algo?, ¿que te compre comida?

Se fijó en los ojos de su madre, ligeramente vidriosos, síntoma de unas incipientes cataratas.

—No, tengo el frigorífico lleno. ¿No quieres otro café? Ese se te habrá enfriado.

Su madre miró la taza y negó con la cabeza.

—Ya me voy, tengo que pasarme por el mercado a comprar algo de fruta antes de que cierren.

La excusa no podía ser más patética, pero les sirvió a ambas para despedirse sin sobresaltos.

Imanol Olaizola se revolvía inquieto en el asiento. Aquellos autocares eran sumamente incómodos y, a pesar de que nadie viajaba a su lado y de disponer de dos asientos para él, no podía conciliar el sueño. El trayecto desde La Coruña era largo, por eso había optado por viajar de noche. Menos viajeros, menos molestias, viaje más llevadero. El autocar había estado a punto de no partir, las carreteras estaban heladas y se esperaban nevadas en las próximas horas en toda la costa cantábrica.

Por fin dejaba Galicia. Si no hubiera sido por Nekane, no habría soportado ni un solo día en la capital coruñesa. La comida no era tan buena como la vasca y no había hecho amigos ni había integrado sus costumbres. El trabajo en Correos era pesado y monótono, y los compañeros cerrados y difíciles de tratar. No, el traslado de Galdakao a La Coruña tampoco había sido afortunado. En Galdakao no se había acoplado a sus nuevos compañeros y sus vidas rutinarias, no soportaba sus voces melosas en las reuniones, sus historias de fines de semana con la familia, contando cómo crecían sus niños; por eso solicitó el traslado. En La Coruña lo único positivo es que conoció a Nekane, que le hizo la vida un poco más agradable. Pero solo un poco. En cierta manera, se parecía a Cristina, aunque ciertamente seguía echando de menos a su ex. Nunca la había olvidado. Seguro que ella tampoco le había olvidado a él. Cuando estaban juntos siempre se quejaba, pero en el fondo ella le quería, siempre le había querido y le seguiría queriendo. Con su vuelta tendría que perdonarle la orden de alejamiento que interpuso contra él, sin duda influenciada por su madre. Las madres eran protectoras a más no poder, sobre todo en el caso de las hijas. Pero él solo quería su bien. Volvía a San Sebastián para recuperar el tiempo perdido. Le daba pena por Nekane. Seguro que lo echaría de menos. Había intentado explicarle por qué abandonaba Galicia. No había mencionado a Cristina, por supuesto, a las mujeres no se las podía dejar por otras, se sentían menospreciadas y se volvían locas. Le había dicho que ya no sentía nada por ella, le juró que no había nadie más, que quería regresar a San Sebastián, retomar su antigua vida, pero ella no se avenía a razones ni con mentiras. Las mujeres eran muy astutas, tal vez se oliese la verdad. Según ella, él era todo lo que tenía en este mundo. Se había quedado huérfana siendo muy niña, y se fue huyendo del País Vasco, como él, para acabar trabajando de panadera en un centro comercial. Dos vidas errantes y rotas que se habían encontrado en La Coruña. Dos seres que se habían consolado. Sin embargo, él había dejado una vida atrás de la que no podía escapar. Lo había comprendido a tiempo. Aún no era tarde para recuperar a Cristina. ¿Qué eran cuatro años? Nada, apenas una anécdota en toda una vida. Sí, recuperaría el tiempo perdido. Hasta, quién sabe, igual le daba por ser papá: le apetecía tener una criaturita, un niño, claro, las niñas eran quejicas y molestas, mejor un varón a quien trasmitir su sabiduría. Cristina estaría de acuerdo, en el fondo era una madraza. Y si no quería, ya entraría en razón. Al final entendería que lo hacía por su bien. Como Nekane lo entendió a la primera. Le daba lástima dejarla así, huir de noche como un criminal. Había pedido un año de excedencia en Correos y ya hacía una semana que no aparecía por el trabajo, el tiempo que había tardado en preparar el viaje. No es que tuviese muchas cosas que preparar, ni llevaba mucho equipaje, pero era un placer realizar los preparativos tranquilamente, acomodar las cosas con mimo mientras planificaba el futuro. Se imaginaba en una casa grande con jardín y dos coches en el garaje y tres o cuatro niños correteando por el pasillo, y a Cristina llamándolos para comer y él sonriendo en su despacho mientras se deleitaba escuchando una ópera. Por eso mintió a Nekane, ni en mil noches de sueños se imaginaba una vida así con ella, y mientras ella pensaba que él pasaba las horas en la oficina de Correos, preparaba el viaje, aunque la verdad es que hubo días en que consumía las horas detrás de la barra de un bar bebiendo vino y cerveza, le hacía olvidar por momentos los malos recuerdos. No era un alcohólico, él no era de esos, pero sí era cierto que la bebida cada vez le hacía sentir mejor, pletórico, con ganas de comerse el mundo. El récord lo tenía en cuatro cervezas y dos botellas de vino; no recordaba mucho de esa noche, cómo llegó a casa era una nebulosa que empañaba su mente. Sí recordaba que se despertó en el suelo de la cocina a la mañana siguiente con un terrible dolor de cabeza. Tenía las manos llenas de sangre, pero por fortuna no era suya. Nekane no fue a trabajar ese día al centro comercial: dijo que había sufrido un accidente al resbalarse en la bañera.

Intentó cuadrar las rodillas por debajo de la bandeja de los asientos, no había quien durmiese en un autocar tan incómodo; además, el ronroneo del motor unido a los ronquidos de un pasajero dos filas atrás no le dejaban conciliar el sueño. ¿Y si se levantaba y le apretaba la boca con las dos manos hasta hacerlo callar? La idea le resultaba atractiva, siempre tenía inclinaciones parecidas aunque al final no llevaba ninguna a cabo. Unos pocos viajeros dormitaban en la penumbra. Se acopló los cascos a las orejas. Escuchar música lo relajaba y le hacía olvidar pensamientos funestos. Fue un compañero de Correos quien lo aficionó a la música lírica italiana mientras distribuía las cartas por código postal en las bolsas de reparto. Puso en marcha el mp3. Emergió a todo volumen *Regresa a mí* interpretada por Il Divo:

Regresa a mí,
quiéreme otra vez,
borra el dolor que al irte me dio cuando te separaste de mí,
dime que sí,
yo no quiero llorar,
regresa a mí...

Seguramente la música estaba muy alta y molestase a algún viajero, pero cerró los ojos y se olvidó del mundo exterior. Que se jodiesen.

Extraño el amor que se fue,
extraño la dicha también,
quiero que vuelvas a mí
y me vuelvas a querer.
No puedo más si tú no estás,
tienes que llegar,
mi vida se apaga sin ti a mi lado...

Tenía claro que no debía desviarse del verdadero objetivo del viaje. *Quiéreme otra vez.* Recuperar a Cristina. *Regresa a mí.* Sin duda lo acogería entre sus brazos en cuanto lo viese. *Dime que sí.* Quizá al principio dudase, incluso no lo reconociese —se había dejado barba, una media melena le llegaba hasta los hombros y había quemado en el gimnasio los kilos que le sobraban—, pero al final acabaría en sus brazos. Sin duda. Libre o por la fuerza. *Mi vida se apaga sin ti a mi lado.*

Domingo 12

Asier Agirre untaba una tostada integral de mantequilla con cierto remordimiento. Sabía que hacía mal, que se estaba saltando la dieta. Desde que la seguía había perdido casi diez kilos, pero su cuerpo seguía englobado dentro de la definición de sobrepeso. Estaba en casa de Lourdes, habían dormido juntos, abrazaditos como dos enamorados, y habían hecho el amor en silencio para no despertar a Nagore. Asier no creía que la chica durmiese, no después de lo que había vivido, pero no había forma de saberlo ya que se pasaba la mayor parte del tiempo encerrada en su habitación con la música a todo volumen.

El día anterior, Erika había ido a ver a Nagore a última hora de la tarde. Asier apenas coincidió con ella unos minutos en el recibidor. La notó afectada, aunque le aseguró con una sonrisa de niña mala que pronto volvería al trabajo. Ojalá no tardase mucho, no deseaba seguir cubriendo las espaldas al inspector, ni entrevistar a más familias cuyos hijos habían desaparecido. Conocer a Lourdes había sido una suerte que no solía darse. No, la vida en el Departamento de Homicidios no estaba hecha para él. Prefería pasar a limpio informes en la comisaría, rellenar denuncias y salir de vez en cuando a patrullar, ayudar a las viejecitas a cruzar la calle, poner multas a los imprudentes al volante o detener a los que perturbaban el orden público.

Desayunaba solo, Lourdes se había ido al gimnasio temprano y, por más que ella le había insistido, no había sido capaz de convencerlo para que la acompañase. Después de la mantequilla baja en grasa, extendió una fina capa de mermelada *light* encima. En aquella casa solo había productos bajos en calorías. Y si había algo de comida rica en nutrientes, Josefa, la asistenta, debía de tener órdenes de esconderla. Asier no se atrevía a llevar las chocolatinas a casa de Lourdes.

A sus pies, *Rocco* movía el rabo con la cabeza erguida, mirando al nuevo amo que tantas veces le daba de comer aquella deliciosa comida para humanos, por mucho que su dueña le recordase que estaba prohibido.

—Hoy la jefa no está para regañarnos —dijo Asier.

Rocco lanzó un ladrido de respuesta.

«Para que luego digan que los animales son tontos», pensó Asier. Había algunos perros más listos que muchos humanos. Se agachó y acarició la cocorota del animal.

Por el pasillo llegaba la música desde la habitación de Nagore.

> *Tengo aquí bajo mi almohada tu fotografía*
> *frente a Santa Clara*
> *dice más que mil palabras*
> *y yo le contesto que también te amaba*
> *yo tengo abierta la ventana*
> *porque así se escapa el tiempo sin verte*
> *tengo tantas cosas, tengo todas en mi mente.*

Asier sopesó la tostada antes de metérsela en la boca. Serían unos cinco puntos en la dieta y, según el plan que seguía, solo podía consumir veinte puntos al día, por tanto esa tostada representaba un cuarto de sus puntos diarios. Le dio un mordisco, y no le supo bien. Se volvió a agachar y le tendió la tostada a *Rocco*. El chihuahua se la zampó en dos bocados. Al ponerse en pie, un fuerte dolor en el brazo le borró la sonrisa. El dolor era muy agudo y se propagaba hacia el pecho. Antes de que llegase al corazón, remitió tan de golpe como había venido. Durante unos segundos no hizo otra cosa que prestar atención a la letra de la canción.

Seré ese lunar que adorne tu piel,
una paloma cerca de donde estés,
un golpe de suerte, el café de las tres,
alguna mirada que te haga enloquecer,
seré la voz que avise en el tren,
un presentimiento de que todo irá bien,
Seré inmortal
Seré inmortal
Seré inmortal, porque yo soy tu destino.

Una vez relajado, suspiró con alivio. Por un momento le pareció un amago de infarto. Y fuerte. «No seré inmortal», pensó.

La nieve resplandecía bajo los mausoleos del camposanto y los copos bailoteaban en el aire. Un hombre apartó la nieve de una lápida y recorrió con las yemas de los dedos las letras grabadas que configuraban un nombre en la piedra, como si fuese un ciego y estuviese leyendo en braille. «Ana Pérez Sanzberro.» Su «*querida Ana*». No solía acudir los domingos al cementerio de Polloe, pero ya era hora de cambiar de hábitos. Impaciente, miró el reloj. Los dos agentes se retrasaban. Y hacía mucho frío. Nada bueno para sus huesos. Todos los meteorólogos coincidían en que el invierno seguiría siendo terriblemente duro durante los próximos días. Le dio pena lo solitaria que se veía la tumba de su Ana, el jarrón chino sin flores, la fotografía oculta entre la escarcha, la piedra ennegrecida por el paso del tiempo.

–Hola, jefe –oyó a su espalda.

Al girarse, dos figuras asimétricas le sonreían, o al menos la parte que se veía de sus rostros. Ambos llevaban abrigo largo, bufanda, guantes y gorro. Se notaba que Gordo y Flaco no estaban acostumbrados a las inclemencias meteorológicas.

–Perdone por el retraso, el trafico está imposible, hemos estado detrás de un camión quitanieves media hora –se excusó Gordo.

—Ya —dijo Xabier, e hizo un gesto con la mano como quitando importancia.

—¿Y bien? —preguntó Gordo.

—Un encargo, rápido y sencillo. —Sacó un papel del interior del abrigo—. Aquí tenéis la dirección y el nombre. La retenéis en un sitio seguro y luego me avisáis.

Gordo cogió el papel y lo desdobló. Una dirección de Irún y un nombre.

—¿Una mujer?

—¿Algún problema? No debería haberlo.

Gordo sonrió satisfecho. Desde la desaparición de Barbanegra el viejo volvía a confiar en ellos, ya no eran unos simples recaderos.

—Claro que no.

Eludió preguntar cuánto cobrarían por el trabajo, primero quería ganarse la confianza del viejo.

—Bien, eso espero.

Xabier miró hacia el cielo. Aunque no nevaba copiosamente sentía el frío en los hombros y la espalda. Debería haber traído un paraguas.

—No se preocupe, jefe —dijo Gordo, mirando a Flaco.

Su compañero asintió en silencio. Escondía sus orejas de soplillo dentro del gorro, que también ocultaba su pelo, con lo cual su nariz picuda se realzaba aún más. Estaba aterido, tenía los labios amoratados y sentía los pies entumecidos. Se había puesto dos pares de calcetines, pero no notaba los dedos; quizá el problema estaba en los zapatos. Miró hacia abajo, una fina capa de nieve cubría las punteras. Agitó los dos pies, como si fuese un perro y pretendiese quitarse las pulgas, hasta que se libró de la nieve.

—Que parezca que se ha ido de viaje sin avisar, nada de jaleo.

Xabier suspiró impaciente. Esperaba que aquellos dos ineptos no la volviesen a pifiar, sin Igor eran pocos en quienes confiaba. Sabía que no se movían solo por dinero, llevaban muchos años con él y por encima de todo buscaban su agradecimiento, querían ser importantes para la organización, una pieza clave, formar parte de las reuniones, algo que jamás iban a conseguir mientras él estuviese al frente, pero eso no tenían por qué saberlo. De momento seguiría usándolos a su antojo, para sus propósitos más oscuros, lástima que algunos como el de hoy eran de vital importancia, pero tampoco tenía mucho donde elegir. El mundo estaba en permanente cambio y la Brigada tenía que renacer, conseguir savia nueva, o se marchitaría como las flores del cementerio.

–Persianas bajadas, luces desconectadas, gas apagado..., todo eso que se hace cuando se sale de viaje –insistió.

–Claro, jefe. ¿Y para cuándo quiere el encargo?, ¿hay prisa?

Gordo ya planeaba en su mente el dispositivo de vigilancia. Era lo que más le gustaba: planear, vigilar, perseguir, antes que actuar. Lo último era lo fácil. Los verdaderos agentes realizaban un trabajo de campo exhaustivo, de semanas, antes de lanzarse sobre el objetivo.

–Para ayer –dijo Xabier molesto. Comenzaba a arrepentirse del encargo.

–Así será –respondió Gordo sin apenas prestar atención a lo dicho. Ya se veía detrás de la mujer, entrando en su piso...

–De acuerdo, jefe –dijo Flaco, y se dio la vuelta deseoso de refugiarse en casa.

Itziar Bengoetxea apretaba la manta contra su cuerpo y la cabeza contra la almohada. No recordaba un invierno tan frío. A pesar de que el libro sobre el origen de los vascos estaba muy avanzado no dejaba de pensar en él. Era como el hijo que no había tenido y que nunca iba a tener. Eneko jamás dejaría a Amanda, y si esta se moría de cáncer más que dejar el camino libre dejaría una barrera invisible entre ellos imposible de franquear. Ya se estaba haciendo a la idea, así que cada vez enfocaba más su anodina vida en el libro que escribía. El título permanecía inalterable en su mente: *El origen sumerio de los vascos.* Llevaba más de doscientas páginas, lo cual equivalía a más de la mitad, ya que no creía que alcanzase las cuatrocientas. Desconocía cuánto solían escribir los profesionales, los escritores de verdad, pero intuía que ella era lenta, apenas cubría las mil palabras al día, y eso cuando se ponía en serio, puesto que no era constante. Además no podía desatender su trabajo de profesora en la escuela: con la crisis económica, muchos jóvenes ampliaban su formación, y había pasado de impartir dos clases a la semana a una cada día, aparte de las prácticas y las visitas a los museos que tanto le gustaban. Se dio la vuelta en la cama y volvió a sumergirse en el sueño que durante los últimos meses revoloteaba en su cabeza, quizá una idea para el epílogo de su libro.

Una Itziar joven se encontraba al borde de un abrupto acantilado. Abajo, el viento desordenaba la espuma rabiosa de las olas rompiendo contra las rocas. Minúsculas gotas empapaban su rostro, y el olor a salitre y el sabor a mar inundaban sus sentidos. Desde aquella privilegiada ubicación habían arrojado a más de un renegado a las manos de Enki. Agarraba una planta por el tallo mientras mordía las raíces. Con la otra mano aferraba un trozo de arcilla. Alzó la cabeza y miró hacia arriba, donde un cometa cruzaba un cielo repleto de estrellas. ¿Sería una señal de Ishtar, la hija del dios Anu? Tiró al suelo la planta y escupió hacia las rocas la bola de raíces que masticaba. Acarició con la yema de los dedos el trozo de arcilla siguiendo el relieve de las dos rayas del pictograma. Sintió la fuerte presencia de una sombra y se volvió, segura de que se hallaba a su espalda. El silencio del bosque le confirmó que estaba sola y nadie iba a empujarla por el acantilado. Ella era la portadora del pequeño trozo que le faltaba a la tablilla, aquella que sus antepasados habían heredado durante generaciones ocultándola de ojos codiciosos; el trozo que simbolizaba un componente de la fórmula, el resto que faltaba para completar la receta que contenía la tablilla y que los Anunnaki le habían revelado a su tatarabuelo, un antiguo brujo de los gutis. Solo conocía el daño que infligieron los draco por las historias que relataban los ancianos, aquellas manos en forma de garra con las que mataban a sus víctimas, los ojos centelleantes como el fuego, su enorme fuerza, a la altura de sus desquiciados actos, de sus locuras sin fin y sin sentido, y no quería ser la culpable de que la historia se repitiera. ¿Estaría la tablilla incompleta enterrada en la cueva de Anu? Con el trozo en su posesión no le preocupaba que otras tribus de la región accediesen a la cueva, apenas tenían conocimientos para labrar la tierra, no conocían la escritura ni comprendían los astros; no, no habría problemas con ellos.

La estela del cometa ya había desaparecido en el horizonte cuando tomó una decisión. Se arrodilló y cogió un puñado de barro. La materia que dio origen al ser humano. Del barro nacieron todos los seres vivos. Embadurnó el trozo de arcilla y lo dejó caer por el acantilado. Se levantó y dio la espalda a su historia.

—Barro somos y en agua nos convertiremos —murmuró.

Como si de una premonición se tratara, comenzó a diluviar; la lluvia golpeó con fuerza la ventana de su habitación y se fundió con las lágrimas que le arrasaban el rostro.

Lunes 13

El juez Castillo era un animal de costumbres, presa fácil en otros tiempos para la banda terrorista. Se levantaba temprano. En general, a las siete pisaba la calle. Solía desayunar en un bar de la esquina a base de zumo de naranja, café con leche y bocadillo de jamón ibérico. Para las ocho ya estaba entrando por la puerta de los juzgados. Y al cabo de cinco minutos, sin encender el portátil, leía la prensa nacional y local que Estíbaliz, su eficiente secretaria, le dejaba sobre la mesa del despacho. A las ocho y media había terminado con la nacional y se zambullía en los asuntos cercanos; hoy las noticias nacionales contenían poca sustancia y a las ocho y cuarto estaba con *El Diario Vasco* entre las manos.

De la prensa nacional había retenido dos noticias. La primera trataba de la visita del presidente del Gobierno a la Casa Blanca, donde había recibido las oportunas explicaciones ante las informaciones de un supuesto espionaje por parte de la CIA; eso sí, el portavoz americano había confundido en la rueda de prensa a España con México. La segunda comunicaba que la Policía Nacional había evitado un enfrentamiento entre medio centenar de neonazis y casi cien antifascistas a las puertas de un centro social en Madrid, lugar en el que estaba prevista una conferencia de dos importantes miembros de la izquierda *abertzale* y que había sido prohibida por la Fiscalía General del Estado por «enaltecimiento del terrorismo y humillación a las víctimas de ETA».

En las páginas interiores de *El Diario Vasco* se detuvo en una sentencia de la Audiencia Nacional. ¿Cuándo conseguiría su traslado? Cada vez le costaba más reunir la fuerza suficiente para levantarse por las mañanas y acudir al trabajo con una sonrisa en el rostro. Se apretó las gafas contra el caballete y leyó hasta la última coma. La Audiencia Nacional había reconocido el derecho de tres agentes de la Ertzaintza a ser indemnizados por los daños físicos y psíquicos sufridos en un atentado perpetrado por ETA en 2009. La banda hizo explosionar un coche bomba con más de cien kilos de amonal frente a la entrada de la comisaría de la Ertzaintza en Bergara y resultaron heridos diez agentes y dos civiles. El tribunal anulaba una resolución de 2011, en la que la Dirección General de Apoyo a las Víctimas del Terrorismo desestimó las solicitudes de indemnización. Pensó en el comisario Alex Pérez, estaría contento. Se anotó en la agenda quedar con él para comer. Disfrutaba apretándole las clavijas. Siguió con la noticia. Los tres ertzainas, que se encontraban en el interior del edificio cuando estalló la bomba, serían indemnizados en función del grado de incapacitación y las heridas sufridas, tanto psíquicas como físicas. Se estimaba una cuantía cercana a los cien mil euros. No era la primera vez que los tribunales fallaban a favor de agentes heridos en atentados, y recordó que, en una sentencia del año anterior, un Juzgado de lo Contencioso Administrativo de San Sebastián obligó al Gobierno vasco a distinguir como «acto de servicio» la actuación de un agente herido en otro atentado y a otorgarle la medalla al Reconocimiento de la Labor Policial.

A continuación se detuvo en los sucesos. Ahí solía encontrar carnaza que luego utilizaba como cebo para sus presas. Enseguida reparó en la detención de dos hombres en San Sebastián y Lasarte como autores de sendos delitos de violencia de género tras haber golpeado a sus parejas, según había informado el Departamento Vasco de Seguridad. La primera detención se efectuó por la mañana en Lasarte, cuando la Ertzaintza recibió un aviso de pelea por parte de un vecino. Los agentes encontraron en un piso del barrio de Zabaleta a una mujer con cortes de cuchillo en los brazos. Detuvieron a su pareja. El segundo arresto se había realizado la tarde del domingo en el centro de Donostia. Una menor había llamado al 112 SOS Deiak para pedir ayuda, ya que su padre estaba agrediendo a su madre y a un familiar. La pequeña se encontraba en el cuarto de baño encerrada junto a su hermana de corta edad. Varias patrullas de la Ertzaintza se habían presentado de inmediato en el domicilio, donde encontraron a dos hombres enzarzados en una pelea. Los agentes procedieron a la detención de uno de ellos, acusado de un delito de violencia de género, por lo que había sido trasladado a dependencias policiales a la espera de ser puesto a disposición judicial. Evocó la única muerte por violencia machista acontecida en el País Vasco en los dos últimos dos años: un joven había matado a cuchillazos a su compañera sentimental en Tolosa; había sucedido en agosto del 2012 y este año tendría lugar el juicio. El recuerdo le hizo abandonar la lectura de la prensa.

Sacó una carpeta del cajón. Tenía ante sí un año repleto de casos por juzgar. Homicidios de robos con intimidación, delitos de violencia doméstica, tráfico de drogas, secuestros..., casos mediáticos más propios del cine. El año empezaría con un caso que hacía ya dos años y medio había estremecido a la sociedad guipuzcoana. La víctima era una niña de dieciocho meses cuyo cadáver apareció en la playa de Zarautz. El día de los hechos, según la Fiscalía guipuzcoana, el padre arrojó a la niña al mar y dejó que se ahogara.

Otro horrendo crimen que se juzgaría era el de un hombre de Senegal que emigró a Euskadi en busca de un futuro mejor, rescató a un joven marroquí de la calle y, en una discusión por el televisor, cogió un martillo que había en la habitación y golpeó al marroquí en quince ocasiones, todas en la cabeza. Después troceó el cuerpo y lo escondió en el interior de un congelador, donde permaneció un mes hasta que lo encontraron.

El año iba a ser duro. Y los dos últimos asesinatos lo complicaban aún más.

Hacía más de una hora que esperaba. Erika volvió a mirar impaciente el reloj. Las 10.06 horas. Estaba sentada en la sala de espera hojeando una revista de moda. Se aburría. Enfrente, un niñato con cara de perturbado pugnaba por vaciarse una pústula de la nariz. A su lado, dos sillas a la derecha, una mujer de melena encrespada se enredaba una y otra vez un mechón en un dedo. ¿Dónde se había metido? La recepcionista ni siquiera levantó la mirada al tomarle los datos. Únicamente se dedicó a poner una equis en la casilla correspondiente. Desde que había llegado nada ni nadie la predisponía a la tranquilidad. Se respiraba una atmósfera opresiva en aquella sala. Se miró a sí misma. Pantalones vaqueros, jersey grueso de lana, zapatillas de deporte. Sí, parecía normal, aparentaba seriedad. Estaba a punto de levantarse y acercarse a la recepción cuando un altavoz graznó su apellido: «Señorita López». Se trataba de una voz impersonal y carente de cualquier estímulo. Buscó en balde el altavoz por todo el espacio. Los otros dos ocupantes de la sala la miraron extrañados. Se levantó con premura, casi se olvidó de coger el abrigo, y se dirigió a la puerta de la consulta, que estaba entreabierta. Una placa: «Santiago Rodríguez». Tras la puerta, un hombre alto y delgado le ofreció la mano. Erika se la estrechó nerviosa y se acomodó en el diván que le indicó. El hombre se sentó en un sillón con brazos, situado frente al diván pero algo apartado, a unos dos metros. Erika se mordió el labio inferior. Si esperaba que ella fuese la primera en hablar iba aviado. Torres más altas habían caído. Comenzó a pensar en las torres: el *aita,* el instructor de Arkaute, sus compañeros de la academia, el inspector, Joshua... El hombre cruzó las piernas, la izquierda sobre la derecha, y aguardó con un cuaderno de tapas marrones entre las manos; los codos descansaban en los apoyabrazos. Erika observó que llevaba calcetines de cuadros y que la suela del zapato estaba manchada con algún tipo de aceite. Tendría unos treinta y pico años, joven para ser loquero.

—¿Qué piensa? —preguntó el hombre.

Erika no pudo reprimir una sonrisa. Había ganado la primera batalla.

—Que es usted muy joven para ser psicoanalista.

—En realidad soy psicólogo —replicó el hombre—. Y llámeme Santiago.

Su voz era suave y melosa. Erika se preguntó cómo se comportaría fuera del trabajo, y si después de soportar dos horas de tráfico hubiera llegado un día a casa y hubiera visto el cadáver de su esposa desnuda en la cama seguiría usando la misma voz; ¿y si hubiera estado encerrado, soportando vejaciones y humillaciones?, ¿le habría cambiado la voz?; ¿si un engendro en pasamontañas le hubiera atacado por la espalda...?

—¿Piensa en algo en particular? —dijo Santiago—. ¿Tal vez en algo que quiera compartir conmigo?

—Explíqueme la diferencia.

—¿Perdón?

—La diferencia entre psicoanalista y psicólogo. A mí me dijeron que me iba a ver un analista de la mente.

Erika lo observó con más detalle: piel clara, rostro juvenil, labios finos, nariz recta, manos grandes, dedos largos. Sin anillo de casado. Si no fuese lesbiana, no le importaría tener una aventura con él.

—La psicología es la ciencia que estudia los procesos mentales, el psicoanálisis es un método para investigar y curar las enfermedades mentales mediante el análisis de los conflictos que retiene la conciencia y que, en cierta manera, salen en nuestros sueños.

—Ya, bueno, dejémonos de rodeos, me da la autorización y no perdemos más el tiempo.

Santiago Rodríguez sonrió afable.

—No es tan fácil. —Descruzó las piernas y volvió a cruzarlas, esta vez derecha sobre izquierda—. Su trabajo no es baladí, entenderá que debo asegurarme de que no constituye un peligro para la sociedad.

—Vamos, que antes de poner su firma en un informe debe estar muy seguro. Y por desgracia eso no nos llevará una sesión sino días. Hoy no saldré de aquí con la autorización.

—Bien mirado, no le falta razón. Pero no se precipite, hoy solo es una sesión introductoria.

–Si me pregunta si tomo drogas o bebo alcohol, la respuesta es no. Tampoco fumo. No tengo otros vicios aparte de que me gustan las mujeres, mi trabajo y los museos.

–¿Y la medicación?

Erika reflexionó antes de contestar. ¿Qué sería mejor, decir que tomaba antidepresivos o que no tomaba nada? Optó por mentir.

–Sí, pastillas verdiblancas de Prozac adornan mi mesilla.

–¿Duerme bien?

–Como un lirón –mintió Erika. Permanecía horas y horas tumbada en la cama con los ojos abiertos, e instintivamente daba patadas al aire con la pierna izquierda para cerciorarse de que ninguna cadena se aferraba a su tobillo.

–¿Qué desea contarme? Hábleme de su infancia, de la última película que vio, de qué hizo ayer, de lo que sea...

–No tengo ganas de hablar, no me apetece.

Se sentía cansada, y su posición, más que relajarle, la incomodada. No estaba acostumbrada a que un loquero escuchase sus problemas mientras ella recostaba la cabeza en un diván. Apenas había iniciado la sesión, la terapia que todo el mundo le aconsejaba seguir, y ya quería dejarlo. Si no fuese por la maldita autorización, no habría acudido a la cita. Decididamente no estaba preparada para hablar con un desconocido sobre lo que le sucedió. No, era demasiado pronto para abrir su corazón y dejar salir el dolor. Pero él no tenía por qué saberlo, así que continuaría mintiendo y enmascarando sus verdaderos sentimientos.

–¿Quiere dejarlo?

–Sí, es suficiente por hoy.

Salió por la puerta sin tener claro si iba a volver.

Había asuntos que un inspector del Departamento de Homicidios debía resolver por sí mismo. Un inspector que no acostumbraba pedir favores a nadie, que prefería encargarse personalmente de los asuntos que coleaban. Después de que los hermanos forenses descubriesen la aguja hipodérmica en la frente del cuerpo de Íñigo Lezeta, sus agentes habían registrado el piso sin resultado. Pero Max Medina no solía darse por vencido tan fácilmente. Si de algo se vanagloriaba era de ser constante y seguir su instinto, un instinto que le decía que aquel piso escondía un mensaje, una pista oculta que el asesino les había dejado a modo de juego.

La vivienda era pequeña —unos setenta metros cuadrados— para lo que se presuponía que ganaba un abogado, por mucho que llevase dos años sin ejercer. Tras lo que quedaba de la puerta de entrada, precintada con una cinta policial rojiblanca con la leyenda ERTZAINTZA NO PASAR. EZ PASA impresa en el centro, se extendía un pasillo que daba al salón. Tres puertas a la izquierda y dos a la derecha. Cocina pequeña y habitación de invitados, y otra habitación diminuta que el difunto debía de usar de trastero a la izquierda. El baño y la habitación principal, a la derecha. La rápida intervención de los bomberos había evitado lo peor y el edifico no se había visto afectado, con lo cual ningún vecino había tenido que abandonar su casa. Siempre era un alivio para los agentes; a nadie le gustaba llevar a cabo un desahucio imprevisto y obligado.

Max se movía por el pasillo dudando en qué habitación entrar. Era obvio que en el salón no tenía nada que hacer. Aparte de que había ardido la mayor parte de él, el asesino no habría escondido un mensaje en aquella estancia si pensaba incendiarla. Seguramente había querido ponérselo difícil pero no tanto. Lo más alejado del salón, y en consecuencia del incendio provocado, era la habitación pequeña que hacía de trastero. Fue su primera elección. Era una estancia alargada, provista de una ventana que daba a un patio interior y por la que entraba escasa luz; a través de la ventana vio que la nevada remitía. Había un armario a la izquierda, empotrado en la pared. No entendía de muebles pero parecía hecho a medida, no de los que uno se compraba en Ikea. Abrió las dos puertas. Ropa y material de esquiar. No, allí no había ningún mensaje. El resto del suelo estaba inundado de cajas de cartón. Abrió una al azar. Ropa de verano. Abrió otra.

Adornos para el árbol de Navidad. Alzó la cabeza. Había una amplia balda con forma de ola, que subía y bajaba, llena de libros, colgada en la pared inversa al armario. Aquella estantería sí parecía propia de una tienda de muebles. Cogió un libro de bolsillo. *La dama del lago*. En la portada aparecía un detective con una pistola en la mano. El autor no le sonaba. Una novela barata. La tiró encima de las cajas y alcanzó otro libro. *Adiós, muñeca*. El mismo autor. La arrojó al lado de la otra. Salió de la habitación dispuesto a no perder más el tiempo. Por la puerta de la entrada, que los bomberos habían dejado maltrecha, asomó una viejecita en bata. Lo miró asustada.

—Tranquila, soy policía —dijo Max al tiempo que mostraba su placa.

—Gracias a Dios, una nunca sabe quién puede venir por aquí.

—No se preocupe, váyase a casa, soy de los buenos.

—¿Y no podría usted arreglar esa puerta?

—Claro —mintió Max—, en breve mandaré a alguien.

La viejecita le aguantó la mirada, poco convencida de su respuesta. Luego desapareció escaleras abajo.

Max regresó al pasillo. Encendió un purito con su antiguo mechero Zippo. Una calada fue suficiente para calmarle los nervios. Se adentró en el salón. No tenía que preocuparse por el olor a humo; aquel caso olía a chamusquina, nunca mejor dicho. Tenía que introducirse en la mente del criminal, lo que Joshua llamaba enfundarse la piel del lobo. ¿Dónde dejaría él un mensaje? No debía de haber muchos lugares en una casa desconocida donde uno pudiese dejar un mensaje escrito con la sangre de su víctima. Si el vecino de arriba no hubiese salido a fumarse un cigarrillo al balcón, el fuego se habría propagado por todo el piso, así que tal vez la clave no estaba en esconder un mensaje en el sitio más alejado del origen del incendio sino en el sitio más protegido. Pero ¿cuál era ese sitio?, ¿en qué lugar de la casa estaba el sitio que mejor aguantaría un incendio? Enseguida le vino la respuesta. Sin dejar de fumar se encaminó a la cocina. Al lado de la lavadora, bajo la vitrocerámica, lo vio. El electrodoméstico era metálico, de los caros, marca alemana, y

56

estaba intacto, aunque Max pensó que si el fuego hubiese alcanzado la cocina, habría aguantado honrosamente las llamas. Cogió un trapo de cocina y abrió el horno. No creía que el asesino hubiese sido tan estúpido como para dejar huellas, pero nunca se sabía. Hoy en día no era necesario obtener una muestra de sangre del culpable, bastaba con una simple huella dactilar para que los investigadores extrajesen datos genéticos, color de los ojos, del pelo, incluso la procedencia del sujeto. El ADN era portador de todos esos datos.

Sobre la bandeja del horno había una nota con forma de carpa doblada por la mitad. Una de las puntas estaba quemada. La cogió con el trapo y la depositó sobre la encimera de mármol. La letra era la misma; el material de escritura, el mismo. Caligrafía inquieta e imprecisa, de niño. Sangre reseca. Cuando leyó lo que ponía arrugó el ceño.

arde ; a la mala yedra

¿Qué cojones significaba aquello?
¿En qué clase de juego se estaba involucrando?

Martes 14

Se dirigió rápidamente al coche y se encerró en él. Giró la llave del contacto sin llegar a arrancar y puso la calefacción a tope. Se quedó unos minutos frente a la facultad con cientos de preguntas rondándole. ¿Dónde estaba Cristina?, ¿había perdido el trabajo?, ¿estaba de vacaciones?, ¿de baja?

Llevaba desde el día anterior espiando la entrada a la Facultad de Ciencias Químicas, escondido en un coche de alquiler. Quería darle una sorpresa y la sorpresa se la había llevado él. El ramo de flores se marchitaba en el asiento trasero. Para Cristina, la Cristina que él conocía, su trabajo era lo más importante después del matrimonio. Cierto es que a veces iba vestida como una zorra, provocando a estudiantes y profesores, y estaba seguro de que se lo montaba con aquel viejo decano que acabó tan mal, así que no era tan mala noticia que hubiese perdido el trabajo, quizá hasta él habría acabado por pedírselo. Pero algo en su mente le decía que no era posible, que algo no cuadraba. Harto de esperar había subido las escaleras y entrado en el decanato. Cuando estaban recién casados lo había hecho un par de veces, también con un ramo de flores en la mano. Quería empezar bien, recordar los buenos momentos, pero dentro del decanato se había topado con una nueva secretaria. Ni rastro de Cristina. Ni siquiera se atrevió a preguntar por ella. La secretaria lo miró extrañada, como si fuese un padre loco. Salió corriendo.

En la radio del coche sonaba *Con te partirò*, de Andrea Bocelli.

Quando sono solo
sogno all'orizzonte
e mancan le parole,
si lo so che non c'è luce
in una stanza quando manca il sole,
se non ci sei tu con me...

De vez en cuando tenía que activar los limpiaparabrisas para que los copos no le tapasen la vista. Aunque cada vez estaba más convencido de que Cristina no iba a aparecer por la facultad. Intentó apartar esos sombríos pensamientos de su mente y se preguntó qué estaría haciendo en estos momentos Nekane. ¿Le echaría de menos tanto como él suponía?, ¿reharía su vida? No sentía nada por ella, pero solo de pensar que lo sustituiría por otro, le subía un intenso dolor por la espina dorsal. Siempre había sido muy celoso y posesivo, lo reconocía, pero en esta vida había dos cosas que no se podían prestar: el coche y la mujer. La esposa de uno era la mujer de uno, de uso personal y exclusivo. Él no miraba a otras, no se acostaba con otras, no deseaba a otras, nunca se le ocurriría poner los cuernos a un amigo suyo, hasta en varias ocasiones había llamado la atención a alguno de sus amigos por cómo vestían sus mujeres, les quería hacer ver que iban provocando. Recordó una fiesta a la que acudió solo donde tuvo más que palabras con el anfitrión porque su esposa no paraba de insinuársele con miradas lascivas. El dueño de la casa no le entendió, insistía en que su esposa era una santa y que no iba por ahí pretendiendo acostarse con los invitados. La cosa se puso fea cuando alguien insinuó que no todas las mujeres eran unas putas, como él quería hacerles creer. Acabaron a puñetazos. Muchos se pusieron de parte del anfitrión, así que terminó en el jardín, expulsado de la fiesta con la nariz partida. La noche fue larga. Alguien tenía que pagar los platos rotos. Y Cristina le estaba esperando en casa.

con te partirò
su navi per mari che, io lo so
no, no, non esistono più,
con te io li rivivrò
con te partirò...

No todo estaba perdido. Iría a su casa, la casa de ellos, la que tuvo que abandonar como un perro apaleado. Allí le estaría esperando ella con los brazos abiertos. Imanol giró la llave del contacto hasta que oyó el motor del coche. Arrancó mientras pugnaba con Bocelli por el registro de voz.

Las paredes desnudas y de un tono ligeramente ocre olían a pintura fresca. Todo el mobiliario era nuevo: las sillas de plástico, la mesa redonda, la pizarra...

Max se movía inquieto alrededor de la mesa sin decidir qué puesto ocupar. Ninguno le convencía: el que daba a la puerta, el que estaba de espaldas a la ventana, el que lo situaba frente a la pizarra... Joshua lo miraba también de pie, pero inmóvil, al parecer tampoco sabía dónde sentarse.

El comisario Alex Pérez entró con paso enérgico. Llevaba una carpeta bajo el brazo. Se le veía exultante. Detrás de él entró Asier, de paisano y con cara de circunstancias.

—Pero siéntense, no hace falta que esperen de pie —dijo Alex—. ¿A que es hermosa la nueva sala de reuniones? —Recorrió orgulloso la mirada por la estancia—. A partir de ahora nos reuniremos aquí de forma periódica, tenemos que amoldarnos a los tiempos modernos y eso de que cada uno vaya por su lado ya no se lleva. Hoy es primordial compartir la información entre los departamentos y entre los distintos cuerpos policiales y la Ertzaintza no se quedará a la zaga, si la Guardia Civil lo hace, nosotros también.

Alex se sentó en la silla que lo situaba de espaldas a la pizarra, Max frente a la puerta, al lado derecho, Joshua, al izquierdo, y

Asier de tal manera que el comisario quedó con sendas sillas vacías a los lados.

—Como todos ustedes sabrán, estamos ante un nuevo caso, y me atrevería decir que apasionante. —Max carraspeó; desde su perspectiva, dos asesinatos eran todo menos apasionantes—. Entiéndanme, me refiero a que desde el Asesino de Químicas no nos enfrentábamos a un caso de envergadura mundial —se explicó Alex como si hubiese leído el pensamiento a Max—. Es otra oportunidad para situar a la Ertzaintza en lo más alto. —Asier miró hacia el techo, como diciendo que eso era lo más alto que él iba a llegar—. No debemos desaprovechar la ocasión. —Joshua bajó la cabeza. Más presión—. A partir de ahora, el agente Agirre acompañará a Max en las pesquisas, al menos hasta que Erika vuelva al trabajo. Me ha hecho saber que será en breve, pero hasta entonces Asier ocupará su puesto. Bien...

Abrió la carpeta, sacó unas fotos del interior y se las pasó a Joshua. Eran instantáneas de las dos escenas del crimen. Como ya las había visto se las dio a Max, quien tras ojearlas brevemente se las acercó a Asier, que se quedó un rato contemplando cada una de ellas.

—Nada que no conozcan.

Asier agrupó las fotos en un montoncito y se las devolvió al comisario, que las dejó a un lado sin hacerles el menor caso. Acto seguido sacó dos fotos más del interior de la carpeta. Mismo ritual, solo que esta vez los tres tardaron lo suyo con cada una.

—¿Y?, ¿qué opinan?, ¿a qué nos enfrentamos?, ¿quién es nuestro rival?

Las dos fotos mostraban los mensajes que el asesino había dejado en las escenas del crimen. Manuscritos, uno escrito en el foco de una lámpara y el otro en una nota escondida en el interior de un horno, en ambos casos usando como tinta la sangre de sus víctimas.

reconocer

arde ; a la mala yedra

61

—Es, cuando menos, confuso —dijo Joshua, jugueteando con una de las fotos. Le daba vueltas con un dedo sobre la mesa. El fotógrafo había situado un lápiz al lado de los dos mensajes para que aquel que los mirara fuese consciente del tamaño de la letra, del foco y de la nota.

Como nadie añadió nada más, el comisario sacó un folio y volvió a tomar la palabra.

—Les leo directamente de la RAE: «Hiedra. También yedra. Planta trepadora, siempre verde, de la familia de las araliáceas, con tronco y ramos sarmentosos», blablablá, «aunque no es una parásita verdadera, daña y aun ahoga con su espeso follaje a los árboles por los que trepa». Es decir, el asesino quiere jugar con la metáfora de la hiedra como parásito. ¿Reconocer que arde el parásito?, ¿reconocer, arde y ahoga? Pegó fuego a la casa y ardió una persona. ¿La mala yedra como símil de persona?, ¿era Íñigo Lezeta una mala persona que merecía arder en la hoguera como en la Edad Media? El abanico de posibilidades es amplio. Según nuestro grafólogo, se trata de un hombre joven, culto e inteligente, seriamente perturbado, con antecedentes enfermizos, que sufrió abusos sexuales durante su infancia; por tanto, existe una correlación entre dichos abusos y los crímenes que comete. Hemos pedido la ayuda de un perfilador de la Interpol. Bueno, ahora ya están al día del caso. ¿Qué opinan? Digan algo, estas reuniones son precisamente para hilvanar ideas, no para que yo les suelte un discurso.

—El *modus operandi* es singular, consiste en anestesiar a las víctimas antes de matarlas, para lo cual con el dentista usó una pistola y con el abogado incendió la casa —dijo Joshua—. Ambos asesinatos han sido rápidos, me atrevería a decir que hasta expeditivos, y eso en un asesino en serie resulta extraño: la mayoría disfruta proporcionando dolor y torturando a sus víctimas, se recrean, después de muchas fantasías asesinas, y recrean en su mente el modo de matar, no se conforman con pegar dos tiros o incendiar una casa.

—¿Max?

—El mensaje está incompleto. Creo que seguirá asesinando y dejándonos mensajes hasta completar lo que quiere decirnos.

—¿Qué piensan sobre el móvil?, ¿asunto de drogas, dinero o se les ocurre algún otro? —preguntó Alex—. El dentista manejaba dinero y el abogado tenía numerosas deudas de juego. ¿Quién dice que ambos no debieran pasta a algún prestamista que se ha tomado la justicia por su mano?

—Horas antes de ser asesinado, el dentista sacó tres mil euros en billetes de cien y de cincuenta de diferentes cajeros y con diferentes tarjetas —explicó Max—. Podría ser que hubiese quedado con un prestamista a quien le debiese dinero. Pero está claro que con quien se citó no buscaba su dinero. Apareció muerto con los billetes esparcidos sobre el cuerpo. No faltaba ni uno solo de los tres mil euros. La excusa del dinero fue una estratagema para citarse en la clínica a altas horas de la noche. Puede ser que el dinero estuviera destinado a pagar un chantaje, o una deuda, pero es obvio que el móvil no es ese. Tenía varias costillas rotas, así que el asesino no se conformó solo con matarlo, le pateó después de muerto. Y el caso del abogado es todavía más confuso: su asesino incendió la casa, simuló un suicidio, pero al final dejó un mensaje en el interior del horno, una nota con una esquina quemada. Es una persona que no puede controlar su rabia ni tampoco esconder sus ganas de demostrarnos que fue él, que estuvo allí. Por eso escribió la nota, luego decidió quemarla y al final optó por esconderla. No puede reprimir su vanidad.

—Joder —soltó Asier.

—Bueno, no nos pongamos peliculeros —dijo Alex—. Tú —señaló a Max— y Asier: quiero que entrevisteis a los familiares de ambas víctimas, a sus compañeros de trabajo, en algún punto tiene que existir una relación entre un dentista y un abogado retirado. Joshua, quiero que trabajes en los mensajes y las muestras recogidas en las escenas, algo se nos ha debido de pasar por alto, si es verdad que se trata de una persona arrogante, en algún sitio habrá una huella o una pista que nos lleve hasta él. De momento, por fortuna, la prensa no ha enlazado ambos casos. Que no salga de esta sala lo de los mensajes, será información reservada. Ya sé que antes he dicho lo de cooperar con otros cuerpos policiales del Estado, pero consúltenme antes de intercambiar información: no quiero que el caso se nos vaya de las manos, ni mucho menos que cambie de manos, aunque es cierto que, si como supone Max, se producen más asesinatos con mensajes ocultos, al final no nos quedará más remedio que relacionar los homicidios ante la prensa, no quiero que parezca que San Sebastián es una ciudad sin ley, mejor que la ciudadanía piense que hay un loco suelto, por muy terrorífico que parezca, que varios asesinos sueltos. ¿Alguna duda?

Como nadie respondió, el comisario dio por concluida la reunión levantándose y desapareciendo por la puerta sin despedirse.

—¿Y esto? —dijo Asier, señalando el montón de fotos y la carpeta.

El inspector y el agente de la Científica salieron de la sala con una sonrisa en el rostro.

Asier negó con la cabeza. Era obvio a quién le había tocado el cometido de guardar las pruebas y los informes referentes al caso.

Después de la reunión Max se quedó en comisaría repasando unos informes. Los agentes que lo veían se mostraban asombrados en cuanto desaparecían de su campo de visión. Por todos era conocida la alergia del inspector a sentarse en su despacho. Pero Max no podía dejar de pensar en el caso. Dos muertos en el plazo de un mes. Dos mensajes que no le decían nada. Y, aunque pareciese que el asesino se lo tomaba con calma, cada vez que le sonaba el móvil una oleada de angustia le subía por la garganta. Temor a un nuevo cadáver y a un nuevo mensaje enigmático. Se veía impotente, sin saber por dónde empezar, qué camino tomar. Por si fuera poco su vida personal no le ayudaba a despejar la mente, más bien todo lo contrario. Al día siguiente había quedado en pasar por casa de Cristina para recogerla e ir juntos al ginecólogo. La proximidad de la paternidad empezaba a mortificarlo. Las conversaciones con Cristina versaban sobre el embarazo y el futuro de Damián, y también sobre Virginia. Ambos habían cogido cariño a la cría, y Cristina le insistía en que debían preocuparse por su situación. Era obvio que no iba al colegio, Max siempre se la encontraba detrás de un ordenador en el centro cultural Koldo Mitxelena, y parecía probable que ningún adulto cuidara de ella. Max había averiguado que vivía con una tía en el barrio de Martutene y poco más. Le debía una visita, de esta semana no iba a pasar.

Cuando apenas quedaba nadie en la comisaría Max abandonó el despacho. Había ojeado antiguos informes, de fechas anteriores a su puesto de inspector de homicidios en la Ertzaintza, algunos incluso de cuando él era cadete de la Policía Nacional y vivía en Madrid. Ninguno de los asesinatos por resolver se asemejaba a los dos últimos. En ningún caso el asesino había dejado un mensaje en la escena del crimen. Y menos una jeringuilla clavada en la frente. ¿Qué pasaba por la mente de una persona para que se convirtiese en un asesino?, ¿qué hacía falta para que cruzase la línea? Se preguntó también si las víctimas habían sido escogidas al azar o eran seleccionadas por algún motivo. Tenía más o menos claro que las víctimas debían estar relacionadas entre sí. Según bajaba por las escaleras de la comisaría pensó en buscar las coincidencias entre los dos asesinatos. La clave era encontrar el punto de unión entre el dentista y el abogado. Cuando conducía, en dirección a casa, pensó en que debía investigar los crímenes por separado. Una pista falsa podría llevarlo por un camino equivocado, se dijo que era mejor abrir dos líneas de investigación hasta ver si convergían en algún punto. Al abrir la puerta del *loft* y dejar las llaves en el cuenco vacío de la fruta, tenía tal lío con las líneas, los puntos y las coincidencias que ya no sabía qué pensar.

Miércoles 15

El litoral guipuzcoano continuaba en alerta roja. El invierno estaba siendo excepcional por la sucesión de temporales y ni los más ancianos del lugar recordaban un enero tan crudo. Cuando no llovía, nevaba, y cuando salía el sol, soplaba un viento helado.

El peculiar ruido del motor de un viejo Ford Mustang Cobra de finales de los sesenta rompió el silencio del barrio. Imanol se inquietó. Había dejado puesta la calefacción del coche a tope y se había dormido. Desde primera hora de la mañana montaba guardia ante el portal de Cristina. En cualquier momento tendría que salir para comprar o acudir a su nuevo trabajo, y él la estaba esperando para darle una sorpresa. Una posibilidad era que se asustase, puede que hasta saliera corriendo, por eso se había quitado de la cabeza lo del ramo de flores, pero en cuanto recapacitase y se le pasase el susto inicial, se echaría en sus brazos como en los viejos tiempos. Se tocó la entrepierna. Notó la erección. Tal vez le hacía uno rápido para que recordase cómo disfrutaba con él. Nuevamente pensó en Nekane, ella también disfrutaba, sobre todo cuando se lo hacía por detrás; ella decía que no quería, pero en el fondo le gustaba; todas las mujeres eran unas zorras y él sabía contentarlas. Limpió el vaho de la ventanilla con una mano enguantada. El tipo del Mustang había aparcado en doble fila justo delante del portal. Le maravillaban los coches antiguos. De pequeño coleccionaba coches clásicos y tenía uno parecido en miniatura, solo

66

que el suyo era otro modelo y de color rojo. Su favorito seguía siendo el Chevrolet Camaro. No veía la cara del conductor, pero sin duda era un prepotente, un niño de papá o un empresario presumido: todos los propietarios de esos cochazos cumplían uno de los tres perfiles. Una vez conoció a uno que tenía un Pontiac GTO «The Judge». Vivía enfrente de su antigua casa, cuando estaba soltero. Por eso una noche que volvía tarde de una fiesta y vio el coche del vecino aparcado en la calle no pudo reprimirse. Miró bien a ambos lados para asegurarse. El vecino no solía dejar el coche fuera del garaje. Al pasar junto al Pontiac clavó la llave del portal en la carrocería con tanta fuerza y profundidad que levantó una capa gruesa de pintura, pero ni por esas aflojó, siguió apretando desde el capó hasta el maletero. Si el conductor del Mustang salía del coche, quizá repetiría la jugada. El maldito cabrón apenas le dejaba ver el portal. No iba a salir a decirle nada, a saber con quién se encontraba, el mundo estaba lleno de locos con bates de béisbol. Ojalá apareciese un municipal y le pusiese una multa.

Cristina se había puesto el abrigo largo que le regaló su madre por *Olentzero,* los guantes, el gorro de lana y una bufanda. La última vez que volvió a casa después de salir a la calle no se pudo quitar el frío en dos días. Con el rabillo del ojo vio a un viejo en la televisión; llevaba un chaleco con pajarita y estaba hablando del temporal marino que se cernía sobre Donostia desde un suntuoso salón con grandes ventanales con vistas al furioso oleaje del mar Cantábrico. Se puso otra bufanda y se dirigió al espejo del recibidor. Con tantas curvas parecía un muñeco Michelin. Ya había llamado a varias clínicas de adelgazamiento y había concertado una cita en dos. En cuanto Damián naciese y le diesen el alta, se pondría a dieta. Notaba los pechos hinchados incluso por debajo de la ropa. Todavía no tenía decidido el tiempo que daría el pecho a su hijo. Las primeras semanas seguro, a no ser que tuviese problemas con los pezones. Había leído en una revista que a algunas mujeres les salían grietas y padecían con cada toma, así que muchas recomendaban tomar la pastilla para que no subiese la leche y dar biberón al bebé. Otras que lo habían llevado mejor decían que lo primordial era que el lactante se agarrase bien al pezón y explicaban la técnica para colocar al niño. Los nutricionistas defendían que la leche materna era muy superior a los preparados lácteos, rica en minerales y vitaminas, y que un recién nacido alimentado con pecho crecía fuerte y sano. Cristina no las tenía todas consigo, los nutricionistas podrían decir lo que quisieran, pero no eran ellos lo que tenían que sufrir las mordeduras del bebé. Algunas amigas suyas habían alimentado a sus hijos a base de biberones y los niños habían crecido gordos y fuertes. Seguramente ella empezaría por darle el pecho y luego ya vería. Desde el pasillo oyó la voz del viejo diciendo que pasaba miedo por las noches, que sentía el viento y el azote del mar en las ventanas. Cristina se rio con ganas. Los adinerados propietarios del edificio Miramar, en el paseo Salamanca, tenían miedo del mar... Había que ver lo complejo que era el ser humano. Antes de salir apagó la televisión.

La puerta del portal se abrió. Y no era otra señora mayor con una bolsa de la compra en la mano. Aunque parecía que llevaba una tienda de campaña encima por la cantidad de ropa que vestía, Imanol lo tuvo claro. Era Cristina. La hubiera reconocido a cien metros de distancia entre decenas de mujeres. Salió del coche con una sonrisa en los labios. Cruzó la calle y subió a la acera. Estaba a solo unos metros de ella. Por fin podría estrecharla entre sus brazos, darle una alegría. Pero ella no giró en su dirección, ni en la contraria, sino que bajó a la calzada. ¿Adónde iba? Entonces lo vio y lo comprendió. El conductor bajó del Mustang. Cuarenta y tantos años, alto, delgado, pelo corto y moreno. Un guaperas. Gabardina y pantalones vaqueros. Andar chulesco. Un prepotente. Que le dio un beso a Cristina al tiempo que la agarraba del brazo. La sostuvo para que no resbalase en el suelo nevado y le ayudó a meterse en el coche. Después hizo lo propio. El Mustang arrancó y ambos se perdieron entre la niebla que comenzaba a levantarse.

A Imanol la sonrisa se le había quedado helada en el rostro, pero no por el frío del ambiente, sino por el terror que había experimentado con la escena.

El psicólogo escuchaba a Erika con sus claros ojos azules fijos en un punto en el vacío situado por encima de la cabeza de ella y las manos entrelazadas e inmóviles. En ningún momento apartaba la mirada de ese punto ni tomaba notas en su cuaderno de tapas marrones. Se limitaba a escuchar y asentir ligeramente de vez en cuando.

—No veo la televisión, y leo un poco antes de dormir. Tomo la medicación y duermo profundamente, me acuesto a eso de las nueve y no me levantó hasta las diez.

Erika bajó la vista, no quería mirar directamente a los ojos marinos de Santiago y que descubriese sus mentiras. Además la mirada del psicólogo la turbaba. A veces soñaba con él, se imaginaba que sus dedos huesudos le recorrían el cuerpo y un suspiro de placer emergía de su boca. Nunca antes había experimentado un sentimiento parecido hacia un hombre, y se preguntó qué había pasado para que sus estrógenos estuviesen tan confundidos, más allá de lo evidente del cautiverio. No tomaba la medicación, y desde que la liberaron su repulsión al contacto físico había crecido hasta no tolerar siquiera que su madre la abrazase. Pero ahora sentía atracción por un psicólogo. Estaba confusa. Tal vez tenía que hacer como alguna de sus amigas lesbianas: irse a un bar de citas y acostarse con la primera que le entrase, a ver si así se le pasaba la tontería.

—¿Sabe?, si algo bueno he sacado de todo esto es una amiga que se llama Nagore. Se plantea dejar Filosofía y estudiar Psicología, cualquier día estará ahí como usted, sentada en un sillón y escuchando a una loca contar sus problemas.

69

–¿Así se ve usted?, ¿como una loca?

–No, así creo que es como me ven los demás.

Santiago Rodríguez asintió y se cambió el cuaderno de mano. Seguía sentado en el sillón, con las piernas cruzadas, la izquierda sobre la derecha igual que en la primera sesión.

–¿Después o antes?

–¿A qué se refiere?

–Si ya se veía así antes, o se ve así después del percance.

Erika sonrió ufana. Por lo visto, los psicólogos llamaban *percance* a ser secuestrada y vejada en un sótano durante dos semanas.

–¿No toma notas? –preguntó Erika con segundas intenciones.

Pensaba que el cuaderno era un objeto impuesto por el oficio o quizá un objeto fetiche, y luego se preguntó quién dilucidaba el límite de la locura. La línea que separaba la razón de la locura era muy tenue y el límite donde quedaba una y otra no le parecía claro.

–¿Sale a la calle?

–Por supuesto –respondió Erika molesta–. No soy ninguna loca.

Por primera vez Santiago abrió el cuaderno y garabateó algo rápidamente. La mente deductiva de Erika se dijo que sería una frase que contendría la palabra *loca,* que ella tanto repetía, algo parecido a «se cree loca» o «está loca de remate».

–¿Qué le gusta hacer cuando sale?

–¿A usted?

–No estamos hablando de mí.

–Primero usted.

El psicólogo reflexionó. Erika intuyó que no le gustaba hablar de su vida privada y menos delante de una paciente.

–Me gusta ir al cine, tengo la costumbre de acudir los martes a una sesión de clásicos. Ese día por la tarde no atiendo en la consulta.

–Suena muy cinéfilo –dijo Erika.

—Pues sí, son pases especiales en versión original de películas filmadas entre las décadas de los sesenta y los noventa. *Tiburón, Poltergeist, Psicosis, Blade Runner...*

—Caray.

—Ahora le toca a usted.

—Me gusta pasear, recorrer la ciudad, andar por calles desconocidas...

—Cuando pasea y ve a otras personas, ¿qué siente?

—Nada.

—Vamos, diga lo primero que le venga a la cabeza.

—No va a mostrarme dibujitos...

—¿Cómo?

—Sí, esas cartulinas blancas con sombras, dibujos de mariposas, de rostros de perfil, de figuras romboidales... y que yo diga lo primero que me venga a la cabeza.

Santiago negó al tiempo que sonreía levemente.

Era la primera vez que Erika lo veía sonreír. Y tenía una sonrisa bonita, con unos dientes blancos y pequeños, alineados en una boca perfecta, escondidos tras unos labios apetecibles. Cerró los ojos, intentando sacarse de la cabeza aquellos pensamientos tan confusos.

—¿Qué piensa ahora?

Santiago estaba atento a cualquier gesto de ella. Siempre situaba el sillón un poco alejado del diván, como si ella le diese miedo, pero percibía cualquier alteración en su rostro, como si tuviese un foco encima de su cabeza e iluminase hasta el último poro de piel de su cara.

—Si estará nevando —mintió Erika.

—¿Le gusta el blanco?

«Aquel psicólogo era astuto», pensó Erika, rápidamente enlazaba temas o cambiaba el rumbo de la conversación, fingía que no se daba cuenta de sus mentiras para conducirla a su territorio, al fondo de su mente, y sacarle sus oscuros pensamientos. Pero igual se llevaba una sorpresa y lo que sacaba de la chistera no eran pensamientos de cadenas atadas a tobillos sino pensamientos lujuriosos entre una paciente y su psicólogo.

—Sí.

—¿Y el negro?

—También... y no me pregunte por más colores, no me enrede más, ¿por qué no me lo pregunta directamente? El azul es mi favorito y odio el rosa. ¿Tiene agua?, tengo sed.

Santiago se levantó, llenó un vaso de agua de una jarra de cristal y se lo acercó. Mientras volvía a su sillón, Erika ya se había bebido la mitad; cuando se sentó, ella ya había dejado el vaso casi vacío en el suelo enmoquetado.

—Hábleme de la convivencia familiar. Vive en casa de sus padres, ¿verdad?

—¿De la convivencia?

Santiago afirmó con la cabeza, pero al ver que su paciente no reaccionaba recalcó el gesto con la voz:

—Sí, de su vida, su rutina, lo que hace a diario.

—¿La convivencia? —repitió Erika, un poco harta—. Todo lo normal que puede ser teniendo en cuenta que mi padre nunca quiso una hija, quería un hijo que siguiese sus pasos en la empresa y tomase el mando cuando él se jubilase; que mi madre tiene cáncer de pulmón y que según el médico no se comerá los turrones con nosotros este año; que ambos pasaron más tiempo en fiestas, saraos e inauguraciones que jugando con su única hija; que mi padre tiene una amante y mi madre siempre fue un títere en sus manos; que me hice policía en contra de la opinión de mi padre, que estuve dos años sin dirigirle la palabra; que han tenido que secuestrarme dos psicópatas para que haga las paces con mi familia...; no, creo que no hay más. Lo que le he dicho, una vida normal.

Un silencio recorrió la estancia, ya de por sí silenciosa. Erika cerró los ojos y se revolvió inquieta en el diván. Sabía que había metido la pata hasta el fondo. Su voz estridente y su rocambolesca historia familiar habían sonado otra vez a locura.

—¿Siente que perdió su infancia?

—No tengo ningún recuerdo de un juguete preferido, no recuerdo a mis padres jugando conmigo, nunca me contaron cuentos para dormir...

La agente intentaba contener las lágrimas, que, obcecadas, pugnaban por emerger de sus ojos empañados.

Santiago aguardó.

—¿Me podría contar usted uno? —preguntó Erika intentando restar importancia a lo que había dicho.

—¿Quiere que le cuente un cuento?

—Era una broma, es usted muy serio, pero, si quiere, le escucharé encantada.

Santiago carraspeó y se rascó la nariz. Ella no supo interpretar el gesto, si acaso le pareció que se sonrojaba un poco.

—Bueno, por qué no. Le contaré mi favorito: *Falada, el caballo prodigioso,* un cuento antiguo de los hermanos Grimm, y de los menos famosos, tal vez por eso le tengo tanto cariño.

—La verdad es que no había oído hablar de él, ¿no se lo estará inventando y será uno de esos cuentos psíquicos especiales para locas?

Consiguió que Santiago sonriese por segunda vez, y por segunda vez los pensamientos lujuriosos acudieron a su mente. Se agachó sin levantarse y alcanzó el vaso de agua del suelo. Lo vació de un trago antes de que él notase su turbación.

—Como bien dice el título, Falada era un caballo prodigioso capaz de pensar y hablar. Su dueño era un anciano rey, que se lo regaló a su hija, una bella princesa, para que hiciese con él un viaje a un reino lejano donde un príncipe la esperaba para casarse con ella. La princesa emprendió el viaje a lomos de Falada, acompañada de una camarista y un pobre rocín. En el trayecto, la criada la traicionó y a base de amenazas ocupó su lugar. Se vistió como ella y a lomos de Falada llegó al reino, donde el príncipe la esperaba impaciente. Engañó a todos y se hizo pasar por la princesa.

—Vaya, pues no parece un cuento de psicólogos —dijo Erika, dejando escapar un bostezo.

—La camarista le pidió al príncipe que su criada, la verdadera princesa, trabajase en el campo para que no estuviese desocupada y que Falada fuese ejecutado porque le había dado muchos disgustos por el camino, cuando en verdad tenía miedo de que hablase y contase quién era la verdadera princesa.

Erika volvió a bostezar. Escuchar un cuento tumbada en un diván, unido a las noches en vela, la habían sumido en el sopor.

–La veo cansada, quizá es culpa mía, ¿quiere dejarlo?

Imperceptiblemente, Santiago miró el reloj. Media hora larga. Se podía considerar todo un logro teniendo en cuenta que la primera sesión había durado diez minutos. Lo negativo es que había incumplido la regla principal: hablar más que el propio paciente.

–*Bai* –contestó Erika, levantándose del diván.

Sin querer dio una patada al vaso, que rodó hasta los pies de Santiago.

Gordo se apretaba contra el cristal de una cabina de teléfono para entrar en calor. Mientras Flaco, con la excusa de que tenía los pies helados, lo esperaba dentro de un bar, él soportaba en el exterior las bajas temperaturas. No era justo. Según su compañero le sobraban calorías y aguantaba mejor el frío. Ni que fuese un oso polar. Se frotó las manos para ver si se calentaban. El problema de los pies lo había solucionado con dos pares de calcetines gruesos de lana y unas botas de montaña. Abandonó el refugio de la cabina y comenzó a andar por la calle. Arriba y abajo. Pasaba una y otra vez por delante del portal de Caperucita. Abajo y arriba. A Flaco le había dado por poner nombres en clave. Se le veía feliz, subido encima de la ola de trabajo que al parecer el viejo les tenía preparada. Esperaba que no cayese y lo arrastrase en la caída. El nombre en clave de Flaco era Lobo; en cambio, el suyo no podía ser menos apropiado: Abuelita. Pero él no era tan estúpido como Flaco y el viejo se creían. Un día de estos se iban a llevar una sorpresa.

Un señor mayor acompañado de su esposa salió del portal. Abrazados como dos recién casados comenzaron a caminar por el suelo resbaladizo igual que si estuviesen en la cubierta de un barco e hiciesen equilibrio para no caer al mar. Él no tenía ese problema, las suelas de sus botas de montaña se adherían perfectamente al asfalto.

Salió una mujer. En una primera impresión pensó que era la profesora; se le parecía. Vio a Flaco, que salió hecho un basilisco del bar y corría hacia ellos gesticulando con las manos: quería que la atrapase, que no la dejase escapar. Y ella se dirigía hacia él. Flaco se subió a la acera. Se acercaba a la mujer por detrás, a la carrera. Aquel insensato quería secuestrarla. Pero no se trataba de Caperucita, esta no tenía el pelo tan enredado y era un poco más joven. Sin embargo, Flaco, que no la había visto bien desde la distancia, la había confundido. Cuando quiso avisarlo ya era tarde. Flaco sacó el saco de basura del abrigo y se abalanzó sobre la mujer. Gordo la aferró por la cintura justo en el momento en que su cara de susto desaparecía bajo la bolsa.

—Casi se te escapa —le espetó Flaco, haciendo sumo esfuerzo por detenerse y no tirar a la mujer al suelo.

Gordo flexionó las rodillas y se echó el bulto al hombro como si fuese un saco de patatas. No pesaba mucho, menos de sesenta kilos; la mitad de lo que levantaba en el gimnasio. La mujer pateó encolerizada. ¿Por qué Flaco no le había dado un golpe en la cabeza o le había impregnado la cara de un anestésico para dejarla inconsciente? El plan le parecía poco adecuado.

La mujer intentaba chillar y comenzó a darle puñetazos en el cuerpo. Como pudo, Gordo se acercó al coche. Flaco le abrió la puerta trasera y su compañero arrojó la carga con violencia al interior; después introdujo su abultado cuerpo en el coche dispuesto a calmar a aquel animal endiablado que no paraba de protestar, moverse y lanzar golpes al aire. Flaco bordeó el coche, se sentó al volante y arrancó sin mirar por el espejo retrovisor. Una furgoneta de reparto tuvo que frenar en seco para no chocar con ellos. Al instante sonó el claxon, pero el coche ya se perdía al fondo de la calle con Lobo al volante mientras la Abuelita intentaba apaciguar los arrebatos de Caperucita.

Cuando volvieron a casa, un cielo gris poblado de nubes se expandía por la ciudad como una tela de araña. Solo mirarlo daba miedo. Pero Imanol no estaba para contemplar extraños fenómenos meteorológicos ni preocuparse por lo que cayese del cielo. Su preocupación se encontraba en la tierra. Los dos tortolitos habían regresado a casa. La escena se repitió pero al revés. El prepotente aparcó su Mustang en doble fila y ayudó a Cristina a bajar del coche. Ambos se introdujeron en el portal juntitos de la mano. Pasó media hora larga. Ninguno había vuelto a bajar, ni siquiera se habían asomado por una ventana o el balcón. Sin duda estarían follando como perros. Aunque vio a Cristina poco agraciada, diría que hasta gorda, los celos lo carcomían y los demonios se estaban dando un buen festín con su corazón y sus ilusiones. La muy zorra lo había olvidado rápido. Cierto que él se acostó con otras en cuanto la dejó, y que incluso intentó establecer una relación duradera con Nekane, pero los hombres eran diferentes. Las mujeres que se acostaban con otros eran unas putas. De pura rabia golpeó el volante del coche alquilado. Desde que se habían ido hasta que habían vuelto no se había movido. Primero paralizado por el miedo, con la duda sobre lo que había visto, y ahora encolerizado por la constatación de lo que sus ojos habían visto horas antes. Poco iba a gastar en gasolina y mucho en calefacción. No se le había ocurrido seguir al Mustang cuando salieron de casa y cuando lo pensó ya era demasiado tarde, así que había decidido esperar que Cristina regresara. Que volviese en autobús, con una amiga, con su madre o sola. Pero no. Había pasado casi todo el día acompañada del prepotente. A saber qué habían hecho. ¿Dar vueltas por la ciudad, tomar un café, visitar a un amigo, ir a una exposición? No. Su mente le decía que habían ido a follar a un motel. Seguro que al tío le ponía tirarse a Cristina fuera de casa, en lugares públicos o desconocidos, practicando algún tipo de juego sadomasoquista. Y no contentos con eso, insaciables, habían vuelto para rematar la faena. Miró con nerviosismo el reloj: cuarenta y cinco minutos y no bajaban. No se atrevía a salir del coche aunque le encantaría hacer una raya de lado a lado en la carrocería del Mustang. Le iba a hacer dos rayas blancas muy guapas en los laterales parecidas a las dos que cruzaban por el capó, subían por el techo y bajaban hasta el maletero, y que otorgaban un aire agresivo al cupé. Encendió la radio.

Me muero por suplicarte
que no te vayas, mi vida,
me muero por escucharte
decir las cosas que nunca digas,
mas me callo y te marchas…

«Basura de música», se dijo. La apagó. Un guardia municipal se acercó por la acera y medio lo saludó con la cabeza. Era la cuarta vez que pasaba haciendo la ronda. Al ver el Mustang en doble fila cruzó la calle. Imanol sonrió. El prepotente se iba a comer una buena multa. Con un poco de suerte hasta se llevaría el coche la grúa. La calle era de sentido único y doble vía y la circulación no se veía interrumpida porque un coche aparcase en doble fila, pero la ley era igual para todos y obstaculizar un carril equivalía a cometer una infracción grave. Cuando vivía con Cristina, la grúa municipal se llevó una vez el suyo por estar mal estacionado frente a la oficina de Correos. Fueron solo unos minutos, pero los suficientes para que los vampiros hiciesen desaparecer el vehículo. No había explicaciones que valieran en el depósito municipal, donde chupaban la sangre a los incautos. La broma costaba más de cien euros de multa y otro tanto por retirar el coche. La sonrisa se le amplió cuando el guardia municipal echó mano a su libreta. Los vampiros no tardarían en aparecer. Pero el agente anotó algo y la guardó al momento. Ni siquiera había mirado la matrícula. El guardia levantó la cabeza hacia el balcón de Cristina y sonrió. Después siguió con la ronda. Imanol pateó de rabia como un niño. Un chico que caminaba por la acera miró extrañado al coche, que se movía sacudido por un invisible terremoto, focalizado en ese aparcamiento individual con conductor al volante. Imanol se tapó la cara con una mano. Cuando el chico pasó de largo, hundió el rostro entre las dos.

Se tiró del cabello, de la barba. Quería arrancarse todo vestigio de su paso por La Coruña, volver a ser tal como era cuatro años atrás. ¿Quién era ese tipo que hasta los municipales lo conocían y le permitían aparcar en doble fila? Antes de que pudiese responderse el hombre salió del portal. Llevaba esa estúpida gabardina que le daba el aire de prepotencia. Y al parecer el frío no iba con él: ni guantes ni bufanda ni abrigo de invierno. Se metió en el coche al tiempo que miraba en su dirección. Imanol sintió que se le helaba la sangre. Lo había mirado. Lo había visto. El Mustang se alejó dejándolo con el susto en el cuerpo. El corazón le latía frenético. Aquel tipo no le gustaba. Cuando se dijo que debía perseguir al Mustang ya era tarde. A pesar de que otra vez había desaprovechado la ocasión, suspiró aliviado. Por hoy había consumido el cupo de sustos y disgustos.

El caballo negro se arrastró por los escaques del tablero describiendo una ele hasta detenerse en la casilla blanca de «f3».

–Jaque –anunció Xabier.

El jugador de blancas carraspeó indeciso. ¿Desplazar el rey a izquierda o a derecha? Tras unos segundos de reflexión eligió la derecha.

A Xabier se le escapó un bostezo, Sebastián era un jugador pésimo. Un postigo mal cerrado en el piso de abajo restalló por la fuerza del viento. A través de la ventana, entre la negrura de la noche, Xabier comprobó que los copos ya no mojaban el cristal. El frío penetraba por las viejas paredes del faro y la antigua calefacción no paliaba la sensación de corriente. Para capear las bajas temperaturas, ambos jugadores llevaban puestos los abrigos. Dormían con dos mantas y vestidos con pijamas largos y bata. Con el crudo invierno, Xabier sufría más de la espalda, hubo un tiempo en que la lesión de hernia le fue bien, le cubrió las bajas prolongadas en la universidad cuando debía desaparecer unas semanas para encargarse de ciertos asuntos personales molestos, y, sin embargo, hoy era un lastre evidente. Quizá cuando terminase con el asunto del Dragón y por fin diese con el ingrediente secreto, se tomase unas vacaciones en algún país caribeño. Cartagena de Indias era un buen destino. Podría matar dos pájaros de un tiro. Rumiando entre pájaros y dragones pensó en el par de gañanes. No tenía noticias de ellos. Según pasaban los días, se arrepentía de haberles encargado el trabajo. Con la quema del Registro Civil habían cumplido, a pesar de que casi incendian la catedral entera, así que eran muy capaces de meter la pata y al intentar sacarla pifiarla más.

Cogió el caballo. Observó la pieza. Le agradaba el tacto y las formas angulosas de la cabeza; la única pieza de madera que podía saltar por encima de otras. Le recordaba a Ana y sus experimentos. Sopesó si retrasarlo o cambiarlo por una torre blanca, a pesar de que la torre era más valiosa. No quería desprenderse de él. Le recordaba también a los picadores de las corridas de toros. Siempre prefirió el lance con varas a la suerte de las banderillas. Al sentir la puya en sus carnes el toro embestía al caballo. Ahí es donde demostraba su bravura. Y si conseguía tumbar al caballo un grito de angustia invadía la plaza. En una ocasión, viendo torear a Paquirri, un cuerno del toro eludió el peto de protección e hirió de muerte al caballo. No, no quería cambiar la pieza. Los toreros tenían fobia al color amarillo, a que la montera cayese boca abajo, a que alguien se sentase en la cama mientras se ponían el traje de luces... y él tenía aversión a los reptiles, a quedarse encerrado en un ascensor y a jugar al ajedrez sin caballos.

Sebastián seguía con ojos ávidos el movimiento del caballo, y cuando vio que se retiraba de la lucha suspiró aliviado. Aparte de pésimo jugador escondía mal sus emociones. Nunca llegaría más allá de guardaespaldas, aunque Xabier debía reconocer que en su puesto era el mejor: serio y voluntarioso, siempre dispuesto a complacer y acatar las órdenes. Sebastián, casi sin pensar, retiró la torre del peligro, creyendo que el caballo volvería a por su botín de guerra, mientras Xabier urdía un plan de mate. Lástima que los inútiles del ayuntamiento se hubieran salido con la suya y hubieran prohibido las corridas de toros en Illumbe. ¿No tenían otros asuntos más importantes que atender? Este país se iba al carajo. Todo valía con tal de eliminar cualquier reminiscencia de la España de Franco. Habían derribado estatuas, cambiado de nombre calles y plazas, ahora tocaba meterse con los festejos y las festividades españolas. Xabier veía un futuro en el que cada comunidad tendría su propio calendario festivo. Pero los antitaurinos y las asociaciones protectoras de animales desconocían que la prohibición implicaba pagar una fuerte indemnización al propietario de la plaza por incumplimiento de contrato, lo mismo que había pasado en otras plazas, como la Monumental de Barcelona.

Encendió un cigarrillo. Expulsó el humo hacia el techo, no le hacía falta dirigirlo al rostro de su rival para perturbarlo, no necesitaba emplear estratagemas fuera del tablero, iba a ganar la partida por la vía rápida. Enseguida vislumbró las siguientes jugadas: avanzar un peón, cambiar el alfil, liberar una columna para dejar paso a la torre y, tras las maniobras de distracción, penetrar con la dama en el flanco de rey en busca del jaque mate. Ojalá la vida fuese tan fácil, tramar un plan, ponerlo en marcha e ir cumpliendo objetivos; eliminar las piezas que se interponían en el camino. Eneko, Itziar, Erika... quizá hasta Max. No todas las personas que deambulaban por el tablero acabarían la partida.

Jueves 16

La casa no tendría más de cincuenta metros cuadrados distribuidos en dos habitaciones, una cocina americana y un baño. Una casa acorde al entorno, enclavada en Villabona, un pueblo pequeño en la provincia más pequeña de España. Asier estaba de pie a su lado, vestido con aquel traje gris que ya no le apretaba tanto. Tenía una libreta abierta por la mitad, inmaculada, y un bolígrafo con el capuchón en su sitio. No parecía muy dispuesto a tomar notas. Había adelgazado, sin duda alguna, pero en el coche se había comido una chocolatina.

Max le había indicado que no hablase si no se sentía a gusto, y a fe que le había hecho caso. No había abierto el pico ni para estornudar. Él llevaba todo el peso del interrogatorio informal. El inspector pensaba que muchas de las claves las tenía la gente más cercana a las víctimas, sin saberlo atesoraban información vital para resolver un caso. Y los más cercanos no tenían por qué ser familiares. Por tanto, el rostro invisible de la ayudante de Mario Brizuela, el dentista, que sollozaba en la sala contigua de la consulta, se transformó en el de una mujer de treinta y dos años, con gafitas y pelo moreno recogido en una coleta, cuyo nombre era Marija Radié. Los kilos de más, la cara redonda y los pómulos caídos le proporcionaban un aspecto alejado de los estándares actuales de belleza.

—... no conocía lo suficiente a Mario —aseguró Marija—. Tres años no son muchos. —Se sonó la nariz con un pañuelo florido de tela. Sin llegar a sollozar, los ojos pugnaban por no anegarse en lágrimas–. Yo *lo tinía* mucho *carinio*. Siempre me trató bien.

–¿De dónde es usted? –preguntó Max.

Marija hablaba con un pronunciado acento eslavo. El inspector no diferenciaba entre el checo, el serbio o el polaco. El ruso y el búlgaro, con palabras que parecían todas contener la zeta y por su marcada pronunciación, los diferenciaba mejor.

–Split. Llegué hace cinco años a *Espania*. Estudié *espaniol* y otros idiomas en mi país. Muy útil para los cruceros. Pero crisis económica me dejó sin trabajo. Tuve que salir de Croacia. Bonito para los turistas pero difícil *de* vivir.

–¿Y cómo acabó en el País Vasco?

Max pensó en la suerte que había tenido al no haber acabado presa de las mafias europeas y terminado en un burdel pagando una cuenta imposible y que siempre crecía.

–Por una buena amiga de la escuela, ella ya lleva tiempo aquí, ella limpia casas, yo tuve suerte encontrar trabajo en clínica...

–¿Cómo consiguió el trabajo?

–Vi el anuncio, pedía una recepcionista con idiomas, para atender a turistas. Ayudar en el trabajo a Mario fue una bendición del *Senior*. Mi primer y único trabajo. ¿Ahora qué voy a hacer?

Marija rompió a llorar. Ambos agentes permanecieron impasibles. Ninguno quería confraternizar con un testigo. Demasiadas ataduras a demasiados casos casi los habían impermeabilizado a los sentimientos ajenos.

«Pues parece no se acostaba con su jefe», pensó Max, como había sido su primera impresión.

–Estoy bien en Euskadi, aquí *mi* quieren...

Al inspector no dejaba de sorprenderle lo rápido que los extranjeros asimilaban las costumbres vascas y lo adecuado de usar ciertos términos: Euskadi, no País Vasco; castellano, no español; Estado español, no España; autodeterminación, no independencia; organización, no banda armada...

Asier hizo un amago de consolar a la testigo. No podía aguantar más.

–¿Mario tenía deudas? –indagó Max.

82

—Oh, no. La clínica iba bien y entraba más dinero del que salía. A mí me pagaba muy poco pero nunca *mi* quejé. Hay un dicho en mi país: *Ne gledaj poklonjenom konju u zube.*

—¿Qué significa?

—No mires a un caballo regalado los dientes, o algo así. Lo del dinero lo dice porque lo encontraron con muchos *billietes* encima, ¿no?

—¿Jugaba?

—¿Jugar a qué?, no le entiendo.

—Si iba a casinos, salas de juego, bingos... Fichas de color, cartas..., esas cosas.

—Oh, no, Mario era muy formal.

—¿Algún *hobby* caro o extravagante?

—No. Al menos que yo sepa. No le conocía lo suficiente...

—Ya, eso ya me lo ha dicho. ¿Le dice algo la palabra *reconocer?*

—¿Cómo?

—*Reconocer.* ¿Tiene algún significado especial para usted?

—*Prepoznati?* No. Quiere decir conocer a una persona desde mucho tiempo, ¿no?

—Sí, más o menos. ¿Amigos de Mario?, ¿conocidos?

—Mario era *risirvado.* Iba a esquiar con unos amigos de la facultad de *midicina,* pero nunca hablaba de su vida.

Max hizo un gesto a Asier para que apuntase eso. Como Asier no sabía qué debía apuntar, comenzó a escribir todo lo que decía Marija:

—Estaba soltero, y nunca conocí a nadie de su familia, nunca se pasaban por la consulta.

—¿Novia?

—No.

—¿Amigas especiales?

—Tampoco.

—¿Clientes asiduos?

—¿Asiqué?

—El inspector quiere decir que si había algún cliente que acudía siempre o casi siempre a la consulta —dijo Asier, rompiendo por fin su mutismo.

–¡Ah! Sí, había una mujer de cuarenta y tantos que siempre tenía problemas en la boca, según ella, pero yo creo que estaba aburrida y Mario le gustaba, así que solía pedir cita una vez a la semana, casi siempre martes tarde.

–¿Se acuerda del nombre? –preguntó Asier, embalado.

–Claro, todos martes lo anotaba en la agenda. Andrea se llamaba. Muy parecido a Andreja, como mi abuela.

–¿Y el apellido? –insistió Asier.

–*Azpicuetatu* o algo así. Un apellido vasco de esos raros.

Asier anotó «Andrea Azpiazu» en la libreta.

–¿Alguna cosa más?

–Sí, algo que me da angustia contar, no quiero que piensen que soy ladrona, nunca he robado nada. –Marija miró a Asier como si fuese una madre, y Max pensó que tendría que acompañarlo más a menudo a los interrogatorios, siempre acababa congeniando con los testigos y estos abrían su corazón ante el orondo y bonachón agente–. No se lo he contado a nadie por miedo. Al día siguiente de la muerte de Mario, la Policía me dejó entrar en la consulta a recoger mis cosas. Guardo mi bata en el armario, tiene nombre bordado en el bolsillo, y quería tenerla de recuerdo. Me la regaló Mario a los dos días de empezar a trabajar. Abajo del armario Mario guardaba sus cosas de esquiar, pero arriba *guardamos* material de la clínica. Y cuando se acababa yo era encargada de reponerlo. Estaba todo revuelto. Además, yo llevaba control de todo, me sabía de memoria los nombres y las cantidades. –Se tocó la sien con un dedo–. Todo archivado aquí.

–¿Qué faltaba? –preguntó Max ansioso, aunque ya se temía la respuesta.

–*Jiringuillas* y anestesia. Ampollas de lidocaína y viales de rocuronio. Un paquete entero de los dos.

Vestía un traje gris marengo y corbata azul marino, y fiel a su costumbre de cambiar de gafas cada día, las de hoy, jueves, eran de pasta, negras, pequeñas y rectangulares. El juez Castillo se estaba dando un homenaje a base de marisco. El restaurante del puerto tenía más de cincuenta años de tradición culinaria y se vanagloriaba de servir el mejor pescado de San Sebastián. Las paredes ennegrecidas en piedra y adornadas con antiguos cuadros de la costa guipuzcoana y el suelo quejumbroso de teca enaltecían la historia del local. Al juez le gustaba sentarse en la primera mesa que se disponía a mano izquierda según se entraba al establecimiento, bajo una gran lámpara de hierro forjado. Alguna vez había mirado hacia arriba temeroso de que se le cayese encima, pero siempre olvidaba esos pensamientos funestos y reservaba la misma mesa.

Desde el ventanal observó a los pesqueros donostiarras cabecear al compás del bravo oleaje. Ningún barco se había echado a la mar. La escasez de pescado en las lonjas era más que evidente, pero él sintió en el paladar la frescura del rape que degustaba, como antes había sentido la del bogavante. No llovía ni nevaba, aunque el viento golpeaba con fuerza contra los cristales del ventanal. La semana anterior había estado cenando allí con el director de Planificación Ambiental y Medio Natural del Gobierno vasco, quien le aseguró que el cambio climático era uno de los mayores desafíos que afrontar por los países desarrollados y le alertó de que la costa vasca se enfrentaba a un aumento del número de temporales, a un calentamiento del agua de entre uno y dos grados y a una subida del nivel del mar que no supo especificar. Le parecieron unas apreciaciones exageradas, pero el Departamento de Medio Ambiente ya estaba adoptando las medidas necesarias para mitigar los efectos y que las dunas de playas como las de Hondarribia, Deba y Orio no se viesen afectadas por la adversidad climatológica. Para el juez, más que el viento, la lluvia, el oleaje o las mareas, la actividad humana tenía una incidencia más negativa, pero se abstuvo de decirlo y en cambio aseveró cada uno de los comentarios del director. Si algo había aprendido en esta vida era a no granjearse enemigos innecesariamente ni cerrarse las puertas de otros departamentos. Probó las vieiras. Le supieron a tierra. La propina se resentiría; no toleraba un error, y menos en un restaurante de dos estrellas Michelin. El sabor terroso le hizo recordar al inspector de Homicidios. Otro error. Dos crímenes en un mes. Mismo *modus operandi*. Ahora que el tema de ETA se enfriaba, un nuevo caso se abría en el horizonte.

Le hizo un gesto con la mano al camarero. El rioja de Campo Viejo gran reserva del año 2010 no le acababa de convencer. Solicitó que se lo cambiaran por un Marqués de Cáceres del mismo año, esa añada se consideraba excelente. El viento amainó, lo que anunciaba lluvias. Sopesó la idea de cambiar de táctica, no poner tantas trabas al inspector, incluso apoyarle con algunas decisiones, tal vez así, si solventaban el caso con celeridad y sin errores, consiguiese el ansiado traslado a la Audiencia Nacional. Le habían chivado que en Semana Santa se jubilaba un juez y habría una vacante, así que cuanto antes se posicionase, tanto mejor. Llegó el camarero, solícito, con el nuevo vino. Apenas lo miró mientras le servía. Agitó la copa. El cuerpo y la textura parecían los adecuados. Granate intenso y profundo. Se ajustó las gafas. Acercó la nariz y olfateó. Captó el aroma de frutos rojos junto con cierto tono dulzón a canela y chocolate. Lo probó. Sintió en la boca el paso suntuoso y sabroso de la fruta roja ensamblada con la madera de la crianza y una ligera acidez. Dio su aprobación con un imperceptible gesto de la cabeza. Sí, apoyaría al inspector. Luego ya tendría tiempo de darle una patada en el culo. Los tentáculos de la Audiencia Nacional eran alargados.

Itziar estaba sentada en un taburete de la cocina repasando los últimos apuntes de su libro. Consideraba que el origen paleolítico de los vascos era una leyenda olvidada hace tiempo. Situar las raíces vascas en la primera etapa de la Edad de Piedra, hacía más de diez mil años, era una exageración. Pero ella iba más lejos, y no creía en las palabras del lehendakari, quien aseguraba que el pueblo vasco tenía siete mil años de antigüedad. Su estudio situaría el origen de los vascos en torno a los cinco mil años, y eso levantaría ampollas entre los que defendían la creación de un estado independiente cuyo origen se remontaba al

Mesolítico. Sin embargo, pensó que la controversia le vendría bien, el mundo se alimentaba de escándalos, vendería más ejemplares. A poco que se esmerase, el boca oreja haría el resto y con algo de suerte la preocupación por llenar clubes de lectura, salas de biblioteca, actos en librerías, sería más llevadera; la desagradable situación de acudir a un acto con cuatro desconocidos, de los cuales tres fueran familiares, nunca se haría realidad.

Sonó un timbre. El de casa.

—Qué raro —murmuró.

Echó un vistazo al reloj: las 21.30 horas. No es que fuese muy tarde, pero sí lo suficiente como para recibir invitados.

Abrió la puerta sin mirar por la mirilla; los antiguos temores de que la seguían y la vigilaban se fueron un día tal como vinieron. Tras la puerta emergió la figura esquelética de la señora Martikorena, la viuda del piso de abajo.

—*Kaixo*, vecina —la saludó Itziar desde la puerta a medio abrir.

—*Kaixo*. Perdone que la moleste a estas horas, ¿no tendrá un diente de ajo para dejarme? La porrusalda no sabe igual sin ajo.

La viuda llevaba puesto un delantal encima de su sempiterno vestido negro. Su marido había fallecido de un infarto hacía una década, pero Itziar la recordaba siempre con aquel vestido y el pelo recogido en un moño.

—Claro, ahora se lo traigo.

Se dirigió al armario de la despensa dejando la puerta abierta pero sin invitar a entrar a la vecina. Itziar sabía que la señora Martikorena era una cotilla de mucho cuidado, le gustaba cuchichear de todo el vecindario y había hecho del chisme su forma de vida. Aunque pocas veces había invitado a Eneko a su casa, sin duda su aventura con él, un hombre casado y mayor que ella, habría sido la comidilla en las tertulias que la viuda y sus amigas organizaban todos los domingos por la tarde. Se preguntó qué la habría llevado a su puerta a semejante hora.

—Tome —le dijo Itziar, tendiéndole una cabeza de ajo.

—Uy..., *eskerrik asko,* pero es demasiado, con un diente era suficiente...

—No se preocupe. —Con una cabeza entera la mantendría alejada unos días—. Que pase una buena noche.

La señora Martikorena hizo amago de darse la vuelta, pero antes de que Itziar cerrase la puerta ya estaba hablando:

—¿Ha oído lo que le pasó ayer a Cecilia, la vecina del quinto?

—Pues no.

Itziar puso cara de preocupación. Cecilia le caía bien y esperaba que nada malo le hubiese ocurrido. Eran las únicas solteras del vecindario, y aunque ella tenía un novio formal, sin duda era una de las presas preferidas de la viuda.

—La secuestraron ayer. —Se frotó las manos en el delantal antes de proseguir—. ¡A mediodía, a plena luz del día, imagínese lo peligroso que se está volviendo este barrio! Si mi pobre Mauricio levantase la cabeza, seguro que se moría otra vez del susto.

—Pero ¿le ha sucedido algo malo? —preguntó Itziar con avidez.

—Nada malo, o eso creo, pero la dejo descansar, es tarde.

—Espere, no se marche así —le pidió Itziar casi gritando. No podía fingir su interés. Estaba en manos de la viuda y ella lo sabía.

—Verá, no me gusta hablar en los rellanos y que la gente piense que soy una cotilla...

—Claro —dijo Itziar abriendo de par en par la puerta e invitando a la viuda a entrar.

Al ver que esta no se decidía, la tomó del brazo y la introdujo en casa. La mujer no puso la menor objeción y dejó escapar una risita descontrolada.

En un minuto estaban las dos sentadas en las sillas de la cocina con un vaso de leche caliente entre las manos.

—Perdone el desorden —se excusó Itziar apartando los folios y recogiendo los apuntes de la mesa—. Estoy escribiendo un libro —se sinceró a sabiendas de que le daba carnaza para alimentar a sus amigas.

La señora Martikorena asintió levemente sin cesar de mirar la cocina y hacia la puerta que se abría al salón. Sus ojos eran un escáner que todo lo procesaba. Itziar pensó que cualquier detalle, cualquier cuadro, cualquier foto, valdría para comentar sibilinamente en la tertulia dominguera. Ya se imaginaba las primeras palabras para crear expectación entre la audiencia: «¿Saben, queridas? El otro día estuve en casa de la profesora. La pobre se ve muy sola, hasta está escribiendo un libro».

—Entonces, ¿qué me contaba?, ¿qué le ha pasado a Cecilia?

—La secuestraron dos hombres, o al menos eso es lo que contó a la Policía. Lo sé por Jaime, el portero del aparcamiento de al lado. No sé cómo lo hace pero se entera de todo.

Itziar notó cierto resquemor en su voz: seguro que le encantaría tener los mismos informantes que el portero.

Un silencio regó la cocina durante unos instantes.

La señora Martikorena se mojó los labios con la leche. Un fino bigote blanco se dibujó bajo su nariz.

—Esta leche está riquísima, ¿es de caserío?

—*Bai,* la compro en un supermercado que hay a dos calles, la traen fresca todos los días...

—¿En el Eroski?

Itziar asintió con la cabeza mientras se llevaba el vaso a la boca. Su invitada hizo lo propio, pero apenas tomó un sorbito, dejando patente que no tenía prisa alguna y que el vaso podía durarle la noche entera.

—¿Qué me decía de Cecilia?

—Que dice que la atacaron dos hombres por la espalda, que le pusieron una capucha en la cabeza y que la metieron a la fuerza en un coche.

—¡Vaya!

—Pues sí, no sé adónde vamos a llegar.

—¿Y qué ocurrió después?

La invitada tomó otro pequeño sorbo y se reafirmó en su primera apreciación sobre la calidad de la leche.

—Siendo tan fresca, ¿cuánto le dura en la nevera?

—Dos días máximo..., pero ¿Cecilia está bien?

—Por supuesto. —Hizo un gesto con la mano que Itziar no supo interpretar. Tal vez indicase que no había forma de acabar con las arpías—. La liberaron en un descampado.

—¿La Policía maneja alguna pista? —preguntó Itziar evocando antiguos temores.

—Yo compro la leche de la marca Zurutuza, ¿la conoce? —Itziar asintió y se preguntó si la viuda lo había dicho con una doble intención—. Es buena también, y mucho más barata, la pensión no da para mucho, hay que mirar hasta el último céntimo.

—Cierto... y ¿Cecilia?

—Ah... sí, qué cabeza la mía. —Se dio un golpe en la frente con la mano—. Al parecer asegura que eran dos jóvenes, por las voces, pero no ha podido dar una descripción de ninguno. En ningún momento le quitaron la capucha. Poca cosa más se sabe. Jaime dice que no son etarras, que no es su forma de actuar.

—Ya.

Itziar hizo amago de levantarse de la mesa. Para ella el interrogatorio había concluido. No obtendría más información de la boca de la viuda y ahora se exponía al chismorreo.

—Lo mejor para antes de dormir es un buen vaso de leche. Le agradezco su hospitalidad, una es mayor y no tiene muchas amigas. Es agradable hablar con una persona más joven, ¿no querrá irse ya a la cama, verdad?, una a veces no se da cuenta de que molesta.

—No se preocupe, usted no molesta —dijo Itziar a regañadientes. La noche se le iba a hacer muy larga. No sacaría fácilmente a la viuda de la cocina. A juzgar por los sorbos que tomaba, bien podían pasar dos horas.

—¿Ha oído hablar de lo que le sucedió a Toño, el peluquero de la esquina? Le dejó la mujer hará una semana, y dice Jaime que se ha ido a las Canarias con un cliente. A mí no me gusta hablar mal de nadie, pero esa mujer era una fresca, ya se veía de qué pie cojeaba con esos vestidos tan apretados... En fin, hay que ver lo que una oye sin querer.

Viernes 17

El inspector caminaba por una calle del barrio de Martutene buscando el número 32. Apenas conocía aquella zona y solo se acercaba por allí cuando visitaba la vieja cárcel o los cuarteles de la Guardia Civil. La humedad del río Urumea se dejaba sentir en los huesos. Transitaba por una calle comercial que a esas horas de la mañana bullía de actividad. Entre una sastrería y un bar localizó el portal. Pulsó insistentemente el botón del interfono, pero nadie respondió. Una señora con un carrito de la compra salió por el portal y lo miró desconfiada.

—No aceptamos publicidad —dijo.

Max echó un vistazo a su alrededor para cerciorarse de que la mujer le hablaba a él. Sacó la placa.

—Usted perdone —dijo la señora avergonzada—. Le había confundido con un mensajero de esos que nos inundan el buzón con propaganda, no hacen ni caso del aviso de que no se acepta publicidad.

—No se preocupe... ¿Podría decirme si en el segundo A vive alguien?

—¿Segundo A? Claro que vive alguien, esa mujer que se quedó sin trabajo por una enfermedad...

La señora calló, y Max entendió que quería hablar pero necesitaba un empujoncito.

—No es oficial, solo una visita de cortesía.

—Ah, pensaba que lo hacía por las quejas.

—¿Quejas?

—Sí, he oído que varios vecinos han avisado a la Ertzaintza. Ya han venido un par de veces, aunque por lo visto no pueden hacer nada. Y debe de ser verdad lo que dice la gente, porque más de una vez he coincidido con ella en la tienda de José y me he fijado en que solo compra vino, del barato, del que viene en tetrabrik...

—¿Y qué dice la gente?

—Que se agarra unas cogorzas de cuidado, que no para de molestar a los de su rellano..., la televisión a todo volumen, tira y rompe cosas, grita como una loca... Yo no oigo nada, vivo en el quinto, solo oigo algo por el patio interior, cuando salgo a tender la ropa... Pero pase, igual tiene más suerte con el timbre de la puerta.

La mujer se apartó para permitir que el inspector entrase en el portal y luego se perdió por la calle empujando el carrito.

Max oyó el motor del ascensor. Subió por las escaleras, no quería encontrarse con nadie más. Tras la puerta del 2.º A no se oía ningún ruido. Pulsó el timbre. Nada. Aporreó la puerta con los nudillos. Nada. Cuando ya se daba la vuelta se abrió la puerta del vecino. Por ella asomó el rostro de un anciano.

—¿Qué busca?

Al inspector no le quedó más remedido que mostrar de nuevo la placa.

—¿Esto significa que por fin se han tomado las llamadas en serio? Siempre viene la misma pareja de ertzainas, muy majos, la verdad, y siempre dicen que no pueden hacer nada...

—En efecto —mintió Max—. Vengo a redactar un informe, pero por lo que veo no hay nadie.

—No, se equivoca. La señora Garmendia está dentro.

Max frunció el ceño.

—¿Y cómo lo sabe?

—Hace una hora estaba chillando porque no encontraba a su gato, y no paraba de tirar cosas al suelo.

—¿Qué le ha pasado a su gato?

—Nada, murió hace años. Ahora estará durmiéndola.

—¿Se refiere a que ha bebido?

—Sí, a primera hora de la mañana ya suele estar borracha, luego se la pasa durmiendo hasta la hora de la comida, cuando viene su sobrina a visitarla.

—¿Su sobrina?

—Sí, Virginia. Si no fuera por ella, su tía habría sufrido un accidente doméstico hace mucho. La cuida y le da de comer, se preocupa por ella. Una niña encantadora.

—¿Y dice que la visita?, ¿no vive aquí?

—Claro que no, esto no es hogar para una adolescente. Solo viene de visita y se va cuando puede.

—¿Está seguro?

—Claro, de lo contrario yo hubiese llamado a los de Asuntos Sociales, qué se cree... Virginia vive con sus padres en Miramón.

«Eso le ha dicho... ¿Miramón? Ya...», se dijo Max.

—Oiga, ¿qué quiere?

—¿No tendrá una llave?

El anciano lo miró con recelo.

—Soy inspector, del Departamento de Asuntos Sociales, ya lo ha visto en la placa.

—La verdad es que no me he fijado bien, mi vista ya no es la que era. Aún estoy esperando que la Seguridad Social me llame para operarme de cataratas.

—Entonces me voy, mandaré a una patrulla para ver si lo que me dice es cierto...

—Pues claro que es cierto... Espere, no se marche.

El anciano abandonó la protección de su puerta y salió al rellano. Iba en zapatillas y por encima de un pijama grueso de invierno llevaba puesta una bata sin atar, con el cinturón colgando.

—Perdone mi aspecto, estoy jubilado, vivo solo y me paso el día en casa leyendo.

Se agachó y sacó una llave oculta bajo el felpudo.

—Virginia siempre la deja aquí. Para las emergencias. ¿Abro?

—Por favor.

El anciano metió la llave en la cerradura y tras algunos intentos consiguió girarla a la derecha. Abrió la puerta con lentitud y, con un gesto de la mano, invitó al inspector a entrar el primero. Un olor malsano inundó el rellano.

Avanzaron por el pasillo. Max esperaba no encontrar un cadáver, no era la idea. El suelo era de madera envejecida y crujía con las pisadas. En el salón, la primera estancia con la que se toparon, había una señora mayor en silla de ruedas. Tenía la cabeza ladeada y respiraba con fuerza. Por la boca le caía un hilillo de baba. Llevaba puesto un chal sobre un pijama que había conocido épocas mejores. Tenía el pelo largo, suelto y despeinado. A su alrededor había numerosos objetos tirados por el suelo, entre los cuales Max distinguió dos tetrabriks de vino. El olor provenía de ella, se había hecho sus necesidades encima.

—Lo que le dije —indicó el anciano.

Max negó con la cabeza. No, allí no podía ni debía vivir Virginia.

—Abra una ventana —ordenó Max—. Que entre un poco de aire, y salgamos de aquí.

—¿Quiere irse?

—¿Quiere cambiar pañales?

—No, claro que no —respondió el anciano dirigiéndose hacia la ventana.

—¿Echa de menos a Lucía?

—No siga por ahí —replicó Erika, poniéndose a la defensiva—. Ya le dije que ese era un tema tabú. Nada que ver con mi cautiverio, no fue desencadenante de nada...

Erika miró a los ojos de Santiago, como cuando estudiaba a un sospechoso de asesinato. Si el psicólogo tomaba ese camino iban a acabar mal.

—¿No ha vuelto a salir con nadie?

—No, no tengo pareja, no me acuesto con nadie, si es eso lo que quiere saber...

—Por favor, Erika, no era mi intención...

—Me paso el día en casa con mis padres. Como ya le conté, mi madre tiene cáncer y mi padre quiere recuperar ahora todos los años que pasó alejado de mí. Si algo tuvo de bueno mi cautiverio fue que hice una buena amiga, Nagore; la visito casi todos los días.

—¿De qué hablan?

—No es asunto suyo. Y no le gustan las tías.

—Está bien. Hoy la noto muy alterada, ¿ha pasado algo?

—Nieva, hace frío, quiero volver a mi trabajo, y no, no veo el fantasma de Lucía por las noches —dijo Erika casi a gritos.

—Tranquila, ¿necesita un descanso?

—No, acabamos de empezar, no quiero ningún descanso, quiero irme a casa y que me dé la maldita autorización.

—Entonces sigamos hablando, ¿le parece bien?

—Por supuesto, usted manda.

Pero no de Lucía, estuvo tentada a añadir. Desde que el loquero la había mencionado no podía quitársela de la cabeza. ¿Cuál era la función de los psicólogos?, ¿rebuscar entre la basura y sacar a la luz los recuerdos más dolorosos? Vaya mierda de terapia.

—¿De qué desea hablar?

—¿Cuándo le darán el Tambor de Oro?

—¿Cómo?

—He visto en la tele que este año se lo conceden a un psiquiatra.

—Ah, el doctor Joaquín Fuentes, psiquiatra infantil y una eminencia en el autismo. Por fin dan el premio a alguien alejado de los focos, alguien que no es deportista, cantante o actor.

—No todos los artistas son estrellas de cine.

—Cierto... Siempre es gratificante que a un compañero de profesión le valoren el trabajo; muchos médicos y científicos donostiarras son unos desconocidos para el gran público, lo cual es una verdadera pena.

—Siga con el cuento.

—¿Cómo?

—El cuento de los hermanos Grimm. —Erika se había tranquilizado. Llevar el peso de la conversación y elegir los temas la complacía y calmaba sus nervios—. *Falada, el caballo prodigioso.*

—Ah, ¿por dónde íbamos?

—La camarista se hacía pasar por princesa y ordenaba la muerte del caballo que hablaba.

—Entonces, el padre del príncipe ordenó cortar la cabeza de Falada y exponerla como trofeo en una de las puertas de la muralla que rodeaba la ciudad.

Erika se estremeció de miedo. Un temblor recorrió su cuerpo y a punto estuvo de caerse del diván.

—¿Se encuentra bien? —preguntó Santiago alarmado.

—*Bai,* ya ha pasado —respondió Erika, recuperada del susto, que se fue tan rápido como había venido—. Solo he tenido un presentimiento.

—¿Malo?

—No, de verdad que ya está.

En realidad había recordado el caso del Asesino de Químicas, que les cortaba la cabeza a sus víctimas para arrancarles los ojos. Pero no quería reconocerlo delante del psicólogo, bastante tenía con lo último. Si averiguaba que además arrastraba traumas relacionados con el trabajo, unidos a una infancia que ella misma había pintado como solitaria y turbulenta, jamás iba a obtener la ansiada autorización.

—¿Quiere que continúe?

—Sí, por favor.

—Una vez muerto el caballo, la camarista se casó con el príncipe. Pasaron los días en el reino. Por las mañanas, la verdadera princesa iba al campo y ayudaba a un pastorcillo a cuidar los gansos del rey, y al atardecer ambos entraban en la ciudad por la puerta donde colgaba la cabeza de Falada. La princesa se lamentaba del infortunio del caballo y el animal también se lamentaba de la desdicha de ella con una rima: «Si tu padre lo supiera, su corazón se partiera».

—Entonces, la cabeza del caballo hablaba...

—Claro, por algo era el caballo prodigioso.

—¡Qué tontería!

—Es un cuento.

—Ya le dije que no me contaron ninguno, será que no tengo paciencia o no los entiendo o que usted no sabe contarlos. Y ¿cómo acaba? La bruja de la camarista tendrá su merecido, ¿no?

—Espere al final, no sea impaciente, pero ya le adelanto que no le cortan la cabeza.

Erika volvió a estremecerse.

—¿De verdad que se encuentra bien? Está pálida.

—Tengo frío, eso es todo.

—¿Quiere que suba la calefacción?

—No, no es necesario, de verdad que estoy bien. Ya ha pasado.

—No me lo parece, creo que hay algo en su interior que le preocupa. Le vendría bien una sesión regresiva.

—¿Qué es eso?, ¿no pretenderá hipnotizarme?

—No se asuste, es una técnica muy útil para llevar atrás en el tiempo a una persona, la clave consiste en saber separar lo real de lo imaginario.

—Ni se le ocurra.

—No se preocupe, nunca me atrevería sin su consentimiento, además solo funciona cuando el paciente se encuentra en un estado de absoluta relajación, de tal manera que revive de forma controlada los sucesos del pasado.

—¿Y para qué quiere que reviva el horror del pasado?

—Muchos miedos y temores se superan al volverlos a vivir.

—No, gracias, estoy bien así. Puedo soportar el pasado sin hipnosis de por medio.

—En realidad, la hipnosis regresiva es una terapia para encarar el futuro.

—Creía que los psicólogos nunca llevaban la contraria a los pacientes, que aunque lo pensasen escondían su disconformidad.

Santiago la miró con aquellos ojos tan turbadores. Sus manos huesudas recorrían las tapas del cuaderno que hoy tampoco había abierto, fiel a la idea de Erika de que se trataba de un objeto fetiche.

—No es cierto, podemos dialogar y contrastar opiniones.

—Ya te contrastaría yo a ti —susurró ella, pensando en arrancarle la ropa y recorrer a mordiscos su cuerpo.

—¿Perdón?

—Nada, estaba divagando en voz alta.

Menos mal que no había captado por completo sus palabras. Ya se veía igual que una loca de verdad, hablando sola con las paredes.

—¿Algo que quiera compartir conmigo?

Bufó con desesperación.

—¿Cuántas sesiones llevamos?, ¿cuatro?

—Tres.

—¿Cuántas cree que son necesarias?

—Depende. ¿Cuántas cree usted que son necesarias?

—Siempre responde con preguntas, en cierta manera me recuerda a mi jefe, el comisario, siempre lanzando preguntas, una detrás de otra, como una metralleta, ¿conoce a Alex?, ¿lo ha tratado alguna vez?

—No me está permitido hablar de otros pacientes.

—¿Ni siquiera decir sí o no?

—Ni siquiera.

—No me venga con remilgos, usted trata a todos los policías que tienen problemas. En realidad es como si yo, y todos los demás ertzainas, pagásemos sus facturas, ¿no?

—Si quiere verlo de esa manera...

—¿Y le tiene que pasar un informe?

—¿A quién?

—A mi jefe, antes de darme la autorización.

—No, por supuesto que no, todo lo que usted y yo hablamos se queda entre estas cuatro paredes. A los psicólogos, al igual que a abogados y a otras profesiones, nos asiste el secreto profesional, la obligación legal de mantener en secreto la información que hemos recibido de nuestros pacientes, o clientes.

—¿Y si le confesara un asesinato?, ¿también me encubriría?

—Como en toda ley existen excepciones, y que el cliente confiese haber cometido un delito es una de ellas.

—Entonces mejor me callo.

—¿Mantiene el contacto con sus compañeros?

—No, ¿por qué?

—Involucrarse en un caso no le vendrá bien, aún es pronto.

—¿Cómo sabe que hay un caso?

Santiago carraspeó inquieto. Había vuelto a hablar demasiado.

—Uno de los policías que viene a la consulta me lo contó —reconoció—. ¿Está al tanto?

—Me parece que sabe usted más que yo. ¿Hoy no hay agua?

Santiago se levantó a por el consabido vaso. Erika aprovechó para mirar el reloj. Siempre se preguntaba cómo hacían los ingleses para mirar el reloj descaradamente, sin ningún pudor. Comprobó lo que ya temía, apenas había transcurrido media hora.

El salón, excesivamente amueblado, era amplio y muy luminoso gracias a las ventanas que daban a un pequeño jardín. El hombre se arrellanaba en un sofá chéster tapizado en cuero rojo; los agentes, en un sillón. Max pensó que todo lo cómodo que estaba el hombre era proporcional a todo lo incómodo que estaba él. Los sillones serían antiguos y caros, tal vez de la época victoriana, o tal vez afrancesados, lo desconocía, pero su trasero percibía que el diseñador se había esmerado en las formas, los materiales y la presentación a la vista de la pieza y se había olvidado del confort. El asiento era duro, como si tras la tela púrpura hubiese solo una madera; eran pequeños y tan bajos que las rodillas del inspector quedaban por encima de su cintura, como un contorsionista. Reparó en que la posición de Asier no era mucho más alentadora, aprisionaba su corpachón contra el respaldo con forma de curva saliente que parecía invitar al usuario a saltar del asiento. Max se dijo que eran idóneos para visitas inoportunas y molestas como la suya.

–Últimamente había perdido el contacto con mi hermano –reconoció Oliver–. Desde que dejó la abogacía no hacía más que perder el tiempo y gastarse el dinero en el juego.

Max pensó que el piso del viejo catedrático, tan diferente al de su hermano, sí se correspondía con una vida dedicada a la docencia. La vivienda tendría más de cien metros cuadrados y acabados lujosos y estaba repleta de muebles regios. Vistas las armas antiguas que adornaban el salón, Oliver no podía negar que era un apasionado de las antigüedades y de aquellos objetos que con su sola apariencia indicaban una procedencia lejana y desconocida.

–¿Cuándo fue la última vez que vio a su hermano con vida? –preguntó Max.

–Vino a verme hará una semana. Apenas estuvimos juntos una hora.

–¿Parecía preocupado?, ¿intranquilo?

–No más allá del dinero. Quería que le prestase... «unos pocos de miles», dijo. Se fue enfadado porque no consiguió lo que quería. Sí, lo reconozco –añadió con la mirada triste–, era un ludópata empedernido, y por más que le insistimos para que se tratase su enfermedad, nunca quiso ir a un especialista, no reconocía lo que le pasaba.

–¿Quiénes?

–¿Cómo?

–Ha dicho «le insistimos». ¿Quiénes?

–Ah..., mi hija Laura y yo. No somos más en la familia. Mi mujer murió hace unos años y mi hija es lo único que me queda. Íñigo nunca se casó, así que era el único tío de Laura.

Asier tenía el cuaderno abierto y desde su postura de equilibrista iba anotando todo lo que le parecía. De vez en cuando percibía la mirada de reojo del inspector indicando que aquello también lo anotase, o como queriendo comprobar que aquello lo había anotado, así que por si acaso lo escribía casi todo. Escribía y padecía por la chocolatina que guardaba en el bolsillo de la chaqueta, aprisionada contra el sillón. Esperaba no ver una mancha negra cuando se levantase.

—¿Cómo es la relación con su hija? —preguntó Max.

—La que un padre puede tener con una hija de treinta y cinco años, casada y con un niño de tres años.

—Tengo entendido que la editorial de su hija le ha publicado recientemente un libro, ¿verdad?

—Ajá. Sí, es una suerte poder trabajar junto a tu hija, una persona a la que has visto crecer y desarrollarse como persona.

Max se fijó en Oliver. Las arrugas salpicaban su rostro, las manchas de la vejez le moteaban la piel y el escaso pelo que anidaba sobre su cabeza caía en finos hilos sobre la amplia frente.

—¿De qué trata el libro?

—¿Perdón?

—El libro que ha publicado, ¿de qué va?

—Ah..., claro. Pero ¿no íbamos a hablar de mi hermano?

—También, ¿el libro?

—Terapia génica.

Max creyó percibir en la respuesta seca del viejo catedrático que el asunto le incomodaba. Le extrañó. Publicar un libro suponía una buena noticia y, por más que hubiese muerto su hermano, como mínimo diría el título a todo el que le preguntase por él. Paseó la mirada por el salón y no vio ningún ejemplar del libro. Se preguntó por la procedencia de un arma, alargada y ajada, anclada en una base; parecía la lanza de don Quijote.

—¿Y eso de la terapia génica qué significa? —insistió Max.

Oliver Lezeta dejó escapar un suspiro.

—Es un ensayo sobre los experimentos génicos realizados a lo largo de la historia y sobre las posibilidades que la ciencia puede abrir en un futuro no muy lejano al empleo de la terapia para curar enfermedades. Gracias a las enzimas de restricción, o endonucleasas, se puede dividir el ADN en secuencias y estudiar y modificar el genoma humano, así se corrigen las células malas y se curan enfermedades genéticas. La clave es actuar sobre las proteínas mutágenas y encontrar los virus que puedan corregir esa mutación que deriva en la enfermedad. También es sumamente importante el intracuerpo empleado, que contendrá el virus que habrá que introducir en el cuerpo del paciente... Pero no entiendo qué tiene que ver mi libro con mi hermano.

—Seguramente nada, aun así debemos investigar todas las posibilidades.

—¿Por qué? ¿Acaso no fue un accidente?

Max y Asier cruzaron una rápida mirada.

—Ya veo que no —dijo Oliver con pesar—. ¿Suicidio?

—Aún no lo sabemos con certeza.

—Hasta que no tengan pruebas les agradecería que no le dijesen nada a mi hija, prefiero que crea que su tío sufrió un accidente a que se quitó la vida angustiado por las deudas de juego.

—Claro, de momento la dejaremos al margen, no será necesario que hablemos con ella..., de momento —afirmó Max.

—Gracias.

—¿Conoce al dentista de su hermano?

—¿Al dentista? De verdad que usted hace unas preguntas muy raras.

—Y usted me fuerza a repetirlas y parezco doblemente estúpido. Haga el favor de responderlas y no preguntar tanto.

—Perdone, no se ponga así, entenderá mi sorpresa.

—¿Y?

—Por supuesto que no conozco a su dentista.

—¿A su hermano le gustaban los refranes, las sopas de letras... y esas cosas?

Oliver volvió a suspirar. Apretó tantos los dientes que se le notaba que estaba haciendo ímprobos esfuerzos por contestar a las preguntas del inspector sin rechistar.

—No, en mi vida lo vi con una de esas revistas de pasatiempos. Leía otras, de apuestas, pronósticos y juegos de números.

—¿Por qué abandonó la abogacía?

—Perdió a su mujer en un accidente de tráfico. Se sumió en el juego para ahogar las penas, ya lo hacía antes, pero de manera más liviana; sin embargo, cuando su mujer falleció, el juego lo atrapó para siempre. Y ahora, si no tienen más que preguntar, me gustaría descansar. Lamento no haber sido de mucha ayuda, pero desde la muerte de Íñigo...

—No se preocupe —atajó Max—. Una última cosa, ¿le dice algo la frase: «arde la mala yedra»?

Oliver frunció el ceño y las arrugas de la frente se hicieron más evidentes.

—¿Arde la mala yedra? —repitió. Reflexionó unos segundos—. La verdad es que no. ¿Lo escribió mi hermano?, ¿una nota de suicidio?

—Es una pista que seguimos, quizá no tenga nada que ver con el caso.

—No —corroboró Oliver—. Como le digo, Íñigo era muy aficionado a los números, no a los trabalenguas, los jeroglíficos ni las palabras en clave. Si lo escribió él, desconozco qué querría decir. Desde hacía dos años vivía inmerso solo en un mundo de hipódromos, casinos y salas de juego. Lo pensaré, y si se me ocurre algo, les avisaré.

—De acuerdo. No salga de la ciudad, por si necesitamos ponernos en contacto con usted.

Ambos agentes se levantaron con rapidez, felices por abandonar sus potros de tortura.

Asier comprobó que, por suerte, no había mancha negra.

Sábado 18

Asier comía en casa de Lourdes. Aunque en la mesa había cuatro platos solo dos contenían comida. Nagore, junto a Erika, estaba encerrada una vez más en la habitación. Ninguna había probado la comida, aunque para Asier aquello no podía llamarse comida. Jugueteaba con el tenedor en la ensalada de espinacas. Y luego el segundo plato no mejoraría lo presente: alcachofas al horno. Josefa se jactaba de tener buena mano con la cocina, pero él no lo veía así. Una pasta a la carbonara y una chuleta de ternera casi cruda que no cupiese en el plato era una comida como Dios manda. Pero claro, eso significaba muchos puntos en la dieta. Y Lourdes llevaba a rajatabla la puntuación del día. Asier se preguntaba si los pinchazos en el pecho y los calambres en el brazo izquierdo que sentía a veces no serían fruto de la comida *sana*.

−Hoy no tienes mucha hambre, ¿verdad? −le dijo Lourdes advirtiendo su inapetencia.

−He desayunado fuerte en casa. Los cereales me llenan mucho −mintió él.

Desde la habitación de Nagore viajaba la música por toda la casa y llegaba hasta la cocina por el pasillo.

Ella fue la primera
de sus hermanas
en huir
de la casa que la vio nacer
hacia lo salvaje

—Tampoco estás muy hablador que digamos —añadió Lourdes.

—Estaba pensando en Erika, y en Nagore también, por supuesto. Lo que han pasado no tiene nombre. Me preguntaba cuándo retomarán sus vidas.

Lourdes se retocó el moño que recogía con fuerza su cabello detrás de la nuca. Asier había aprendido que aquel tic tan característico en ella se daba cuando le importunaba tratar un tema.

—Su padre vendrá mañana domingo a recogerla. Le sentará bien salir un poco, todo el día encerrada en su habitación escuchando música no puede ser bueno.

—Me imagino que no —concluyó Asier.

Uuuh uh uh uuuh...
Ha elegido caminar,
ha elegido caminar...
hacia lo salvaje.
Ha elegido caminar,
ha elegido caminar...
hacia lo salvaje.
Hacia lo salvaje.

—¿Cómo ves a tu compañera? —preguntó Lourdes.

«Hacia lo salvaje», pensó Asier antes de responder.

—Quizá le venga bien volver al trabajo. Va a un psicólogo de policías para que le autorice la vuelta. Yo mismo tuve que acudir a un par de sesiones después de lo de Yon en la facultad. En determinadas ocasiones, una ayuda del exterior viene bien. Tal vez también Nagore debería probar.

—Tal vez... Venga, acábate las espinacas que me ha dicho Josefa que las alcachofas son de caserío y están muy tiernas.

No había cenado y tampoco tenía hambre. Había consumido parte del sábado en casa de Cristina y le apetecía estar solo así que optó por dormir en el *loft*. Los fines de semana, a no ser que el caso lo requiriese, no solía trabajar. Pero su mente no paraba de dar vueltas a los mensajes. Reconocer. ¿A quién? ¿El asesino reconocía al dentista o ellos debían reconocer a su víctima? ¿Qué era lo que tenían que reconocer? El abogado murió quemado. ¿La nota sería un símil? Arder como la mala yedra. ¿Qué había hecho el abogado retirado para ganarse el calificativo de mala yedra?, ¿un antiguo cliente que buscaba venganza?, ¿algún caso cuya condena no fue como debía? Esperaba descubrirlo antes de que un nuevo cadáver, y un nuevo mensaje, lo complicase todo más. Es lo que más temía, que necesitaran un tercer cadáver para obtener pistas y avanzar en el caso. Los interrogatorios a Marija y a Oliver no habían servido para mucho.

Apagó el móvil, se lavó los dientes y se tumbó en la cama. Sentía todos los músculos agarrotados por la inactividad del día; sin embargo, el cansancio se apoderaba de su cuerpo. No quería pensar. Cerró los ojos y se durmió profundamente.

Se tumbó en la cama, sin estar cansada y sin pretensión de dormirse. En la mesilla reposaba un grueso libro con el lomo de cuero negro y tapas rojas que contenía todas las obras de los hermanos Grimm. Le sorprendía que tantos cuentos famosos fuesen obra de los dos hermanos alemanes: *Caperucita roja, Blancanieves, La bella durmiente, Hansel y Gretel, Rapunzel, El sastrecillo valiente…* y, por supuesto, el semidesconocido *Falada, el caballo prodigioso.* Había leído el cuento por la tarde y no entendió adónde quería llegar el psicólogo. Falada contaba al rey quién era la verdadera princesa y la camarista recibía el castigo que ella misma pedía para la princesa: metida desnuda en un barril lleno de clavos y arrastrada por dos caballos blancos por las calles de la ciudad. El final estaba bien lejos del edulcorado «colorín colorado, este cuento se ha acabado», y le pareció bastante siniestro.

Intentó concentrar sus pensamientos en su madre. Al día siguiente saldría con ella a pasear por la ciudad por más que el tiempo no invitase a ello. Tomarían un chocolate con churros en esa cafetería de Lo Viejo que tanto le gustaba a su madre.

Cerró los ojos. A los cinco minutos galopaba a lomos de un caballo pardo por la orilla de una playa desierta. En el horizonte vislumbró un crepúsculo cargado de sombras. Sintió el azote del viento en el rostro y la furia del mar en las piernas. Iba vestida con un absurdo e incómodo vestido de cuya espalda sobresalía una capa roja. Al fondo se divisaba un castillo. En unos minutos estaba encaramada en la torre más alta. Sin cuerda, sin trenzas por las que bajar, se encontró encerrada en el interior de la torre. Al ir a acercarse a la puerta notó como una argolla le aferraba un tobillo. La argolla estaba sujeta a una cadena que se perdía por un agujero de la pared. Alguien tiró del otro extremo y tuvo que luchar para que quienquiera que fuese no lograse su propósito de arrastrarla hasta la pared. Gritó enfurecida. Los ladrillos de su prisión se convirtieron en papel pintado con dibujos de flores y princesas. Erika miró a su alrededor, buscando a Max en las sombras que proyectaba la luz amarillenta de la lámpara. Continuó su búsqueda con los ojos abiertos como platos a sabiendas de que no iba a encontrar a Max en su habitación. Logró levantarse y entró en el baño dando tumbos. El agua fría del lavabo la refrescó y la devolvió a la realidad. Regresó a la habitación. Abrió la ventana y una bofetada de aire frío le golpeó el rostro. Se arrodilló hasta acurrucarse contra la pared. Hecha un ovillo acabó por tumbarse en el suelo mientras el frío de la noche se colaba por la ventana.

Domingo 19

Desde la ventana de su dormitorio, Cristina veía salir el timorato sol sobre la ciudad dormida, abriéndose paso entre nubes grises hasta alcanzar tímidamente la aguja de la catedral del Buen Pastor. El despuntar sereno del sol le proporcionaba paz interior y sosegaba sus pensamientos sobre Damián. Desde la última visita al ginecólogo pensamientos funestos acudían a su mente, aumentaban sus problemas nocturnos y le impedían conciliar el sueño. Se pasaba la mayor parte de la noche en vela. Cuando estaba sola, entre idas al baño, lectura de revistas y visitas al frigorífico; cuando estaba acompañada por Max, entre giros contorsionistas en la cama, peleas y tirones por el edredón y golpes con los pies a la marmota de al lado. No sabía cómo conseguía dormir tan profundamente; si un terremoto asolase San Sebastián durante la noche, Max sería de los últimos en enterarse.

Se acarició el vientre con ternura. Allá abajo una vida se desarrollaba y estaba a once días de salir a la superficie. Ya contaba los minutos para dar a luz, aunque el ginecólogo, aparte de recordarle que Damián seguía de culo y estaban más cerca de una cesárea que de un parto natural, le había avisado de que las primerizas no solían cumplir los plazos y lo más normal es que tuviesen el bebé después de la fecha indicada, en su caso el 30 de enero. Con lo cual vivía entre la angustia de romper aguas en cualquier momento o la desazón de que los días pasaran sin novedad. Miró el móvil. Sin mensajes ni llamadas perdidas. Una raya de batería. Lo puso a cargar. No podía perder su única conexión con el mundo exterior. Cogió el pesado libro de la mesilla, un volumen grueso sobre el Zodíaco, y se tumbó en la cama. Solía ojear los horóscopos de los periódicos y las revistas, pero el aburrimiento le había hecho ir más allá e investigar la historia y los signos. Según la cultura occidental, Damián nacería bajo el signo de Acuario y sería un niño introvertido, egocéntrico y hábil para las matemáticas. Según la cultura oriental, la fecha del parto caía justo en el cambio de signo zodiacal, se iba la Serpiente de Agua y llegaba el Caballo de Madera. El apéndice de las efemérides era el que más consultaba. Cien páginas en letra diminuta de fechas y nombres. Evocaba un día del calendario y miraba qué personajes célebres o famosos habían nacido en dicha fecha. Damián coincidía con numerosos escritores y premios Nobel en química y física; ella, con pintores y músicos; Max, con actores y deportistas; su madre, con religiosos y políticos; la fecha de su ex no quiso mirarla.

Tras leer un par de páginas a voleo se levantó de la cama. ¿Qué podía hacer? Se le ocurrió escribir en un cuaderno todos los sufrimientos que el parto ocasionaba: malestar general, hinchazón de manos y pies, dolor de espalda, insomnio... Había leído en una revista especializada que en el parto natural se liberaba una hormona llamada oxitocina, la cual generaba una sensación de cercanía con otras personas, una especie de empatía, y por eso la madre se sentía de inmediato íntimamente unida al recién nacido. Pero también producía una especie de amnesia, una pérdida parcial de la memoria que hacía olvidar los momentos difíciles y los inconvenientes que el parto conllevaba; por ello, a pesar de lo traumático que era parir, casi un castigo divino, a las pocas semanas la mujer ya pensaba en tener otro bebé. «Alzhéimer del parto», lo llamaba la revista. No, a ella no se le olvidaría; lo anotaría todo. Cogió lápiz y cuaderno y se sentó en la mesa de la cocina. Sería una especie de diario de los horrores del embarazo al más puro estilo Bridget Jones. Lo malo es que ya era tarde para marcar las fechas por días, así que haría un resumen por meses. Empezaría por la ilusión que sintió allá por el mes de mayo cuando en el test de embarazo aparecieron las dos rayas rojas. Rellenó una hoja en un suspiro: una primera impresión maravillosa del primer mes, con aquella letra grande de niña que tanta gracia le hacía a Max. Cambió de hoja. Ya se regocijaba pensando en los siguientes meses, cuando los sentimientos revirtieran. Mientras escribía la segunda página le vino a la mente Virginia. ¿Qué sería de la muchacha? Según Max se negaba a oír hablar de casas de acogida o de cualquier otro hogar. Y conociéndola, bien que se lo creía, tenía carácter para tumbar un caballo. Le recordaría a Max que insistiese. Notó un fuerte dolor debajo del vientre. Soltó el lápiz y se protegió la tripa con las dos manos. Se asustó, pensó que había roto aguas, pero en unos segundos todo volvió a la normalidad. Una falsa alarma. Damián se había movido y había lanzado una patada, o quizá un puñetazo, contra su vientre. Esperaba que se hubiese girado. El ginecólogo le había aconsejado una serie de ejercicios para colocar al bebé en posición cefálica —ponerse cabeza abajo, inclinarse hacia delante, masajes en el abdomen, sentarse de rodillas—, pero apenas los practicaba, se sentía cansada y pesada continuamente. Lo que sí comprobó es que Damián se movía más después de ingerir bebidas altas en azúcar. Los estímulos luminosos o fríos, como inclinarse de nalgas y recorrer con el haz de luz de una linterna el útero hasta el pubis o tumbarse en un suelo de almohadas, flexionar las rodillas y colocarse una bolsa de hielo encima del vientre, le parecían tonterías sin sentido. No estaba tan desesperada; su mayor pesadilla era que su madre la viera en el suelo practicando alguno de esos estímulos.

Dejó el diario a medias, ni se preocupó en cerrarlo, y regresó a la cama. Cogió el móvil. Llamó a casa de Max. Saltó el dichoso contestador. Ni siquiera esperó a la señal para dejar un mensaje. Max le había confesado que nunca los escuchaba, que la idea del contestador consistía en evitar que lo despertasen de madrugada y que las llamadas innecesarias al dejar el mensaje ya no volvían a repetirse. Lo llamó al móvil. Tampoco contestaba. Tras cuatro tonos colgó. ¿Dónde diablos se había metido un domingo por la mañana? Miró el despertador de la mesilla: las 11.12 horas. Ya debía de estar levantado. «¿Y si me pongo de parto?», se preguntó angustiada.

Los dos agentes caminaban por el puerto con una amplia sonrisa en el rostro. Si fuesen treinta años más jóvenes habrían dado el perfil perfecto de dos chicos que salían de casa en busca de aventuras. Al llegar al embarcadero, Joshua abrió una puerta enrejada con una llavecita y bajó por las escaleras de piedra acompañado de Max. El inspector se dijo que pocos propietarios serían mayores, ya que la escalera se precipitaba al fondo del embarcadero en un ángulo pronunciado y además no tenía barandilla; únicamente servía de apoyo el muro verdoso por el musgo sobre el que la escalera se anclaba a la izquierda. Los amarres estaban distribuidos en dos hileras enfrentadas con capacidad cada una para nueve embarcaciones de pequeña eslora. Unos postes, con una franja en amarillo y fondo blanco en la parte superior, daban nombre a las hileras. Max contó casi veinte postes, la mayoría oxidados en las zonas de contacto con el agua, y todos con nombres de localidades vascas. Enseguida se percató de que las embarcaciones de mayor calado, las que pasaban de botes o barcazas a pequeños yates, se amarraban en los postes más alejados de la escalera y, por tanto, los más cercanos a la bocana.

Joshua no anduvo mucho, se paró en el segundo poste, casualmente denominado Pasaia y flanqueado por Donostia y Hondarribia.

—Es esta preciosidad —dijo el agente, señalando una embarcación amarrada entre dos barcazas de pesca.

Max leyó el nombre en la popa, que, fiel a las costumbres de los marineros, tenía nombre de mujer. *Garbiñe*. Se trataba de una *txipironera* con cabina, de unos siete metros de eslora y casi tres de manga. De color blanco, con una gruesa franja azul en los costados, la chalupa relucía limpia, desde el timón que asomaba por una ventana de la cabina hasta el pequeño mástil de la popa donde se recogía una ikurriña. Debajo de los dos baos de cubierta, entre la cabina y la proa, había una pequeña nevera y un cubo de plástico. Del interior de cada costado asomaba un remo de madera.

Joshua saltó dentro. Como el suelo estaba resbaladizo tuvo que apoyarse en la cabina para no caer al agua. Max lo siguió, poniendo con cuidado un pie tras otro sobre la cubierta. No llovía ni nevaba, pero soplaba un fuerte viento que hacía a *Garbiñe* cabecear contra el muelle. Joshua soltó las dos cuerdas de amarre de popa y después se internó en la cabina. A través del cristal le hizo el signo de «ok» a Max con el dedo pulgar. Este le devolvió el gesto mientras se sentaba en la bao más próxima a la cabina. Joshua arrancó y el ruido del motor sonó entre el bramido del aire. A los mandos del timón, con la puerta de la cabina abierta, Joshua maniobró con precaución para salir del muelle. Eran los únicos que desafiaban al tiempo y se atrevían a hacerse a la mar.

Mientras avanzaban con lentitud por el muelle, el Cristo del monte Urgull parecía recelar de su salida. La bocana era angosta. En un lateral, unos chiquillos los despidieron con las manos. Joshua les devolvió el saludo. Se le veía pletórico, feliz como un niño con zapatos nuevos. Al emerger a mar abierto, una docena de yates cabeceaban frente a la bahía en continua pelea con el viento. Los dejaron a babor y pusieron rumbo a la isla de Santa Clara, aumentando unos cuantos nudos la velocidad mientras Joshua aferraba el timón con fuerza. Si algo había aprendido en el curso de patrón era a coger las olas por popa o proa, nunca de lado. Max sintió la bravura del mar Cantábrico en sus carnes; pugnaba por permanecer sentado y no salir volando por los aires, ni precipitarse hacia delante, con las manos aferradas al banco central, colocado a horcajadas con las piernas encogidas. Cientos de gotas saladas humedecían sus labios y su cabello, pero no podía dejar de sonreír. Inmerso en la navegación, no oyó la llamada de Cristina, que fue a parar al buzón de llamadas perdidas junto con otra que había recibido de Erika minutos antes.

Joshua aminoró la marcha hasta detener la embarcación. Salió de la cabina.

—Esta vista te deja sin palabras —afirmó, mirando la ciudad desde el mar.

Resultaba una perspectiva nueva para Max y le pareció realmente espectacular. Si acaso, las letras grandes —blancas en fondo azul— del Aquarium empobrecían un poco la panorámica. Los edificios del ayuntamiento, el hotel Londres y el Palacio Miramar destacaban por encima del resto. La forma en concha de la bahía con el balneario de La Perla —antigua sala de fiestas— en el centro realzaba el toque burgués de Donostia.

—¿Ahora entiendes por qué lo llamaban la Roca? —dijo Joshua—. Desde aquí se puede ver lo inexpugnable que era el castillo de la Mota, no había forma de penetrar en la ciudad desde el mar. La toma de 1813, tras un mes de asedio, fue un hecho aislado causado por un incendio fortuito.

Max asintió con la cabeza sin decir nada. Hundió las manos en los bolsillos de la gabardina. No le salían las palabras. El frío que soportaba había huido con el paisaje que se abría ante sus ojos verdes. El manto blanco que cubría los tejados le otorgaba un aire navideño a San Sebastián.

—¿Y qué te parece *Garbiñe*?

—Fantástica, me parece una compra estupenda.

—Y barata. El propietario, un francés jubilado, se iba de la ciudad y necesitaba vender con premura. Él se la había comprado a un *arrantzale* jubilado. Un auténtico chollo.

—Me alegro.

—Además está en perfecto estado, es la tercera vez que salgo y ningún problema. —Las dos veces anteriores también había invitado a Max, pero la demanda de Cristina para que estuviese a su lado le impidió acompañar a su amigo—. No necesita invertir en mejoras, pero le voy a hacer unos cambios, digamos que la voy a tunear a mi gusto. Le cambiaré el nombre por el de *Arantxa*, en honor a mi difunta madre, y la pintaré, cambiaré los colores de San Sebastián por los de San Pedro. Ya la veo toda de morado surcando los mares..., el día de la Bandera de la

Concha serás mi invitado especial, imagínate, ver las regatas desde el mar y que San Pedro cruce la baliza de meta en primer lugar.

—Eso lo veo difícil, lleváis mucho tiempo sin ganar, ¿verdad?

—En efecto, más de veinte años de maldición...

Max siguió el vuelo de una gaviota sombría hacia la isla.

—Es bonita, la isla, me refiero... ¿Hay electricidad?

—Sí, se construyó un cable submarino a mediados del siglo pasado, y también hay agua potable. Lo que no hay es torrero, desde hace unos años el faro funciona automáticamente, se alimenta de placas solares y está controlado por el técnico del faro de Igeldo.

—La vida en la isla de los fareros sería muy dura.

—Para escribir un libro. Por ejemplo, ahora que vas a ser padre, me viene a la memoria que uno de ellos tuvo ocho hijos y cada vez que su mujer se ponía de parto tenía que hacer señales de fuego para que el barquero llevara a una partera desde el puerto.

—¿Tan aislados estaban?

—Hace más de cien años ser torrero no era un oficio habitual, y trabajar en una isla condicionaba su forma de vida. Muchos pasaron años enteros sin salir de ella. Incluso uno murió al sufrir un percance sin que nadie en la ciudad viera las señales de socorro. Por fin, a finales de los años treinta les concedieron el presupuesto para adquirir un bote propio y arrancaron las obras para construir el embarcadero.

Al mirar hacia el embarcadero, Max vio a un cormorán moñudo zambullirse bajo el agua en busca de comida. Comenzó a chispear.

—Vámonos antes de que nos pille la lluvia. —Joshua se introdujo en la cabina acompañado de Max—. Bordeemos la isla y salgamos por estribor al Peine del Viento. Desde allí la vista también es magnífica.

Garbiñe se puso en marcha. Debido a la ausencia de sol y a las nubes grises que asomaban en el horizonte, el faro de la isla resplandecía como si fuese de noche. Al acercarse, Max descubrió una pequeña lancha a motor batiéndose contra el embarcadero. «¿Quién es el loco que va a visitar la isla con este tiempo?», se preguntó.

En la pantalla de la televisión aparecían unas letras amarillas que tapaban las luces de neón de una gótica Nueva York. El taxista había realizado la última carrera de la noche y dejaba a la mujer en su casa despidiéndose con un «hasta la vista» que sonaba a despedida definitiva.

Imanol se levantó del sofá sin apagar la televisión. Desde el baño le llegaba la banda sonora de la película, el sonido del saxo que describía perfectamente la soledad e incomprensión que sentía el protagonista. Igual que él. Un hombre que luchaba contra las drogas, el hambre, las injusticias, las putas, los chulos, la pasma corrupta, los políticos mentirosos... Se deprendió de la camiseta, la dejó caer al suelo y se quedó desnudo de cintura para arriba. No era de los que acudían con frecuencia al gimnasio, pero gracias a la alimentación sana y al ejercicio aplicado a su rutina diaria tenía un aspecto saludable. Cristina se llevaría una sorpresa al descubrir su cuerpo fibroso. Los abdominales aún no se le marcaban lo suficiente, pero ya tendría tiempo; otros asuntos reclamaban su atención. Se miró en el espejo, con las tijeras en una mano. Sin pensárselo más se tiró de un mechón y lo cortó. Poco a poco los mechones fueron amontonándose en la pila del lavabo. Luego se cortó los pelos que poblaban su barba. Para rematar la faena utilizó la maquinilla eléctrica, la puso al cero y se la pasó por la cabeza y la cara. Al finalizar sonrió satisfecho. Ni un rastro de pelo. Se acarició la calva y notó un pequeño bulto que bajaba hacia la coronilla. Descubrir aquella zona de su anatomía le hizo sentirse bien. Un hombre nuevo resurgía para acabar con la barbarie en el mundo, un hombre que iba a dar su merecido a unos cuantos y a unas cuantas.

—¿Me hablas a mí? —dijo Imanol, amenazándose en el espejo con el dedo índice—. ¿A mí? Más te vale que desaparezcas de mi vista.

Volvió a la habitación. Se tumbó en la cama. Observó el techo mientras pensaba dónde conseguir una pistola. Desconocía los bajos fondos de Donosti. ¿Lo Viejo?, ¿la Cuesta del Culo? No. ¿El puerto? Sí. En todas las ciudades con mar solía ser el sitio predilecto para tratar negocios ilegales. Esperaba no equivocarse de lugar ni de individuo. Aunque era un hombre nuevo, si se equivocaba no lo sentiría por él sino por el otro.

Lunes 20

Soñó con galeones españoles, mares bravos, piratas con parche en el ojo e islas del tesoro. Se despertó tranquilamente, sin llamadas de teléfono ni alarmas en el despertador. La claridad del día penetraba por la ventana. Y también el frío. Dormía con una manta y un edredón de plumas. Al poner los pies en el suelo de cemento sintió todo el frío que el *loft* acumulaba durante la noche y que se hacía más evidente durante el día. Cristina tenía razón por más que a él le pesase: su vivienda no era la más adecuada para ella y el bebé. Había sopesado la posibilidad de instalar calefacción, pero el elevado gasto, el incremento en la factura del gas o la electricidad y la certeza de que la ausencia de paredes y el espacio amplio del *loft* jugaban en contra le hicieron abandonar la idea.

Entró en el baño a la carrera. Aunque le reconfortaba el contacto del agua fría en la piel, le ayudaba a desperezarse del todo, principalmente cuando madrugaba, ese día se sintió menos valiente y se duchó con agua caliente. Ya vestido —eligió una camisa oscura de manga larga, un jersey de cuello redondo y unos pantalones vaqueros negros— se pasó por la cocina. Lo primero que hizo fue encender la radio, su compañera más fiel a falta de Cristina, televisión u otros inquilinos. Comenzó a sonar un reciente éxito musical:

117

When the days are cold
and the cards all fold
and the saints we see
are all made of gold.

Encendió un fogón y preparó un café bien cargado en la cafetera de acero inoxidable. Se sentó en un taburete a esperar. El revólver Smith & Wesson descansaba sobre la mesa guardado en la sobaquera de cuero marrón. Hacía tiempo que no lo usaba, y ojalá que no volviese a necesitarlo. La excursión marinera del día anterior con Joshua fue un bálsamo tan placentero que mientras escuchaba la música meditaba si sería buena idea que él también se comprase una pequeña embarcación a motor. En unos años se veía de capitán con Damián y Cristina como tripulación. Cuanto más lo pensaba, más le satisfacía la idea.

When you feel my heat,
look into my eyes,
it's where my demons hide
it's where my demons hide.
Don't get too close,
it's dark inside,
it's where my demons hide,
it's where my demons hide.

Al concluir la canción, el locutor repitió varias veces el nombre del grupo, que a Max le pareció curioso: Imagine Dragons. Su pobre inglés le bastó para cerciorarse de que seguía navegando entre dragones y demonios. Tras dos canciones más de intérpretes que no conocía, la cafetera silbó. No le apetecía hacerse unos huevos fritos, tomaría algo en la tienda de su amigo JI.

Mientras degustaba el café, escuchó con atención las noticias. Hoy entregaban el Tambor de Oro a un doctor en psiquiatría infantil. En una entrevista grabada, el científico Pedro Miguel

Etxenike, encargado de dar el premio, enumeraba los méritos del doctor donostiarra. Después anunciaron la previsión meteorológica: lluvias acompañadas de granizo y fuertes vientos. Ningún asunto político destacado. Ningún crimen pasional. Ningún homicidio por violencia de género. Solo tiempo puramente invernal.

«Perfecto para visitar a los viejos fantasmas», pensó Max.

Aparcó el Mustang lo más cerca que pudo de la entrada, pero sin obstaculizar el tráfico. No sabía cuánto tiempo iba a permanecer dentro de la Facultad de Ciencias Químicas. A pesar de que fue corriendo hasta las escaleras de piedra, sintió el fuerte granizo en la cabeza. «Mierda de tiempo», protestó.

Decenas de estudiantes pululaban por el amplio vestíbulo, posiblemente debido a un cambio de clase. Se sacudió la lluvia de la gabardina mientras aguardaba a que el tumulto se dispersase. Luego accedió por las escaleras a la cuarta planta. El laboratorio de Procesos seguía en el mismo lugar, en mitad del pasillo. Entró sin llamar y se topó con un chico imberbe en bata blanca que sostenía en una mano un matraz con una disolución burbujeante. Enseguida le molestó el olor a formol, tan intenso y desagradable como el del laboratorio forense.

−¿Leire? −preguntó al joven.

El chico frunció el ceño. Depositó el matraz bajo una campana de gases. El líquido estaba adquiriendo una ligera tonalidad verdosa.

−¿La profesora Aizpurúa?

−Cierto, hijo.

Max recordó que Leire había dejado de ser becaria para ocupar un puesto en el claustro. No estaba seguro, pero creía que era el puesto que dejó vacante Isaías y que había sido ocupado durante dos años por un profesor temporal que acabó renunciando para aceptar un trabajo de investigación y desarrollo en Alemania. Al menos, algo así le había contado Cristina.

119

—Está dando una clase de quinto. Hasta dentro de una hora no estará libre.

La disolución del matraz había dejado de burbujear y se había convertido en un líquido espeso verduzco que a Max le pareció repulsivo.

—Está bien, la esperaré fuera.

Se dirigió al bar de la facultad, situado en la planta baja. Pidió un café con hielo a Pilón. No conversaron, el camarero estaba solo e iba y venía de la barra a las mesas, y esta vez Max no buscaba a un estudiante desaparecido. Volvió a la cuarta planta. Por fortuna, Leire tardó poco en aparecer. Le sonrió y lo invitó a acompañarla.

—Me alegro de que hayas prosperado —dijo Max una vez dentro del despacho de la profesora.

—Como verás, no es muy grande, pero no me puedo quejar —dijo Leire mientras guardaba en una estantería el libro que llevaba bajo el brazo—. En este país no se puede vivir de becario, nuestros brillantes universitarios emigran a nuevos horizontes al acabar la carrera, las oportunidades en España para las mentes más lúcidas no existen.

Max asintió con la cabeza. Ya no se trataba de la muchacha que dos años atrás le había ayudado tanto en el caso del Asesino de Químicas. Se había convertido en una joven profesora madura, sin duda estricta, de pensamientos más profundos. «Una transformación como el líquido del matraz», pensó Max; solo que el cambio no se debía a propiedades químicas sino al pasado, o tal vez las muertes de sus compañeros, la rutina de la vida o los sinsabores del amor le habían endurecido el corazón y el semblante.

—Sigue granizando —dijo Max mirando por la única ventana del despacho, situada tras la silla del escritorio, frente a la puerta.

—Es aguanieve, no granizo.

—¿Cuál es la diferencia? En las noticias dijeron granizo.

—Los periodistas cada día hablan peor, es más, pervierten a la sociedad. —Leire seguía de pie frente a la estantería, buscando entre los lomos el título de un libro—. No me extrañaría que tu hombre del tiempo fuese un becario en prácticas –añadió en tono jocoso.

–Entonces nieva hielo, no graniza.

–En efecto. El granizo se produce con las tormentas eléctricas, son capas de agua congelada y es mucho más duro que el hielo; capaz de destrozar tejados y sembrar de agujeros una cosecha. Lo que ahora cae es aguanieve, el granizo solo se da en verano. ¡Eureka! Aquí está.

Leire sacó un grueso libro de tapas negras y lo depositó sobre el escritorio. Max vio en la cubierta el dibujo a color de una molécula de ADN que se retorcía en una hélice helicoidal. Reparó en que, a diferencia de la mesa de Cristina, la de Leire estaba muy ordenada, apenas dejaba a la vista unas carpetas, una bandeja de folios, un cubilete de bolígrafos y un portátil sin abrir.

–¿Qué me puedes contar de Oliver Lezeta? –preguntó Max, yendo directo al grano.

–¿Oliver? Fue profesor mío, bueno, mío y de otros tantos alumnos, estuvo varios años impartiendo clases aquí. No había vuelto a verlo hasta que hace unas semanas vino a la facultad para presentar un libro.

–¿Qué enseñaba?

–Termodinámica, en tercero. Una parte de la física que estudia las relaciones entre el calor y otras formas de energía.

–¿Relacionado con su libro?

–Más o menos. Las moléculas se comportan de diferente forma y adquieren diferentes propiedades en función del grado de temperatura, y eso se puede aplicar a muchas ramas; una es la terapia génica, aunque, siendo sincera, no es mi especialidad: se trata de una ciencia exclusiva de médicos genetistas, más propia de un biólogo que de un químico.

–¿Algo que comentar sobre Oliver, de sus años como profesor, de la terapia...?

–¿Qué buscas?

–Su hermano ha fallecido en extrañas circunstancias. Hay algo que no me cuadra. –Su intuición policial le decía que había gato encerrado en la historia de Oliver y la muerte de su hermano.

—Nada digno de mencionar. Un profesor corriente de una asignatura corriente, e imagino que con una vida corriente.

Ambos permanecían de pie en el despacho, como dos viejos amigos que no necesitaban guardar las distancias: Max, cerca de la puerta; Leire, apoyada en el escritorio.

—¿Estuviste en la presentación?

—Sí, fue cuando se enteró de la muerte de su hermano. Se tuvo que suspender, un poco triste..., bueno, ahora que lo recuerdo, una periodista le preguntó sobre el caso de una persona, no me acuerdo del nombre, era extranjero..., espera, que lo tengo anotado por aquí, quería buscarlo pero se me olvidó.

Leire dio la vuelta al escritorio y abrió un par de cajones. Del segundo sacó un papel, un trozo pequeño arrancado de una libreta. Tenía escrito a bolígrafo un nombre que leyó en alto:

—Gasinger. Eso anoté, aunque no sé si está bien escrito, y desconozco si es un nombre o apellido. Recuerdo que me extrañó porque percibí la turbación en el rostro de Oliver, como si recordarlo le hiciese daño, no sé, llámalo intuición femenina si quieres, pero...

—¿Puedo? —preguntó Max alargando la mano por encima de la mesa.

—Claro, quédatelo, ya me dirás qué descubres.

Max se guardó el papel en un bolsillo de la gabardina.

—Descríbeme a la periodista.

—Rubia, alta, con gafas pequeñas, redondas y negras. Muy guapa. Iba bien vestida. Llevaba un pin en la camisa con dos letras: «DV». Me imagino que trabajará para *El Diario Vasco*.

—De acuerdo. Gracias por todo, ha sido un placer, como siempre. Vuelvo al exterior, a empaparme con el aguanieve.

Leire curvó la línea de los labios en una pequeña sonrisa. Se sentó tras el escritorio mientras cogía el grueso tomo que había sacado de la estantería. Lo abrió por la mitad y buscó el capítulo referente a los enlaces covalentes. Al levantar la cabeza, la delgada silueta del inspector había desaparecido.

Pasadas las doce del mediodía, casi cinco mil niños donostiarras se enfrentaban a la lluvia protegidos con chubasqueros transparentes y salían de los jardines de Alderdi-Eder para desfilar por las calles de Donostia en la colorista tamborrada infantil, el acto más popular y entrañable de la fiesta grande de San Sebastián. La fiesta había arrancado de madrugada con una multitudinaria izada de la bandera en la plaza de la Constitución, donde la tamborrada de Gaztelubide y representantes de todas las demás habían interpretado las marchas de Sarriegi ante miles de entregados donostiarras. Desde entonces, un centenar de tamborradas de adultos harían llegar los sones de las marchas de San Sebastián a todos los rincones de la ciudad ininterrumpidamente durante veinticuatro horas.

El inspector se vio atrapado en el tráfico que congestionaba la ciudad debido a que numerosas calles estaban cortadas. Comió un menú, tarde y mal, en un modesto restaurante de la calle Reyes Católicos, y obviamente eligió café solo en vez de postre y corrió a protegerse del aguanieve en otro edificio de escaleras de piedra, altos muros y mucha historia. De la fachada del Centro Cultural Koldo Mitxelena colgaba un enorme cartel de tela que anunciaba una exposición: «Donostia/San Sebastián 2016, Capital Europea de la Cultura». Bajo la escalinata del vestíbulo, el mismo cartel, en pequeño y apoyado sobre un trípode, invitaba a los asistentes a entrar en la sala Ganbara. Max reparó en el logo negro con forma de bahía de la Concha y cuyos extremos simbolizaban el Peine del Viento. Aquella figura tan típica de Chillida lo perseguía allí donde iba. Sorteó el cartel, subió por la escalinata y avanzó por el pasillo hasta dar con la sala de los ordenadores. Sus zapatos se habían ido desprendiendo de la nieve adherida a las suelas, de modo que dejó un reguero de agua. Al entrar en la sala, la bruja del mostrador levantó la vista de un libro y rápidamente le obsequió con su sonrisa pérfida; no lo había olvidado. La ignoró, sintiendo en la espalda los ojos instigadores que la mujer escondía tras unas gafas negras de montura de pasta, y se dirigió al último ordenador, situado en una esquina y desde el cual se podía observar el exterior a través de la ventana que daba a la calle Urbieta. La adolescente que estaba en el ordenador de al lado no le oyó llegar. Ella y un viejo tres ordenadores atrás eran los únicos ocupantes de la sala. Max se sentó. La chica tecleaba con furia y cuando terminó pulsó el *return* con fuerza. Se echó hacia atrás y bufó risueña. Vestía como siempre: botas, pantalones y cazadora de cuero negro, sin un ápice de color en la indumentaria. Tenía el pelo más largo que la última vez, pero ahora no le caía sobre el rostro sino sobre los hombros. La mochila colgaba del respaldo de la silla. Al verlo, una sonrisa iluminó su rostro y sus ojos ambarinos resplandecieron de felicidad.

–¡Dupin! Qué sorpresa más agradable... Un momento, no vendrás otra vez con tus historias de niña desvalida, orfanatos y promesas de familias espantosas.

–No, no –negó Max.

Sus intentos de que viviese en una casa de acogida quedaban lejos, entonces solo había insistido por complacer a Cristina, pero tras la visita a la casa de su tía el cometido se había convertido en un asunto personal. Y había investigado. La cría vivía con su tía paterna. Sin rastro de sus progenitores, ambas sobrevivían gracias a una pensión por incapacidad laboral, tras una larga enfermedad, que un tribunal médico había concedido a su tía a raíz de una embolia. Pero lejos de dejarla inerte en una silla de ruedas, la enfermedad le había hecho abrazar la botella de vino. Ebria casi todos los días, la mujer se despreocupaba de su única sobrina, la cual mataba el tiempo en salas de ordenadores y bibliotecas en vez de ir a la escuela. Max se veía reflejado en Virginia: sola y sin padres desde temprana edad; aunque en su caso su tío sí fue un ejemplo y por eso secundó sus pasos en la Policía Nacional.

–Necesito de tus servicios de hacker.

–Ya sabes que no cobro en especies, por muy bien que me caiga tu chica. Y aunque vayas a ser papá, sigues siendo un poco marica.

El inspector se rio con fuerza. El viejo lo observó extrañado y la bruja del mostrador le regañó con la mirada. Pero Max aún tardó unos segundos en sofocar sus sonoras carcajadas. Aquella cría era la bomba.

—Cincuenta, y vas servida.

—Depende de para qué, ¿otra lista de mujeres desaparecidas, que luego aparecerán mutiladas y muertas?

—Virginia, tienes que dejar de leer a ese escritor tan desagradable...

—Edgar Allan Poe. Dupin, precisamente tú deberías saberlo. Por cierto, llevo tu regalo a todas partes. —Miró hacia la mochila—. *Cuentos policíacos*. Gracias.

—Vaya, un cumplido, qué raro en ti...

—Bueno, basta de tanta cháchara y afloja la pasta, ¿qué quieres que busque?

Max sacó un papel arrugado del bolsillo de la gabardina. Virginia leyó el nombre en un susurro.

—¿Y este tío qué ha hecho?

—Eso quiero que me digas.

Virginia tecleó el nombre en el ordenador. Gasinger. Ningún resultado. El buscador de Internet derivaba a Grainger, una empresa industrial de Illinois.

—Mierda —protestó Max.

—Te va a costar más de cincuenta.

Tecleó: «Asesino en serie Gasinger».

—No me jodas —murmuró Max, para evitar que le oyese el viejo—. Deja de hacer el tonto, no es ningún asesino en serie.

La pantalla mostró páginas de Kim Basinger, al parecer había trabajado en una película sobre un asesino en serie.

—Pues no se me ocurre nada más. ¿Cien?

—¿Estás mal de dinero? Se me ocurre que Cristina necesita ayuda...

—¿Yo de canguro? Ni de coña.

—Tal vez necesite algo más, una compañera de piso.

No lo había hablado con Cristina pero estaba seguro de que accedería. Tampoco le había hablado de las condiciones en las cuales vivía Virginia con su tía, ni falta que hacía, pero tenía que sacarla de aquella casa como fuera.

—Te podría pagar para que cuidases de Cristina todo el día, por supuesto si tu tía lo permite. Solo serán unos días, máximo dos semanas, hasta que dé a luz.

Virginia lo miró a los ojos, como si pretendiese leer sus pensamientos, averiguar sus verdaderas intenciones. Al cabo de unos segundos negó con la cabeza.

—Buen intento, Dupin. Casi cuela. Primero a casa de tu novia y luego a un orfanato...

—Lugar de acogida.

—Pues no, rotundamente no. Deja de molestar con esa historia o me levanto y te quedas solo con la bruja.

—Está bien —accedió Max—. Cien euros. Prueba con terapia génica.

El buscador omitió la palabra *Gasinger* y mostró solo webs de terapia génica. Pero Virginia no se daba por vencida tan fácilmente y comenzó a navegar pasando de un enlace a otro sin que al inspector le diese tiempo a leer nada; su aversión a las nuevas tecnologías continuaba y no pensaba ir más allá del móvil. En la pantalla aparecían páginas de virus, vectores virales, ADN, cánceres, enfermedades genéticas... hasta que Virginia se detuvo satisfecha en una. Mostraba en un lateral la fotografía de un adolescente sonriendo a la cámara ataviado con una camisa blanca y una corbata oscura. A Max le pareció un futuro abogado. Cuando leyó el pie de foto constató lo equivocado que estaba.

—¡Joder! —exclamó Virginia—. ¿En qué lío andas metido ahora? —Giró en su muñeca la pulsera blanquinegra formada por dos cordones trenzados que siempre llevaba puesta—. «Jesse Gelsinger. La primera persona cuya muerte fue provocada por el uso clínico de la terapia génica» —leyó Virginia de la pantalla.

Ambos se quedaron absortos leyendo la triste historia de ese chaval americano al que con apenas diecisiete años le administraron un virus, con intención de curarle la enfermedad hepática que padecía, que le produjo la muerte cuatro días más tarde. Finales de los años noventa.

—¿Me lo puedes imprimir? —pidió Max.

–Por supuesto. –Virginia clicó sobre el icono de la impresora–. Los cien pavos.

Max sacó de la cartera un billete verde que Virginia atrapó al vuelo. Indirectamente ayudaba a la chica, un acuerdo tácito que los dos fingían que no existía. Después se dirigió con celeridad al mostrador, donde la bruja retorcía el cuello tratando de leer el texto con foto que emergía por la impresora.

Erika contemplaba las fotografías de mártires en una gran enciclopedia de la biblioteca del *aita*. Se trataba de cuadros de artistas famosos. Siendo el día del patrón de la ciudad, dedicó especial atención a los cuadros de Botticelli, Rafael, El Greco... sobre el mártir que llegó a ser capitán de la guardia pretoriana y que acabó condenado a morir por convertirse en soldado de Cristo. A Lucía le gustaban las representaciones de san Sebastián, el llamado Apolo cristiano, un joven desnudo, de cuerpo atlético, atado a un poste y asaetado, que con el trascurso del tiempo se había transformado en uno de los iconos gais más célebres. En cierta manera, la vida del mártir le recordaba a ella; los cristianos recogieron su cuerpo y lo enterraron en la vía Apia, en la catacumba que lleva el nombre de San Sebastián. ¿Acaso una parte de ella no había muerto en aquel sótano inmundo? ¿Cuántas veces comentó nerviosa con Nagore que saldrían de las catacumbas? El culto a san Sebastián era muy antiguo; se le invocaba contra la peste y contra los enemigos de la religión, pero a ella le iría mejor invocar a san Juan de Dios, protector contra las enfermedades mentales. No podía olvidar el horror del pasado.

En una fotografía, la figura de un mártir proyectaba una sombra sobre el suelo empedrado de una iglesia. Esa mancha alargada la transportó mentalmente a la sesión de la mañana con Santiago.

–¿Qué es esto? –le había preguntado Erika.

–El test de Rorschach. Láminas de formas ambiguas cuyas interpretaciones pueden ser muy diversas. No se preocupe, es una simple prueba de personalidad.

–Pero ¿no dijo que no me iba a enseñar dibujos?

–Yo no dije eso.

Erika cogió la primera lámina que le ofrecía Santiago. Al mirarla pensó en una máscara, dos ojos que se asomaban bajo un pasamontañas; pero escondió su primera impresión y dijo que veía un murciélago. El psicólogo asintió, por lo visto aprobaba su respuesta. Con la segunda no le vino nada a la cabeza. La rotó entre las manos. ¿Cuchillo?, ¿pene?

–¿Qué ve?

–El palo de una escoba –mintió.

Las manchas de tinta se fueron sucediendo, algunas a color, hasta llegar a la décima y última. Esta era fácil. Vio cangrejos, caballitos de mar, mariposas... y, al darle la vuelta, un mapa. Todo lo dijo en voz alta.

–¿Ya hemos terminado?

–Solo falta una cosa. Quiero que dibuje una persona armada. Tenga, papel y lápiz.

Erika suspiró. Nunca se le había dado bien dibujar. Mientras en el colegio sus compañeros de infantil bosquejaban con claridad árboles, flores, nubes y casas, ella trazaba rayas, círculos y figuras amorfas que luego tenía que explicar a la profesora porque no se sabía qué representaban. Dibujó sin apenas levantar la mano. Y sin borrar nada. Un hombre con un pasamontañas y una pistola en una mano. Se lo mostró al psicólogo. Santiago asintió en silencio.

–¿Lo he hecho bien?, ¿me concederá el permiso?

El hombre le dedicó una sonrisa prolongada y aparentemente sincera que ella no supo interpretar.

El sonido de los tambores y los barriles se fue extinguiendo poco a poco en todos los rincones de la capital guipuzcoana. La música se apagó definitivamente de madrugada en el mismo lugar en que había empezado, la plaza de la Constitución, con la tradicional ceremonia de arriada de la bandera que ponía fin a la fiesta.

En la ETB, un hombre del tiempo muy dado a usar referencias bíblicas anunciaba que en los próximos cuatro días habría un cataclismo invernal. Lo definió como la llegada de los cuatro jinetes del Apocalipsis, y asignaba un jinete para cada día. Itziar no pudo menos de reír. Estaba en pijama y zapatillas de andar por casa. Se había lavado los dientes y desmaquillado. Estaba preparada para irse a la cama en cuanto le entrara el sueño. Tenía desparramadas por el sofá varias páginas de lo que iba a ser su primer libro: *El origen sumerio de los vascos*. Esperaba que fuese un éxito arrollador y pudiese publicar un segundo. Si encajaba en el actual panorama literario, seguramente la editorial le solicitase una continuación para formar una serie. Ya manejaba hasta el título: *El retorno de los sumerios vascos*. A ver qué opinaba Laura Lezeta. La editora era una mujer exigente, siempre quería tener la razón en todo y le había parecido egocéntrica en exceso, con lo cual seguramente tendría la última palabra en la cubierta, el texto de la contra y la sinopsis. Pero eso vendría más tarde, ahora Itziar trabajaba en dejar abierto el final y plantear nuevas interrogantes que desvelaría en el segundo libro. Repasaba con exhaustividad un párrafo —no le acababa de convencer que el trozo de la tablilla con el ingrediente desconocido cayese por el acantilado— mientras miraba de soslayo la televisión. Cuando el caballo bayo hizo su aparición en la pequeña pantalla adoptando forma de rayos y truenos, sonó el timbre de la puerta. Recibir visitantes después del telediario nocturno era extraño, pero al recordar a la viuda Martikorena la extrañeza se tornó en malestar. Cada día la molestaba más tarde. ¿Tendría noticias de Cecilia?, ¿nuevos chismes de otros vecinos?, ¿o vendría a fisgonear cómo le iba con su libro para contárselo el domingo siguiente a sus amigas? Con el segundo timbrazo arrastró los pies por el pasillo rumbo a la puerta pensando en que esta vez le iba a dar una ristra entera de ajos. Al abrir la puerta la extrañeza retornó al fondo de su mente. No tenía frente a ella a la vecina cotilla, sino a dos individuos con cara de haber pasado el día entero al raso.

—¿La profesora Itziar Bengoetxea? —preguntó el más gordo.

El otro envolvía su enclenque cuerpo en un abrigo largo de invierno y se abrazaba a sí mismo como si llevase en su interior todo el frío de la calle. Se fijó en que ambos calzaban unas aparatosas botas de montaña.

—Depende de quién lo pregunte.

—El lobo y la abuelita —respondió el tipo sin mostrar un ápice de ironía.

Itziar enseguida comprendió que se hallaba en problemas. Incluso antes de que hiciese ademán de cerrar la puerta, Flaco situó una de sus botas en el marco. Gordo la agarró por la camiseta del pijama y la atrajo hacia él. Itziar intentó zafarse de su agresor, pero toda tentativa fue inútil: las manazas del hombre se aferraban a su cuerpo como dos zarpas de oso. Sintió las manos de Flaco sobre la boca, pretendiendo que no chillase y despertase a medio vecindario mientras pugnaba por sacar una bolsa de basura de un bolsillo del abrigo. Sin embargo, ella no pensaba en gritar como una histérica sino en escapar. Mordió la mano que le tapaba la boca y le imposibilitaba respirar con normalidad. Flaco gritó de dolor. Gordo, sorprendido, la soltó. Fue solo un instante, pero suficiente para que Itziar pusiese pies en polvorosa. No hizo lo evidente, ir hacia atrás y encerrarse en el cuarto de baño, salir al balcón a pedir auxilio o correr hacia la cocina a por un cuchillo, sino que se lanzó por el rellano escaleras abajo aprovechando el hueco que Flaco había dejado al arrodillarse por el dolor. Cuando Itziar quiso darse cuenta volaba por encima de las escaleras. En un acto reflejo, Gordo le había puesto la zancadilla. No le dio tiempo a protegerse la cabeza con las manos ni a frenar la caída y el consiguiente golpe, solo tuvo tiempo de cerrar los ojos mientras una de sus zapatillas volaba junto a ella. Su cuerpo describió una perfecta pirueta y sus pies fueron a golpear contra la puerta de la señora Martikorena. Apenas oyó el ruido hueco que hizo su cabeza al chocar contra uno de los últimos peldaños. Todo se transformó en oscuridad.

—Joder, vaya hostia —graznó Gordo.

Flaco aún se retorcía de dolor.

—Salgamos de aquí —dijo el primero, y agarró a su compañero del brazo.

Bajaron por las escaleras y sortearon como pudieron el bulto humano desmadejado en el descansillo. Cuando llegaron al portal oyeron una puerta abrirse. La viuda Martikorena se asomó al rellano. El grito que vino a continuación corrió por el hueco de la escalera y despertó a toda la comunidad.

Martes 21

El chalé de dos plantas, enlucido en blanco y con tejado de tejas grises, no se veía desde la calle. Ubicado en la parte baja del monte Ulia, en las inmediaciones del barrio de Gros, se escondía en un tupido bosque y para acceder a la regia entrada de dos puertas había que traspasar una verja de hierro forjado y caminar una veintena de metros por un sendero que serpenteaba entre piedrecitas. La última nevada de la tarde había dejado una gruesa capa de nieve en el camino. Alguien había entrado en el chalé y no había podido evitar dejar unas profundas huellas. Las puertas estaban cerradas, así como las ventanas, el garaje se ocultaba en la oscuridad y no había signos de vida en el interior, excepto algunas luces encendidas. Sin embargo, el silencio que despedía el edificio infundía desconfianza y temor a partes iguales. Una de las luces encendidas era la de la solitaria cocina. En la mesa del centro descansaba un frutero y en un lateral una botella de vino a medias, con el corcho puesto, le hacía compañía a otra de agua sin abrir. En el fregadero de acero inoxidable había dos copas de vino, mientras que el resto de la vajilla usada durante el día aguardaba su turno de lavado en el interior del lavavajillas. Las luces led del pasillo conducían a una escalera que trepaba a la segunda planta y estaban encendidas como si un hada madrina hubiese dejado un sendero de luz. Para corroborar esa impresión, el salón estaba a oscuras y la televisión apagada. La escalera de caracol parecía el esqueleto de un viejo dinosaurio. En la segunda planta, la luz del pasillo también estaba encendida. De

132

las cuatro habitaciones del piso superior solo una estaba iluminada. El dormitorio principal. Las dos luces de las lámparas de las mesillas otorgaban un aspecto fantasmagórico a la estancia. Sobre la cama descansaba alguien encogido sobre el lado izquierdo, dando la espalda a la puerta. El edredón le tapaba medio cuerpo. Si se observaba desde la puerta, se podía deducir que el ocupante dormía plácidamente, hasta se podía imaginar la débil respiración del que sueña sin preocupaciones. Pero solo se trataba de una ilusión óptica. Bastaba con rodear la cama y mirar el cuerpo de frente. No podía estar respirando. Había dejado de hacerlo horas atrás. La vida que retenía el cuerpo de la cama se había ido extinguiendo según manaba sangre por la garganta. La línea de la herida que atravesaba el cuello se había ido difuminando hasta casi desaparecer. Las sábanas habían dejado de ser blancas. Unas gotas de sangre se escapaban del charco rojo que se abría alrededor del cadáver y caían lentamente por un borde de la cama hacia la moqueta verde del suelo. La jeringuilla clavada en la frente parecía un objeto fuera de lugar, un guiño grotesco que restaba gravedad al crimen. Tenía los ojos abiertos, como queriendo leer lo que el asesino había escrito con su sangre en los cristales de la ventana. Las cortinas bordadas en hilo dorado estaban descorridas. Tres palabras en un cristal y dos en el otro. Juntas componían una frase. Gracias a las lámparas de las mesillas y a que la persiana estaba bajada, se leía perfectamente:

Para que él vaya detrás

Aún pasaría mucho tiempo antes de que el marido descubriese el cuerpo degollado de su esposa. Y aún pasaría mucho más hasta que la Policía se personase en el lugar de los hechos. La hora intempestiva del aviso y las carreteras heladas no ayudaban.

Irún
Jueves 3 de septiembre de 1936

Las ramas de los árboles se retorcían y alargaban sus brazos de tal manera que por más que miraba hacia arriba no veía el cielo. Las nubes grises y espesas y la falta de viento, que retenía la humareda de pólvora sobre sus cabezas como una manta, eliminaban cualquier vestigio de sol. Javier Medina caminaba igual que un fantasma, con un fusil Mauser al hombro, la camisa entreabierta, un zapato roto por la suela, sin chaquetilla ni abrigo. Tenía la sensación de que se encontraba lejos de todo, casi tanto como del hogar que nunca tuvo o de la familia que nunca conoció, sin saber muy bien qué hacía ni por qué. Maldijo al general Mola. Había tenido la mala suerte de acabar en la batalla de Irún con un grupo de valerosos patriotas y ahora vagaba por una tierra dura y hostil, buscando que una bala perdida pusiera fin a su angustia. Según los altos mandos, la derrota de Irún supondría un duro golpe para la República, al cerrar toda comunicación terrestre con Francia, y dejaría a la zona norte aún más aislada de lo que ya estaba. A partir de ahí, San Sebastián, Bilbao y todas la ciudades vascas irían cayendo como un castillo de naipes azotado por el viento. Pero si no sobrevivía, ¿de qué valdría su lucha? Él no era de aquellos que estaban dispuestos a dar su vida por Franco y la patria. Quería vivir en un país libre, le daba lo mismo si era de republicanos o nacionales, pero no a costa de morir en el intento. Por eso había salido corriendo, mejor huir que caer prisionero. Tal vez los nacionales estuviesen ganando, pero el pelotón de republicanos los había cogido bien desprevenidos. Aquellas bestias de *gudaris* se movían por el bosque como si hubiesen nacido y vivido en él.

La vegetación dejó de ser tan tupida y unos claros se abrieron al frente. Se lanzó casi a la carrera hacia la luz. Se dio de bruces con un riachuelo tras el cual se alzaba a unos metros un muro de piedra. Un caserío. Civilización. Estaba salvado. Lejos de la barbarie.

Cruzó el río sin sentir el agua fría en los pies. La noche caía sobre el valle y los ruidos del bosque aumentaban. Justo el momento de ponerse a salvo. Vislumbró también dos casetas de madera, tal vez un establo y una cuadra. Se dirigió directamente a la casa de piedra. Se acercó con sigilo a la puerta, que estaba abierta, como si se esperara su llegada. Del exterior le llegó un relincho. Entró en la casa. Olía a comida. En su mente se formó la imagen de una cazuela llena de carne y patatas. Sin darse cuenta, acabó en una cocina de carbón viendo a una muchacha que probaba el contenido de un puchero con una cuchara de madera. Al volverse y verlo se asustó tanto que dejó caer la cuchara al suelo. Al principio, él no entendió su turbación; se había olvidado de su imagen, de su deteriorado uniforme de nacional, del fusil al hombro, de la herida en forma de costra que se expandía sobre su mejilla derecha y de su pelo lleno de hierbajos mezclados con la tierra del bosque.

—Tranquila, no voy a hacerte daño.

—*Bai?*

—*Bai,* sé poco euskera, pero soy de los buenos.

La muchacha lo miró extrañada, como si no comprendiese sus palabras.

—Nadie es bueno. —Su voz sonó severa.

Se restregó las manos en la falda, que le llegaba hasta los tobillos y escondía los calcetines; únicamente asomaban unos zapatos que parecían de hombre.

—¿Con quién estás?

Miró hacia los lados para responderse a sí mismo, hasta acabar fijando la vista en la muchacha. De estatura baja y silueta gruesa, no parecía una chiquilla desvalida. Unos ojos negros y penetrantes destacaban bajo unas cejas gruesas y pobladas. La nariz no era especialmente prominente; los labios, carnosos; el pelo, corto y escondido en un pañuelo azul a cuadros negros. Tenía algo que la hacía deseable, al menos para él. Tal vez era porque hacía tiempo que no se acostaba con una mujer. Aunque no llegase a la mayoría de edad, no debían de llevarse muchos años, él apenas había cumplido los veinte. Dos jóvenes prometedores en la flor de la vida inmersos en una guerra civil cruenta y despiadada. ¿Qué había hecho él para merecer semejante desdicha? Nada, solo huir de Madrid con el fracaso de la rebelión para acabar alistándose en el ejército nacional cuando en un control de carreteras unos rebeldes le preguntaron por su afiliación política y a él, muerto de miedo, solo se le ocurrió levantar el brazo y saludar como hacían los de la Falange. Pero ¿qué se podía esperar de un joven que había pasado toda la infancia en un orfanato? Se vio abocado a luchar por su vida y por su libertad. Solo tenía una duda: ¿habría elegido el bando equivocado?

Unos gritos lo sacaron de sus reflexiones. La muchacha miró asustada en dirección a la puerta. Estaba perdido, los pasos cada vez sonaban más cercanos y, a juzgar por las pisadas, eran varios los que se acercaban. Demasiados para su fusil y su cobardía. Entonces sintió que alguien le agarraba del brazo. La muchacha lo empujó hacia atrás y cuando quiso darse cuenta había desaparecido tras una cortina que daba a una despensa vacía.

Tras unos segundos de terror oyó que unos pasos se detenían en la cocina. Por debajo de la cortina vislumbró unas sombras acercarse a la muchacha.

—¿Estás sola?

—*Bai*.

—¿Y tu familia?

—En el campo, mi madre y mi hermana. Mi padre cayó y mi hermano no se sabe dónde está. —La voz de la muchacha sonó igual de severa que cuando había hablado con él.

—¿Cómo te llamas?

—Iraitz.

—Bien, Iraitz. ¿Has visto a alguien?

—*Ez.*

A pesar de que no los veía y de que solo hablaba uno, estaba seguro de que se trataba de un grupo de tres o cuatro *gudaris.* Se imaginó sus rostros fieros, de mirada asesina, empuñando sus armas y apuntando a la cortina. Instintivamente apretó la espalda contra la pared. Contuvo de milagro un estornudo.

—¿Los caballos son vuestros?

La muchacha asintió con la cabeza.

—Cuida de ellos, en esta guerra toda ayuda es poca para combatir al enemigo.

La muchacha volvió a asentir.

—Bien, Iraitz, si ves a alguien, avisa. Vámonos, ese cobarde ha debido de ir en otra dirección.

—Sí, debe estar más perdido que un bilbaíno en la Castellana —dijo otro.

Todos rieron. Los pasos se fueron perdiendo en la lejanía. Hasta que la muchacha no apartó la cortina no se atrevió a salir.

—Gracias —fue lo único que se le ocurrió decir.

Ella no le hizo ni caso, se giró de espaldas evitando cualquier atisbo de conversación. Claramente le indicaba que se fuese, pero estaba agotado y sus pies se negaban a conducirlo hacia la puerta. El ruido de unas nuevas pisadas le ayudó a tomar una decisión. De nuevo se escondió tras la cortina.

—Así que estás sola...

Era la misma voz de antes, pero la percibió más pausada, menos autoritaria. Y no vio sombras alrededor.

—Vendremos más tarde a por tus caballos, pero ahora quiero otra cosa. Vamos, date prisa, súbete a la mesa y bájate la falda, que no tenga que repetírtelo dos veces, ni me hagas sacar la pistola.

Oyó un ruido de cazuelas, como si alguien apartase los utensilios de la mesa, y una cremallera que se abría.

—Me encanta montar yeguas.

Tras un silencio prolongado percibió un jadeo seco que poco a poco fue incrementando la cadencia. Se quedó inmóvil

137

en su escondite sin saber cómo reaccionar. Estaba seguro de que la muchacha iba a delatarlo, así que descorrió la cortina con sumo cuidado con la única idea de escabullirse por un lateral de la cocina. Pero la imagen que vio le dio tanto asco que se quedó petrificado. Un culo peludo y blanco se agitaba frente a sus ojos. Había unas bragas en el suelo. El *gudari* estaba de pie; la chica, tumbada boca arriba sobre la mesa con las piernas abiertas y las rodillas flexionadas. Se topó con los ojos de la muchacha. Tenía la cabeza vuelta hacia la derecha y con cada embestida su rostro se encogía de dolor. Vio el miedo dibujado en su mirada, un miedo que él mismo había visto en innumerables ocasiones cuando se miraba al espejo. Sin pensarlo tomó su fusil Mauser. No hizo falta que lo acercase mucho a su objetivo, una nalga contactó con el cañón cuando hizo un movimiento hacia atrás para embestir. El cuerpo del *gudari* dio un respingo y su espalda se arqueó hasta ponerse rígida.

—Si mueves un músculo aprieto el gatillo —susurró.

Y aquella voz que había salido de lo más profundo de su garganta le pareció tan lejana y dura que hasta a él mismo le infundió temor.

QILIN

Miércoles 22

En la nueva sala de reuniones de la Ertzaintza sobraban los carteles de aviso de no tocar las paredes pintadas de un fuerte color verde; bastaba con entrar para notar el olor y ver los cartones del suelo pegados junto al zócalo, la mesa del centro protegida con un plástico y las sillas apiladas en un lateral.

Max se paseaba por la sala como un animal enjaulado, Joshua apenas se movía de la baldosa que pisaban sus zapatos Gucci, y Asier observaba la pizarra buscando una tiza sin saber muy bien para qué. Los tres vestían de paisano; Max era el único que no se había afeitado.

El comisario entró en la sala con una carpeta bajo el brazo y la cabeza mirando al suelo. Al percibir el olor a pintura alzó la vista.

—Aún no se ha ido el olor. Bueno, como podréis comprobar, queda mejor verde que ocre, le da un toque a naturaleza, un aire fresco que nos puede ir muy bien para desconectar y sumergirnos en la naturaleza del caso.

Max frunció el ceño. ¿Alex iba ahora de poeta o qué?

—Claro —dijo Asier, que sentía la necesidad de decir algo para ver si se quitaba de encima el nerviosismo que lo envolvía cuando quedaban allí; siempre salía apesadumbrado por las tareas que le encomendaban.

—Pero ¿qué hora es? —El comisario miró su reloj de pulsera—. Pondremos un reloj ahí, justo frente a la puerta... Bien, esperaremos, no estamos todos. Contad algo, gracioso a ser posible.

Los tres agentes se miraron entre sí. ¿Quién faltaba?, se preguntaron.

—¿Qué tal va la dieta, Asier? Se te ve mejor, más saludable —dijo Alex.

—Bien, señor.

—Y tú, Joshua, ¿qué tal ese yate que te has comprado?

—*Txipironera,* señor. Apenas una pequeña embarcación de siete metros de eslora, lo suficiente para dar una vuelta por la bahía sin caer al agua.

—Vamos, vamos, no seas tan humilde, si me han dicho que tiene cabina y todo.

—Bueno, sí, pero solo cabe una persona, dos muy apretadas si acaso...

—Por fin —dijo Alex mirando hacia la puerta.

—¿Puedo? —preguntó Erika desde el umbral.

—Pasa, mujer —dijo Alex, acompañando sus palabras con un gesto de la mano.

Erika se abrazó con fuerza a Max, saludó con la vista a Asier, acostumbrada a verlo en casa de Nagore, y le dio un frío apretón de manos a Joshua.

—Bienvenida —dijo Alex—, hablo por todos al decir que es un placer tenerte de vuelta. La agente López tiene el alta desde esta mañana y se incorporará inmediatamente al caso —añadió poniéndose serio—. Joshua, haz los honores y ponla al día.

El agente de la Científica carraspeó antes de hablar. Estaban de pie alrededor de la mesa. Asier el más próximo al comisario, Joshua el más apartado y Erika y Max casi juntos.

—Tres crímenes. Un dentista, hace casi un mes: lo encontró su ayudante en la consulta. Según los forenses murió de madrugada; tenía esparcidos por el cuerpo tres mil euros en billetes. Se supone que conoce al asesino, que quedó con él.

»El segundo cadáver pertenece a un abogado retirado, con deudas de juego. Su cuerpo se encontró calcinado en medio del salón. Gracias a la llamada de un vecino, el piso se salvó de ser arrasado en su totalidad por las llamas. En ambos casos, los cadáveres fueron anestesiados mediante una inyección intradérmica en plena frente. El asesino ni se molestó en retirar la jeringuilla.

»El tercer cadáver fue encontrado ayer por la noche. Un ama de casa degollada en su propia cama. Su marido la encontró y nos dio el aviso. El asesino la sedó con somníferos y después le rajó el cuello con un cuchillo. A posteriori le clavó una jeringuilla en la frente. Está claro que busca protagonismo, y no quiere esconderse, nos quiere decir claramente que fue él. Según los forenses la muerte se produjo entre las 19 y las 21 horas. En los tres casos tiene pinta de que el asesino conocía a las víctimas. También dejó su firma en forma de mensajes escritos con sangre. Siguiendo la cronología de los crímenes, los mensajes se encontraron en el foco de una lámpara de la consulta, en el interior del horno de la cocina y en los cristales de la ventana del dormitorio. Escribió: «Reconocer. Arde ; a la mala yedra. Para que él vaya detrás». En resumen, creo que eso es lo primordial.

Tras unos segundos de espera fue Alex quien tomó de nuevo la palabra:

—El grafólogo no lo puede asegurar, porque cree que el asesino se esmera en esconder su caligrafía, pero cree que los mensajes son obra de la misma persona. Os recuerdo: hombre, joven y culto, que posiblemente sufrió abusos durante la infancia. Ni rastro de huellas digitales, ni una pista útil, ni un solo interrogatorio fructífero. Sin un culpable evidente. Para empezar, podríamos analizar los tres casos en global. ¿Coincidencias?, ¿similitudes?

—O sea, los mensajes se hallaron en las tres escenas de los crímenes, ¿no? —dijo Erika.

—Sí —replicó Joshua—, aunque en el caso del abogado fue en forma de nota y estaba escondida en el interior del horno. Si no fuese por Max, aún estaríamos preguntándonos por qué no dejó un mensaje. Aunque la nota es de lo más confusa. Es el único mensaje que presenta una falta ortográfica: debería haber una coma y no un punto y coma, a no ser que quisiese diferenciar el verbo *arder* de la *yedra,* pero eso no tiene mucho sentido. En los otros dos casos dejó los mensajes de cara a la víctima, como si pretendiera que los leyesen antes de morir.

—Sí, y no logramos descifrarlos —dijo Alex—. Estamos sopesando diferentes soluciones. —Abrió la carpeta y leyó—: Para que él vaya detrás reconocer que arde la mala yedra, reconocer al que vaya detrás que arde la mala yedra, arde la mala yedra al reconocer para que él vaya detrás..., todo es un galimatías sin sentido. Yo no soy de letras, y la asignatura de Lengua Española siempre se me dio mal, así que ¿alguna idea?

Erika meditaba cabizbaja.

Asier recordó un trabalenguas que le contaba su madre: «El que poco coco come poco coco compra».

Max negó con la cabeza. El único libro de su biblioteca era un ejemplar de la Biblia.

Joshua tampoco tenía nada que añadir, más allá de galeones, historias navales o alguna cita de Napoleón.

—No sois de mucha ayuda que digamos —se quejó Alex.

—Tal vez sea mejor estudiarlos de manera individual, como si fuesen una comunicación o indicación hacia las víctimas o hacia nosotros. La verdad, tengo muchas dudas —reconoció Max—. En el caso del dentista, le dice que reconozca algo, quizá un error, o tal vez nos dice a nosotros que lo reconozcamos, no sé, es complicado. En el caso del abogado, tal vez nos dice que arde el cuerpo como si fuese una planta que ha trepado por donde no debía. Y en el caso del ama de casa, es un aviso al que va detrás, quizá su marido.

—Hay que interrogarlo —aseveró Alex.

—Por supuesto —confirmó Max.

—Como Max ha sugerido, tal vez sea mejor analizar los casos por separado y tratar de hallar las coincidencias entre unos y otros —dijo Erika, mirando al inspector.

—¿Qué propones? —preguntó este.

—Hablo en voz alta mientras pienso: los tres coinciden en lo de la jeringuilla en la frente, y el primero y el tercero en la ubicación del mensaje a la vista del cadáver. ¿Casualidad? No lo creo. Algo quiere decirnos, en el caso de que solo sea uno, porque, cada vez que lo pienso, veo otros indicios.

—No me jodas, ya empezamos con tus suposiciones —protestó Joshua.

Tenía grabada a fuego la hipótesis del monstruo mitológico del caso del Asesino de Químicas, tampoco olvidaba el tortazo en la mejilla. Sintió enseguida que el abismo creado en el pasado por sus diferencias volvía a abrirse sin remisión.

—Siempre me malinterpretas —apuntó Erika—. No quería decir que vea indicios paranormales, solo he expresado en voz alta que tal vez no sea un solo asesino.

—Ya, no es un asesino, es el Espíritu Santo —replicó Joshua.

—No, pueden ser dos asesinos...

—Bueno, basta ya, sois como el perro y el gato, siempre peleando —atajó Alex antes de que la discusión pasase a mayores—. Dejad vuestras rencillas personales a un lado. Nosotros cinco somos el grupo que va a detener a ese cabrón, sea uno, sean dos o sea un monstruo. Nos reuniremos en esta sala, en principio una vez a la semana, a no ser que los hechos requieran alguna reunión más, y yo seré quien os convoque. Recordad, Max, Erika, empezad por entrevistar al marido de la última víctima. ¿De acuerdo?, ¿preguntas?

—De acuerdo —confirmó Asier, y se dirigió rápidamente hacia la puerta antes de que le endosaran alguna tarea.

Max se conocía todos los vericuetos, pasillos y entresijos de los diferentes edificios que componían el Hospital Universitario Donostia debido a las continuas visitas que hacía con Cristina al ginecólogo. Por eso no le resultó difícil dar con la nueva sala de la UCI. Si bien el ambiente era idéntico —un mundo de batas blancas a su alrededor—, a diferencia de la antigua sala, en esta se respiraba un aire saludable y nada opresivo. Preguntó a una enfermera escondida tras un mostrador por el número de habitación de Itziar Bengoetxea. Lo consiguió sin necesidad de mostrar la placa. Esperaba que lo de la profesora de Historia hubiera sido un accidente, porque si había sido un intento de homicidio el asesino podría solucionar sin problemas lo que había empezado. Tras doblar a la izquierda en un pasillo y a la derecha en otro, se encontró con los números impares. Su fortuna se esfumó al ver salir a un médico de la habitación que buscaba. Intentó esconder el rostro entre las manos, pero ya era tarde y su gabardina tan característica lo delató.

—¿Inspector...? —tanteó el médico intentando recordar.

Ni siquiera hizo ademán de tenderle la mano.

—Medina, Max Medina, del Departamento de Homicidios.

—En efecto, sí, aún me acuerdo del lío que me formó con aquel estudiante que cayó por una ventana de la facultad.

—Eh..., bueno, sí, gajes del oficio.

Max se fijó en que el médico apenas había cambiado en los dos años que habían transcurrido desde la última vez que lo había visto. Calvo y con barba. El nombre bordado en el bolsillo de la bata —R. Larrañaga— y una alianza en el dedo delataban la existencia de una esposa.

—Pues esta vez no me hará la misma jugarreta. La paciente está intubada, no tiene daños cerebrales, pero para respirar necesita ayuda de una máquina.

—¿En coma?

—Técnicamente sí, y, aunque es pronto para asegurarlo, creemos que su vida no corre peligro.

Dos hombres asomaron por la esquina del pasillo, a espaldas del inspector. Solo el médico pudo apreciar la extrema diferencia de volumen corporal entre ambos. Uno era tan corpulento y grueso como escuálido y chupado el otro.

—Entonces, no me dejará verla ni me avisará para hacerle unas preguntas en cuanto despierte.

—No —negó el médico con rabia—. Recuerde lo que le dije en el caso de... ¿cómo se llamaba el chaval?

—Iker.

—Eso, con Itziar se puede aplicar lo mismo al pie de la letra.

El hombre flaco agarró del brazo a su compañero y lo frenó en seco. Se quedaron quietos, a apenas un metro de la espalda de Max.

—¿No recordará nada?

—Dependerá de lo profunda que sea la amnesia que padezca. Como le dije en su día, hay amnesias transitorias que pasan a progresivas y pueden llegar a ser irreversibles, y viceversa.

Los dos hombres se dieron la vuelta y desaparecieron por el pasillo.

—Sí, ya me acuerdo, también estaba lo de que el accidentado procura no recordar lo sucedido si le produce dolor.

—Exacto. La «inhibición mental».

—De nada servirá que le diga que pudo no tratarse de un accidente, de que su vida corre peligro y de que tal vez ella sea la única capaz de reconocer a su agresor.

Max había leído el informe redactado por dos patrulleros de la Ertzaintza y claramente olía a chamusquina. Nadie salía de noche a la calle en zapatillas de andar por casa, sin abrigo, dejando la puerta abierta y la televisión encendida.

—Eso mismo dijo en el caso de Iker. Tendrá que venir con una orden firmada por un juez.

—Está bien, entiendo.

Max se dio la vuelta sin despedirse.

Cuando el inspector bajaba en el ascensor, la singular pareja accedía al aparcamiento, y un hombre pulcramente vestido, con un fuerte olor a colonia cara y entre cuyos rasgos destacaba una prominente nariz bajo un escaso pelo blanco, se adentraba en el pasillo de la UCI. Cuando el inspector salía al exterior y buscaba con la mirada el Mustang porque no se acordaba de dónde lo había dejado, los dos hombres se alejaban del hospital y el hombre de pelo blanco se peleaba infructuosamente con el médico para que le permitiese ver a Itziar. Por más que aseguró que ella era una persona muy querida para él, el doctor no atendía a razones, así que el hombre se fue blasfemando entre amenazas de que tendría noticias de su abogado.

El doctor Larrañaga se atusó la barba al tiempo que meditaba si dedicar un enfermero a custodiar la habitación de la paciente.

Imanol Olaizola perjuró mientras el cuchillo goteaba sangre en las baldosas del suelo. ¿Por qué era tan difícil conseguir una pistola en una ciudad tan pequeña? Siempre había sentido cierta envidia de los estadounidenses, de su forma de ver la vida, de su forma de vivir la vida, de su forma de dejar a los demás vivir la vida, y tenía una espina clavada por no haber visitado nunca Nueva York. En un mundo tan globalizado, ¿por qué los países seguían estableciendo reglas y leyes tan diferentes?, ¿cómo era posible que lo que en un sitio era delito en otro, a miles de kilómetros, estuviera permitido? Tal vez había nacido en el lado incorrecto del hemisferio. Pero la zorra de Cristina lo iba a pagar, más pronto que tarde, con pistola o sin ella. Después regresaría a La Coruña; desde que había visto a su ex con el prepotente pensaba más en Nekane. Se preguntaba qué estaría haciendo y si tampoco lo podía olvidar. Aunque algunas noches tenía pesadillas. En ellas veía a Nekane sumergida en la bañera y, por más que pugnaba por salir, él le hundía la cabeza más y más. Notaba una erección mientras empujaba su cabeza hacia abajo con las dos manos. Ella luchaba con las manos, con los pies, salpicaba todo el baño, se debatía por su vida, pero al final se hundía hasta el fondo de la bañera. Entonces se despertaba empapado en sudor. Aunque últimamente tenía otro sueño más recurrente: soñaba con bolsas de hielo y con frío, con que soportaba una temperatura extremadamente baja dentro del baño, se había quedado encerrado y no podía salir; al final acababa de rodillas, extenuado, contemplando el vaho que despedía su boca.

Por la radio emergió con fuerza *Caruso* de Pavarotti.

Qui dove il mare luccica
e tira forte il vento,
sulla vecchia terrazza
davanti al golfo di Surriento,
un uomo abbracia una ragazza
dopo che aveva pianto.
Poi si schiarisce la voce
e ricomincia il canto.

Se miró la herida en el espejo. Tenía una pinta muy fea. Soltó el cuchillo en la pila. El oído sordo del metal invadió sus oídos. Una brecha le cruzaba la mejilla izquierda, por la cual emanaba sangre y no parecía que fuera a remitir tan fácilmente.

Ti voglio bene assai,
ma tanto, tanto bene, sai,
è una catena ormai,
che scioglie il sangue dint'e vene sai.

Había personas que solo comprendían a la fuerza. La letra con sangre entra. Y a fuerza de sangre lo iba a lograr. Vaya que sí.

Jueves 23

Las predicciones apocalípticas se cumplieron todas juntas la mañana del jueves; sin embargo, no fue a primera hora de la mañana sino que esperaron hasta que llegó al Peine del Viento, desatendiendo todas las recomendaciones de que no saliese a la calle. Cristina estaba en rebeldía. Al diablo con su madre, con el ginecólogo y con Max, ellos no tenían una barriga hinchada como un zepelín ni pesaban dieciocho kilos más ni se les hinchaban las extremidades. Según el médico tenía que andar todos los días unas horas para que el bebé se posicionase correctamente. Y eso hacía, aunque había cambiado el pasillo de su piso por el paseo Eduardo Chillida, que comunicaba la playa de Ondarreta con el Peine; hasta el barrio del Antiguo había ido en autobús. No llovía ni nevaba pero para los urbanitas avanzar un metro era un reto, una lucha permanente contra el fuerte viento y el suelo resbaladizo por el hielo. Por el camino se topó con una chica joven que empujaba un carrito de bebé en dirección opuesta, al parecer no era la única loca que salía a pasear con semejante tiempo. Se envalentonó y, con mucho cuidado, aferrándose a la barandilla del paseo, llegó hasta el Peine, donde comprobó que una valla lo mantenía resguardado de los turistas. Un guardia municipal le explicó que estaba cerrado por peligro de derrumbes: varias rocas y piedras se habían desprendido de la ladera cercana. Maldijo al monte Igeldo; sus blasfemias tuvieron eco y una roca rodó por la ladera y fue a caer dentro del terreno vallado. El guardia rápidamente pidió refuerzos por el *walkie* al tiempo

150

que espantaba a los curiosos. Cristina retomó cabizbaja el camino de vuelta. Hasta que sintió una gota en la nuca. A la gota le siguieron unas cuantas más, luego decenas y al cabo de segundos miles de gotas de aguanieve caían del cielo. Lo más rápido que su estado le permitía, se dirigió al Real Club de Tenis. Esperaba que estuviese abierto. A su alrededor, los transeúntes huían a la carrera. Un joven se resbaló y cayó de bruces al suelo helado. A ella nadie le prestó atención ni le ofreció ayuda, pero se conformó con que no la empujasen. Lenta pero segura tomó el camino de tierra que llevaba al Wimbledon English Pub, solo que el camino no era de tierra sino de bolas de aguanieve. Se detuvo en la carpa de la entrada que la protegía de los proyectiles que caían del cielo. No tenía visos de amainar, y Cristina sentía náuseas. En las vacías pistas de tenis las bolas blancas buscaban raquetas inexistentes. Enseguida la tierra batida se transformó en una pista de patinaje. Las sillas y las mesas de hierro de la terraza estaban apiladas en un extremo del local desprotegidas ante las inclemencias meteorológicas.

Alcanzó la puerta del pub sin resuello y aterida. Al comprobar que la puerta cedía ante el empuje de su mano respiró aliviada, y apenas puso un pie en el interior ya notó el calor de la chimenea. Tenía las mejillas rojas por el frío. Tosió con fuerza. Notó un pinchazo en el vientre. Se acuclilló en la entrada. Casi no le dio tiempo de ver al camarero en la barra antes de desmayarse.

Erika escondía su turbación llevándose a menudo la taza de café a la boca. Y el azoramiento no se debía a la fastuosidad del salón, ni a lo grande que era el chalé de dos plantas enclavado en las faldas del monte Ulia, se debía única y exclusivamente a que el propietario estaba frente a ella, con una taza similar en sus manos huesudas. Estaba sentado en el sofá; ella y Max, de pie.

—Entonces, ¿no notó nada extraño en su mujer?, digamos, en las últimas semanas —preguntó el inspector, que había rehusado la taza de café pues se había tomado dos antes de salir de casa.

—No, nada, todo normal —dijo Santiago.

Erika pensó que la vida daba muchas vueltas y nunca se sabía de qué lado iba a caer la tostada. Si hacía poco era ella quien debía soportar estoica las preguntas del psicólogo, ahora era este quien debía soportar las suyas y las de Max. Cuando le dijeron el nombre del marido cuya mujer había sido la última víctima del caso en que trabajaban no se lo podía creer. Max tuvo que repetírselo dos veces. Y no se podía creer tampoco que el inspector no supiese que Santiago Rodríguez era el psicólogo de la Policía. Despistado era un rato, pero seguramente fingía para ver cómo reaccionaba ella. Y no estaba reaccionando nada bien, la situación la superaba, ver a aquel hombre por el cual había sentido algo que aún no se explicaba la desbordaba.

—Cuénteme qué hizo ese día —dijo Max.

Santiago se llevó la taza a la boca antes de contestar. El dedo meñique se elevó rígido y Erika no pudo evitar pensar si todo se le levantaría igual.

—Los martes por la tarde no paso consulta, es mi día de descanso semanal. Siempre voy al cine, a una sesión de clásicos. Tengo un pase especial para diez películas. Como todos los martes, después de comer en casa con Andrea y echar una pequeña siesta, salí de casa para ir al cine. Ella se quedó leyendo en el sofá. Este mismo —añadió mientras recorría con las yemas de los dedos el tapizado del asiento—. Serían las cinco y media, la sesión es a las siete, pero me gusta salir con tiempo. Entré al cine y después...

—Un momento —atajó Max—, no tan rápido. ¿Fue en coche?

—No, no, nunca lo hago, utilizo el transporte público, en el centro no se puede aparcar y los aparcamientos son caros y muchas veces están completos, hay un autobús que me deja al lado del cine y no tarda más de media hora. Es agradable viajar en autobús, no es una línea muy concurrida, me gusta observar a la gente por la ventana. Bueno, como le iba diciendo, después...

—¿Cine?

—¿Qué?

—El cine, ¿cuál es?

—Ah... sí, el teatro Principal, en Lo Viejo.

—¿Película?

—*El jinete pálido,* un wéstern de Clint Eastwood de los años ochenta.

—De acuerdo, continúe —dijo Max, mirando a Erika.

La agente permanecía en silencio, casi detrás de él, como escondiéndose, y no parecía dispuesta a realizar ninguna pregunta. Intentaba concentrarse en un punto por encima de la cabeza del psicólogo para no mirar directamente a aquellos dos ojos azules tan hipnóticos. Una estantería doble llena de libros. Obras completas de Freud. Y en la balda de arriba creyó atisbar obras de Kant y Nietzsche.

—Cuando acabó la película cené en un bar cercano al que acostumbro ir. Sí, ya sé, datos: bar Juantxo, en la calle Embeltrán. Se lo recomiendo, sirven unos bocadillos de calamares y de tortilla de patata estupendos. Saldría del bar sobre las diez, en dirección a casa, justo para coger uno de los últimos autobuses. Al llegar no noté nada raro, la verja estaba cerrada con llave y la puerta de la entrada también. Serían las diez y media pasadas. —Negó con la cabeza, incrédulo ante lo que venía a continuación—. Al entrar lo primero que hice fue ir a la cocina y tomarme un zumo de naranja. Estaba sediento, el bocadillo de calamares me había dejado la boca seca. Después me quité el abrigo y las botas y llamé a Andrea por la escalera. Al no responderme, subí a nuestra habitación. Entonces... la encontré —Su voz se quebró.

—Tranquilo, tómeselo con calma.

—No —replicó Santiago recobrando rápidamente la compostura—. Cuanto antes lo suelte, mejor. Encendí la luz, la vi tumbada en la cama, de espaldas a la puerta, y me quedé en el umbral. Me imaginé que dormía, aunque me sorprendió un poco. Solía esperarme levantada viendo la televisión, emiten una serie de policías a la que estaba enganchada. Apagué la luz y salí sin hacer ruido, para no despertarla. Fui al baño y al volver supe que algo no iba bien.

—¿Y eso?

—¿Qué?

–Que por qué pensó que algo no marchaba.

–No sé, había un silencio extraño. Entonces me fijé en el frasco medio vacío de la mesilla. Lo teníamos en el baño y solía tomar una pastilla cuando había tenido un mal día y le costaba dormir. Pero al verlo me temí lo peor, no por nada, porque éramos felices, no se me ocurre ni un solo motivo para que Andrea quisiese quitarse la vida, pero le repito que no sé por qué fue lo primero que se me ocurrió. Me sentí mareado y me senté en la cama...

Los ojos empañados de Santiago no aguantaron más y dejaron salir un torrente de lágrimas. Depositó la taza sobre la mesa del centro y hundió el rostro entre las manos.

A Erika la fragilidad del psicólogo le pareció sensual. Tenía que dejar de pensar en él o se volvería loca. Deseaba acercarse y abrazarlo y, mientras enredaba los dedos en su cabello, decirle que se calmase, que todo iba a salir bien y que iban a atrapar al asesino. Enseguida un pensamiento horrible le vino a la mente: él se había quedado sin mujer, estaba libre para comenzar otra relación, a su entera disposición. Para escapar de sus espantosos deseos, pensó en ella misma, en lo triste que estaba cuando murió Lucía. En realidad esa coincidencia los unía fuertemente: ambos habían encontrado el cuerpo sin vida de su pareja en la cama.

–Perdone, pero debemos continuar –dijo Max.

Estaba claro que el inspector, al igual que su compañera, no quería volver al chalé, quería pasar cuanto antes el trago de interrogar al psicólogo y cubrir el expediente. Consideraba una pérdida de tiempo interrogar al marido de una víctima de asesinato, nunca eran culpables excepto en los casos de violencia de género, y si el asesino era el amante de la mujer, estos eran los últimos en enterarse.

–Adelante, adelante, disculpe una vez más mi comportamiento.

–Nos decía que se sintió mareado...

–Claro, imagínese que desagracia para un psicólogo que su mujer se suicide, no haber sido capaz de descubrir sus problemas...

154

Pero cuando fui a dar la vuelta... ver toda aquella sangre, no me malinterprete, no sentí alivio..., fui consciente de que había sido... ¡Dios mío! Mi pobre Andrea...

El psicólogo volvió a venirse abajo. Max esperó unos segundos para darle tiempo a que se repusiese.

—Entonces, recapitulando, usted salió de casa al atardecer para ir al cine y dejó a su mujer leyendo en el salón, al salir del cine cenó fuera y cuando volvió a casa, a eso de las diez y media, se la encontró dego..., muerta en su cama.

—Así es.

—Por lo que dice, su mujer guardaba los somníferos en un frasco. —Santiago asintió—. Se acostó más pronto de lo habitual. Quizá se encontrase mal, le doliese la cabeza. Posiblemente no pudiese conciliar el sueño y se levantó a tomarse una pastilla. Los de dactiloscopia solo han encontrado las huellas de su mujer en el frasco. Es fácil pensar que simplemente no lo guardó en el baño como otras veces. Encajaría con que el asesino la hubiera sorprendido acostada en la cama, durmiendo.

A Santiago se le entristeció la mirada.

Erika se preguntó qué había hecho ella el martes. Inmersa en su paranoia sopesó la posibilidad de que su otro yo hubiera tomado cartas en el asunto para desembarazarse de la mujer. Una doble personalidad que actuase de acuerdo a su lado oscuro, eliminando los obstáculos que su subconsciente le señalaba. Sin duda, los psiquiatras tendrían un nombre para referirse a esa doble personalidad. ¿Bipolar? No recordaba haber salido el martes por la mañana, estuvo en casa haciendo el vago, aunque por la tarde había ido a dar un paseo por el centro de Hondarribia, lo que solía hacer a menudo. Recordaba que llegó tarde a casa, pasadas las diez de la noche, pero no recordaba que hubiese llegado con las manos manchadas de sangre. Qué horror.

—¿Aficiones, gustos? De su mujer.

—A Andrea no le gustaba el cine, al menos el clásico, así que nunca me acompañaba al Principal. Le encantaba leer, podía pasarse horas enteras recostada en el sofá leyendo. Ambos compartíamos la afición por el golf, somos socios del Real Golf Club de San Sebastián, en Hondarribia, y solíamos ir casi todos los fines de semana. También le encantaba cocinar, solía bajar recetas de Internet y me usaba como cobaya para probar los platos. Excepto para ir a jugar al golf, o hacer la compra, se pasaba casi todo el día en casa.

«No parecía una vida muy arriesgada, pero sí muy ociosa», pensó Erika. Ella no podría llevar una vida semejante, le gustaba la acción. Y si Santiago y su mujer acudían al Real Golf seguro que conocían al *aita* de vista. Eneko no iba casi nunca a jugar, pero era uno de los socios más antiguos y en una de las salas colgaba un retrato suyo como uno de los principales patrocinadores y, por supuesto, no se perdía ninguna entrega de premios o fiesta que aconteciese en el club.

—Ya —dijo Max, reflexionando.

Miró a Erika, quien dejó de pensar en su *aita* y volvió a concentrarse en los libros, esta vez en los títulos, para evitar caer en pensamientos oscuros. *Psicopatología de la vida cotidiana. El yo y el ello. Estudios sobre la histeria.* Y arriba más. *Crítica del juicio. La genealogía de la moral.*

—De acuerdo, es suficiente. No salga de la ciudad en unos días por si tenemos que volver a hablar con usted.

—Me mantendrán informado, ¿verdad? Si descubren algo o atrapan a ese bastardo, seré el primero en saberlo, ¿sí?

—El primero no, pero uno de los primeros sí, por supuesto.

—Gracias, se lo agradezco enormemente, y no duden en llamarme si...

Sonó un móvil. El de Max.

—Perdone, un segundo —dijo, atendiendo la llamada.

Tras un breve intercambio de palabras cortó la comunicación. El rostro se le había contraído en una mueca que Erika no supo discernir si era de pavor o sorpresa. Mantenía el móvil en la palma de la mano, como si fuese un polluelo aterido, incapaz de guardarlo en la gabardina.

—Cristina está en el hospital, se ha puesto de parto —dijo Max mirando a su compañera.

Xabier observó por enésima vez el dibujo de la cabeza de caballo que lo acompañaba allá donde situaba su morada. En verano, cuando se podía visitar la isla, lo colgaba en el salón de la casa de Biarritz, la misma que compartió tantos años con Ana, y en invierno, cuando cerraban la isla, en una pared de su refugio en el faro. Pocos sabían que el boceto que Picasso había utilizado para el *Gernika* estaba directamente extraído de la iconografía taurina y que representaba el lance más dramático de la corrida: el momento en que el toro embestía al caballo durante el tercio de varas. Sin la efigie del toro frente a él, se trataba de un animal herido y maltrecho, atacado mortalmente. La expresión desencajada y en tensión representaba que estaba a punto de respirar por última vez y, para realzar el dramatismo, Picasso había dibujado una enorme dentadura que simbolizaba la lucha que mantenía el animal por aferrarse desesperadamente a la vida. Pocos entendían el verdadero significado del boceto, la profundidad del mensaje. Una vez Gordo le sorprendió al decir que el caballo parecía chillar de dolor, pero no llegó más lejos ni añadió otras palabras a su apreciación.

Un ruido estridente le hizo abandonar la contemplación del boceto. Sebastián estaba abajo moviendo de sitio algún mueble. Bajó. Su fiel guardaespaldas se detuvo, apoyó las manos en la mesa que estaba desplazando y el ruido cesó. Xabier se puso el abrigo y salió al exterior sin despedirse. No atisbó luces de barcos en el mar, solo las de la bahía de la Concha. A pesar del frío, y de que la oscuridad comenzaba a ganar espacio al día, le apetecía pasear. El enfado con los dos mentecatos que no habían sido capaces de secuestrar a la profesora aún le duraba. Miró a izquierda y derecha. Eligió el camino de la derecha, la bajada era menos peligrosa. Allá donde la arboleda protegía el sendero pudo caminar tranquilo, pero al llegar donde el sendero se abría al cielo tenía que aminorar la marcha por culpa de la escarcha y el hielo. Sentía los huesos entumecidos aunque por fortuna la espalda no le había vuelto a molestar; ya era tarde para operaciones y remiendos de discos, le tocaría sufrir la hernia lo que le restaba de vida. Cuando llegó al sendero ancho de piedra la situación mejoró ostensiblemente. La pendiente no era tan pronunciada y entre las piedras había huecos donde pisar y asegurar el equilibrio. Lo malo era que al salir del círculo de incidencia del faro la oscuridad se hacía más evidente. Sacó una linterna del abrigo e iluminó el sendero. Un par de lagartijas ibéricas corrieron asustadas. Aunque apuntaba hacia abajo, y la linterna no era ni mucho menos potente, siempre que la usaba se preguntaba si alguien al otro lado, en la ciudad, provisto de unos prismáticos, podría ver el tenue haz de luz que se movía por la isla y bajaba al embarcadero. Creía que no, pero nunca se sabía, por eso intentaba no usarla mucho, toda precaución era poca. Al llegar abajo, la estructura de cemento que hacía de bar restaurante en los meses de verano, recordaba un búnker militar con las cuatro ventanas cegadas con tablas de madera. El mástil, en el que el dueño del bar colgaba una bandera pirata más la bandera de la ciudad, parecía un simple palo alargado y abandonado a su suerte. Anduvo con cuidado hasta alcanzar el embarcadero. Aferrado a la barandilla de hierro, se fue acercando al saliente. Comprobó en sus propias carnes la bravura del mar; olas de hasta un metro golpeaban en el muro y despedían miles de gotas que caían sobre su cabeza. Una vez más pensó en los dos mentecatos. La furia del oleaje le disipó el malestar con el que había salido del faro. Les daría otra oportunidad. Aún tenía grandes planes para ellos. Al tercer intento consiguió por fin encender un pitillo. Tiró el fósforo al agua. Solo pudo dar un par de caladas antes de que el cigarrillo se mojase. Lo dejó caer al mar oscuro. Una sonrisa maliciosa asomó a su rostro.

Viernes 24

Las tornas se habían cambiado y ahora era Max quien no podía dormir mientras Cristina roncaba a pierna suelta. El susto de pensar que Damián estaba ya aquí la había dejado extenuada, tan agotada que al llegar a casa se tomó un vaso de leche caliente y se acostó, cerró los ojos y se durmió al momento, mientras que a Max el susto todavía le duraba, había incumplido al volante del Mustang unas cuantas normas de tráfico en su carrera contra el crono para llegar al hospital a tiempo y la falsa alarma aún le tenía el corazón desbocado. El ginecólogo le había puesto unas correas a Cristina y la endiablada máquina había anunciado que era pronto, Damián seguía de nalgas y tocaba esperar. Ante la insistencia de qué hacer en caso de que no se pusiera de parto, el ginecólogo le había asegurado que si en dos semanas no sucedía lo provocarían ellos y practicarían una cesárea para sacar al bebé.

Max miraba el techo oscuro de la habitación. Allí, a diferencia de en su *loft,* la luz no se colaba por las rendijas de las persianas, y tampoco tenía frío sino mucho calor, hasta el edredón le sobraba, pero no se atrevía a moverse ni desprenderse de él por miedo a despertar a Cristina. Los últimos días no había estado el tiempo suficiente a su lado y se sentía mal. Además, no iban a ser un matrimonio al uso, pero quería estar con ella y compartir lo máximo junto a su hijo, ya que iba a tenerlo, quería hacerlo bien.

Buscó el móvil en la mesilla. La pantalla luminosa mostró cuatro dígitos: 04. 05. Para distraerse pensó en el caso, que cada vez se complicaba más. ¿Qué relación había entre un dentista, un abogado y un ama de casa? Aparentemente ninguna. ¿Y entre los tres mensajes enigmáticos? «Reconocer. Arde ; a la mala yedra. Para que él vaya detrás.» Letra de niño, pero sin errores ortográficos más allá del extraño punto y coma. Algo no cuadraba, pero al contrario que otras veces su mente, tal vez espesa ante la cercanía de ser padre, no daba con el elemento discordante que lo llevase a resolver la cuestión. Pensó en mezclar los mensajes con la profesión de las víctimas. Reconocer al ama de casa. Arde el mal abogado. Para que él vaya detrás del dentista. Todo era un sinsentido. Se obcecaban en algo que los conducía a un callejón sin salida. Tal vez debía dar dos pasos hacia atrás para poder avanzar uno. Olvidarse de los dos últimos crímenes y retroceder al primero. Reconocer. Reconocer. Cerró los ojos.

Aguzó el oído. En aquel edificio no se oía nada, ningún sonido exterior, ni siquiera oyó el camión de la basura. La situación comenzó a volverse angustiosa, casi claustrofóbica. Cuando era niño su madre tenía la costumbre de bajarle la persiana y cerrarle la puerta, por tanto no había sido un niño con miedo a la oscuridad, nunca tuvo pesadillas de monstruos saliendo del armario, pero en el *loft* todo había cambiado. No había adquirido los miedos propios de la infancia, pero se había acostumbrado a dormir con la persiana subida, algo de frío y al ruido del tráfico y de los vecinos. Pensó en su padre, sin duda él también se había acostumbrado a los ruidos de la selva colombiana, al fluir de un río, o al sonido que emitiesen los papagayos o lo que diablos anidase en aquellos árboles tan frondosos. Se vio apartando a machetazos la espesa vegetación en busca de... un sendero que lo llevase a una casa. Oía el llanto de un bebé. La angustia creció por dentro. El bebé cada vez lloraba más y él no encontraba el camino de la casa. Un pitido de alarma se instaló en sus tímpanos. El pitido se transformó en un timbre que no dejaba de sonar. Una voz se alzó por encima de tanto ruido. Lo llamaba por su nombre. Max. Max. Más machetazos, cada vez más rápidos y violentos, pero no daba con la casa. Cristina le necesitaba. Gritaba su nombre.

—Max, Max, tranquilízate —dijo Cristina.

Se despertó. Lo primero que notó fue el peso del edredón pegado a su cuerpo y el sudor que le recorría el rostro.

—Max, deja de manotear, me vas a dar en el vientre.

Recordó dónde estaba. Se tranquilizó. En la mesilla una luz parpadeaba.

—Y coge el móvil, que no para de sonar —le ordenó Cristina.

Le hizo caso sin apenas pensar. Recostó la espalda en el cabecero de la cama. Al otro lado emergió una voz estridente que, en un primer momento, confundió con otra de un pasado lejano.

—¿Padre?

—¡Qué cojones dices! ¿No habrás vuelto a beber?

Enseguida puso rostro a la voz y se planteó si hubiese sido mejor seguir soñando con selvas y llantos de bebés.

—He mandado a Erika en tu busca, pero no estás en casa, ¿dónde cojones estás?

Apartó el móvil de la oreja.

—¿Quién es? —preguntó Cristina asustada—. Se le oye desde aquí.

—Mi querido jefe —respondió Max poniendo el móvil boca abajo sobre el edredón.

—Ah... y no piensas responderle.

—Sí, pero hay que concederle unos segundos, me parece que no soy el único que ha pasado mala noche.

—¿Es que no has dormido?

—Sí, un poco, eso creo, ¿y tú?, ¿ya te encuentras mejor? —dijo Max, dando por terminado el asunto; no quería preocuparla con nimiedades.

—Sí, mucho mejor... Atiéndelo, por favor, me pone nerviosa.

Max le dio la vuelta al móvil. Se oía su nombre reiteradamente como si fuese una melodía.

—¿Qué quieres, comisario?

—Max, sigues ahí... ¿Max?, ¿has oído lo que te he dicho?

—Hasta la última palabra.

—Entonces, no te entretengo más, te espero allí en diez minutos, date prisa.

El móvil comenzó a emitir el pitido de comunicación cortada.

—¿Qué quería? —preguntó Cristina mostrando interés, aunque se dio la vuelta con intención de seguir durmiendo.

—No lo sé, llamaré a Erika en un rato —respondió Max.

Se volvió a tumbar. En la pantalla luminosa del móvil los cuatro números habían cambiado desde la última vez: 07. 22. Por lo visto, después de todo había dormido unas horas.

—¿Cómo tardas tanto? —le increpó el comisario en cuanto lo vio.

Estaba en el portal fumando un habano y desafiando las bajas temperaturas; no nevaba, pero el viento era helado. A su lado, un par de ertzainas custodiaban las inmediaciones. Una cinta policial contenía a la poca prensa congregada, a buen seguro numerosa conforme avanzase el día y el boca a oreja se extendiese por el barrio de Añorga. Dos coches de la Ertzaintza, una ambulancia y la furgoneta de la Científica cortaban el tráfico en la calzada. Ante la estrechez de la calle, Max había dejado el Mustang pegado detrás de la ambulancia.

—He pasado una mala noche.

—Déjate de chorradas y sube, rápido. Eres el último.

El estómago de Max protestó en forma de ruidos guturales, ni siquiera se había tomado un café y había contenido sus ganas de fumar por el camino. El portal era antiguo y los inquilinos no pertenecían a la clase acomodada, como la mayoría de los que habitaban en Añorga, una zona eminentemente obrera. Vio un ascensor pequeño al fondo, pero subió por las escaleras ya que desconocía su destino. En el rellano de la tercera planta había un ertzaina apostado frente a una puerta abierta. «3B», leyó Max en el dintel. El ertzaina lo saludó llevándose la mano a la gorra y se apartó para dejarle pasar. Max le devolvió el saludo y se internó en un pasillo estrecho y oscuro. Al final vislumbró la

162

característica silueta de Joshua. Vestía traje, zapatos y corbata y llevaba el pelo repeinado hacia atrás, como si se hubiese levantado de la cama, introducido en una máquina y hubiese pulsado el botón de «apariencia impecable» antes de salir a la calle.

—¿Qué hay, Max? El comisario está que bufa, ¿ya lo has visto?

Asintió con la cabeza.

—Entonces no te digo más. ¿Qué tal Cristina?

—Ahí va, a punto de dar a luz.

—Estará hecha un flan.

—Más o menos.

—Recuerda, el parto, si no te va la sangre, es asqueroso..., pero entra, no te quedes ahí, el cuerpo está en el salón, los camilleros están esperando para llevárselo. Hasta el juez Castillo ya ha pasado por aquí. También traía cara de pocos amigos. Qué personaje.

—Y Erika, ¿dónde está? He hablado con ella hace unos minutos para que me diese la dirección.

—Me parece que ha salido a hacer un recado del comisario. Algo de que avisase a alguien, creo.

Entró en el salón sin ganas de ver el cuerpo. Hubiese preferido leer el informe, ver las fotos, que se lo contasen. Nunca era agradable ver a un ahorcado. Observar un rostro de una tonalidad azulada, con la cabeza girada en un ángulo imposible y el cuerpo meciéndose como un péndulo, siempre le había parecido un espectáculo grotesco. Y hoy no iba a ser diferente. El cadáver vestía un traje sin corbata e iba descalzo, con unos calcetines gordos de lana. Los pies se mecían sueltos a poca distancia del suelo. Tenía la cara amoratada y la lengua inflamada asomaba entre los labios. Los ojos abiertos vagaban inertes por la habitación. La corbata provocaba una hendidura rojiza en el cuello. Max no había visto muchos ahorcados, era una muerte suficientemente violenta como para que no se diese a menudo, más propia de suicidio que de asesinato.

—Pobre hombre —murmuró.

Lo correcto hubiese sido cortar la corbata y colocar el cuerpo en el suelo, pero al parecer nadie se había atrevido a tocar nada hasta que él llegase, y eso le hizo sentirse mal, porque él poco o nada iba a sacar en claro de observar *in situ* el cadáver y tenía la sensación de que bastante había sufrido el cuerpo de ese infeliz en vida como para mantenerlo más tiempo colgado del techo.

—¿Quién lo descubrió?

—Su hermana mayor. Suele venir a desayunar con él. Imagínate el susto. Ha sufrido un ataque de ansiedad. Se la han llevado a un ambulatorio cercano.

—Parece un suicidio en toda regla, ¿hay una nota? —dijo Max.

—Mira en la libreta de la mesa.

La mesa estaba comida por la carcoma. Tendría sus años y su encanto, pero Max pensó en una de esas mesas que se veían abandonadas junto a la basura. Un jarrón sin flores y un frutero vacío era todo el adorno que soportaba. En un lateral había una libreta abierta por la mitad. Alguien había usado dos hojas para dejar un mensaje con un rotulador rojo que a buen seguro había traspasado el papel.

S ometamos O matemo S

Caligrafía infantil y conocida.

—No parece una nota de suicidio, ¿verdad? —Joshua negó con la cabeza—. No hay jeringuilla en la frente, pero tiene que ver con el caso, ¿verdad?

—Mira bien la frente.

Max se acercó con recelo al cuerpo. La rigidez cadavérica en el cuello y la lividez en el rostro eran evidentes. En la frente vislumbró una pequeña aguja.

—Mierda de vida.

—Sí, mierda —afirmó Joshua, y señaló una bolsa de plástico que había sobre el aparador.

Su interior contenía una jeringuilla.

—No aguantó en la frente. Tal vez no la introdujo con suficiente fuerza o quizá se cayó debido al rígor mortis, pero el caso es que cuando llegamos la jeringuilla estaba en el suelo.

—No es un suicidio.

—Las pruebas no encajan, ¿cómo se subió? No hay taburete ni silla cercana.

—¿Y?

—Supongo que el asesino la retiró. Tal vez amenazase a su víctima con una pistola para que se subiese a una de las sillas de la cocina, y después la volviese a dejar en su sitio.

—Otra vez muy confuso. El asesino quería que supiésemos que no es un suicidio.

—En efecto, no puede evitarlo. La nota no hace más que corroborarlo. Sometamos o matemos. Y con un SOS bien a la vista. Creo que se trata de una persona desequilibrada que se arrepiente de sus actos y nos está pidiendo ayuda —explicó Joshua.

—Pues ya tenemos cuatro mensajes y cuatro muertos. Ahora entiendo el cabreo del comisario.

—Sí, nos espera esta tarde en comisaría. Reunión.

—Mierda.

—¿De quién es ese Ford viejo? —preguntó un camillero asomando por la puerta—. Molesta, no podemos abrir el portón para sacar la camilla.

—Mierda —repitió el inspector.

Después de comer con Cristina en casa, Max se dirigió a la comisaría. Condujo con lentitud debido a las placas de hielo quebradizo que salpicaban las calles. Por más que pensaba no encontraba el nexo de unión entre las víctimas. Con las investigaciones iniciadas no se podía volver al punto de partida, pero sí era cierto que daban vueltas una y otra vez sobre la misma casilla sin conseguir avanzar. Y temía que una falsa pista les hiciese seguir una dirección incorrecta. Aparcó el Mustang en el aparcamiento de la Ertzaintza. Era una suerte disponer de aparcamiento privado ya que las plazas escaseaban, como en todo

San Sebastián, pero en el caso del barrio del Antiguo el problema era más patente. Al acceder a la entraba vio a un operario del ayuntamiento arrojando puñados de sal a la calzada desde un camión. Negó con la cabeza. Leire le había explicado que la sal rebajaba el punto de congelación del hielo y por eso era una gran aliada en caso de nevadas, pero en los países nórdicos no se usaba porque corroía las alcantarillas y otros elementos de hierro, dañaba plantas y árboles, y eran más partidarios de emplear otros productos más ecológicos, aunque más caros, como acetatos de *nosequé*. Max pensó que España seguía siendo un país de pandereta, chapucero, en el que primaba más la economía que la ecología y donde los investigadores seguían huyendo y los políticos seguían robando. Ascendió por las escaleras a la segunda planta, saludó a cuanto agente se cruzó y entró sin llamar en la sala de reuniones. No le extrañó ser el último. Ni se molestó en cerrar la puerta. Todos estaban de pie, la mesa continuaba tapada por un plástico, aunque el olor a pintura ya se había evaporado –parecía que el color verde se quedaba–, y sobre las paredes habían colgado algunos cuadros de fotos antiguas de Mikeletes y Miñones, las antiguas milicias municipales de las que según Alex provenía la Ertzaintza.

–Max, por fin. Entra, estábamos a punto de empezar –dijo Alex.

Aguantaba un tablero de corcho, apoyado sobre la pizarra, en el cual había clavado con chinchetas un plano callejero de San Sebastián en blanco y negro con los edificios en relieve en tres dimensiones.

–Empieza, tú, Joshua, ponnos al día del nuevo asesinato –ordenó el comisario.

El agente pasaitarra de apellidos O'Neill Gurutzealde, que delataban una procedencia vasca y otra irlandesa, se encontraba en medio de Erika y Asier y era el que peor cara presentaba de los tres. A Max le dio la impresión de que había perdido algo de pelo, algo de lo cual por la mañana, inmerso en la escena del crimen, no se había percatado. Pensó que o le había sentado mal la comida o los «cañonazos» volvían a molestarle.

–David Lopetegi. Natural de Beasaín. Cincuenta y siete años. Médico de profesión. Especialista en dolor. Hace diez años tuvo una mala praxis y se le retiró la licencia para ejercer. En el paro desde entonces. Por sus cuentas bancarias, sabemos que estaba arruinado. Tenía una pequeña pensión y, según su hermana mayor, quien lo visitaba frecuentemente y le llevaba comida, tenía muchos problemas para llegar a fin de mes.

–¿Qué significa especialista en dolor? –inquirió Asier.

–Son médicos que se especializan en el diagnóstico, el tratamiento y la rehabilitación de personas con dolor crónico –contestó Joshua–. Se ocupan de los casos en los que los medicamentos y la medicina tradicional no funcionan y el dolor no desaparece.

–Ah, siempre me pareció algo siniestro el nombre de clínica del dolor. No sé por qué pero siempre lo he asociado a experimentos macabros, nazis y temas por el estilo.

–¿Mala praxis? –preguntó Max.

Joshua leyó de su cuaderno de notas:

–Trabajaba en la Clínica del Sagrado Corazón, y durante una sustitución recetó Augmentine a un paciente asmático que necesitaba antibiótico. El paciente era alérgico al medicamento y murió. Los familiares lo denunciaron. David Lopetegi acabó perdiendo el trabajo y la licencia para ejercer. Por lo poco que he podido averiguar, en todo momento se declaró inocente, le echó la culpa a una enfermera que no le avisó ni le mostró el expediente del paciente, y al médico que lo llevaba, al que sustituía, que no indicó las alergias en la hoja de recetas. Como suelen decir cuando un avión cae, no es solo debido a un error, sino a varios en cadena; aquí parece que se dieron unos cuantos, pero únicamente David Lopetegi pagó los platos rotos.

«Otra cabeza de turco», se dijo Max.

–Tenemos nota: «Sometamos o matemos» –añadió Joshua.

–Tan misteriosa como el resto –dijo Alex–. Y con un SOS. Dejemos que los grafólogos hagan su trabajo, me han prometido resultados en breve, están siguiendo una pista sobre la secuencia de los mensajes. Bien, parece que a nuestro hombre le ha entrado la prisa. Pasó un mes entre los dos primeros asesinatos y ahora tres días entre el tercero y el cuarto. Según los estudios del FBI, a partir de la cuarta víctima las similitudes y diferencias son más claras y la posibilidad de encontrar el punto de unión se multiplica por diez. La última víctima: un médico retirado de la profesión, arruinado, es asesinado en su piso. ¿Ven alguna relación con el resto de las víctimas? –Nadie respondió–. Bien, eso mismo me parece a mí. Por esa razón he traído esto. –Señaló con la mano libre el tablero, con la otra lo aguantaba contra la pizarra–. Debemos cambiar los métodos de trabajo. Asier, ven, ayúdame.

El orondo agente sujetó el tablero mientras Alex se apartaba y sacaba del bolsillo de la chaqueta una caja de chinchetas de colores y un grueso rotulador con el capuchón de color rojo.

–Empecemos –dijo el comisario entusiasmado–. Joshua, la primera víctima, el dentista, ¿barrio?

–Alza.

Alex buscó el barrio en el plano.

–Arriba a la derecha, señor –dijo Erika sin poder reprimir una risita.

Alex puso una chincheta roja en medio del barrio de Alza.

–Joshua, ¿el del abogado?

–Zubieta.

Alex volvió a buscar el barrio. Movía la cabeza en círculos como escaneando el tablero, pero sin dar con la zona.

–Abajo a la derecha –indicó Erika.

El comisario gruñó algo y clavó una chincheta naranja.

–¿Ama de casa?

–Ulia.

Este se lo sabía. Arriba a la izquierda. Chincheta amarilla.

–¿Médico?

–Añorga.

Tardó en encontrar la ubicación. Abajo a la izquierda. Chincheta azul.

Cogió el rotulador y unió los cuatros puntos mediantes rectas. Dio dos pasos hacia atrás y contempló orgulloso su obra de arte. Cuatro líneas rojas cruzaban el plano uniendo los cuatro barrios. Una especie de trapecio amorfo englobaba casi toda San Sebastián.

Erika y Max se miraron de soslayo, cómplices, mientras hacían grandes esfuerzos para no estallar en carcajadas.

–Perfecto –afirmó Alex–. Aquí está el plano del horror. Ya tenemos donde investigar. Vamos a ver... –Se acercó al plano–. En el medio de esta figura se halla el barrio de Loiola. Asier, te ha tocado. –El agente puso cara de susto–. Date una vuelta por el barrio, a ver qué encuentras.

–Pero, comisario, ¿qué debo buscar?

–Es difícil decirlo, es verdad... Busca sospechosos, tal vez el asesino esté trazando un mapa que señale a sí mismo, o a la siguiente víctima. Vete a saber. Date una vuelta por Loiola y haz uso de tu instinto policial. Seguro que tu olfato de sabueso te lleva a buen puerto.

Joshua no daba crédito a lo oído. ¿Para eso se esmeraba él en tomar pruebas en las escenas de los crímenes? Huellas dactilares, fibras y cabellos. Muestras de ADN que representaban cantidad de información de cientos de personas. Tenía grabada a fuego una frase de su mentor de la academia: «Es imposible que un criminal actúe, con la intensidad que requiere cometer un asesinato, sin dejar rastro de su presencia». Y de esa frase había hecho un modo de vida. Pensaba que tras los crímenes sin resolver solía estar el desconocimiento del móvil, la falta de pruebas, dificultades judiciales y, principalmente, una inspección ocular incorrecta en el lugar de los hechos. La inspección ocular era el pilar de la investigación. Y en ese campo él era el mejor. No existía el crimen perfecto sino la investigación mal hecha. Era necesario un hilo del que tirar, y había casos como el actual en que el hilo se rompía demasiado pronto. Había investigaciones en las que sobraban sospechosos pero faltaban pruebas y en otras ocurría todo lo contrario, pero en esta se daban las dos circunstancias: falta de sospechosos y de pruebas. Además había estudiado en profundidad la vida de las víctimas, investigado su pasado y a sus allegados, para que ahora el comisario le echase por tierra todo el trabajo con esas estupideces de planos más propias de malas series americanas de policías.

—Quizá nos falta una quinta víctima para obtener una estrella de cinco puntas —dijo Erika, inmersa en la broma y ajena al malestar de Joshua.

—¿Qué pretende decir, agente? —preguntó Alex, intrigado.

—Si ponemos una chincheta en el barrio del Antiguo, podemos formar una perfecta estrella de cinco puntas.

Todos la observaron desde diferentes perspectivas. Alex con temor. Asier indiferente. Max cómplice. Joshua con un odio intenso.

—No pensará que la comisaría está en peligro, que van a atentar contra nosotros...

Alex miró su obra de arte con cara de circunstancias. Se rascó la calva mientras meditaba sin apartar los ojos del plano.

—No, no —dijo Erika rápidamente, entendiendo que la broma había ido demasiado lejos.

—¿Señor? —dijo una voz desde el umbral.

Un ertzaina estaba plantado ante la puerta.

—¿Qué sucede? —chilló Alex—. Había dejado bien claro que no se me molestase.

—Cierto, señor, pero creo que es importante.

—Está bien, agente, suéltelo ya y váyase.

—Verá, ha llamado una persona, en realidad ha llamado varias veces, quería hablar con usted o con el inspector de Homicidios, pero no atiende a razones, ya le he dicho que está reunido y...

—¿No estará pensando en que me ponga ahora al teléfono?

El agente permanecía en el mismo sitio, sin saber qué hacer con las manos, que colgaban inertes a la altura de la cintura. El aplomo con que había llegado, con las manos aferrando el marco de la puerta, se había tornado en indecisión.

—No, señor, claro que no. De hecho, ya no está al teléfono, colgó cansado de esperar.

—¿Entonces?

—Verá, amenazó con suicidarse si no le hacíamos caso y el inspector iba a verlo. Reclama protección, dice que su vida está en peligro y que si no le damos protección se quita la vida, que prefiere quitársela él a que se la quiten.

—Habrá mandado una patrulla...

—En efecto, señor. Ya lo he hecho. Pero me preguntaba si no debía avisarle ya que ha preguntado varias veces por usted y por el inspector.

—¿Su nombre?

—¿Yo? Marcos López, señor.

—Usted no, chorlito. El nombre que ha llamado y que preguntaba por nosotros.

—Ah... Oliver Lezeta, sí, lo ha repetido varias veces. Oliver Lezeta.

Al ver la cara de angustia del comisario el agente supo que había hecho bien en avisarle.

El barrio de Bidebieta se encontraba justo debajo de la chincheta roja, una de las cinco puntas que formaban la estrella que a modo de broma había configurado Erika. El portal no pasaba desapercibido, un coche patrulla estaba estacionado frente a él. Nada más abrir la puerta, el profesor se abalanzó sobre ellos y casi tiró a Erika al suelo del abrazo que le dio. Su cara reflejaba el temor que había padecido en las últimas horas. En el salón, arrellanado en el sofá, Oliver comenzó a soltar incoherencias sobre el peligro que corría. Erika se sentó en el mismo sillón que había ocupado Asier en la anterior visita y no tuvo reparo en levantarse al comprobar lo incómodo que era. Max decidió no probar suerte y se paseó por la habitación contemplando la colección de armas antiguas de Oliver. Tocó con miedo una ballesta de hierro, temeroso de que la flecha saliese despedida. Supuso que en tal caso iría a parar a una de las ventanas del salón.

—... estoy en peligro, de verdad, no soy aprensivo, ni...

—Déjese de tonterías —dijo Max, atajando un bostezo. La mala noche pasada, la reunión en comisaría y el monólogo de Oliver habían agotado su paciencia—. Usted nos ha llamado, usted quiere nuestra protección, y entenderá que no a todo el mundo se le concede, hay mucho loco suelto, los recursos de la Ertzaintza son escasos, hemos sufrido muchos recortes con la crisis, y lleva media hora hablando pero no nos ha dado ninguna razón de peso para que ahora mismo no nos vayamos y lo dejemos solo.

—No, por favor, no se ponga así. ¿Qué quiere que le diga?

—La verdad. Empezando por Gelsinger o como se diga. ¿Qué tiene que ver el infortunio de ese muchacho con su libro sobre la terapia génica?

Oliver agachó la cabeza. Parecía un hombre derrotado, que había soportado a sus espaldas un enorme peso durante mucho tiempo y que ahora, muy a pesar suyo, le tocaba deshacerse de él. Cuando levantó la cabeza no paró de hablar.

—Está bien, ustedes ganan. La historia se remonta a muchos años atrás. Parte ya la conocen. Los últimos años del Régimen. Carrero Blanco asesinado. Se auspicia la creación de comités en la Facultad de Químicas y de laboratorios clandestinos que trabajen en armas secretas para luchar contra ETA. Pero yo no estuve implicado en ello, ni con el comité PHPE ni con otros comités parecidos. Cuando el caso del Asesino de Químicas, con aquellos crímenes tan espantosos, yo mismo fui el primer sorprendido. Le dije al difunto decano que colaborase con ustedes pero no me hizo caso. Ahora ya nada me sorprende y soy lo suficientemente viejo como para creerme cualquier cosa. Bueno, a lo que íbamos, todo en esta vida es efímero y cuando el comité PHPE se disolvió otros surgieron en su lugar, por supuesto que nada tenían que ver con la lucha contra ETA, a nada llevó combatir a la organización y a sus colaboradores, sus ansias de independencia a costa de muertes y asesinatos; la infraestructura estaba ahí, los profesionales también, así que por qué no emplearlo para hacer el bien, la lucha contra el cáncer de colon, la leucemia y otras enfermedades. Nosotros éramos conscientes de que nunca se nos otorgaría el Premio Nobel, trabajábamos en la clandestinidad, lejos de los focos, pero no nos importaba, nos podía más hallar una cura, pensar que revertíamos el mal antes hecho, el triunfo de la medicina, imagínense el placer de salvar miles de vidas. Por eso me decidí ahora a sacar el libro, en el que explico todo lo que aprendí en esos experimentos antiguos y secretos, obviamente de manera velada, y aunque nosotros nos dedicábamos solo a la terapia génica, desconozco a qué se dedicaban los otros comités. —Max y Erika se miraron con el terror bosquejado en sus ojos—. Cuando uno es joven tiene unos ideales puros, lamentablemente todo cambia con la edad.

—¿Está diciendo que trabajó clandestinamente en un comité secreto durante su etapa en la facultad?, ¿otro PHPE?

—Nosotros éramos diferentes.

—Ustedes, tan diferentes, ¿qué hacían exactamente? —inquirió Max.

El inspector toqueteaba una espada de la que colgaba una bola con púas de acero. «Para destrozar escudos —se dijo—, mientras la espada penetraba en la carne.»

—Aplicar la terapia génica para producir cambios en un sistema vivo, modificar la proteína causante de la enfermedad, en esencia, inyectar un virus que acabase con las proteínas defectuosas y por tanto curar la enfermedad que produce. En nuestra época, la técnica se hallaba en estado embrionario, motivo por el cual aplicamos la terapia bajo ensayos clínicos controlados y solo para el tratamiento de enfermedades severas de tipo hereditario. Hoy en día se plantea para casi cualquier enfermedad letal sin tratamiento, mayormente si se conoce el gen que la origina. Sin ir más lejos, ayer leí que un equipo de cirujanos de la Universidad de Oxford había empleado una terapia génica para mejorar la visión de unos pacientes que, de otra manera, se habrían quedado ciegos. Sometieron a una operación a pacientes afectados con una rara enfermedad hereditaria que ocasiona la muerte de las células que detectan la luz y que se conoce como coroideremia. La intervención implicó la inserción de un gen en las células oculares que revivió a las células que detectan la luz, una técnica que los médicos creen que podría emplearse para tratar las formas comunes de ceguera. Hay un capítulo, el quinto, el más extenso de mi libro, donde explico esto mismo, con gráficas y estudios previos...

—De acuerdo, me hago una idea —cortó Max—. Pero, dígame, ¿qué tiene que ver esto con que quieran matarlo?, ¿y con el Gelsinger ese?

La sospecha de que el comité de Oliver había realizado experimentos de ética dudosa comenzaba a tomar forma en su mente, pero deseaba que fuese él quien lo confirmase.

—Experimentamos la terapia génica con caballos —dijo Oliver como si le hubiera leído el pensamiento—. Tomamos de referencia la isla de los caballos salvajes, una isla de Rusia donde unos caballos quedaron atrapados y, para sorpresa de los científicos, no solo sobrevivieron sino que con el paso de generaciones se hicieron más fuertes y poderosos, el que no entrase sangre exterior fue una bendición para su organismo, su genética no sufrió mutaciones. No sé cómo lo hizo pero Ana consiguió muestras genéticas de los purasangre rusos para implantarlas en *pottokas,* nuestro caballo vasco sin variaciones genéticas desde el Paleolítico.

—¿Ha dicho Ana? —preguntó Max con voz temblorosa.

—Sí, Ana Pérez. ¿Ha oído hablar de ella?

—Más o menos.

—Entonces conocerá a Xabier Andetxaga, iban juntos a todas partes.

—Más o menos.

A Max comenzó a dolerle la cabeza. Ya se veía otra vez derivando en asuntos de comités secretos, dragones, serpientes aladas, caballos y demás especímenes. Y la «*querida* Ana» de Xabier cada vez le parecía cualquier cosa menos un angelito. Había participado en dos comités, cuando menos siniestros.

—Ana estaba obsesionada con determinados genes, decía que no todos eran iguales ni en cuanto a funciones ni en cuanto a propiedades.

—¿Qué papel representaba ella en el nuevo comité?

—Era la jefa. Decían que venía del PHPE, que no le fue bien, que no le hicieron caso ni le dejaron trabajar a su manera, y quería comandar uno nuevo para acabar con su mala suerte y recuperar prestigio de cara a la comunidad científica. Ella misma le puso el nombre al comité: Qilin; era una apasionada del Zodíaco chino. Con los experimentos pretendía lograr que los caballos vascos fuesen tan puros como los caballos salvajes de la isla, convertirlos en una especie de unicornios mitológicos como el Qilin oriental.

—¿Lo consiguieron?

—En cierta medida sí, pero la explicación es farragosa, y me imagino que no les interesa demasiado, ¿verdad?

—Por ahora no...

—Eso es una pistola del siglo dieciocho. Se usaba para los duelos —dijo Oliver.

El inspector apreciaba de cerca el arma antigua, la culata de madera estaba llena de muescas. Se preguntó si cada muesca representaba una muerte.

—Ah, pensaba que era un arma de bucanero, de las que se disparaban antes de abordar un barco.

—No, aunque es un error comprensible: las pistolas de duelo son muy parecidas a las pistolas del Siglo de Oro; de hecho, esta es una variante mejorada de aquellas. Como sabrá, las normas establecían un solo disparo por duelista, así que tiene un sistema mejorado que impide que se atasque, sería un desastre para el honor de un duelista que la pistola fallase. La compré en un viaje a París, junto con una bolsita para guardar la pólvora que, ahora que lo pienso, no sé dónde está, la tendré por ahí. Después de la química, mi gran afición son las armas antiguas; mi padre siempre decía que de pequeño caí en una marmita que contenía una pócima mágica, como Obelix, pero con una pistola de juguete en una mano y una espátula en la otra.

Erika sonrió, pero siguió sin abrir la boca. De pie, y sin apenas moverse, se encontraba cómoda dejando que Max llevase el peso del interrogatorio.

—Hablando de pócimas mágicas, ¿le dice algo el término *Dragón?*

—La pócima del Dragón de la que todo el mundo hablaba en la facultad que yo nunca vi ni probé. Para mí siempre fue un mito sin fundamento.

—Usted, Ana... ¿Quiénes más componían el comité Qilin?

—Había varias personas, mucha gente colaboraba, desde enfermeras, grupos de apoyo, médicos secundarios, celadores, hasta ayudantes y mozos de almacén, pero, y supongo que en cada comité ocurría lo mismo, nuestro comité estaba formado exclusivamente por cuatro profesionales: un médico, un anestesista o practicante, un biólogo o químico y un neurocirujano...

—Necesito una lista de esas personas relacionadas con el comité Qilin.

—Ha llovido mucho desde entonces.

—Vamos, guardará fichas, datos, informes..., tómese su tiempo.

—Está bien —concedió Oliver pensando que, efectivamente, los viejos catedráticos acostumbraban a acumular papeles.

—Sigo sin ver claro por qué cree que su vida corre peligro —dijo Max.

—Cuando murió mi hermano pensé que había sido mala suerte, un accidente doméstico, era muy despistado y se dejaría un fuego encendido. Conforme pasó el tiempo, una idea fue rondando mi cabeza, su muerte era obra de alguien a quien debía dinero. Íñigo siempre se movió en los bajos fondos, siempre trató con gente de la peor calaña y, de alguna manera, no me extrañaba que hubiera acabado así: podría ser un ajuste de cuentas. Pero desde que vinieron la primera vez a interrogarme no lo tengo tan claro. Si no fue un accidente, y sí un asesinato, quizá no le buscaban a él, tal vez le confundieron conmigo. Empecé a pensar en las otras muertes. La de la mujer del monte Ulia no me la explico. No sé, quizá era una de las jovencitas que trabajaba de enfermera. Hasta hoy me decía que lo de Íñigo y Mario era pura coincidencia, y que el crimen de la mujer, totalmente desconocida para mí, corroboraba que el asesino, si es que existe, no era el mismo, no existía conexión conmigo...

—Un momento, ¿conocía a Mario Brizuela?

Oliver asintió.

—Hoy, al enterarme de la muerte de David, tengo claro que lo de mi hermano no fue un suicidio...

—¿También conocía a David Lopetegi?

Oliver volvió a asentir.

—Mis temores no son infundados, alguien quiere acabar conmigo.

—¿Por qué?

—No lo sé, pero ¿no se da cuenta?, alguien está eliminando a los que formaban parte del comité Qilin. Ana era la neurocirujana; Mario, el anestesista, y David, el médico. Solo el que ocupaba el puesto de químico está vivo, ¿adivinan quién es?

—¿Qué es eso del doble cromosoma X en las mujeres? —preguntó Gordo.

—Debe de ser un tipo de gen —respondió Flaco.

Ambos se hallaban en una pensión de Lo Viejo esperando a que Xabier confirmase su próximo trabajo.

—¿Y eso qué significa? —insistió Gordo—. No entiendo muy bien qué es un cromosoma y para qué sirve.

Se encontraba recostado en la cama hojeando un antiguo periódico, vestido, sin las botas puestas pero con dos pares de calcetines gruesos de lana.

—La diferencia entre los humanos, entre los blancos y negros, entre los chinos y nosotros.

Flaco miraba por la ventana. Una solitaria farola iluminaba la calle desierta. A esas horas de la noche nadie se atrevía a desafiar las bajas temperaturas.

—Ya —dijo Gordo no muy convencido—. Pero nosotros también tenemos cromosoma Y, ¿no?

El periódico que tenía entre las manos estaba abierto por una página cuyo titular era: «Vuelta a la luz con la terapia génica».

—Tú debes de tener varios —dijo Flaco entre risas.

Gordo negó con la cabeza. Por más que leía el artículo no entendía cómo a unas personas se les arreglaba la vista por medio de una inyección de genes. Flaco se las daba de listo pero seguro que él tampoco se enteraba. Leyó para sí moviendo los labios: «La coroideremia es una enfermedad causada por una mutación en el gen CHM que está situado en el cromosoma X, por lo que es transmitida por las mujeres y la padecen los hombres, generalmente. La falta de una proteína generada por ese gen hace que la retina y la membrana coroides se degeneren». Pasó de página. Había una foto en grande del mercado de La Bretxa y al pie un texto hablando de las costumbres culinarias vascas a la hora de hacer la cesta de la compra.

—¿Crees que el viejo volverá a confiar en nosotros? —preguntó Gordo.

—Lo de la profesora fue un accidente, y seguro que no hablará. Ahora estoy preparando otro plan infalible: *El traje nuevo del emperador*.

—¿Ese cuento no era el de los dos bribones que engañaban a un rey con un traje que no existe?

—Ese mismo.

—Nunca entendí muy bien ese cuento, hasta que el niño lo descubre nadie dice la verdad por miedo a parecer tonto, o sea que son todos tontos.

—Es todo mentira. No tiene por qué ser verdad todo lo que el mundo piensa que es verdad.

Gordo dobló el periódico por la mitad y lo dejó a su lado sobre la cama.

—Oye, y volviendo a los genes, entonces nosotros cómo trasmitimos nuestros genes, el ADN, a nuestros hijos, ¿por el esperma?

—Me imagino.

—Y la mujer, ¿cómo lo hace?, ¿será a través de los óvulos?

—Me imagino.

—Pero, entonces, un hijo es la suma de los genes de sus padres. No acabo de verlo claro. Creo que es por los cromosomas.

—Otra vez con lo mismo.

—Sí nosotros tenemos X e Y, y las mujeres dos X, quiere decir que es solo el padre el que elige que sea niño o niña.

—¿Tú eres tonto o te lo haces?, ¿has oído alguna vez decir a una mujer que la culpa de que sea niño o niña es solo del padre? Nos estarían todo el día echando en cara que no sabemos hacer niños o niñas, lo que quiera la madre y no salga. Los dos padres tendrán X e Y, y el bebé será una suma. Podrá ser X, Y o los dos, seguro. Y me juego la cabeza a que el primero le pone su sexo y el segundo si le gustan los hombres o las mujeres. Es la mar de fácil.

—Entonces YX, niño; XY, niña...

—Eso es, y si es YY, niño pero homosexual; XX, niña pero lesbiana, como la poli esa.

—Joder, qué listo eres, me has dejado tieso. Y los hombres que se sienten mujer y al revés, que están atrapados en otro cuerpo, ¿esos qué?

Flaco observaba a un vagabundo rebuscar en un cubo de la basura.

—Digo yo que tendrán algún cromosoma chungo, en realidad están enfermos, así que la explicación más clara debe ser que hay un fallo en su genética. Recuerda, las explicaciones más claras son las más acertadas.

El vagabundo encontró una cáscara de plátano y se la guardó en una bolsa de plástico. Cuando desapareció de su ángulo de visión, Flaco tuvo una idea.

—Nos ha fallado el traje —anunció.

—¿Qué quieres decir?

—Iremos disfrazados.

—No pensarás ir con un traje invisible como en el cuento del rey.

—Confía en mí.

—Mira dónde estamos por confiar en ti.

—Esta vez será diferente, inventaré un personaje que nos hará invisibles para el resto del mundo.

Sábado 25

El inspector se esforzaba en mantener la boca cerrada y no bostezar. Había pasado de nuevo la noche casi en vela en casa de Cristina. Sentía el cansancio acumulado en su cuerpo, pero los hechos que se sucedían en el caso no le permitían recuperarse. Ahora se encontraba acompañado de Erika en el laboratorio forense viendo cómo los hermanos Galarza practicaban la autopsia a David Lopetegi. El cuerpo del médico responsable del comité Qilin, según Oliver, yacía en posición de decúbito supino.

—No hay duda de que la muerte se produjo por asfixia —aseveró Kepa.

—La depresión que rodea el cuello, la lengua azulada y que se haya orinado así lo corroboran —dijo Arkaitz.

—Se observan pequeñas equimosis faciales, sobre todo en párpados y labios. La lengua está proyectada fuera de la boca, oprimida por los dientes, que han originado una acusada cianosis en la punta. Los ojos están proyectados hacia delante, dando lugar a una exoftalmia —añadió Kepa.

—Un claro ejemplo de ahorcadura completa y simétrica —sentenció Arkaitz.

—¿Y la jeringuilla? —preguntó Max.

—El cuerpo muestra una aguja clavada en el centro de la frente, la cual retiraremos en breve. Le inyectó cinco mililitros de un producto líquido, seguramente un sedante, lidocaína u otro. Lo averiguaremos al analizar los restos de producto en la

180

aguja. La herida se produjo a posteriori, una vez muerto –respondió Kepa.

–*Bai,* la sangre coagulada alrededor del surco lo evidencia. No hay duda alguna –dijo Arkaitz.

–Entonces, ¿la jeringuilla no se usó para sedar a la víctima? –preguntó Max.

–Mira, fíjate en estas marcas –dijo Kepa, señalando una muñeca del cadáver.

–¿Esposas? –preguntó Erika.

–En efecto –respondió Arkaitz, que para eso era su turno–. Lo esposaron, le obligaron a subirse a una silla o taburete, le ataron una corbata al cuello y retiraron el apoyo. Después, una vez muerto, le quitaron las esposas y le clavaron una jeringuilla en la frente, que, por lo que sé, debió de caer desde allí puesto que la encontraron en el suelo.

–Por tanto, le quitó las esposas pero no la jeringuilla para dejar su marca –dijo Max.

–La firma del asesino –dijo Erika.

–Por supuesto –afirmó Kepa–. Y además imaginad lo contrario: anestesiar a un hombre, subirlo a peso sobre un taburete o una silla, mantenerlo de pie y ahorcarlo. Se necesitarían varias personas para semejante maniobra, e intuyo que no es el caso. Y el suicidio está descartado, no conozco ningún ahorcado que se quite las esposas...

–... y guarde el taburete o dondequiera que se haya subido –añadió Erika.

–En efecto –confirmó Kepa.

–¿Algún indicio más? –indagó Max.

Ese día el olor a alcanfor no era tan fuerte y el inspector no sentía la urgencia de abandonar el laboratorio forense.

–El ahorcamiento era practicado en el Antiguo Oriente –dijo Arkaitz–. Los asirios colgaban los cadáveres de sus enemigos en los muros de las ciudades conquistadas. La ley deuteronómica decía que el cuerpo de un criminal, después de ejecutado, tenía que ser colgado de un árbol para aumentar su deshonra.

—Pero el cuerpo no podía tocar la tierra, ¿cierto? —intervino Kepa.

—No, porque la contaminaría. El cuerpo, por la noche a más tardar, debía ser sepultado. El propósito del ahorcamiento era indicar que la justicia divina había obrado y había purificado la tierra de otro criminal.

—Qué chalados —soltó Erika.

—No nos desviemos del tema —dijo Max—. ¿Qué más?

—Vamos a abrir el cuerpo, ¿os queréis quedar? —preguntó Kepa con una sonrisa sádica en el rostro. Ya aferraba un escalpelo con una mano.

—No, gracias —dijo Max, mirando a Erika.

Era la primera vez que venía con ella y por hoy era suficiente. Aún se acordaba de cuando vomitó la cena al descubrir el cadáver de la señora de la limpieza en el interior del ascensor de la facultad.

—Como queráis, por nosotros no hay problema —insistió Arkaitz.

El inspector, que ya se dirigía a la puerta, se volvió al recordar algo.

—Una última cosa. ¿Qilin?, ¿os suena?

—Qilin —repitió Kepa.

—Sí, el unicornio chino —dijo Arkaitz—. Un animal mitológico con poderes mágicos, como todos los unicornios. Se decía que si bebía de un río purificaba el agua, y que su cuerno tenía propiedades curativas. ¿Por? ¿Otra vez en busca de animales mitológicos?

«Sí —pensó Max—. No he tenido bastante con dragones y serpientes aladas.»

Sonó un móvil. Max pensó que era el suyo aunque hubiera jurado que lo había apagado. Al ver la pantalla negra miró a su alrededor.

—Perdón —dijo Erika, atendiendo la llamada.

La agente salió por la puerta con el móvil pegado a la oreja.

—Luego recuérdale que aquí no están permitidos los móviles —dijo Kepa, en un tono tan serio que hasta sorprendió a su hermano. La piel blanquecina de su rostro enrojeció durante unos segundos.

–Bueno, a lo que íbamos, Qilin, cuerpo de caballo, cubierto con escamas de pez y cuernos de ciervo –intervino Arkaitz.

–¿Cuernos? ¿No has dicho que era un unicornio?

–En Occidente tendemos a simplificarlo todo, de ahí su nombre, pero en algunas imágenes y estatuas orientales posee dos cuernos. Al igual que el dragón chino, Qilin se compone de diferentes animales. Un cuerno o dos astas, pero en todos los casos el cuerpo envuelto en llamas. Incluso en algunas leyendas se le representa con cuerpo de caballo y cabeza de dragón..., el hijo del dragón.

–El hijo del dragón –repitió Max–. Mierda.

–Aunque un Qilin puede ser aterrador a simple vista, algunas fábulas lo describen como una criatura gentil y pacífica. En las representaciones budistas, Qilin se muestra por encima de las nubes, ya que se niega a caminar para no dañar ni siquiera una sola brizna de hierba. Sin embargo, en algunas historias, es capaz de incinerar a las personas, y posee una variedad de poderes sobrenaturales.

–Entonces, ¿se trata de un buen auspicio?

–Según la creencia popular, la excepcionalidad del nacimiento de uno de los más grandes sabios de China, Confucio, se anunció cuando un Qilin se apareció a su madre embarazada. El unicornio tosió una tablilla de jade que predecía la grandeza futura del niño en el vientre materno. Por cierto, ¿cómo sigue Cristina?

–Bien, bien.

–Me alegro.

»Y cuando un Qilin fue herido por un auriga, se tomó como un presagio de la muerte de Confucio.

Erika entró en el laboratorio con el rostro desencajado.

–¿Qué sucede? –preguntó Max.

Entre Erika, los hermanos Galarza y el cadáver parecía existir una competición por ver quién presentaba el rostro más lívido.

—Han ingresado de urgencia a mi madre —dijo Erika antes de romper a llorar.

El hipódromo de San Sebastián, ubicado a las afueras de Lasarte y construido por iniciativa del rey Alfonso XIII, constaba de tres gradas de color verde a juego con el cuidado césped, ahora anegado debido a la intensidad con que llovía. El día de su inauguración, que aconteció a primeros de julio de 1916, en el marco de la Primera Guerra Mundial, los participantes corrieron bajo una desbocada tormenta de truenos y agua. Tal vez por eso la temporada de carreras comprendía los meses de verano y concluía a mediados de septiembre con el Gran Premio de Donostia. No obstante, el hipódromo abría al público los fines de semana para que curiosos, turistas y amantes de los caballos pudiesen darse una vuelta por el recinto, los niños pudiesen montar en *pottokas* y los nostálgicos visitar el *paddock*.

—¡Inspector! Cuánto tiempo, casi un año, siempre es un placer verlo.

A pesar de la efusividad, el viejo no hizo ademán de levantarse ni de estrecharle la mano. Aposentaba sus nalgas sobre un asiento de la tribuna principal, cerca de las últimas filas, donde la tejavana metálica lo guarecía de la lluvia. A mano derecha, junto a la pared, una tubería desaguaba el tejado. Era tal la cantidad de agua que escupía que un riachuelo bajaba por las escaleras que conducían al bar y a las taquillas de apuestas.

—Alegre esa cara, inspector, fue usted quien me llamó y quien deseaba verme.

—A veces uno debe ir a lugares y visitar a personas que no desea —dijo Max.

Se sentó próximo al viejo, dejando únicamente un asiento de separación entre ambos y a dos de distancia de la tubería. Desde su privilegiada posición se contemplaba perfectamente la línea de meta, al frente los edificios de Lasarte y a mano izquierda un monte al que Max no supo ponerle nombre.

–Por favor, inspector, no sea tan melodramático, no será para tanto, no soy un ogro.

–Ogro o no, ¿no tendrá usted algo que ver con el accidente de Itziar?

–¿De quién?

–Ya es mayorcito para hacerse el tonto... ¿Le suena una amiga de Eneko?, ¿una profesora que estudia los orígenes del pueblo vasco?

–Ah..., los orígenes del pueblo vasco siempre han generado controversia. ¿Sabe que hay fotos de Himmler paseando por la Alameda?

–¿Qué tiene eso que ver con Itziar?

–¿Se acuerda de nuestra última conversación en el Palacio de Aiete sobre el encuentro en Hendaya de Franco y Hitler? Antes, en otoño de 1940, Himmler visitó España para preparar la entrevista de su jefe. A su llegada a Irún, la primera parada fue San Sebastián, intrigado por los orígenes del pueblo vasco, en su búsqueda obsesiva por la pureza de la raza aria. Quedó prendado de los rasgos de los vascos, veía en las fisonomías del norte de España rastros de sangre alemana que el Reich había ido perdiendo a lo largo de los siglos. Y entendió que el desconocimiento del origen de los vascos, de la historia de ciertas razas, le podía servir para explicar que los arios eran una nación de guerreros que conquistó el mundo antiguo, una raza que extendió sus dominios desde la India hasta Europa. –Xabier se atusó los cuatro pelos blancos que anidaban sobre el cráneo–. A los historiadores entusiastas en relacionar a los nazis con los franquistas les gusta contar que en dicha visita Himmler sentó junto a Suñer las bases para crear la Policía secreta de Franco.

–No me extrañaría, en definitiva, sus agentes son una Gestapo encubierta.

–No se pase, inspector, mi paciencia tiene un límite.

Xabier encendió un pitillo e invitó a Max, a pesar de saber que solo fumaba puritos. Le quedaban pocos años de vida, pero no pensaba irse al otro barrio sin perder las formas ni los buenos hábitos que la juventud de hoy en día, entre prisas, estrés y una mala educación, había olvidado.

—¿Por qué me ayuda? Colaboró en el caso del Asesino de Químicas, ayudó a su manera a mi padre, conoció a mi tío... Y ahora me dirá que va de samaritano por la vida. No creo que sea una casualidad que en mi traslado de la Nacional a la Ertzaintza aparezca su firma. ¿Quién es usted en verdad?, ¿qué es la Brigada y a qué se dedica?

—Lo único que le reconozco es que no soy un altruista, pero ¿no habíamos quedado en el hipódromo para hablar de caballos? Creí que le interesaba el tema.

—De acuerdo —convino Max con una sonrisa en los labios—, hábleme de los caballos.

—Siempre he sentido una especial predilección por ellos. En casa de mi madre teníamos una yegua a la que yo quería mucho. *Pegaso*. Si me portaba bien, obedecía a mi madre y ayudaba en casa —tenga en cuenta que pronto me convertí en el único varón de mi familia, pues nunca conocí a mi padre—, mi recompensa consistía en montar a *Pegaso*. Los caballos son unas criaturas preciosas, seguro que a usted también le encantan, ¿sabe que el nombre de ese coche que conduce es de origen español?

—No se vaya por las ramas.

—Que a su vez proviene del latín. Los mustangos son descendientes directos de los caballos llevados a América por los conquistadores españoles, caballos de raza andaluza o árabe. Fuimos los españoles quienes volvimos a poblar las llanuras americanas de caballos, que se habían extinguido allí a finales del Pleistoceno. Me imagino a Atahualpa y compañía cuando vieron a Pizarro montado a caballo, se pensaban que era un dios. A Hernán Cortés lo confundieron con Quetzalcóatl.

—Gracias por otra lección de historia. Me refería a los *pottoka* y los experimentos.

La sola alusión al pequeño caballo vasco por excelencia hizo que ambos miraran en dirección a la zona infantil, donde un crío acompañado de su padre pugnaba por montarse en un poni de color castaño oscuro. Situados bajo una gran tejavana eran los únicos que desafiaban la lluvia.

—Me gusta su Mustang —dijo Xabier tras dar una lenta calada al cigarrillo—, sobre todo la parte trasera, con ese vidrio levemente inclinado, casi paralelo al maletero, le da un estilo muy agresivo...

—Se llama *fastback,* creo.

—Seguro, los españoles tendemos a usar vocablos ingleses, cuando nuestra lengua es la más rica del mundo... Mientras que en inglés se usa *beautiful* para casi todo, en castellano podemos elegir entre bonito, guapo, atractivo, hermoso, lindo, bello...

—No sé, lo mío no son los idiomas —reconoció Max—. ¿Los experimentos?

—¿Cuántos caballos de potencia tiene?

—Más de cuatrocientos, aunque Ford lo calificó en 355, creo que para cumplir con las normas.

Xabier dio un par de caladas al cigarrillo.

—Mi madre amaba los caballos. Ana también, conocía la historia de la isla de los caballos salvajes, por eso decidió experimentar con ellos, algo que intuyo que ya sabe.

—Refrésqueme la memoria.

Max encendió uno de sus puritos con el Zippo. Xabier producía en él un efecto contrario al que conseguía Cristina, lo incitaba a fumar. Además, ciertamente las historias se paladeaban mejor con tabaco.

—Hay una isla situada al sur de Rusia habitada solo por caballos salvajes. Una isla de poca vegetación rodeada por un lago de agua salada. La primera referencia de los caballos se remonta a primeros de los años cincuenta, cuando la zona aún no había sido inundada por la presa y el territorio era una península que se adentraba en el lago. Se supone que cuando se cerró la presa y la península se convirtió en isla por la subida de las aguas, un puñado de caballos quedó atrapado. Con el paso del tiempo, y las generaciones, esos caballos olvidaron la vida al lado de los humanos y se convirtieron en auténticos caballos salvajes.

Ambos dieron sendas caladas al tabaco.

El inspector esperó a que el viejo bibliotecario continuase con la historia.

—Se trata de caballos que destacan por su potencia y resistencia. Los científicos constatan que esos purasangre rusos no padecen malformaciones genéticas a pesar de la endogamia, quizá debido a que no entra sangre exterior en la isla. Se da la paradoja de que el principal peligro de los caballos, sin depredadores, que no enferman y solo mueren por causas naturales, inanición o víctimas de las duras condiciones climatológicas de la isla, son ellos mismos, ya que al aumentar la población pueden acabar con los escasos recursos de la isla, al igual que sucedió con los habitantes de la isla de Pascua y la tala de árboles. Ana quería tomar de base a estos purasangre. Consiguió muestras genéticas y las inyectó en algunos *pottoka*. Los resultados fueron sorprendentes: con el paso de los años, los caballos inyectados y sus descendientes superaban en longevidad a sus coetáneos. No enfermaban.

—Y se les ocurrió experimentar con humanos —lanzó Max al aire como quien agita un árbol a ver si cae alguna fruta.

—De eso no sé nada. Era Himmler quien anhelaba crear soldados de ojos azules, pelo rubio y piel blanca. A los alemanes altos, esbeltos, de mandíbula cuadrada, se les decía que eran descendientes directos de la raza aria y se les integraba en las SS o en la Gestapo. Himmler pensaba que usando cierta manipulación genética y cruces seleccionados se podía recuperar la antigua cepa, degradada por cruces desafortunados.

—¿Solo lo pensaba?

—Se dice que hicieron ciertos experimentos con judíos en los campos de concentración. ¿Se acuerda de que le recomendé leer a Primo Levi?

—No leo.

—Craso error, se aprende mucho de la literatura.

—Sin embargo, Himmler era pequeño y de piel oscura, hasta usaba gafas...

—Cuando alguien se atrevía a poner en duda su origen ario, él se tocaba la cabeza y decía que ciertamente no parecía ario, pero su cerebro sin duda sí lo era.

Xabier tiró al suelo la colilla y la aplastó con el tacón.

—¿Hasta dónde llegó Ana? —indagó Max. Por más que agitaba el árbol no caía ninguna fruta.

—También se decía que la mismísima Gestapo asesoró en los experimentos médicos del doctor Nájera para purificar la raza española, eliminando lo que Franco llamaba el «gen rojo» —añadió Xabier, que iba alzando la voz a medida que avanzaba la conversación—. El psiquiatra del Régimen hasta proponía que las mujeres españolas solo debían leer libros religiosos para concebir hijos sanos. Así que no me venga ahora pidiendo explicaciones ni intentando mancillar el nombre de Ana, porque no se lo permito, eso sí que no, no existe discusión alguna. —Xabier encendió otro cigarrillo, le dio un par de caladas antes de apagar el fósforo y, ya más calmado, añadió—: Ana siempre buscó hacer el bien, conseguir una cura para enfermedades como el cáncer. Por cierto, una lástima lo de la madre de su compañera. Tan repentino. Trasmítale mis más sinceras condolencias cuando la vea, no creo que pueda asistir mañana al entierro, usted entenderá el porqué.

—Demasiados enemigos. Hasta hace poco el padre de Erika era su socio. ¿Cuándo pasó al otro lado? Tal vez con lo de Itziar.

—¿Sabe qué es lo mejor del hipódromo? Que los asientos son de plástico, mucho más cómodos que los de cemento de la plaza de toros. Aquí no hace falta que traiga un periódico para evitar que se me enfríe el culo, pero aún puedo darle una patada al suyo como siga insistiendo en ese tema.

Max carraspeó molesto, pero optó por callar y aguardar unos segundos antes de proseguir.

—Primero fue el comité PHPE y después el comité Qilin. El dragón y el hijo del dragón.

—No le negaré que Ana era muy dada a utilizar nombres con referencias orientales, era una apasionada de la cultura milenaria china.

—Y lo uno llevó a lo otro.

—Nada llevó a lo otro. El comité Qilin obtuvo resultados impresionantes con los *pottoka,* y de haber seguido investigando habrían conseguido grandes logros. Con la muerte de Ana el comité se disolvió. Hoy en día todo el mundo investiga y practica con la terapia génica, hasta una empresa bilbaína que trabaja en el ámbito de la biomedicina se va a instalar el próximo año en el Parque Científico y Tecnológico de Guipúzcoa. Quieren especializarse en tecnologías para el transporte de genes destinados a curar enfermedades raras. La idea es producir y vender esos vectores virales; tecnologías y prácticas de las cuales supongo que Oliver ya le habrá puesto al día.

Al nombrar a Oliver, Max pensó en Íñigo Lezeta. Sin duda más de un día habría estado sentado en uno de esos asientos, arrugando un boleto en las manos, rogando por que el caballo número 7 ganase la cuarta carrera. ¿Tendría algo que ver con el caso? ¿Íñigo y Mario, abogado y dentista, deberían dinero a la misma persona?

—Alguna vez el caballo favorito acaba el último —dijo Xabier de repente—. Y adiós al dinero. Hay numerosos factores a tener en cuenta. El peso, el jinete, el número de cajón, el número de carrera, la pista, el tiempo, la hora. Y todos pueden hundir al caballo. Luego hay otro problema. Nueve caballos más. —Se le veía visiblemente molesto—. Algunos incluso intentan ganar.

Aprovechando que ya no llovía, el viejo se levantó y bajó por las escaleras.

Para Max, que hubiera dejado de llover no representaba una buena noticia, hacía más frío, y la gabardina le protegía del agua pero no de las bajas temperaturas. Al salir del hipódromo se dirigió directamente al Centro Cultural Koldo Mitxelena. No quería perder más tiempo, intuía que el cronómetro del próximo crimen estaba en marcha.

Mientras ascendía por las escaleras alzó la vista. La pancarta que anunciaba que la ciudad iba a ser capital europea de la cultura en 2016 había sido sustituida por otra más pequeña y menos llamativa: «Néstor Basterretxea, el peso de la primera memoria». Por lo poco que vio, el inspector intuyó que se trataba de un

190

artista multifacético de los que hacían las delicias de Erika. Max nunca llegaría a comprender cómo había gente que se pasaba horas enteras en una sala de exposiciones observando cuadros y esculturas de artistas, y hasta conversaban y cambiaban impresiones con desconocidos.

En la sala de ordenadores solo un puesto estaba ocupado. Virginia se aferraba a un teclado en el mismo lugar de siempre. Max pensó que no se había equivocado, la cría no podía elegir mejor sitio para resguardarse un sábado al atardecer de la que caía en el exterior. En cuanto a la bruja del mostrador, no había señales de vida. Mejor. Se acercó con sigilo, pretendiendo sorprender a la chica, pero el chirrido de las suelas húmedas sobre el parqué lo delató al tercer paso.

–¡Dupin! Qué bueno, dinero fresco para mi bolsillo.

–Esta vez te va a costar un poco más conseguirlo.

–Ya sabes que no hay nada en la red que se me resista. ¡Dispara, que yo pongo el precio!

–Una lista –dijo Max, sacando de la gabardina un papel doblado por la mitad y algo empapado–. Ocho nombres con su primer apellido, y su profesión, al menos la de hace veinte años. Necesito saber si están vivos, dónde viven, a qué se dedican, profesión actual... y si es posible conocer todo lo que han hecho durante esos años.

–No parece difícil, Dupin.

–No.

–¿Entonces? Veo en esos ojos verdes tan bonitos que tienes que no te vas a conformar solo con eso. Recuerda que no la chupo, ni a ti ni a nadie... Eres capaz de haber hablado de mí a alguno de tus amigos borrachos, o a uno de esos polis corruptos con los que te juntas. Pero no te juzgo; eso sí, en tu puesto y con tu cara de pánfilo, no sé cómo Cristina sigue contigo. Por cierto, dale recuerdos, es encantadora, ¿cuánto dijiste que le faltaba para dar a luz?, ¿dos semanas? Ya tendrá una pedazo de barriga que no podrá ni moverse, ¿no?

–De ella quería hablarte, insisto en que me eches un cable.

—¿Otra vez con lo mismo? Mira que eres pesado, ¿no habrás bebido?

—No tengo tiempo, no paro en casa, estoy al mando de un nuevo caso.

—Sí, el de ese chaval que murió por un virus inyectado por terapia genética, ¿verdad?

—Necesito que alguien se ocupe de Cristina.

—No pienso ir a vivir con ella y hacer de comadrona. Me conozco todas tus tretas para sacarme de casa de mi tía, y esta tampoco te va a funcionar.

Se oyó un portazo. La bruja estaba de vuelta de dónde demonios viniese. Max le mostró una gélida sonrisa que ella ignoró. Se dispuso detrás del mostrador con aquella cara avinagrada que tan bien le quedaba.

—Había pensado en una buena remuneración. Que sepas que se está pagando a unos diez euros la hora. Haz cuentas.

—Una basura, saco más con media hora de ordenador resolviendo alguna de tus búsquedas.

—Esta vez va a ser un completo, o todo o nada. ¿Lo tomas o lo dejas?

—Hummm... un completo, eso me suena a porno. ¿Y si chillo? Dame un billete, que ando floja de pasta, o te las verás con la bruja. Ya te tiene calado, y ya le he hablado de ti. Un poli pederasta. Es muy fácil de imaginar para su mente calenturienta.

—Déjate de tonterías, Virginia. No quiero participar más en tu juego.

—Cuéntame cosas de esa lista.

—Nombres de antiguos colaboradores de un comité, digamos que trabajaban en algo secreto. Sus vidas pueden estar en peligro. Necesito que los busques para interrogarlos y protegerlos llegado el caso.

Max se abstuvo de mencionar a Oliver Lezeta, que le había enviado al fax de la comisaría la lista de personas relacionadas con el comité Qilin, lista que había pasado a recoger antes de acudir al hipódromo. Como ningún nombre le resultaba conocido, había evitado mencionársela a Xabier, no quería levantar la liebre antes de tiempo.

—Un trabajillo cuyo objetivo es salvar vidas. Te va a costar muy caro.

—¿Y lo otro?

—Ni de coña voy a compartir piso con una preñada. Tu novia me cae estupendamente bien pero seguro que no para de pedir cosas, los antojos a mitad de noche son jodidos.

—¿Y si vienes a mi piso? —soltó Max de sopetón, sin pensarlo. Nada más decirlo se arrepintió.

—No —respondió Virginia, aunque Max creyó apreciar un atisbo de duda.

El inspector comenzó a dar forma a toda velocidad al plan B que se asomaba en el horizonte.

—Sí —afirmó, intentando autoconvencerse—. No es tan mala idea. Yo casi nunca estoy en casa, si acaso nos veremos para cenar. Por supuesto tendrás que visitar a Cristina de vez en cuando, incluso podéis veniros las dos al *loft*. Cristina nunca quiere pasar la noche allí, dice que es una nevera, y no le falta razón, pero con una estufa y tú de compañía quizá cambie de opinión. Más que ayuda, necesita alguien a su lado. ¿Qué te parece?

—Nooooo.

—Tendrás casi todo el día el *loft* para ti sola.

—No.

—Más de cien metros cuadrados.

—No... ¿Cuánto has dicho?

—Diez la hora, hasta que tenga al bebé. Le queda poco para salir de cuentas, así que serán solo unos días, creo. Luego, si no te gusta la experiencia, puedes volver a tu vida de siempre.

—¿Seguro?

—Seguro.

—¿Nada de orfanatos?

—Nada.

—Tendré que avisar a mi tía. Y visitarla de vez en cuando, está muy sola.

—Claro.

—Veinte la hora, comida y gastos aparte.

—¿Gastos?

—Sí, transporte público, desplazamientos en taxi y todo eso.

—¿En taxi?

—No pensarás que cuando vaya a buscar a Cristina nos movamos en bus. Ya hablaremos. Te pasaré recibo de todo, no te preocupes.

—Precisamente eso es lo que más me preocupa, que a base de recibos malgastes mi dinero en chorradas.

—Tú decides.

—De acuerdo. Venga, vámonos.

—¿Ahora?

—Claro, antes de que uno de los dos se arrepienta.

Virginia sopesó una vez más la propuesta. Apagó el ordenador poco convencida. Cogió la mochila del suelo y la cazadora de cuero del respaldo de la silla.

Cuando salían por la puerta, agarró por el brazo a Max al tiempo que decía en voz alta:

—Dupin, mira qué buena pareja hacemos. —No pudo reprimir una risa maligna al imaginarse la cara que estaría poniendo la bruja a sus espaldas.

A falta de conseguir una pistola, sentía la necesidad de hacerse con un arma que impusiese un poco de respeto. Si quería llevar a cabo sus planes, él mismo debía tomarse en serio. Y si iba a ir por ahí con un cuchillo, por lo menos que fuera uno que él hubiera elegido; no le valía con escoger uno afilado entre los utensilios de cocina del piso de alquiler.

Entró en una ferretería del barrio de Amara. La tienda era alargada y estrecha, y al fondo vio lo que buscaba. Al cabo de unos minutos, cuando dudaba entre dos cuchillos, un joven dependiente se le acercó por detrás.

—Ese que tiene en la mano es un buen cuchillo. La madera del mango es de pino.

Imanol Olaizola intentó esconder un sentimiento de repulsa. Odiaba que le ayudasen, y más cuando no lo necesitaba. Se encontraba muy molesto, molesto por no conseguir una pistola, molesto porque Cristina se había echado un novio y molesto porque ese novio parecía mejor que él.

Cogió el otro cuchillo, sobre el que dudaba.

—Ese también es muy bueno.

Se fijó con detenimiento en el dependiente. Era demasiado joven como para ser el dueño de la ferretería. «Tal vez sí me puede ayudar», pensó Imanol. «¿Sería tan amable de ponerse enfrente y no moverse? Sobre todo me interesa qué tal se comporta la hoja del cuchillo al entrar y salir de su estómago, ¿le importa?»

—La diferencia entre uno y otro está en su utilidad —añadió el chico.

—No pensaba que fuese tan complicado elegir un cuchillo.

—Pues sí. Pelar, trinchar, cortar pan..., por no hablar del mango: ergonómico, de madera, plástico o acero...

—Me hago una idea.

—El primero es un cuchillo de chef, el segundo es un cuchillo de filetear. ¿Para qué lo quiere?

Imanol miró alrededor. Solos. «Para hundirlo en un cuerpo humano, y varias veces.» Tal vez nadie lo viese.

—Para varias cosas.

—Entonces, es más apropiado un cuchillo multiuso.

—Me quedo con este.

Había escogido el cuchillo de filetear. Era el más estrecho y afilado de los que tenía a la vista. Según la etiqueta: veintiocho centímetros de longitud, de los cuales quince correspondían a la hoja.

—Pero es más adecuado, y además más barato, este otro.

—He dicho que este.

—Verá, no es que quiera contradecirle pero...

—¿Sabe dibujar a un hebreo?

—¿Cómo dice?

—Ya me ha oído.

—Sí..., no, no le entiendo.

—¿Cómo dibujaría el rostro de un hebreo?, ¿ha visto a alguno calvo?

—No..., bueno...

—Con barba y mucho pelo en la cabeza, ¿cierto?

—Sí..., creo que sí.

El dependiente miró por primera vez a los ojos de Imanol. Se arrepintió de seguir los consejos de su padre y haberse acercado a aquel cliente calvo, con una fea herida en una mejilla.

—¿Y qué más?

—No sé...

—Turbante. Me parece que faltó a unas cuantas clases de religión. ¿Y qué me dice del resto de la ropa?

—Oiga, yo...

—Yo lo dibujaría con túnica, cinto y seguramente hasta con capa.

—Ya...

—Y sandalias, nada de zapatos. ¿A mí me ve pinta de hebreo?

—No, claro que no —contestó el dependiente en voz baja.

—Por supuesto que no. Llevo unos pantalones vaqueros, un abrigo y no tengo ni un ápice de pelo en la cabeza.

—Yo..., lo siento...

—Eso significa que no hablo en hebreo, ¿verdad?

—Verdad...

—Entonces me llevo este cuchillo de filetear, dos para ser exactos, ¿algún problema?, ¿hablo bien el castellano?, ¿me ha entendido?

—Perfectamente, es una buena elección.

Se dirigieron a la caja. El dependiente marchaba delante, amedrentado.

«¿Y si se los clavó en la espalda como si fuesen dos banderillas?», pensó Imanol.

—Son 19,98. ¿Tarjeta o en metálico?

Imanol sacó de la cartera un billete de veinte euros; ya había dejado suficiente rastro de su paso como para dejar más pistas.

196

A fin de cuentas, no tenía duda alguna de que estaba comprando un arma homicida, la futura prueba de un crimen.

No se acordaba, ni falta que le hacía, de dónde había dejado el libro del Zodíaco. Le bastaba saber que Damián tendría de horóscopo Acuario y de signo del Zodíaco chino Caballo de Madera. La pasión por los astros era agua pasada. Recostada en la cama, con una manta por encima, escribía como una posesa en el diario. Si Max la viese estaría orgulloso de ella: hoy no había salido a la calle ni para comprar el pan. Los tiempos de paseos le parecían lejanos. Relataba en el diario que en el mes de octubre le dio por ordenar la casa entera. Empezó por los cacharros de la cocina y acabó con álbumes de fotos antiguas que acumulaban polvo en el trastero. Aquel mes lo recordaba frenético, y quizá fue el último en que el embarazo le pareció algo maravilloso. Después empezaron los dolores, los pinchazos y la ropa apretada, y los problemas no hicieron más que engordar con los días al compás de la barriga. Fue también cuando empezó a cogerle manía a la báscula del baño. Nunca había tenido problemas de sobrepeso, y aunque siempre había estado rellenita, ese tipo de mujer gustaba a los hombres. Hasta que apareció Imanol no le fue nada mal, una chica con curvas a la que no le faltaban pretendientes. Maldijo la hora en que conoció a su ex en la fiesta de una amiga. Acabó enrollándose con él y en un visto y no visto estaban de novios. Ya en esa etapa emitió algunas señales preocupantes, pero ella no supo verlas. Con el matrimonio las señales se convirtieron en hechos. Imanol mostró su otra cara, el lado oscuro, se transformó en un tipo posesivo y autoritario. Empezó por no poder contradecirle en nada y acabó ultrajada y humillada. Era su juguete preferido, su trofeo de caza, de uso personal y exclusivo, y nadie más podía tocarlo y nadie más debía saber qué hacía con su juguete de puertas adentro, entre las paredes del piso que durante tantos años compartió con semejante monstruo y en el que ahora, a base de pintura, parches y mucho amor por parte de Max, iba a criar a Damián.

Antes de pasar al mes de noviembre contó las páginas que llevaba. Veintidós. No estaba nada mal para una aspirante a plumífera. En noviembre empezó el frío de verdad, ese que se sentía en los huesos y no había forma de evitar. Todos los abrigos del año anterior le quedaban pequeños y las capas de ropa, por muchas que se pusiese, no la abrigaban lo suficiente. Era lo más parecido a una cebolla helada. Tenía puesta la calefacción todo el día y el recibo del gas no paraba de incrementarse. Fue cuando cogió la baja. Menos mal que cobraba el cien por cien, de lo contrario no hubiera podido afrontar el gasto extra. El sueldo de secretaria en el decanato no era para tirar cohetes y siempre había tenido que hacer auténticas filigranas para llegar a fin de mes. Ahora, con otra boca que alimentar en el horizonte, no sabía qué iba a hacer. Además quería volver al trabajo en cuanto pudiese y las guarderías no eran precisamente baratas. No había echado cuentas, pero sin duda no le alcanzaría. Tal vez su madre tenía razón y era una buena idea irse a vivir con Max. Con su sueldo no pasarían apuros económicos. Estaba segura de que Max nunca se desentendería de su hijo, iba a afrontar todos los gastos necesarios para que a Damián no le faltase de nada, pero ella no era de las que estaban todos los días detrás de un hombre pidiendo dinero. Se había librado de Imanol y no quería depender de ningún otro hombre. Le gustaba ser autosuficiente. Un bostezo escapó de su boca. Algo inusual. La escritura, unida a los pensamientos, le daba sueño. Perfecto. Se recostó de lado y comenzó a releer las primeras páginas del diario. Al llegar a la tercera hoja cerró los ojos. A los cinco minutos roncaba plácidamente mientras la luz de la mesilla proyectaba sombras fantasmagóricas en las paredes de la habitación.

Domingo 26

Las estalactitas colgaban de la mayoría de las lápidas y los mausoleos del cementerio de Polloe. La tierra estaba dura por las heladas y Eneko no quiso ni imaginarse lo que habría sufrido el enterrador para abrir una zanja en semejante terreno. Era una suerte, si así se podía decir, que su familia tuviese panteón en el cementerio. Allí estaban enterrados el abuelo, la abuela y los padres de estos, y allí descansaría el cuerpo de Amanda. El nicho estaba abierto, esperando la llegada del ataúd. Contempló a los asistentes desde la distancia. Eran numerosos, casi un centenar, y sabía que muchos habían venido por compromiso, para que los viera el empresario poderoso, dueño del imperio Lácteos Zurutuza SA, a quien en algún momento de su vida necesitarían pedir dinero para montar ese negocio soñado o inyectar liquidez a esa empresa que se iba al garete. Eneko lo sabía y no le importaba. Ahora mismo ni sentía ni padecía. Era un bulto de carne paseando alrededor del panteón de los Zurutuza. Sin Amanda, y con Itziar en la UCI, el futuro no resultaba nada alentador. Por lo menos había recuperado a Erika. Ella también estaba destrozada por la repentina muerte de su madre. Sabían que el cáncer de pulmón seguía su curso, que las células malignas se hacían fuertes en su organismo, que Amanda no respondía bien a la quimioterapia, que seguía fumando a escondidas, y que sus plazos de vida se acortaban, pero no pensaban que fuese a abandonarlos tan precipitadamente. Ni el propio oncólogo se lo explicaba. Tampoco él, que llamó a Erika para decirle que a Amanda se la habían llevado en ambulancia y presupuso que la ingresarían de urgencia. Pero Amanda se había ido rápido, sin avisar. Su corazón dejó de funcionar camino del hospital y los camilleros de la ambulancia no pudieron hacer nada por ella. Ingresó cadáver.

Por supuesto, Xabier no había acudido al entierro. ¿Cómo era posible que hubiese intentando matar a Itziar? ¿Hasta dónde llegaban sus ansias de conseguir el ingrediente secreto? Era culpa suya, tendría que habérselo imaginado, a Xabier no se le podía chantajear ni proponerle un trato con el cual no saliese beneficiado. Tendría que haberle revelado el ingrediente que tanto anhelaba y ponerse de su lado, como el amigo que él pensaba que era. Pero ahora ya era tarde para todo, tarde para ser su socio y tarde para descubrir el ingrediente secreto. Itziar llevaba el secreto con ella, y Eneko no las tenía todas consigo, quizá cuando se recuperase, si alguna vez lo hacía, no recordara el ingrediente. Tal vez lo tenía apuntado en algún lugar en casa. Pero allí no quería ir, los recuerdos eran dolorosos.

Miró a lo lejos. El cortejo fúnebre se acercaba. El cura iba de los primeros, hablando con ese ertzaina orondo amigo de su hija. Los pocos compañeros de Erika que conocía de vista habían acudido a dar el último adiós a su madre. El inspector, alto y con su sempiterna gabardina, el irlandés pecoso y rubio, y el comisario y su abultada barriga cervecera. A quien no había visto era a la novia del inspector, supuso que estaría a punto de dar a luz. Unos se iban y otros venían, así era el ciclo de la vida, había que dejar paso.

Las lágrimas brotaron sin que apenas se diese cuenta. Cuando se percató no hizo nada por pararlas.

Después del entierro, Max se pasó por casa de Cristina. Estuvo la mayor parte del día con ella. Ni un atisbo de contracciones ni alarma parecida. Se imaginó que Damián dormía en el interior del líquido amniótico. La vio contenta, entusiasmada con un diario donde escribía todo lo que le rondaba por la cabeza.

Y se alegró mucho cuando le anunció que desde el día anterior Virginia vivía en su casa. Batió palmas y no dio saltos de alegría porque su estado se lo impedía. Por supuesto que le ocultó el acuerdo al que había llegado con la endiablada cría para que pasase a visitarla de vez en cuando. Max sabía que en el fondo ambas se tenían mucho cariño, y Virginia podía ser gruñona y cascarrabias, pero tenía un gran corazón y hubiese visitado a Cristina sin dinero de por medio.

Durante la comida en la mesa de la cocina, Max le contó *grosso modo* cómo había transcurrido la mañana en el cementerio. Las condolencias a la familia, que entendió su ausencia, lo abatidos que estaban Erika y su padre, el discurso largo e innecesario del cura, y que no les llovió. Cristina estaba muy sensible y escuchó a Max con los ojos llenos de lágrimas. Después de comer fueron al salón –Cristina con un yogur en la mano– y pasaron un ratito viendo en la televisión una anodina película sobre un matrimonio que se separaba, se volvía a casar y al final se volvía a separar mientras sus hijos, ya creciditos, hacían lo mismo con sus respectivas mujeres. Cuando sonó el timbre de la puerta, Max ya pensaba en marcharse. Al ver asomar por el pasillo el cuerpo contraído de la madre de Cristina tomó la determinación de irse. No hacía nada por ocultar el disgusto que le producía la mujer; hasta sentía pena por Damián solo de pensar que tendría que aguantar a su única abuela.

La verdad es que llegaba tarde a una cita, pero no podía decirle a Cristina que había quedado con una periodista rubia, alta y presumiblemente atractiva, un domingo por la tarde para tomar un café. Muy celosa, poco le faltaría para tirarse de los pelos. No le apetecía explicarle que solo se trataba de trabajo y menos delante de su madre. Cogió su gabardina –el paraguas chorreante de la recién llegada le confirmó que volvía a llover–, le dio un largo beso a Cristina, saludó con la cabeza a su madre y se perdió escaleras abajo.

Al ser festivo tardó poco en llegar a la cafetería y por suerte había un aparcamiento libre al otro lado de la calle; sería una de las pocas veces que no dejaba el Mustang en doble fila. Al entrar en el establecimiento comprobó que estaba ocupado en su mayoría por parejas de viejecitos que tomaban chocolate con churros mientras sus nietos correteaban entre las mesas. No tendría que haber dejado que la periodista eligiese el sitio. Calculó que la cafetería tendría más de cincuenta años, ya que la decoración era antigua, de la Belle Époque donostiarra, aunque ciertos elementos parecían retro. Buscó con la mirada a una mujer rubia. Una mano que se alzaba al fondo le mostró el camino. Al acercarse comprobó que no se había equivocado: era de su quinta, no especialmente guapa pero sí atractiva; los ojos castaños tras unas pequeñas gafas de pasta y una melena rubia que le caía hasta los hombros le otorgaban cierto aire sensual que no hubiera dejado escapar en su época de soltero.

–Un placer –dijo el inspector tendiéndole la mano al tiempo que se sentaba frente a ella.

La periodista se la estrechó sin dejar de mirarlo a los ojos. Vestía unos vaqueros ajustados y un jersey de cuello alto.

La mesa y la silla eran pequeñas, el espacio entre ambas también. En la mesa contigua, un viejecillo con una taza de chocolate en las manos apenas le dejaba sitio para sentarse. Se introdujo como pudo en el mínimo espacio mientras miraba alrededor. No conocía a ninguna amiga de Cristina, pero esperaba que nadie le conociese a él y le fuese con el cuento de que había visto a su novio con otra un domingo por la tarde en una cafetería del centro, escondidos en una mesa del fondo del local.

–El placer es mío, es la primera vez que me llama un inspector de Homicidios para conversar fuera de la oficina... ¿Está cómodo?

–Claro –dijo Max, contrayendo el cuerpo y apretando las rodillas contra la mesa.

De espaldas a la puerta y sin una salida de emergencia a la vista. No, no empezaba bien la cita. Observó que la periodista estaba tomando una coca-cola *light,* así que cuando apareció la camarera, atenta a los nuevos clientes, pidió un café solo y otro refresco para ella.

—Siento el retraso, había mucho tráfico —mintió.

—No se preocupe, me gusta este sitio, es cálido y acogedor, y me gusta ver a los niños corretear, ¿tiene familia?

—No, pero estoy a punto de ser padre.

—Caray, enhorabuena. Le cambiará la vida, a mejor, me refiero, a mí aún no me ha llegado la llamada de ser mamá. Sigo sola y sin compromiso.

Max tragó saliva y miró hacia un lado. Ya era mayorcito para ruborizarse por pensamientos indebidos, aunque no pudo evitarlo. Él no estaba embarazado, pero, al igual que Cristina, la proximidad del parto le afectaba.

—Gracias —le dijo Max a la camarera cuando llegó con las bebidas.

—Me imagino que esto es un asunto confidencial —dijo la periodista, que había esperado a que la camarera se retirase para hablar—. Alto secreto —añadió, acercando la cara hacía Max por encima de las bebidas.

El inspector afirmó con la cabeza e intentó acomodarse de nuevo desplazando la silla hacia atrás. Oyó un gruñido proveniente del vecino de mesa. El viejecito se hacía fuerte en su sitio y no retrocedía ni un centímetro. Como siguiese así le iba a soltar tal empujón que entonces sí tendría motivos para protestar.

—Quería que me hablase de Oliver Lezeta.

La periodista se subió las gafas y se echó hacia atrás hasta que su silla chocó contra la pared de ladrillo visto.

—¿Están investigando a ese cabrón? Ojalá se pudra en la cárcel.

—Veo que no es precisamente un amigo.

Max probó el café. Apenas pudo mojarse los labios de lo caliente que estaba.

—¿Qué sabe? —preguntó ella.

—Catedrático, químico, participante activo en un antiguo comité de terapia genética que experimentaba con caballos, y ahora escritor de libros científicos en los que divulga su experiencia –dijo Max, sin esconder ninguna de sus cartas. Cuanto antes saliese de aquella ratonera mucho mejor.

–¿Eso le ha dicho, que experimentaba con caballos?

–Yo no me lo creo y usted tampoco, ¿verdad?, por eso en la presentación del libro le preguntó por ese Gensilger que murió en Estados Unidos...

–Es Gelsinger, y no me lo creo. Le contaré una historia, pero a cambio me dará información sobre el asesinato de la mujer del psicólogo, ¿lo hizo él?

El inspector negó con la cabeza.

–Su coartada es sólida, un empleado del teatro Principal asegura que estaba en el cine cuando su mujer fue asesinada. Recuerda claramente que lo vio entrar y salir –explicó Max.

–Un crimen que parece pasional, en un matrimonio con dinero, que vive en un chalé del monte Ulia, vende mucho, mucho más que ese pobre ahorcado que encontraron el otro día en su casa. ¿Fue un suicidio? –Max calló–. ¿Estamos de acuerdo? –Max afirmó–. Bien, me toca. Mi abuelo estuvo ingresado en la policlínica de Loiola. Lo visitaba todos los días, algunos me reconocía y otros pensaba que era una enfermera, pero en el fondo sé que me quería, era su única nieta... El alzhéimer es una enfermedad jodida... Bueno, un día me contó la historia de un comité, ¿cómo lo llamó?

–¿Qilin?

–Sí, eso es –corroboró la periodista. Dio un sorbo al refresco antes de continuar–. Sería a finales de los años noventa cuando acabó en manos de esos matarifes. Mi abuelo trabajaba para ETA, era lo que llaman un enlace entre comandos, nunca se manchó las manos de sangre, pero acabó detenido y la Guardia Civil de Intxaurrondo lo entregó a ese comité de marras. Todo porque padecía una enfermedad genética hereditaria, la llamada enfermedad de Charcot-Marie-Tooth. Se trata de uno de los trastornos neurológicos hereditarios más comunes, afecta aproximadamente a una de cada tres mil personas en todo el mundo. No es una enfermedad grave. Los síntomas principales son debilidad y degeneración muscular y pérdida de sensibilidad en las extremidades, sobre todo en la parte inferior de las piernas y en los pies. Nada que no se pueda curar con colocación de férulas y otros aparatos ortopédicos, ejercicio para fortalecer la musculatura, estiramientos, ir en bicicleta o nadar. Pero ¿sabe cómo acabó mi pobre abuelo? Murió hace un par de años, soltando espuma por la boca, y quizá fue lo mejor que pudo ocurrirle, puesto que pasó los últimos quince años de su vida encerrado en una habitación, con una camisa de fuerza para que no se hiciese daño a sí mismo ni a los que le rodeaban.

—¿Qué insinúa?

—Le inyectaron unos de esos vectores virales que ponían a los caballos. Como se suele decir, fue peor el remedio que la enfermedad. Esto no lo sé porque mi abuelo me lo contara, tuve que investigarlo yo solita. Fueron meses de arduo trabajo, entrevistas, fotos, consultas a bibliotecas y registros, miles de horas de trabajo que nunca verán la luz..., pero no lo hice por eso, lo hice por mi abuelo y por conocer la verdad de su caso. Quizá, algún día, emule al bastardo de Oliver y publique un libro cuando sea una vieja decrépita y tenga tantas arrugas que todo me dé lo mismo. Ese día lo soltaré en público. Por el momento me basta con hacerle la vida imposible a Lezeta.

Max percibió en la espalda que el viejecillo intentaba levantarse. De soslayo vio que no cogía chaqueta ni su acompañante hacía ademán de seguirlo, así que dedujo que quería ir al baño. Se hizo fuerte en su posición y no le facilitó la maniobra.

—¿Entonces cree que el comité Qilin usó a su abuelo de cobaya?

—No lo creo, lo sé. Y el fracaso del caso Gelsinger no es el único. En Francia, en el año 2003, tuvieron que suspender una terapia génica aplicada a once niños *burbuja* porque dos de ellos desarrollaron leucemia. Pero tampoco supuso el golpe de gracia a la terapia. Hoy en día sigue habiendo científicos como Oliver que se empeñan en su uso en humanos, a pesar de todos los riesgos que conlleva. Si investiga un poco, averiguará que aún no han descubierto cómo inyectar los virus en la sección correcta de ADN sin despertar genes cancerígenos. Eso fue lo que les sucedió a esos niños. Y eso es lo que hacía el comité de Oliver años atrás con gente como mi abuelo.

—Aparte de Oliver Lezeta, ¿conoce a otras personas que trabajaron o colaboraron con el comité Qilin? —preguntó Max, recordando la lista que el mismo Oliver le había pasado y que ahora estaba en manos de Virginia.

En un principio la periodista pareció desoír la pregunta, pero al cabo de unos segundos respondió en voz baja:

—Por supuesto, si quiere le hago una lista, quedamos otro día y se la doy.

—No, no —negó Max con evidente susto en el rostro. Quedar otro día con aquella rubia era un riesgo que no estaba dispuesto a correr—. Tenga mi tarjeta, detrás está anotado a bolígrafo el fax de la comisaría, mándemela a ese número y a mi nombre si es tan amable.

El viejecillo había conseguido salir de su prisión y se dirigía rápidamente hacia los servicios.

—Claro, lo que sea con tal de hundir a ese catedrático de pacotilla. ¿Ahora le vuelve a tocar a usted?

—¿Cómo?

—Prometió darme carnaza del asesinato en el monte Ulia.

—Ya. —Max reflexionó unos segundos—. Encontramos un mensaje.

—¿Una nota de suicidio? Eso no es una noticia. Además, ¿no dijo que fue un asesinato?

—Yo no dije eso, fue usted... Encontramos un mensaje escrito en la ventana con la sangre de ella.

—Joder, qué macabro... Debería de ser usted y no el comisario quien saliese a hablar con los medios, usted desprende una energía diferente, seguro que nos daría un titular cada día.

—Por eso no salgo.

—¿Y qué decía el mensaje?

—Eso es información reservada, ya le he dicho mucho.

El viejecillo regresó y ocupó nuevamente su sitio no sin apuros. Max tampoco se lo puso fácil. El anciano era testarudo y, al igual que a él, le costaba pedir permiso. No le extrañaría que fuese un juez retirado. Se acordó del juez Castillo, quien, por cierto, no le molestaba desde hacía tiempo. Se anotó mentalmente llamar a su secretaria con cualquier excusa. Al juez aún le quedaban varios años para jubilarse y parecía que su salud era inquebrantable, en consonancia con su terquedad. Que él supiese nunca había caído enfermo y daba la impresión de que iba a ser una de esas personas que envejecían honrosamente. Esperaba equivocarse, se lo imaginó viejo y decrepito, convaleciente en cama de gonorrea y soportando fiebres altas.

—¿En qué piensa?

—¿Perdón?

—Estaba con la mirada perdida, concentrado en algo. Por cierto, tiene unos ojos verdes preciosos, su mujer es muy afortunada.

Max se bebió de golpe el café. Notó cómo el líquido negro le calentaba internamente. ¿Qué veían últimamente las mujeres en sus ojos para que lo piropearan tanto? Era Cristina quien estaba embarazada, no él, por tanto era a ella a quien en todo caso tenían que ver guapa, no al padre. La periodista no se lo estaba poniendo fácil. Debía huir, y rápido, antes de que fuese demasiado tarde.

—Lo dicho, un placer.

El inspector se levantó con brusquedad. Empujó al viejecillo y el poco chocolate que le quedaba en la taza se vertió por la mesa. El hombre protestó. Max se dirigió a la salida sin mirar atrás.

La periodista no quitó ojo al hombre de la gabardina que abandonaba con premura la cafetería.

Al llegar a casa pensó en qué habría hecho Virginia durante el día. Apenas habían coincidido en el desayuno. Luego él había ido al entierro, había estado en casa de Cristina el mediodía y parte de la tarde y ahora venía de su cita con la periodista. Según ascendía por las escaleras del edificio recordó que le había dado su tarjeta de crédito para que comprase comida —su frigorífico siempre estaba medio vacío–, algo de ropa para ella y un par de mantas. La cría había dormido en el sofá, y aunque le había dicho que no había tenido frío, sin duda una manta no era suficiente. Aceptó la tarjeta a regañadientes, –seguro que fingía–, mientras le avisaba que ella no iba a ser la cocinera de nadie.

En cuanto introdujo la llave en la cerradura se arrepintió de haberle dado la tarjeta: una espantosa música se escuchaba de fondo. Heavy con letra en inglés, dedujo. Encontró a la cría recostada en el sofá, envuelta en la manta con la que había dormido, viendo vídeos musicales en la pantalla de un portátil.

–Apaga eso, o por lo menos bájalo –dijo Max a modo de saludo.

I throw myself into the sea
release the wave, let it wash over me
to face the fear I once believed
the tears of the dragon, for you and for me.
Slowly I awake, slowly I rise
the walls I built are crumbling
the water is moving, I'm slipping away...
I throw (I throw)
myself (myself)
into the sea.

Dejó la gabardina sobre la mesa de la cocina y fue a esconder la cartuchera en un armario, no quería dejar el Smith & Wesson a la vista, con los críos nunca se sabía lo que podía pasar y más le valía curarse en salud.

–¿No me has oído? –insistió Max.

Virginia puso mala cara y bajó el volumen del portátil.

–Es un delito escuchar tan bajo a Bruce Dickinson. *Tears of the Dragon* es una canción muy cañera, para escuchar a todo trapo.

–Ya, lo que es... ¿Qué diablos es eso?

–Ah, eso..., una televisión.

En el hueco de la estantería del salón, que durante años había estado vacía, había una televisión de pantalla plana de por lo menos cuarenta y dos pulgadas. Negra y brillante, desafiaba a Max.

—¡Has comprado una puta televisión! —dijo encolerizado.

Ya no oía el solo de guitarra eléctrica ni era consciente de que hablaba con una cría, solo veía el enorme electrodoméstico ocupando el salón.

—Tranquilo, estaba de oferta, aunque es verdad que he pagado un poco más para que me la trajeran a casa en domingo, pero por Internet todo es posible. Bienvenido al futuro...

—Mierda, ya sabía yo que no era buena idea. ¿Y eso que tienes en las rodillas?, ¿de dónde lo has sacado?

—Del mismo sitio, estaba de oferta. Una ganga, procesador I8, dos discos duros y una memoria RAM de...

—Saca ese cacharro de mi casa —dijo Max, señalando el televisor.

—Uf..., así no podemos crear una convivencia, no sé cómo te aguanta Cristina, es una santa la pobre. Además eres un poco mayor para ella, no entiendo qué te ha visto...

—No te pases.

—¿O qué? Uy, qué miedo. ¿No irás a pegarme? Te quitarán la licencia y acabarás en la cárcel.

Max suspiró de cansancio. No podía con aquella cría, lo sacaba de quicio.

—Llamaré al servicio de Psiquiatría infantil de Osakidetza, o mejor a la unidad de acogida del Gobierno vasco...

—Mira, Dupin, si tanto te molesta la televisión, no la encenderé mientras tú estés en casa.

—Esa no es la soluc...

—Ya te he sacado las direcciones de los nombres que contenía la lista que me diste. Tenías razón, algunos están muertos. Lo tienes ahí, al lado de la impresora.

—¿Cómo?

Al girarse, Max vio una pequeña impresora láser encima de una mesita que no usaba y que siempre estaba pegada a una pared. Ahora era tarde para desprenderse de ella.

–... no veas lo que me ha costado encontrar un enchufe, he tenido que bajar al chino de al lado a por un ladrón y un alargador.

–También de oferta, seguro.

–Era un *pack,* venía con el ordenador. No te quejes tanto, Dupin. ¿Cómo quieres que trabaje? No puedo ir todos los días al Koldo Mitxelena y además estar con Cristina. Ahora tengo todo el día de mañana libre para estar con ella.

Virginia, obediente, cerró el portátil. Sacó un libro de su mochila. *Cuentos policíacos,* de Edgar Allan Poe. Lo abrió por la mitad y comenzó a leer ignorando al inspector y su gesto contrariado.

–Ya, pero... –intentó decir Max.

–Dupin, tienes comida en el frigorífico. No te he preparado nada, pero hay unos platos precocinados, caliéntate el que quieras en una cazuela. Mañana compraré un microondas, no vamos a estar todo el día encendiendo esa cocina de gas, gasta mucho y ya no se lleva –dijo Virginia sin levantar la vista del libro.

El inspector bufó de rabia. ¿En eso consistía la convivencia en pareja? ¿En pelearse y hacer todo lo que decía la mujer? Cada vez tenía más claro que si a su relación con Cristina le aguardaba un futuro prometedor, este no pasaba por vivir juntos; aún no estaba preparado para que invadiesen su intimidad. Se dirigió a la mesilla de noche de su habitación y sacó un papel del cajón. Se lo tiró a Virginia, que lo miró indolente sobre la manta antes de cogerlo.

–Reconocer. Arde ; a la mala yedra. Para que él vaya detrás. Sometamos o... ¿qué cojones es esto?

–Eso mismo quiero saber yo, qué cojones significa. No has acabado, ya tienes trabajo para mañana.

–Por lo menos dame una pista. Los investigadores necesitamos información, como vosotros los detectives.

–Yo no soy ningún detective.

–Venga, Dupin.

Virginia puso cara de niña buena. «Cuando sea una mujer conseguirá de los hombres lo que se proponga», pensó Max.

210

—La primera y tercera frase se escribieron sobre un cristal; la segunda y la cuarta, sobre papel... De hecho, la segunda fue una suerte descubrirla, estaba medio chamuscada... Son mensajes, necesito saber si existe alguna relación entre ellos, y qué pretende decirnos.

—¿Quién?, ¿un asesino?

—Ya está. No pienso contarte nada más, con lo que sabes es suficiente, a ti te hace falta poco para que imagines cosas que no debes...

—Vamos, siempre me tratas como a una niña, háblame de cuerpos ensangrentados, de...

—He dicho que ya está.

Max se giró y cogió una de los dos mantas que caían por un brazo del sillón.

—Por lo menos me has hecho caso y has comprado las mantas. Toma. —Le tiró una—. Me voy a dormir, mañana tengo que levantarme pronto.

—¿Pronto? —dudó Virginia, quien ya conocía que para el inspector eso no significaba antes de la nueve de la mañana—. ¿A quién quieres engañar? Y no tengo frío, con una manta me sobra.

—No es para ti, es para eso. —Miró a la televisión—. Tápala, no quiero verla cuando me levante.

Lunes 27

Max ponía toda su atención en una especie de maza medieval, un arma de dos extremos bien diferenciados: uno acababa en una superficie plana y el otro se abría hasta perfilar cuatro picos puntiagudos.

—Yo lo llamo el martillo de Thor —dijo Oliver—. Cójalo si quiere, no es tan pesado como parece. Perteneció a una tribu que combatió a los vikingos en el norte de Europa.

—No, gracias. Además, no he venido para hablar de armas antiguas.

—Ya lo supongo, soy lo suficientemente mayor para saber cuándo una visita es de cortesía, y la suya no lo es.

Oliver estaba en el sofá —cuando le abrió la puerta venía de la cocina, donde había dejado un guiso a medias— mientras el inspector se paseaba por el salón de arma en arma sin atreverse a probar los potros de tortura con forma de sillas y sillones que salpicaban la estancia.

—¿Por qué me mintió?

—¿Mentirle? No sé de qué me habla.

—Está bien, me iré por esa puerta y cuando baje a la calle les diré a los del coche patrulla que la vigilancia se ha suspendido. Pobre gente, se alegrarán, tienen esposa e hijos.

—No será capaz, por favor.

—¿Quiere apostar algo?, ¿su vida?

—No juegue con eso. ¿Dónde están sus compañeros? El primer día vino con ese simpático agente, ¿se llamaba Asier?; el segundo, con esa chica tan tímida que apenas hablaba, ¿Erika? Y hoy solo, ¿qué trama?

—Nada, se han dado circunstancias ajenas al caso que me han llevado a venir solo. Ayer, en una cafetería, escuché una historia la mar de interesante sobre experimentos con humanos que no se puede usted ni imaginar... ¿o sí?

—No sé nada.

—Entonces me voy.

—Es esa loca, ¿no? Todo es culpa suya, estoy seguro. Ha sido ella quien le ha metido esas estupideces en la cabeza, ¿verdad? No parará hasta hundirme, quiere verme muerto, pero yo no tuve nada que ver con lo que le pasó a su abuelo.

—Ella no piensa lo mismo... ¿y esta? —Max cogió una foto del aparador que mostraba el rostro de una joven sonriente con un arrozal de fondo—. ¿Su hija, la editora?

—Sí, Laura, mi amor y mi ilusión por vivir. Ahí está en Guilin, en un viaje que hizo con su novio.

—Tengo que hablar con ella, le entristecerá saber que su padre oculta información a la Policía. Es una pena, tan joven y casi huérfana...

—Está bien, está bien —dijo Oliver negando con la cabeza—. Deje en paz a mi hija, no la meta en este asunto, es solo cosa mía. —Se pasó una mano por la barbilla—. Es cierto, en parte... Para explicar la teoría de la evolución, Darwin formuló un fenómeno que denominó selección natural. La evolución de las especies no deja de ser un proceso de cambio; a nivel molecular implica la inserción o sustitución de bases en el ADN. Si esas mutaciones en el ADN significan una ventaja, se irán acumulando y dando lugar a otras diferentes a las originales, y a lo largo de los años se perpetuarán en las nuevas especies.

Max dejó la fotografía en su sitio. Esperó a que Oliver continuara.

—Bajo ese prisma surgió la terapia génica. Una técnica mediante la cual un fragmento de ADN puede ser seccionado y separado del genoma dominante e insertado o trasplantado por otro.

—¿Qué quiere decir?

—Los investigadores pueden manipular segmentos específicos de ADN, y si ese segmento es el causante de la enfermedad...

—La excusa perfecta para la aplicación de la terapia génica en humanos.

—Es cierto que el comité Qilin hizo pruebas con humanos, pero solo después de años de investigación en caballos. Se realizaron sobre un puñado de elegidos, según las autoridades «escoria etarra que no merecía vivir», gente que padecía enfermedades hereditarias graves. ¿Se da cuenta de lo que le digo? Era una oportunidad única, aplicar en los años ochenta y noventa la terapia génica, más que demostrada y avalada en caballos, sobre humanos.

El catedrático no parecía ni mucho menos arrepentido de lo que había hecho en el pasado.

—Yo era el experto en biología y química. Me consultaban ciertos datos, pero no participé en la elección de los pacientes ni traté con ellos. Mario era el anestesista; David, el médico; ellos sí que trataron y conocieron a los pacientes. Ana era la jefa y quien los conseguía. En realidad, cuando yo me enteré de lo que pasaba era tarde, ya no había marcha atrás. Al ver las analíticas tan elevadas en transaminasas entendí que no se trataba de animales sino de humanos. Al principio no me lo habían comentado porque conocían mis reticencias a experimentar con personas, pero al final me subí al carro, ¿qué podía hacer? Nos estábamos avanzando en décadas a lo que vino después, hasta que los americanos la pifiaron con Gelsinger. Al chaval no se le hicieron las pruebas adecuadas, ocultaron que en el tratamiento con animales tres monos murieron y que otros pacientes sufrieron daños hepáticos. Le inyectaron en la arteria hepática 25 mililitros de un virus genéticamente modificado, la mayor dosis empleada en todo el estudio. A la mañana siguiente, el chaval mostraba un cuadro de ictericia. Su nivel de amonio en sangre subió y le hizo entrar en coma. Nada se pudo hacer por salvar su vida. Falleció a los cuatro días, tras un fallo multiorgánico y un posterior daño cerebral severo. En el juicio se destaparon ciertos conflictos de intereses entre los investigadores de la Universidad de Pensilvania y una empresa de biotecnología. Al final la familia y la universidad cerraron un acuerdo de indemnización que nunca se ha hecho público.

—A pesar de todo, usted sigue apoyando la terapia génica en humanos, ¿verdad?

—¿Cómo cree que se curarán los miles de afectados por enfermedades raras? Miles que son una minoría entre los millones de habitantes afectados de otras enfermedades más comunes. Si no fuese por la terapia, estarían relegados al ostracismo. Nadie más investiga lo que no produce beneficio. Hoy en día, el problema ético de la terapia génica continúa, pero en España, el CIBERER, el Centro de Investigación Biomédica en Red para Enfermedades Raras, es un referente mundial en la medicina genética y en la medicina metabólica hereditaria. Cuenta con más de cincuenta grupos de investigación biomédica y clínica cuyo objetivo es mejorar el conocimiento sobre la epidemiología, las causas y los mecanismos de producción de las enfermedades raras, hereditarias o adquiridas. El caso de los dos niños *burbuja* de Francia es una gota en la inmensidad del océano. El presente es halagüeño. Y le aseguro que en el pasado el comité Qilin no cometió negligencia alguna ni ningún paciente acabó muerto o loco de remate.

—Sin embargo, les cerraron el chiringuito mucho antes de que Ana muriera en un accidente de tráfico, ¿verdad?

—Después de la muerte del chaval americano, los responsables del comité Qilin, quienes sufragaban los gastos, se asustaron. También la lucha con ETA empezaba a languidecer y todo lo que se hacía con la banda, en vísperas de una posible tregua y desarme, era seguido con lupa por los medios informativos. Me imagino que ya no era tan fácil desviar a unos presos a un laboratorio sin que nadie se hiciese preguntas. En enero del año 2000 se disolvió definitivamente el comité. Cada uno tomó su camino. Yo ejercí unos años más de profesor en la facultad antes de jubilarme. Ana se retiró y desapareció del mapa, hasta que en agosto de 2005 me enteré de su muerte. Los demás no sé qué hicieron, les perdí el rastro.

—¿Conoció o no a los pacientes?

—Bueno, sí..., pero muy ligeramente, le repito que tratar con ellos no formaba parte de mis funciones.

—¿Sería capaz de elaborar una lista con sus nombres?

—¿Otra lista?, ¿qué hace con ellas? ¿Se las come o qué?

—Eso es asunto mío. ¿Podría?

—Claro, pero me llevará tiempo.

—Perfecto. Tómeselo con calma, piénselo bien y rebusque en sus papeles, pero necesito que confeccione una lista lo más exhaustiva posible de esas personas, ese puñado —Max hizo el gesto de las comillas con los dedos—, que fueron usadas como cobayas.

—No emplee esa palabra, no me gusta...

—Anote todos los datos que considere relevantes... No, mejor todo lo que recuerde de cada paciente por insignificante que parezca. Si eran zurdos o diestros, rubios o morenos, su forma de vestirse, de comportarse, manías, aficiones..., todo lo que recuerde y encuentre.

—Más que una lista, me está pidiendo una ficha de cada paciente.

—Eso mismo, una ficha, me parece buena idea. Y cuando lo tenga mándemelo al fax de la comisaría, a mi nombre.

Pensó en Virginia. Si la cría seguía tirando de tarjeta, era posible que dentro de poco tuviese fax en su propia casa.

Al salir de la de Oliver, con la sensación del deber cumplido, Max se cruzó en la calle con Asier y otro agente, Oier, ambos vestidos de paisano. Los dos se cuadraron ante el inspector.

—¿El relevo?

—Sí —dijo Asier, que no podía ocultar su alegría de volver a patrullar las calles—. Nos toca la vigilancia hasta la noche.

—De acuerdo. Que tengáis un día sin sobresaltos.

Max se encaminó hacia el Mustang, aparcado en doble fila. Observó con repulsión a un vagabundo husmear dentro de un cubo de la basura. Estaba poniendo la calle perdida de envases

216

vacíos y restos de comida. Miró hacia otro lado. Se dijo que no valía la pena llamarle la atención. Que lo hiciese Asier.

Se quitó la gasa de la mejilla. Se miró la herida en el espejo retrovisor del coche de alquiler. No tenía buena pinta, pero no se podía pedir más, se la había curado él mismo a base de iodo y agua oxigenada. Comenzaba a emerger una fina capa de costra, aunque un extremo seguía supurando un sospechoso líquido amarillento. Se volvía a tapar la herida justo cuando Cristina salía del portal. Tensó los músculos. Aferró con fuerza el volante. Por lo visto había adquirido la costumbre de vestirse con varias capas, guantes, gorro y bufanda. Hacía mal tiempo, pero desde cuándo era tan exagerada con el frío. Se había echado varios años y kilos encima. No era la Cristina que él recordaba, entre tanta prenda no había atisbo de esos pechos poderosos, esa cara de niña con esos labios carnosos y sensuales, ese culo prieto y jugoso. Parecía una vulgar ama de casa, gorda, fea y estropeada. Ahora hacía lo que él tantas veces le ordenó, que no se vistiese tan provocativa. Y no iba sola. La acompañaba esa muchacha gótica que había entrado en el portal hacía media hora. Así que tenía una nueva amiguita. Tal vez ahora le ponían las jovencitas. Un trío con su novio. No le extrañaba, todos los prepotentes eran unos pederastas en potencia. La muchacha paró un taxi con la mano. Pero esta vez sí estaba preparado. En cuanto el vehículo pasó a su lado, arrancó y se situó detrás de ellos.

Persiguió al taxi por el centro de la ciudad. No fue difícil. Las calles heladas provocaban que el tráfico se ralentizase y los conductores maniobrasen con excesiva prudencia. Hasta andando podría haberlas seguido. Cuando el taxi se detuvo en medio de la Alameda tuvo un momento de pánico. Aceleró, se cambió de carril y rápidamente aparcó el coche en una plaza para minusválidos. No tenía tarjeta, pero en esos momentos el coche era el menor de sus problemas. Vio por el espejo retrovisor que la muchacha cogía la tarjeta de crédito que el taxista le devolvía, y cómo ambas cruzaban la calzada para cambiar de acera. Se dirigían hacia él. Acarició el cuchillo de filetear que reposaba en el asiento del copiloto. Sería fácil clavárselo cuando pasara. Pero había demasiada gente en la calle y no quería ir a la cárcel por matar a una zorra. Ya llegarían momentos más propicios, solo había que ser paciente y esperar. Cuando pasaron de largo, salió del coche y las siguió entre la gente. Ni se molestó en cerrarlo, los vampiros eran eficientes y en menos de media hora descansaría en el depósito municipal. Con un poco de suerte, si se le daba bien la faena, hasta le serviría de coartada. Sintió el peso del cuchillo en el bolsillo del abrigo. Constató que ellas iban cogidas de la mano. Para los demás podían representar la imagen perfecta de madre e hija, pero para él eran dos lesbianas, una perfecta lujuria. Impulsado por el deseo, se acercó demasiado a ellas. Cuando se dio cuenta aminoró el paso y se detuvo unos metros atrás. No es que tuviese miedo de que Cristina lo reconociese; con la cabeza afeitada, la gasa en la mejilla, varios kilos menos y las gafas de sol era imposible que lo descubriese, pero cualquier precaución era poca. La idea de clavarle un cuchillo en la espalda en plena calle no era buena. Tenía que seguir esperando el momento. Se detuvieron en un escaparate. Imanol se paró en el de la tienda anterior. Estaban a solo dos metros de distancia. Casi podía oler su perfume. La muchacha sonreía, le propuso a Cristina que entraran y ella aceptó. Imanol leyó el nombre de la tienda. Por fortuna no vendían solo ropa para mujeres. Entró él también. Las localizó en un lateral, separando abrigos de invierno que colgaban de perchas. Un letrero le indicó que la ropa de hombre se encontraba en la planta de abajo, pero él no estaba dispuesto a perder de vista a sus presas. La chica se echaba sobre un brazo los abrigos que Cristina iba escogiendo. Si se los probaba todos tendría tiempo de sobra para bajar a la planta de hombres. Pero no era necesario fingir que le interesaba la ropa masculina, también había hombres que compraban ropa a sus mujeres. Acarició unas blusas mientras se desplazaba en diagonal hacia ellas. La tienda estaba casi desierta. La única dependienta que vio estaba ocupada en convencer a una señora mayor para que comprase un jersey de cuello alto. La muchacha escogió para ella unas camisetas largas de colores. Un matrimonio entró en la tienda y tomó las escaleras que conducían a la planta inferior. Una mujer joven salió. Ellas se dirigieron al fondo del local. Los probadores. Sonrió mientras seguía acercándose. Desaparecieron tras una cortina gris. Aguardó unos minutos antes de dirigirse hacia allí. Les quería dar tiempo para que se desvistiesen. Con un poco de suerte serían las únicas que estarían probándose ropa ya que no había visto a nadie entrar antes. La música estaba lo suficientemente alta como para ahogar un grito. O dos, quién sabía. Asomó con precaución la cabeza por la cortina. A mano derecha, un perchero repleto de prendas y debajo un enorme cubo azul de plástico rebosante de ropa revuelta. A mano izquierda, un pasillo con cinco cortinas a cada lado. Entró. Las oyó reírse al fondo. La quinta cortina se movía. Sacó el cuchillo. Oyó unos pasos. Rápidamente se introdujo en el primer probador. Vio pasar unos zapatos por debajo de la cortina. Oyó unas voces. La muchacha pidió ayuda. Oyó otra voz. Se asomó. Cristina estaba de espaldas en el medio del pasillo, mirándose desde lejos cómo le quedaba un abrigo corto de color marfil. La muchacha sonreía y una dependienta asentía con la cabeza. Entonces la empleada dijo algo con la palabra *suerte* y tocó el vientre de Cristina, quien se giró. Una realidad imposible cobró vida en la mente de Imanol. Cerró la cortina y se dejó caer como si hubiese sido alcanzado por una bala. Apoyó la espalda contra la pared. Soltó el cuchillo. Se levantó y salió a la carrera del probador. El cuchillo se quedó en el suelo.

El sol no había asomado en todo el día. Esperaba que encendieran pronto las luces de las farolas o no verían la calle. Asier se acurrucó en el asiento del copiloto. Le dolía el culo de llevar tanto tiempo sentado, pero era mejor que dar vueltas a la manzana soportando el frío; por lo menos dentro del coche estaba calentito gracias a la calefacción y podía escuchar la radio. Sintonizada en RNE, el locutor repetía cada hora las mismas noticias, entre las cuales destacaba la de un fotoperiodista vasco desaparecido en La Guajira, Colombia, la misma región donde el año anterior habían secuestrado a una pareja española. La Policía había encontrado sus objetos personales: pasaporte, dinero, ropa y material fotográfico, solo faltaba el teléfono móvil. Durante las primeras horas, las autoridades habían barajado la posibilidad de que se hubiese ahogado en el mar, aunque ahora, en los últimos noticiarios, se hablaba de secuestro. Apagó la radio, harto de malas noticias.

Su compañero se introdujo en el coche y cerró la puerta con un fuerte golpe.

—Joder, qué frío hace —dijo a la vez que le pasaba la caja de donuts.

En cierta manera, Oier le recordaba al malogrado Yon, un joven agente con ilusión y toda la vida por delante; soltero y sin familia, pensaba en el cometido del día y en hacerlo lo mejor posible. Seguramente hasta anhelaba un poco de acción y que alguien intentase matar al hombre que protegían. En cambio, él estaba deseando que llegase la hora del relevo para irse a casa, meterse en la cama con Lourdes y hacer el amor hasta la madrugada.

—Toma —dijo Oier tendiéndole un vaso de plástico—. Es pepsi *light,* no tenían coca-cola zero.

Oier sorbió con estrépito por la pajita y después le pidió un donut de chocolate.

Asier dejó el refresco en el posavasos del copiloto y abrió la caja. Seis donuts. Oier cogió el suyo.

—Humm... está buenísimo.

Asier no se decidía. En todos los agujeros veía la cara de Lourdes negando con la cabeza. En el donut de azúcar glaseado la cara desapareció.

—Ninguno tiene relleno —aseveró Oier—. Por si las moscas.

Asier cogió el glaseado. Cinco puntos menos en la dieta. El primer mordisco le supo a gloria bendita. Era un delito prohibir comer dulce. Observó una vez más al vagabundo que, en la acera de enfrente, rebuscaba entre la basura y se dijo que le guardaría un donut.

—¿Moscas? —preguntó, una vez resuelta la indecisión y acallada la conciencia.

—*Bai,* los rellenos son peligrosos, nunca sabes lo que te vas a encontrar dentro.

—¿Y eso?

Probó la pepsi. No sabía tan diferente. Le ayudó al paso del segundo trozo de donut por la garganta.

—Una mujer americana, no recuerdo de dónde, Chicago o San Francisco, una de esas ciudades grandes, era la encargada de rellenar los Dunkin' Donuts de una gran superficie. Siempre llegaba tarde a casa y siempre dejaba sobre la mesa de la cocina una caja de donuts rellenos para su marido, que trabajaba hasta tarde. Después se acostaba, no solía esperarlo despierta. Cuando él llegaba a casa, cansado de trabajar, lo primero que hacía era comerse el donut relleno de crema de avellana, su preferido. Siempre la misma rutina antes de irse a dormir. Algunos días hasta se comía varios, dependiendo del hambre que tuviese, pero el de avellana siempre era su primera elección. Hasta que un día la mujer se enteró por una amiga de que el muy cabrón venía más tarde de lo habitual porque se tiraba a otra. Así que la jodida urdió un plan. Puso veneno de rata en el donut de avellana.

—¡Hostias!

Asier se limpió el azúcar de los labios con la manga del jersey. Ya no quedaba ni rastro del donut glaseado.

—Te lo estás inventando... —dijo.

—Qué va.

—Venga ya.

—Escucha. Esa noche dejó la caja con el donut envenenado en la mesa y se fue a dormir. Cuando se despertó por la mañana, su marido roncaba a su lado. Extrañada, se dirigió a la cocina. En el frigorífico estaba la caja de donuts. Faltaban dos, el de fresa y el de avellana. Subió corriendo a la habitación y despertó a su marido. Le preguntó si se había comido dos donuts. Este lo negó, solo se había comido uno, el de fresa, ya que su preferido se lo había comido antes su hija.

—¡Joder! ¿Y cómo acaba?, ¿la hija murió?

Oier se hizo de rogar, se acabó el de chocolate y le dio un buen sorbo al refresco. Cogió otro donut, esta vez con trozos de caramelo en la superficie, antes de continuar.

—No, acabó en un hospital entubada hasta los pies. Salió al cabo de dos años, pero acarreando una enfermedad que le afectaba al cerebro, algo que le daba espasmos y pérdida de memoria. Una de esas enfermedades impronunciables.

Asier arrugó el ceño. El vagabundo que llevaba revoloteando todo el día por el portal de Oliver se detuvo frente a la puerta. Le pareció extraño que un vagabundo no cambiase de zona, tendría más que mirada la basura en este barrio, y además no pedía limosna. También le parecía sospechoso que estuviese tan gordo, casi como él, lo cual equivalía a que comida precisamente no le faltaba.

—Ahora la mujer, abrazada al marido, aparece en la prensa yanqui pidiendo ayuda a las autoridades, que se investigue más sobre la enfermedad de su hija. Por ser una enfermedad rara, que solo afecta a una infinitésima parte de la población, las empresas farmacéuticas no invierten dinero en encontrar una cura ya que no les sale a cuenta.

Asier cogió un donut rosado espolvoreado con coco rallado.

El vagabundo se introdujo en el portal. Rápidamente otro vagabundo, mucho más flaco, entró tras él.

—¿Sabes que las farmacéuticas pagan millones de dólares a los doctores para que promuevan sus medicinas? Y lo que es peor, los medicamentos que curan no son rentables, es la cronicidad lo que marca la rentabilidad. Si curan a todo el mundo se quedan sin clientes. Lo que es bueno para los dividendos de las empresas no siempre es bueno para las personas.

—¿Qué tiene que ver eso con no comprar donuts rellenos?

—Tú fíate, la madre americana sigue trabajando en Dunkin' Donuts, rellenando donuts, y le interesa que la enfermedad de su hija no sea tan rara sino una enfermedad crónica y mayoritaria...

Oier aseveró con la cabeza mientras daba buena cuenta del segundo donut.

—Si le puso veneno de rata a su hija en un donut tendría que estar en la cárcel —rebatió Asier.

Por el portal aparecieron los dos vagabundos aferrando los brazos de un hombre con la cabeza cubierta con una bolsa.

—No, porque...

—Joder —graznó Asier, y arrojó la caja de donuts a la parte trasera del coche y abrió la puerta.

A Oier la situación lo pilló desprevenido. Mientras su compañero se arrodillaba junto a la aleta delantera del coche y sacaba el arma reglamentaria de la funda, él aún luchaba por salir del vehículo, se le había desparramado la bebida por el pantalón y de lo nervioso que estaba no atinaba con la maneta de la puerta. Al final consiguió salir sin saber muy bien qué debía hacer.

El trío de personajes dobló a la derecha del portal y caminó todo lo rápido que les permitía el hombre que custodiaban.

Asier cruzó la calle y se agachó al lado de un coche aparcado. Oier lo secundó detrás con cara de pasmado y un trozo de caramelo pegado en los labios.

El orondo vagabundo se paró en un coche y abrió la puerta trasera. Empujó dentro al rehén. Fue en ese momento, con los dos vagabundos solos y de espaldas, cuando Asier se puso de pie y corrió hacia ellos con la USP Compact 9mm en la mano. Ninguno de los dos lo vio llegar, absortos en su cometido. Cuando el más flaco iba a dar la vuelta al coche, posiblemente para ponerse al volante, y el más gordo hacía ademán de introducirse en la parte trasera del vehículo, les dio el alto. Se quedaron inmóviles. Lo miraron fijamente. Asier oyó a su espalda que su compañero daba también el alto. Los dos hombres se miraron incrédulos. Antes de que se decidieran a hacer algo, Oier ya estaba a su lado apuntándolos. Movía la USP a izquierda y derecha, de tal manera que el cañón se desplazada a uno y otro lado sin elegir un objetivo. Asier le indicó que se encargase del gordo. Él apuntó al flaco y con toda la calma que pudo les ordenó que pusiesen las manos sobre el coche. Cuando Gordo acató la orden, el agente tomó aire con un suspiro profundo.

Tras unos segundos de indecisión, Flaco emuló a su socio y Asier, aliviado, expulsó el aire.

Max oía risas tras la puerta. Cristina y Virginia debían de estar contándose algo muy divertido a juzgar por cómo se reían. Estaban en el sofá sentadas una al lado de la otra.

—¡Mi amor! —dijo Cristina al verlo.

Max le dio un beso en los labios ante la atenta mirada de la cría.

—Mira lo que hemos comprado —dijo Cristina levantándose del sofá. —Le alcanzó una bolsa llena de ropa—. Hemos estado de compras por el centro. Hacía tanto tiempo que no me lo pasaba tan bien... Y ese abrigo me encanta. —Max vio en un brazo del sillón un abrigo de color marfil—. El interior es de pluma, muy calentito. Es perfecto para cuando salga del hospital... y mira lo que se ha comprado Virginia.

La cría llevaba puesta una simple camiseta de manga larga, lo verdaderamente llamativo era el color naranja chillón. Era la primera vez que Max la veía vestirse con algo que no fuese negro.

—¿Te gusta, Dupin?

Max se obligó a sonreír. Seguro que le habían dejado la tarjeta tiritando; mañana la recuperaría. Por lo que veía, no tenía claro quién hacía compañía a quién, aunque no importaba, todo por la mirada de agradecimiento que le dedicó Cristina.

—Hemos alquilado una película en *blue-ray,* un wéstern clásico. *Dos hombres y un destino.* La veremos después de cenar, ¿te apuntas? —le preguntó Cristina.

Ahora resultaba que también tenía reproductor de vídeo. Antes de poder contestar Virginia dio la estocada final.

—Será divertido. Tenemos palomitas de esas que se hacen en unos minutos en el microondas.

Miró hacia la cocina. Un artefacto blanco y rectangular se apoyaba en la encimera, al lado del frigorífico.

—Tal vez, estoy muy cansado, ha sido un día duro. ¿Y no se te hará tarde?

—Me quedaré a dormir —dijo Cristina sin un ápice de incertidumbre.

—Hemos comprado también una estufa de butano —anunció Virginia—. ¿No la notas?

Una especie de lavadora con ruedas, de color negro y con una rejilla en el centro, descansaba en medio del salón. La rejilla desprendía una débil llama azulada. La verdad es que tenía que reconocer que el *loft* estaba calentito. «Un hogar acogedor», como había dicho Cristina. Y ahora ella no tenía ningún reparo en quedarse a dormir. Demasiados cambios en su vida para una noche. Todo lo que había deseado le venía de golpe. Parecían una familia. Película y palomitas. Necesitaba respirar. ¿Estaría el Moby Dick's abierto? Hacía mucho tiempo que no se pasaba a tomar un Manhattan. Por mucho frío que hiciese fuera, sentía la necesidad de salir. Y de fumarse un purito.

—¿En qué piensas, mi vida? ¿A que es maravilloso lo mucho que se puede conseguir con un poco de ilusión?

—Y de calor —añadió Virginia.

Ambas rieron cómplices. Él se quedó al margen. No sabía dónde meterse, dónde encajar su cuerpo. Ni siquiera se había quitado la gabardina. Por fortuna sonó su móvil. Atendió como si le fuese la vida en ello. Escuchó más que habló y cortó con un lacónico «Hasta luego».

—Tengo que irme —anunció

—A estas horas, ¿qué pasa? —preguntó Cristina.

Virginia lo miró con inquina. El aguafiestas había llegado a estropear la reunión y ahora se iba.

—Era Asier, han detenido a dos hombres, tal vez los responsables de los crímenes.

—Qué bien —dijo Cristina—. Pero entonces, si están entre rejas, ¿para qué te necesitan?

—Hay que interrogarlos —se excusó Max.

Y sin darles tiempo para replicar escapó de su propia casa.

Martes 28

La sala de interrogatorios de la comisaría no había sido reformada desde hacía años. Era un cuartucho pequeño con una desvencijada lámpara de cinco brazos en el techo; sobre el suelo, una mesa y dos sillas, un espejo sin marco en una pared y un calendario antiguo colgado tras la puerta. Según el comisario, su aspecto abandonado, sucio y deslucido, hacía pensar a más de un detenido lo que le esperaba en la cárcel y les producía increíbles efectos hipnóticos que conseguían que recordasen y desembuchasen de lo lindo.

En la sala contigua, Max observaba una espalda a través del cristal. Visto por detrás parecía un vagabundo. Era tan delgado que se hacía llamar a sí mismo Flaco. No estaba fichado y no llevaba documentación encima. Su compañero gordo se había negado a hablar en todo momento y no hacía más que reclamar un abogado. Los dos personajes encajaban tanto en el perfil descrito por el cura de los que prendieron fuego a una sala de la catedral del Buen Pastor, quemando una buena parte del histórico registro civil que guardaba la diócesis vasca, como en el de las dos figuras que Erika había visto perfiladas en la oscuridad de la noche enterrando el cuerpo de Maider. Aquellos dos pájaros tenían mucho que contar.

Una cámara acoplada en un brazo de la lámpara grababa todo lo que acontecía en la sala y lo reproducía en un pequeño televisor. Max apagó también la televisión y el reproductor de vídeo. Por supuesto que la noche anterior no acudió a la comisaría, le bastó con salir al exterior y fumarse un par de puritos. Cuando volvió a casa encontró a Virginia dormida con la cabeza apoyada en el hombro de Cristina, que seguía con los ojos como platos el tiroteo final del wéstern. Más que nunca parecían una familia. Cuando salió de casa por la mañana dejó a Cristina dormitando en la cama mientras que Virginia tecleaba en el portátil, supuestamente trabajando en el caso, cotejando la lista de Oliver con la de la periodista.

Suspiró y salió de la sala de observación para entrar en la de interrogatorios.

—Conozco mis derechos, ¿sabe? —dijo Flaco en cuanto Max pisó la sala.

Estaba esposado a la mesa y, aparentemente, en una postura un tanto incómoda, con los brazos hacia abajo, sin poder apoyar los codos en la mesa debido a la estrechez de la cadena.

—Entiendo que ya se los leyeron cuando lo detuvieron, le recuerdo que intentando secuestrar a un ciudadano, bajo amenazas de muerte y empleando la violencia.

—Yo no he amenazado a nadie, ni he pegado a nadie.

—Ya, su socio también dice lo mismo, aunque está a punto de inculparlo en el secuestro, insiste en que él no tuvo nada que ver, que todo fue idea suya.

—Eso es mentira, no me venga con el juego de los dos detenidos que se delatan entre sí, es muy viejo.

—Entonces asumirá usted toda la culpa. Perfecto, el juez se pondrá contento, un caso fácil y sencillo, una condena grave y otra leve.

—Vamos, no insista, ¿ahora qué toca? Ah, sí, entrará otro poli... ¿Usted de qué hace? No lo tengo claro, ¿De malo? Y luego vendrá el bueno...

—Yo soy el único poli al que va a ver en mucho tiempo y el único con quien va a hablar en mucho tiempo, así que cuanto antes desembuche mucho mejor.

—Le puedo contar *El traje nuevo del emperador*.

—Cuente lo que quiera, pero dígame por qué querían secuestrar a Oliver Lezeta.

La verdad era que, con aquellas orejas de soplillo, la nariz prominente, su sifilítica silueta y los harapos que vestía, a Max le parecía un personaje salido de un cuento.

—Era una broma, pero ya veo que no tiene usted mucho sentido del humor.

—¿Quién les ordenó su secuestro?

—Aquí se está bien, no hace frío. El calor me hace sudar mucho, se me irrita la piel, pero no soporto el frío, lo odio.

—¿Iban a matarlo? —Flaco no respondió—. ¿O a interrogarlo?, ¿qué querían de él?, ¿trabajaron en el comité Qilin?

El detenido permaneció en silencio y con la cabeza gacha.

—Numerosos testigos aseguran que fueron los culpables del incendio de un ala de la catedral el año pasado.

Si Flaco acusó el golpe no lo mostró. Siguió imperturbable.

—También sabemos que son los responsables de enterrar numerosos cuerpos en los terrenos de cierto caserío de Hernani, fosas enteras con cadáveres.

Flaco no reaccionó. Max estaba seguro de que hacía enormes esfuerzos por no saltar de la silla y escupir toda la rabia contenida. Intuía que deseaba hablar, soltar el lastre que había acumulado a lo largo de su dilatada carrera de delincuente. Max empleó la última bala antes de darse por vencido.

—Conozco a Xabier Andetxaga.

La revelación hizo reaccionar a Flaco. Se agitó en la silla como si una corriente eléctrica hubiese recorrido todo su cuerpo. Levantó la cabeza y lo miró asustado. Apreció pequeñas manchas rojas en el borde de sus pupilas. Seguro que pensaba que él también trabajaba para Xabier, que los tentáculos del viejo llegaban hasta la comisaría y que ahora se iban a apagar las luces y cuando se encendiesen él estaría muerto, un suicidio incomprensible pero necesario para acallar todo lo que sabía y no podía, no debía, contar a la pasma.

—No le voy a hacer daño —confesó Max.

—¿Qué quiere que le cuente? Si le conoce lo suficiente no puedo decirle nada: si no confieso, ustedes me meten entre rejas y si lo hago él me mata.

Max asintió imperceptiblemente con la cabeza. En el fondo no le faltaba razón. El tipo se encontraba en un callejón sin salida, aunque en la pared de cualquier callejón se podía picar, hacer un agujero y acceder a otra calle.

–Existe una posibilidad: usted nos dice todo lo que sabe y nosotros le ofrecemos protección. Obviamente no será fácil, le confieso que dependerá de lo que nos cuente, si nosotros consideramos que su información es valiosa y conlleva un riesgo evidente para su vida, entrará en la protección de testigos, habrá que convencer al juez, pero si a nosotros nos convence, el juez será un escollo mínimo. –Pensó en el juez Castillo, esperaba no equivocarse–. Le daremos una nueva identidad, un nuevo lugar para vivir, y solo tendrá que acudir al juicio cuando se le solicite. Tendrá una nueva vida, sé de testigos que no los reconoce ni su propia madre, casados y con hijos, totalmente integrados en la sociedad.

Flaco lo miró a los ojos. Se lo estaba pensando seriamente.

–Piénselo bien –dijo Max–. Le estoy ofreciendo una vía de escape.

Lo mejor en estos casos, en los que el detenido pensaba que corría peligro si confesaba, era no presionar, darle a entender que la solución estaba en sus manos, dejar que la semilla de una nueva, e idealizada, vida fuese germinando en su cerebro. Después, pocos eran lo que seguían negándose a colaborar con la Policía.

–Nos vemos en unos días –añadió Max antes de irse.

El comisario no estaba a gusto y eso, teniendo un plato de comida enfrente, era muy extraño. Pero no podía rechazar la invitación para comer que le había comunicado la secretaria del juez Castillo. Su señoría, por mucho que no lograra el traslado a Madrid, seguía siendo una persona poderosa, capaz de conseguir un despido con solo levantar el teléfono. Al entrar en el restaurante, el comisario no se había fijado en cuántas estrellas Michelin tenía, pero ahora pensaba que no menos de dos, a juzgar por los bordados en los manteles de tela, la selecta carta de vinos, la profesionalidad de los camareros y la exquisita presentación de los platos. Y el juez parecía un asiduo del establecimiento en vista de cómo le trataba el camarero y la mesa reservada frente a una cristalera desde la que se podía ver parte de la bocana del puerto de San Sebastián. Pero el comisario no disfrutaba de la comida, esperaba que el juez soltase en cualquier momento por qué le había invitado a comer. Hoy estaba confundido y no intuía qué oscuras intenciones albergaba para que le pagase una mariscada acompañada de un gran reserva de Rioja.

Durante el almuerzo, Alex no había podido evitar fijarse con detenimiento en su compañero de mesa. Seguía escondiendo sus ojos pequeños y vivarachos tras unas gafas de pasta, las de ese día eran redonditas, de un color oscuro parecido al violeta y con pizcas de blanco, como si hubiese estado en una obra viendo pintar un muro y gotas de pintura le hubieran salpicado. Además se había dejado crecer una singular perilla que le daba un aire aún más siniestro del habitual.

Cuando estaba peleándose con una pata de cangrejo real llegó el momento que tanto temía.

—He oído que ayer por la noche detuvieron a dos vagabundos —dijo el juez, como quien no quiere la cosa, mientras se limpiaba los labios de salsa.

—Es cierto —afirmó Alex.

Un trozo de pata se le atragantó en la garganta y tuvo que dar un buen sorbo al vino para conseguir tragarlo.

—Cuidado con el vino, no es vino de la casa de esos de garrafón que ponen en los menús —dijo el juez atento a cualquier gesto del comisario.

—Perdone, se me había quedado un trozo de pescado atravesado.

—Para eso está el agua.

—Perdone —repitió Alex, y pensó que por eso odiaba las comidas de la alta sociedad; detestaba el protocolo y la estúpida manera en que había que comportarse. Recordó a su padre, que en paz descansara, diciéndole que no se sintiese cohibido ante otras personas por muy influyentes y poderosas que fuesen porque todos habían sido bebés, llevado chupete y vomitado la papilla. A él, más que con bebés, le funcionaba imaginarse a las personas desnudas y haciendo sus necesidades en la taza del váter. En la intimidad todos eran humanos y se rascaban el culo, se tiraban pedos y se sorbían los mocos.

—Lo que le decía..., hay rumores de que esos dos vagabundos tienen que ver con el caso de los asesinatos que azotan a esta ciudad últimamente.

—Puede ser —dijo Alex receloso, esperando a ver adónde quería llegar Castillo. Rezó para que no le pidiese que los liberase; nunca se sabía qué amistades tenía un juez y los favores que estaba obligado a devolver.

—Gracias —dijo el juez Castillo al camarero, que, atento a la mesa, se había acercado a llenarles las copas de vino. Esperó a que se retirase para seguir hablando—: ¿Son los culpables?

—No lo creo —respondió Alex.

La metedura de pata con el primer detenido en el caso del Asesino de Químicas le impelía a ser prudente. Había conseguido mantenerse en el cargo, pero la muesca permanecía grabada en su expediente y no se libraría de otra. Había días en que veía su puesto pender de un hilo, y hoy era uno de ellos.

—¿No me estará engañando?

—¿Acaso duda de mi palabra? —se atrevió a responder Alex, haciéndose el ultrajado.

—No, claro que no. ¿Lee la prensa?

—A veces.

—Debería hacerlo más a menudo, yo es lo primero que hago todas las mañanas. Mi secretaria me deja sobre la mesa cuatro periódicos: dos de tirada nacional y dos vascos. Adquirí esa costumbre en mi época de joven jurista. Sí, ya sé que hoy en día con las nuevas tecnologías basta con conectarse a Internet o consultar las noticias con el móvil para estar puntualmente informado, pero, qué quiere que le diga, estaré chapado a la antigua pero yo y mi cafecito de buena mañana nos empapamos de todas las noticias que aparecen en los periódicos; me leo hasta las cartas al director. Ya sabe, en cualquier rincón está la noticia. —Alex afirmó sin saber qué pretendía el juez—. Sin ir más lejos, hoy en *El Diario Vasco* viene una, un texto a media columna, una especie de artículo de opinión, que pasa desapercibido para los pocos avezados en el arte de leer la prensa. Lo firma una periodista que al parecer tiene contactos con, y cito textualmente, «fuentes próximas a la investigación». En ese articulito dice que esas fuentes aseguran que el culpable de los crímenes en los que trabaja su unidad deja mensajes escritos con la sangre de sus víctimas. Imagínese qué disparate. Suerte que uno todavía tiene amigos entre los directores de los diarios y puede conseguir parar el golpe y que esas noticias amarillistas, que no hacen más que causar alarma social, no se publiquen en primera página sino que aparezcan en páginas interiores, camufladas entre otras. Aunque yo me pregunto de dónde saca esa periodista semejante información que ni yo mismo sé si es verdad. Es que tengo esa duda clavada en el corazón y no me deja dormir... ¿Sería tan amable de explicármelo?

Alex tosió. No sabía cómo salir del atolladero.

—Doy fe de todos mis hombres, pero lo investigaré y le mantendré informado si averiguo algo, no le quepa la menor duda.

—Eso espero. Pero no me malinterprete. —El juez hizo aspavientos con una mano, como quitando hierro al asunto—. Quiero que maniobren, investiguen, y todo con total libertad. Le quiero transmitir que no voy a intervenir en el buen trabajo que nuestra querida Ertzaintza ejerce para mantener la seguridad y el orden en la ciudad. Es encomiable su labor diaria, en especial la de usted al frente.

Alex se ruborizó. Tuvo que beber un poco de vino para que se le pasase el mal trago. No estaba acostumbrado a que un juez le felicitase por su labor al frente de la Ertzaintza y, últimamente, al igual que las desavenencias, no llevaba bien los halagos. En su época de cadete su mayor anhelo era agradar y que otros le dijesen lo bien que lo hacía, pero ahora, con el paso de los años y sobre todo después del caso del Asesino de Químicas, donde mejor se encontraba era en tierra de nadie, en la línea que separaba la discrepancia del halago.

—Tiene todo mi apoyo, y transmítale estas mismas palabras al inspector Medina. Cualquier cosa que necesite, cualquiera, que no dude en pedírmelo. Dígaselo, así, tal cual yo se lo he dicho, hágame ese pequeño favor.

—Claro, claro.

El juez se rascó la perilla y dio por concluida la conversación. Su atención se vio desviada hacia un bogavante.

Alex sonrió más tranquilo. Al parecer iba a poder disfrutar de la comida. Aún quedaba media bandeja de marisco y el postre. Ensanchó la sonrisa.

Tras el almuerzo con el juez, el comisario no quiso dejar nada al azar ni para el día siguiente, por eso convocó con carácter de urgencia a sus hombres en la sala de reuniones.

—Bien, no quiero que habléis con la prensa, recordad que cualquier filtración nos hace daño —comenzó.

Joshua y Max lo miraron extrañados, aunque el inspector se imaginaba a qué se refería.

—Asier no está aquí porque me ha pedido como favor especial seguir patrullando y, dada su buena labor en la detención de los dos vagabundos, se lo he concedido. Nos servirá de apoyo en la calle. Toma. —Alex le tendió un cuaderno a Max—. Las anotaciones de Asier de los dos días que estuvo contigo. Lo he hojeado un poco por encima, son los interrogatorios a Oliver y a Marija, la ayudante extranjera del dentista. Dáselo mañana a Erika, que lo guarde ella, se incorporará al trabajo, al menos eso me ha asegurado hace un momento por teléfono. Pobrecilla, sed pacientes con ella, después de lo que le ocurrió el año pasado, ahora lo de su madre, no sale de una y entra en otra; menos mal que es una chica fuerte; ya sabéis que confío mucho en ella, y en vosotros para que le ayudéis. —Joshua carraspeó—. Y tú aparca tus diferencias con ella, sois profesionales, esto no es un patio de colegio ni yo soy vuestro maestro, ¿entendido? —Joshua asintió–. Perfecto, ¿qué tenemos hasta ahora? Ah, sí, hemos recibido el informe del perfilador de la Interpol.

Abrió una carpeta de tapas marrones.

–El cuerpo del dentista presentaba varias costillas rotas. Lo mismo que el del médico. Con estos, y otros indicios, el informe concluye que el asesino no es un profesional ni trabaja a sueldo, se deja llevar por la ira, y asegura que no es una mujer, puesto que estas suelen matar para acabar con una situación insoportable, a veces arrastradas por el miedo, mientras que los hombres se dejan llevar por la venganza o los celos; en el caso de los maltratadores, por el miedo a ser abandonados. ¿Qué os parece? Es bueno, ¿verdad?

Max y Joshua se guardaron su opinión. La de Max a buen seguro que no haría feliz al comisario.

–Luego os haré una fotocopia para que lo leáis completo. Del perfil criminológico os recomiendo el apartado psicológico: los rasgos de personalidad, motivaciones, patrones conductuales... –El comisario se llevó la mano a su abultada barriga. Allá abajo se estaba desatando una guerra entre el diverso y abundante marisco consumido–. Ahora decid algo vosotros... ¿Alguna novedad?, ¿avances?

–Pocos –reconoció Joshua–. Sigo creyendo que se trata de un psicópata al que no le basta con quitar la vida sino que necesita que la víctima se convierta en un trofeo, por eso deja su marca, su sello personal. Debemos trabajar en los mensajes. Son la firma del asesino.

–Sí, un *modus operandi* muy particular –aseveró Alex.

–No –rectificó Joshua, y negó con la cabeza: a estas alturas y aún debía explicar a todo un comisario las diferencias entre *modus operandi* y firma–. El *modus* se refiere al método o modo empleado por el asesino para matar. Responde a la pregunta: ¿cómo se ha cometido el crimen? En cambio, la firma está compuesta por un conjunto de conductas que nos informan de la motivación final. Responde a la pregunta: ¿por qué se comete el crimen?

–Ya me estás liando, no veo tan clara la diferencia –dijo Alex.

–El *modus operandi* se compone de múltiples factores, puede venir dado por el día, la forma, la planificación, tiempo empleado, lugar de la huida, arma utilizada... La firma expresa una conducta del homicida y suele suponer un tiempo extra en la escena del crimen, actos no necesarios para completarlo y hasta puede suponer un acto de comunicación entre criminal y víctima o entre criminal y otras personas. Por eso debemos centrarnos en los mensajes, ver qué quiere comunicarnos.

–Hostia, eres una enciclopedia viviente. ¿Qué más?

–Max ha establecido una relación entre algunos de los fallecidos –afirmó Joshua–. ¿Max?

–No, tú mismo, Joshua, seguro que lo explicas mejor.

–Al parecer, algunos coincidieron hace unos veinte años en un comité que hacía experimentos en la Facultad de Químicas.

–¡No me jodas! Otro comité, con los quebraderos de cabeza que nos dio el último. Deberían cerrar esa facultad, está maldita...

–Mario Brizuela era el anestesista; David Lopetegi, el médico; Oliver Lezeta, el biólogo y químico del proyecto. Creemos que la muerte de su hermano Íñigo fue un aviso de que iban a por él, lo que se corroboró ayer con la detención de los dos vagabundos. La mujer, Andrea Azpelicueta, es la pieza que nos falta para completar el puzle, aún no entendemos dónde encaja en este galimatías; era una adolescente en la época del comité.

–Quiere decir que el asesino se está cargando a todos los que trabajaron en ese comité.

–Sí, y Max está investigando una lista.

–En efecto –dijo Max, antes de que el comisario interviniese y le quitase o pidiese la lista–. Manejo un puñado de nombres a los que debo interrogar –añadió, dejando que ambos pensasen que esos nombres representaban a trabajadores y no a los pacientes del comité Qilin, y entre los que creía que se hallaba el culpable. Él iba tras el asesino.

–Está bien, Max, no lo dejes, empieza mañana mismo, si esa gente está en la misma situación que Oliver necesitará protección, y llévate a Erika, le vendrá bien algo de acción. –Un ruido intestinal le indicó que era hora de evacuar–. Podéis marcharos.

Cuando los dos agentes salían por la puerta el comisario recordó algo.

–Max, un momento.

El inspector apretó el cuaderno de notas con las dos manos. No le gustaban las conversaciones a solas con el comisario, siempre salía mal parado.

–Aléjate del juez Castillo –soltó Alex.

La recomendación le pilló totalmente por sorpresa.

–¿Qué he hecho esta vez?

–Nada.

–¿Entonces?

–Por eso mismo. No quiero que esa arpía interfiera en nuestro trabajo.

–Por una vez tengo que darte la razón, ni yo mismo lo hubiese expresado mejor.

Otro ruido intestinal acompañado de un pequeño terremoto hizo que Alex casi apartase de un empujón a Max y saliese corriendo por la puerta rumbo al baño.

Joshua salió de la sala de reuniones dejando a Max y a Alex con sus secretos y bajó las escaleras de la comisaría sin detenerse en su mesa de trabajo. Apenas saludó a un par de agentes. Salió al exterior, se refugió en la bufanda y se subió las solapas del abrigo. El cuello era donde sentía más el viento helado. Llevaba unos días sin nevar, a rachas llovía, pero parecía que el tiempo invernal se había instalado en San Sebastián de forma perenne. Muchos comercios cercanos al mar habían cerrado debido a las fuertes rachas de viento y al azote de las olas, algunas de las cuales desbordaban las defensas de la ciudad. Toda la costa guipuzcoana permanecía en alerta roja. El Peine del Viento seguía cerrado, así como el Paseo Nuevo –desde la Sociedad Fotográfica hasta el Aquarium– como medida preventiva. Joshua no recordaba un invierno tan crudo, y mientras caminaba se preguntó cómo se superaban antiguamente las inclemencias meteorológicas. Seguro que salían a faenar. Recordó la catástrofe producida por la galerna de 1912, que se cebó con los *arrantzales* vizcaínos, en especial con los de Bermeo, llevándose la vida de casi ciento cincuenta hombres cuando en un atardecer de mediados de agosto una galerna de dimensiones no previstas se cernió sobre las costas vizcaínas y guipuzcoanas e hizo zozobrar a las embarcaciones que se encontraban faenando. La tragedia supuso un cambio en las artes y los modos de pesca en el litoral cantábrico. Las cofradías pidieron establecer un sistema de alarma y salvamento que evitase las catástrofes. Solicitaron la creación de puertos de protección provistos de embarcaciones de salvamento, la construcción de observatorios meteorológicos que avisasen de la llegada de las galernas y la implantación de motores en las lanchas pesqueras.

Sus pensamientos lo llevaron sin querer a una pequeña tienda de antigüedades del Antiguo a la que solía ir a menudo. El dependiente apenas lo saludó, inmerso en desplazar un armario de sitio con la ayuda de su hijo. Joshua conocía bien a ambos, frecuentaban todos los mercadillos de cacharros, muebles y pulgas de la ciudad, y, más que trabajar, se dedicaban a su pasión por las antigüedades. La tienda era alargada y angosta y estaba repleta de bártulos en estanterías, libros de siglos pasados criando polvo y objetos diversos desperdigados por el suelo. Entre esa inmensidad de trastos viejos Joshua solía descubrir verdaderos tesoros. Vislumbró un velero en una balda alta. Se acercó con los ojos brillando de ilusión. Comprobó que se trataba de una réplica del buque escuela *Juan Sebastián Elcano*. La maqueta, de casi un metro de eslora, estaba bastante deteriorada. El aparejo era un completo desastre, le faltaban varias jarcias y velas; al mascarón de proa le faltaba la cabeza; uno de los cuatro mástiles, el más cercano a proa, estaba partido por la mitad como si hubiese recibido el impacto de un cañonazo y caía sobre la cubierta; parte de los cabos colgaban inertes y, en ciertas partes del casco, otrora blanco, asomaba la madera. Pero en conjunto el buque tenía su encanto. Alargó el brazo izquierdo para descolgarlo y sintió un fuerte dolor a la altura del antebrazo. El dolor subió hasta la sien. Se encogió hasta arrodillarse en el suelo para esperar a que pasase. La sensación fue diferente a los «cañonazos» que sufría antes del tratamiento. Era menos intensa pero más duradera. ¿Le habría llegado la hora de acompañar a Amanda? Cuando remitió el dolor, vio que el dependiente lo miraba extrañado. Joshua se levantó y le hizo un gesto con la mano de que todo estaba bien. Ambos volvieron a sus quehaceres: el dependiente a arrastrar el armario hacia el fondo de la tienda y él a coger la maqueta. Le llevaría mucho trabajo pero le sobraba tiempo, tenía todas las noches para trabajar en el velero, la mayoría de las cuales las pasaba en vela preocupado por la enfermedad, pensando en si se curaría del todo tal como le habían prometido, y preocupado por el futuro que le aguardaba, temeroso de saber cómo tendría que devolver el favor. Cuando se dirigía al mostrador, lleno de pilas de libros, con el velero en la mano, percibió que llevaba algo colgando de un dedo. Dejó la maqueta encima de unos ejemplares para quitarse lo que se le había enredado. Entonces comprobó con horror que lo que había confundido con una cuerda de cáñamo desprendida del velero era parte de su cuero cabelludo.

El *ding-dong* del timbre la asustó. Había caminado casi a hurtadillas por el sendero que llevaba al chalé. No sabía muy bien qué estaba haciendo y adónde quería llegar. Cuando la puerta se abrió, su inseguridad no menguó, más bien se acrecentó.

—¡Erika! Qué sorpresa, siempre es agradable recibir a una paciente totalmente recuperada, para mí es una satisfacción muy grande, pero... pasa, pasa, no te quedes ahí, vas a coger frío.

Santiago Rodríguez la condujo hacia el salón a través de un amplio pasillo. De las paredes colgaban cuadros de artistas que exponían en selectas galerías. Pensó que el psicólogo debía de haber amasado una auténtica fortuna con la consulta. El salón se abría a una enorme cocina, mucho más grande que la de la casa del *aita* en Hondarribia.

—¿Qué tal te ha ido la vuelta al trabajo? En tu anterior visita con el inspector apenas pudimos hablar... Mi sustituto te lo puso fácil con la autorización, ¿no?

Erika afirmó al tiempo que agachaba la cabeza.

—Me temo que a mí aún me quedan unas semanas para volver. No me veo con fuerza después de lo de mi mujer... Pero no nos pongamos tristes, ¿a qué debo el gusto de tan grata visita?

Erika se atusó el cabello. En un espejo lejano comprobó que estaba hecha un desastre. En cambio, Santiago vestía elegante, como si estuviese preparado para asistir a una cena de gala.

—No quería molestar...

—Tú nunca molestas.

Erika sintió el rubor subiéndose por las orejas, y no era precisamente por el calor que desprendía la chimenea, repleta de troncos de madera en combustión.

—En verdad, necesitaba charlar con alguien, el domingo enterramos a mi madre...

—Lo siento, no sabía nada.

Santiago se acercó a ella y la abrazó.

—Murió de cáncer.

No pudo más y comenzó a sollozar en el hombro de Santiago. Se apretó con fuerza contra su cuerpo. ¿Cuántas veces había deseado que la abrazara?, ¿cuántas veces en sueños había deseado que la tocara con aquellas manos huesudas?, ¿cuántas veces había deseado sentir en su boca aquellos labios tan sensuales?

—Tranquila —dijo Santiago, y le acarició el pelo.

Ambos se separaron sin soltarse las manos. Se miraron a los ojos.

Erika acercó su cara a la de él. Santiago le limpió con los dedos las lágrimas que resbalan por sus mejillas. Ella lo besó. Sintió su boca húmeda y cómo la lengua de él buscaba la suya. Notó que él se soltaba y le acariciaba la espalda. Las manos bajaron hasta dar con su trasero. Después del beso prolongado sus miradas volvieron a encontrarse. Erika se apartó con suavidad.

—Perdón, no sé qué me ha pasado.

—Yo...

—Lo siento..., tengo que irme, mañana vuelvo al trabajo.

—Erika...

Pero ella ya corría por el pasillo sin mirar atrás.

Miércoles 29

El Hospital Psiquiátrico San Juan de Dios estaba en las afueras de Mondragón. Era un antiguo balneario –Santa Águeda, célebre por sus aguas sulfurosas– reconvertido en una institución de salud mental. Con más de cien años de historia, los antiguos portales de arcos sobre los que se asentaba habían sido cubiertos por vidrieras que le daban al edificio un aspecto de residencia veraniega más que de hospital. También era conocido por el asesinato a finales del siglo XIX del presidente del Gobierno Cánovas del Castillo a manos de un anarquista italiano que se hizo pasar por periodista. El presidente recibió tres disparos cuando leía el periódico sentado en un banco.

Max y Erika entraron con pensamientos diferentes. El inspector estudiaba la posibilidad de que un paciente, cuyo nombre coincidía con uno de los de la lista de Oliver, fuese el culpable de los crímenes. Según las investigaciones de Virginia era un exjugador de ajedrez vasco, y los ficheros policiales lo habían localizado en el hospital de Mondragón, donde permanecía internado desde hacía años. Erika se preguntaba qué hacía para acabar enredada entre psiquiatras, psicólogos y locos, y si ese sería el destino que le aguardaba.

Se encontraron con una recepción amplia con suelo de baldosas blancas y negras y grandes macetas distribuidas a lo largo de las paredes. Todo relucía y olía a lejía. Max se dirigió a la señorita de bata blanca que se sentaba detrás del mostrador frente a una mesa vacía. Al inspector le pareció extraña la austeridad del mobiliario y supuso que la sensación de pulcritud y control era una estratagema para mantener controlados a los pacientes.

—Perdone, queremos hablar con el director —dijo Max.

—¿Tienen cita?

La chica tenía una voz suave y aterciopelada, como de línea erótica.

—No.

—Entonces no podrá atenderlos, deben solicitar previamente una cita.

Max le mostró la placa.

La señorita cambió el semblante y su amabilidad desapareció tras un gesto de confusión.

—Es un asunto rutinario, no se preocupe, solo queremos hacerle unas preguntas.

—Ahora mismo aviso al hermano.

Descolgó el teléfono y habló por el auricular con voz tan baja que Max no pudo captar nada.

—Si son tan amables, esperen unos segundos, ahora viene.

Erika se paseó por la recepción. En el tablón de anuncios había un cartel: «III Jornadas sobre retos terapéuticos en psiquiatría. Hoy simposio "Depresión y demencia. Entidades convergentes"».

«¿Demencia?», se preguntó. Tal vez le vendría bien asistir a las jornadas. Con su madre muerta, su novia asesinada, ¿qué era la demencia sino un estado de sufrimiento permanente?

Max se fijó en un tríptico que mostraba las secciones del hospital: tres unidades de hospitalización psiquiátrica, al parecer de menor a mayor gravedad, y un servicio asistencial de psicogeriatría para personas mayores que no se podían valer por sí solas. No vio ningún nombre del médico o psiquiatra que dirigía cada sección.

Un hombre en bata blanca, por debajo de la cual se asomaba un pantalón gris de tergal y unos zapatos lustrosos, se dirigió con paso firme hacia ellos.

—Alfonso Korta, hermano y director de esta institución —se presentó.

Los dos agentes también se presentaron.

—¿En qué puedo servirles? —preguntó Alfonso tras estrecharles la mano.

—Buscamos información sobre uno de sus pacientes —respondió Max.

—Por supuesto, pero acompáñenme, estaremos más cómodos en mi despacho.

El despacho era una sala grande y bien ventilada, repleta de macetas, diplomas y premios, y presidida por un cuadro enorme de un santo.

Alfonso se arrellanó tras una mesa de pino vacía de papeles, únicamente contenía unas carpetas azules —apiladas unas encima de otras—, una placa metálica y un teléfono de los años ochenta, mientras que los dos agentes se sentaron frente a él, en la misma posición que ocupaban los que sopesaban la posibilidad de internar a un familiar en el hospital.

—¿Y bien? —preguntó Alfonso abriendo las manos.

Max lo observó. Le echó más de sesenta años, aunque parecía que el cargo no le afectaba demasiado, a juzgar por las escasas arrugas que surcaban su rostro y la existencia de un abundante cabello más negro que blanco.

—Natxo Beloki, queremos que nos hable de él.

—Ah..., ¿por qué? Es uno de nuestros pacientes más ilustres, lleva con nosotros más de veinte años. —Miró hacia la lámpara del techo—. Si mi memoria no me falla, veintiuno exactamente.

—¿Quiere decir que desde entonces no ha salido nunca del hospital? —preguntó Max contrariado.

Erika tragó saliva. Veintiún años encerrado en un hospital, rodeado de locos y atiborrado de pastillas. Joder. Prefería una muerte como la de su madre, enterrada bajo tierra, que una vida como la de Natxo, enterrado en vida.

—*Nunca* es una palabra muy fuerte, solo los pacientes más graves tienen prohibido salir, y no es el caso de Natxo. Aun así, ha salido en contadas ocasiones. Verán, no le quedan familiares, nadie viene a visitarlo, nosotros somos su única familia, y en el fondo nos quiere a su manera, como si fuésemos sus hermanos. Ciertamente ha efectuado salidas esporádicas, siempre acompañado de un cuidador, y todas controladas, nada que no esté establecido en los protocolos. Los pacientes pasan algún fin de semana junto a socios y colaboradores del hospital; creemos que la integración con otras personas fuera de su entorno, aunque solo sea un par de días, les ayuda mucho. También acuden a concentraciones de otros hospitales, a psicoterapia externa, a jornadas especiales de puertas abiertas de museos y exposiciones e incluso a funciones de teatro, todo muy didáctico.

—Entonces, nunca sale solo —dijo Max, mirando de reojo a Erika.

Mierda, qué hacían allí aparte de perder el tiempo, se reprochó.

—¿Solo? Luego iremos a ver a Natxo y lo entenderán.

—¿Qué le sucede para llevar tanto tiempo encerrado? —intervino Erika en un arrebato.

—Por favor, *encerrado* es otra palabra muy fea. Cuando empecé a trabajar aquí, Natxo fue uno de los pacientes que más me llamó la atención —dijo Alfonso, siguiendo la mirada de Erika hacia la placa—. Era, y es, una persona muy inteligente. Como probablemente sabrán, fue un importante jugador de ajedrez en los años ochenta, disputó varios campeonatos fuera de nuestras fronteras con gran éxito. —Max asintió de manera automática, recordando que Virginia había querido enseñarle varias partidas de Natxo por Internet, pero que él rehusó al no saber ni mover las piezas—. Todo lo truncó su enfermedad, y cuando llegó al hospital, allá por el año 93, era demasiado tarde para tratarla, quizá ahora no, pero en aquellos años la ciencia médica no estaba tan avanzada y la enfermedad ganó terreno en su cerebro de manera irreversible.

Erika leyó la placa que estaba girada hacia ellos. «Del Hospital San Juan de Dios al hermano Alfonso Korta, psiquiatra y neurólogo, por sus quince años de dedicación a esta institución.»

Estaba fechada en 2011. Erika dedujo a toda velocidad que el director llevaba la friolera de dieciocho años en el hospital, lo cual significaba que Natxo llevaba tres años más que él encerrado, enterrado o cómo quisiese llamarlo el director.

—¿Qué enfermedad? —preguntó Max.

—Enfermedad de Huntington, popularmente baile de San Vito. Es una enfermedad hereditaria que provoca el desgaste de algunas células nerviosas del cerebro. Las personas nacen con el gen defectuoso, pero los síntomas no aparecen hasta después de los treinta años. Los síntomas iniciales pueden incluir movimientos descontrolados, torpeza y problemas de equilibrio. Más adelante, puede impedir caminar, hablar y tragar. Algunas personas dejan de reconocer a sus familiares. Otros están conscientes de lo que los rodea y pueden expresar sus emociones. El caso de Natxo es un poco especial, es como si la enfermedad hubiese remitido en sus inicios para después regresar con más fuerza.

—Suena terrible —dijo Erika.

Por fortuna, aquel psiquiatra no le atraía lo más mínimo. Tras los sentimientos hacia Santiago, aún inexplicables, sus paranoias posteriores de que sufría una especie de complejo de Electra con psicólogos se le antojaban infundadas.

—Por tanto, es una enfermedad genética —afirmó Max, pensando en el comité Qilin.

—Cierto, se trasmite de padres a hijos, y con que exista un único caso en la familia el descendiente tiene un cincuenta por ciento de probabilidades de padecer la enfermedad. Precisamente creemos que en el caso de Natxo fue lo que ocurrió, lástima que no sepamos nada del historial clínico de sus padres para corroborarlo. Un análisis de sangre basta para indicar si se tiene el gen de la enfermedad y si la persona la desarrollará. Hoy en día no existe cura. Hay medicinas que pueden ayudar a controlar algunos síntomas, pero no pueden retrasar ni detener la enfermedad.

—Ya —dijo Max.

Volvió a pensar en el comité Qilin, al parecer ellos sí que creían que existía una cura, y también pensó en la teoría extendida sobre que a las farmacéuticas no les interesaba investigar enfermedades raras ni encontrar una cura.

—Si no pueden curarlo, ¿qué hacen con el paciente?, ¿cómo lo controlan? —preguntó Erika algo alterada.

En aquel sitio de locos se sentía como un caballo encerrado en un establo. Se imaginó a los pacientes sueltos, corriendo por los pasillos, golpeando puertas y gritando de angustia. Y a los enfermeros detrás de ellos con camisas de fuerza y jeringas en la mano. Qué horror.

—Con algunos nos funciona la música, con otros basta con dejarlos frente a un televisor. Con Natxo nos funciona el ajedrez, sigue teniendo predilección por ese juego y se pasa tardes enteras con el tablero y las piezas.

Max, aunque atento a la conversación, no dejaba de mirar la pintura del santo que se elevaba por encima de la espalda del director.

—Las pastillas también ayudan y, en casos extremos, los menos, debemos emplear la camisa de fuerza. No nos gusta utilizar medios tan extremos, a la larga el paciente se acostumbra y es peor el remedio que la enfermedad. Por fortuna, Natxo es un paciente estable, su enfermedad no ha ido a más... Es San Juan de Dios —dijo Alfonso captando la mirada fija de Max en el cuadro—. Nuestro amado guía ante las adversidades. Patrono de los hospitales y de los enfermos. ¿Conocen su historia? —Ambos negaron—. Fue pionero en la actividad asistencial al ser el primero en separar a los pacientes por el tipo de dolencia que sufrían y destinar una cama para cada enfermo. Pasó de vendedor de libros a dedicarse en cuerpo y alma a los más desfavorecidos. Murió de pulmonía tras salvar a un joven de ahogarse. Una vida entregada a los demás. Un ejemplo para todos.

—¿Con qué recursos cuenta el hospital? —preguntó Max, cambiando de tema; la explicación sobre el santo había sido más que suficiente para saciar su curiosidad.

—Está sufragado por varias entidades sin ánimo de lucro. Nuestras actividades están concertadas con el Departamento de Salud del Gobierno vasco, principalmente con el Área Sanitaria de Guipúzcoa. Y los familiares de los pacientes pagan una cuota mínima al mes.

—¿Y Natxo?

—En los primeros años, una persona anónima cubría los gastos mensuales. Después su ángel de la guardia desapareció.

—¿Y entonces?

—Nada, no pretenderá que echemos a la calle a un hijo de Dios. Una parte de nuestros ingresos se deriva a una bolsa común, la cual se destina al sustento de pacientes como Natxo, sin familiares ni tutores.

—Ha dicho antes entidades sin ánimo de lucro, ¿Lácteos Zurutuza es una de ellas?

Erika dio un respingo en la silla.

—Por supuesto que sí, aporta su granito de arena para que esta noble institución permanezca en pie. —A Max le recordó al decano Martín cuando declaraba su amor por la Facultad de Químicas—. Pero hay muchas más empresas que nos ayudan, Galletas Arruabarrena, Refrescos Lazkano, Cafés...

—Es suficiente —interrumpió Max—. Solo era curiosidad.

El inspector procesaba a toda máquina la información. Se preguntó si sería Ana Pérez, el desaparecido ángel de la guarda, quien sintió remordimientos por no poder curar a Natxo Beloki. ¿Tendría algo que ver el padre de Erika? Tenía la impresión de que todo se enlazaba en un nudo imposible de deshacer.

—Aún no me han contado para qué quieren ver a Natxo. Han dicho que eran de Homicidios, ¿no pensarán que es culpable de algún crimen?

—Creemos haber encontrado a un familiar suyo, a un tío que estaba en paradero desconocido —mintió Max mientras cruzaba una mirada cómplice con su compañera.

—Ah..., eso sería estupendo, una buena noticia para Natxo. Aunque sigo sin entender qué tiene que ver el Departamento de Homicidios, ¿es que ahora buscan personas desaparecidas?

—Digamos que detrás hay un turbio asunto familiar. Información reservada —dijo Max, intentando no engordar más la mentira.

—Si les parece, es hora de que lo conozcan.

La sala donde los pacientes pasaban el tiempo, se relajaban y se relacionaban, consistía en un espacio cuadrado de unos diez metros de lado y había que bajar un escalón de un palmo para acceder. Era difícil saber quiénes eran cuidadores y quiénes internos, ya que entre batas y camisas blancas la vestimenta no los distinguía.

Los tres contemplaron la escena desde la distancia. En un rincón había una televisión encendida pero sin volumen y un par de pacientes la miraban absortos. Otros caminaban de un lado a otro, una y otra vez. Uno observaba el techo con la boca abierta como si contemplase la *Venus de Milo*. Varios estaban sentados en sillas y otros apoyaban los codos en mesas mientras movían sin sentido cartas y piezas de puzle. Max no tuvo necesidad de preguntar quién era Natxo. Un hombre al fondo –alto, pelo moreno encrespado y en silla de ruedas– rotaba un tablero entre las manos. A su alrededor, en el suelo, descansaban desperdigadas las piezas. No había ni rastro del joven jugador que Virginia le había mostrado por Internet sentado frente a un rival. Natxo movía el tablero como si fuese un volante y la silla un coche. Y a juzgar por la violencia con que giraba, estaba atravesando un terreno de numerosas y peligrosas curvas.

–Hoy tiene un buen día –anunció Alfonso.

Max y Erika se miraron perplejos. ¿Cómo serían los días malos?

–¿No puede andar? –preguntó Max.

–La mayoría de las veces no, sufre períodos de paraplejia que le imposibilitan caminar, por eso les decía que nunca sale solo. A veces nos lo hemos encontrado de pie en el baño, es decir, por momentos sus piernas cobran vida, es un problema mental más que físico, aunque hemos detectado que parte del pie derecho se le ha atrofiado debido a la inactividad. Ahora está tranquilo, pero cuando sufre episodios de histeria tenemos que ponerle una camisa de fuerza.

Natxo se giró y Max hubiera jurado que durante una décima de segundo lo había mirado directamente a los ojos. Después se agachó y cogió un caballo negro, se lo llevó a la boca y comenzó a morderlo. Rápidamente un celador se acercó, le quitó la pieza de la boca y le regañó. Natxo bajó la cabeza y gimió. Se quedó apático, con medio cuerpo cayendo sobre las rodillas, pero incluso desde la distancia se percibía que estaba alterado y respiraba con fuerza. «¿Sería una técnica que le habían enseñado para contener su ira?», se preguntó Max.

—¿Quieren hablar con él? —inquirió Alfonso aunque ya intuía la respuesta.

—No, gracias, no es necesario —respondió el inspector.

Observó que por la boca de Natxo comenzaba a caer baba. El mismo celador que antes le había reprendido se acercó y le limpió la boca con un pañuelo mientras le acariciaba con cariño la espalda. Algo le dijo al oído que hizo que Natxo recobrara su posición inicial. Al instante prosiguió su viaje por las curvas.

—Casi mejor, Natxo sufre disartria y si no se está acostumbrado apenas se le entiende algo.

—¿Puede escribir? —preguntó Max recordando los mensajes del asesino.

—Con mucha dificultad. No es capaz de seguir un trazo, ni siquiera de dibujar un círculo sin levantar el lápiz. En su habitación encontrarán ejemplos de lo que les digo, así como numerosos dibujos, está obsesionado con dibujar personas. Si quieren podemos ir ahora y se lo muestro.

—Tampoco será necesario, ya nos hacemos una idea. Creo que es suficiente. Ha sido usted muy amable.

Tras despedirse del director en la puerta del hospital, los dos agentes se dirigieron al Mustang. Sintieron el viento frío y cortante en la cara. En la comarca del Alto Deba la temperatura era dos o tres grados más baja respecto a la capital de provincia.

—¿Qué opinas?, no parece nuestro hombre —dijo Erika.

—Una mierda de tiempo, eso es lo que me parece. Volvamos a San Sebastián, hoy no me apetece visitar a más locos —dijo Max pensando en el siguiente de la lista.

El cielo estaba límpido, pero no se veía ninguna estrella debido a la polución. Xabier se movía por el camposanto como alma en pena. Cada vez le costaba más salir del faro para ir a visitar a su «querida Ana». Pero la conciencia le remordía más y más hasta que se obligaba a salir, a sabiendas del peligro que corría. El cerco se estrechaba y sus últimas y desacertadas decisiones no hacían más que acortar la distancia. Por eso hoy le acompañaba Sebastián, quien le aguardaba a la salida.

Cambió las flores del jarrón chino y echó agua de la fuente cercana en la lápida. Le molestaban mucho la tierra y el polvo que se adherían al cristal que protegía la fotografía de Ana. Quizá pagaría al enterrador para que cuidase la tumba; no había riesgo de que lo delatase, le conocía lo suficiente de sus continuas visitas al cementerio. Miró la tumba y dedicó unas palabras a la memoria de su mujer. Recordó el viaje que hicieron juntos a Praga, el deseo que él escribió en un papel y que dejó bajo el peso de una piedra sobre la lápida del rabino Löw. Se santiguó y se despidió de ella con la promesa de que pronto estarían juntos. Se dirigió hacia la salida. A medio camino recordó algo y retrocedió. Dejó atrás la tumba de Ana y se adentró en una de las calles. Lápidas, mausoleos y panteones se fundían con sus piedras ennegrecidas en la oscuridad de la noche. Tras un par de vueltas consiguió dar con el mausoleo de los Zurutuza. Un par de coronas descansaban todavía sobre la tumba de Amanda. Se santiguó tres veces. Calculó que Eneko reposaría a su lado en breve si no le confesaba el ingrediente secreto que le faltaba para que la pócima del Dragón fuese efectiva cien por cien; de la felicidad inicial por descubrir los efectos del colágeno solo quedaba un poso de amargura por no poder completar correctamente la receta. No confiaba en que Itziar despertase, y mejor que no lo hiciera, la Ertzaintza sospechaba que no había sido un accidente doméstico. Y por si fuera poco, los dos pánfilos se habían dejado atrapar. Ahora mismo estarían durmiendo en celdas separadas: Gordo tiritando de miedo, Flaco, de frío. Por la cuenta que les traía no creía que hablasen, pero tal vez debía asegurarse. Era una posibilidad que aún sopesaba. Demasiadas puertas abiertas había dejado en el pasado como para que ahora se abriesen otras nuevas. Por extraño que pareciese, confiaba más en Flaco que en Gordo. Siempre había pensado que el grueso agente era un poco cobarde, lo veía en sus ojos, pero al lado de Flaco se envalentonaba. Pero ahora, solo en una celda, dudaba de su capacidad para aguantar los interrogatorios. Según caminaba en dirección a San Sebastián, meditó qué hacer. Tal vez había llegado la hora de cobrar un favor al infiltrado. Como la niebla que se había levantado y envolvía al cementerio, no veía nada clara la decisión.

Jueves 30

El día que Cristina salía de cuentas, los tres –Max, Cristina y Virginia– acudieron a la consulta del ginecólogo en el Hospital Universitario Donostia como si fuesen una familia unida. Como la cita era muy temprano, Cristina se había quedado a dormir en el *loft,* algo que empezaba a convertirse en costumbre. Las dos se quedaban en el sofá hasta altas horas viendo la televisión mientras él intentaba dormir.

Cristina se tumbó en la camilla y se descubrió el abdomen. Max miró hacia otro lado. Cada vez llevaba peor lo de asistir al parto. Una cosa era ver un cadáver, por muy violento que hubiese sido el crimen, y otra bien distinta ver cómo desde las entrañas de tu mujer emergía una cosa viva, peluda, amoratada e impregnada de sangre.

El facultativo le explicaba a Virginia en qué consistía la ecografía Doppler mientras aplicaba un gel en el abdomen de la embarazada. Un transductor captó una imagen que automáticamente se vio reflejada en una pantalla situada a un lado de la camilla. El médico explicó que los colores eran arterias y venas, así como el flujo sanguíneo. Max, que cogía a Cristina de una mano, solo prestó atención a las explicaciones cuando oyó que el transductor funcionaba como el sonar de un barco, que lanzaba un haz de ultrasonido hacia un objeto y el eco que producía se usaba para reproducir la imagen en la pantalla. Pensó en que la imagen del monitor ya no era un bulto borroso sino la

252

silueta de una personita, y que en tres años había pasado de preocuparse por sí mismo a ser responsable de tres personas.

A través de la pantalla comprobaron que Damián estaba colocado en posición cefálica. Todos se entusiasmaron. El ginecólogo, feliz con la buena noticia, les confesó que algunos médicos optaban por intentar girar al bebé cuando se presentaba de nalgas. Les explicó que después de administrar un relajante a la madre para que el útero se distendiese, el ginecólogo presionaba el vientre con las manos intentando mover al bebé a través de la pared del abdomen mientras controlaba la operación con el ecógrafo. Pero él no era partidario de practicar dicha maniobra, era arriesgada. «Ganas de meterse en problemas», fueron sus palabras. Ahora no había prisa por el parto. Les anunció que el retraso en primerizas era normal y que incluso podían pasar dos semanas, y si en la semana 42 Damián seguía obcecado en permanecer en el vientre de su madre, entonces induciría el parto por medio de oxitocina. Le explicó a Virginia que con eso se lograba que la embarazada tuviera contracciones y comenzara el proceso de parto, aunque con oxitocina y todo había casos en que se tardaba veinticuatro horas en dar a luz. Cuando el ginecólogo le preguntó si estaba contenta de tener un hermanito, Virginia puso cara de susto y respondió que ella nunca iba a tener hijos.

La visita concluyó y los tres abandonaron risueños la consulta. Mientras no hubiera indicios de parto, Cristina solo tendría que volver a la consulta cada cuatro días.

Tras dejarlas en el centro de San Sebastián —querían ir nuevamente de compras—, Max puso rumbo a la plaza Cervantes, donde había quedado con Erika. Aparcó el coche en doble fila, cerca del hotel Londres, y caminó el resto del trayecto. Llegaba con media hora de retraso. Un vistazo a la doble fachada de cristal de la peluquería de los hermanos Jairo le provocó una sonrisa agridulce.

En la plaza se erigía un grupo escultórico en bronce de don Quijote y Sancho Panza igualito al que formaba parte del Monumento a Cervantes de la plaza de España de Madrid. Al ser de menor tamaño, sobre esta escultura planeaba de manera infundada la idea de que era una reproducción de la madrileña, pero nada más lejos de la realidad: la escultura de San Sebastián era la original, y necesaria para que luego el escultor diese forma a otra más grande. Todo esto lo sabía Max por gentileza de Joshua, así que se quedó un rato contemplándola, y advirtió que los donostiarras pasaban a su lado sin apenas mirarla. También le dio pena ver el estado de dejadez que mostraba, con los turistas y paseantes sentados en su base, los excrementos de paloma en la espalda de Sancho y la ausencia de la lanza y una mano en don Quijote. Obsesionado como estaba con el comité Qilin y los caballos, observó largo rato a Rocinante. A su juicio, el artista vasco, no recordaba ni vagamente su nombre, no había acertado con su aspecto, no había captado el rocín flaco que describía Cervantes sino el que se imaginaba don Quijote y que ni siquiera el caballo del Cid igualaba. Por lo menos pensó que no había acentuado los atributos de Rocinante, al recordar la estatua ecuestre del general Espartero en Madrid y de la cual surgía el dicho madrileño: «Tener más huevos que el caballo de Espartero».

–¿Qué miras tanto? –le preguntó Erika.

–Nada –respondió Max saliendo de su ensoñación–. Tengo el coche ahí, vamos.

En media hora, sorteando el denso tráfico, enfilaron la pronunciada pendiente que daba acceso a la Residencia del Pilar. Situada en lo alto de una colina a las afueras de la ciudad, parecía la casona vieja de un cuento de terror más que una moderna y bien equipada residencia de la tercera edad. Tras dejar el Mustang en el aparcamiento de las visitas se dirigieron a la entrada. Esta vez, al contrario que con la visita al otro centro, no tuvieron que solicitar en recepción que se personase la directora, habían concertado previamente una cita con ella. Como llegaban tarde, ya los estaba esperando, así que a los cinco minutos se encontraban frente a la directora en un despacho mucho más pequeño y humilde que el del director del hospital de Mondragón. Se llamaba Graciela Alkorta. De figura enjuta, pelo gris, cara arrugada y gafas redondas, Max calculó que estaría cerca de la jubilación y pensó que tenía pinta de monja de clausura, de directora de un convento más que de una residencia.

—Por lo que me han dicho por teléfono vienen a visitar al señor Patxi Alcaide, don Quijote, ¿cierto? —dijo Graciela.

Erika puso cara de circunstancias y Max asintió. La idea de quedar en la plaza Cervantes no había sido arbitraria, había surgido tras hablar con la directora sobre el paciente Patxi Alcaide. Le había contado que en la clínica se le conocía más como don Quijote porque era un apasionado de los libros de aventuras y que, trastornado por su enfermedad y la medicación, veía molinos de viento en vez de camas, confundía a los enfermeros con caballeros y la emprendía a golpes con ellos usando una muleta a modo de lanza.

—Háblenos un poco de su enfermedad —dijo Max.

—Alzhéimer. Una enfermedad de sobra conocida.

—Refrésquenos la memoria —le pidió Erika.

Se sentía mucho más a gusto en la residencia que en el hospital para dementes.

—La enfermedad de Alzhéimer es la forma más común de demencia, es incurable y terminal, y aparece con mayor frecuencia en personas mayores de sesenta años.

—¿Es genética? —preguntó Max.

—Se podría decir que sí. La gran mayoría de los enfermos tienen o han tenido algún familiar con alzhéimer. No soy médica, pero sé que es una enfermedad neurodegenerativa y que la pérdida de la memoria y de las capacidades mentales se debe a la muerte de células nerviosas, las neuronas, y a que se atrofian diferentes zonas del cerebro. He oído hablar de no sé qué gen cuya presencia es el factor de riesgo genético más importante para padecer alzhéimer.

—Ha dicho que es incurable.

—Sí, después del diagnóstico, la esperanza de vida se sitúa en diez años.

—¿Y las terapias génicas? —insistió Max, maravillado por que la directora contestase a sus preguntas sin tener que inventarse la historia de un tío desaparecido involucrado en un crimen familiar para explicar su presencia.

—Hace poco publicamos un artículo al respecto en nuestra revista. Tenemos una pequeña publicación, de cara a los familiares, allegados, visitantes, y también a nuestros patrocinadores, que nos sirve para mostrar todo lo que hacemos en la residencia. También publicamos noticias que aportan algo de esperanza a ciertos casos y enfermedades terminales. Bueno, como les decía: recogimos un artículo del *The Journal of Neuroscience*. Investigadores de una universidad de Barcelona han conseguido revertir la enfermedad en ratones con terapia génica; si bien lo han logrado en estadios iniciales, es cierto que les devolvieron la memoria.

—Ajá —convino Max incrédulo, preguntándose cómo los investigadores eran capaces de demostrar que un ratón había recobrado la memoria. ¿Acaso hablaban?

—Según recuerdo, la terapia consiste en la inyección en el hipocampo de un gen que provoca la producción de una proteína que está bloqueada y que en personas sanas permite desencadenar las señales necesarias para activar los genes implicados en la consolidación de la memoria a largo plazo... o algo así, al menos eso entendí.

—Ajá —repitió el inspector.

Seguía dándole vueltas a la memoria de los ratones. Tal vez les enseñaban un camino para llegar al queso, que olvidaban, y después de la terapia volvían a recordarlo.

—Si quieren, a la salida les doy un ejemplar de la revista, es del mes pasado.

—Háblenos un poco de la vida de Patxi en la residencia —preguntó Max, olvidándose por fin de los ratones.

—Aburrida y monótona, para qué les voy a engañar. Con los enfermos de alzhéimer nos funciona muy bien la rutina, aparte de juegos y prácticas en los que tengan que emplear la mente.

—¿Ajedrez?

—Sí, es uno de los juegos. Ejercitar el cerebro es esencial para luchar contra la enfermedad. Cuando lo visita su hermano, si tiene un buen día, suele jugar con él, también a las cartas y al dominó con otros internos.

—¿Y cuándo tiene un mal día?

Como casi siempre, Max llevaba el peso de la conversación y Erika intervenía a impulsos.

—No tolera bien la medicación. Entonces se transforma en don Quijote, la emprende a palos con todo el mundo, usa su muleta de lanza..., cojea ostensiblemente de la pierna izquierda y se ayuda de ella para caminar.

—Antes usted ha dicho patrocinadores. ¿Lácteos Zurutuza?

Max y Erika intercambiaron una mirada cómplice.

—¿Cómo lo saben? Ah, seguro que al entrar han visto una de nuestras revistas. Pues sí, es uno de nuestros valedores, a cambio le damos publicidad en la contraportada.

«Demasiadas coincidencias», pensó Max. Ajedrez, Zurutuza, demencia y comité Qilin. Pero ninguna prueba que los condujese al asesino.

Fueron a ver a Patxi Alcaide. Estaba en su habitación, y hasta llegar a ella, al contrario que en el hospital de Mondragón, no oyeron gritos ni ruidos provenientes de otras habitaciones ni se encontraron con ningún paciente, solo con dos o tres mujeres, personal de la residencia, a las que saludaron con amabilidad.

La habitación de Patxi parecía la habitación de un hotel de cuatro estrellas. Un baño amplio, una televisión plana frente a la cama de matrimonio, un sillón cómodo —donde se apoyaba una muleta— y paredes adornadas con cuadros de paisajes enmarcados en madera. Max pensó que la residencia no debía de ser ni mucho menos barata. El hermano de Patxi tendría un buen trabajo para permitirse todos los meses semejante dineral.

—Está durmiendo. —Graciela miró el reloj—. Ha tomado la medicación hace media hora, y normalmente lo deja grogui una hora larga. Es mejor no despertarlo.

El hombre estaba en la cama tumbado de lado, de espaldas a la puerta. Una manta le cubría el cuerpo hasta el cuello. No se le veía el rostro, solo la coronilla desprovista de pelo.

—Claro —convino Max.

No era su intención interrogar a un enfermo de alzhéimer por el caso de unos crímenes que exigían pericia y cierta profesionalidad.

—¿Desde cuándo padece la enfermedad? —preguntó Erika.

—No lo sabemos a ciencia cierta. Con frecuencia los primeros síntomas se confunden con la vejez o estrés en el paciente. Cuando su hermano nos lo trajo por primera vez, a finales de 2011, nos contó que ya tenía pérdidas de memoria, a veces no lo conocía y se mostraba agresivo, pensaba que era un extraño y quería echarlo de casa. Cuando los ataques se volvieron más continuados optó por dejarlo definitivamente en nuestra residencia. Aquí tiene una enfermera a su entera disposición, le cuidamos y hacemos más llevadera su enfermedad.

Patxi se dio la vuelta y les mostró su rostro. Abrió los ojos para después cerrarlos. Max negó con la cabeza: por un segundo había creído ver una llama roja escondida en aquellos ojos. Pero luego, por más que lo miraba, solo veía a un anciano con perilla derrotado por una terrible enfermedad que dormía por efecto de la excesiva medicación. Se preguntó qué estragos eran debidos al comité Qilin y cuáles a la enfermedad.

—Es mejor que nos retiremos —dijo Graciela—. Suele tener un despertar agresivo.

Max ya se imaginó la llamada de urgencia a un celador y la camisa de fuerza en el cuerpo de Patxi y, a pesar de ella, cómo este abría la boca para intentar morderlos. Retrocedió instintivamente un paso, secundado por las dos mujeres.

Ya en el pasillo hizo la última pregunta, más por mero formalismo que por necesidad:

—¿Tienen cámaras de seguridad?, ¿algún tipo de vigilancia por si los pacientes se escapan?

La directora lo miró asustada.

—Esto no es una cárcel, inspector. Aquí no se encierra a nadie ni hay rejas. Hay un vigilante en el aparcamiento, las veinticuatro horas, pero nada más. Todas las noches una pareja de cuidadores pasan por las habitaciones, toman la temperatura y la presión arterial a los residentes, les desean buenas noches y en los casos necesarios se preocupan por que tomen su medicación... Oiga, su visita no será para obligarnos a establecer unos controles de seguridad, ¿verdad?

«Por bocazas. A ver qué invento ahora», se dijo Max.

Parecía que la cicatriz mejoraba, pero el cerebro iba a peor. Ahora podían llamarlo Scarface, como la película que en esos momentos emitían en la televisión. Solo que el mundo nunca sería suyo ni su mujer tampoco. Una perra, eso es lo que era Cristina, una vulgar perra que se había quedado preñada de un *cipayo*. Había seguido al prepotente hasta la comisaría. ¿Cómo había estado tan ciego? Las evidencias eran claras desde el primer momento. Quizá aún estaba a tiempo de regresar con Nekane. Seguía soñando con ella, desnuda en la bañera sometida a sus deseos. Luego la escena se convertía en hielo y todo se evaporaba con el frío de la noche. Aún le quedaban bastantes meses para cumplir el año de excedencia en Correos. Tal vez estaba ahí la solución, volver a su antigua cárcel en La Coruña; por mucho que lo lamentase, mejor que en Galicia no iba a estar. Desde que había vuelto al País Vasco todo había ido de mal en peor, hasta descubrir el embarazo de Cristina en los probadores. Fue la gota que colmó el vaso. Y a saber quién era la cría gótica que la acompañaba a todas partes. No le extrañaría que fuese su hija, una que hubiera tenido con algún camionero o con un borracho antes de conocerlo, una hija que había mantenido en secreto hasta que él había desaparecido de su vida. Cada vez veía con más claridad que ella le provocó en todo momento, le obligaba a pegarle, a violarla, para luego tener una excusa para abandonarlo y conseguir una orden de alejamiento. Aún la veía gimiendo frente al juez, fingiendo que era una mujer desvalida e indefensa. ¿Se podía ser más pérfida? Lo había planeado hasta el más mínimo detalle. La veía riéndose por lo bajo cuando la penetraba por detrás. Maldita zorra. Cómo imploraba por su sucia boca que no le golpease cuando en el fondo deseaba todo lo contrario. Le había utilizado y abandonado como a un perro. Pero él no acabó en una perrera, reconstruyó su vida, una vida que ahora ella había vuelto a tumbar. La efervescencia crecía en su interior. Una fuerza inusitada recorrió su cuerpo. Abrió la ventana de la habitación y el viento helado le azotó el pecho desnudo. En el exterior, las farolas se movían por la fuerza del viento, que arreciaba a cada hora. Soltó un grito prolongado de cólera mientras aferraba con fuerza un cuchillo. Un perro ladró en la lejanía. Alguien en el edificio de enfrente se asomó al balcón. Un vecino de los pisos de arriba le increpó desde su ventana. Lo mandó a la mierda y le amenazó con el cuchillo. El vecino desapareció de su campo de visión. Cerró la ventana. Que llamase a la Policía si se atrevía. En ese momento anhelaba que los faros de un coche iluminasen la calle desierta, un Mustang negro con dos rayas blancas. Necesitaba soltar el odio que había acumulado en los últimos días. Maldijo a Cristina. La muy perra iba a pagar su ofensa. Ella y su hijo. Sería lo último que vería en este mundo. Oiría el llanto de un bebé cuando le desgarrase las entrañas con un cuchillo. No iba a esperar a que estuviese en una camilla con las piernas abiertas y chorreando sangre para hacer el boquete más grande. Haría antes sitio. Ven a mí, le diría a su bebé.

La Coruña
Viernes 31 de enero de 2014

Los dos agentes de la guardia urbana subieron por la escalera dispuestos a cumplir con una labor rutinaria, tranquilizar a una anciana que había llamado al 092 protestando por un intenso olor. Cuando alcanzaron el rellano del cuarto piso dejaron de tener claro que en media hora volverían a estar patrullando y que en dos horas estarían en casa comiendo con su familia.

—Llevamos dos días que aquí no se puede estar —dijo la anciana, que los esperaba en la puerta de su casa—. *Mexan por nós e hai que dicir que chove.**

El olor provenía de la casa del vecino.

—Sí, ya lo vemos, o más bien olemos —dijo el agente de mayor edad.

—A ver si hacen algo —soltó un hombre según bajaba por las escaleras. Con un maletín en la mano y ataviado de traje tenía pinta de abogado—. Siempre estamos igual —añadió mientras se perdía escaleras abajo.

—¿Quién vive ahí? —preguntó el municipal.

—Una mujer con su novio.

—¿Mayores? —inquirió, pensando en el síndrome de Diógenes.

—Aquí la única mayor del bloque soy yo. Ochenta y tres años a la espalda, ¿qué le parece? Muchas *meigas* he visto ya.

---

* Nos mean y tenemos que decir que llueve. *(N. del E.)*

El agente no pudo menos de sonreír. Su compañero, un joven agente que solo llevaba tres meses en el cuerpo, permanecía atento y callado.

—¿Ha observado algo raro en los últimos días?

—Lo vi a él subiendo bolsas de hielo. Hace días de eso. A ella hace tiempo que no la veo. ¿Y qué quiere decir con raro?

—Extraño, fuera de lugar, algo que le llamase la atención.

—¿Aparte de las discusiones y los gritos?

—¿Es que se peleaban mucho?

—Mucho es poco. Todo el rato. Él le pega... y a menudo. Más de una vez me han dado ganas de avisar a la Policía, pero vivo sola desde que mi Braulio me dejó hace tres años, y prefiero no meterme donde no me llaman..., pero este olor es insoportable.

—Sí, es muy fuerte, no sé cómo ha aguantado tanto.

En el trascurso de la conversación varios vecinos se habían acercado al rellano de la cuarta planta hasta llenarlo.

—Deberían entrar —dijo uno.

—Deténganlos —ordenó otro.

—Hagan algo —propuso un tercero.

El agente mayor pulsó varias veces el timbre. Nada. Sin respuesta.

—Apártense —dijo el agente, envalentonado. Evaluó la situación. La puerta era vieja y parecía frágil—. Echaremos la puerta abajo.

—¿No debemos pedir permiso, o al menos solicitar una orden? —inquirió el agente joven.

Su compañero cogió impulso como si no hubiera oído nada y propinó una patada a la puerta.

—¡Manda *carallo!* —protestó.

La puerta apenas había cedido unos milímetros.

—No se preocupe, le ayudamos —dijo un hombre pelirrojo con marcas de acné por toda la cara.

—Pero... —intentó protestar el agente joven.

—*Cabalo que ten que ir á guerra, non morre no ventre da egua,** apártese, *pailán**** —le increpó la anciana.

—A la de tres —dijo el pelirrojo, que en unos segundos se había erigido en jefe de la comunidad.

—No —dijo el joven.

Pero todos lo ignoraron. Dos vecinos, el otro agente y el pelirrojo se colocaron de lado para atacar a la puerta con el hombro.

—Uno...

—¡*Imos!**** —animó la anciana.

—Dos...

—No —insistió el agente joven.

—Tres...

Al ruido que hizo la puerta al caer se unió el de un jarrón de porcelana, víctima del ímpetu del pelirrojo.

Cuando todos se repusieron del susto inicial, los agentes retomaron el control de la situación y apartaron a los vecinos de la entrada.

—Qué asco —se quejó alguien.

El olor a putrefacción inundaba la escalera y se propagaba por los pisos.

—Por favor, no se muevan, quédense aquí —ordenó el agente mayor—. Pueden contaminar el escenario —añadió, una frase que siempre había querido decir tras oírla en una serie de televisión.

Los dos policías se internaron en la vivienda pisando la puerta derribada, evitando los trozos de jarrón desperdigados por el suelo. Enseguida notaron el frío que llegaba de fuera, como si todas las ventanas del piso estuviesen abiertas. Un pasillo angosto y oscuro los condujo hasta la cocina y a otro pasillo que se abría a mano izquierda. El olor provenía del fondo. No obstante, el agente joven asomó la cabeza por la cocina. Sin moros en la costa.

---

* Caballo que tiene que ir a la guerra, no muere en el vientre de la yegua. *(N. del E.)*

** Bruto, pueblerino. *(N. del E.)*

*** ¡Vamos! *(N. del E.)*

—¿Están bien? —gritó el pelirrojo desde la entrada.

Los agentes doblaron a la izquierda. Todas las puertas del pasillo estaban abiertas excepto la del fondo. Según avanzaban fueron asomando la cabeza por las habitaciones. Nadie. La humedad por la proximidad de la ría da Coruña se dejaba sentir en las paredes. Al llegar a la puerta cerrada el agente mayor miró al joven, quien asintió con la cabeza. Aferró el pomo y lo giró. El olor hizo que los dos se tapasen la nariz con la mano. Ninguno estaba preparado para lo que vieron a continuación: una mujer yacía desnuda en la bañera. Por la lividez del cuerpo, el olor a putrefacción, los ojos abiertos al vacío, los labios de un vivo tono azulado y la cabeza que caía laxa sobre un hombro, no cabía duda de que llevaba varios días muerta. Bolsas de hielo descongelado flotaban en un agua sucia que cubría el cuerpo de la difunta hasta la cintura. Ni rastro de sangre. No parecía una muerte violenta a juzgar por la posición recostada del cadáver en la bañera, con los dos brazos hundidos en el agua. El aire frío del patio de manzana se colaba por un ventanuco abierto.

—*Carallo* —soltó el agente mayor—. Ya puedes ir cagando leches a avisar al comisario Barreiro. Y no dejes entrar a nadie.

Trijueque
Viernes 12 de marzo de 1937

El tiempo era pésimo, llovía a cantaros y la tierra se enfangaba. Las nubes bajas cubrían valles y desfiladeros y no había modo de ver el cielo. Largas filas de vehículos militares del CTV, el Corpo di Truppe Volontaire, se apostaban en la carretera general. Llevaban cuatro días combatiendo, calados hasta los huesos, desatendidos por la intendencia y con los altos mandos lejos del frente.

—*Porca miseria* —dijo uno de los camisas negras que se escondía bajo un camión.

Javier Medina lo miró con la cara pegada al asfalto. También estaba resguardado del fuego enemigo, solo que él había elegido las tripas de acero de una tanqueta que se encontraba a la izquierda del camión.

Todo había ido bien durante el primer día, el 8 de marzo, cuando las tropas italianas abrieron brecha en el frente republicano situado al norte de Guadalajara. Sin embargo, el día 9 la niebla y la lluvia les impidieron avanzar con rapidez y la escasa visibilidad posibilitó que los republicanos se retirasen sin apenas bajas.

—*Tutto è una merda* —protestó el camisa negra al oír el zumbido de los aviones sobre sus cabezas.

El soldado italiano lo miró con acritud, como si él, uno de los pocos españoles que acompañaba al CTV, tuviese la culpa de que los otros, los que se mantenían fieles al Gobierno republicano, los bombardeasen.

Al día siguiente, el 10 de marzo, los italianos reanudaron el ataque con escaso éxito, pues dos Brigadas Internacionales llegaron para reforzar al Ejército Popular Republicano. Por si eso fuera poco, los tanques soviéticos T26 eran de mayor blindaje y artillería que los L3/35 italianos, meras tanquetas de reconocimiento cuyo poder de combate frente a los tanques era mínimo. Las bajas aumentaron y se endurecieron los combates.

Un obús cayó cerca, tanto que parte de la tierra que voló por los aires fue a parar encima de la tanqueta que lo protegía. Cuando volvió a abrir los ojos un enorme agujero se dibujaba a un lado de la carretera.

El 11 de marzo, las tropas italianas consiguieron hacer retroceder a las Brigadas Internacionales, pero la intensa y pertinaz lluvia que convertía los caminos en barrizales les impidió avanzar.

Aterido de frío y renegando de todo, Javier se preguntó qué hacía en aquella estúpida guerra, cuál era su cometido, cómo había llegado a ser parte de una infantería italiana —tres divisiones y un regimiento—, que provista de tanquetas, camiones y vehículos ligeros combatía a los rojos en un intento por tomar Brihuega, rodear a los defensores de Madrid desde el noroeste y poner punto y final a la contienda. En su incertidumbre, se acordó de la muchacha que lo salvó de los *gudaris*. Iraitz. Se había acostado con ella un par de veces, y siempre que podía se acercaba a verla al caserío en el que residía junto a lo que quedaba de su familia. Para él solo era un pasatiempo que le hacía olvidar los horrores de la guerra. Quizá para ella era algo más. Quién sabía. Si volvía a San Sebastián, se prometió aclarar las cosas. Rezó para que así fuese.

El día 12, la intensa lluvia y la posterior nieve habían dejado a los vehículos anclados en la carretera general. Varias tanquetas habían intentado salir, pero el barro hacía imposible la maniobra y quedaron atascadas, varadas en un lago de tierra y fango, a merced del bombardeo enemigo, cuya aviación —cuarenta y cinco cazas y once bombarderos— operaba sin dificultades desde Cuatro Vientos y Barajas mientras que la Aviación Legionaria no podía despegar debido al mal tiempo.

Javier Medina, harto de esperar a que una bomba diese con él, se arrastró hacia la parte delantera de la tanqueta. Sí, era un cobarde, lo reconocía, pero había momentos en que la cobardía se volvía en inconsciencia y le hacía comportarse con gallardía, como cuando amenazó con el fusil al *gudari*. Abandonó la protección del vehículo. Sus ojos se toparon con un espectáculo dantesco. Un par de camiones eran pasto de las llamas, varios soldados corrían sin saber muy bien hacia dónde y decenas de columnas de un denso humo negro se elevaban hacia el cielo. Se puso de pie. Caminó unos metros. Ni rastro de la flamante 3ª División «Penne Nere» que había participado meses atrás en la toma de Málaga. Algunos soldados disparaban al aire, otros vagaban sin rumbo fijo mientras los copos envolvían en un manto blanco el paisaje. Avanzó sin hacer caso a lo que ocurría a su alrededor. Se tropezó con un cuerpo partido en dos. La nieve absorbía poco a poco el charco de sangre que separaba las dos mitades.

—Maldita guerra —murmuró negando con la cabeza.

Un camisa negra pasó corriendo a su lado y le golpeó en la espalda. Salió de su ensimismamiento. El rostro de Iraitz se dibujó entre la neblina y le susurró palabras cariñosas. Añoró las Vascongadas, las tardes en el pajar y los paseos por el campo. ¿Qué hacía allí?

INCITATUS

San Sebastián
Sábado 1 de febrero de 2014

El viento arreciaba y zarandeaba las ramas de los árboles y pocas hojas aguantaban la embestida. Una bandada de gorriones alzó el vuelo. En el cielo, unas nubes grises se desplazaban hacia el norte. Un camino de gravilla conducía al caserío. Max pisó un charco reseco de barro que casi le hizo perder el equilibrio. Soltó una blasfemia. A su lado, Erika caminaba con semblante serio. En alguna parte, un perro comenzó a ladrar. Habían sido descubiertos, pero no era una mala noticia: el granjero anterior les había indicado el camino y puesto sobre aviso de las malas pulgas de su vecino; según él, recibía a escopetazos a los visitantes no deseados. Al llegar a la entrada del caserío, Max levantó la vista. Las ventanas estaban cerradas. La piedra de la fachada rodeada de musgo se mimetizaba con el paisaje montañoso de aquella región perdida del Goierri.

—Parece que no hay nadie —dijo Erika.

Estaba como loca por irse. Había comenzado a odiar los caseríos y las viviendas alejadas de los cascos urbanos. No le traían buenos recuerdos.

—Demos una vuelta por los alrededores.

Rodearon la casa. Había una caseta a unos metros del caserío. Se dirigieron hacia ella. Oyeron un relincho. El perro volvió a ladrar, pero sus ladridos provenían de otra dirección; el relincho no. La caseta resultó ser una cuadra. En su interior, un viejo daba de comer a un pequeño caballo.

—Me imagino que son ustedes de la Policía —dijo el viejo sin mirarlos, abriendo con las manos una bala de heno.

Según las notas de Max, aquel hombre estuvo un par de años bajo las garras del comité Qilin. Su culpa, padecer el síndrome de Alport, una enfermedad genética inflamatoria en la que una alteración en la síntesis del colágeno afectaba a los riñones, oídos y ojos causando sordera y trastornos de la vista; en el caso más extremo podía derivar a partir de los cincuenta años en una enfermedad renal terminal.

—Y me imagino que usted es Lorenzo Bidaurreta.

—Depende de quién lo pregunte y para qué.

El viejo acercó un cuenco de agua al caballo. El animal agachó la cabeza y comenzó a beber. Su dueño le acarició con ternura entre las orejas. El pequeño caballo era de color negro oscuro con ligeras motas blancas y una crin grisácea le caía por la frente. Las patas eran fuertes y robustas, más propias de caballos dedicados al arreo o tiro de mercadería que a la monta o salto de obstáculos.

—¿Es un *pottoka?* —preguntó Erika.

El poni se veía tan dócil que estuvo a punto de alargar la mano para acariciarlo.

—Sí, como no podía ser de otra manera, por su aspecto, es un *pottoka* de pura raza, y tan veloz que le puse *Incitatus,* y aunque no es cónsul de Roma, es más inteligente que muchas personas. Algunos humanos deberían aprender de los animales. Este caballo y ese perro tan celoso, que ladra porque no puede soportar que dé de comer a *Incitatus,* tengo que atarlo en un castaño que hay a cien metros, son mi única compañía.

Erika recordó que Oscar Wilde dijo que solo una cosa volvía más loco a un hombre que una mujer. Un caballo.

—Entonces vive solo, ¿no tiene familiares? —indagó Erika, sin saber que se metía en un bosque de espinos.

—Parece usted un chico. —Lorenzo la repasó de arriba abajo—. Cuando oí ladrar a *Txoko* pensaba que venía el herrero, con el ruido de las pisadas, una parejita de picoletos y ahora ya veo que no. Dos *cipayos.*

—Es usted una ricura —replicó Erika, quedándose con las ganas de mandar a paseo al viejo. Vislumbró el cañón de una escopeta de perdigones que descansaba sobre una valla de madera, cerca de una pierna del hombre.

—¿Cuánto hace que vive en este caserío? —preguntó Max.

—Y a usted qué le importa. Para mí todos los policías son los mismos, unos torturadores, ni estando Franco muerto nos dejan vivir en paz.

Max gruñó una contestación ininteligible. No parecía que aquel viejo viese u oyese mal. Lo que sí debía de fallarle era el olfato, puesto que el olor a estiércol era tan penetrante que prácticamente no se podía respirar. El viejo también despedía un fuerte olor agrio.

—No queremos molestarle, solo que nos conteste a un par de preguntas —dijo Max.

—¿Qué clase de preguntas?

—Sobre su pasado.

—¿Cuánto de pasado?

—De hace veinte años.

—Váyanse al carajo, eso es toda una vida y mi mente no recuerda nada.

—Nadie lo diría, parece que está bien de salud —dijo Max, intentando provocarlo.

—Le jode, ¿eh? Pues sepa que veo gracias a una operación de cataratas, y no oigo nada por el oído derecho. Y cada vez meo más oscuro. Los matasanos quieren que me haga un trasplante de riñón, pero antes muerto que volver a entrar en un hospital del Estado. La última vez que me dieron diálisis cogí una gastroenteritis. Me pase una semana con vómitos y cagando a todas horas.

«Qué delicia de anciano», pensó Erika.

El viento golpeó con fuerza la cuadra. Las tablas crujieron.

—Va a ser una noche movidita, viene una fuerte tormenta —anunció Lorenzo—. Tal vez se adelante unas horas y se mojen esos zapatitos de burgueses que llevan. Mejor que se vayan.

—¿Qué sabe del comité Qilin? —inquirió Max, harto de andarse con rodeos.

273

Casi sin moverse sacó la cabeza de la cuadra. Una bocanada de aire fresco para sus maltrechos pulmones.

—Así que por eso están aquí. ¿Qué ha sucedido con esos jodidos?, ¿han visto la luz? Ustedes también tienen pinta de matarifes, de esos que nos torturaban en los calabozos. Aunque me hicieron mucho daño, no les voy a decir ni una palabra.

—¿No los quiere ver muertos?

Lorenzo se ladeó hacia la izquierda para escuchar mejor al inspector.

—¿No le complacería verlos sufrir antes de irse al otro barrio?

—Esos cabrones tienen abogados y gente como ustedes que los apoyan. No pisarán la cárcel, no me crean tan ingenuo.

—Cuénteme qué ocurrió, cómo acabó en sus manos.

—Por una maldita carta. Una carta.

—¿Cómo dice? —intervino Erika.

—¿Es que está sorda? He dicho por una carta. Íbamos a atentar en Biarritz, una bomba lapa en los bajos del coche de un empresario que no quería colaborar. Pero antes tenía que echar la puta carta al buzón. Por aquella época tenía una novia tocapelotas en Elizondo que no hacía más que insistir en que le mandase cartas de amor. Así que salí unas horas antes del atentado. Un madero de paisano me vio, estaba de vigilancia. Sabían que había un comando operando por la zona, aunque no nos tenían vistos ni nos habían localizado. Pero aquel madero salió a comprar el periódico y se cruzó en mi camino. Yo iba con la cabeza gacha mirando la carta, repasando que la dirección estuviese correcta, y ni me di cuenta. Qué estúpido era. Cuando volví al piso franco ya nos estaban controlando. Cuando salimos para atentar nos detuvieron. Fuimos el primer comando desarticulado sin delitos de sangre. Un desastre y una vergüenza para la organización. Y de los tres etarras detenidos, uno, con una enfermedad hereditaria, acabó en un sótano de conejillo de Indias.

Max se acordó de Gorka Urretavizcaya. El viejo era de una camada anterior, pero a buen seguro que el exetarra habría oído hablar de él y del despropósito de comando.

—¿Qué recuerda de aquel sótano?

–Ha pasado mucho tiempo, y ya le he dicho que no le iba a contar nada. ¿Qué quiere que recuerde? Un lugar oscuro, lúgubre, con olor a meado y a alcohol, y en donde, cuando se abría la puerta, sabías que algo malo iba a suceder.

«Sí –pensó Erika– en los sótanos solo ocurren cosas malas.»

–¿Llegó a conocer a alguno de sus captores?

–No, y si lo hubiera hecho, lo habría olvidado. Después de veinte años mi mente no es la que era. Y ahora váyanse al infierno y déjenme con los demonios del pasado. Solo odio más a los banqueros que a los polis fisgones. Esos usureros del banco me quieren quitar la casa y mis tierras, pero no se irán de vacío.

Max abrió la boca para replicar cuando vio de soslayo que Lorenzo cada vez lanzaba miradas más cortas a la escopeta. «Al diablo», se dijo. Necesitaba respirar. Salió fuera acompañado de Erika. *Txoko* comenzó de nuevo a ladrar.

–Qué viejo tan simpático –dijo la agente.

Cuando llegaron al camino de gravilla, había un todoterreno aparcado al lado del Mustang.

–Todo recto, en la caseta –le indicó Max al conductor al suponer que se trataba del herrero–. Suerte.

El hombre, que vestía de chándal y portaba una bolsa de tela, graznó algo en euskera que ninguno de los dos llegó a captar.

–Todos son muy amables por aquí, me recuerdan a mi *aita* –dijo Erika.

–¿Tienes hambre? Vamos, te invito a comer, hay que reponer fuerzas para el siguiente.

Erika miró el cuaderno de notas de Asier –que le había pasado Max– y que ahora usaba ella.

–Síndrome de Klinefelter –leyó–. Espero que no sea nada contagioso.

Eligieron un restaurante de la zona típicamente vasco. Cualquiera de ellos, enclavados a un lado de la carretera que salía de Azkoitia en dirección a San Sebastián y que serpenteaba hasta dar con la nacional, era un sinónimo de buen comer. El comedor era grande, todo de madera, y el menú variado y barato. Con el primer plato en la mesa, ensalada para ella, alubias para él, sidra de bebida, Max inició la conversación que debía haber tenido con Erika mucho tiempo atrás. Desde la liberación no se había parado a hablar con ella, a preguntarle cómo se sentía, simplemente dejó trabajar a los especialistas y su compañera corrió a encerrarse en casa de sus padres. Con la muerte de su madre no pensaba cometer el mismo error.

–¿Cómo te encuentras?

–Bien, dentro de lo que cabe –reconoció Erika.

–Ya. ¿Y tu padre?

–Está jodido, no lo lleva bien.

–Claro... ¿Te acuerdas de la primera vez que te vi? Te mandé a por bollos y café...

–Sí, me acuerdo –dijo Erika entre risas–. Y luego, otro día, cuando fui a despertarte a tu casa por un asesinato repetiste la jugada... ¡Qué tiempos!

–Parece que fue ayer... Oye, quería decirte que si necesitas algo, cualquier cosa, que sepas que estoy a tu lado, para...

–Ya lo sé –le atajó Erika visiblemente ruborizada–. Hablemos del presente; el pasado, pasado está. ¿Qué opinas del caso?

–Vamos por buen camino, aunque no hay que fiarse, un paso en falso y la investigación puede conducirnos a un camino equivocado y cuando nos demos cuenta y tengamos que retroceder ya será tarde.

–¿De verdad crees que entre alguno de estos locos está el asesino?

–Nunca hay que menospreciar la mente humana, la maldad del hombre es infinita y nunca hay que dar nada por supuesto. Recuerdo un caso en Madrid de una anciana que llamó a urgencias porque su nieta no podía respirar. Cuando llegaron los de la asistencia sanitaria no pudieron hacer nada por salvar a la niña. Cinco años tenía. Su abuelita, que todos los días la recogía del colegio y la llevaba al parque, la había estrangulado, y luego se había sentado en la cama a esperar a los de la ambulancia. Dijo que oía voces y que lo había tenido que hacer.

–Hostias con la abuelita. Si me das a elegir a mí, votaría por el viejo de hace un rato. Está lo suficientemente amargado para cargarse a varias personas. El del hospital de Mondra descartado, y al señor de la residencia no lo veo capaz de tramar semejante tinglado y no dejar huellas. A ver ahora con el guardia de seguridad, dentro de la gravedad que pueda arrastrar por su enfermedad, a priori parece el más sano de todos, al menos es el único que tiene un trabajo fijo y lleva una vida normal.

–Es cierto. El ajedrecista no parece capaz de levantarse de la silla de ruedas por la noche y escaparse para cometer un asesinato, y el anciano con alzhéimer bastante tendrá con acordarse de lo que hace durante el día. Es decir, el ajedrecista tiene la capacidad mental pero no la física y el anciano todo lo contrario. A no ser que alguno de los dos finja su enfermedad, descartados. Al viejo lunático de hoy tampoco lo veo capaz de planificar semejantes crímenes, lleno de barro y sudoroso, ¿has notado el olor? –Erika lo confirmó tapándose la nariz–. Tal vez la única baza que nos queda sea la visita de esta tarde al guardia de seguridad.

–Esos del comité Qilin eran unos cabrones, no sé si peores o mejores que los del comité del Dragón, pero unos cabrones.

–Ni lo dudes.

–¿Y si nos equivocamos de dirección?

–¿Qué quieres decir?

–Eran unos malnacidos, vale, y se han ganado a pulso que alguien les dé su merecido, pero no has pensado en si ese alguien no es alguien de fuera, no es uno de los pacientes que actúa vengativamente, sino que es alguien de dentro que se los carga porque no quiere que se sepa lo que hicieron y mata para cubrirse las espaldas.

–Es otra posibilidad que también tenemos que valorar. No sé, cada vez que levantamos una piedra asoman más lombrices. Nos sobran sospechosos y nos faltan pruebas.

–¿Y los mensajes?

–La verdad es que últimamente no he pensado mucho en ellos. Son muy inquietantes. Ahí sí me inclino por una mente retorcida. Pero no sé..., me tienen un poco despistado, no les veo la lógica, por eso he decidido olvidarme de ellos; a veces funciona, dejas de pensar en algo en lo que antes pensabas insistentemente y, transcurrido un tiempo, cuando vuelves a ello, ves con extrema claridad un detalle que habías pasado por alto y la solución se presenta fácil. Mientras tanto tengo a cierta personita trabajando en ellos.

—La cría de la que me hablaste el otro día.

—Sí, la misma.

—No, si al final vas a ser un padrazo. Por cierto, ¿qué tal lo lleva Cristina?

—Bien, ahora mejor. El bebé por fin está en posición cefálica y solo hay que esperar a que se decida a nacer. Ayer salió de cuentas, así que de aquí a unos días si Damián no se decide, el ginecólogo dice que inducirá el parto.

—¿Y eso cómo se hace?

—Con un producto médico que se le inyecta a la embarazada.

—Me ha quedado claro, no me llames, no quiero estar presente —dijo Erika con una sonrisa.

—No, que a mí tampoco me llamen.

Llegaron los segundos: merluza en salsa para ella, chuletillas para él. Pidieron una segunda botella de sidra.

—Y ahora tú —dijo Max—. Los allegados de las víctimas, ¿ves a alguno culpable?; en la mayoría de los crímenes los culpables son personas del entorno de la víctima.

—No creo a nadie capaz. Oliver no es trigo limpio pero se le ve muy afectado por la muerte de su hermano, y no veo la relación con los otros casos.

—Podría ser que se cargue a sus antiguos compañeros en busca del asesino de su hermano, y nos pide protección hasta que dé con él.

—Muy rebuscado, pero podría ser...

—¿Y el psicólogo?

Erika negó y bajó la vista. Se llevó un trozo de merluza a la boca. Su sola mención la hacía estremecer de pies a cabeza.

—Sí —corroboró Max—. Yo tampoco lo creo capaz, y tampoco veo una relación con los otros. Pero repito que nunca hay que fiarse. Todos podemos llegar a matar en un momento dado, solo que unos alcanzan ese momento, ese punto, más fácilmente que otros. El punto de inflexión es diferente en cada persona. A algunos, por más que los provoquen y que les sucedan cosas, les cuesta mucho llegar a ese punto. Son lo que yo llamo «puristas», gente que antepone los valores y la vida por encima de todo; personas que nunca padecieron maltrato ni vivieron en primera persona los horrores de una guerra, la miseria del hambre o la pobreza u otros infortunios. Nacieron y se educaron en el seno de una familia tradicional. En esta categoría entran abogados, psicólogos, policías..., gente con profesiones que de algún modo integran un trato personal y directo con otras personas. En cambio, otros seres humanos alcanzan el punto de inflexión rápidamente, basta una chispa que active el proceso, y en un acto de locura, en un arrebato, se llevan la vida de otra persona por delante. Son los que yo llamo «inestables», gente perturbada y malvada desde que nació. Educados en una familia metida siempre en problemas, con hermanos y tíos en la cárcel, nunca les tiembla el pulso a la hora de empuñar un arma. Y son los más sanguinarios, una vez que deciden matar no les importa el cómo sino el fin, que la víctima muera, y son los que se aseguran con un segundo disparo o con varios cuchillazos de que está bien muerta. Aquí englobamos a camioneros solitarios, dueños de bares y discotecas, parados de larga duración sin familia, exconvictos..., vidas estresantes que los llevan al límite. En un término medio están los «pacientes», aquellos cuyo punto de inflexión tarda tiempo, años, en activarse. Son personas que sufrieron maltrato infantil, y que de pequeños comenzaron a torturar animales, a quemar colas de gatos, a poner insecticida en la comida del perro. Cuando les llega el momento, les importa el cómo, la efectividad del *modus operandi,* más que el fin. Y estos no paran, una vez que comienzan a matar solo cesan cuando se los detiene. Aunque casi siempre acaban muertos. En este espectro entrarían los asesinos en serie. Suelen tener profesiones solitarias, te diría que casi artísticas, pero nunca cumplieron sus sueños: negros de escritores reconocidos, pintores de brocha gorda, cantantes de orquestas de fiestas de pueblo... Por último tenemos a los «imprevisibles», que son los menos. Gente acomodada, generalmente de buena cuna, que nunca sabes por dónde van a salir, lo mismo son imprevisibles pacientes que imprevisibles inestables. Aquí englobaría a banqueros, políticos, gerentes de empresas...

Cuando calló, Max notó la boca reseca. Eligió agua en lugar de sidra. Desde que empezó el segundo plato notaba el efecto del alcohol.

—Menuda reflexión, y clasificación de asesinos... Nunca te la había oído mencionar.

—Es que nunca la hago, es muy particular. Me parece que tanta sidra me ha soltado la lengua... Será nuestro secreto...

Max le guiñó un ojo.

Ambos eligieron de postre cuajada Zurutuza.

—Una clasificación por profesiones —insistió Erika, aún sorprendida.

—Bueno, sí, pero es muy genérica y demasiado flexible: una profesión puede caer en otra categoría.

—Puristas, inestables, pacientes y... ¿cómo era?

—Imprevisibles.

—Eso es.

—Es lo que la experiencia me ha enseñado.

—¿Y en qué categoría situarías al asesino que buscamos?

Max no tuvo que meditarlo mucho. Lo tenía más que claro.

—Paciente.

—Oh..., un asesino en serie que se ha tomado su tiempo para empezar a matar y que, según tú, debemos matar nosotros o atraparlo porque no parará nunca.

—En efecto... Esta mamilla está buenísima, tengo que reconocer que la empresa de tu padre hace unos postres deliciosos.

—*Bai*. El *aita*, un gerente, entra dentro de la categoría de imprevisibles... ¿Te imaginas que fuera él?

Ambos rieron. La camarera retiró los platos del postre. Max pidió un café solo con hielo y Erika un cortado con leche muy caliente.

—Al principio pensaba que necesitabas conversar, y ahora ya no sé: me da la impresión de que me ha hecho más bien a mí que a ti —reconoció Max.

—Me alegro —dijo Erika antes de sacar un billete de los grandes de la cartera—. Ahora no lo estropees comportándote como un macho ibérico. Pago yo.

La noche aún no se había impuesto al día, pero en las calles cercanas al puerto no se veía un alma. Imanol se arrebujó en un abrigo largo de invierno. El viento golpeaba con fuerza la ciudad y sacudía la flota pesquera donostiarra, que no salía a faenar desde hacía días debido al fuerte temporal, como si fuesen barcos de papel. En breve las farolas alumbrarían las calles empedradas de Lo Viejo.

Seguía sin dar con un contacto que le indicase dónde conseguir una pistola. O en esta ciudad no había delincuentes o todos eran unos cobardes. Ya había preguntado varias veces a tipos de dudosa reputación, pero no había tenido suerte. Y hoy, antes de que la oscuridad envolviese el puerto y los hijos de la noche hiciesen acto de presencia, volvió a intentarlo por enésima vez. Pensaba que la poca luz podía ayudarle; las otras veces lo había intentado de madrugada. Pero tampoco tuvo suerte. Pateó de rabia una papelera. La bolsa de basura cayó al suelo. Sacó el cuchillo de filetear que escondía en la espalda y comenzó a apuñalar la bolsa. Con rabia desmedida. Sin parar. El viento arrastró los restos de basura por la calzada. Gritó encolerizado. Zorra. Maldita zorra. ¿Por qué le hacía esto? A él, que tanto la quería. ¿Por qué le había olvidado tan fácilmente? ¿Por qué le había dado al *cipayo* el hijo que a él se le negó? Jodida zorra. Varios transeúntes se acercaron curiosos ante el estrépito. Algunos vecinos se asomaron a los balcones. Salió corriendo, sin dejar de gritar. Al contrario que en los probadores no soltó el cuchillo, lo iba a necesitar.

Aún no había salido la luna cuando Max abrió la puerta del *loft*. Encontró sola a Virginia, rodeada de bolsas de ropa. Vestía la camiseta naranja que se había comprado hacía unos días y que no se quitaba nunca. Tenía que acordarse de pedirle la tarjeta de crédito sin que se sintiese ofendida, se enfadase y saliese corriendo por la puerta.

La cría le preguntó cómo había ido el día, a lo que él respondió con un gruñido que equivalía a un «bien». Ahora sí que parecían una familia, haciéndose preguntas corteses cuyas respuestas solían ser triviales. En realidad no había ido tan bien, la visita al ogro de viejo fue la única del día. Después de comer fueron a buscar a su casa a Álvaro Serrano, el siguiente sospechoso en la lista, que supuestamente padecía el síndrome de Klinefelter. Nadie les abrió a pesar de que llamaron con insistencia al timbre. No podían entrar sin una orden judicial y no osaron colarse por una ventana o forzar la puerta. En teoría, Álvaro Serrano debía estar durmiendo ya que trabajaba de noche como guardia de seguridad en una fábrica de pinturas. Sin pareja ni hijos ni familiares cercanos, vivía solo, en un barrio a las afueras de Urnieta. Aguardaron un par de horas, vigilando el portal desde un bar cercano, pero nadie entró o salió del edificio, y nadie respondió con la segunda tanda de timbrazos. Se dieron por vencidos y dejaron el plan para el día siguiente. Estaban cansados y un poco defraudados por los escasos resultados obtenidos con los anteriores sospechosos de la lista.

Max se quitó la gabardina y el jersey. La estufa funcionaba a todo trapo y se notaba. Virginia le dijo, sin que él se lo preguntara, que había estado con Cristina casi el día entero, que hacía dos horas que se había ido a su casa, agotada. Habían quedado por la mañana para desayunar un chocolate con churros en una cafetería de la Parte Vieja. Max le dio las gracias y le anunció que se iba a acostar. Por fortuna, la televisión estaba apagada y tapada con la manta; Virginia, sentada en el sofá, tecleaba en el portátil vete a saber qué.

—Un momento —le detuvo la chica.

—¿Qué pasa? —preguntó Max con voz cansada.

Estaba sentado en la cama desatándose los cordones de los zapatos. Lo bueno de vivir en un *loft* es que desde cualquier sitio te oían a poco que levantases la voz.

—Tengo noticias sobre los mensajes.

—Dispara.

Max se descalzó y se masajeó los pies. Una jaqueca producida por la abundante sidra consumida se acercaba.

—Oye, ¿no vas a venir aquí?

—No, soy capaz de hablar desde la distancia.

Un par de columnas y parte del mobiliario impedían que Virginia lo viese.

—Pues yo no me siento cómoda, necesito verte, o por lo menos sentirte más cerca.

—¡Hay que joderse! —murmuró Max según se ponía de pie y se dirigía al sofá, descalzo y en calcetines.

—Hay un mensaje erróneo, o incompleto —afirmó Virginia en cuanto lo tuvo a la vista.

—¿Qué quieres decir?

—Que uno de los mensajes nos ha confundido y por eso los patanes de la Policía no dan con la clave. Si leyesen más a Poe se enterarían...

—Vamos, no me tengas en ascuas, desembucha.

—Dijiste que la nota escrita con lo de «arde la mala yedra» estaba medio quemada, ¿no?

—En una esquina.

—Más fácil me lo pones. ¿Escrita a boli?

—Sí —mintió Max impaciente. ¿Adónde quería llegar la cría?

—La tinta se deshace con el calor.

—¿Y?

A Max no le parecía relevante. La sangre también se derretía con el calor.

—¿Es que no lo ves? Lo primero que me llamó la atención en la frase fue el punto y coma. Es muy raro, no pega ni con cola. Cuando le daba vueltas a «sometamos o matemos» se me encendió la bombilla.

—¿A qué te refieres?

Max recordó que a todos les había parecido raro el punto y coma, pero no habían avanzado por aquel camino.

—No es un punto y coma, es una i griega, seguramente la tinta se derritió con el calor.

—¿Arde ya la mala yedra?

—En efecto.

—¿Y?, no entiendo nada.

—Palíndromos.

—¿*Palinqué?*

—Palabras que se pueden leer en los dos sentidos. ¿Cómo has llegado a ser inspector de Homicidios con esa sesera tan corta? Palabras capicúa, Dupin. Recuerda: «sometamos o matemos, arde ya la mala yedra»... Intenta leerlas desde el final.

Max se sentó a su lado. Miró al vacío e hizo lo que Virginia le decía. A los pocos segundos asintió con la cabeza. La cría tenía razón.

—¿Y las otras?

—«Reconocer» también es un palíndromo; aunque podría ser una coincidencia. En cambio, «para que él vaya detrás» obviamente no lo es.

—¿Entonces?

—Entonces, ¿qué? Ahora te toca a ti juntar las claves, no te lo voy a dar todo masticado. Tú sabrás, que para eso eres poli, joder.

—De acuerdo, no te pongas así. —Con aquella cría había que ir con pies de plomo—. Podría significar un avance en la investigación; has hecho un buen trabajo.

—Gracias.

Tenía que reconocer que Virginia había desentrañado parte del misterio que rodeaba las muertes, lo que Joshua había llamado la firma del asesino. Y él no estaba tan seguro de que

«Reconocer» fuese una coincidencia. Hasta tendría más sentido la inversión de las letras al proyectarlas a través del foco, algo que la cría desconocía. Otra pista más del asesino.

–Bien, recapitulemos: de los cuatro asesinatos, tres cumplen con lo de *palinnosequé...*

–Palíndromos.

–Eso, palíndromos, pero según tú, dos son muy claros. Por un lado, el segundo y cuarto caso, claramente; por el otro, el primero es dudoso, el otro nada. En todos los casos una jeringuilla en la frente...

–¿Qué es eso de la jeringuilla? ¡Joder, Dupin, me estás asustando!

–Calla, déjame pensar. –Comenzó otra vez a masajearse los pies–. Jeringuilla en los cuatro, palíndromos en dos claramente, quizá en tres, pero los cuatro escritos con la sangre de la víctima...

–¿Con sangre? ¡Eres un mentiroso! ¡Joder! ¡La hostia!

–¿Quieres dejar de decir palabrotas?

–Tranquilo, Dupin, que no eres mi padre.

–Pero tengo edad para serlo.

–Más quisieras tú, eres un vejestorio, seguro que se te cae a trozos.

–No sé qué hago aquí reflexionando en voz alta con una cría al lado...

–Tengo edad para chupártela, Dupin, no me voy a asustar por oír historias de jeringuillas y mensajes escritos con sangre.

–No lo dudo, bastantes paranoias debes tener en esa cabeza de cebollino con la música que escuchas y los libros que lees, no sé en qué estaría pensando para regalarte uno de Poe.

Max se levantó y se dirigió a la cama. Por el camino oyó cómo algo golpeaba en una columna. De soslayo vio el libro de Poe en el suelo abierto por la mitad. Sonrió con malicia. Pero la sonrisa lobuna le duró poco. Cuando se tapaba con el edredón sonó al fondo una horrenda música compuesta solo por acordes de guitarra eléctrica y batería.

—¡*La llamada de Cthulhu* de Metallica! —gritó Virginia desde el salón.

Max imaginó una sonrisa en el rostro de la cría. Nunca le había gustado el refrán de «Quien ríe el último, ríe mejor». Se colocó de lado en la cama de espaldas a ella y escondió la cabeza bajo la almohada.

Domingo 2

La madre de todas las tormentas, según el meteorólogo de ETB, se había abatido sobre San Sebastián la madrugada del sábado al domingo. Por la mañana eran evidentes los destrozos ocasionados por las olas de más de diez metros que habían azotado la bahía: arena de la playa cubriendo el asfalto, botes a la deriva, pantalanes desaparecidos en el puerto, puentes dañados, barandillas arrancadas...

Esa era la desoladora imagen de la ciudad que Max se encontró al salir a la calle y transitar por el barrio de Gros en busca del Mustang.

Pocos lugareños recordaban un oleaje tan potente como para que el agua fuese capaz de entrar con tanta fuerza en la ciudad destrozando locales, mobiliario urbano y todo lo que encontraba a su paso. Desde primera hora, la Ertzaintza participaba en labores de ayuda junto a la Policía municipal, así que el inspector contaba con pocos efectivos. Y aunque el temporal marítimo había pasado, no pensaba recuperarlos en los próximos días, se esperaban fuertes vientos y nevadas por una ciclogénesis explosiva que ya casi estaba sobre la ciudad. Tendría que reducir la lista de sospechosos al máximo puesto que no podía dedicar a todos una vigilancia especial las veinticuatro horas.

Llovía intensamente, con el viento azotando de lo lindo, y las nubes eran tan oscuras y compactas que no parecía de día.

El inspector se subió al Mustang. Arrancó y encendió la calefacción. Sintonizó Radio Euskadi. El termómetro del coche marcaba dos grados. Esperó a que el motor cogiese temperatura. Un locutor anunció que la lluvia sería una constante durante todo el día; sin embargo, la cota de nieve iría subiendo progresivamente hasta situarse por encima de los mil metros. Se incorporó al tráfico rodante. Estaba nervioso; si un par de años atrás le hubiesen dicho que la causa era la cita con una mujer, se habría echado a reír. Pero hoy no estaba para risas. Por más que había insistido, la periodista se había negado a pasarle cierta información, obcecada en que solo se la facilitaría en persona. Max esperaba que no hubiera intenciones ocultas.

No encontró sitio en los alrededores de la cafetería, así que aparcó frente a la entrada en doble fila. El establecimiento albergaba pocos clientes, pero la rubia de melena hasta los hombros y gafitas de pasta estaba en la misma mesa del fondo que ocupó la vez anterior. Max pudo sentarse cómodamente, echar la silla hacia atrás y estirar las piernas.

—Caramba, inspector, lo nuestro va a ser citas de domingo.

El aludido curvó los labios en una pequeña sonrisa. La periodista vestía una falda de cuadros y una blusa con los dos primeros botones desabrochados.

—¿Me ha traído lo que le pedí? —preguntó Max directamente mientras pugnaba por desviar la mirada del escote.

—No, ya le dije que nada de papeles, ni faxes ni documentos, no quiero que mi nombre se asocie a una lista de supuestos pacientes de un supuesto comité, puede traerme problemas. Una cosa es que mi abuelo fuese uno de ellos y otra bien distinta es que le diga quiénes más fueron tratados. Entienda que es una lista muy comprometedora, no como la que le mandé de las personas que trabajaban en el comité o colaboraban con él. Trabajar en un proyecto, por muy oscuro que sea, no es lo mismo que ser una cobaya de ese proyecto. —Negó con la cabeza—. Juicios, denuncias... No más listas, todo lo que quiera saber lo escuchará de mi propia boca —añadió en un susurro.

La camarera aguardaba al lado de la mesa. Max vio que la coca-cola *light* de la periodista estaba a medias. Pidió un café solo con hielo aunque no le hubiese importado tomarse un whisky.

Había cotejado la lista de trabajadores que le había dado la periodista con la de Oliver, buscaba doble información que arrojase algo de luz al caso, un caso que languidecía como ese caballo fatigado al que había que espolear para que volviese a coger velocidad.

—Olvidémonos de la lista, yo le mencionaré un nombre y usted me dirá lo que sabe de él —espoleó Max.

—Me pide una lista de pacientes, pero ya tiene una. ¿Cómo la ha conseguido?

—Es información reservada.

—Mal empezamos.

—Me interesa conocer el pasado del paciente, como llegó al comité y cómo salió, ¿entendido?

—¿Por qué?

Max exhaló un suspiro. Era evidente que una periodista no contestaría sus preguntas sin una explicación, máxime cuando ella acostumbraba a realizarlas. No se le ocurría qué replicar, pero ante su silencio ella se lo puso fácil.

—Si es para detener a ese fulano, le puedo ayudar. Seguro que esos pobres acabaron como mi abuelo, y si usted es capaz de establecer una relación entre sus enfermedades y el comité, entre ellos y Oliver, entonces estamos juntos en esto.

El inspector asintió. Mejor eso que explicar que buscaba a un asesino en serie, que por lo que sabía las víctimas pertenecieron al comité y que sospechaba que el culpable era un paciente. A veces la verdad era más absurda que una mentira poco elaborada.

—Viajamos en el mismo barco, no me deje en tierra —añadió la periodista a la defensiva.

La camarera dejó el café en la mesa.

—Bien, el primero es...

—Una cosa, no se olvide de que a cambio tendrá que darme más información de alguno de los asesinatos. No soy ninguna palurda, entiendo que esas muertes están relacionadas de alguna manera con el comité, y que el hermano de Oliver sufriese un accidente, prendiese fuego a su propia casa y muriese en el incendio es un cúmulo de circunstancias tan improbables que no me lo creo.

La periodista se inclinó sobre la mesa buscando la complicidad con el inspector. Max se reclinó en la silla; la rubia seguía poniéndole nervioso y poniendo a prueba su amor por Cristina. Se sentía como un caballo en establo equivocado. Seguramente ella se había dado cuenta de que no llevaba alianza, y quizá se preguntaba qué tipo de relación tenía con la mujer que iba a darle un hijo.

—Patxi Alcaide —soltó Max.

La periodista no mostró asombro. Se mojó los labios con el refresco antes de contestar.

—De la rama política de la banda. Así como mi abuelo pertenecía a la rama militar, aunque le recuerdo que sin delitos de sangre, solo apoyo logístico, infraestructuras y demás, Patxi era un alborotador de masas. Les interesaba callarle la boca. Tenía el don de la palabra y se encargaba de reclutar a los más jóvenes. De puertas adentro era el encargado de elegir a los que daban el paso de la *Kale Borroka* a la banda, una especie de captador de talentos. De puertas afuera pertenecía a HB, uno más de la izquierda *abertzale*. En los mítines intentaba mantenerse al margen, aunque no siempre lo conseguía. Le apodaban Hizlari.

—¿Qué significa?

—Predicador. Los que le han escuchado hablan maravillas de él, un orador nato. ¿Vive? Yo solo seguí el rastro de mi abuelo...

Max pensó que *vivir* era una palabra que no definía precisamente a un interno de una residencia enfermo de alzhéimer.

—Vamos con otro. Natxo Beloki —dijo Max.

—Este es fácil, aunque no hubiese sido paciente del comité le habría respondido. Ajedrecistas famosos y vascos ha habido pocos, por no decir que él ha sido el único. Fue una pena su detención, en los círculos ajedrecísticos se decía que habría llegado lejos. Un niño prodigio. Lo acusaron de dar protección a ciertos *legales* de la banda, y de aprovechar sus visitas al extranjero como participante en torneos internacionales para organizar la estructura y la logística.

—¿Usted qué cree?

—Lo que yo crea poco o nada importa ya.

—Pero tendrá una opinión...

Ella se enredó un dedo en un mechón de su cabellera rubia y comenzó a jugar con él. Max la miró un tanto azorado. Parecían más una adolescente coqueteando con otro adolescente que una periodista intercambiando información con un inspector de Homicidios.

—Creo que se equivocaron —afirmó la periodista—. Usted es de Madrid, y para que lo entienda tendré que remontarme tiempo atrás, a cuando mi padre trabajaba de fotógrafo para el periódico. La esquina del mapa que va desde Donosti hasta Francia era un corredor de veintitantos kilómetros donde la violencia era tan cotidiana como el *txirimiri*. Mi padre viajaba de un atentado a otro, es triste decirlo, pero vivía de la violencia que causaba la banda, algo que llegó a ser rutina. Donosti es la ciudad vasca con mayor registro de muertes por terrorismo.

—En Madrid también soportamos lo nuestro, creo que más de cien muertes...

—Los atentados en la capital buscaban un efecto político y mediático. Cuatro décadas de terror que no se pueden enterrar en apenas cuatro años sin atentados, sin extorsiones y sin amenazas.

—La veo muy crítica con la banda, máxime cuando su abuelo trabajó de enlace entre comandos.

—La lucha armada no nos condujo a buen puerto. Fue un error que se remonta al franquismo. La dictadura mató, torturó y encarceló a muchos inocentes, sin que la llegada de la democracia reparase aquel daño. Las nuevas generaciones no saben que a los cargos públicos de los pueblos les escupían en la calle sus propios vecinos, que los amenazados caminaban junto a la sombra de sus escoltas, que los policías patrullaban en grupo y con el rostro cubierto, que las paredes estaban llenas de pintadas que jaleaban a ETA, que la Guardia Civil realizaba registros nocturnos y encerraba a gente inocente en los calabozos, que en las manifestaciones se producían represalias y detenciones... Otra guerra civil que nos tocó vivir solo a los vascos.

—Con la muerte de Franco todo cambió, ¿no?

La periodista lo miró incrédula.

—No se equivoque. Hasta hace bien poco las encuestas del periódico reflejaban el terrorismo como la principal preocupación de la población vasca, incluso por encima del paro y la vivienda. —Se apartó el pelo de la cara—. En los últimos años de Franco, el país temblaba: las condenas, los fusilamientos, la ley antiterrorista... Luego vino la carrera de posiciones ante la llegada de la Transición. La guerra continuó, cambió de forma, de métodos, de objetivos, pero muchos habían hecho de ella un modo de vivir del que no podían ni querían desprenderse. Ninguno de los dos bandos puede tirar la primera piedra, todos son culpables, y a todos les vale la excusa de que estaban inmersos en una guerra. El maldito comité fue una de sus consecuencias.

—Y en aquellos años convulsos detuvieron a Beloki.

—Alguien con ganas de ascender en el Gobierno socialista enlazó erróneamente un torneo de ajedrez en Biarritz con un comando desarticulado en la misma localidad. Sería a mediados de los años ochenta, justo después de atajar un golpe de Estado liderado por un puñado de militares, apoyados por civiles, que debió haberse llevado a cabo en La Coruña, durante el desfile militar del Día de las Fuerzas Armadas. La prueba que se presentó ante el juez para la detención de Beloki fue un papel que se encontró en el registro del piso franco. Creo que era un documento con fechas, cifras y direcciones. En el papel figuraba un nombre: Natxo Beloki. Si me pregunta qué creo yo, lo tengo claro: alguien puso el papel allí para su beneficio, alguien a quien le interesaba el arresto del ajedrecista, tal vez alguien del comité, tal vez, como le dije antes, alguien con ansias de escalar posiciones dentro del CESID, una vez quedase mal parado al descabezarse la conspiración golpista.

«¿Sería ese alguien Xabier?», se preguntó Max. ¿Hasta dónde llegaban sus tentáculos? ¿O quizá Ana? Dio un pequeño sorbo al café antes de proseguir con los nombres. Ella no le quitaba ojo.

—Lorenzo Bidaurreta.

—Está relacionado con Beloki.

—¿Qué?

—Era un integrante del comando desarticulado en Biarritz, el del piso donde encontraron el papel.

La cara de pasmado de Max era un poema. ¿Cómo no habían investigado la relación entre los pacientes? ¿Lorenzo fue detenido por culpa de Natxo o al revés? A veces tenía la sensación de que andaba dando palos de ciego.

—¿Qué enfermedad padece? —preguntó la periodista, sin evitar actuar según su profesión.

—Síndrome de Alport —reconoció Max.

No veía qué mal podría hacerle al caso contestar a la pregunta. A fin de cuentas, era una periodista astuta y si se lo proponía lo descubriría. Mejor contestar sin dar importancia para que no husmease en la vida de los pacientes. Si levantaba la liebre antes de cazarla se les escaparía: había investigaciones en las que a pesar de saber quién era el culpable este no aparecía, o no lo encontraban, entonces era necesario difundir su rostro en la prensa; pero si había una lista de sospechosos, filtrar quién podía ser el culpable solo ayudaba a que el criminal huyese.

—Lorenzo Bidaurreta no tenía antecedentes penales ni estaba en la lista de los más peligrosos que manejaba la Guardia Civil. Creo que era un colaborador que se dedicaba a esconder etarras. Jugó a convertirse en una pieza importante y fue capturado a la primera. Poco más sé. ¿El siguiente?

—Álvaro Serrano —dijo Max.

—No sé quién es. Conozco a otro Álvaro pero no a ese.

Max le sostuvo la mirada. La experiencia le decía que no mentía. El guardia de seguridad al que todavía no habían interrogado seguía siendo un fantasma.

—¿Y a qué otro Álvaro conoce?

–Álvaro Peña. Un compañero del que me habló mi abuelo. Padecía una fibrosis quística. No me extrañaría que estuviese muerto.

–Lo investigaré.

Max repitió mentalmente el nombre dos veces. Sin bloc de notas a mano y teniendo en cuenta su nefasta memoria para recordar nombres, su mente fotográfica no le serviría de mucho sin un rostro al que asociarlo.

–Ahora me toca a mí –dijo la periodista–. Santiago Rodríguez.

–¿Quién?

–Me ha oído perfectamente, inspector.

–¿El psicólogo, el marido de la fallecida?, ¿también acabó en el comité o qué? –Ella se encogió de hombros–. ¿Qué quiere saber? –preguntó Max.

–¿Está imputado?

–¿En el crimen de su esposa? Pues no, ¿por qué iba a estarlo? Ya le dije que su coartada es sólida.

–Daría mucho juego en las noticias.

–Ni se le ocurra inventarse una historia, ni ponga en mi boca palabras que no he dicho...

–¿Sabe? Cuando se enfada le brillan esos ojos verdes tan bonitos que tiene.

Max apuró el café. Se levantó con estrépito. Se golpeó las rodillas en la mesa y ella tuvo que aguantar el vaso de refresco para que no volcase.

–Gracias, nos vemos.

–Cuando usted quiera, inspector.

El calendario lunar provocaba que el primer día de cada año según el almanaque chino, la llamada Fiesta de la Primavera, variara siempre entre finales de enero y mediados de febrero. El 31 de enero se entraba en el año 4712 bajo el signo del Caballo de Madera. Sin embargo, era hoy cuando en el país asiático se salía a la calle para celebrarlo. Tras despedir a la Serpiente, los chinos daban la bienvenida al Año del Caballo con estruendosos fuegos artificiales y banquetes familiares. Pero Xabier no estaba para celebraciones. Se conformó con ver por televisión como en Barcelona, al igual que ya sucedió en Nueva York, Sídney, Londres..., el mestizaje marcaba la fiesta entre dragones, leones, caballos, tambores, danzas y máscaras tradicionales chinas que se mezclaban con *castellers,* diablos y gigantes, con la Sagrada Familia de telón de fondo. El Año del Caballo era símbolo de estabilidad y fuerza. En la pantalla, un residente chino contaba que «cuanto más alta tenía la pata el caballo, más suerte y más dinero».

Al pensar en caballos de madera le vino a la mente el caballo de Troya, aquel enorme caballo de madera que los troyanos confundieron con un regalo por su victoria e introdujeron en la ciudad sin saber que en su interior contenía decenas de griegos con ansias de sangre. Él tenía su particular caballo de Troya, y ansias de victoria. Tal vez había llegado la hora de utilizarlo, antes de que fuese demasiado tarde.

En la televisión, un carnicero chino se quejaba de la desbocada situación de crisis económica que padecía España asegurando que no iba a acudir a las celebraciones para poder abrir su negocio. Por fortuna, Xabier había ido acumulando los frutos de su trabajo como una hormiguita para no tener que padecer las épocas de crisis que azotaban al país cada cierto tiempo; ya había vivido unas cuantas. Pero haría bien en no confiarse, todo se terminaba, y debía dar pronto con la receta exacta de la pócima del Dragón para no verse obligado a echar mano de la reserva de fondos. Con Gordo y Flaco en la cárcel, tocaría sacar de las sombras a Sebastián, su fiel escudero y quien nunca le había defraudado. No temía por su vida en libertad, no creía que el par de gañanes lo delatasen, no tenían el coraje suficiente para exponerse al castigo de la organización, y tampoco sería la primera vez que la justicia lo buscase. Otros nombres, otros países, otros casos.

En la pantalla volvieron a mostrar imágenes del temporal que de madrugada había arrasado la costa guipuzcoana. Las olas –de hasta trece metros– habían reventado el Paseo Nuevo y dañado diversos puentes de la ciudad, la calle 31 de Agosto se había convertido en un río y el paseo Eduardo Chillida en una piscina. Pero lo más espectacular era el socavón que la bravura del mar había abierto en la carretera que unía Getaria y Zarautz y la desaparición de la carretera de acceso al faro de Híguer en Hondarribia. Curiosamente él, refugiado en una isla, no había sufrido percance alguno ni había tenido que variar sus hábitos, más allá de sentir por la noche la furia del temporal en las viejas paredes del faro.

Apagó la televisión y retomó sus preocupaciones. Dos agentes detenidos. La profesora en la UCI. Eneko desconfiado. ¿Había tenido mala suerte? «Quién sabe», se dijo, y recordó una historia china sobre un anciano sabio que vivía con un hijo y tenía un viejo caballo para arar sus campos. Un día el caballo escapó a las montañas. Cuando los vecinos se acercaron para lamentar su infortunio, el anciano les dijo: «¿Mala suerte? ¿Quién sabe?». Una semana después, el animal volvió de las montañas trayendo consigo una manada entera. Entonces los vecinos felicitaron al anciano, quien respondió: «¿Buena suerte? ¿Quién sabe?». Cuando el hijo del anciano intentaba domar uno de los caballos salvajes, se cayó y se rompió una pierna. Los vecinos lo consideraron una desgracia. El anciano se limitó a decir: «¿Mala suerte? ¿Quién sabe?». Una semana más tarde, el Ejército entró en el poblado y fueron reclutados todos los jóvenes que gozaban de buena salud. Cuando vieron al hijo del anciano con la pierna rota le dejaron tranquilo. ¿Buena suerte? ¿Mala suerte? Xabier miró ausente a su alrededor. «¿Quién sabe?»

Cuando Max llegó a casa sabía que Cristina no estaría. Había comido con ella, para después darse una vuelta en solitario por el puerto. No tardó en dar con Cangrejo, su confidente más fiel. Sin novedades en cuanto a los asesinatos. Nada se comentaba ni se sabía en los bajos fondos. La única información nueva que tenía era que un tipo calvo y con una fea herida en una mejilla iba preguntando por ahí dónde conseguir una pistola. Como no lo conocían, todo el mundo sospechaba de él, así que nadie le había vendido una. Max procesó la información, que se perdió en el fondo de su mente. Muchas veces obtenía informaciones parecidas que no le llevaban a ninguna parte, pero tener los oídos *abiertos* era fundamental en el trabajo. Después de dejar a Cangrejo había cenado en un restaurante barato del puerto, sin prisa, y luego se pasó por el Moby Dick's y se tomó una copa. En el trayecto de ida al pub había hablado con Cristina por teléfono para desearle buenas noches y recordarle que dejaría el móvil encendido, listo para cualquier emergencia.

Al entrar en el *loft* se encontró a la cría tumbada en el sofá, aparentemente dormida. Tenía puesta la televisión a todo volumen; los vecinos estarían contentos.

—«Por cada euro invertido se obtienen mil de ganancia» —afirmó un tipo de una ONG en la pantalla—. «Es el efecto de la globalización, las farmacéuticas compran materias primas en países por desarrollar, montan sus empresas donde la mano de obra es más barata y venden sus productos en los países de mayor poder adquisitivo. El mercado farmacéutico supera las ganancias por ventas de armas o...»

Apagar la televisión produjo el efecto contrario al deseado.

—Dupin, ¡qué mala cara traes!

—Vete al carajo.

—Seguro que has bebido.

En el Moby Dick's habían caído un par de Manhattans, nada en comparación con los viejos tiempos. Desde que Cristina estaba embarazada las salidas nocturnas se habían reducido considerablemente.

—Calla y duerme.

Max ya se dirigía a la cama cuando le vino una idea a la mente.

—Necesito que mañana me busques algo en Internet.

Se sentó en el sofá. Virginia recogió las piernas y se abrazó las rodillas. La manta que la tapaba cayó hasta su cintura. Otra vez llevaba aquella camiseta naranja que Max comenzaba a odiar.

—¿Qué quieres que busque?, ¿porno?

—Un teléfono —respondió Max.

—Línea erótica, ¿chicos o chicas?

—De una persona mayor que vive al otro lado del charco, en Colombia —añadió Max ignorándola.

—¿No tendrás un hijo secreto, verdad? Porque no podría ocultárselo a Cristina. Me daría mucha pena, pero tendríamos que dejarte. Te morirías solo y triste.

—¿Quieres cerrar la boca y escuchar? Te dejaré apuntado en un papel encima de la encimera el nombre y la dirección, no será difícil, es jardinero en una hacienda, cerca de Medellín. Cuando consigas el teléfono me lo anotas en el mismo papel. Ahora me voy a la cama.

Cuando Max se tumbó escuchó una melodía de fondo.

—Ni música ni ordenador ni televisión —ordenó desde la distancia.

«Mierda, ya parezco un padre», pensó.

Lunes 3

Las primeras horas del día, sentado en su despacho con un habano en la boca, eran las mejores. Lástima que casi nunca viniesen acompañadas de buenas noticias. Alex Pérez, al contrario que el juez Castillo, no hojeaba la prensa de la mañana, bastante tenía con leer el parte matutino que distribuía la Ertzaintza a sus agentes. El de hoy lo componían accidentes e incidencias derivadas del temporal. Las fuertes rachas de viento que azotaban el territorio habían llegado a alcanzar los 110 kilómetros por hora en el monte Jaizkibel, y de madrugada habían causado el desprendimiento de la tejavana de un viejo pabellón del puerto de Pasaia, que había caído sobre un aparcamiento y ocasionado daños en casi una decena de vehículos, según habían informado los bomberos. La zona del recinto portuario de Pasaia había quedado cerrada, y al lugar se habían desplazado efectivos de la Policía municipal y la Guardia Civil. Esta última estaba en todas partes, y a Alex no le extrañaba que en cualquier momento metiesen su cuchara en el caso que tenían entre manos. Por cierto, ¿en qué andarían sus hombres? Hacía tiempo que no recibía información.

Siguió con el parte. El viento había arrancado un árbol en el barrio Ventas de Irún que había caído sobre cinco vehículos que estaban estacionados en las inmediaciones. Nadie había resultado herido, pero había sido necesaria la intervención de los bomberos para liberar los coches, asegurar la zona y restablecer el tráfico. Un desprendimiento de piedras en la calle Easo había creado problemas en el centro de Donostia y se habían producido otras caídas de árboles, si bien se habían retirado rápidamente de la calzada y apenas habían ocasionado problemas de tráfico. Además del viento, las carreteras vascas estaban acusando la lluvia; en Lasarte se habían llegado a registrar durante la noche cincuenta litros por metro cuadrado y en Mondragón cuarenta. El riesgo de desbordamiento del río Urumea era elevado. Se alertaba de balsas de agua, por lo que se recomendaba precaución a la hora de circular. Sin embargo, el accidente más importante de esa noche había ocurrido en Oiartzun al chocar un coche con un caballo. El accidente había ocurrido cerca de las dos de la madrugada. Había dos heridos, trasladados ambos al Hospital Universitario Donostia, y el caballo había muerto. Al parecer, se habían encontrado con dos *pottokas* en la calzada y habían chocado con uno. «Hay que tener mala suerte...», pensó Alex. ¿Qué probabilidad había de que uno se cruzase en la carretera con dos caballos salvajes?

Dejó el parte de sucesos sobre la mesa y cogió el correo electrónico impreso que los jefes habían mandado a todos los comisarios. Dio un par de caladas antes de releerlo por tercera vez. El asunto era «Drones». En él se informaba de que la Ertzaintza iba a comprar próximamente tres drones con la idea de utilizarlos para controlar el tráfico y como dispositivos de emergencia, tales como búsqueda de personas o rescates. Se trataba de aparatos básicos para los cuales se instruiría a pilotos de la sección de helicópteros.

Y luego a él lo llamaban excéntrico. Era un visionario, y seguía muy orgulloso de la celda especial de la planta baja, la réplica de una existente en Carolina del Norte que hacía las delicias de los jefes de otros cuerpos policiales cuando visitaban la comisaría. El uso de drones en la vigilancia aérea era el siguiente paso en la modernidad del cuerpo y por la que tanto abogaba. Su utilidad era infinita, desde labores en el campo de la seguridad, seguimiento de manifestaciones, persecución de delincuentes, hasta búsqueda de personas con cámaras térmicas y supervisión de rescates. Los contrarios a la adquisición de esos aparatos aseguraban que era un derroche innecesario, y que las aeronaves se iban a dedicar única y exclusivamente a controlar el tráfico con el fin de poner multas y recaudar dinero para amortizar la compra lo antes posible. El correo finalizaba emplazando a los comisarios a asistir el próximo jueves a un simulacro de accidente de tráfico con múltiples víctimas, en Erandio, en el que se utilizarían dos drones de vigilancia aérea.

Expulsó el humo hacia el techo. ¿Serían capaces los drones de detectar el humo desde el aire?, ¿se equivocaría al apoyar el proyecto? El teléfono de la mesa comenzó a sonar. Respondió enseguida. Del otro lado de la línea emergió una voz conocida. Sonrió.

—¡Hombre! ¡Comisario Barreiro, qué gran placer oírle!

Mientras avanzaba en la conversación se preguntó si los gallegos también comprarían drones.

A media tarde, Max recibió una llamada del laboratorio forense. Los hermanos Galarza querían que él y Joshua se pasaran por el laboratorio para explicarles los resultados recibidos de Madrid sobre la muerte de Íñigo Lezeta.

Al inspector los últimos días se le estaban haciendo eternos, y aún dudaba de si había sido una buena idea que la cría se hubiera ido a vivir con él. Aunque sabía que era temporal, y que el nacimiento de Damián cambiaría muchas cosas, no tenía claro que dichos cambios fuesen a su favor. Por si fuera poco sentía la proximidad de ser padre como una corbata anudada al cuello. A veces la notaba apretada y necesitaba aflojarla, tomar distancia y respirar. Otras veces la percibía correcta, le hacía sentir bien, ilusionado ante lo que venía. Y en algunas ocasiones parecía como si no la llevase puesta, que el embarazo de Cristina fuera algo que le tocara de lejos y la idea de tener un hijo fuera un sueño. Embebido en sus dudas entró en el laboratorio forense. Era el último. El irlandés permanecía algo alejado de los hermanos Galarza, quienes practicaban la autopsia a un cadáver bastante deteriorado. Joshua vestía impecable, con un traje gris, corbata marengo y zapatos marrones, mientras que los hermanos llevaban sus batas verdes, guantes, gorrito y mascarilla.

—Una autopsia imprevista —se excusó Arkaitz.

—Os acordareis del caso, en Miranda de Ebro —dijo Kepa—. La mujer de un masajista que falleció de forma brusca e inesperada. Aunque al principio no se contempló el homicidio, la madre de la fallecida no paró de pelear hasta conseguir que se iniciase una investigación. Lo lleva la Policía Nacional. El masajista había sido juzgado previamente por asesinato y declarado inocente. Pero hace tres días se produjo la repentina muerte de un futbolista del Mirandés, casualmente marido de una mujer con la que el masajista al parecer tenía una aventura. El juez de Burgos no autorizó la exhumación del cadáver de la mujer del masajista, pero sí la autopsia del futbolista, y su padre nos ha pedido como favor, es amigo de un amigo, que seamos nosotros quienes hagamos la autopsia; no se fía del colega de Burgos. El cuerpo ha llegado hoy mismo, sin que nadie nos avisara previamente, ya conocéis la burocracia y los papeleos.

—Estamos justo en el umbral de la descomposición —afirmó Arkaitz.

—A los tres días, los gases de los tejidos corporales forman grandes ampollas bajo la piel, la totalidad del cuerpo comienza a hincharse y crecer de forma grotesca, y los fluidos empiezan a gotear por los orificios corporales —explicó Kepa.

—Qué asco —dijo Max.

—Pues más tarde es peor: la piel, el cabello y las uñas se caen, la piel se agrieta y revienta en múltiples zonas a causa de la presión de los gases internos, y la descomposición continuará hasta que no quede nada excepto los restos óseos, lo cual puede tardar unos dos meses con este frío que hace —continuó Arkaitz.

—Los dientes son a menudo lo único que queda años después, ya que el esmalte dental es la sustancia corporal más dura que existe. La mandíbula es así mismo la más densa, por lo que generalmente también resiste el paso de los años —añadió Kepa.

—¿Y qué buscáis? —preguntó Joshua, sin querer acercarse al bulto de carne putrefacta que descansaba sobre la mesa.

A Max le extrañó que el olor no superara al de otras autopsias.

—Se cree que el acusado habría inyectado succinilcolina en las nalgas de su mujer mientras esta dormía —explicó Arkaitz.

—¿Y eso podía matarla? —inquirió Joshua.

—No exactamente. Una inyección intramuscular de succinilcolina hubiera producido una apnea, pero no lo suficiente para matarla, a no ser que la concentración fuese muy elevada —contestó Kepa.

—Lo cual nos lleva casualmente a por qué estamos hoy aquí los tres. Nos han llegado los resultados solicitados a Madrid sobre las muestras enviadas en el caso del fallecimiento de Íñigo Lezeta.

Ambos hermanos cruzaron una mirada, como poniéndose de acuerdo para ver quién hablaba primero.

—Se ha encontrado presencia de rocuronio en el cuerpo. Es una droga bloqueante neuromuscular que se usa como adjunto a la anestesia general para inducir parálisis —reveló Kepa.

—¿Y eso es malo? —preguntó Max. Recordó que Marija había dicho que de la clínica habían desaparecido viales de rocuronio.

—Los anestésicos pueden deprimir la respiración y otros procesos vitales hasta el extremo de producir la muerte —respondió Arkaitz.

Joshua asintió. Los criminales también habían reparado en las posibilidades letales de ciertos fármacos, y en los últimos años los homicidios por envenenamiento que implicaban el uso de medicamentos se habían disparado hasta abarcar más de la mitad de los casos.

—Los resultados revelan concentraciones de rocuronio de seis y quince microgramos por mililitro en sangre e hígado respectivamente —reveló Kepa mientras examinaba brazos y piernas del cadáver, en busca de marcas.

—La concentración en sangre excede ampliamente la efectiva para producir parálisis, de unos dos microgramos por mililitro —añadió Arkaitz.

Los dos hermanos exponían datos y cifras sin consultar ningún informe, demostrando una capacidad mental que siempre superaba las expectativas de Max.

—Las concentraciones de monóxido de carbono en sangre tampoco son elevadas —dijo Kepa.

—¿Por tanto? —indagó Max.

—Un indicativo de que el sujeto estaba muerto en el momento del fuego —afirmó Arkaitz.

—Hostias —dijo Joshua.

Se hizo un silencio espeso.

—Desde la Antigüedad las drogas se han usado en sacrificios y ejecuciones —afirmó Arkaitz—. Los mayas fabricaban una especie de vino con la raíz de cierto árbol, y para que fuese más efectivo recurrían a jeringas de enema...

—¿Qué mierda es eso? —preguntó Max.

«No más jeringuillas, por favor», se dijo.

—No quieras saberlo —repuso Kepa.

—Una especie de tapón a base de vegetales bien empapado con la droga —explicó Arkaitz, y se tomó su tiempo antes de añadir—: que se introducía por el ano...

—Joder —dijo Max.

—Sí, joder. Así pasaba de manera directa a la sangre, sin ser filtrado por el hígado —explicó Kepa.

—Efecto inmediato —dijo Joshua—. Sí que eran listos estos mayas.

Los cuatro asintieron con la cabeza.

—¿Sigues buscando animales mitológicos, inspector? —preguntó Arkaitz.

—¿Cómo?

—Qilin, el unicornio chino, ¿te acuerdas de que me preguntaste por él?

—Ah, sí, ahora más bien busco personas de carne y hueso, propietarios de caballos de verdad.

—¿Qué sabes de caballos?, ¿deseas conocer la historia de alguno en particular? —sondeó Arkaitz, siempre deseoso de tratar temas menos mundanos y más alejados de autopsias.

—Lo único que sé es lo que decían del caballo de Atila, allá por donde pisaba, la hierba no volvía a crecer, pero ni idea de otros caballos famosos.

—Yo puedo hablaros de *Comanche,* el caballo más célebre del Séptimo de Caballería —dijo Kepa, quien había dejado las extremidades y palpaba la espalda del cadáver—. Fue bautizado así tras ser herido por una flecha en un combate contra los sioux. En la batalla de Little Big Horn, el Séptimo de Caballería fue masacrado por cinco mil guerreros sioux y cheyene. Custer y sus doscientos hombres murieron allí. Solo *Comanche* sobrevivió.

—Creo que acabó moribundo y con seis heridas. El oficial que mandaba la columna quiso rematarlo, pero sus hombres insistieron en tratar de salvarlo —añadió Arkaitz.

—No ha habido mejor caballo que *Marengo,* el preferido del Emperador —intervino Joshua—. De raza árabe, y con una magnífica estampa, fue capturado tras la campaña de Egipto.

—Creía que Napoleón no trataba bien a los caballos —dijo Kepa.

—He de reconocer que el Emperador no pasó a la historia por su amor a los equinos. En general, todos los caballos del Ejército napoleónico sufrían maltrato durante el entrenamiento; les daban latigazos y disparaban balas cerca de sus orejas para que se acostumbraran al fragor de la batalla. Ni siquiera los lavaban con frecuencia, por eso Wellington decía que a la Caballería francesa se la reconocía de lejos por el olor. A Napoleón le gustaba bautizar a sus caballos con el nombre de sus victorias. Ese fue el caso de *Marengo,* llamado así en honor a dicha batalla, el único corcel por el que el Emperador mostró cierto cariño. Tras la derrota de Waterloo, *Marengo* fue capturado por los británicos.

—Sí, eso me lo sé. Su esqueleto se exhibe hoy en el Museo Militar de Londres, aunque antes le arrancaron los cascos delanteros, para fabricar dos ceniceros... —añadió Kepa con una sádica sonrisa.

«Qué hago aquí hablando de caballos con estos tres personajes», pensó Max. Como siempre, quería una nueva visión alejada del caso, muchas veces funcionaba dar unos pasos hacia atrás y examinarlo como quien contempla un cuadro desde otra perspectiva. En ocasiones se descubrían nuevas líneas de investigación.

—Aunque el caballo de Calígula, *Incitatus,* quizá sea el más famoso —aventuró Kepa mientras pasaba a inspeccionar el cuello del cadáver.

—Por lo menos es el primer equino de la historia que ocupó un alto cargo, Calígula le nombró cónsul de Roma —añadió Arkaitz—. Se dice que la noche anterior a las carreras dormía con él, y que decretaba silencio absoluto bajo pena de muerte. Tuvo criados y una cuadra de mármol a su entera disposición.

Sería aquella una línea de investigación, se preguntó Max. El caballo de Lorenzo Bidaurreta, un *pottoka* de pura raza, se llamaba *Incitatus.* ¿Tendría algo ver con el caso o solo eran alucinaciones de un viejo?

—¿Y qué sabéis de *Babieca,* el caballo del Cid Campeador? —preguntó Joshua con curiosidad.

—¡Eureka! —gritó Kepa—. Lo que me imaginaba, mi amigo se va a poner contentísimo.

—¿Qué pasa? —preguntó Max, perdido entre tanto caballo.

—¿Es lo que me imagino? —dijo Arkaitz.

—Sí, hermano. Una fractura del hueso hioides. El futbolista debió de sufrir una apnea por la succinilcolina, y cuando el efecto comenzó a desaparecer, fue estrangulado.

Cristina Suárez había consumido la mayor parte del día con Virginia pero había decidido dormir sola en su casa. No tenía noticias de Max desde ayer. Iba en pijama, bata y zapatillas. No eran ni las ocho pero ya había cenado, una tortilla de atún a la que había acompañado de un zumo de naranja y un yogur natural. Estaba arrellanada en el sofá con su diario cerrado sobre las rodillas, apenas había escrito unas palabras. Se acarició el vientre con las dos manos. Todos los poros de su piel respiraban unas inmensas ganas de vivir que la colmaban de alegría. Sonó el timbre de la puerta. Se anudó el cinturón de la bata y se dirigió a la entrada arrastrando los pies por el pasillo. Deseó que no fuese su madre. Miró a través de la mirilla y abrió a la vez que su boca esbozaba una amplia sonrisa.

–¡Max!, ¡Qué sorpresa!... ¿Qué llevas ahí?

–Hamburguesas y patatas fritas de la Va Bene –contestó, levantando la bolsa de plástico que portaba en una mano–. ¿Has cenado?

–No –mintió Cristina. Una mueca de enfado cruzó su rostro–. ¿Y después?

—Hace frío, no me gustaría dormir solo.

Cristina se arrojó a los brazos del inspector.

Cuando Xavier Andetxaga no podía conciliar el sueño leía el *Tao Te Ching,* y si no lo tenía a mano pensaba en su madre. Lo que más le incordiaba eran los días anteriores a la acción. Nunca soportó bien las esperas. Su madre siempre le decía que era un niño impaciente y que iba a sufrir en la vida si no cambiaba de actitud. Pero, como buen vasco, era tozudo como una mula y pensaba que eran los demás quienes debían cambiar y no él. Leyó uno de sus pasajes preferidos:

> *Quien actúa, fracasará.*
> *Quien se aferra a algo, lo perderá.*
> *Por eso el sabio no actúa y así no fracasa.*
> *No se aferra a nada y así nada pierde.*

Tras dos páginas más se le cerraron los ojos. Dejó caer el libro al suelo. Desde la habitación de su escondrijo en el faro se oía el ulular del viento y se intuía la fuerza de la tormenta. Soñó con su madre, con caballos y con militares.

Martes 4

Las noticias sobre los efectos del temporal en Guipúzcoa se sucedían y las medidas adoptadas por los distintos departamentos gubernamentales también. El de Seguridad Ciudadana y Protección Civil del Gobierno vasco había activado la alerta naranja por riesgo marítimo costero, ante la previsión de que podrían alcanzarse olas de hasta siete metros de altura. Asimismo, se establecía aviso amarillo por viento en zonas expuestas. Un desprendimiento de tierra debido a las precipitaciones registradas en los últimos días en una vía de Renfe, en un tramo comprendido entre Irún y Rentería, estaba provocando retrasos importantes en el servicio. Los operarios de Renfe trabajaban en la reparación de la vía cortada, con lo cual los trenes circulaban por una única vía. Por su parte, el Ayuntamiento de Donostia había convocado un gabinete de crisis que estaría activo hasta medianoche. Los bomberos, los servicios sanitarios, la Ertzaintza y el resto de los cuerpos especiales estaban pendientes de cualquier aviso de emergencia.

Max y Erika caminaban por el barrio de Alza acompañados por el sonido lejano de diversas sirenas. Ambos habían aprendido a diferenciarlas, aunque hoy las sirenas de policías, bomberos y ambulancias se entremezclaban. Max, de su periplo en Madrid, estaba acostumbrado; sin embargo, Erika se preguntó si sería así vivir en una ciudad grande, con las sirenas sonando a todas horas. En Hendaya el temporal también había causado destrozos, pero ni la mitad de los sufridos en Donostia.

Por el barrio abundaban los coches viejos, las persianas bajadas en los comercios y las basuras repletas de desperdicios. Según un reciente estudio, el barrio de Alza era el de renta más pobre de la ciudad, al otro extremo de la del barrio de Miramón. Los residentes debían de sentir la presión de las hipotecas en su propia piel.

–Parece que la crisis ha hecho estragos –dijo Erika al ver la cantidad de negocios que habían echado el cierre.

Muchas de las persianas tenían grafitis, algunos incluso con proclamas a favor de ETA, que el servicio de limpieza del ayuntamiento no se había molestado en borrar. El inspector se anotó pasar el aviso pertinente; la experiencia le decía que cuando en las zonas marginales se dejaba crecer el descontento y no se mantenía el orden y la limpieza, a menudo se creaba una burbuja de insatisfacción que acababa estallando en violencia, con un poco de suerte solo había algún herido y ningún muerto.

–Es por aquí –anunció Erika.

Álvaro Peña no había muerto como suponía la periodista. Y sus antecedentes no estaban muy claros. Al parecer fue detenido bajo cargos de pertenencia a banda armada, pero ni rastro de pruebas. Lo único que Max pudo descubrir de su pasado era un informe en el cual lo señalaban como uno de los máximos responsables de *Zutabe*. Unos agentes que patrullaban por el barrio les confirmaron la dirección que Asier había encontrado tras teclear en un ordenador de la comisaría «bloque bajo número quince de la calle Xenpelar en el barrio de Alza». Según la ficha policial, Álvaro Peña tenía cincuenta y cinco años, no se le conocía trabajo alguno y en la última foto que tenían de él parecía un robinsón desesperado por encontrar un bote. Los agentes les informaron de que Álvaro era muy conocido en el barrio. Se trataba de un pobre hombre que por culpa de la crisis económica había perdido su trabajo de oficinista, y que había entrado en una espiral de autodestrucción que le había llevado a perder el piso, por no pagar la hipoteca, a su familia, que se habían traslado a un pueblo de Cáceres, y a sus amigos, tras pasarse a la bebida. Subsistía en la calle arrastrando un carrito de supermercado, recorriéndose el barrio, buscando en contenedores de basura, papeleras y edificios abandonados, vendiendo cartón y chatarra, y siempre sin meterse en problemas ni causar alborotos. Algunos vecinos incluso le daban comida. Habían transcurrido seis meses desde el último arresto, por una pelea con otro borracho. Testificó que un hombre le quería robar su carrito.

—Diecinueve..., diecisiete..., aquí debe de ser —dijo Erika.

Al levantar la vista el inspector descubrió una chapa doblada en la pared donde a duras penas se veía el número quince. No había timbre ni buzón. La puerta era de hierro, de esas que se colocaban en los pisos vacíos para que los okupas no se instalaran, y parecía recia e infranqueable. Pero solo fue una primera impresión. Con un simple dedo Max empujó la puerta y esta se abrió con un chirrido.

—¡Está abierta! —exclamó Erika.

Max dejó pasar la obviedad y evaluó si desenfundaba. No tenía orden de registro, pero pensaba entrar en la vivienda. Lo que el juez Castillo llamaba allanamiento de morada; su artículo favorito del Código Penal para hacerle la vida imposible. Decidió no desenfundar. A pie de puerta, unas escaleras descendían hacia la vivienda. Nada más poner un pie en el interior percibió el intenso olor a comida descompuesta. Se tapó la nariz con un pañuelo de tela y bajó por las escaleras. Las paredes estaban desconchadas y desprendían un fuerte olor a humedad. Erika siguió al inspector sin ocultar su repugnancia, cuidándose muy bien de no tocar nada y de ver dónde ponía el pie. Trató de no pensar en sótanos, cadenas y cuartos oscuros.

Tardaron poco en llegar abajo.

—Vaya pocilga —apuntó Erika.

La claridad de la mañana, que entraba por tres alargadas ventanas ubicadas a ras de calle, alumbraba débilmente la estancia, que se componía de una única habitación cuadrada de poco más de cuatro metros de lado por unos tres de alto. Allí abajo olía aún peor. Las tres ventanas estaban cerradas y la ventilación brillaba por su ausencia. Todo estaba impregnado de suciedad y polvo, como si la vivienda hubiese estado cerrada mucho tiempo.

El suelo estaba lleno de envases de vidrio vacíos, sobre todo de botellines de cerveza de marca blanca y botellas de vino barato. La cocina de gas era una costra de comida derramada. La superficie de la encimera estaba cubierta de platos sucios, restos de envases de comida precocinada, latas abiertas y cajetillas de cigarrillos arrugadas.

—El olor de la inmundicia —dijo Max paseando la mirada por la estancia.

Una televisión ennegrecida como si se hubiese quemado, un sofá rajado con los muelles asomando y una decena de jaulas vacías para pájaros fue lo que más le llamó la atención del mobiliario.

«¿Qué hacemos en esta cloaca?», se preguntó Erika.

Un ruido los asustó. Max fue el primero en sacar el revólver. Un gato negro saltó por encima del sofá, alcanzó las escaleras y se lanzó hacia la puerta de la calle.

—Tú sí que sabes —dijo Erika.

Otro gato negro apareció al lado de la televisión. El cañón del Smith & Wesson se encontró con su mirada felina.

—Joder con los gatos —dijo Max.

—Ya sabes lo que dicen, donde hay gatos no hay ratas.

Max guardó el arma.

—Vámonos, creo que podemos eliminar a otro sospechoso de la lista.

Asier se recostó con pesar en el sofá. Se sentía cansado y el dolor en el brazo izquierdo seguía importunándolo hasta tal punto que se le estaba pasando al pecho. Como siguiese así tendría que acudir al médico. Al ver que Lourdes se acercaba dejó de masajearse el antebrazo y cambió la cara.

—¿A qué hora tienes que irte? —preguntó Lourdes sentándose a su izquierda con una taza de té en la mano.

—Sobre las ocho.

—¿Y cómo es que vas tú solo?

—Con el temporal, la mitad de los efectivos están en la calle, de apoyo a otros cuerpos. Solo tengo que vigilar a una persona que trabaja de noche. Una labor rutinaria.

Asier evitó la mirada de Lourdes. Después de la vigilancia de Oliver, que acabó con la detención de dos criminales, llamar rutina a una vigilancia nocturna era mentir bastante, pero no quería que se preocupase. Él mismo fue quien se propuso para realizar el turno de noche. Y bien mirado había tenido hasta suerte, a Oier le había tocado vigilar un caserío de Azkoitia, y según contaban, no quitar ojo a un viejo cascarrabias que llevaba siempre una escopeta de perdigones al hombro. Resultaba mil veces mejor la vigilancia nocturna en un polígono industrial que en un paraje boscoso y alejado de la civilización, allí nadie te oiría gritar.

—No has comido mucho.

La comida vegetariana de Josefa seguía pareciéndole insípida, así que fingía y comía lo mínimo posible, poniendo de excusa la dieta de los puntos.

—Ya solo nos queda una semana para cumplir el primer ciclo —añadió Lourdes.

«Una maldita semana con la misma dieta», pensó Asier. No sabía si iba a aguantar. Además, cuando Lourdes no estaba, no se privaba de nada, es más, el prohibirle la comida que tanto le gustaba había creado en él el efecto contrario y no se podía aguantar sin comer a escondidas una chocolatina o un donut.

—¿Dónde está Nagore? —preguntó Asier, deseoso de cambiar de tema.

—Con su padre, han ido a dar una vuelta por el monte. Le vendrá bien estar al aire libre.

—Sí, quedarse todo el día encerrada en su habitación con la música a tope no puede conducir a nada bueno.

—Anda, para ya, Santiago Rodríguez dijo que tenemos que darle tiempo, esperar a que su conciencia retome conductas anteriores sin pensar, ¿cómo te dije que lo llamó?

—Sistema de conducta de Hull.

—Eso. —Lourdes se retocó el moño que recogía su pelo encrespado—. La conducta es cuestión de estímulos y respuestas. Me explicó que el aprendizaje es continuo y acumulativo, y que cada refuerzo fortalece el aprendizaje, aunque no se manifieste en un principio. Ahí es donde debemos ayudar a Nagore. Lástima que Rodríguez esté de baja, solo pude asistir a una sesión introductoria, me hubiera gustado que Nagore le hubiera conocido. Tenías razón al recomendármelo. Entendí que el aprendizaje consiste en fortalecer, dentro de una categoría de hábitos, aquellos que son más débiles, reforzarlos y evitar extinguir los que son más probables.

—Suena complejo. ¿Me lo puedes explicar con un ejemplo?

—Un joven tiene el hábito de fumar siempre que sale a la calle después de comer con sus compañeros de trabajo; sin embargo, cuando está solo, muy pocas veces lo hace. Para mejorar esta conducta no deseada, se idea un plan. —Lourdes depositó la taza en la mesilla de centro, se quitó la rebeca de lana y la dejó sobre un brazo del sofá—. En este caso, se privará al joven que fuma del estímulo, así que se le pide que vaya a comer solo, de este modo nadie podrá salir con él a fumar, ¿entiendes? Así el sujeto evitará la repetición de lo que ve, ya que los comportamientos de estímulo, observar a otro fumador, no tendrá una respuesta, la de fumar, así facilitará que no fume y su hábito habrá sido modificado.

—Qué confuso. A veces pienso que vivimos en una sociedad con ganas de complicarlo todo.

—Rodríguez también afirmó que la hipnosis era una buena herramienta para provocar aumento de las habilidades físicas y cambiar la estimulación sensorial. Pero por supuesto que no me he planteado la inducción hipnótica para que Nagore cambie de hábitos.

Lourdes cogió la taza y le dio un sorbo tan pequeño que Asier supuso que estaba abrasando.

—Se me ocurren otros métodos —dijo él—; por ejemplo, si queremos que Nagore no se deprima, podemos hacer saltar la luz.

—¿Para?

—No podrá escuchar música, y no tendrá sentido que se quede encerrada en la habitación, saldrá y le habremos cambiado los hábitos.

Lourdes se quedó mirando a su novio. Al ver una sonrisa aflorar a su rostro lo llamó «tonto» y le dio una palmada cariñosa en el brazo izquierdo.

—Ay —se quejó Asier.

—¿Qué te pasa?

—Nada, un moratón que me hice en el brazo durante la detención del otro día.

—No me gusta que hoy vayas solo.

Asier calló. Lourdes dio otro pequeño sorbo a la taza. Escucharon la puerta cerrarse.

—Deberías probar el té, es muy diurético.

—¿Se ha ido Josefa?

—*Bai*, ¿por?

—Estamos solos.

Asier arqueó las cejas.

Lourdes dejó la taza sobre la mesilla, y se sentó en las rodillas de él.

—¿Qué propones, agente? No querrás aprovecharte de una desvalida ama de casa...

Se soltó el pelo.

Asier abarcó con sus manos los pechos de ella.

—Soy un agente de calle, mi amor. Sé cómo cuidar a la gente.

El inspector tenía un par de llamadas perdidas en el móvil antes de atender otra del comisario y cumplir con sus instrucciones para que acudiesen con carácter urgente a la comisaría. Nada más verlos asomar por el pasillo, Alex se les echó encima. Erika arguyó que tenía que ir al baño y desapareció, así que le tocó a Max aguantar el chaparrón.

—¿Para qué diablos tienes un contestador automático en casa si no devuelves las llamadas?, ¿y quién es esa cría que ha cogido el teléfono?

Max pensó que tendría que subir el volumen del móvil o comprarse otro más moderno, no quería que le pasase lo mismo con Cristina. Se la imaginó en dirección al hospital en un taxi a toda velocidad mientras él estaba tomándose un Manhattan en el Moby Dick's.

—Le he pasado tu número de móvil al comisario Barreiro, te está buscando. Es un buen amigo gallego, a ver si a él le atiendes mejor que a mí. Bueno, déjalo —dijo Alex, a sabiendas de que Max no iba a contestarle ni explicarle nada—. Como te he adelantado por teléfono, uno de los detenidos está dispuesto a confesar.

—Flaco.

—No, Gordo.

Max arrugó el ceño. Nunca fue bueno apostando a caballo ganador, sus favoritos siempre acababan de los últimos.

—¿Y por qué yo?

—No lo sé, Max. Quiero pensar que tienes un poder de atracción para este tipo de criminales. Desde el caso del Asesino de Químicas eres nuestro hombre más célebre. Aprovéchalo y sácale todo lo que puedas a ese hombre. Grabaremos la conversación.

Erika apareció por el pasillo. Con la mirada preguntaba si se había perdido algo.

—Vamos, rápido —ordenó Alex—, no vaya a ser que se arrepienta.

A los diez minutos, Max estaba frente a Gordo en la misma sala de interrogatorios en la que había hablado con Flaco hacía una semana.

Gordo estaba sentado tranquilamente en la silla, con los codos apoyados en la mesa. Esposado, una cadena unía las esposas a una argolla del suelo. La cadena se veía suelta, así que Max calculó que Gordo podía levantarse de la silla sin dificultad y se movía alrededor del preso a una distancia prudente. No creía que fuese a abalanzarse sobre él, pero toda precaución era poca. Permanecer una semana entera en una celda solía hacer estragos en los detenidos, y algunos respondían con violencia.

—Yo no he matado a nadie —fue lo primero que dijo Gordo.

—No lo dudo, ¿fue tu socio?

—Tampoco, nosotros nunca hemos matado a nadie. Reconozco que podría haber pasado, porque estamos más que preparados para hacerlo, pero nunca se nos contrató para eso.

—Entonces, ¿para qué?

—Secuestrar.

Max seguía andando a su alrededor, como acechando a una presa, pero manteniendo la distancia y cuidándose de tapar el menor tiempo posible el espejo oculto que colgaba en la pared situada frente al detenido, tras el cual, en la sala de observación, Alex y Erika seguían el interrogatorio.

—¿Qué más?

—Recoger cadáveres.

—¿Para?

Max tenía la sensación de tener entre las manos un cuentagotas gordo, pesado y taponado, que debía agitar constantemente para que saliesen las gotas por un extremo.

—Enterrarlos.

—¿En caseríos?

Max pudo imaginarse la cara de angustia de Erika.

—Sí.

—¿Quién los contrataba?

—¿Sabe?, todos piensan que soy tonto. Usted también lo piensa, ¿verdad?

—Lo que yo piense o deje de pensar no es importante, es su pellejo el que está en juego.

—Todos se equivocan. No pienso cargar con el mochuelo de otro y pudrirme en la cárcel.

—¿Y bien?

—Necesito protección, una nueva identidad para mí y mi socio. Ninguno hemos hecho daño a nadie. Corremos peligro.

El rostro de Gordo reflejaba cansancio, pero también miedo a lo que pudiera pasar en un futuro.

—Tendréis lo que os ganéis. En eso consisten los tratos.

Ahora se imaginó la cara de malestar de Alex. Según el comisario no se podía llevar la contraria a un detenido, la táctica adecuada era afirmar y conceder casi todo lo solicitado, máxime sin un abogado de por medio. Pero Max no la compartía.

–Eso no fue lo que me dijo el comisario –se quejó Gordo, como si leyese el pensamiento.

–Los policías a veces mentimos. –Se imaginó a Alex dando puñetazos en la mesa–. ¿Quieres que te mienta o que te diga la verdad? No voy a prometerte nada que no pueda cumplir. Si lo que me cuentas vale la pena, conseguiré del juez una orden para que tú y tu socio entréis a formar parte del plan de protección de testigos.

–¿Y me puedo fiar de ese plan?

–Que yo sepa siempre ha funcionado, es el mismo que lleva empleándose durante años con las personas amenazadas por ETA, los empresarios que se negaron a pagar el impuesto revolucionario, chivatos y granujas buscados por la banda.

Aquello acabó por convencer a Gordo.

Cuando Max salió por la puerta, el detenido llevaba más de una hora *cantando*. La grabadora recogió toda la confesión. Al ver a Erika, Max no supo qué decir. Del comisario recibió una palmada cariñosa en la espalda.

Gordo había empezado diciendo que los contrataban para enterrar los cadáveres que generaba una organización criminal a la que se refirió como la Brigada. A la mayoría los enterraban en terrenos alejados de caseríos, en fosas comunes parecidas a las de la Guerra Civil que se seguían descubriendo por toda la geografía española. Confesó que en el caserío de Hernani enterraron el cuerpo de Maider, la novia de Galder y exagente de la Brigada, que había sido sacrificada por miedo a que delatase a la organización. También reconoció que a veces no enterraban los cuerpos sino que su cometido consistía en desplazarlos de un lugar a otro, con el fin de incriminar a alguien. Era el caso de Lucía, la novia de Erika. Recogieron su cuerpo en una fábrica abandonada y lo transportaron en una furgoneta hasta la casa de Erika en Hendaya. El difunto Igor Salaberria era el responsable de la muerte de ambas mujeres. Otras veces hacían pequeños encargos sin conocer el motivo. Uno de ellos fue el incendio de un ala de la catedral del Buen Pastor. Otro fue el secuestro de la profesora. Gordo juraba y perjuraba que lo de Itziar fue un accidente, que ella misma se arrojó escaleras abajo para impedir que la secuestraran. Lo de Oliver fue su última chapuza. A la pregunta de quién los contrataba, Gordo se lo pensó dos veces antes de contestar, pero cuando lo hizo Max no obtuvo ninguna sorpresa. Se trataba de un viejecillo de escaso pelo blanco. Xabier Andetxaga.

No cabía duda alguna, Gordo y Flaco entrarían en el plan de protección de testigos.

Se recostó indolente en el asiento del coche. No podía estar mejor situado, frente a la entrada de la fábrica de pinturas, entre dos coches y lejos de la única farola que alumbraba la calle. De día los polígonos industriales eran un hervidero de gente entrando y saliendo de las fábricas, un constante ajetreo de coches, camiones y furgonetas, una vida incesante de prisas y urgencias; en cambio, por las noches eran lo más parecido a una ciudad fantasma, las empresas tenían las persianas bajadas y las vallas de hierro cerradas, todo era un remanso de paz, se respiraba tranquilidad, nadie transitaba por las calles, las carreteras eran amplias avenidas vacías, propicias para hacer trompos o carreras de coches, y la iluminación era escasa.

Asier miró el reloj de pulsera. Las 21.30. Habían salido algunos trabajadores de la fábrica, con mochilas al hombro o bolsas de deporte en la mano, en dirección a sus hogares, a esperar que la rueda se pusiese otra vez en marcha al día siguiente. A esas horas, la actividad en la fábrica era prácticamente nula. Al llegar, cerca de las nueve, le había dado tiempo de ver entrar y salir a algunas cisternas con rombos que indicaban productos inflamables y tóxicos en los laterales y un puñado de camiones cargados con palés de bidones y sacos.

El objetivo no tardaría en llegar. Según sus notas entraba a trabajar a las diez de la noche y salía a las seis de la mañana. De lunes a viernes. Un horario terrible de compaginar con una familia pero perfecto para un soltero. Asier se preguntó qué haría para matar el tiempo. Seguramente tendría que realizar una ronda cada hora, o quizá cada dos, pero entre ronda y ronda le quedaría tiempo libre para leer, ver la tele o dormir. Se había llevado el libro de la dieta de los puntos, que, junto con la radio, creía que sería suficiente para mantenerse despierto. Por supuesto, el arsenal de comida resultaba abundante, y variopinto: chocolatinas, frutos secos, un par de donuts, el bocadillo vegetal que le había preparado Lourdes, unos yogures bebibles *light* y un par de latas de coca-cola zero. Y había hecho bien, puesto que no había ninguna cafetería ni gasolinera en las proximidades.

Desde su posición veía el doble torno por el que entraban y salían los trabajadores y la valla que se levantaba al paso de vehículos. Todo el personal llevaba colgada al cuello una tarjeta verde de fichar para pasar los controles. También veía el parque de coches, camiones y cisternas, la entrada al edificio principal, supuso que las oficinas, y la garita de la entrada. Al fondo emergía otro edificio de cemento que debía de ser el almacén y más al fondo se difuminaban entre la oscuridad de la noche unos tanques de acero inoxidable.

A las 21.35 la monotonía fue rota por el ruidoso sonido de una moto. Paró frente a la valla enrejada. Era de cilindrada pequeña y con algún problema en el tubo de escape a juzgar por el ruido que hacía. El motero pasó la tarjeta por el lector y la valla se abrió. Entró con un acelerón y aparcó al lado de la garita. Al bajarse de la moto, Asier no pudo verle el rostro puesto que llevaba el casco, pero sí vio claramente que vestía un uniforme de guardia de seguridad. Se introdujo en la garita con el casco puesto y encendió las luces. Después desapareció por una puerta lateral. Cuando volvió a aparecer iba sin casco y con gorra, y sostenía un vaso de plástico humeante. Desde su posición, Asier apenas podía vislumbrar algún rasgo para compararlo con la fotografía de la ficha –la oscuridad, la distancia y la gorra componían un hándicap insalvable–, pero todo indicaba que aquel hombre entrado en años y con algunos kilos de más respondía al nombre de Álvaro Serrano. El agente desconocía por qué para el inspector resultaba tan importante su vigilancia. Anotó en un cuaderno de notas la hora de su llegada. Varios trabajadores salieron de la fábrica. A partir de las diez el goteo de gente cesó. Un trío de rezagados fueron los últimos en salir y Asier vio claramente que saludaban al guardia de seguridad con la mano antes de fichar. Hasta las once de la noche no pasó nada. Ni coches ni personas. A esa hora el guardia de seguridad salió a efectuar su primera ronda. Llevaba una linterna en una mano mientras con la otra aguantaba la gorra de las embestidas del viento. Asier se sacudió las migas del pantalón: había dado buena cuenta del bocadillo. Cuando se terminaba la primera chocolatina el guardia regresó a la garita. En las siguientes dos horas no salió. Asier se preguntó qué estaba leyendo. No levantaba la cabeza de la mesa. Desde la distancia no podía ver lo que hacía. Un par de veces se puso de pie y desapareció por la puerta lateral. En las dos ocasiones apareció con un vaso de plástico humeante. Solo bebía, no comía nada. En cambio, Asier había acabado con uno de los dos donuts, el bocadillo, un par de chocolatinas y las dos latas de refresco.

El viento ululaba en el exterior y batía las ramas de los árboles, que esparcían por el suelo las pocas hojas que albergaban hasta que la fuerza del viento las arrastraba y las unía con el resto de la basura, papeles e inmundicia ligera que revoleteaba por el asfalto y las aceras. Asier persiguió con la mirada una bolsa de plástico que hacía cabriolas en el aire. A eso de la una y media de la madrugada relajó el cuerpo en el asiento y apoyó la cabeza. El coche era una gran cuna que mecía el céfiro nocturno. A los cinco minutos roncaba plácidamente.

Miércoles 5

Se despertó de un sobresalto a causa del teléfono. Se dio la vuelta intentando olvidarlo, acoplarlo a su sueño, pero quien fuera no se rendía. Se sentó en la cama, encendió la luz de la mesilla y cogió el móvil.

—¿Lourdes?

—¿Erika?

—Sí, soy yo, perdona por llamarte tan pronto...

Miró el reloj despertador. Eran casi las siete de la mañana.

—... por despertarte...

Alargó la mano hacia el otro lado de la cama. Vacía y las sabanas frías. Asier no había vuelto.

—¿Qué pasa, Erika?

Silencio en la línea.

—¿Quieres hablar con Nagore?

—No. Es que...

—Es Asier, ¿verdad?, ¿qué ha ocurrido?

—Ha tenido un accidente de coche, de madrugada, se ha empotrado en la mediana...

Lourdes dejó escapar un chillido.

—... está en la UCI.

—¿Cómo?

—Aún no lo sabemos.

—¿Y?

—Su pronóstico es reservado, pero está grave, lo mejor es que vengas cuanto antes.

Amaneció un día gélido y ventoso. Por la noche se habían registrado ráfagas de 130 kilómetros por hora en la isla de Santa Clara, y en el faro de Matxitxako se habían superado los 150. Pero por mucho viento que hiciese, Tatiana Salazar no renunciaba a su sombrero *cloché*, lo aguantaba con una mano sobre la cabeza, con la otra apretaba contra el cuerpo un bolso de cuero negro de dos asas. Según avanzaba por la calle comprobaba la magnitud del desastre y por qué los bomberos habían realizado más de treinta intervenciones en diversas zonas de la ciudad. Los daños en los tejados, los árboles caídos, las marquesinas destrozadas, los andamios inestables, los canalones y las ventanas desplazadas eran bien visibles. Sin embargo, ella no se podía permitir el lujo de quedarse en casa sin ir a trabajar. Donostia era una ciudad lo suficientemente pequeña como para que la tarea de encontrar otro trabajo resultase una odisea. Tenía que conservar su pequeño trabajo de limpiadora, a diez euros la hora, contra viento y marea. En Villavicencio, su ciudad natal, residían sus padres y dos de sus hermanos, los cuales agradecían los más de doscientos mil pesos colombianos en que se convertían los ochenta euros que enviaba puntualmente todos los primeros de mes por mensajería. Por supuesto que no sabían que se ganaba la vida limpiando casas, ni siquiera sabían que vivía en San Sebastián, creían que trabajaba en Madrid de secretaria para una multinacional.

Apretó el paso. Llegaba tarde. Tenía las llaves del piso y su propietario se ausentaba cuando a ella le tocaba limpiar, pero después tenía que ir a otras dos casas y no iba a incumplir el horario, tres horas le pagaban y tres horas iba a estar, con lo cual un retraso en la primera casa suponía arrastrar la demora al resto de las viviendas. A la primera llegaba caminando desde su casa, para ir a las demás debía coger el autobús, y tal como se suponía que estaba el tráfico a buen seguro perdería tiempo durante el trayecto. Había oído en las noticias que desde el día anterior se mantenía el corte en diversas calles debido a los daños causados por el temporal. La situación no mejoraba en las afueras: el puerto de Jaizkibel se había cerrado a todo tipo de vehículos a causa de la nieve caída, en el alto de Etxegarate era obligatorio el uso de cadenas y en el resto de las carreteras se aconsejaba circular con precaución.

En los Llanos Orientales no había puertos de montaña y nunca había nevado. Su familia estaría aguantando ahora cerca de treinta grados a la sombra, aunque, eso sí, llovía de manera puntual y torrencial, como si fuese el diluvio universal, y las crecidas de los ríos provocaban cortes en el tráfico y complicaciones en las comunicaciones. Nunca pensó que echaría de menos el calor húmedo y pegajoso de *Villao*. Ya llevaba en España diez años y solo había sentido un calor igual una semana de agosto que pasó con unas amigas de vacaciones en Barcelona. Había oído decir que en Andalucía hacía más calor. Pues bienvenido sería, estaba harta del tiempo en la cornisa cantábrica. No soportaba las estaciones vascas: los inviernos helados, el otoño ventoso, la primavera lluviosa y el verano tibio; siempre trajinando con el ropero: prendas para el frío, el calor y el entretiempo. En los Llanos resultaba más fácil, un buen surtido de vaqueros y camisetas de manga corta para todo el año.

Al llegar al portal se peleó con el viento para poder abrir su bolso y sacar las llaves. Abrió la puerta y la cerró de golpe, antes de que el viento se la llevase por delante. En el espejo del vestíbulo se retocó el sombrero que le caía de lado y por el que asomaban unos cuantos pelos rebeldes.

—¡Qué *jartera* de tiempo! —exclamó.

Subió por las escaleras hasta el segundo piso. Nunca tomaba el ascensor, era más lento. Ya al abrir la puerta de la vivienda notó algo raro: la luz del pasillo estaba encendida. Al dejar sus llaves en la mesita de la entrada vio que también estaban las del propietario. Pocas veces coincidían, algunas porque se le había hecho tarde a él, otras porque ella llegaba un poco antes, y el resto solían ser porque quería decirle algo. En ocasiones le dejaba notas con un imán en el frigorífico, del estilo «Hoy haz el baño», «Dedícate a los cristales de las ventanas» o «El lote del salón es para ti. Feliz Navidad. Raúl»; y ella también acostumbraba dejarle notas, pero de otra índole: «Falta limpiacristales»,

«Compra guantes», «La próxima semana no puedo venir» o «Gracias por el lote. Tatiana». Pero siempre que abría la puerta presentía su presencia, a veces en forma de canciones –le encantaba poner música clásica en un tocadiscos viejo que tenía–, a veces se lo encontraba en el pasillo o trasteando en la cocina. Sin embargo, hoy la casa emanaba un silencio inquietante. Colgó abrigo y sombrero en el perchero de la entrada y se dirigió a la cocina llamándolo en voz alta. Nadie le contestó y la cocina estaba desierta. Tampoco estaban sobre la encimera los treinta euros que cobraba. Caminó por el pasillo. Oyó de fondo el sonido de la aguja del tocadiscos rasgando un disco. Gritó «Raúl» para anunciar su presencia. Antes de llegar al salón había una puerta que daba al dormitorio. Estaba abierta. Cuando asomó la cabeza supo que no había descubierto a su jefe haciendo algo indebido. Él mismo y su posición inerte en el suelo eran una sorpresa en sí. Y también supo que ese día no iría a trabajar al resto de las casas.

Había visto numerosos muertos en la selva colombiana, su familia y ella eran unos desplazados por la guerrilla y estaba curada de espanto de las atrocidades que eran capaces de cometer algunas personas. Ladeó la cabeza para ver mejor el cadáver. Era muy diferente a los que había visto hasta entonces. No había rastro de dolor o extrañeza en el rostro. Tampoco el cuerpo estaba abatido en el suelo como si hubiese pretendido escapar y una bala le hubiera alcanzado en la espalda.

«Los asesinatos en Europa son bien diferentes», se dijo.

Cuando Max recibió una llamada de un número desconocido se encontraba en la escena del crimen. Aún estaba en *shock* por las graves noticias sobre el estado de salud de Asier. Sabía que alguna vez perdería a uno de sus hombres, pero nunca pensó que el orondo y simpático agente fuese el primero. Las noticias aún eran confusas. Había tenido un accidente de tráfico y no estaba claro si este le había causado un ataque al corazón o había sido el ataque al corazón el que había producido el accidente.

Independientemente del orden, el resultado era el mismo: Asier estaba hospitalizado en la UCI del Hospital Universitario Donostia. No se permitían las visitas. Aunque nunca debía perderse la esperanza, el primer parte médico no resultaba nada halagüeño. En esas circunstancias atendió al teléfono. Se oía fatal y, sin ganas de hablar, prometió a la voz masculina con acento gallego del otro lado de la línea que le devolvería la llamada más tarde.

Observó una vez más el cadáver del hombre. Vestido con una bata rosa, un conjunto blanco de sujetador y bragas de encaje y unas medias negras de mujer. Labios pintados grotescamente de rojo carmesí. Yacía en el suelo de su propia habitación, entre una cama de matrimonio y un armario ropero. Muerte por bala. Tres disparos: corazón, pecho y abdomen. Una jeringuilla clavada en la frente. En el espejo del armario estaba escrito con pintalabios rojo:

Sé verle del revés

—Lo descubrió la señora que viene a limpiar —dijo Joshua, y miró su cuaderno de notas—. Tatiana Salazar. Una colombiana con los papeles en regla.

Max reparó en el aspecto en su compañero. Lo encontró demacrado, chupado, y hubiera jurado que tenía menos pelo. Rápidamente desechó los pensamientos negativos, seguro que él también estaba desmejorado y mostraba mala cara. Los últimos acontecimientos les estaban afectando más de lo debido. ¿Se estarían haciendo viejos? Muchos no querían verlo y envejecían sin saber retirarse a tiempo hasta que otros, más jóvenes, ocupaban su lugar sibilinamente; nuevos valores que los empujaban poco a poco hacia el ostracismo, lugar del que resultaba muy difícil escapar honrosamente.

—¿Y qué dice?

—La verdad es que no se la ve muy afectada, esa mujer ha debido de ver de todo. De momento no ha contado nada relevante. Viene todos los martes a limpiar, tres horas, abre con su propia llave, limpia, hace lo que tiene que hacer, recoge el dinero que el difunto le dejaba sobre la encimera y se va. Hacía semanas que no se veían, hablaban por medio de notas sujetas con imanes al frigorífico. Erika está ahora con ella.

–¿Qué sabemos del difunto?

–Raúl Tejado. Cincuenta y ocho años. Trabajaba en un banco por horas, encargándose de una pequeña cartera de clientes. Tuvo tiempos pasados peores, al parecer se había reformado. Sin duda, irreconocible para sus antiguos amigos.

–¿Por qué lo dices?

–Estaba fichado, su historial contiene páginas y páginas de delitos. Antiguamente estaba metido en cualquier chanchullo: drogas, prostitución, extorsión, chantaje, robo de coches, todo lo inimaginable y más. Quién lo ha visto y quién lo ve. En los últimos veinte años nada, ni una multa de tráfico. Un fantasma. Otra persona.

–¿Alguna enfermedad genética?

Max se preguntaba qué tendría que ver aquel hombre integrado en la sociedad con el comité Qilin. No aparecía en ninguna lista, ni en las dos de Oliver ni en la de la periodista.

–Ni idea, aún no hemos pedido su historial médico. ¿En qué piensas?

–¿Qué más sabemos?

–Murió a las 4.25 de la madrugada.

Max frunció el ceño. ¿Es que ahora su compañero era adivino?

–¿Y cómo sabes eso?

–El reloj de pulsera.

–Ah.

El inspector se arrodilló frente al cuerpo. El brazo que se extendía flácido hacia el armario, como pidiendo ayuda, tenía un Rolex en la muñeca. El cristal estaba partido. La aguja pequeña se había detenido en el 4 y la grande en el 5. También vio un casquillo bajo una axila.

–Mismo calibre que el dentista. Parabellum 38 –dijo Max en voz alta–. ¿Qué deduces? –preguntó mientras se levantaba.

—Recibió un primer disparo en el pecho y un segundo en el corazón que le provocó la muerte. El tiro en el abdomen fue el tercero. Me apuesto lo que quieras a que todos los orificios de entrada tienen cierto ángulo.

—El asesino de pie y la víctima en el suelo.

—En efecto. Lo amenaza con un revólver, lo anestesia con la jeringuilla y lo ajusticia en el suelo.

—¿Crees que le obligó a vestirse de mujer?

—No creo. Si miras dentro del armario, descubrirás que contiene abundante ropa de mujer. Me parece que tenía una doble vida, quizá lo poco que le quedó de su vida anterior.

—Y el asesino quiso dejárnoslo claro. Escribió el mensaje con pintalabios en vez de con sangre. Claramente lo conocía. «Sé verle del revés». Hasta tiene sentido para mí. Te conozco, sé quién eres y sé ver tu lado oscuro. Además también es un palíndromo, se puede leer en las dos direcciones.

—Hostias, eso no me lo habías dicho. Los mensajes son palíndromos...

—No todos, el de la mujer del psicólogo no, y el del dentista sí, hasta ahora pensaba que era una coincidencia.

Joshua repasó mentalmente los otros mensajes para comprobar la teoría del inspector.

—¿Y el del hermano de Oliver?

—«Arde ya la mala yedra». El calor transformó la i griega en un punto y coma.

—Caray, Max, me estás asustando: te veo muy puesto en letras. ¿No decías que no leías? Te vas a convertir en todo un erudito.

—Déjate de tonterías. ¿Algo más?

—Lo de Asier no pinta bien.

Max asintió.

—Un amigo de tráfico me ha dicho que tuvo el accidente solo, que no hay ningún otro vehículo implicado en el siniestro. Es raro que abandonase su puesto de vigilancia, ¿no? A no ser que... ¿piensas lo mismo que yo?

Max volvió a asentir mientras meditaba. Las horas concordaban, por los pelos pero concordaban. Asier había tenido el accidente sobre las tres. El crimen se había perpetrado casi a las cuatro y media de la madrugada. Tiempo de sobra para ir y volver.

—Tengo que ir a la comisaría. Cuando veas a Erika, dile que lo siento.

Al cabo de dos horas, Max se encontraba sentado frente al escritorio del comisario, sin haber comido y sin ganas de hacerlo. Alex abrió la caja de cedro donde guardaba los puros. Cogió un habano y lo hizo rodar entre el pulgar y el resto de los dedos de la mano derecha para después olfatearlo.

—Quieres que detenga a una persona porque crees que las horas concuerdan...

—No solo por...

Alex levantó una mano para interrumpirlo. Cogió un punzón de plata y perforó el extremo redondeado del habano.

—No he acabado. Decía que las horas concuerdan porque crees que Asier abandonó su lugar asignado supuestamente para perseguir al asesino, un supuesto asesino que trabaja en una fábrica de pinturas y que Asier vigilaba, un supuesto asesino que ficha cada dos horas, un supuesto asesino que puede mostrarnos la tarjeta de marcar de la noche de autos con los fichajes, ¿o es que crees que no lo he comprobado?

—Pero...

—No tenemos nada. El bueno de Asier se estrelló con su coche porque sufrió un ataque cardíaco. Tenía el asiento repleto de envoltorios de comida. Según su pareja, Lourdes, salió de casa solo con un bocadillo que ella misma le hizo y dos latas de coca-cola. ¿De dónde crees que sacó el resto de la comida?

Después de varias chupadas, encendió el habano, se echó hacia atrás y expulsó con deleite el humo hacia el techo.

—Asier nunca abandonaría su puesto de trabajo para comprar comida —afirmó Max.

—No hay nada en los alrededores, ni una triste tienda de golosinas, y todos hemos tenido antojos, hasta tú, con tus problemas con el al...

Alex calló. No sabía cómo había ido a parar a un callejón sin salida, pero intuía que ya era tarde para dar marcha atrás.

—Yo nunca he tenido problemas con el alcohol.

—Perdón, Max, no quería decir eso. Asier estaba a dieta, y al parecer no lo llevaba nada bien. El médico no descarta que los problemas de corazón se deriven de la severa dieta que seguía.

Por primera vez Max eludió la prohibición de fumar, que continuamente se saltaba el comisario, y encendió uno de sus puritos. Alex no dijo nada. Con un purito entre los labios, el inspector consiguió relajarse un poco.

—Hay que detener al guardia de seguridad —dijo.

—¿Por qué?

—Por si acaso. Solo un par de días. Prefiero tener a un supuesto inocente entre rejas que a un supuesto asesino en libertad.

—Lo siento, no es suficiente.

—Tengo que interrogarlo.

—Ni te acerques a él. Ya lo han interrogado dos agentes esta mañana mientras tú procesabas la escena del crimen. No le ha hecho ninguna gracia que le despertásemos después de haber estado trabajando toda la noche. La tarjeta de fichar es una coartada sólida. Si lo piensas fríamente, verás que apenas disponía de tiempo para cruzar media ciudad, cometer el crimen y volver a su puesto de trabajo.

—Tiene moto. Y si lo tenía organizado, planificado y previsto, le sobra tiempo, por lo menos un cuarto de hora.

Alex dio una calada, estudió el habano y dejó caer la ceniza en un cenicero de cristal, circular y con cuatro cabezas de caballo a modo de asas en el borde. La única cabeza que tenía la boca cerrada miraba al inspector.

—No puedo —sentenció Alex—. ¿Has llamado al comisario Barreiro? He hablado con él y me ha dicho que le prometiste devolverle la llamada.

El inspector afirmó con la cabeza. Se le había olvidado por completo.

—Y ahora cuéntame lo de esta mañana.

Ahora fue Max quien depositó lentamente la ceniza en el cenicero. El humo del tabaco se desvanecía hacia el techo.

—Un varón de cincuenta y pico años. Tres disparos. Mismo *modus operandi* que los anteriores crímenes. ¿Sabes algo de los palíndromos?

—También habéis encontrado otro mensaje.

—¿Por qué no me lo dijiste?

—No hay nada que decir. El experto en grafología nos indicó que algunos de los mensajes son palíndromos, pero creemos que no significa nada, aparte, claro está, de que al asesino le gustan los juegos de palabras. Lo obvié porque no conduce a ninguna pista, a menos que alguien conozca a una persona cuyo libro de cabecera sea uno de frases de palíndromos, pero me temo que no es el caso, ¿me equivoco? Continúa, por favor.

—No estaba en la lista de sospechosos que manejo. Por tanto, su conexión con el comité en el cual trabajaba Oliver aún no está establecida. Y lo encontraron vestido de mujer.

—¿Un transexual?

—Yo diría más bien un travesti.

—No estoy muy puesto en esos temas, ¿cuál es la diferencia?

—Mejor te lo explico otro día.

—Pero si se vestía de mujer, no creo que lo hiciera solo para él. Organizaría juergas en su casa, seguro, y los vecinos tendrán que saber algo..., algo habrán oído.

—Nadie en el bloque vio ni oyó nada. La puerta de la vivienda no estaba forzada. Joshua no ha encontrado ninguna pista de momento. La señora que descubrió el cuerpo está aparentemente limpia y no es sospechosa. Aún es pronto para sacar conclusiones, habrá que investigar su entorno; trabajaba en un banco, quizá algún compañero sepa algo.

Max ocultó el pasado de la víctima. Él también sabía jugar al juego de no intercambiar información y luego decir que pensaba que no conducía a ninguna pista.

—No es mucho. Mantenme al tanto de las investigaciones sobre ese gay, afeminado o como quieras llamarlo. –Hizo unos aspavientos con la mano libre–. Dios quiera que Asier salga de esta y pueda contarnos lo que sucedió realmente.

Max se levantó, y antes de abandonar el despacho se giró y aplastó el purito en el cenicero. Después lanzó el dardo que tenía preparado.

—¿Y lo de Xabier Andetxaga cómo está?

Alex se removió inquieto en la silla.

—En la mesa del juez Castillo. En breve nos dirá algo.

—Eso espero.

Max aguantó la mirada. Alex fue el primero en retirarla.

Al salir del despacho, el inspector sintió la boca reseca. Se dirigió a la sala de las máquinas de refrescos y aperitivos. Bebió un poco de agua de un dispensador. Luego fue a la zona de los despachos. Se sentó en la mesa de Asier. Rozó con la yema de los dedos la madera. Cerró los ojos. La última vez que lo había visto había sido precisamente en esa misma mesa mientras buscaba en el ordenador el paradero de Álvaro Peña. Un sospechoso que no lo era. Abrió los ojos. Giró la placa con el nombre de Asier Agirre hasta colocarla perfectamente alineada con el borde de la mesa. Buscó en el móvil el número del desconocido que le había llamado por la mañana. Marcó desde el teléfono fijo de la mesa. Al tercer tono lo saludó una voz en gallego.

—Le habla Max Medina, inspector del Departamento de Homicidios. ¿Es usted el comisario Barreiro?

—Sí, es un placer poder hablar con usted por fin. El comisario Pérez, un gran amigo, habla maravillas de usted.

—Ya, verá, tengo mucha prisa, ¿qué desea?

—*Carallo,* los vascos siempre tan directos.

Max se mordió la lengua. No pensaba sacarle del error ni confesarle que, según su tío, los gallegos eran tan indecisos que si veías a uno en una escalera no sabías si subía o bajaba.

—Quería hablar con usted por un asunto que tenemos entre manos aquí, en A Coruña –dijo el comisario Barreiro tras un discreto silencio en la línea–. Aquí no tenemos muchos crímenes, por fortuna, somos una ciudad pequeña, casi de provincias, usted ya me entiende.

—Perfectamente —mintió Max.

Por lo que él sabía, había un puñado de miles de gallegos más que de vascos en el mundo, y La Coruña, sin ser Madrid, era más grande que San Sebastián.

—Aunque es cierto que los gallegos estamos en todas partes. —El comisario Barreiro sonrió afablemente mientras Max recordaba que cuando visitó a su padre los colombianos llamaban gallegos a todos los españoles—. No somos problemáticos, ni nos metemos en disputas que luego...

—Oiga, ¿adónde quiere llegar?

—Bien, tiene razón, iré al meollo de la cuestión. El viernes pasado descubrimos una mujer muerta en la bañera de su casa. Se llamaba Nekane Zabala, natural de Mutriko. —El comisario se detuvo a esperar la reacción del inspector, que no se produjo—. Vivía desde la infancia en A Coruña, así que se puede decir que era prácticamente gallega. Es raro porque somos un pueblo difícil, pero Nekane se aclimató bien, al menos aguantó toda su vida aquí. Creo que los vascos y los gallegos somos muy parecidos. Nekane trabajaba de panadera en un centro comercial. Cero problemas, cero deudas, cero multas. Una vida rutinaria truncada de cuajo hace semanas.

—Pero ¿no ha dicho que la descubrieron el viernes?

—Sí, pero la asesinaron mucho antes.

—¿Asesinada?

Max comenzó a sudar. Se pasó una mano por la frente. Temía que el comisario hablase de jeringuillas y mensajes escritos con sangre.

—No fue ningún accidente, se lo aseguro, la estrangularon.

—¿Dejó algún mensaje?

—¿Cómo iba a dejar un mensaje si le estoy diciendo que la estrangularon?

—Ya, me refería a si habían descubierto alguna nota o mensaje oculto.

«¿Habrían mirado en el horno?», se preguntó.

—No, creemos que se trata de otra víctima por violencia machista. El cuerpo presentaba moratones y viejas fracturas, propias de estos casos. Apareció desnuda en la bañera, otro signo claro de que el asesino quería mostrar el poder que ejercía sobre ella.

—¿Y cómo tardaron una semana en descubrirlo? La vivienda debía oler a rayos.

—En una situación normal, el olor hubiera inundado toda la avenida Finisterre, pero el asesino fue astuto: llenó la bañera de hielo y dejó todas las ventanas abiertas. Aquí en Galicia llevamos un invierno del demonio, hace un frío de *carallo,* y hasta que el hielo no se descongeló y el cuerpo no empezó a descomponerse, el olor no llegó al vecindario.

—Ya, como dice, muy astuto, pero verá, no tengo tiempo de encargarme de otro caso, ni de darle mi opinión así, de buenas a primeras por teléfono, estoy muy ocupado y...

—No pretendo que me dé su opinión, ni que se encargue del caso.

La voz del otro lado carraspeó molesta.

Max reculó, se había equivocado.

—Claro, perdone, le había entendido mal, ¿entonces?

—El principal sospechoso es su marido, bueno, en realidad su novio, porque no estaban casados. Un tal Imanol, de apellido vasco impronunciable. Ha desaparecido de la faz de la Tierra. Pidió una excedencia en su trabajo. Lo llamo porque es vasco y no aparece por A Coruña. No llevaba tanto tiempo residiendo en Galicia como Nekane, suponemos que la mujer tuvo la mala suerte de elegir al novio equivocado, novio que se encontraba de paso y que intuimos que ha huido al País Vasco. Necesitamos que lo encuentre y que lo detenga.

—Oiga, estamos muy atareados con un caso de múltiples crímenes.

—Sí, algo he oído, y algo me ha comentado el comisario Pérez.

—Pero le prometo que pondré a un agente a buscar a ese hombre.

—Gracias, se lo agradezco...

–No hay de qué, mándeme lo que tenga, la ficha con los datos del tipo, al fax de la comisaría, a mi nombre...

–¿No quiere que le adelante algo de...?

–De verdad, estoy muy ocupado. Gracias, que le vaya bien, señor comisario.

Max colgó sin esperar a que Barreiro se despidiese. Suspiró con desgana. Solo le faltaba tener que ocuparse de un caso de violencia de género. Por fortuna eran escasos en el País Vasco, el último que recordaba aconteció haría un par de años en Tolosa; y siempre resultaban sencillos de resolver, la mayoría de las veces el agresor se entregaba o acababa suicidándose. Pero siempre acarreaban un ingente papeleo para el cual ahora no disponía de tiempo, ganas ni recursos.

Cuando llegó a casa se desprendió de la gabardina y de la cartuchera y se dirigió a la cocina en busca de algo para cenar. El aire del *loft* despedía un agradable olor a cítrico. Seguro que la cría había escondido un ambientador en algún recoveco.

Virginia estaba inmersa en unas imágenes del portátil con los cascos sobre las orejas. «Los jóvenes de hoy están abducidos», pensó Max. Él no era tan viejo, pero el relevo generacional era palpable. En su época, los críos jugaban en la calle, daban patadas a un balón, montaban en bicicleta o corrían unos detrás de otros. En la actualidad no hacían más que jugar a videojuegos, mandar mensajes por el móvil o navegar por Internet. Y en el futuro quién sabe qué nuevas tecnologías los mantendrían ocupados.

En el frigorífico encontró comida precocinada envasada al vacío. Eligió un bacalao a la riojana. ¿Sería posible que en el futuro solo se consumiesen alimentos envasados? La etiqueta del envase indicaba que había que calentarlo dos minutos en el microondas a máxima potencia. Introdujo el envase en el electrodoméstico. No sabía ponerlo en marcha. Manipuló la rueda sin éxito. Virginia estaba de espaldas, sentada en el sofá, con la vista fija en la pantalla del portátil. «Mierda de futuro», se dijo. Tocó un par de botones y el microondas pitó pero no se puso en marcha. La cría se quitó uno de los auriculares al tiempo que se giraba.

—Buenas noches, Dupin. Tienes que quitar antes el plástico. Las albóndigas con tomate están riquísimas.

El inspector maldijo por lo bajo y sacó el envase del microondas. Quitó el plástico y lo volvió a meter.

—Cada vez que gires la rueda son treinta segundos, la potencia ya está al máximo, y pulsa el botón de encima de la rueda para ponerlo en marcha.

Dicho lo cual volvió a acoplarse el auricular y continuó a lo suyo.

Max siguió las instrucciones refunfuñando. El plato del microondas empezó a girar con un ruido desagradable. Una luz iluminaba el envase según giraba y se calentaba. Le vino a la mente el tiroteo en la tienda de JI hacía ya tres años. Un segundero digital descontaba el tiempo marcado. Ciento veinte segundos. Alejó pensamientos pasados y paseó la mirada por el *loft*. Por lo menos la cría era obediente y la televisión estaba apagada y con la manta puesta. Había que reconocer que el piso había dado un cambio a mejor, con el calor de la estufa y un par de detalles más. Por fortuna no era una niña repipi y no le había dado por adornar el piso con visillos, manteles bordados y florecitas. Sesenta segundos. Hoy vestía otra camiseta llamativa, de color violeta, del mismo estilo que la naranja. Supuso que se había comprado una camiseta con cada color del arcoíris. Treinta segundos. El microondas desprendía un olor a pescado que comenzó a propagarse por la vivienda tapando el del ambientador. El olor a comida le abrió aún más el apetito. Pensó en que tendría que llamar a los del gas para que revisasen la salida de humos, no solía cocinar y no quería que la ropa le oliese a pescado. Cinco segundos. ¿Sabría tan bien como olía? Con el pitido final del microondas la luz interior se apagó. Entonces se percató en que unos imanes adornaban el frigorífico. Acercó la cara. Eran los imanes que vendían a los turistas en el puerto, de barcas de pesca, de la bahía donostiarra, del Peine del Viento, del Kursaal..., hasta había un *lauburu* y una ikurriña.

—¿Qué cojones es esto?

A pesar de los cascos le oyó. Se giró lentamente y le dedicó una de sus cínicas sonrisas.

—¿A que son preciosos? Ahí en un papel tienes el teléfono que me pediste.

Max hervía por dentro de rabia.

—Pero no lo vas a necesitar, Dupin, la persona con quien quieres hablar tiene una webcam cerca, así que podremos hacer una videoconferencia. Solo hace falta que os pongáis de acuerdo. El chico de la hacienda, John, es muy simpático, me ha invitado al parque, dice que soy muy *chévere*. Por cierto, antes de que se me olvide, mañana he quedado temprano con Cristina, sobre las diez, así que cuando te levantes no estaré, después comeremos en el Tenis con su madre, me ha dicho que te avise por si quieres apuntarte.

Jueves 6

Efectivamente, cuando se levantó la cría no estaba. Mejor. Dejó la cafetera en el fuego y se duchó tranquilamente. La televisión no tenía la manta, estaba encendida pero sin volumen. En la pantalla mostraban imágenes del temporal marino azotando la bahía. La apagó. El café le supo a gloria. Prefirió no comer nada. El bacalao precocinado le había repetido durante toda la noche. Antes de salir revisó el contestador automático. Tenía un par de llamadas y varios mensajes. Pulsó el botón de borrar. Cuando fue a cerrar la puerta se dio cuenta de que la cría se había dejado la estufa encendida. Y mira que se lo había repetido hasta la saciedad. No sabía cómo se apagaba así que optó por dejarla tal cual. Mejor eso que apagarla mal y dejarla desprendiendo gas. Sabía que el gas era inodoro, tanto como el agua, y que le echaban aditivos para poder detectarlo por el olfato. Pero no se fiaba. «Tengo que llamar a un técnico del gas», se repitió.

Llegó a la comisaría sin más contratiempos. Ante la atónita mirada del personal se sentó tras su mesa y comenzó a revisar las anotaciones, expedientes, informes y todo lo que había archivado sobre el caso. Tenía la sensación de que seguía dando palos de ciego y algo se les escapaba.

Empezó por repasar la declaración de Gordo. Era obvio que Xabier deseaba secuestrar a Oliver para taparle la boca, no deseaba que desvelase los trapos sucios del comité Qilin y, con ellos, que su «*querida* Ana» se viese salpicada. Conociéndolo, lucharía hasta la muerte por mantener intacta la memoria de su difunta esposa. Lo de Itziar no era tan fácil de entender, le intrigaba por qué Xabier había intentado secuestrarla. Sabía que el viejo se relacionaba con Eneko, pero ¿qué tendría que ver la profesora, amante del empresario, con él y el comité Qilin? Max caminaba por un callejón a oscuras y no palpaba ninguna salida. Que hubiese ordenado quemar unos archivos antiguos del registro civil le incitaba a pensar en una idea descabellada que cuanto más meditaba menos desacertada le parecía. Sonó un teléfono fijo. Hasta ese momento no se había dado cuenta de que disponía de uno. ¿Quién cojones llamaba a su despacho?, para él no podía ser. Al escuchar la voz del otro lado se arrepintió al instante de haber atendido la llamada.

—¿Inspector Medina?

Enseguida puso cara, ojos y cuerpo a la voz: redonda, pequeños, menudo. Se trataba de la secretaria del juez Castillo, una mujer que respondía al nombre de Estíbaliz y a la que nunca se le había conocido pareja alguna. Hubo una temporada en que a Max no le hubiese importado hacerle un favor, pero ella siempre le había mostrado su lado más arisco.

—Dígame, Estíbaliz.

—El juez Castillo desea hablar con usted...

—Verá, tengo prisa...

—... manténgase a la espera, por favor.

El silencio de la línea sorprendió a Max. El juez quería hablar con él. Prácticamente, después del episodio de la garrafa no se dignaba a hablarle y en todas las escenas de los crímenes ambos se las apañaban para eludir la presencia del otro.

—¡Inspector!, ¡qué agradable sorpresa!

«Tan agradable como tragarse un sapo vivo», pensó Max.

—Cuánto tiempo...

Más silencio en la línea. El inspector no pensaba ponérselo fácil.

—Inspector, tengo una buena noticia para usted: ya está lista la autorización para detener a Xabier Andetxaga, hoy mismo le llegará por correo la orden firmada. Es un placer servir a la Ertzaintza, sus éxitos son mis éxitos.

«Maldito mentiroso», pensó Max. Nunca movía un dedo a menos que fuera por propio interés. Si detenía a Xabier, sería un gran avance para lograr el traslado, y si no, sería su tumba. Ganancia segura, riesgo ninguno.

—No quiero entretenerle más. Solo quería decírselo en persona. Si desea alguna otra cosa, no dude en solicitármela, estamos para eso, ayudar y velar por los ciudadanos...

—Ahora que lo dice, sí que necesito una cosa más.

«Es por Asier», se dijo Max.

—¿Qué cosa? —preguntó el juez Castillo sin poder ocultar su impaciencia.

El pez quería más cebo. Perfecto. Cuánta más carnaza, mayor captura.

—Necesito que me autorice otra detención —dijo Max entre dientes.

«Es por Asier», se repitió Max.

—Cuénteme, inspector, soy todo oídos.

La conversación no había durado más de un cuarto de hora. Al finalizar, el juez no podía contener su alegría por complacer al inspector, mientras que este sabía que el favor le iba a costar caro.

Con esos pensamientos se disponía a salir de la comisaría cuando una agente joven, de la nueva remesa, lo llamó por el pasillo. Tenía el rostro salpicado de granitos y el pelo recogido en una coleta. Mostraba un papel en la mano.

—Ha llegado por fax, es para usted.

Le dio el papel.

Max lo cogió mientras pensaba que cada vez entraban personas más jóvenes en la Ertzaintza. La desaparición de ETA y la crisis económica habían hecho cambiar muchos hábitos. El mundo estaba en continua transformación.

La agente desapareció con una sonrisa en los labios que indicaba la satisfacción por el deber cumplido.

Desplegó el papel pensando en lo rápido que había llegado la orden para detener a Xabier Andetxaga. Pero no era una orden sino una ficha policial. Y el rostro de la ficha no era el de ningún viejo. Mostraba a un hombre de cuarenta y tantos años, moreno, de mofletes rosados y cuya mirada no podía esconder la maldad que albergaba en su interior. En una esquina la agente joven había anotado a bolígrafo: «Del comisario Barreiro para el inspector Medina». El nombre de la ficha le puso los pelos de punta. Se sabía de memoria su historial de maltrato. ¿Cómo había estado tan ciego?, ¿llevaba semanas en el País Vasco? Tiempo de sobra para planificar su venganza. Sus peores temores se hicieron realidad. Dejó caer el papel al suelo y salió a la carrera. La cría había dicho que hoy comían en el Tenis.

El reproductor de música estaba a todo volumen pero no sonaba ningún acorde de Wagner. *La cabalgata de las valquirias* era ideal para reproducir batallas en maquetas, pero no para concentrarse en el arreglo de un velero de cuatro mástiles y de casi un metro de eslora. En esas condiciones resultaba más apropiado Mozart y su *Serenata n.º 13 en sol mayor*.

Se estaba peleando con la reparación de la toldilla cuando le sobrevino un agudo dolor en las sienes. Joshua soltó las pinzas y se retorció de dolor en el suelo. Se llevó el barco por delante. El techo se movía y la vista se le nublaba por momentos. Los «cañonazos» iban y venían con mayor fuerza y mayor insistencia. Y por si fuera poco se le caía el pelo. Necesitaba otra dosis, y pronto. Al principio el remedio funcionó, pero ahora era como una droga, cada vez necesitaba más y más y los efectos menguaban con cada dosis; un círculo vicioso en el que se estaba atrapado. El dolor empezó a remitir, el móvil sonó y se mezcló con el sonido de los violines. No iba a contestar por mucho dolor que tuviese. Hoy no. Temía al interlocutor y a lo que le podía pedir. No era tan ingenuo como para no darse cuenta de que el ofrecimiento que aceptó un año atrás tenía consecuencias. Nadie regalaba nada, y menos quien se movía por intereses. ¿Había llegado la hora de cobrar las deudas?, ¿el momento tan temido? La incertidumbre lo angustiaba más que el propio dolor físico. El móvil volvió a sonar otras dos veces más antes de cansarse.

Cuando el piano de la *Sonata n.º 12* emergía a todo volumen volvió a sus quehaceres. Evaluó los daños del buque. El palo de mesana era el que peor pinta tenía. Lo había aplastado con una pierna.

Era otro mediodía amargo, lleno de viento y de lluvia. Max se hallaba atrapado en un atasco. Aprovechó para coger el móvil y volver a marcar el número de Cristina. «El teléfono al que llama está apagado o fuera de cobertura.» Lo lanzó malhumorado contra el asiento del copiloto. ¿Dónde estaba?, ¿qué estaría haciendo para no contestar a sus llamadas? Ojalá no hubiese cambiado de planes y estuviese comiendo con Virginia en el Tenis, si no, le costaría mucho soportar la angustia de la incertidumbre. Por el limpiaparabrisas veía las gotas de lluvia empapar el asfalto y cómo los urbanitas, guarecidos en paraguas y chubasqueros, avanzaban más a pie que la fila india de coches que saturaban la avenida Zumalakarregi. Harto de esperar, pegó un volantazo y el Mustang hizo un giro brusco a la izquierda y se internó en una calle de dirección única y en sentido contrario. Por fortuna no venía ningún coche de frente. Según avanzaba por la calle oyó cláxones, improperios y protestas, pero el Mustang logró salir con la pintura intacta. La estrategia funcionó y en menos de cinco minutos estaba en el paseo de Igeldo. Al llegar al Wimbledon English Pub dejó el coche en una zona donde estaba prohibido aparcar. Atravesó a la carrera el camino de gravilla —las pistas de tenis vacías—, y se abalanzó sobre la puerta. Entró como si un huracán lo hubiese empujado hacia el interior. Los ocupantes de las primeras mesas lo miraron desconcertados. Barrió el local con la mirada. En un primer momento no las vio, pero luego vislumbró a Cristina llevándose un trozo de tomate a la boca, mirándolo extrañada. Se encontraba en una mesa del fondo, en un lateral del desocupado piano y cerca de los servicios, en medio de su madre y Virginia. Se acercó a ellas, ya más calmado, aunque el corazón le seguía latiendo a mil por hora.

—Max, qué agradable sorpresa —lo saludó Cristina al tiempo que se levantaba.

Se dieron un fugaz beso en los labios bajo la atenta mirada de su madre.

—Caray, Dupin, parece que hayas visto a un muerto.

—Hola, Virginia, para mí también es un placer verte.

Cuando se sentaba en la silla libre, Max vio salir del servicio a un hombre con gafas de sol. Si no fuese por el extraño ademán que hizo de dirigirse hacia ellos para después cambiar de dirección y poner rumbo a la barra, Max apenas le hubiese prestado atención.

—¿Comerás con nosotras? —preguntó Cristina.

Su madre le lanzó una mirada admonitoria. Aquella mujer le odiaba de veras.

—Claro, para eso he venido... y para hacerte una proposición.

—¿Sobro? —quiso saber Virginia.

—No, qué va —respondió Max. La madre de Cristina era todo oídos—. En realidad tú también estás implicada. Quería proponerle que se quedase con nosotros en el *loft* lo que queda de embarazo.

La madre de Cristina pegó un respingo en la silla. No era la idea de Max soltarlo delante de ella pero la situación lo requería.

—Y no pienso aceptar un no por respuesta.

Dirigió la vista hacia la barra. No le gustaban los borrachos de mediodía, siempre traían problemas. El hombre estaba sentado en un taburete, se rascaba la cabeza calva y lanzaba cortas miradas de soslayo hacia ellos.

—¿Qué tal está esa ensalada?

—Riquísima —contestó Cristina.

—Esto también —replicó Virginia, quien daba buena cuenta de una hamburguesa con patatas.

—Lo mío no se lo comería ni un perro, está muy hecho —dijo la madre de Cristina señalando con el cuchillo su filete de ternera.

Max cogió la carta. Volvió a pensar en el hombre. Asomó los ojos por encima de la carta. El hombre llamó al camarero. Al girarse para sacar la cartera de la cazadora su perfil mostró una profunda marca en la mejilla. Y la primera impresión del inspector era errónea, ahora no le parecía un borracho. Intercambió un par de frases con el camarero. ¿Quién le había descrito a alguien parecido?

—¿Qué vas a comer? —preguntó Cristina.

Max dejó de mirar hacia la barra y se concentró en la carta. En realidad no tenía ni pizca de hambre, después del susto todas sus alarmas se hallaban activas y lo que menos deseaban sus neuronas era pensar en elegir un plato de comida. Cristina viviría con ellos, pero el verdadero problema no lo tenía resuelto.

—Un sándwich Roland Garros.

Detrás de la barra, el camarero secaba unos vasos con un trapo. El hombre había desaparecido.

La vida era curiosa y daba tantas vueltas que era capaz de juntar en una sala de espera de la UCI a padre e hija preocupados por diferentes pacientes. Erika ya se había ido. Eneko permanecía sentado, solo, con la única compañía de las sillas vacías, unas revistas desperdigadas en una mesa, una televisión apagada y dos grandes macetas de helechos. Ninguno había podido visitar al paciente, y por lo poco que había hablado con su hija, le daba la impresión de que su compañero tenía más visos de salir mejor parado que Itziar, que seguía entubada y en coma inducido.

Las visitas se habían acabado hacía una hora y una enfermera de guardia había venido dos veces para avisarle de que debía irse. ¿Adónde?, le dieron ganas de preguntarle. Con la cabeza entre las manos, los codos en las rodillas, hacía un resumen de su vida. Había estado a punto de perder por el camino a Erika, a Amanda ya la había perdido y a Itziar la daba por perdida, si es que alguna vez se recuperaba. Un fracaso como padre, marido y amante. Era triste, tanto dinero para nada. Al final los pobres tenían razón, la felicidad no se compraba con dinero. Cuántos millones cambiaría por viajar en el tiempo y cambiar el presente. Aunque el problema sería que no sabría hasta dónde retroceder, toda su vida le parecía absurda y sin sentido, únicamente preocupado por su empresa y por amasar una fortuna. Tal vez hasta el nacimiento de Erika para darle todo el cariño que le negó. Aunque lo más acertado sería unos años más atrás, cuando se casó con Amanda, para colmarla de amor.

La enfermera volvió. Al ver su rostro pálido y desencajado se marchó por donde había venido. «Seguro que le da lo mismo», pensó. No era el primero que se quedaba a dormir en la sala a la espera de que un ser querido despertase.

Cuando abrió la puerta del chalé, Erika se abalanzó sobre él. Entre cortos besos recorrieron el camino al salón. Ansiosos y torpes empezaron a desprenderse de la ropa. Erika se quitó el abrigo y rompió con las manos la camisa del psicólogo. Los botones cayeron al suelo. Tenía un pecho velludo, varonil. Él hizo lo propio con su blusa y ella se ruborizó al pensar que sus pequeños pechos no estaban a la altura. Pero él no dijo nada. Se desabrocharon los cinturones de sus respectivos pantalones vaqueros. Él la levantó en brazos y la arrojó sobre el sofá. Le quitó las bragas mientras le buscaba la boca. Enseguida lo sintió dentro. Dos caballos desbocados en celo. Erika le tiraba del pelo a cada embestida. Pero él no desistía. Dos animales salvajes. Ella sintió las uñas, los arañazos en la espalda. Gritó, pero no de dolor sino de placer. Consiguió que él se tumbase en el sofá. Se subió y lo cabalgó.

—Madre mía —dijo Erika.

—No pares...

—¡Cuánto lo deseaba!

A través del sujetador él le apretó un pezón. Ella gimió.

—Más suave, me haces daño...

—Perdona..., ah..., creo que me voy a correr.

—¡Aguanta un poco!

—Es que hacía mucho...

—Joder, yo también...

Ambos rieron. Y siguieron unos minutos más.

Al concluir, Erika se dejó caer sobre el cuerpo de Santiago. Estaba empapada en sudor y aún jadeaba. Sentía el corazón a mil por hora. La espera había merecido la pena, había acrecentado el deseo.

—Tú también lo estabas deseando, ¿verdad? —le susurró al oído. Tuvo ganas de morderle el lóbulo de la oreja, pero se conformó con lamerle el cuello.

—Déjame descansar un momento y verás. Las segundas sesiones son siempre mejores.

Viernes 7

El día que Cristina superaba la semana 41, el temporal parecía remitir, dando tregua a los sufridos donostiarras. El Gobierno vasco había bajado la alerta de naranja a amarilla. Las precauciones se mantenían, aunque los claros cada vez se imponían más a los cielos encapotados. Seguía lloviendo pero ya no se trataba de una lluvia torrencial acompañada de vientos huracanados más propia de regiones tropicales, sino del típico *txirimiri* vasco, o calabobos, como le gustaba decir a Max. El invierno estaba resultando duro y largo con el embarazo de Cristina, que no acababa de soltar al bebé, y luego el caso de las misteriosas muertes que se enredaban en torno al comité Qilin y que lejos de aclararse habían desembocado en dos accidentes sospechosos: uno doméstico, el de Itziar, y otro de tráfico, el de Asier.

Max se desplazó en el Mustang a la comisaría con la tranquilidad de dejar en su piso a Cristina y Virginia. Le costó menos de lo que había imaginado convencer a su novia de que viviera con ellos en el *loft*. La cría, una estufa y una televisión habían obrado el milagro. No le confesó que su principal temor era que Imanol Olaizola hubiese vuelto a San Sebastián, no deseaba preocuparla en su estado, el parto era inminente y debía alejarla de los miedos del pasado. Siempre había considerado al ex de Cristina un cobarde, pero todos los cobardes, tarde o temprano, salían del caparazón y cuando daban el paso definitivo no solían detenerse, en cierta manera se convertían en asesinos en serie y no se detenían hasta que alguien los paraba. Pasaban de inseguridades y temores a creerse poderosos e invencibles, y eso los convertía en criminales potencialmente peligrosos, tanto que la mayoría acababa escupiendo sangre por la boca después de cometer varios homicidios, casi siempre de familiares o personas próximas, sobre todo mujeres. Según la clasificación de Max, un claro ejemplo de asesino imprevisible.

En el despacho del comisario, este prácticamente le lanzó a la cara la orden de detención cursada por el juez Castillo. No escondió su rabia por que Max se hubiese inmiscuido y hubiese logrado lo que él le había negado. «Te dije que te alejaras, no que te acercaras», le espetó. Luego le comunicó que contase con Erika y un par hombres de apoyo. Era más que suficiente. No iba a conseguir más ayuda por su parte.

Cristina fue a buscar su diario. La televisión permanecía encendida sin volumen en un canal de noticias. Al volver al sofá se fijó en que Virginia sonreía. Estaba recostada en un extremo, leyendo un libro y, a juzgar por la amplitud de su sonrisa, se lo estaba pasando bomba. Cristina abrió el diario y buscó la página por la que iba. En cuanto se puso a escribir, la niña levantó la vista del libro y le preguntó qué hacía.

–Escribir un diario sobre la experiencia del embarazo.

–¡Guau! Será muy interesante.

Cristina arrugó la nariz. Repasó las hojas escritas.

–Tanto como que en el quinto mes me entraban ganas de orinar a todas horas, las carreras al baño eran frecuentes. –Pasó la hoja–. En el sexto mes empecé a sentir fuertes dolores abajo y en el costado del vientre. –Pasó otra hoja–. En el séptimo mes se me hincharon aún más los pechos y los tobillos. Hubo noches en que dormía con los pies elevados, encima de dos cojines. Aunque lo de dormir es un decir, me costaba mucho acomodarme, imagínate, dos cojines bajo los pies y varias almohadas debajo de la cabeza.

Ambas rieron, cómplices como madre e hija.

—Puedo seguir, me falta contar lo del calostro, la dificultad para respirar...

—No, gracias. ¿Y lo de los antojos? Siempre me ha parecido curioso lo que se cuenta de ellos.

—Al principio estaba obsesionada con que el bebé iba a nacer con una mancha en la frente, y el pobre Max salía corriendo a la tienda para cumplir todos mis dese... ¡Ah!

—¿Qué te pasa?

Cristina se llevó las manos al vientre retorciéndose de dolor.

—No me jodas que te vas a poner de parto ahora.

Le dolía tanto que no podía ni hablar. Últimamente Damián pataleaba mucho y le provocaba fuertes contracciones, aunque bastante esporádicas. Tras unos minutos de incertidumbre en los que Virginia no supo qué hacer, todo volvió a la normalidad. Cristina se relajó poco a poco y la niña recuperó el color.

—Joder, tía, vaya susto me has dado.

—Ya pasó, falsa alarma...

Cristina se desplazó hasta la cocina en busca de un vaso de agua. La televisión mostraba el rostro ojeroso de una joven periodista, micrófono en mano, aguantando de pie el azote del viento. A juzgar por el paisaje de fondo, dedujo que se trataba de un lugar de la costa gallega. Subió el volumen con el mando a distancia. La periodista explicaba que tras el paso de la borrasca Ruth, que se preveía que alcanzase su mayor intensidad de madrugada, llegaría el domingo una nueva, Stephanie, que traería fuertes vientos e intensas lluvias. A Cristina le resultaban curiosos los nombres de las borrascas que azotaban Europa al estilo de los nombres que se ponían a los huracanes en el Atlántico. Si bien los nombres de estos los elegía a primeros de año la Organización Meteorológica Mundial, configurando una lista por cada letra del alfabeto y alternando nombres masculinos y femeninos, en el caso de las borrascas era la Universidad Libre de Berlín quien ponía los nombres. Pero desde hacía diez años, bajo el lema «Apadrina un vórtice», cualquier persona podía ser el padre o madre de una borrasca o de un anticiclón, cubriendo unos formularios y pagando una cuota. En el mundo moderno todo valía para sacar dinero. La principal norma era que las borrascas debían tener nombre de mujer y los anticiclones de hombre en los años pares, algo que se invertía en los años impares, siempre por orden alfabético y con apelativos que debían corresponder a nombres aprobados por la oficina de registro alemana. Y los anticiclones eran más caros porque duraban más tiempo. Cristina había elegido el nombre de Damián con mucha antelación y sin consultar ninguna lista. Se imaginó un futuro donde los nombres de los bebés se tomasen de una lista y hubiese que pagar por ellos. Cuanto más raro más caro. Mario, Rubén o Benito serían más baratos que Unai, Segismundo o Salustiano. Y Ainhoa, Beata o Zalamea más caros que Adriana, Carlota o Beatriz. También habría nombres para quienes no pudiesen pagar. José, Julio o Manolo. María, Lucía o Carmen. El uso de la lista de borrascas se debía a la precisión y facilidad que suponía para la comunicación escrita y hablada utilizar nombres de personas. En el mundo apocalíptico que ella se imaginaba, la lista de los bebés serviría para controlar los nombres, que no se empleasen los indebidos o impropios en un régimen autoritario. «Una aberración de futuro», se dijo.

Apartó la mirada de la televisión. Cogió una botella de agua mineral y llenó un vaso. Mientras bebía reparó en los imanes del frigorífico.

—¿A que son bonitos? —dijo Virginia, sentada sobre una pierna y girada en dirección a la cocina, atenta a Cristina—. A tu novio no le hizo mucha gracia, pero ya se irá acostumbrando. Es un poco borde aunque al final se ablanda.

—Sí, es una de las cosas por las que me enamoré de él.

—También él te quiere mucho a ti. Dupin es un poco cascarrabias hasta que lo conoces bien, entonces te das cuenta de que es como uno de esos perros que ladran mucho pero no muerden.

—Si te oyera compararlo con un perro te mataba.

—Sííí...

Virginia se echó a reír. Cristina apuró el agua. Cogió el imán del Peine del Viento. Dejó el papel que aguantaba en la encimera.

El Peine estaba bien perfilado; le agradaron los colores y las formas.

—¿Dónde lo has comprado?

—En una tienda del puerto, si quieres, mañana vamos.

—Vale.

Se concentró en el papel. Letra de Max. Una dirección de Colombia. Letra de Virginia. Una cantidad de números tal que parecían los de una tarjeta de crédito más que los de un teléfono.

—¿Y esto? —preguntó Cristina mostrando el papel.

—Ah, cosas de Dupin. Quiere hablar con una persona que vive en Colombia.

—Su padre.

—¿Su padre?

—¿No te ha hablado de él?

Virginia negó con la cabeza. Apoyó los brazos en el sofá a la espera de la explicación.

—Yo no te he dicho nada.

Virginia asintió.

—Max se crio con un tío suyo. Perdió a sus padres con trece años en un accidente de avión en Barajas, hasta que no sé cómo descubrió que eso no era del todo cierto y su padre vivía, escondido en Colombia; creo que tuvo un largo proceso de recuperación y que le quedaron evidentes secuelas, tanto físicas como psíquicas, y que prefirió huir y dejar a Max con su tío, un hermano suyo.

—¡La hostia puta! ¡Será cabrón! El muy cobarde...

—Virginia, deja de soltar tantos tacos..., ya eres toda una mujer. Tienes que aprender a controlarte.

—Perdona —dijo Virginia, arrastrando las silabas. Su rostro expresaba sinceridad.

—Por fortuna, Max ya lo ha superado; a veces tiene pesadillas, pero creo que lo ha dejado atrás. Se hizo policía por su tío, que pertenecía a la Policía Nacional. Murió de cáncer en Madrid estando Max aquí ya. Hace dos años visitó a su padre en Colombia. Lo que no sé es por qué ahora quiere ponerse en contacto con él.

–Yo tampoco lo sé, solo me dijo que buscase su número de teléfono.

–Por lo menos no piensa ir a Colombia otra vez, algo es algo.

Cristina volvió al sofá y se sentó al lado de Virginia, que retomó la lectura.

–¿Y tú?, ¿qué lees?

–*Cuentos policíacos,* de Edgar Allan Poe, me lo regaló Dupin.

–¿Te gusta?

–Mucho, es la tercera vez que me lo leo.

Ambas miraron hacia el televisor. La pantalla mostraba unos cuerpos tapados con sábanas en un restaurante de Asia. El enésimo atentado terrorista.

–Parecemos unas marujas viciadas con la tele –dijo Cristina. Cogió el mando a distancia y la apagó–. Retomemos nuestros quehaceres, tú a leer, yo a escribir.

–Vale, mamá –dijo Virginia con una sonrisa en los labios–. Pero luego podemos ver una peli, ¿no?, ¿estaremos solas toda la tarde?

–Claro.

Max se había ido haría un par de horas, sin comer. Había vuelto de la comisaría para coger las llaves del Seat Ibiza y al despedirse había dicho que no sabía cuándo iba a volver: tenía que detener a un tipo y no tenía ni idea de cuánto tiempo le llevaría.

Desde el extremo de la calle, Max veía claramente el portal en el que días atrás había estado con Erika pulsando el timbre del cuarto piso sin que nadie los atendiese. Ahora estaban otra vez de vuelta, solo que no se habían acercado al edificio, permanecían en el interior del Seat Ibiza atentos a cualquier movimiento. Max había decidido dejar el Mustang en casa, el coche de Cristina llamaba menos la atención. Le costó arrancarlo y después tuvo que parar en una gasolinera a llenar el depósito antes de recoger a su compañera. La agente miraba por la ventana, con la boca cerrada y muy tranquila. Los dos agentes de paisano que los acompañaban estaban en otro coche camuflado, al otro extremo de la calle. Entre los cuatro debían ser capaces de detener a Álvaro Serrano, el fantasma que los había evitado hasta entonces. Solo Asier lo había visto y ahora estaba en la UCI. Habían decidido arrestarlo en cuanto saliese por el portal, en plena calle, el lugar menos problemático y más seguro para ellos. Entrar en su casa requería el permiso del juez, incluso una orden de registro, y Max no quería pedirle más favores, ya tendría que devolver la simple detención. Además, derribar la puerta sin anunciarse podría ser arriesgado, había gente que escondía armas en su casa y un allanamiento de morada era una buena excusa para usarlas. Anunciarse y esperar a que el sujeto abriese la puerta implicaba la pérdida de un tiempo precioso donde se destruían pruebas. La detención en su puesto de trabajo, la fábrica de pinturas, una empresa privada, también comportaba casi los mismos problemas; y al ir en moto no había posibilidad de detenerlo antes de entrar. El momento adecuado era cuando saliese de casa. Habían descubierto su moto a la vuelta de la calle, en un aparcamiento de pago. Lo abordarían antes de que se subiese a ella. Dos de frente y dos por la espalda.

—¿Qué tal estás? —preguntó Max.

Se removió inquieto en el asiento. Le molestaba el chaleco antibalas.

—Bien, lo llevo mejor de lo que pensaba. Las circunstancias de la vida te van endureciendo, preparándote para recibir un golpe tras otro.

Erika se preguntó qué pensaría el Santiago psicólogo sobre su reflexión, si era suficientemente madura para un agente en servicio o, si por el contrario, era la de una persona desequilibrada que no debía llevar un arma de fuego encima.

—Esperemos que no tarde mucho en salir.

Se suponía que el sujeto estaba durmiendo. No entraba a trabajar hasta las diez de la noche pero ellos estaban vigilando desde las cuatro de la tarde. Y ya llevaban dos horas de lenta espera. No sabían si saldría, tal vez necesitaba comprar o hacer algún recado.

—Aunque mi padre no lo lleva tan bien...

La puerta del portal se abrió. Una señora de mediana edad cargada con un carrito de la compra salió a la calle. Falsa alarma.

—... ahora le ha dado por ir todos los días al hospital, se pasa horas esperando a que esa profesora despierte...

—Al final la conocías, ¿te acuerdas?

—Como para no acordarme, los buenos tiempos, antes de todo...

Un joven entró en el portal y aguantó la puerta. Alguien salía. Una chica con un pastor vasco que tiraba fuertemente de la correa.

—... una nunca sabe lo que tiene hasta que lo pierde, entonces se da cuenta de lo afortunada que era, pero ya nada es lo mismo. No se puede volver atrás. A veces pienso que alguien me lanzó una maldición. —Negó con la cabeza—. Novia, cautiverio, madre... ¿qué más falta?

Max carraspeó. No sabía qué decir. Se miró las uñas. Tenía la radio apagada y la calefacción puesta. Ni rastro de la pegatina violeta contra la violencia de género que solía llevar Cristina en el coche. El único detalle que evidenciaba que el coche le pertenecía era un pequeño peluche rosado que colgaba del espejo retrovisor por el que Max veía a los dos hombres de apoyo. Tamborileó con los dedos en el volante mientras tarareaba una vieja canción que le había venido a la memoria. Él tampoco podía decir que su vida hubiera sido un cuento de hadas. Perdió a sus padres con trece años, se crio con su tío, el cual murió de una larga enfermedad, y después de mucho tiempo recuperó a su padre, si *recuperar* era la palabra adecuada para decir que vivía a más de diez mil kilómetros, en otro continente, separados por la inmensidad del océano y por otros asuntos que los alejaban más si cabía.

—¿Y qué es eso de Klinefelter? —preguntó Erika.

—Una alteración genética que se da en los hombres. Nacen con un cromosoma X extra. Los cromosomas contienen todos los genes y el ADN, los pilares fundamentales del cuerpo. Los dos cromosomas sexuales, X e Y, determinan si el bebé será niño o niña. Las mujeres normalmente tienen dos cromosomas X. Los hombres normalmente tienen un cromosoma X y un cromosoma Y. Álvaro Serrano nació con un cromosoma X extra –explicó Max con aplomo.

Había que reconocer que Virginia había realizado un trabajo estupendo, y a petición suya le había diseccionado los diferentes síndromes genéticos que habían investigado, los mismos que el comité Qilin había intentado corregir con terapia génica en los pacientes que vigilaban. Causas, síntomas, tratamientos, exámenes médicos y hasta la esperanza de vida completaban el amplio dosier que le había preparado la cría y que le había impreso en la flamante impresora láser que ahora había en su casa.

–Suena raro, ¿se hereda?

–Depende, las mujeres no lo sufren, pero si esperas a tener un hijo después de los treinta y cinco años hay una probabilidad ligeramente mayor de tener un niño con este síndrome que una mujer más joven.

–Joder... ¿Cristina?

–No, anda en la barrera, pero no llamemos al mal tiempo...

Un mensajero con un paquete en las manos pulsó un timbre. Intercambió unas palabras por el altavoz. Le abrieron.

–¿Y cuáles son los síntomas?

–Casi todos sexuales. Infertilidad, problemas para realizar el acto, vello corporal escaso, testículos pequeños...

–Madre mía, pobre hombre. ¿Hay cura?

–Terapia con testosterona, aunque los estudios indican que lo único que hace es mejorar la autoestima y el estado anímico. En algunos casos también mejora el impulso sexual, pero solo en algunos. Poco más.

El mensajero salió del portal sin el paquete.

–No hay peor trauma para un hombre que el hecho de que su aparatito no le funcione como es debido, ¿crees que es suficiente para que sea nuestro asesino?, ¿resentimiento?

–Puede ser.

—Y el último homicidio, ¿qué sabemos de la víctima?, ¿algo nuevo? —preguntó Erika.

—Raúl Tejado. Proxeneta, drogata, ladrón, usurero y mil cosas más. Pero todas hace tiempo. Ninguna relación con el comité Qilin. Un delincuente de poca monta alejado de sus años oscuros en el momento de su muerte. Hasta había conseguido un trabajo en Kutxabank por horas; creo que se dedicaba a aconsejar a viejecitas y viudas para que invirtiesen todos sus ahorros o herencias en misteriosos activos financieros. Así que en cierta manera se puede decir que seguía siendo un delincuente, pero de los de traje y corbata. Según su historial clínico, no padecía ninguna enfermedad genética. Es un misterio por qué fue elegido por nuestro hombre.

Max debía afrontar una visita que se resistía a hacer, la de verse con cierta periodista que le podía aclarar el misterio.

—Tal vez vendió participaciones a alguien que no debía —intuyó Erika, recordando como el *aita* le había contado que cierta vez un banquero astuto intentó colarle unas acciones de una empresa fantasma, y no contento con eso, después pretendió canjeárselas por las de Lácteos Zurutuza SA. —El mundo de la banca está lleno de chorizos...

Por el portal emergió la figura de un hombre de edad indeterminada. Llevaba puesto un casco de moto. En una mano balanceaba una bolsa de plástico.

—Mierda —protestó Max.

—¿Es él?

Max no contestó. Salió del coche al tiempo que hacía una seña con la mano a los dos agentes apostados al otro lado de la calle. El individuo caminaba hacia ellos a paso ligero. Max no tenía ninguna duda. Los dos agentes vestidos de paisano le dieron el alto. El hombre miró hacia uno y otro lado, como evaluando la situación, se giró y salió corriendo. Se topó de frente con Max y Erika. El inspector le apuntó con el revólver Smith &Wesson al corazón. Solía hacerlo a la cabeza, era más intimidante sentir el cañón en la mirada, pero en las actuales circunstancias, con un casco puesto, era una estupidez.

—Mucho mar a la espalda, y mucho grumete enfrente –murmuró Max para sí.

El hombre intentó decir algo, pero con el casco no se le entendía nada.

—Levante las manos –le ordenó Erika. El hombre obedeció–. Póngalas sobre ese coche, que yo las vea en todo momento.

Los dos agentes llegaron. El hombre dejó caer la bolsa al suelo. Se apoyó en el coche.

—Abra las piernas –le ordenó Erika.

Los dos agentes le cachearon. No encontraron nada reseñable excepto una cartera gruesa con infinidad de papeles. El agente se la pasó a Max.

—Las manos a la espalda, y despacio –dijo Erika. La sangre le bullía por dentro. Habían transcurrido muchos meses desde la última detención y el volver a la acción, sentir la adrenalina, la incertidumbre de qué iba a pasar, le hacía retomar una vida que consideraba perdida. Esposó con energía al hombre, quien emitió un quejido por la brusquedad.

Max abrió la cartera y buscó el DNI entre la maraña de tarjetas, vales de descuento y recibos. Leyó en voz alta el nombre.

—Álvaro Serrano.

—Bien –dijo Erika, empujando al detenido contra el coche. Sintió una mano en el hombro. Era Max. Leyó en su mirada que se tranquilizase. Suspiró antes de proseguir–: Álvaro Serrano, se le acusa del homicidio en primer grado de Raúl Tejado. Tiene derecho a guardar silencio. Cualquier cosa que diga puede y será usada en su contra en un tribunal de justicia. Tiene derecho a hablar con un abogado. Si no puede pagar un abogado, se le asignará uno de oficio.

El sospechoso graznó algo ininteligible. Después negó rotundamente con la cabeza. Ninguno de los agentes supo discernir si era una negación porque no quería un abogado o porque él no había cometido ningún delito.

Irún
Viernes 26 de agosto de 1938

En aquellos momentos, tumbado desnudo en el pajar con la muchacha a su lado, a Javier Medina la vida le parecía maravillosa. Quién le iba a decir a él que venir a batallar al Frente del Norte le reportaría semejante regalo. Atrás quedaban los sufrimientos de la batalla de Guadalajara, lo mal que lo pasó en Trijueque, la mente había ocultado la inseguridad y los temores en el fondo del cerebro. No es que estuviese locamente enamorado de la chica, pero lo cierto es que sí sentía algo cercano al amor. Cada vez que se veían, quizá por lo arriesgado de su relación —él, un soldado de los nacionales, ella, la única hija de una familia vasca y republicana—, crecía entre ellos una pasión que solo se agotaba después de acostarse juntos. Las primeras veces ella sintió dolor —quizá porque él era un bruto, porque ninguno de los dos era virgen—, pero poco a poco sus cuerpos fueron acoplándose y conociéndose. Casi siempre acababan retozando en el pajar, lejos de ojos indiscretos.

—Está siendo un verano caluroso —dijo Javier.

En cuanto eyaculaba le entraban unas ganas locas de irse, pero se obligaba a quedarse un rato y hablar de temas mundanos.

—Algo tendremos que hacer —dijo Iraitz con marcado acento vasco. En su casa solo se hablaba euskera.

—¿A qué te refieres?

—A lo nuestro, me refiero a lo nuestro.

Detectó cierto retintín.

—Ya, a lo nuestro, ¿y?

—Así no podemos seguir mucho tiempo, mi *ama* ya me mira extrañada, a veces me pilla riendo sola, a escondidas...

Javier se inclinó sobre ella con una hebra de paja en la mano. Comenzó a dibujar figuras invisibles en los pechos de Iraitz. Trazó repetidas veces un ocho englobando ambos pechos para después dedicarse a uno solo, alrededor del cual, en torno al pezón, comenzó a dibujar animales.

—La guerra en el Frente del Norte se ha acabado, solo falta afianzar posiciones y eliminar a los pocos rebeldes que aún resisten.

—Pero ¿vosotros no sois los rebeldes, los sublevados?

—Somos lo que somos, los defensores de la patria... no se puede ir por ahí matando a curas y falangistas...

Se calló de golpe. Había oído un ruido.

—Tranquilo, solo es el viento.

Javier miró hacia la puerta, temeroso de que se asomase por ella un *gudari*. Miró a su alrededor. Vio asomar el fusil Mauser entre sus ropas.

—¿Te irás otra vez?

—Claro, más tarde que temprano, pero tendré que irme. Estoy pensando unirme a los combatientes de Madrid, dentro de poco la capital caerá y se acabará esta maldita guerra. Cuando eso suceda debo estar en Madrid, allí tendré oportunidades de empezar una nueva vida, seguro que para los que combatimos habrá buenos trabajos.

Ya se veía amasando dinero, escalando posiciones y ocupando un cargo importante en la jerarquía franquista.

—Entonces, mejor no te digo nada.

Iraitz estaba al borde del llanto.

Javier dejó de jugar con la hebra. Al ver los ojos arrasados de la muchacha comenzó a besarla por todo el cuerpo mientras la consolaba con palabras dulces. Sí, mejor no despedirse ni pedirle prestado un caballo para ir a Madrid. «Ya conocerá a otro y me olvidará», se dijo. Él sería un amor de la guerra, y se acabaría con ella.

—Estoy embarazada.

El silencio inundó el pajar. Javier dejó de oír a los gorriones, el agua del río, el sonido de las ramas de los árboles, el mugido de las vacas, el relincho de los caballos.

—¿Cómo?

—Me has oído perfectamente.

—¿Estás segura?

—Una sabe de estas cosas. Tengo un retraso...

—Pero...

—... soy como un reloj, nunca falla, la regla me puede tardar en venir unos días pero ya me acerco a las dos semanas.

—¿De cuánto estás?

—Mes y medio, tal vez algo más.

—¿Y es mío?

Javier no vio venir la bofetada. Iraitz se levantó de golpe y cogió su ropa. Parecía dispuesta a salir desnuda del pajar, con la ropa en la mano. Javier la detuvo por un brazo. Iraitz no se opuso. Se dejó caer de rodillas y comenzó a sollozar.

—Está bien, tranquila. Perdona, a veces soy un tonto. No te preocupes, todo saldrá bien. Conozco a un matasanos del regimiento que se ocupa de estas cosas.

Iraitz se zafó de él con violencia y se dirigió decidida a la puerta.

—Melocotón, por favor.

Siempre la llamaba así cuando se enfadaba porque las mejillas se le enrojecían, lo cual, unido a los mofletes, las amplias caderas y las curvas voluptuosas, le hacía recordar a un melocotón maduro.

Ella dudó. Se volvió y lo miró con toda la rabia de la que era capaz.

—Eres un cerdo.

Ese día la estratagema del apodo cariñoso no le funcionaba. Optó por mostrarse más enérgico.

—Oye, lo siento, ¿de acuerdo? Si quieres tenerlo, adelante, yo te apoyaré.

Iraitz se tranquilizó un poco.

Se vistieron en silencio. La magia del encuentro se había desvanecido hacía rato.

—¿Qué dirá tu familia, tu madre? —preguntó Javier mientras se calzaba las botas.

—Me importa una mierda.

Javier asintió. Iraitz tenía tanta personalidad y era tan cabezona que tendría al bebé por encima de él y de su familia. Negarse era perder el tiempo.

—Está bien, melocotón... pero serás una madre soltera en un pueblo pequeño, en una zona conquistada, en el seno de una familia republicana. ¿Lo sabes?

—Al diablo las habladurías, y si me agobian mucho diré que fui violada por uno de los tuyos.

—No juegues con eso.

—Los de mi familia nunca nos hemos arrodillado ante nadie.

—No sigas por ese camino. —Javier la amenazó con un dedo.

—Ja, me río de ti, eres un cobarde, siempre has sido un cobarde, aún recuerdo cómo te escondiste en la cortina, igual que un perro asustado, detrás de mis faldas...

Esta vez fue ella quien no vio venir la bofetada.

—Lo siento —dijo Javier al instante.

Iraitz se llevó una mano a la mejilla. La notó caliente. El golpe había sido tan fuerte que le había partido el labio inferior. Percibió el sabor de la sangre en la boca.

—Ahora solo falta que me trates igual que aquel maldito *gudari*... Todos los hombres sois iguales, después de conseguir lo que queréis os vais.

—Melocotón, por favor, déjalo ya.

—Pues deja de oponerte, eres el padre de mi bebé.

«¿El padre?», se dijo Javier. No estaba preparado para ser padre... ¡Por Dios, si estaban en una guerra civil!

—Sí, lo sé. Y me hago cargo.

—Te irás, y no volverás, ¡ya me lo has dejado claro!

—No grites, alguien puede oírnos.

—Pues mejor, diré que me has violado y todo arreglado.

—Joder, ¿qué más quieres?

—Nada, no quiero nada.

Iraitz salió del pajar sin mirar atrás.

Fue la última vez que Javier la vio.

AMDUSCIAS

Sábado 8

No podía empezar mejor el fin de semana. Por extraño que pareciese, todo eran buenas noticias. El principal sospechoso de los homicidios había dormido en la celda especial de la comisaría. A buen recaudo ya, no había prisa para afrontar el interrogatorio y lo habían pospuesto al lunes. En casa de Álvaro Serrano habían descubierto abundante material médico oculto entre dos pilas de revistas de motos: jeringuillas, agujas hipodérmicas, ampollas de anestesia..., aunque faltaba contrastar si el material era el mismo que el desaparecido en la clínica de Mario Brizuela; que encontraran un arma calibre 38 Parabellum era cuestión de tiempo. La siguiente buena noticia se la habían dado en la consulta del ginecólogo, de donde venía con Cristina y Virginia: Damián estaba bien posicionado y el embarazo evolucionaba satisfactoriamente. La próxima visita no sería hasta dentro de tres días, salvo sustos de por medio. Y la mejor noticia era que Asier se había despertado, podía hablar, respondía a estímulos y se le permitían visitas a determinadas horas.

Los tres caminaban con premura por los pasillos del Hospital Universitario Donostia, entre personal de bata blanca, camillas, sillas de ruedas y familiares. Max miró el reloj de pulsera. Llegaban muy justos, pero para el inspector no habría médico que le impidiese dar un abrazo a su compañero. Usaría la placa si era necesario, y hasta el revólver si le apuraban; tras cuatro días sin ver a Asier, se había convertido en una cuestión de Estado. Al llegar a la habitación número 35, golpeó suavemente con los

363

nudillos en la puerta. Tras escuchar un lánguido «Adelante», entraron en la habitación. Max primero, detrás Cristina y por último Virginia, recelosa. La habitación era amplia: armario, baño, butaca reclinable, dos sillas, mesilla de ruedas y cama grande; no había televisión. Asier era el único paciente. A su lado, Lourdes le cogía una mano –en la otra tenía un catéter. En una de las sillas descansaba Nagore. Al verlos, Lourdes se puso a llorar. Cristina fue a consolarla rápidamente. Virginia apoyó la espalda en una pared, pero enseguida se le acercó Nagore. Max se inclinó sobre su compañero y lo abrazó con cautela por miedo a lastimarlo. A los cinco minutos ambos agentes estaban solos.

–¿Quieres subirme el respaldo? Hay una palanca ahí –le pidió Asier.

El inspector giró la palanca, pero lo que subió fue la parte inferior de la cama y con ella los pies del paciente.

–Vaya enfermero estás hecho.

Max reparó el error. Esta vez la parte superior de la cama se alzó hasta que Asier quedó medio incorporado, en una posición idónea para comer.

–Así está mejor.

–Te veo muy bien.

–Ahora sí, pero lo hemos pasado mal, francamente mal.

Max barrió con la mirada los elementos que rodeaban a su compañero. Estaba enchufado a menos aparatos de los que estaba habituado a ver en otros pacientes de la UCI. Una bolsa de suero fisiológico goteaba con pereza. Un tubo cilíndrico de una sustancia que no supo identificar estaba apartado en un lateral, cerrado. Una pantalla de sondas permanecía apagada. De una bombona de oxígeno salía una sonda de goma que se le enrollaba por encima de las orejas como si fuesen unas gafas, con dos puntas que se introducían en sus fosas nasales.

–Tengo unas ganas locas de dar un paseo –dijo Asier.

–Paciencia, aún es pronto.

–Y de comer un buen chuletón... ¿Qué?, ¿cómo va?

–Bien, todo en marcha...

—¿Y el caso?

Max miró hacia el techo. Dos fluorescentes alargados iluminaban la estancia.

—Vamos, inspector, no me va a dar otro ataque al corazón.

—Hemos detenido a tu hombre —reconoció Max.

El rostro de Asier reflejó tranquilidad.

—¿Bajo qué cargos?

—Homicidio en primer grado. La noche del accidente se produjo otro asesinato. Espero que no nos hayamos equivocado.

Una enfermera entrada en años y con gesto avinagrado irrumpió en la habitación sin llamar.

—Disculpe —dijo al ver a Max, que le dedicó su mejor sonrisa aunque no sirvió de mucho—. Usted no puede estar aquí.

El inspector le mostró la placa. La enfermera se encogió de hombros.

—Bueno, solo vengo a tomar la temperatura.

Colocó un termómetro digital bajo una axila de Asier y desapareció por la puerta al tiempo que amenazaba con volver a los cinco minutos.

—¿Son todas las enfermeras así de agradables?

—Algunas son peores, esta es doña Amabilidad.

Ambos rieron.

—Ahora cuéntame qué pasó aquella noche, ¿la recuerdas?

—Como si fuese ayer.

Cuatro días antes

Oyó un ruido fuerte antes de abrir un ojo. Le costó despertarse. Cuando se dio cuenta de lo que pasaba, tanteó nervioso la llave puesta en el arranque sin conseguir aferrarla. De reojo vio que la barrera de la fábrica se abría y que los faros de una moto lo alumbraban brevemente. La moto enfiló la recta de salida y Asier logró arrancar. Pisó el embrague, metió primera, giró el volante y aceleró. Golpeó el coche de delante. Metió marcha atrás y aceleró al tiempo que giraba el volante hacia el lado contrario. Golpeó al coche de atrás. Realizó la maniobra inversa y esta vez salió por fin del aparcamiento. Oyó la moto a lo lejos. Según aceleraba, la luz roja trasera de la moto se hacía más visible. El viento soplaba con violencia. Papeles, hojas y restos de basura se retorcían sobre la carretera y revoloteaban en el aire. Asier se imaginó que el motero debía de realizar mucha fuerza para mantener la moto en pie y que debía de notar en la pantalla del casco el azote del viento. Se saltaron un par de semáforos en rojo. Asier seguía a su presa a una distancia prudencial. El objetivo no tomó el desvío a la ciudad sino que siguió recto hasta llegar a una rotonda, donde giró hasta tomar la tercera salida. Una vez fuera de la rotonda, abrió gas y la moto se impulsó hacia delante como si la empujase una fuerza invisible. Asier tuvo que pisar el acelerador a fondo. Dudó si el cambio de velocidad era debido a que lo había descubierto o a que llegaba tarde adonde quiera que fuese. En la nacional notó el primer pinchazo en el pecho. Fue agudo y momentáneo, pero duró lo suficiente para soltar el volante y el pedal durante unos segundos. El coche cabeceó. Asier volvió a tomar el volante y recondujo al coche dentro del carril. Aún seguía viendo la luz trasera de la moto. Adelantó a un camión que transitaba lentamente por el carril derecho. Entonces le dio un segundo pinchazo. Más fuerte y violento. Se retorció de dolor. Se echó hacia delante y su barbilla chocó contra el volante, que se desplazó con él. Notó que la palanca de cambios se le clavaba en el estómago y que se golpeaba la frente en el salpicadero. Cerró los ojos, pero tuvo tiempo de oír un claxon y el chirrido de unos frenos antes de que el coche se estrellara contra el guardarraíl de la carretera.

Un pitido sacó a Asier de la inmersión temporal. Se quitó el termómetro justo cuando volvía a aparecer doña Amabilidad.

Bufando, la enfermera le cogió el termómetro de la mano y observó el marcador.

–Tiene unas décimas de fiebre. Beba agua, y no se abrigue tanto. En media hora vuelvo.

Echó una mirada a Max que indicaba claramente que no quería verlo cuando regresase. Comprobó la botella del suero. Manipuló la ruedecilla y el goteo se incrementó levemente.

–Entonces hemos hecho bien –dijo Max, una vez solos.

—Sí, no sé adónde iba, pero corría que se las pelaba; tenía prisa, mucha.

Asier se desprendió con molestia de la cánula nasal.

—¿Le has contado esto a alguien más?

—Tú eres el primero, el comisario aún no ha venido... Y los polillas tampoco. Tengo un poco de miedo.

—¿Por qué?

—Me quedé dormido.

—Vamos, Asier, reaccionaste bien, nadie tiene la culpa de sufrir un ataque al corazón en plena persecución.

—Eso díselo a Esteban, mira dónde acabó.

El inspector no supo qué decir. Tenía razón, los de Asuntos Internos eran jodidos. Esteban se tropezó, pistola en mano, mientras perseguía a un atracador de bancos. Al caer, la pistola se disparó tras tocar el suelo. Nadie resultó herido, pero los centímetros a los que quedó la bala de la cabeza de una anciana que paseaba a su perro por la acera contraria fueron escusa suficiente para apartarlo de la circulación durante una larga temporada. Luego los polillas hicieron bien su trabajo y lo empapelaron de por vida en un pueblo perdido de la Guipúzcoa más profunda. Desde entonces Esteban era todo un experto en ponerle sellos a la correspondencia.

—No quiero acabar igual —confesó Asier.

Cuando abandonaron el hospital, Cristina propuso que subiesen en coche al alto de Miramón. Nunca había estado. Alegó que desde allí las vistas de la ciudad debían de ser espectaculares. A Virginia le daba lo mismo y a Max no le pareció mala idea, no conocía esa perspectiva y ya no hacía tanto frío como en los días anteriores. Incluso podrían andar un poco, según el ginecólogo, lo mejor para adelantar el parto, y dado que el hospital quedaba tan cerca, no había problema; era preferible eso a una carrera en taxi en plena madrugada. Además veía a Cristina mucho mejor. Desde que disfrutaba de la compañía de la cría ya no se quejaba tanto del embarazo. Se encontraba en el tramo final, y aunque le costaba más moverse, no lo hacía notar. Estaba casi todo el día de buen humor, incluso algunas veces la había pillado hablando al bebé. En realidad él también estaba contento, con ganas de que Damián naciera, se sentía preparado para tener un hijo, ayudar a la madre en su cuidado, involucrarse en su educación, poder darle todo el cariño que a él le había faltado. Si echase la vista atrás, se vería a sí mismo renegando de tener una familia, un inspector amargado y sin ganas de formar un hogar, sin plantearse la opción de tener un hijo, y, sin embargo, cuando Cristina le dio la feliz noticia todo el castillo de naipes que había levantado a su alrededor se había desmoronado, lo que había creído un sólido muro en realidad era una arena fina que con la primera ola se había venido abajo. El embarazo le llevó a plantearse el futuro, dejó de vivir en función de los casos y, conforme fue creciendo el vientre materno, había ido dando vueltas a la tortilla hasta sentir todo lo contrario. La única incertidumbre que tenía es lo que sucediese cuando Damián viniese al mundo: no veía claro que Cristina quisiera separarse de Virginia. Solo de pensar en esa posibilidad se le puso la piel de gallina.

En el alto se encontraba el Parque Científico y Tecnológico, donde tenían su sede casi cien empresas, de las cuales varias se dedicaban a la tecnología genética. Pero Max entendía que hoy no era el día para hacer una visita. Tal vez la próxima semana se pasase junto a Erika para indagar sobre los avances médicos respecto a la enfermedad de Klinefelter. Quizá esa información aportara luz al caso, aunque esperaba que con la detención de Álvaro Serrano todo terminase.

Una espesa bruma envolvía el horizonte. No dieron con ninguna vista de la ciudad y Cristina se quedó con las ganas de ver la aguja del Buen Pastor. Max dudaba que desde allí se pudiera ver San Sebastián, y menos la aguja, pero no dijo nada. Dieron una vuelta por los alrededores del Museo de la Ciencia; a ninguno le apetecía entrar.

Durante la bajada Max sintonizó en la radio del coche una emisora que solo emitía viejos éxitos. En aquel momento sonaba la versión de *Caballo viejo* de Julio Iglesias.

Caballo le dan sabana
porque está viejo y cansao,
pero no se dan ni cuenta
que a un corazón amarrao
cuando le sueltan las riendas
es caballo desbocao...

–Qué mierda de música –protestó Virginia.

Max vio por el espejo retrovisor el rostro airado de la cría y cómo asomaba a su lado el de Cristina, cómplice; había decidido viajar en la parte trasera, en teoría, más segura en caso de accidente aunque ninguna de las dos llevaba puesto el cinturón de seguridad.

–¿Puedes quitar eso, por favor? –le pidió Virginia.

–Bamboleo, bambolea... –canturreó divertido Max subiendo el volumen.

Era su momento y pensaba disfrutarlo al máximo, la cría ya tomaría cumplida venganza por la noche con su música satánica.

A esas horas, con un poco de suerte, el tráfico se volvía denso.

Caminaba por un sendero entre árboles. Percibió algo moverse entre las ramas. Eneko se detuvo y se quedó escuchando en silencio. Oyó un ruido de cascos en el camino, delante, que venía acompañado por un fuerte viento. La hojarasca se elevó del suelo. Se apartó del camino. Se agachó detrás de un cedro. Miró hacia arriba. Una fina línea de luz amarillenta atravesaba el bosque. El viento dejó de soplar. Todo permanecía inmerso en una extraña quietud. El sonido de cascos se interrumpió. Ladeó un poco la cabeza y entrevió una sombra grande y alargada que transitaba entre el claro de los árboles. Parecía un hombre cubierto con una capa negra a lomos de un caballo oscuro. Al pasar a su lado se detuvo. Tenía dos brasas ardientes por ojos. Un relincho inundó el bosque. El Jinete Negro se enderezó y miró a lo lejos. Fustigó al caballo con un látigo y se alejó. Eneko

369

aún estuvo un tiempo impreciso escondido hasta que se decidió a salir. Avanzó. Las copas de los árboles se retorcían formando extrañas figuras. Los rastrojos y las hierbas altas tenían una pátina púrpura. Nada crecía alrededor de los árboles y en muchos asomaban raíces muertas. Escuchó otro ruido. Era la melodía de un móvil. Abrió un ojo. El bosque desapareció.

En la televisión empezaban las noticias de TVE. ¿Qué hora era?, ¿las nueve de la noche? Una hora que en la península ibérica invitaba a cenar y en el norte de Europa a dormir. Pero Eneko hacía tiempo que había dejado de comportarse según un horario establecido. Se pasaba el día entero en la sala de espera de la UCI, esperando a que Itziar despertase, y luego bajaba a dormir a casa. Se levantó del sofá con pereza. Aún vestía de calle. La casa no emitía ruido alguno. La televisión estaba encendida pero con el volumen quitado. Erika estaría fuera. Últimamente llegaba tan tarde a casa que no coincidía con ella. ¿Estaría saliendo con otra chica? Lejos ya de molestarle, pensaba que no le vendría mal una nueva compañera. A todos, él incluido. El móvil volvió a sonar. Miró la pantalla. Número oculto. Solo una persona en este mundo podía reclamar su atención sin dar la cara. Hubo un tiempo en que esa persona y él hicieron negocios provechosos para ambos. Terrenos y vacas a cambio de cuerpos y silencio. El imperio de Lácteos Zurutuza SA estaba manchado de sangre inocente. Con todo el cansancio del pasado acumulado en su cuerpo, arrastró los pies en dirección a la cocina mientras esperaba a que el móvil dejase de importunarlo.

El agua fría de la ducha caía sobre el cuerpo caliente de Erika y la relajaba. No sabía por qué se sentía así. En cuanto acababan de hacer el amor, ella siempre corría a la ducha. Como si se sintiese sucia. Sin embargo, lo deseaba tanto o más que él, y ninguno estaba saliendo con otra persona, así que no tenían por qué avergonzarse.

La puerta del baño se abrió. Menos mal que la mampara tenía un vinilo translúcido que dejaba pasar la luz pero no permitía ver el interior. No quería que él la viera desnuda, no ahora. Sentía pudor.

—¿Te importa? —dijo Santiago, subiendo la tapa del váter—. No puedo aguantar.

—Claro —respondió Erika, escondiendo su malestar. Para qué le preguntaba si iba a hacerlo de todos modos. En realidad no tenía que pedir permiso, era su baño; el elemento discordante era ella.

Cuando él salió, cerró el grifo. Se secó con una toalla y se puso un albornoz blanco que le iba dos tallas grande. Se miró en el espejo. Arrugó la nariz.

—La ducha reconforta, ¿verdad? —dijo Santiago al verla salir del baño.

Estaba en la cama, la espalda apoyada sobre el cabecero, desnudo, tapado de cintura para abajo con una sábana. Hojeaba un grueso libro. El título en la portada, por encima de la fotografía de un diván rojizo, era bien visible: *Historia de la psicología*.

Erika se acercó al otro lado de la cama. Como siempre, el deseo los había hecho desvestirse a tirones, entre arañazos y lametones. Buscó sus bragas entre la ropa esparcida por el suelo.

—¿Hoy tampoco te quedas? —preguntó él sin levantar la vista del libro.

—No puedo, mañana tengo que llevar a mi padre al hospital —respondió Erika.

No quiso mirar a Santiago, se sentía culpable porque mentía y lo único que quería era irse. Siempre le sucedía lo mismo, después de acostarse con él se prometía que sería la última vez. Y ya iban por la tercera. O la cuarta. Solo se quedó a dormir una, la segunda.

—La próxima, llámame antes. Tal vez no me encuentres en casa... —Esta vez el psicólogo sí levantó la vista del libro.

—Claro...

Por fin dio con las bragas. Se sentó en la cama, para ponérselas sin quitarse el albornoz.

—¿Qué te pasa?

Notó una mano afectuosa en la espalda. Volvió a mentir cuando dijo que «nada». Rápidamente encontró el sujetador.

—¿Nunca piensas en ella? —preguntó Erika, deseando cambiar de tema. En los papeles de policía y psicólogo se sentía más segura que en los de amante loca y viudo trastornado.

—¿En quién? ¿Mi mujer? Claro que sí..., todos los días —añadió mientras contemplaba su espalda desnuda.

Erika se puso con urgencia el sujetador y los pantalones.

Santiago volvió a su lado de la cama y retomó la lectura.

—Y el mensaje que dejó el asesino, ¿no te dice nada?

Él negó con la cabeza. Cerró el libro.

—¿Cómo era? ¿Para quién vaya detrás?

—Para que él vaya detrás.

—Nada.

—¿A quién se referirá? ¿Detrás de qué o de quién?

—No sé, me cansé de darle vueltas, hasta pensé que mi mujer tenía una aventura con otro..., imagínate, dudando de la pobre. Así que seguí mis consejos, fui mi propio paciente: creé patrones de pensamientos saludables y me obligué a tener una actitud positiva.

—¿Y eso cómo se consigue? —quiso saber Erika, que había dejado de tener prisa.

—Recuerda nuestras sesiones y todo lo que hablamos. Renombrar el recuerdo puede ayudar a engañar a tu cerebro para que avance más rápido. Y no permanecer demasiado tiempo en la etapa de aflicción. Sentirse triste por un tiempo es comprensible después de vivir un acontecimiento terrible, pero es necesario saber cuándo salir de esa etapa de aflicción y empezar a vivir de nuevo.

—Sigo pensando lo mismo que antes, es fácil decirlo pero difícil hacerlo.

—Hay algunos trucos: pensar en el recuerdo hasta que pierda su efecto, concentrarse en los recuerdos más felices o crear otros nuevos, mantenerse ocupado...

—Ya sabes que no creo en todas esas zarandajas.

El psicólogo era de veras todo un profesional para superar tan rápido una muerte como la de su mujer.

—A ti te fue bien, ¿o no?

—Claro —contestó Erika con la cabeza gacha.

Aún soñaba con el cuerpo desnudo de su novia sobre la cama. Le volvió a entrar urgencia por irse.

—Es curioso, hasta acentuó las palabras...

Erika no podía quitarse de la cabeza la frase que en aquella misma habitación, en la ventana que tenía a escasos metros, el asesino había escrito con la sangre de su víctima. La mujer del hombre con el que se acostaba. Joder, qué hacía ella ahí. Tenía que salir al exterior. Se ahogaba.

—Quieres decir que es una persona culta, tal vez con una carrera universitaria.

—Sí —afirmó Erika mientras se abotonaba la blusa—. No lo había pensado hasta ahora. Una persona con carrera.

—Espero que deis con ese malnacido...

—Yo también.

Erika se calzaba los zapatos y pensaba en cómo iba a afrontar el siguiente paso. El beso de despedida.

Domingo 9

Hoy la cafetería estaba repleta y la periodista aguardaba en una de las primeras mesas, cerca de la entrada y de las miradas indiscretas. Max le había dicho a Cristina que tenía que interrogar a Álvaro Serrano. Esperaba que esa mentirijilla no le pasase factura más adelante. Se sentó frente a la mujer. Por fortuna, detrás de Max no había ningún viejo que lo incordiase. Al parecer ella también acababa de llegar porque la camarera se acercó para tomarles nota. Coca-cola *light* para ella, café solo con hielo para él.

—Lo dicho, inspector, lo nuestro van a ser las citas de los domingos.

—Siempre que no acceda a responder a mis preguntas por teléfono y se empeñe en vernos aquí.

—No me fío de los teléfonos, suelen estar pinchados y no tengo la certeza de que con quien hablo no grabe la conversación. No es que no me fíe de usted, pero dicen que la cabra no cae por el precipicio si no se asoma.

La camarera llegó con las bebidas. Ambos dieron un par de sorbos en silencio. El aire frío del exterior se colaba por la puerta y Max lo sentía en toda la espalda.

—Quería hablar de Raúl Tejado, ¿cierto? —Max asintió—. Muchos se alegraron al saber que murió; si lo hubieran asesinado y torturado, pocos protestarían.

—Entiendo que tenía muchos enemigos.

—Un batallón entero. Me imagino que ya sabrá que era un delincuente de poca monta, pero lo que casi nadie sabe es que fue un soplón de mucho cuidado. Era capaz de vender a su propia madre por dinero. Entraba a todo trapo en todo, y se dice que era uno de los chivatos de la Social. Los más antiguos del periódico se extrañaron de su muerte, muchos pensaban que ya estaba muerto, asesinado por ETA y perdido entre la maraña de atentados de los años ochenta.

La periodista lo miró a los ojos y Max le sostuvo la mirada; era hora de acabar con su juego.

—La quiere mucho, ¿verdad? —dijo la periodista.

—¿A quién?

—A su mujer.

Max asintió mientras escondía la mirada en el interior del vaso.

—No es la primera vez que un hombre me rechaza, pero sí la primera que uno lo hace después de tres citas.

—Supongo que estoy chapado a la antigua, un hombre fiel y enamorado de una sola mujer...

—Es muy afortunada, salúdela de mi parte.

Mejor no —pensó Max—, o tendré que dar muchas explicaciones.

—¿Ha averiguado algo de Álvaro Serrano?

—Ha dado con un pez gordo. Y las fechas de su detención y las de mi abuelo cuadran. No me extrañaría que compartiesen celda, calabozo, o donde los tuviesen, mientras experimentaban con sus cuerpos.

—¿Por qué lo detuvieron?

—Álvaro Serrano es un alias, en realidad se trata de Albar Urdaiazpikoa, más conocido como Altuaerdi. Por eso no me sonaba. —Se peinó con los dedos su lacia y larga melena rubia—. Nació en Legazpi a finales de los sesenta. Comienza su militancia en ETA en los años noventa como responsable del comando Guipúzcoa. A primeros de los noventa se refugia en Francia tras un tiroteo con la Guardia Civil en Donosti. Desde la clandestinidad se convierte, durante los años siguientes, en el responsable de las operaciones especiales, reorganizando el comando España, después el comando Madrid, que asesina en 1995 a un magistrado. Considerado la mano derecha del entonces número uno de ETA, se hace cargo del comando Zaldi. Detenido en San Juan de Luz en 1997 junto a dos compañeros más, es condenado a diez años de prisión por asociación ilícita, en primera condena. También se piden para él sesenta y tantos años de cárcel por un atentado cometido en Ordizia en el que murió un guardia civil y resultaron heridos otros tres, pero no se pudo probar su implicación y lo absolvieron. —Enredó un mechón de pelo en un dedo—. Después humo, en teoría cumplió su condena y desapareció del mapa. No se le vuelve a ver ni en manifestaciones ni en mítines. Algunos lo daban por muerto. Uno de los exetarras más buscados por la prensa. Y desde el viernes detenido como principal culpable de los asesinatos que relacionan a las víctimas con el comité de marras.

—Ni se le ocurra publicar eso último.

—Tengo que hacerlo, es una noticia fantástica.

—Le he dicho que no puede, al menos espere unos días para que podamos esclarecer algunos datos.

—¿Y?

—¿Qué?

—Ya sabe, ¿qué obtengo a cambio? —preguntó la periodista jugando con el mechón.

Max no era capaz de leer en su mirada por qué lo hacía: si era un tic, si se comportaba como una niña traviesa o volvía a la carga a pesar de su negativa; si se trataba de una de esas mujeres que no se daban por vencidas, que no estaban acostumbradas a ser rechazadas y que, al final, a base de tesón, conseguían casi siempre lo que se proponían.

—Será la primera en entrevistarlo, tendrá acceso a información reservada, podrá sacar fotos, hasta escribir un jodido libro si lo desea..., pero necesito tiempo.

—Tres días, no más, si me pisan la primicia, me muero.

La periodista parpadeó lentamente, los codos en la mesa, la barbilla apoyada en las manos.

Max vio en aquella caída de ojos una invitación a entrar en la boca del lobo. Apartó la vista.

Las llevó a comer al McDonald's del Boulevard, cerca de la brecha que los aliados abrieron en las líneas napoleónicas durante el asedio de 1813. La idea había sido de la cría y a ellos no les pareció mala idea. Cristina tenía un apetito voraz —se había pedido dos Big Mac— y Virginia daba buena cuenta de un menú grande, después de aguantar la broma del Happy Meal que le había gastado Max, quien se comía una hamburguesa simple con queso y una cerveza. Sentados a una mesa, rodeados de adolescentes, el inspector nuevamente sufría pensando en el futuro y en si esa era la vida que le aguardaba. Un padre de criaturas saltarinas y gritonas, que durante ocho horas se ponía la máscara del zorro para detener a los malos. Día y noche en la piel de un inspector de Homicidios casado y con hijos. Conciliar trabajo y vida familiar se le antojaba difícil, conocía inspectores que habían solicitado el traslado a pueblos o aceptado puestos de oficinistas para mantener unida a la familia. Como si le diesen la razón, el móvil sonó en mitad del almuerzo. Al ver el número en la pantalla supo que debía atender. Se excusó y salió al exterior.

—Inspector Medina, ¿qué cojones hacen?

—Señor Lezeta, también es un placer hablar con usted.

—Déjese de chorradas, ¿por qué me han retirado la protección? El coche patrulla no está en la calle desde ayer. No lo veo. ¡Se ha ido!

Max suspiró mientras buscaba un saliente para refugiarse de la fina lluvia que caía.

—Es cosa del comisario. Considera que ya no corre peligro. El principal sospechoso está entre rejas.

—Al diablo. ¿Y si no es el culpable? No es un error que puedan permitirse, mi vida está en juego.

«En parte no le falta razón», pensó Max. Pero ¿qué podía hacer él? Nada. A su manera Alex se había vengado y había retirado la protección, sin esperar a que Álvaro Serrano confesase, para echarle a Oliver Lezeta encima.

—No se quede callado, ¡diga algo, maldita sea!

Refugiado en un portal, Max observó que a algunos urbanitas no les importaba mojarse. Un par de crías intercambian mensajes con los móviles, un tipo con una gorra de la Real Sociedad daba vueltas cerca de la entrada del McDonald's, un anciano permanecía de pie frente al escaparate de una librería.

—¿Por casualidad en el comité Qilin no pondrían las inyecciones en la frente a sus pacientes?

—¿Qué dice? Ya está con sus preguntas extrañas...

—¿Se acuerda del mensaje que encontramos en casa de su hermano? «Arde ya la mala yedra.» Es un palíndromo, ¿le dice algo?, ¿alguna relación con el comité Qilin?

Silencio en la línea.

—No me venga con chorradas ni intente liarme. No, no me dice nada. Y por supuesto que no poníamos las inyecciones en la frente, los vectores virales se inyectan en nalgas, brazos o piernas, no en la frente ni en ningún otro lugar que se le ocurra. Le estoy hablando de mi seguridad y usted insiste en los acertijos y las preguntas estúpidas, ¿qué le pasa?

—Hace un frío de mil demonios, no salga de casa, pase unos días encerrado y no abra la puerta a nadie...

—Pero... ¿qué se piensa que soy?

—Tampoco es tan grave..., vea la televisión, lea algo...

—No me trate como a un niño. ¡Soy un jubilado, no un inútil!

—Señor Lezeta, tranquilícese. Todo indica que el hombre que detuvimos el viernes es culpable.

—Escuche, si me pasa algo, será usted el responsable, única y exclusivamente usted. Piense en lo que le digo... y en caballos.

—¿En caballos?

—Caballos, inspector Medina, caballos.

Al otro lado la línea se oyó un clic.

Después de comer pasaron el resto de la tarde del domingo en el *loft,* refugiados de la pesada llovizna y del frío pertinaz. Las chicas estaban viendo una película antigua de un asesino en serie. «A veces la realidad supera a la ficción», pensó Max echándole una ojeada. El título no podía ser más premonitorio *El dragón rojo.* Cuando el psiquiatra encarcelado comenzó a hablar del cuadro *El gran dragón rojo y la mujer vestida del sol,* Virginia puso unos ojos como platos al descubrir una clara correspondencia entre los escritos de Poe y las pinturas de William Blake. Sin embargo, a Max se le hizo un nudo en la garganta. Se levantó y cogió el único libro de su biblioteca, y cuya única consulta salvó a Cristina de ser devorada por las sombras. Ojeó varias páginas mientras la película avanzaba. Cuando llegó al capítulo 12 del Apocalipsis el nudo se soltó.

Apareció en el cielo una gran señal: una mujer vestida del sol, con la luna debajo de sus pies, y sobre su cabeza una corona de doce estrellas. Y estando encinta, clamaba con dolores de parto, en la angustia del alumbramiento. También apareció otra señal en el cielo: he aquí un gran dragón escarlata, que tenía siete cabezas y diez cuernos, y en sus cabezas siete diademas; y su cola arrastraba la tercera parte de las estrellas del cielo, y las arrojó sobre la tierra. Y el dragón se paró frente a la mujer que estaba para dar a luz, a fin de devorar a su hijo tan pronto como naciese. Y ella dio a luz un hijo varón…

Precisamente eso era lo que más le había angustiado en la película. En el cuadro de Blake, el dragón estaba listo para devorar al niño de una mujer embarazada tal y como era representado en el Apocalipsis.

Los párrafos siguientes le infundieron una momentánea tranquilidad; el gran dragón, la serpiente antigua, que se llamaba Satanás, era arrojado a la tierra; pero luego volvió la inquietud.

Y cuando vio el dragón que había sido arrojado a la tierra, persiguió a la mujer que había dado a luz al hijo varón. Y se le dieron a la mujer las dos alas de la gran águila, para que volase delante de la serpiente al desierto, a su lugar, donde es sustentada por un tiempo, y tiempos, y la mitad de un tiempo. Y la serpiente arrojó de su boca, tras la mujer, agua como un río, para que fuese arrastrada por el río. Pero la tierra ayudó a la mujer, pues la tierra abrió su boca y tragó el río que el dragón había echado de su boca. Entonces el dragón se llenó de ira contra la mujer...

Cerró la Biblia con fuerza.

—¿Qué te pasa, Dupin? Parece que hayas visto un fantasma —dijo Virginia.

En la pantalla, la espalda del asesino en serie mostraba las formas de un gran dragón.

Max miró a Cristina: el vientre hinchado como un globo, ausente, absorta en la película.

No debía olvidar al dragón. Ahora más que nunca la amenaza seguía latente. Mañana haría una visita al pasado.

Lunes 10

Tras la puerta se dio de bruces con su destino.

El recinto estaba tal y como lo recordaba, una habitación provista de biblioteca, un par de mesas de roble y la joya de la corona: un habitáculo enrejado en el centro cuyos barrotes de acero inoxidable componían un cubo perfecto de casi cuatro metros de lado. La celda de alta seguridad que tanto enorgullecía al comisario y que solo usaban con detenidos peligrosos o especiales. Y el de hoy estaba acusado de por lo menos cinco asesinatos.

Un ertzaina custodiaba la celda a una distancia prudencial. Al ver entrar al inspector se irguió rápidamente en la silla. Max le indicó tranquilidad con un gesto de la mano y le pidió que se ausentara un momento. El agente dudó.

—¿Es qué no me ha oído, hijo?

—Verá, el comisario dijo que...

Max le lanzó una mirada amenazante. ¿Desde cuándo sus subordinados no obedecían al instante sus órdenes?, ¿es que había perdido autoridad? Tal vez compartir tanto tiempo con una cría y una embarazada le habían convertido en un ser débil y permisivo a ojos de los demás. Hubo un tiempo en que los agentes se apartaban a su paso, agachaban la cabeza y eludían su mirada. Un tiempo en que, como el caballo de Atila, la hierba no crecía por donde él pisaba. Tendría que ponerlos en su sitio.

—Lárguese de una puta vez.

–Sí, señor –dijo el agente cuadrándose, y acto seguido desapareció por la puerta dejando a Max solo con el detenido.

El inspector se dirigió hacia el enrejado. El preso estaba recostado en el catre de espaldas a la entrada.

–Nos hemos quedados solos –dijo el inquilino de la celda. Tenía una voz suave que a Max le recordó a la de los psicólogos–. Me imagino que usted es el célebre inspector de Homicidios, ese del que hablan a veces en las noticias. El que resuelve casos.

Max no contestó ante la obviedad. Evaluó el plan que seguiría. Optó por permanecer callado, a la espera de que Álvaro Serrano se diese la vuelta. No le apetecía hablar con una espalda.

–Pues hoy no va a resolver ninguno, inspector, yo no voy a poder ayudarle. Yo no he matado a nadie, al menos desde hace veinte años.

–Eso tendrá que demostrarlo, y por eso estoy hoy aquí.

El aludido comenzó a reírse.

–No tienen nada contra mí.

–Un agente que estaba de vigilancia lo vio dejar su puesto de trabajo la noche que mataron a Raúl Tejado. Las horas coinciden.

–Ya lo ha dicho bien, simple coincidencia.

–Salió del trabajo, mató a Raúl Tejado y volvió a su puesto en la fábrica de pinturas. La coartada perfecta. Hemos hallado en su casa numeroso material médico: jeringuillas, anestesia, pastillas, medicamentos intravenosos... Solo nos falta encontrar el arma. Confiese y conseguirá una rebaja de la pena.

–¿Usted para qué cree que son los medicamentos?

Por fin se dio la vuelta y se puso en pie. Era tan alto y delgado como el inspector. Tenía el rostro peludo, las cejas tan pobladas que se convertían en una sola, un bigote ralo y la barba tan espesa y larga como la cabellera. Aparentaba menos de los cuarenta y seis años que figuraban en su ficha policial.

–¿Adivina cuándo fue la última vez que me afeité? Hace dos días... y me corto el pelo todas las semanas.

Max no supo qué decir. Aquello era una sorpresa para él. Hasta los pómulos presentaban vello.

—¿Entiende ahora lo de los medicamentos? Me inyecto todos los días fármacos antiandrogénicos, tipo acetato de ciproterona, finasterida, dutasterida, enzalutamida..., me los conozco todos. ¿Sabe para qué sirven? Son liberadores de hormonas, impiden que el cuerpo use testosterona y provocan una disminución del deseo sexual. Si no lo hago, me convierto en lo que ve, un oso peludo y cariñoso, ¿no? —Se carcajeó brevemente—. Y mi impulso sexual crece hasta hacerse insoportable.

—¿Qué quiere decir?

—Adivine.

—Lo contrario a la enfermedad Klinefelter que padecía.

—Vaya, le ha costado un poco. No sería usted precisamente el más listo de la clase. Y ahora ¿quiere decirme por qué estoy aquí? Ya pagué mi deuda con la sociedad y, si se ha informado, sabrá que dejé hace mucho de tener relación con cualquier tema que tenga que ver con ETA. No soy un arrepentido, lo hecho, hecho está, pero aquella etapa está olvidada. Ahora solo quiero vivir en paz el resto de mi vida, ya luché lo que tenía que luchar, ahora les toca a otros pelearse. Además, hoy todo es tan diferente, en nuestra época salíamos a la calle a defender nuestros derechos, ahora las manifestaciones, las barricadas, las huelgas generales, son pasto de los documentales. Ahora se batalla en el Senado, la guerra la hacen los políticos; en eso nada ha cambiado, antes nuestras vidas las gobernaban generales de medallas en el pecho, ahora nos gobiernan políticos y banqueros con traje y corbata. El mismo collar, la misma dictadura, solo varía la vestimenta del amo.

—Lo que piense de la sociedad es solo de su incumbencia —replicó Max, aunque siempre convenía conocer los ideales de un detenido para hacerse una composición del personaje—. No estamos aquí para hablar de política. ¿Qué sabe del comité Qilin?

—¿Quién cree que me convirtió en lo que soy? Me detuvieron, me propusieron un trato y aquí estoy...

—¿Qué trato?

—Presentarme voluntario para un experimento, según ellos una cura para mi enfermedad. Por supuesto que accedí, ¿qué podía perder? Nada, estaba preso, con diez años de condena por delante, cualquier reducción de pena era bienvenida. Firmé los papeles sin apenas leerlos. No sé qué mierda me inyectaron, pero pasé de ser un rubio imberbe sin pelo a un moreno peludo. —Se agarró a los barrotes y Max, en un acto reflejo, dio dos pasos hacia atrás—. Me encanta follar, a todas horas, es un deseo que no puedo evitar, como se suele decir, tengo la libido por las nubes.

Al pasear la mirada por la estancia, Max se percató de que faltaba el teléfono que antiguamente colgaba de la pared, y eso que allí abajo seguía sin haber cobertura de móvil.

—¿Adónde fue la noche de autos?

—Al Puerto, un burdel en el puerto de Pasajes. Suelo ir casi todas las noches, es lo bueno de fichar cada dos horas y tener una moto, me da tiempo de sobra, un buen polvo y a trabajar. La gorda de Carmen lo puede corroborar, anota las visitas en el cuaderno de recepción. Pregúntele por Valentino. Y las chavalas también. Por supuesto que no me acuerdo de la chavala con la que estuve esa noche, tal vez Soraya, una latina con unas caderas maravillosas, es mi favorita, pero a veces está ocupada, o alterno, todas me conocen y saben lo que me gusta, sobre todo...

—Es suficiente, me hago una idea.

—Cuando no voy al Puerto, me quedo con mis revistas de motos en el trabajo. Caen dos o tres pajas por noche...

Max frunció el ceño al imaginarse al guardia de seguridad masturbándose en la garita mientras veía motos. Aquello no se lo había contado Asier.

—... las revistas solo tienen motos en la portada, dentro hay páginas de revistas porno. También lo podrán comprobar con las de casa, tengo colecciones enteras.

Aquel exjefe de un comando etarra no parecía mentir. De ser así Max se había metido en un buen lío. Se había puesto en contra al comisario, le debía un favor al juez y habían suprimido la protección a Oliver.

–Y a Raúl Tejado es verdad que lo conozco. No personalmente, pero oí hablar de él en el pasado. Una rata chivata que se merecía morir mucho antes. Y si es verdad, como dicen los medios, que lo encontraron vestido de mujer, le aseguro que mi apetito sexual no llega tan lejos.

Imanol arrojó la gorra de la Real Sociedad sobre la cama y se desprendió de la vestimenta que llevaba de cintura para arriba. Aún se sentía mal por su cobardía del día anterior, no había aprovechado el momento en que el prepotente había salido al exterior a hablar por el móvil para entrar en el restaurante y rajar a la zorra de Cristina. Le hervía la sangre de rabia. Cogió el cuchillo de filetear y se lo acercó a la mejilla buena. ¿Otra cicatriz para recordar que no era un cobarde? No, llamaría demasiado la atención. Ahora iba con un aparatoso esparadrapo, gafas de sol y gorra. Menos mal que hacía un frío de mil demonios y nadie reparaba en él; la mayoría de los vascos caminaban por la calle con la cabeza gacha y el rostro resguardado en una bufanda.

Se desnudó. Luego se tumbó en el suelo y comenzó a hacer flexiones. Aún tenía grasa acumulada de la mala vida, pero poco a poco acabaría con ella, al igual que con cualquier rastro de su vida pasada. Tres, cuatro. Se concentró en el vientre de Cristina. Siete, ocho. La cría gótica también comenzaba a caerle mal. ¿Cómo lo llamaban?, ¿daño colateral? Diez, once. Por lo menos ahora sabía dónde pasaba la noche. Hoy el primero en salir del nidito de amor fue el *cipayo*. Se permitió el lujo de seguirlo hasta la comisaría. Después volvió a la casa. Por la ventana constató que las dos mujeres seguían allí. En bata y pijama, no tenían visos de salir. Ni rastro de la madre. Veinte, veintiuna. El *cipayo* regresó tarde. Y él dejó de vigilar y volvió a su piso. Mañana sería un nuevo día. Veinticinco, veintiséis. No podía más. Estaba flojo, pero se obligó a hacer unas cuantas más. Treinta.

Treinta y uno. Curiosamente ya había olvidado a Nekane. Solo tenía pensamientos para Cristina. Sangre fluyendo por sus venas y sangre fluyendo por un vientre rajado. Treinta y cinco. Treinta y seis. Los años de Cristina. Dejó caer el cuerpo boca abajo sobre la moqueta de la habitación. Oía el repiqueteo del corazón, semejante al ruido de los cascos de un caballo desbocado encerrado en una habitación. Todos sus poros sudaban. Tras unos minutos de descanso, se levantó y puso a todo volumen el disco de *Turandot*. El dragón de la portada parecía desafiarlo. Se dirigió a la ducha mientras la ópera de Puccini inundaba todos los recovecos del piso. Bajo el agua caliente, el éxtasis comenzó cuando la voz de Franco Corelli cantaba el tercer acto. *Nessun Dorma*.

> *Nessun dorma! Nessun dorma!*
> *Tu pure, o principessa,*
> *nella tua fredda stanza*
> *guardi le stelle*
> *che tremano d'amore*
> *e di speranza.*
>
> *Ma il mio mistero è chiuso in me.*
> *Il nome mio nessun saprà.*
> *No, no, sulla tua bocca lo dirò!*

Grosso modo conocía la historia de la ópera que Puccini dejó inconclusa y que durante tantos años estuvo prohibida en China. Ambientada en la China milenaria, narraba la historia de la cruel princesa Turandot, quien decapitaba a sus pretendientes si no le respondían correctamente a tres adivinanzas. Un príncipe desconocido las respondió todas y posteriormente desafió a la princesa a que averiguase su nombre, de lo contrario se casaría con él. Turandot ordenó que nadie durmiese en Pekín hasta que se descubriese el nombre del príncipe.

Ed il mio bacio scioglierà il silenzio
che ti fa mia!

Il nome suo nessun saprà...
E noi dovremo, ahimè, morir, morir!

Morir, morir. Qué canción más maravillosa. Tal vez antes de matarla le daría una última oportunidad. Que lo reconociese, que averiguase su nombre, que lo gritase a los cuatro vientos mientras se desangraba.

Dilegua, o notte!
Tramontate, stelle! Tramontate, stelle!
All'alba vincerò!
Vincerò!
Vincerò!

Al alba venceré. ¡Venceré!
«¡Venceré!», gritó con todas sus fuerzas.

Martes 11

El Puerto se encontraba en una esquina de la carretera que separaba los astilleros pasaitarras de los edificios que habían salido como setas y que componían el Pasajes moderno. Por si eso fuera poco, una vía férrea medio abandonada se interponía entre la carretera y los astilleros, de tal manera que el burdel había quedado desplazado de la que fue su principal fuente de ingresos durante años, lo que unido a la baja actividad del astillero hacía suponer que tenía las horas contadas. Las barreras arquitectónicas que habían marginado al prostíbulo del mar eran un amasijo de edificios con cristales rotos, vagones de hierro llenos de grafitis y enormes grúas oxidadas.

Se accedía subiendo por un puñado de escalones que iban a parar a una puerta oscura de hierro forjado en brusco contraste con el letrero de neón en letras rojas de la fachada.

—Es la primera vez que me traes a un sitio de estos —dijo Erika. Oyeron a lo lejos la potente bocina de un mercante que salía o entraba de la bahía—. Y reconozco que es nuevo para mí.

Max calló. Nunca había recurrido a pagar por acostarse con una mujer aunque alguna conquista en el Moby Dick's le había costado lo suyo en copas.

Tras el timbrazo, alguien desde el interior les permitió la entrada. Empujaron la puerta y ascendieron por unas escaleras. La luz del portal era pobre y las paredes despedían un intenso olor a humedad. En el primer piso, otra puerta, esta de madera y sin placa identificativa, se interpuso en su camino. Pulsaron el timbre. Se oyó ruido de pasos. Max tuvo la sensación de que alguien los observaba por la mirilla. Tras unos segundos de indecisión la puerta se abrió. Ante ellos se presentó una mujer con sobrepeso evidente enfundada en una túnica blanca que apenas dejaba ver unas zapatillas de deporte. Max recordó que Álvaro Serrano la había llamado «la gorda de Carmen».

–Buenos días, señores..., pero no se queden ahí, pasen, por favor.

Carmen se giró y desplazó su cuerpo voluminoso hacia una especie de mostrador pequeño que se ubicaba en un rincón de un recibidor amplio.

Erika tuvo que cerrar la puerta.

–Son ustedes nuevos, una pareja tan bonita no la olvidaría tan fácilmente. Bienvenidos a mi humilde morada. Yo soy Carmen, para servirles en todo lo que deseen. Nuestros clientes no son tan madrugadores... –Soltó una sonrisita histérica–. ¿Quieren ver a las chicas o ya traen una idea?

–El libro de visitas –dijo Max.

–Por supuesto, ¿cómo se llaman?

Carmen sacó un libro grueso de tapas negras de debajo del mostrador. Lo puso encima y lo abrió casi por el final. Cuando fue a levantar la vista se topó con la placa de Max sobre la página abierta.

–Inspector Max Medina, del Departamento de Homicidios de la Ertzaintza.

El semblante de la mujer cambió aunque enseguida se recompuso.

–Por favor, señores, faltaría más, haber empezado por ahí. ¿Qué puedo hacer por ustedes?

Max giró el libro de visitas hacia sí. Nombres, apellidos, horas y días anotados con bolígrafo azul salpicaban la página. No le hizo falta buscar mucho, la clientela era escasa. En la última página el nombre de Valentino Serrano aparecía en varios días. Uno de ellos era la madrugada del 4 al 5 de febrero. En las hojas anteriores era el que más se repetía.

—Valentino —dijo Max, señalando el nombre con el dedo índice—. ¿Qué me puede decir de él?

—No me gusta hablar de los clientes.

Max paseó la mirada por el recibidor. Las paredes estaban adornadas con fotos antiguas del puerto de Pasajes enmarcadas en marcos de madera. La actividad en los cuadros se intuía frenética: las grúas en movimiento, los barcos mercantes entrando y saliendo de la estrecha bocana, los marineros correteando de un lado para otro como hormiguitas... Una cortina de terciopelo azul tapaba lo que Max se imaginó como un pasillo alargado por el que se accedería a las habitaciones de las chicas, y también a una especie de salita de espera por la cual desfilarían ante la mirada lujuriosa de los clientes.

—No quiero mandar a mi ayudante a que atraviese esa cortina tan bonita. Tendrá problemas para decidir qué artículo infringe la ley entre los muchos que se incumplen en este antro. Podríamos empezar por pedir los papeles de las chicas, permisos de residencia y esas pequeñas cosillas.

—Inspector, por favor, no hará falta. ¿Qué quiere saber? Valentino es nuestro mejor cliente. Entiendo que si ustedes están aquí preguntado por él, es que algo le habrá pasado. Es verdad, hace unos días que no viene, y eso es muy extraño.

Max le mostró la foto del DNI de Albar Urdaiazpikoa, alias Álvaro Serrano.

Carmen asintió.

—¿Sabía que sufre una enfermedad... rara?

—Quién no las tiene con los tiempos que corren. Mientras mis chicas no las cojan y el negocio vaya bien, no me interesa para nada.

—¿Alguien ha podido añadir su nombre en este libro que no sea usted?

—No, es mi letra, y siempre estoy aquí, enferma y todo. Una no puede dejar un negocio como este en manos de otras. Ya sabe lo que dicen, el ojo del amo engorda al caballo.

Max sonrió brevemente.

—Valentino, ¿venía solo?

—Siempre solo. Lo recibía aquí mismo, se iba dentro, pagaba y se iba. Siempre tenía prisa por irse. Y era muy tímido. No le puedo decir más.

—Vamos, eso no es nada, no es suficiente.

Carmen lo miró asustada. Aunque parecía cierto que no sabía nada más.

—A lo mejor alguna chica... Dicen que tiene gustos raros. Si quiere puedo llamar a Soraya, y se lo explica ella mejor.

«Lo que sea con tal de que no me hagan un registro», se dijo Carmen.

—Por favor.

Carmen descolgó un teléfono de pared. Dio un par de instrucciones. Enseguida apareció por la cortina una mujer alta, de piel oscura y pelo largo que le caía hasta los hombros. Tendría menos de veinticinco años, iba sin maquillar y con poca ropa: una camiseta de tirantes y un pantalón de tela que se le ajustaba al cuerpo como si fuese una segunda piel.

A Max le dio la impresión de que se acababa de despertar y estaba tal como se había levantado de la cama.

—Soraya, estos dos agentes de la Ertzaintza quieren hacerte unas preguntas sobre Valentino. Responde amablemente —le indicó Carmen a la joven, aunque con la mirada parecía decirle lo contrario.

La chica miró de arriba abajo al inspector y se tomó su tiempo con Erika.

—¿Alguna vez le habló de su vida privada?

—Nunca, es un *man* muy callado.

Max percibió un ligero acento caribeño, mucho más marcado que el de su padre.

—¿De su familia?

—Ni idea, no sé si tiene mujer o hijos ni con quién vive. Aunque no creo que esté casado, no lleva anillo, ni creo que viva con una mujer, una lo sabe por la forma de moverse en la cama, por la fuerza con que me...

—Ya, me hago una idea. Entiendo que nunca quedaron fuera del trabajo.

—No, nuestra relación es profesional, cariño. ¿No le habrá pasado nada malo? Me daría mucha pena, es un *man* muy *chévere*.

—Nada, no se preocupe. ¿Algo que le contase? Haga memoria, cualquier dato puede sernos útil. Fobias, aficiones...

—A veces hablaba de motos, otras de su trabajo como guardia de seguridad, decía que le tenía cansado y que estaba esperando un golpe de suerte para mandarlo todo a la mierda e irse bien lejos.

—¿Qué cree que quería decir con golpe de suerte?

—No creo que atracar un banco, más bien que si le tocaba la lotería o recibía una herencia de algún pariente lejano, al menos algo así me imaginaba yo.

Carmen no quitaba ojo de su pupila e, imperceptiblemente, aseveraba sus respuestas con la cabeza.

—¿Le hizo daño alguna vez?

Soraya miró a Carmen antes de responder.

—No, mi amor, lo suyo no es pegar a las mujeres. Todos tenemos un pasado, y se le notaba que el suyo fue difícil, una no es tonta y sabe cuándo un hombre ha estado en la cárcel, pero si me pregunta a mí, creo que quería cambiar y lo que menos quería era meterse en problemas.

Carmen asintió con la cabeza.

—¿Algo más?

—Como no quiera que le diga las cosas que nos pide en la cama...

—No, gracias.

—Y tú, preciosa, ¿se te ha comido la lengua el gato?

A Erika el rubor le subió por el cuello hasta las mejillas.

—¿Le habló de caballos? —sondeó Max.

—¿Caballos? No. ¿Por qué?

—Por nada, era una suposición. Señoritas. —Max hizo un gesto a Erika de que se iban—. Gracias por su tiempo.

Erika ya estaba abriendo la puerta cuando Soraya la llamó.

—Preciosa, cuando quieras darte una vuelta, y pasártelo bien, aquí te estoy esperando, mi amor. —Envalentonada, se acercó a

Max y le pasó una mano por el pecho—. Y a ti también te espero, hombretón. Los polis me ponen mucho.

Max acabó a última hora de la tarde en la habitación que el hospital había asignado al paciente Asier Agirre después de que este abandonara la UCI y bajara a planta. La habitación no era tan amplia, ni cómoda, como la anterior, y además venía con regalo incluido en forma de anciano quejoso y molesto. Asier ocupaba la cama cercana a la puerta, y una cortina corrida lo separaba de la que daba a la ventana.

El inspector se situó en un lateral, entre la cortina y la cama, frente a la puerta. Le contó a Asier la visita al burdel aunque omitió el motivo principal.

—Ostras, tú y Erika en una casa de citas. Me hubiera gustado veros por un agujerito.

—No pasó nada.

—Vamos, a mí me vas a engañar... Todos hemos toreado alguna vez en plaza ajena..., ¿no se os echó encima alguna de esas lobas?

—Más o menos, pero no a mí, a Erika; tuvo que salir corriendo...

—Ja, ja..., me lo imagino.

El anciano de la cama contigua sufrió un ataque de tos.

—Vaya vecino de habitación que te ha tocado —dijo Max entre susurros.

—No hace falta que hables tan bajo, el pobre está medio sordo, pero me cae muy bien. Por las mañanas paseamos los dos juntitos, cogidos de la mano, por el pasillo, y nos imaginamos la bahía, al fondo Lo Viejo, y cuando llegamos a la máquina de los cafés ya estamos en el puerto.

El ataque de tos remitió antes de que Max se asomase para ver si todo estaba en orden.

—¿Cómo sigue el caso? —preguntó Asier.

—Bien —contestó Max, escondiendo nuevamente sus dudas sobre Álvaro Serrano. No parecía ser el asesino en serie que todos habían sospechado, pero el comisario no daba su brazo a torcer por mucho que las pruebas obtenidas por el inspector en su visita al burdel lo situaban en otro lugar a la hora del último crimen, y se emperraba en no soltarlo, aplicándole la férrea ley antiterrorista que surgió a raíz de los atentados del 11-S–. Con el culpable entre rejas, hemos suspendido todo el operativo. Hemos retirado la protección a Oliver, hemos dejado de vigilar a Lorenzo Bidaurreta...

–Sí, eso lo sé, ayer vino Oier y me lo contó. Menudo quebradero de cabeza se ha quitado de encima. Dice que el viejo era tan desconfiado que salía a dar paseos por sus terrenos con la escopeta al hombro, incluso en plena noche. Estaba cagado de miedo, y no ha pegado ojo en tres días.

–Ja, ja... Me hubiera gustado verlo. Y tú, ¿qué tal?, ¿ya duermes algo?

Asier no llevaba ya la cánula nasal, solo el catéter en el brazo.

–Físicamente bien, creo que en un par de días, tres a lo sumo, me darán el alta. El médico dice que estoy en observación, tengo un soplo en el corazón y existe la posibilidad de que tenga que llevar marcapasos. Espero que todo se quede en un susto, si no, ya me veo detrás de una mesa sin poder salir a patrullar.

–¿Y?

Max leía en los ojos de su compañero otra preocupación que no tenía nada que ver con un marcapasos.

–Anímicamente no muy bien, ayer vinieron los polillas.

–¿Y?

–Les dije que no me acordaba de nada. Creo que es lo mejor. No me gusta mentir, pero siempre tendré tiempo de recordar; el médico dice que hay amnesias reversibles y otras irreversibles. Cuando se cierre definitivamente el caso, tomaré una decisión... También han venido los de ErNE.

–¿Y eso?

–Estoy afiliado al sindicato hace años. Querían saber cómo me iba, si necesitaba algo y todas esas cosas.

–Ya.

—¿Y Cristina? Se la ve bien, guapa.

—Sí, hoy nos ha dicho el ginecólogo que, si todo sigue así, el viernes inducirá el parto. Cumplirá entonces la semana 42.

Después de la cita con el ginecólogo, Max, Cristina y Virginia se habían asomado por la habitación de Asier, que estaba acompañado por Lourdes. Las mujeres se habían ido a la cafetería, dejando a los hombres solos.

—Hay un puente elevado, un pasillo interior, que une la maternidad con el hospital, hemos llegado en diez minutos —explicó Max—. Si todavía sigues aquí el viernes, puedes acercarte a la sala de espera de partos.

—Sí, ya sé el pasillo que dices, tiene unas ventanas a cada lado desde las que se ve el exterior. Ayer fui con mi compañero de habitación, él lo llama el Paseo Nuevo, se conoce todos los recovecos del hospital. Tuvimos que ponernos algo encima de las batas para que no nos descubriesen, tenemos prohibido salir de la planta.

—Menudos piratas estáis hechos.

Como si estuviese atento a la conversación, el anciano carraspeó molesto, lo que derivó en otro ataque, solo que ahora en forma de gruñidos.

Max miró de soslayo hacia la cortina.

—¿Por qué no está acompañado?, ¿es que no tiene familiares?

—No te preocupes, Max, está bien, lo que ocurre es que a veces cree que se ahoga, y hace esos ruidos guturales tan raros para respirar mejor. Por cierto, ¿quién es la muchacha que siempre acompaña a Cristina?, ¿un familiar?

—Mejor te lo cuento otro día... ¡Ah! Casi se me olvida... —Max metió la mano en el bolsillo de la gabardina y sacó una chocolatina—. Gentileza de la máquina del primer piso.

—De chocolate blanco con almendras, una de mis favoritas. Hazme el favor de esconderla en el cajón de la mesilla. Si la ve Lourdes nos mata, a los dos.

Max abrió el cajón mientras percibía que a su espalda la cortina se movía, como si el anciano tantease para ver quién se encontraba al otro lado.

—¿Y esto? —preguntó Max mientras dejaba la chocolatina en el interior del cajón.

—Mi arma reglamentaria. Ya ves, me dio un ataque al corazón, me ingresaron en la UCI y ahora me han bajado a planta, y la USP ha viajado con mis pertenencias hasta aquí. Los policías aún tenemos ciertos privilegios.

—¿Quieres que me la lleve?

—No te preocupes, no me molesta, hasta me tranquiliza, aún me visita doña Amabilidad... Por cierto, ¿qué hora tienes?

—Casi la una —contestó Max tras consultar el reloj de pulsera.

—Rápido, borra lo que pone en la pizarra.

Max se fijó por primera vez en una pizarra blanca que colgaba de la cabecera de la cama. Indicada «Dieta blanda», escrito con letra de médico en tinta deleble de color azul.

—Estoy harto del arroz y el pollo.

El inspector borró las dos palabras con la manga de la gabardina justo en el momento en que doña Amabilidad asomaba por la puerta.

—Vaya, otra vez usted aquí —dijo la enfermera sin apenas mirarlo. Frunció el ceño al ver la pizarra en blanco.

—Esta mañana el médico me ha levantado la dieta —dijo Asier.

—¿Ah, sí? No nos han dicho nada...

—Pues llame al médico y pregúnteselo —replicó Asier.

La enfermera tanteó el rostro del agente y después el de Max. Ambos mostraron sus mejores sonrisas.

—No hará falta, son ustedes mayorcitos para saber lo que hacen.

Se perdió por la puerta.

—Bueno, te dejo comer tranquilo. Voy a avisar a Lourdes.

—Gracias por la visita, inspector. No tardes mucho en volver.

—Claro que no, Asier.

Le dio un fuerte apretón en el brazo. En la puerta se cruzó con doña Amabilidad. Max sostuvo la puerta mientras la enfermera entraba en la habitación con una bandeja de comida que desprendía un fuerte olor a garbanzos guisados. Gruñó un imperceptible «Gracias» cuando Max salía por la puerta.

Por el pasillo se cruzó con numeroso personal en bata blanca. Al abrirse el ascensor se topó de bruces con una simpática anciana y el médico de la UCI. Llevaba la bata abierta, con el nombre bordado en el bolsillo del pecho –R. Larrañaga–, y un estetoscopio al cuello.

–¿Bajan? –preguntó Max.

La anciana asintió. Él se introdujo en el ascensor dejando a la señora en medio.

–¿No pensará visitar la UCI? –preguntó el médico, asomando la cabeza por encima del hombro de la anciana.

–¿UCI? No, voy a la cafetería.

Max sonrió a la mujer, que le devolvió la sonrisa.

–Le digo lo mismo que le he dicho esta mañana al empresario ese que no para de venir. Las visitas no están permitidas.

El ascensor se paró en la primera planta, una antes de la cafetería. El médico salió del ascensor. Antes de que se cerrase la puerta añadió:

–Le avisaré cuando pueda, aún es pronto. La paciente debe descansar.

El ascensor bajó a la planta baja. La anciana miraba con recelo al inspector.

–Un profesional, el doctor –dijo Max–. Baje usted, me he olvidado algo arriba.

Cuando la señora se perdía rápidamente por la cafetería, Max pulsó el número cuatro. Por fortuna no se paró en ninguna planta. Salió del ascensor y se internó en el pasillo de la cuarta. Atravesó la doble puerta de vaivén de la UCI. En una esquina vio un mostrador. Una enfermera joven con gafas tecleaba en un ordenador.

–Hola –dijo Max.

La enfermera levantó la vista sin dejar de teclear.

–Vengo a ver a Itziar Bengoetxea. Me han dicho que ha despertado recientemente.

–No son horas de visita.

La enfermera dejó de teclear.

–Es una urgencia. El doctor Larrañaga me ha dicho que viniese antes de las dos, que más tarde era imposible. –Le mostró su placa–. Acabo de cruzarme con él en el ascensor, me ha dicho que estaba muy ocupado y que no podía acompañarme, pero si usted quiere llámelo para que corrobore lo que le digo.

–Ya. Es verdad que se ha despertado esta mañana, pero es raro que le hayan autorizado una visita tan pronto, se suele esperar cuarenta ocho horas antes de que el paciente...

–Es un caso importante. Creo que tengo el teléfono del doctor por aquí...

Max hizo ademán de buscar en el móvil.

–No hace falta, tenemos los números de los doctores. Está bien, habitación 5, siga el pasillo, doble a la izquierda, la primera habitación a la derecha.

–Gracias –dijo Max, fingiendo que memorizaba las instrucciones.

Anduvo por el pasillo, dobló a la izquierda y se topó con otro pequeño pasillo que a diferencia de la última vez estaba vacío. Al llegar a la habitación número 5 dudó entre abrir la puerta o llamar.

Llamó.

Itziar lloraba en silencio por las noches. No había sabido defender a su pueblo. Lamashtu se llevaba a los bebés mientras Pazuzu seguía ignorando sus súplicas. Tal vez un sacrificio de sangre cambiase los astros. Había dejado caer el trozo de tablilla por el acantilado y cuando ella ascendiese junto a Anu se perdería la receta del Dragón, la pócima sería un secreto del pasado. No creía haber manejado bien la situación, y muchos habían vuelto a Mesopotamia. Se tumbó sobre las ramas que cubrían la tierra, dura y áspera. Alguien llamó a su puerta. No pensaba abrir. Quizá era un enemigo infiltrado en el poblado, o uno de los suyos, con un cuchillo escondido en la espalda, el elegido para ajusticiarla por sus pecados, el liberador de los sumerios.

Por la puerta asomó el rostro de un hombre moreno, pelo corto y mirada cansada. Penetró en la tienda. Vestía una gabardina. ¿Qué hacía dentro de su sueño? ¿Se había colado en su mente?

—Hola, Itziar —dijo el hombre.

Itziar a duras penas abrió un ojo. La luz le hizo daño, aunque no más del que ya sentía. Le dolía todo el cuerpo y notaba la mente espesa por la abundante medicación.

El hombre aguardó a que respondiera. Percibió que estudiaba el entorno. Se imaginó que no sería agradable verla en aquel estado, llena de tubos que entraban y salían de su cuerpo y conectada a varias máquinas. Por la mañana el médico le había dicho que había sufrido un accidente doméstico, que se había caído por las escaleras de casa. No se acordaba de nada, lo último que recordaba es que estaba en el salón repasando las notas de su libro sobre los sumerios, que llamaron al timbre y fue a abrir la puerta, y... fundido en negro; una espesa nebulosa empañaba sus recuerdos. Lo siguiente que recordaba es que estaba en la cama de un hospital con un fuerte dolor de cabeza, que no sentía los pies y que un médico le hablaba. Por Dios, que no se hubiese quedado inválida.

El hombre insistió con otra pregunta. Las palabras le llegaban lejanas y se perdían en las profundidades de la caverna. Un oído comenzó a pitarle. Algún aparato a su lado emitía un pitido repetitivo y cansino que por fortuna apenas escuchaba. Negó con la cabeza. Quería responder a todo que no, pero sus labios no se despegaban y su boca se negaba a abrirse. Tenía la lengua pegada al paladar y la notaba áspera. Con mucho esfuerzo pudo mover los dedos. Bien, las manos respondían a sus órdenes. Por lo menos podría empujar ella sola la silla de ruedas.

El hombre desistió. Desapareció por la puerta. Otra vez sola. Con el pitido. Un cosquilleo subió por la espina dorsal. ¿Sería buena señal? Si sentía la espalda es que no se había quedado inválida. Sintió un fuerte picor en la punta de la nariz e intentó mover la cabeza a un lado para restregársela contra la almohada. Nada. Cerró el ojo. Cansada se dejó llevar. Los sumerios volvieron a invadir sus pensamientos. Por supuesto que no había olvidado su trabajo sobre la tablilla. Todo lo vivido antes del accidente no se había borrado de su mente. Recordaba claramente los dos símbolos que configuraban el pictograma que faltaba en la tablilla de arcilla. El resto de la pócima del Dragón.

Las nubes se habían esfumado y un cielo límpido y estrellado se mostraba ante los ojos penetrantes de Xabier. Nunca había comprendido los astros, ni distinguido el carro de Ulises o el cinturón de Orión, pero no era tan memo como para confundir un planeta con una estrella brillante. Siendo un adolescente subió a la cúpula del telescopio del observatorio del Museo de la Ciencia y miró hacia las estrellas. Pero ni por esas. Ni Pegaso, ni Equuleus, ni Centauro. Aparte de su interés en la cultura oriental, sentía especial predilección por la mitología griega. Sabía que Equuleus estaba ligado con el potro Celeris, hermano del caballo alado Pegaso, y cómo todo se enredaba y se asociaba con dragones, serpientes aladas y unicornios. Los mitos y las leyendas eran los mismos con diferentes nombres en distintas partes del mundo. Las antiguas civilizaciones en diferentes tiempos acababan comportándose de manera equivalente, invocando a las deidades, rezando a los símbolos y realizando ofrendas y sacrificios. Apolo, Hades, Venus, Minerva, Ra, Anubis, Tezcatlipoca, Huitzilopochtli, Inti, Viracocha, Anunnaki... dioses del Sol, del infierno, del universo.

Observar el cielo brillante era una de las ventajas de vivir en un faro. Soledad, silencio y estrellas. También le agradaba la oscuridad al pasear por la isla y el ruido del mar. Las olas se estrellaban furiosas contra las rocas por la fuerza del viento y el olor del salitre invadía sus fosas nasales. No echaba de menos las comodidades de la sociedad, tener el supermercado y un cine a la vuelta de la esquina, la parada del autobús al cruzar la calle y la de taxis dos calles más arriba. Era cierto que se había adaptado bien a los adelantos tecnológicos hasta utilizar todo lo que tenía a su alcance, pero con el paso de los años una cuerda invisible se ataba en torno a su cuerpo y tiraba de él hacia sus orígenes.

Siempre le habían gustado los pueblos y las pequeñas aldeas, no entendía a aquellos que se aburrían en el campo. Cuando acabase con el asunto del Dragón se retiraría a un caserío parecido al de su difunta madre, muy alejado de la civilización y, a ser posible, próximo al mar, el único elemento de la naturaleza que necesitaba sentir cerca. Y rodeado de caballos. Decían que el perro era el mejor amigo del hombre, pero para él la mejor sensación era montar una yegua, brava y fuerte como Pegaso, y sentir el viento en la cara, el paso veloz entre los árboles.

A los que se oponían a sus planes debía obligarles a claudicar. Su antiguo socio no quería colaborar. «Si la montaña no viene a Mahoma, Mahoma va a la montaña», se dijo. Griegos, romanos, aztecas, incas, sumerios, mayas, egipcios..., todos eran iguales: distinta correa, distinto amo, pero los mismos. Estaba cansado de esperar. Todo el mundo se obcecaba en llevarle la contraria. Había llegado la hora de usar el caballo de Troya.

Max revoloteaba alrededor de la cría, que no paraba de chatear con un joven mulato.

—¡Qué dices! El vallenato es música para carcas, lo mejor es el heavy, pero el de antes, los Iron, Judas, Metallica y todos esos... ¿Juanes?... Venga ya, otro abuelete... ¿Cómo?, ¿berraquera?... ¿Ese *man* es un caballo?, ¿qué significa?... ¡¿El mejor?! No te lo crees ni tú...

Tenía puesta la webcam y por la pantalla del ordenador se veía cómo el sol se ponía al otro lado del océano. Habían esperado hasta bien entrada la noche para comunicarse con Colombia, tanto que Cristina había caído rendida en la cama. Max estaba deseando acostarse, pero la cría no soltaba el portátil y no le permitía cumplir con su labor, una labor desagradable que había estado evitando durante días. Tomaba café de una taza de loza con ribetes floreados sin saber, ni querer saberlo, quién de las dos era la responsable de una compra tan ridícula.

—Vale, John, te dejo, que tengo aquí al plasta del que te hablé..., pásale al viejo... Sí, chao.

Virginia se levantó del sofá y depositó el portátil sobre la mesa de la cocina.

—Todo tuyo, Dupin.

—¿Qué tengo que hacer?

—Nada, ponerte de cara a la pantalla y ya está. Te dejo activado el micrófono y la webcam, cuando acabes solo tienes que cerrar el ordenador y se desconectará.

La cría se tumbó en el sofá y se echó la manta por encima.

Max sostenía la taza de café en la mano, indeciso. Aún dudaba de si era buena idea. Dejó la taza a un lado, se colocó frente al ordenador y suspiró antes de sentarse en un taburete y ponerse a la altura de la pantalla.

El rostro surcado de arrugas que le aguardaba al otro lado se iluminó de alegría.

—¡*Mijo!* Qué gusto verte.

A Max le dio la impresión de que su padre había envejecido mucho más que los dos años trascurridos desde la última vez que lo había visto. Llevaba un sombrero *vueltiao* sobre la cabeza que tapaba casi toda la vista del parque.

—Cuando John me dijo que querías hablar conmigo me llevé una gran alegría. Espero que pronto puedas venir a visitarme y me traigas a tu hijo. John ya me lo ha contado todo.

Max miró furioso por encima del ordenador hacia el sofá. Por la respiración parecía que la cría dormía, pero seguro que era una estratagema y estaba con la oreja en la conversación. A saber qué más le había contado al colombiano de su vida privada. Le daban ganas de levantarse y estrujarle el pescuezo.

—Se te ve muy bien, Max. Te sienta muy bien ser padre. ¿Ya sabéis qué nombre vais a ponerle al niño?

—No, yo te llamaba por otra cosa. ¿Te acuerdas de que hablamos de la Social y la Brigada?

A su padre le cambió la cara. Miró a ambos lados como para asegurarse de que estaba solo.

—¿Estos cacharros graban?

—No lo sé, sé lo mismo que tú.

En eso sí había salido a su padre. Ambos se peleaban con las nuevas tecnologías y ninguno hacía nada por remediarlo.

—*Mijo,* no me gusta hablar de esos temas por aquí. Nunca se sabe quién puede estar escuchando. —Max miró al sofá, y más allá, hacia la cama. Las dos parecían dormir—. Te dije que te olvidases del asunto, no te conducirá a nada bueno.

—Quería que me hablases de cierta persona.

—Peor. Solo te traerá problemas.

—Xabier Andetxaga. Tú lo conoces, ¿verdad? —Su padre calló, lo que equivalía a una afirmación—. ¿Qué sabes de él?, ¿cuál es su relación con nosotros?

—Eso tendrá que decírtelo él. Si consigues encontrarlo. Yo hace mucho que perdí el contacto. Y con tu tío..., por cierto, ¿sabes cómo está? Me extraña que no se ponga en contacto conmigo. Desde que viniste no sé nada de él, ¿estará enfadado?

—No lo creo —fue lo único que se le ocurrió decir a Max antes de desviar la mirada. Si su padre le conocía lo suficiente, cosa que dudaba después de tantos años alejados, sabría que mentía.

Cogió la taza de café. Bebió un poco.

—Y esa niña que chatea con John, ¿quién es?

Max bufó desesperado. Era obvio que la cría había pasado a formar parte de su vida ya que todo el mundo le preguntaba por ella.

—Una familiar de Cristina —mintió. A veces una mentira sin importancia era suficiente para no tener que dar más explicaciones—. Volvamos al asunto. El abuelo Javier luchó en la Guerra Civil en las filas nacionales, ¿cierto?

—Sí.

—¿Combatió en el Frente del Norte?

—¿Por qué?

—Tú ya sabes por qué... ¿Xabier?

—No insistas, no sé dónde está.

—Eso precisamente era lo segundo que quería pedirte. Estoy seguro de que tienes alguna idea, aunque sea aproximada, de dónde se esconde.

No quiso decirle que había una orden de busca y captura contra él y que la Interpol había tomado cartas en el asunto. Tarde o temprano sería detenido, a la que asomase la cabeza por un aeropuerto o un puesto fronterizo, pero Max quería ser el primero en dar con él. El teléfono al que le llamaba para quedar no daba señal. Tenían una conversación pendiente.

—Algo sé —reconoció su padre.

—Vamos..., papá.

A su padre se le enterneció la expresión. Los ojos se le achicaron y comenzaron a escocerle, al borde de las lágrimas. Se pasó una mano por la barbilla, donde una barba de dos días afloraba por el mentón.

—A Xabier siempre le ha gustado controlarlo todo. Piensa en un lugar desde el cual él vea sin que lo vean.

—Eso parece un escondrijo. Ver sin que te vean...

—Precisamente eso es, *mijo*. Buena suerte y espero que te pongas en contacto conmigo más a menudo. Por lo menos cuando nazca tu hijo. Le diré a John que hable con la niña y le pregunte por ti. Un beso muy fuerte. Te amo, *mijo*.

El viejo jardinero del parque se levantó con ojos llorosos y desapareció de la pantalla.

Max cerró el portátil y todo el silencio del *loft* se le vino encima.

Miércoles 12

El inspector observaba las plantas del jardín a través de las ventanas del salón. No se veía la calle, pero la vida seguía su curso tras los muros y los urbanitas iban y venían sin saber que allá arriba, en el segundo piso, había un cadáver esperando para ser transportado en ambulancia a la morgue.

Le gustaba aquel salón, la claridad del día penetrando por las ventanas le recordaba en cierta manera al *loft*. La irrupción de Erika en la estancia sacó a Max de sus pensamientos.

—No hemos encontrado nada relevante. Hay una habitación llena de libros, pero no es raro teniendo en cuenta quién es el dueño de la casa —dijo Erika.

—Gracias.

—Es una pena verlo así.

Max se dio la vuelta y se encaró a su compañera y al cadáver.

—Me refiero a que, al haberlo conocido antes, al interrogarlo, no sientes lo mismo que al descubrir el cuerpo de alguien desconocido.

Max contempló de nuevo el cadáver de Oliver Lezeta. Estaba sentado en el sofá, en la misma posición que adoptaba cuando los atendía, vestido con un pijama grueso de algodón y una bata de seda. Calzaba unas zapatillas de estar por casa. Aún tenía en el regazo un libro abierto. Como si la muerte hubiera venido a buscarlo en plena noche mientras leía sobre armas antiguas antes de irse a dormir.

—No hace falta imaginarse cómo fue el difunto en vida porque ya lo has visto. Es una sensación muy diferente —continuó Erika.

La detención de Álvaro Serrano había sido un error, un tremendo error que había derivado en el asesinato de Oliver. Max no podía quitárselo de la cabeza. Llevarse un muerto a casa era lo peor que le podía suceder a un inspector de Homicidios.

—Y pensar que hace unos días nos estaba hablando desde ese mismo sitio —recalcó Erika.

Joshua fue el siguiente en invadir el salón.

—La anciana no ha tocado nada —anunció—. Parece mentira que el asesino dejase la puerta entreabierta y ningún vecino se haya dado cuenta, o sí pero no hayan entrado hasta que esa buena mujer ha sacado la basura a media mañana. La de vecinos que habrán tenido que pasar por delante al bajar las escaleras.

—Nos hemos convertido en borregos, cada uno a lo suyo —intervino Max.

—*Bai* —afirmó Joshua—. He interrogado a la anciana. Bajó sobre las diez de la mañana a tirar la basura y comprar unos huevos en la tienda de enfrente. Vio la puerta entreabierta pero no le dio la menor importancia, pensaba que Oliver se la había dejado abierta en un descuido. Al volver, su impresión cambió. Se fijó en que la cerradura estaba forzada y rota. Llamó al timbre, aporreó la puerta, pero nada, nadie contestaba. Entró en el piso. Dice que Oliver le caía bien, lo conocía desde que era un chiquillo, fue amiga de su madre. Lo llamó sin obtener respuesta. Se encontró con todo el pastel en el salón. Según ella no tocó nada, era más que evidente que, con el hacha en la cabeza, Oliver estaba muerto, así que salió rápidamente del piso y subió las escaleras. Llamó a la Policía desde su casa. Y esperó delante de la puerta de Oliver hasta que aparecieron los primeros agentes. No dejó entrar a ningún vecino, aunque me imagino que no pudo evitar contar lo que había visto con todo el que se cruzase en su camino porque la escalera entera sabe con pelos y señales cómo ha muerto Lezeta.

El inspector sacudió la cabeza. Entonces sabían que no había sido un accidente ni un suicidio. El cuerpo de Oliver presentaba dos agujeros de bala en el pecho. Calibre Parabellum 38. Y por si fuera poco, el asesino le había asestado un golpe con un hacha en plena frente. A Max no le hizo falta investigar de dónde provenía semejante arma. El hacha nórdica, con el mango adornado con símbolos vikingos, era una de las armas antiguas que nutrían la colección de Oliver. Su lugar, una urna en una esquina del salón, estaba vacío.

—Y según dices, Joshua, primero le asesinó y después, una vez muerto, le clavó el hacha en la frente.

—En efecto, fíjate en la herida del hacha, se hizo cuando el rígor mortis ya había aparecido, que como bien sabrás se da a las tres o cuatro horas de morir, y dura hasta las cuarenta y ocho.

Max comprobó la teoría de Joshua: la sangre había caído por la frente de Oliver y se había mimetizado con el color púrpura de la bata. Nada de sangre a borbotones ni chorreando por la herida como un grifo mal cerrado.

—Quieres decir que el asesino forzó la puerta de madrugada, sacó a Oliver de la cama, le obligó a sentarse en el sofá con un libro entre las manos y luego lo mató con dos disparos, uno en pleno corazón, para después pasearse por el piso, o quedarse simplemente observando a su víctima, hasta que tres horas más tarde, antes de irse, decidió darle un hachazo en plena frente.

—Exacto —contestó Joshua.

—Por lo menos murió sin sufrir —añadió Erika. Las asperezas entre ella y Joshua parecían lejanas.

—Vio a su asesino de frente y no pudo hacer nada —continuó Max.

—¿Y qué hay del mensaje? —preguntó Erika.

—Otro enigma —recordó Joshua.

Max se acercó por primera vez al cuerpo de Oliver. Se puso de puntillas para ver las palabras escritas con sangre en las páginas del libro abierto.

Ni fe doy yo de fin

—¿Qué crees que significa? —preguntó Erika.

—Es otro palíndromo —respondió Max.

—Es verdad —dijo ella, sorprendida—. «Ni fe doy yo de fin.» Es lo mismo si lo lees del revés.

—¿Qué piensas, Max? —indagó Joshua.

—Es el fin, él mismo no puede asegurarlo por su mente trastornada, pero en su plan inicial es el fin. Con Oliver se cierra el círculo. Sus ansias de venganza se han colmado y, a no ser que no pueda evitarlo, no volverá a actuar, lo cual nos complica el asunto. —Comenzó a pasearse por el salón—. Toda la escena del crimen es un montaje, como si se tratase de una película, y me apuesto el cuello a que el libro no fue elegido al azar.

—Es un libro de armas antiguas, lo cual no es de extrañar dada la cantidad de libros que tiene Oliver sobre armas en la otra habitación —dijo Erika.

—Está abierto por el capítulo de armas para jinetes —añadió Joshua.

—¿Qué sabéis de armas y caballos? —preguntó Max.

—¿Caballos? —preguntó extrañada Erika.

—Sí, en la última conversación que tuve con Oliver me dijo que si algo le sucedía que pensase en caballos. A la vista está que nuestra única pista es pensar en caballos.

Max dejó escapar un bostezo. Tras conversar con su padre por la webcam se había quedado un rato en la cocina, reflexionando. Al final se acostó muy tarde.

—Pues a mí lo único que se me ocurre es investigar las armas del libro, comprobar si alguna está entre la colección de Oliver y ver adónde nos conduce —dijo Joshua—. Tal vez el hacha vikinga tenga algún significado especial, puede que exista algún tipo de rito tribal por el cual un guerrero se sacrificaba...

Max ya se veía hablando con Arkaitz sobre vikingos y sacrificios.

—Sé que quizá es un poco... rebuscado —añadió—, pero si pensamos en caballos, lo más apropiado es que el asesino le hubiese clavado, por ejemplo, esa lanza de caballero.

Los tres agentes miraron la lanza que reposaba en un rincón y que al inspector tanto le recordaba a don Quijote.

–Pues si no se nos ocurre nada más, es hora de irse –dijo Max apesadumbrado. La conversación que debía afrontar a continuación iba a ser dura.

El comisario no se lo puso fácil. Antes de acceder a que Álvaro Serrano se le retiraran los cargos, le echó todos los sapos y culebras que había ido acumulando a lo largo de las horas. Alex iba montado en un corcel, furioso, sin parar de soltar tacos e improperios por la boca. Fustigaba el caballo a ritmo de conversación. También se consideraba responsable de la muerte de Oliver, a fin de cuentas fue él quien ordenó la supresión de la vigilancia, pero lo que de verdad le irritaba es que no había aprendido de los errores del pasado y había vuelto a tropezar otra vez en la misma piedra. Al alcalde, y a parte de sus allegados, había filtrado que el asesino estaba entre rejas y que pronto iban a convocar una rueda de prensa. Ahora tendría que encargarse de desmentirlo, decir que todo había sido un malentendido y que la investigación seguía su curso.

Max aguantaba el chaparrón como podía. De vez en cuando intercalaba alguna palabra en su defensa, pero en realidad le daba lo mismo. Veía en los ojos del comisario que ya estaba sentenciado, igual que cuando se encontraba en Madrid. Al final el traslado a la Ertzaintza se había transformado en un remiendo. Ahora no veía cómo arreglarlo. En el cuerpo Nacional era un inspector joven y sin cargas familiares, todo lo contrario que en la actualidad. De momento le tocaba aguantar. Tampoco tenía respuestas sobre la detención de Xabier. Incluso el comisario amenazaba con soltar a Gordo y Flaco, un intento de secuestro no daba para mucho y era fácil de desmontar en un juicio, y la confesión, sin abogado de por medio, también era fácil de tumbar. Suficiente carnaza para los polillas.

Cuando Alex terminó de desahogarse, de bajarse del corcel de los lamentos, Max le puso al corriente de las circunstancias de la muerte de Oliver Lezeta. Reconoció que debían retroceder al principio y repasar las pesquisas y los interrogatorios a los sospechosos, a ver si algo se les había pasado por alto, a veces daba sus frutos. Una palabra aislada, un detalle en una fotografía, una muestra desechada y toda la maquinaria se ponía en marcha igual que un tren construido por piezas, y entonces la locomotora de la investigación no se detenía, las pruebas se sucedían, hasta que el caso quedaba resuelto. Pero también podía ocurrir lo contrario: la pieza que faltaba del puzle no aparecía, la locomotora transitaba por una vía muerta, las pruebas no encajaban y los informes del caso pasaban a coger polvo en una estantería.

Eneko caminaba por un bosque oscuro. Las copas de los árboles tapaban el cielo. El sendero zigzagueaba entre viejos cedros, lleno de charcos. A lo lejos se veía una montaña, coronada por una torre negra. Sudaba, y a veces le faltaba el aire. Sentía frío en las plantas de los pies. Oyó un ruido de cascos. Un jinete se acercaba al galope. Se lanzó de cabeza sobre unos matorrales. Saliendo del túnel de árboles apareció el Jinete Negro. Tiró de las riendas y se detuvo a unos dos metros de él. Se inclinó sobre la montura. Miró a su alrededor. Una llama incandescente refulgía en las cuencas vacías de los ojos. Desmontó. El Jinete se acercó a los matorrales. Eneko cerró los ojos, apretó los parpados. Sintió la respiración del Jinete en la nuca. El cielo se abrió y un rayo de sol alumbró una parte del camino. El Jinete montó en el caballo oscuro. El animal reculó e hizo dos piruetas. Eneko siguió con los ojos cerrados, tiritó de miedo. El Jinete palmeó sobre la grupa del caballo, el cual relinchó a la vez que se alzaba sobre sus dos patas traseras. Solo cuando el Jinete acarició las crines del caballo este bajó las patas. Al paso, eludiendo la luz, el Jinete Negro se desvaneció en las sombras del camino. Eneko abrió los ojos. Despertó.

El empresario se aferraba a las sábanas como si la vida le fuese en ello. Los pies desnudos sobresalían de la cama. Gotas de sudor le caían por la frente. La escasa claridad del atardecer se colaba por las rendijas de las persianas. Miró el despertador digital de la mesilla. Le sobraba tiempo. Más tarde subiría en coche al hospital, a proseguir su particular guerra con el médico que le impedía visitar a Itziar.

Max conducía el Mustang en dirección al *loft* sin dejar de pensar en caballos y en lo que había querido decir Oliver. Los científicos aconsejaban leer para cultivar el intelecto. Y quizá eso era lo que le faltaba, leer más para que se le ocurriesen ideas. Últimamente se sentía muy espeso, desde que cargaba con la cría y el embarazo de Cristina no se encontraba a gusto, encima se unía la preocupación por su ex. Y todo repercutía negativamente en el caso, no podía pensar con coherencia, las ideas no acudían a su mente, tenía la sensación de que iba dando tumbos, como esa bola pesada que bajaba por una pendiente e iba chocando contra diferentes obstáculos, incapaz de parar hasta que llegaba al final. Y por si fuera poco, creía que en ese final no encontraría un césped mullido, que no aterrizaría plácidamente sobre un llano, sino que le aguardaba un abrupto acantilado.

«Leer más», se repitió. Por fin se le ocurrió una idea que le obligó a pegar un volantazo y tomar la dirección contraria a su casa.

Cuando llegó al barrio de Bidebieta aparcó en doble fila, frente al portal. Ascendió al segundo piso. La puerta seguía entreabierta, pero precintada con una cinta policial. Desprendió la cinta con la mano y penetró en el piso de Oliver. Erika había dicho que tenía una habitación llena de libros. No le costó mucho dar con ella. Y en efecto, estaba repleta de ellos, ubicados en estanterías. Por los títulos de los lomos comprobó que estaban ordenados alfabéticamente por autor. Aquello lo complicaba un poco. Esperaba no tener que repasarlos todos. Fue mirando las hileras de libros, de varios los tamaños y colores. ¿Por qué había gente a la que le gustaba acumular libros? La habitación contenía tantos que se necesitarían varias vidas para leerlos. No lo entendía. Pasó las yemas de los dedos por los lomos a ver si sentía algo... místico. Nada. Ninguna experiencia extrasensorial. Se sintió un estúpido. Retornó a su cometido. La idea era tonta, pero tenía su lógica. Pensar en caballos. A juzgar por los títulos, la mayoría de los libros trataban de armas, historia, medicina y química. *Cien armas antiguas, La historia verdadera de los vikingos, Genética de masas, Química para inexpertos.* Vio pocos de caballos, y ninguno le llamó la atención. Ninguno sobre *pottokas.* Hasta que por fin dio con un libro grueso de lomo en cuero negro. *El reino perdido de los pottokas.* Incluso estaba un poco desplazado de la fila, como si alguien lo hubiera consultado recientemente. Lo cogió con el corazón en un puño. Era pesado. La cubierta mostraba un sendero que serpenteaba por la ladera de una montaña. En la cima asomaba un pequeño caballo negro con una mancha blanca en la frente. Al abrirlo supo que había dado en el clavo: solo unas pocas páginas permanecían intactas: las primeras y las últimas. Alguien había recortado el resto por el centro hasta dejar una cavidad secreta. Dentro había un pequeño libro de tapas rojas sin portada. Lo sacó del escondite. Colocó el libro de los *pottokas* en su sitio sin dejar de mirar el pequeño ejemplar rojo. Lo abrió por la primera página.

Si alguien está leyendo esto es que estoy muerto o algo grave me ha pasado. Entiendo que no han podido, o querido, protegerme. O que todos, incluido yo mismo, nos hemos equivocado. Da igual, no es momento de rencores, ni de buscar culpables, tengo suficiente edad como para no temer a la muerte, y si algo existe más allá, podré reunirme con mis padres y mi hermano...

Pasó varias hojas, que ojeó por encima. La letra no era la misma que la de los mensajes, algo que ya sabía. Pero no parecía lo que estaba buscando, o lo que pensaba encontrar. Aunque ninguna página estaba fechada era claramente una especie de diario de los días que Oliver había permanecido encerrado en casa, esperando a que su asesino hiciese acto de presencia.

Al ver su apellido escrito en una página se detuvo a leerla.

Hoy no hace tanto frío. Llueve un poco. Este reuma está acabando conmigo poco a poco. He hablado por teléfono con el inspector Medina. Dice que no puede hacer nada por protegerme, al parecer son órdenes del comisario. Siempre pasa lo mismo. El poder se impone. Asegura que han detenido al culpable y que estoy a salvo. Pero algo en mi interior siente que es un paso más hacia mi final. Tal vez sea que la hora se acerca y debo dejar de preocuparme; lo que tenga que pasar, pasará. Hace días que no hablo con mi hija, no quiero involucrarla. Espero que Laura sepa entender que lo hago por su bien y no me guarde rencor. La echo mucho de menos. Y a mi hermano también. Estoy cansado. Es tarde, hora de dormir...

Avanzó en el diario. Oliver había tenido tiempo de completar la mitad del libro. Sus palabras destilaban un temor a ser asesinado tal que al final se había hecho realidad. Max se dijo que lo que uno pensaba es lo que atraía a su vida; los temores, al igual que los deseos, acababan por cumplirse. En la última página escrita, a modo de punto de lectura, encontró una postal. Mostraba una doncella de cabellos rubios, con el pelo recogido, vestida con un corpiño de mangas anchas. De su cuello colgaba un collar en el cual resaltaba un gran rubí. Al fondo, entre dos columnas de palacio, se abría un cielo azulado. A Max le recordó a *La Gioconda*. La imagen no tenía nada de especial, a no ser por el pequeño unicornio acostado en el regazo de la doncella. Le dio la vuelta. «*La dama del unicornio*. Rafael.» La misma letra que la del diario. La letra de Oliver.

Leyó las últimas líneas del pequeño libro con avidez, un par de veces, antes de guardárselo en un bolsillo de la gabardina. Salió del piso con la mente puesta en palíndromos y enfermedades raras. Tenía mucho en lo que pensar.

Al llegar al portal de su casa seguía dándole vueltas a las últimas palabras escritas en el diario. Meditabundo, subió por las escaleras y abrió la puerta. Pilló a las chicas cenando en la pequeña mesa de la cocina americana. Un olor a pan horneado inundaba el *loft.*

–Hola, mi amor –lo saludó Cristina–. Aún estás a tiempo, queda un poco de pizza en el horno.

–Gracias, no tengo hambre –contestó. Le dio un beso en los labios.

Virginia lo saludó alzando las cejas.

Al cabo de dos horas, Cristina dormía en la cama. La mitad de la semana 42 la había pasado somnolienta y cansada, y con dudas de si iba a ser una buena madre. En más de una ocasión, Max había intentado convencerla de que iba a ser la mejor madre del mundo, diciéndole que sería de las que dejaban la puerta abierta mientras cocinaban para oír al bebé, las que dejaban la luz encendida por la noche si el bebé tenía miedo a la oscuridad, las que se levantaban cada hora de la cama para acercarse al moisés a comprobar que el bebé respiraba, las que se quedaban sin comer o sin dormir por cuidarlo, las que se privaban de lujos y se sacrificaban por sus hijos.

Max estaba sentado en un lado del sofá repasando el diario de Oliver mientras Virginia se arrellanaba en el otro lado y hacía lo propio con el libro de Poe.

El inspector contempló una vez más la postal. ¿Qué querría representar el autor con el pequeño unicornio? Tal vez Erika lo sacase de dudas. La guardó entre las páginas en blanco y volvió a leer por enésima vez la última escrita.

… hace unos días el inspector Medina me preguntó por los palíndromos. Me pareció muy extraño, pero no le di más importancia a pesar de que mi mente me indicaba todo lo contrario. Hoy se me ha ocurrido algo. ¿Qué es la palíndromia en medicina?… Una repetición patológica, la recaída de una enfermedad. En un acceso agudo, la enfermedad tiende a hacerse crónica con recaídas ocasionales. Arde ya la mala yedra. Un palíndromo. Hasta el nombre de Ana es un palíndromo. Pero eso es lo fácil. Hay algo más, una relación no tan evidente. Me ha venido a la memoria el caso de un paciente. La enfermedad que

414

padecía. De ser cierto lo que ahora mismo es un embrión de idea, sig-
nificaría que el comité Qilin dio casi a la primera con la solución. El
vector que empleamos en el paciente funcionó, aunque nunca lo vimos,
o mejor dicho, nunca lo descubrimos. ¿Sería posible que Ana lo su-
piese? ¿Que yo fuese el único ignorante? No lo creo, si no, no tendría
sentido desechar dicho vector y emplear otros con los demás pacientes.
El método prueba-efecto se habría roto por el extremo más débil de la
cadena, y todo el fracaso que vino después sería un claro resultado del
engaño. ¿El paciente nos engañó a todos, y no supimos verlo?, ¿ten-
dría Ana algo que ver?, ¿entonces...

El diario acababa abruptamente con una pregunta a medias.
¿Podría ser que el asesino le interrumpiese mientras escribía? Las
dudas del catedrático eran ahora las dudas de Max. ¿Qué quería
decir Oliver? ¿Se refería al presente o al pasado? ¿Insinuaba que
Ana Pérez vivía? ¿La dama del unicornio? Todo indicaba que no
habían ido mal encaminados y las sospechas se reducían a un
paciente, uno que los había engañado a todos. ¿Sería que Oliver
se refería también a la Policía cuando decía «todos»? Palíndromo, fracaso, vector, paciente y enfermedad se enmarañaban
en su cerebro sin que se ordenasen y compusiesen el puzle.
¿Una relación no tan evidente?

Levantó la vista, harto de pensar. La cría seguía inmersa en
el libro de cuentos policíacos. Como mínimo se había leído el
libro un par de veces.

—¿Qué pasa, Dupin? —preguntó, atenta al vuelo de una
mosca.

—Me decía que ya debes de saberte de memoria los cuentos.

—En cada lectura descubro nuevos caminos. Poe era un
maestro, recuerda, el primer escritor de personajes detectives-
cos. Luego vinieron Sherlock Holmes, Hércules Poirot, pero
tú, o sea, Auguste Dupin, eres el primero.

—¿Y son casos difíciles?

—Depende. El que estoy leyendo ahora va de que descubren
a un par de mujeres mutiladas, horriblemente asesinadas, en su

casa, con todas las puertas y ventanas cerradas por dentro. Nada que no te hayas encontrado, seguro.

—¿Y quién es el culpable?

—Eso no se puede decir, estropearía la sorpresa.

—Pero si no lo voy a leer... ¿Criado?, ¿esposo? Siempre suele ser alguien del círculo más cercano.

Virginia se rio, pero contuvo el volumen por miedo a despertar a Cristina.

—No tienes ni idea, Dupin, no sé cómo puedes resolver casos. No se trata de una persona.

—¿Cómo?

—El culpable es un gran orangután que se ha escapado del zoo.

Max frunció el ceño.

—¿Y las puertas y ventanas cerradas?

—Su cuidador, que iba tras él. Al encontrarse con los horribles asesinatos las cerró y escapó por una ventana que se cerraba con un postigo.

—Ja, ja..., qué chorrada, en la vida real esas cosas no ocurren, te aseguro que en el caso que trabajo el culpable no es un animal...

O sí —pensó—, uno con forma de dragón, caballo o serpiente.

—No te rías de ti mismo, Dupin es un fuera de serie, razona a base de inteligencia y creatividad, y es un gran aficionado a los acertijos. Ojalá te parecieses un poquito a él.

Max cerró el pequeño diario de Oliver. Se levantó del sofá.

—Gracias por el cumplido, para mí es suficiente, me voy a la cama, mañana nos espera un día duro.

Erika se tumbó en la cama, cansada. El día había sido largo y pesado. En la mesilla descansaba una novela de la que apenas llevaba diez páginas, pero hoy no le apetecía retomar la lectura. Miró hacia el techo y retrocedió mentalmente en el tiempo. Sentía que comenzaba a superar la muerte de su novia, que la de su madre no había resultado tan traumática como se había imaginado, y que los próximos años estarían llenos de esperanza. Y pensar que quería morirse... Acostarse con Santiago había sido una válvula de escape necesaria para retornar a la vida. Pero no pensaba volver a verlo. Era cierto que a veces, con solo pensar en él, en aquellos dedos huesudos y largos acariciando su cuerpo, se le erizaba la piel y sentía unas ganas locas de masturbarse. Sin embargo, no deseaba que esa atracción aflorase a la superficie ni verse atrapada en una relación que no les convenía a ninguno de los dos. Ambos habían padecido la muerte de un ser querido y se habían visto atraídos como dos polos opuestos. Al contrario que con Andrés, el primer novio, y único, que tuvo en el instituto, el sexo con Santiago era bueno. Las sesiones en su casa habían sido placenteras. Pero ahora veía claramente que solo era eso. Sexo.

Para tratar de cambiar de pensamientos, pensó en el cuento *Falada, el caballo prodigioso*. No se acordaba del final. ¿Santiago acabó de contarlo? Ahora que recordaba había leído el final ella misma. Bajó por las escaleras, en pijama y zapatillas, intentando hacer el menor ruido posible, no quería despertar a su *aita*. La biblioteca estaba a oscuras. Enseguida dio con el grueso libro de lomo en cuero negro y tapas rojas que contenía la obra completa de los hermanos Grimm. Se sentó al escritorio de su *aita* y abrió el libro. Rememoró el final, donde la cabeza de Falada le contaba al rey quién era la verdadera princesa y la camarista recibía un severo castigo. Entonces lo vio. Releyó dos veces el cántico de la princesa para que el viento soplase con fuerza y se llevase el sombrero del pastorcillo que la acompañaba en el campo. Tuvo que abrir los ojos, cerrarlos y volver a abrirlos para cerciorarse de que no estaba soñando. ¿Cómo se llamaba la mujer de Santiago? Se levantó y volvió a su habitación. En la cómoda tenía el cuaderno de notas de Asier que le traspasaron cuando se incorporó al caso. La primera mitad del cuaderno estaba escrita con la letra del agente; la segunda, con la suya. En el fragor de la batalla había cometido un error imperdonable: no repasar las anotaciones de Asier y contrastarlas con las de ella. Con su letra encontró escrito el nombre y apellido de la mujer de Santiago:

Andrea Azpelicueta. ¿Sería posible que alguna de las primeras personas interrogadas hubiera nombrado a la mujer y Asier lo hubiese anotado? En la segunda página tenía la respuesta. Escrito con la letra de Asier: Andrea Azpiazu. Dos apellidos vascos bien parecidos. Tanto que Marija, Asier, e incluso Max, hubieran podido confundirlo. La coincidencia que se transformaba en confirmación.

Por los altavoces anunciaron turbulencias. Arrugó la frente. Aquello era extraño, ¿turbulencias en pleno aterrizaje? Max se abrochó el cinturón de seguridad y aferró con fuerza el apoyabrazos del asiento. Por la ventanilla, un cielo azulado y carente de nubes se mostraba ante sus ojos. Veía una parte del ala, y un motor; todo parecía en orden. Sin embargo, una sensación de angustia le carcomía por dentro. Oyó el tren de aterrizaje desplegarse. El avión no era de los modernos y no disponía de una pantalla grande donde se podía seguir el trayecto, ni siquiera una pequeña pantalla en el respaldo del asiento delantero en la que se mostrase la velocidad del viento, la temperatura exterior o la hora en la ciudad de destino. A juzgar por la altura del sol, en Madrid debía de ser mediodía. El espacio entre asientos era minúsculo y le dolían las rodillas. De pronto notó un golpe en la ventanilla. Algo volaba paralelo al avión. No podía ser. Parecía un caballo. ¿Pegaso? Por su frente asomaba una protuberancia. Miró a su lado, para preguntar a su compañero de asiento si veía lo mismo que él. Su madre le sonrió y le dijo que se tranquilizase, que pronto aterrizarían. Por encima de su hombro asomó la cabeza de su padre. Mientras que ella se mantenía joven, su padre estaba envejecido, llevaba un andrajoso sombrero de paja y exponía el muñón de su brazo izquierdo con orgullo. Unas serpientes reptaban por el suelo de la nave. La azafata se acercó por el pasillo, ignorando a los reptiles, y les recordó que debían abrocharse el cinturón. Max quiso escapar pero el cinturón era obstinado y la hebilla no cedía. La azafata arrastraba un carrito con instrumental médico; sacó del fondo una ciclópea jeringa.

Al subir el émbolo, un líquido manchó el rostro de su madre, que lejos de protestar sonrió cómplice. Lo siguiente que notó Max fue un pinchazo en plena frente. Gritó, pero de su garganta no salió ruido alguno. Ahora sí había una pantalla, que mostraba números y palabras a toda velocidad. De color rojo, sangraban por los extremos. 12321, 14541, gtcacgt, mnpfpnm... El caballo alado volvió a aparecer en la ventana. Se aproximaban al suelo. La distancia con la Tierra disminuía. Otro avión que despegaba se les echaba encima. Max lo vio claramente. Gritó. ¡No, no, no...!

—¿Qué te pasa? —dijo Cristina.

Max estaba sudoroso y luchaba con las manos por desprenderse del edredón.

—¿Estás bien?

—Tranquila, solo ha sido una pesadilla —contestó.

Cristina se dio la vuelta, llevándose medio edredón. Al instante volvía a dormir profundamente.

Max se levantó de la cama. Sintió el frío del cemento en los pies desnudos. Se acercó a la cocina. La cría dormía en el sofá, tapada con dos mantas. Apenas se le veía la cabeza. Bebió un poco de agua directamente del grifo. Luego zarandeó a Virginia con suavidad. La cría se quejó y le dio la espalda. La volvió a sacudir, esta vez con más fuerza.

—Joder, ¿qué pasa, Dupin? —dijo sin abrir los ojos.

—Despierta de una vez.

—Déjame dormir —Virginia se aferró a las dos mantas—, o pego un chillido que despierto a medio barrio.

—Venga, necesito que me mires una cosa en el portátil.

Al escuchar la palabra *portátil* Virginia se incorporó a duras penas. Tenía los ojos pegados por las legañas y el pelo enredado y despeinado parecía una mata de las que daban vueltas por el desierto al son del viento.

—¿Qué hora es?, ¿no puedes esperar a mañana?

—No, las ideas no esperan a mañana, y los casos por resolver menos. ¿No decías que querías que me pareciese a Dupin? Pues tengo una idea y no puedo dormir, necesito que me saques de dudas.

–Vale, alcánzame el portátil, está en la mesa de la cocina.

Max le dio el ordenador. Se sentó a su lado y se tapó con una parte de las mantas. Sintió en las rodillas los pies fríos de la niña. No sabía cómo podía dormir tan a gusto en el sofá.

«Los críos están hechos de otra pasta», se dijo.

Virginia abrió el portátil y la luminosidad de la pantalla le iluminó el rostro soñoliento.

«Joder –pensó Max–, parecemos dos ladrones.»

–Bien, ¿qué quieres? –Estaba con las manos suspendidas sobre el teclado a la espera de instrucciones.

–¿Recuerdas los palíndromos?

–Claro.

–¿Y las enfermedades raras que te dije que investigases?

–Por supuesto, aún tengo una carpeta en el escritorio con el informe que te hice, ¿a qué estaba chulo?

–Necesito que establezcas una conexión entre los palíndromos y una de las enfermedades.

–Pero, eso es... imposible. –Se restregó los ojos con los nudillos. Aún no había pulsado ni una tecla–. ¿No me habrás despertado para esa tontería? Es como mezclar la literatura con la medicina. O mejor, morcillas con coches. ¿Qué tendrá que ver lo uno con lo otro? Como no sea que una enfermedad tenga nombre de palíndromo...

–Podría ser, pero me temo que no es tan fácil y será algo más complejo. Una relación que no sea tan evidente.

«De lo contrario a Oliver se le hubiese ocurrido a la primera», pensó Max.

–Enfermedades y palíndromos –dijo Virginia.

–Eso es.

Tras el pistoletazo de salida, la cría comenzó a teclear con celeridad. Toda la ilusión de ambos se fue desvaneciendo, poco a poco, con el paso de los minutos. Al cabo de media hora no habían descubierto nada salvo que un tal doctor Palindov descubrió una enfermedad que afectaba a unas ranas de un lago ucraniano, que había numerosos aficionados a los juegos de palabras y que algunas personas tenían la facultad de hablar al revés, aunque en ningún caso se consideraba una enfermedad.

—Prueba con palíndromo y vectores o intracuerpos —le pidió Max conteniendo un bostezo.

El buscador mostró cerca de cinco mil resultados. Ninguno prometedor. Un hombre en Chile había creado un programa de vectores en los que se introducía una secuencia numérica y el programa respondía si era un palíndromo o no.

—A qué estupideces se dedica la gente. ¿Es suficiente? Tengo sueño...

—Paciencia.

Si Oliver Lezeta, todo un catedrático, se tomó su tiempo para establecer la relación entre palíndromo y enfermedad, qué tardarían ellos, una cría medio dormida y un torpe inspector de Homicidios.

—Inténtalo con palíndromos y medicamentos —dijo Max.

La cifra de resultados subió hasta casi dieciséis mil. Averiguó que había palíndromos médicos como la anilina, que existía un club internacional de palindromistas y que la fobia para designar el miedo enfermizo a los palíndromos era la aibofobia.

—Qué desastre.

—La última. —Él también estaba cansado, y defraudado—. Prueba con palíndromos y secuencias de ADN.

Esta vez el buscador ofreció menos resultados pero todos muy prometedores.

—Parece que has dado en el clavo, Dupin. Muy bien, inteligencia y creatividad.

Max giró hacia sí la pantalla. Secuencia palindrómica. Palíndromos de ADN y enzimas. Estructura del ADN. Palíndromos en bioquímica.

Leyó ávidamente el primer artículo. Luego otro. Y después otro mientras Virginia permanecía de brazos cruzados, regocijada de ver cómo consultaba con ansiedad las páginas web.

Max entendió que se podía dividir el ADN en secuencias y modificar el genoma humano para corregir las células malas y curar enfermedades. Ya lo había dicho Oliver: «Los investigadores pueden manipular segmentos específicos de ADN». Y las secuencias de corte podían estar dispuestas simétricamente, ser capicúa y leerse en ambos sentidos. Un fragmento de ADN en el que una secuencia de pares de bases se leía de igual forma en uno u otro sentido a partir de un eje de simetría. El ejemplo más nombrado era GtccaacctG. Los nombres de las secuencias provenían de la bacteria y la cepa usadas. Dedujo que el comité Qilin había secuenciado una parte de ADN, casualmente capicúa, para alterarla y tratar de curar una enfermedad por medio de la introducción de un vector. Terapia génica de secuencia repetitiva. Un palíndromo. Solo le faltaba averiguar de qué enfermedad se trataba.

Le devolvió el portátil a la niña y le indicó que buscase una de las enfermedades del informe que para el tratamiento de la terapia génica se dividiese el ADN en una secuencia capicúa.

Virginia tecleó como si le fuese la vida en ello. No tenía ni pizca de sueño, estaba entusiasmada con la resolución del caso; Dupin y el narrador anónimo trabajando codo con codo. Fue fácil. Tras cinco minutos lo consiguió. Satisfecha le pasó el portátil a Dupin.

Max miró el nombre de la enfermedad rara cuya secuencia de ADN genético era capicúa. Sí, conocía la enfermedad. Y también conocía a quien la padecía. Supuestamente.

—Mierda —susurró.

Madrid
Lunes 12 de enero de 1942

La capital era un hervidero de gente, bicicletas, caballos, coches, carretas, trolebuses y tranvías. Todos se movían con afán, intentando olvidar la Guerra Civil y comenzar una nueva vida. Los pocos rayos de sol que un cielo encapotado dejaba escapar se colaban por la única ventana de la estancia, sumida en una ligera penumbra. Javier Medina contemplaba el ajetreo matutino por la ventana, una de las concavidades que mostraba al exterior el tercer piso de un vetusto edificio cercano a la Puerta de Alcalá. Había recorrido la habitación varias veces con la mirada hasta conseguir con los ojos cerrados recordar cada objeto con detalle y su ubicación exacta. Llevaba casi una hora de lenta espera, nadie le había dado explicación alguna ni él pensaba solicitarla. Permanecía sentado en la silla frente a un escritorio vacío, temeroso de que en el momento en que se levantase alguien entrase por la puerta. No le habían dicho quién iba a hacerle la entrevista, solo sabía por medio de un amigo que buscaban hombres jóvenes, combatientes de primera línea, para cubrir un puesto importante en la Policía. Necesitaba el dinero, desde que había acabado la guerra no había conseguido un trabajo bien remunerado y le costaba cumplir fielmente con su cometido de padre. Al año de abandonar las Vascongadas se enteró de que Iraitz había tenido un precioso niño que al nacer había pesado casi cuatro kilos y que en el registro civil figuraba con el nombre de Xabier. En el fondo ella le había perdonado y le había puesto al hijo de ambos su nombre en euskera. A partir de que supo lo del nombre, Javier Medina mandaba todos los meses un paquete con dinero y comida a la dirección del caserío de la familia de Iraitz. Nunca escribía el remitente, aunque sabía que ella era suficientemente orgullosa como para no responderle, y nunca supo si los paquetes llegaban a su destino, a su familia, o se quedaban en el camino, pero por muchas penurias que hubiera sufrido nunca había dejado de mandarlo.

La puerta se abrió. Penetró en la estancia un hombre de mediana edad en traje oscuro, la tez blanquecina, alto, delgado, recién afeitado y con el pelo repeinado hacia atrás. Se sentó con prisa frente a él. Sobre la mesa del despacho, sin placa y carente de cualquier objeto personal, depositó una carpeta de tapas marrones.

Javier se levantó y alzó el brazo derecho al tiempo que gritaba «¡Arriba España!».

—Tranquilo, siéntese. Y perdone la tardanza, ya sabe cómo son estas cosas —dijo el hombre, sin presentarse ni responder al saludo.

—Sí —afirmó Javier, que desconocía cómo eran las cosas.

—Bien, no perdamos más el tiempo.

Abrió la carpeta y ojeó por encima un folio.

—Javier Medina, ¿verdad?

—Sí.

—Estuvo combatiendo en el Frente del Norte, bien... Me imagino que las pasó canutas en Trijueque junto a los camisas negras... Bueno, es usted aún muy joven y seguimos en guerra, ¿se ha planteado regresar al frente?

Javier permaneció en silencio e intentó aparentar calma. Había oído que todos los días se presentaban voluntarios para la División Azul y que, tras pasar unas pruebas y ser instruidos en Francia, eran enviados a la guerra que tenía lugar en Europa, al sitio de Leningrado.

—Alemania ganará la guerra, no cabe la menor duda, y aunque nosotros nos mantenemos al margen, debemos ayudar a combatir el comunismo, ¿no le parece?

—Sí —contestó Javier, que ya se temía una encerrona.

Hizo rápidamente cuentas. Decían que los divisionarios cobraban el mismo sueldo que un soldado alemán más el sueldo de un soldado de la Legión, además de una doble cartilla de racionamiento y un subsidio a la vuelta. Eso eran muchas pesetas. Pero le angustiaba volver al frente, ver a tantos jóvenes soldados caer en combate, las ametralladoras repiqueteando a todas horas, el cielo iluminado de noche por los incendios, el rostro desencajado de los civiles implorando ayuda.

—No lo veo muy ilusionado, Medina. Quizá no sea una buena idea, ¿no?

—No..., digo..., sí...

El hombre sonrió levemente.

—No se apure. —Javier se apretó el nudo de la corbata—. Nosotros ya hemos combatido y ahora toca que otros lo hagan por nosotros. ¿Sabe qué? Cuando se produjo el levantamiento popular yo me encontraba en Barcelona. Fui detenido y condenado a muerte. Pude escapar gracias a un grupo de camaradas infiltrados en las filas enemigas. Estuve cinco meses oculto, como un mendigo, hasta que logré huir a zona nacional. ¿Entiende lo que le quiero decir?

Javier negó con la cabeza. Empezaba a estar molesto con aquel hombre del que no sabía nada y que acababa las frases siempre con una pregunta.

—Es importante que tengamos gente infiltrada, gente que no tenga miedo a dar su vida por España y por el caudillo, gente con arrestos y un par de huevos, ¿usted los tiene?

—Por supuesto —se apresuró a contestar Javier, sin saber en qué berenjenal se metía.

—Pues no se hable más. Mañana se presentará a primera hora al jefe superior de Policía. Bienvenido a la Brigada de Investigación Social.

Dicho lo cual, el hombre se levantó y, con la misma premura con la que había entrado, se marchó sin cerrar dejando a Javier con la boca abierta.

Jueves 13

Eneko estaba que se subía por las paredes. Toda la tranquilidad, incluso la felicidad, con la que se había levantado porque hoy por fin el doctor Larrañaga le permitiría visitar a Itziar en la UCI, se había volatilizado al leer el periódico. Por si la crisis económica no les había hecho suficiente daño, en *El Diario Vasco* aparecía una noticia en la sección de Salud cuyo titular rezaba: «Los lácteos son la heroína de la alimentación». Se basaba en un estudio realizado por una universidad americana a unos estudiantes de instituto. Afirmaba que la adicción a la comida existía, y que la pizza era el alimento más adictivo, cuyo principal ingrediente era el queso. Hasta ahí la noticia era salvable, poco dañina para sus intereses, pero casi se le atragantó el trozo de fruta que se estaba comiendo para desayunar cuando los supuestos científicos del estudio constataban que el queso era precisamente uno de los muchos alimentos que producían en el cuerpo humano efectos similares a los de algunas drogas. La explicación que daban no podía ser más perniciosa: los lácteos contenían una proteína llamada caseína, que durante la digestión tenía unos efectos similares a los de los opiáceos. Su disgusto fue a mayores con las palabras de un doctor: «La caseína se adhiere a los receptores de opiáceos del cerebro, provocando un efecto calmante muy parecido a la manera en que lo hacen la heroína y la morfina». Que probasen el queso curado de oveja de la marca Zurutuza —con el sello de denominación de origen impreso en el envase y que tanto le había costado obtener—, a ver si les producía un efecto calmante a los muy jodidos americanos.

Alguien aporreó la puerta. Con el malestar en el cuerpo se dirigió a la entrada. Estaba vestido, preparado para irse al hospital.

—*Bai?* —le graznó al individuo que aguardaba en el umbral.

Hervía de furia, pero toda la inquina se fue al notar la corriente eléctrica de una pistola Taser en el pecho. Después de la descarga se hizo la oscuridad.

El Jinete Negro por fin había dado con él.

En lo alto del monte Ulia había nevado de madrugada. Caminó por el sendero de hierba enterrado entre una fina capa de nieve dejando sus huellas hasta la puerta. El *ding-dong* del timbre le hizo fruncir el ceño, corroboró su antigua y mala impresión del acaudalado barrio en que se enclavaba el chalé de dos plantas. Seguía renegando de sus orígenes. Tuvo que pulsar dos veces más antes de que le abriesen la puerta.

—¡Erika! No te esperaba, te dije que me llamases antes de... pero, pasa, por favor.

La agente entró en la casa detrás del psicólogo, que iba en albornoz y zapatillas. Se dirigieron a la cocina. En la mesa había unas tostadas con mermelada y mantequilla a medio preparar.

—¿Quieres un vaso de zumo? —le preguntó Santiago con uno en la mano—. Es cien por cien natural; la vitamina C, aparte de antioxidante, es perfecta para combatir los catarros.

Negó con la cabeza.

—Tengo prisa, no voy a quedarme mucho tiempo.

—Ah. —Santiago no dio muestras de sentirse defraudado por la respuesta—. Creo que estoy incubando una gripe. —Se sonó la nariz con un pañuelo de tela y luego lo guardó en un bolsillo del albornoz—. Te veo estupenda...

—Déjalo, no he venido por eso.

—Ya. —Se encogió de hombros—. ¿Qué tal va el trabajo?

Erika sacudió la cabeza. La atracción que había sentido por aquel hombre era agua pasada y ahora le tenía un odio visceral.

—Fuiste tú quien lo hizo, ¿verdad?

Santiago se quedó con el vaso a medio camino de la boca. La escrutó con sus ojos azules. Tras unos segundos retomó el movimiento. Dio un prolongado sorbo y luego depositó con delicadeza el vaso sobre la isla de la cocina, como si en vez de ser de mármol esta fuese de cristal.

—Por supuesto, yo maté a mi mujer. ¿Cómo lo has averiguado?

—Por el mensaje. «Para que él vaya detrás.»

—Leíste el final del cuento.

—Sí, no pudiste evitarlo, ¿no?

—Debes de conservar una edición antigua. En las actuales el cuento se titula *La pastora de ocas* o *La pastora de gansos,* y no suele venir el cántico, tienden a dulcificar la historia. Pero ¿qué pretendes?, ¿qué haces aquí?

Ambos se tantearon con la mirada, recordando sus tiempos de paciente y médico más que los de alocados y salvajes amantes.

—Con todo lo que hemos pasado juntos..., me has utilizado a tu antojo —dijo Erika.

—Por favor, Eri...

—Tus consejos, crear pensamientos positivos, ser tu propio paciente... Mentira tras mentira. Lo de tu mujer no fue un acto imprevisto fruto de una pelea aislada.

—No..., los días anteriores no hice otra cosa que pensar en el mensaje, pero no se me ocurría nada. Poner un texto de Shakespeare, o algo parecido, era muy presuntuoso por mi parte. Hasta que me acordé de la canción que la princesa le cantaba al viento: «Vuela, vuela, viento alado, llévate el sombrero de Conrado. Para que él vaya detrás, corre, y corre, y correrás. Mientras peino mis cabellos, que al sol brillan más bellos». Maravilloso y perfecto. Dejaba mi sello pero nadie lo sospecharía. En el fondo ella era como Falada, tenía que cortarle la cabeza para que no hablase. Aunque sabía que hablaría, incluso después de muerta, que tarde o temprano un detective listillo llamaría a mi puerta y me haría la pregunta que tú me acabas de hacer.

—Mientes más que hablas.

428

—Lo que te he dicho es la verdad.

—Tu verdad... Una verdad a medias. Y para mí eso es mentir. Eres un mentiroso compulsivo. El mensaje, la frase del cuento que escribiste en la ventana te delata, ¿verdad? No supiste ver que los mensajes de tu discípulo eran palíndromos, lo cual te involucra directamente en la muerte de tu mujer. El asesino es más listo que tú, y eso que fuiste tú quien creó al monstruo.

—Yo no creé nada, algunas personas albergan un monstruo en su interior, solo hay que ayudarles a que lo saquen. Yo simplemente me limité a darle un empujoncito. ¿Cómo has averiguado eso también? —Negó con la cabeza, incrédulo.

—Por las notas de un compañero mío. Marija, la ayudante de Mario, dijo que una mujer de nombre Andrea y apellido vasco acudía a menudo a la consulta, y que sospechaba que el dentista le atraía. Más que atraerle se acostaban juntos, ¿no? Así que viste tu oportunidad en uno de tus pacientes, que estaba trastornado por los experimentos que padeció años atrás.

—Bravo, te felicito, te había subestimado, eres una detective estupenda. El paciente era ideal, en efecto. Acumulaba una rabia contenida contra aquellos médicos que lo usaron de cobaya, lo recordaba todo, lo retenía en su subconsciente, nombres y profesiones, yo se lo saqué, también soy muy bueno en mi trabajo. Bastó con un par de sesiones de hipnosis regresiva. Cuando salió el nombre de Mario, solo tuve que sumar uno más uno.

—Mandaste a tu lacayo a matar al dentista. Dos pájaros de un tiro. Anestesista y amante. ¿Quién es tu paciente? Dame su nombre.

—No puedo, recuerda, secreto profesional.

—Ha asesinado a varias personas.

—Sí, es una pena, no era mi intención que después de lo de Mario siguiese con su obra; ni yo mismo pensaba matar a mi mujer. Pero al igual que un arquitecto, me imagino que él no podía dejar su trabajo a medias. Dejó de venir a la consulta, y cuando comenzaron a aparecer más cadáveres, la Policía se olvidó de mí y de mi mujer. Éramos un caso más entre el resto. No pudo salir mejor.

–Dame su nombre –repitió Erika, ahora más alterada.

–Aunque en un juicio puedo atestiguar que es una persona enferma, en tratamiento, prefiero que no se sepa quién es, que no lo detengan para interrogarlo, por si acaso, ya me entiendes, y después de la muerte de Oliver creo que ha concluido su obra y no volverá a actuar. Tú y yo compartiremos ese pequeño secreto... y otros.

–Eres un ser repulsivo. ¿Qué sucedió para que decidieses matarla? Sin mentiras.

–Después de lo de Mario, pensé que ya no volvería a alejarse de mí. Nada más lejos de la realidad. Su muerte la alteró solo hasta cierto punto y al cabo de unos días volvió a la rutina. Los psicólogos lo llamamos «el olvido del dolor». Pero cuando un ser humano prueba el placer no puede dejarlo. Para ella era como una droga. Le atraían los hombres mayores. Y se consiguió otro trofeo. Un capullo que habla cuatro idiomas, toca el violín y tiene un hándicap de dos en golf. Tardé semanas en darme cuenta, yo estaba todo el día en la consulta, obsesionado con mi trabajo, mientras ella se restregaba con la nueva conquista en nuestra propia cama. Y no contentos con eso aprovechaban para darse otro revolcón cuando yo iba al cine los martes. Sin embargo, los indicios cada vez eran más evidentes. Sabiendo lo de Mario fue fácil descubrir el engaño. Ella lo negó al principio, pero no tardó mucho en reconocerlo y pedirme el divorcio. Es curioso, nunca hablamos de Mario. Bueno, quería chantajearme: o firmaba los papeles o iría al Colegio Oficial de Médicos con el cuento de que no tenía el título de psicólogo. Estaba trastornada y no se quería dejar ayudar por su propio marido, un psicólogo de reconocido prestigio. Eso no lo pongas en duda: llevo muchos años ejerciendo y no necesito ningún absurdo papel para demostrar mi valía. Pero lo cierto es que ese papel no lo tengo, dejé la facultad a los dos años, harto de profesores obtusos y de asignaturas estúpidas que no me enseñaban nada. Abrí mi propia consulta, falsifiqué el título y lo colgué bien visible en la consulta, detrás de mi silla; a los pacientes, verlo ahí colgado, lleno de sellos y firmas, les infunde tranquilidad.

Reconozco que al principio no me fue bien, hasta que un policía retirado entró por la puerta. No podía quitarse de la cabeza el asesinato de un niño; tuvo la oportunidad de evitarlo deteniendo a la madre pero la burocracia lo impidió. Cuando descubrieron el cadáver ahogado en la bañera no pudo soportarlo y se retiró del cuerpo. Le ayudé mucho, y por fortuna habló estupendamente de mí a sus antiguos compañeros. Así es como pasé de ser un psicólogo desconocido, sin título, a un reputado psicólogo de policías con problemas, y la vieja consulta en el barrio de Egia se transformó en un piso amplio en el barrio de Amara. A Andrea la conocí en una conferencia de psicología. Era la encargada de los pases y las invitaciones. Fue un flechazo, y vivimos felices hasta que sufrió un cambio. Desde que supo que no podía tener hijos, algo en su interior se hizo añicos. Siempre estaba distante y aburrida, creo que buscaba nuevas sensaciones, correr riesgos a costa de nuestro matrimonio. Me duele hablar así de mi mujer, pero es la pura realidad. No me malinterpretes, no era una cualquiera ni se acostaba con el primero que pillase. A Mario lo usó como pegamento para reparar el daño, y después se cruzó en nuestro camino ese presumido jugador de golf que vive cuatro casas más arriba. No sé cómo no supe verlo cuando lo conocí en el club. Siempre acudía con amiguitas a las reuniones de socios, y como la mayoría estábamos casados lo mirábamos con envidia pero también un poco recelosos. Hasta que un día dejó de venir con amiguitas, siempre estaba solo y alguien, de manera inocente, dijo que tal vez tuviese una relación seria con una mujer casada y que no podía traerla al club. Todos reímos, pero interiormente rezamos para que no fuese nuestra mujer. Ya ves lo absurda que es la vida.

—Fue cuando decidiste pasar a la acción.

—En efecto, ya podía inducir a un psicópata a matar a todos los Marios del mundo que otros nombres lo sustituirían. Era un ciclo sin fin. Con el asesinato posterior de Íñigo Lezeta y, al enterarme por un agente que acudía a consulta de lo de las jeringuillas, los mensajes escritos con sangre y que los asesinatos parecían suicidios, vi mi oportunidad.

—Calcaste el *modus operandi,* excepto que tu mensaje no era un palíndromo porque era algo que desconocías. Un crimen pasional, debí imaginármelo. ¿Cómo conseguiste que no sospechásemos de ti?

—Eso fue lo más sencillo. Yo leía todos los wasaps que se mandaban entre ellos, así que debía elegir un martes que él no estuviese en la ciudad. El 21 era el día. Él se encontraba de viaje en Estocolmo, iba a estar toda la semana fuera, trabaja para una compañía de seguros sueca y tenía que acudir a unos cursos de capacitación. ¿Sabes qué nombre usa en el WhatsApp? Ace. ¿Se puede ser más ruin?

Erika no conocía en profundidad el vocabulario empleado en el golf, no había jugado en su vida, pero había visto jugar a su *aita* en numerosas ocasiones y hablar sobre él y sabía que *ace* era el término en inglés que se utilizaba cuando se hacía un hoyo con un único golpe. Entendió la rabia que sentiría el psicólogo al vislumbrar las connotaciones sexuales del término. Tres eran más que evidentes: agujero, hoyo en uno y palo de golf.

—Como todos los martes acudí a la sesión de clásicos del teatro Principal. Aquel día proyectaban *El jinete pálido.* No podía ser mejor: una película larga y que ya había visto. No me valía solo con que Eric me sellase el pase, tenía que entrar y que él se acordase de mí por si la Policía comprobaba mi coartada, así que le dije una estupidez sobre el tiempo e intercambié con él más palabras de las habituales antes de meterme en la sala. A los diez minutos del inicio salí. No recuerdo de dónde saqué la idea, en qué película fue, me he tragado todas las de Hitchcock, Truffaut y compañía, las antiguas de James Bond, también todos los capítulos de la serie *Se ha escrito un crimen.* Bueno, el caso es que antes de salir me puse una peluca rubia, unas gafas de pega y cambié el abrigo; llevaba dos puestos y solo tuve que cambiarlos de orden. Al amparo de la oscuridad de la sala nadie me vio hacerlo, solo había unos veinte cinéfilos desperdigados. Ten en cuenta que no son muchos los interesados en ver películas antiguas en versión original un martes por la tarde. Al salir simulé que hablaba por el móvil, que había recibido una llamada importante, y Eric no me prestó atención. En invierno anochece pronto, eso también me ayudó. Disponía de más de hora y media. Por si acaso, de vuelta en el autobús no me quité mi burdo disfraz.

»En casa encontré a Andrea preparando la cena. Aún me viene a la memoria el olor de las *kokotxas* en cazuela de barro. Le extrañó que llegase tan pronto, pero apenas me dijo nada, y seguramente respiró aliviada porque Ace se encontrase fuera. Conseguí que abriésemos una botella de vino antes de cenar. Tras la primera copa dijo que se sentía cansada y que le dolía la cabeza y fue a tumbarse un rato a la cama. Los somníferos que había vertido en su copa me darían tiempo más que suficiente para limpiar mi paso por la casa. Escribí el mensaje con el pulgar de mi mano izquierda. Los guantes los quemé en la chimenea.

Santiago paró a beber lo poco que restaba de zumo en el vaso. Erika sabía que no iba a decirle cómo la mató. Había criminales que parecían olvidar el modo y pasaban de largo por el acto en sí, recluido en un lugar remoto de la mente. Erika sintió un profundo escalofrío de solo pensar que las manos que la habían acariciado y tocado eran las mismas que habían perpetrado el asesinato.

—Sopesé desordenar un poco la habitación, arrojar ropa por la cama, mover alguna mesilla, revolver cajones como si el asesino hubiese buscado algo, incluso dejar rastros de que Andrea se había defendido de un ataque. Al final deseché las opciones, era suficiente con un asesino pulcro. Lo de dejar el frasco de pastillas en la mesilla fue una buena idea, reconócelo, explicaba que el asesino la había sorprendido en la cama, y además me protegía contra cualquier analítica en la que encontrasen los somníferos que le había dado. Al salir de casa me encontré con el verdadero problema.

Santiago invitó a Erika a intervenir levantando las cejas. Ella se encogió de hombros.

–Había dejado de nevar y, aunque había anochecido, mis huellas entrando en casa se distinguían perfectamente. ¿Cómo podía salir y luego volver a entrar sin dejar nuevas huellas? Entonces me acordé del final de la película *El resplandor*. Salí caminando de espaldas sobre mis huellas anteriores. Es una suerte que el sendero de nuestra casa no se vea desde la calle. Creo que nadie me vio, y supongo que ya es tarde para preguntar. Soy un vecino del barrio, nadie podrá asegurar a ciencia cierta qué día rondaba de manera extraña, entrando y saliendo, de mi propia casa. Regresé al cine, faltaban cinco minutos para que acabase la película pero no podía entrar sin que Eric me abriese la puerta, así que esperé al final. Esto ya lo tenía estudiado. Cuando salió un grupo ruidoso de chavales me acerqué a Eric. Lo hice por el lado contrario a donde él se apoyaba en la puerta. Le comenté el alto contenido bíblico de la película, que el protagonista representaba al cuarto jinete del Apocalipsis. No había duda alguna, me recordaría saliendo del cine. Luego fui a cenar a un bar cercano de Lo Viejo, tal como hacía siempre. Me moría de ganas de volver a casa y llamar a la Policía, pero era importante no cambiar de hábitos. Pedí al camarero un bocadillo de calamares y me senté tranquilamente a esperar que pasara el tiempo. Hasta me tomé un par de zuritos antes de pagar. Después regresé a casa. Entré, pisando otra vez mis huellas anteriores, y me preparé para cumplir el papel de esposo afligido que encuentra a su querida esposa asesinada en la cama.

Erika se llevó una mano a la barbilla mientras paseaba por la cocina. Andaba de arriba abajo a lo largo de la mesa. Conocía a criminales más sanguinarios, pero a pocos que fuesen tan fríos a la hora de relatar un crimen. Santiago supo interpretar a la perfección su papel de marido abatido cuando lo interrogaron, y de donjuán afligido cuando ella se arrojó a sus brazos.

–Cometimos muchos errores al procesar la escena del crimen –reconoció Erika.

–El principal fue no analizar en detalle mis huellas en la nieve, aunque es comprensible, aquí no estamos acostumbrados a que nieve tanto y es difícil descubrir que unas huellas son más

434

profundas de lo debido, que han sido pisadas dos veces. Aunque la primera patrulla que llegó ni se enteró; entraron como elefantes en una cacharrería. Hasta yo salí un momento, con la excusa de respirar aire fresco, y saturé de huellas el camino. Cuando llegó su compañero rubio de la Científica negó con la cabeza al ver la cantidad de pisadas. Pero no le dio la importancia que tenía. Sin duda, en los países del norte hay especialistas en estos menesteres, en analizar las pisadas en la nieve... Sí, no me mires así, Erika, lo vi también en una película, se aprende mucho yendo al cine.

—También nos equivocamos al no solicitar una prueba de caligrafía, pero aún estamos a tiempo.

—Poco descubriréis, como te he dicho, escribí con la mano izquierda y llevaba semanas ensayando la letra de mi paciente en ese cuaderno de notas que tanto mirabas cuando acudías a la consulta. También lo quemé en la chimenea.

Santiago hizo un intento de aproximarse a ella, pero la agente levantó las manos y retrocedió. No quería que aquel asesino le pusiese las manos encima. No soportaría el menor contacto físico. ¿No decían que del amor al odio había solo un paso? Pues ella ya lo había dado.

—Vamos, Erika, no te hagas de rogar. Desde que entraste en la consulta me comías con los ojos.

—Voy armada, un paso más y descargo el cargador entero en tu jodido cuerpo. Será fácil, alegaré defensa propia. Y no me dará pena ninguna.

—No hace falta ser tan desagradable, después de los momentos tan buenos que hemos pasado juntos. ¿O ya los has olvidado?

—¿No temes que te delate?

—Sé que no lo harás, te conozco bien..., y recuerda que no tenéis pruebas en mi contra, ni un solo indicio se sostiene en pie, tengo una coartada sólida, y aunque probaseis que ejerzo sin título, eso no es motivo para que me vuelva loco y mate a mi mujer. Además no soy el único que tiene secretos, ¿cierto?

Santiago se sonó de nuevo la nariz y esperó a que Erika replicase. Al ver que no se decidía continuó hablando:

—Falsificaste la autorización, y dado que yo estaba de baja y que mi sustituto no sabía nada, nadie se dio cuenta del engaño. No superaste el test de Rorschach. Sufres un grave desequilibrio emocional: ansiedad, conflicto parental, paranoia... Y qué decir del dibujo. En vez de esbozar un policía con una sonrisa en el rostro y una pistola enfundada, dibujaste una especie de atracador; un claro indicio de que algo no funciona bien en tu interior. Aunque a menudo pienso que si me hubiesen preguntado habría dicho que yo mismo la firmé. Que fueses parte implicada en el caso me beneficiaba. ¿No quieres zumo?, ¿seguro?

El psicólogo abrió la nevera y sacó una jarra de cristal. Se llenó el vaso hasta arriba antes de guardar la jarra de nuevo.

—El zumo pierde propiedades si no se toma al momento —dijo Erika.

—Cierto, pero vivimos inmersos en una vida ajetreada y uno no tiene tiempo para hacerse un zumo recién exprimido todas las mañanas. ¿Te he dicho que mañana me voy de viaje?, ¿te apuntas? Hay sitio para uno más...

—Ni en sueños...

—Tengo que preparar las maletas, y después, a mi vuelta, aún me queda mucho por hacer: poner en venta la consulta y la casa, vender un par de cuadros y de obras de arte, y elegir un nuevo lugar donde empezar una nueva vida. Ace se ha ido de la ciudad, se asustó, vendió la casa y se marchó. Tal vez haya pedido el traslado a Estocolmo, quién sabe, el mundo está lleno de gente insegura que sufre sus propios miedos, aunque no pensaba hacerle nada, el mensaje solo era una advertencia, un mensaje que sabía que la Policía no desvelaría y que sería difícil que él lo conociese, pero aun así me resultaba divertido, siempre me han gustado los dobles sentidos, como a nuestro querido, y misterioso, paciente y sus mensajes en forma de palíndromo... En cuanto a mí, cuando lo venda todo desapareceré, ya he renunciado a mi puesto de psicólogo para la Policía, no me hizo falta dar muchas explicaciones, y cuando quiero soy muy convincente, ya me conoces. —Se echó a reír.

—Estás muy seguro de que voy a dejarte marchar.

—Si me denuncias perderás el trabajo. Has falsificado una firma para ejercer de policía, eres un peligro para la sociedad, cualquier juez en su sano juicio te retiraría la placa, y te aseguro que no volverías a conseguirla. No somos tan diferentes, los dos tenemos tanta ansia, tanto amor por nuestro trabajo, que hacemos cualquier cosa por él.

—Yo no soy una asesina como tú.

—No solo lo es el que asesina.

—Y daría por bien perdido mi trabajo si con eso consigo encerrarte entre rejas.

—Lo tengo claro, pero sabes que eso es muy difícil, por no decir imposible. Piensa un poco, Erika, no descubrirás a mi discípulo y, aunque lo hicieses, no conseguirás ninguna prueba sólida contra mí; en cambio, tú perderás tu trabajo, y te expondrás a una pena más grande, hasta quizá acabes en la cárcel, y ya sabes cómo acaban los polis corruptos en la cárcel. Es cierto que estarás rodeada de mujeres...

—Vete al diablo...

«¿Cárcel por falsificar una autorización?», se preguntó Erika. Sabía que la falsificación de certificados implicaba penas de multa y suspensión de empleo, pero el Gobierno, en su lucha contra el fraude, había reformado el Código Penal y quizá ahora su delito se consideraba falsedad documental lo que conllevaba penas de prisión. Sonó un móvil. El de Erika. Atendió mientras se apartaba un poco de la mesa.

—Sí..., ah, ¿*aita*? Hola... sí. No, no, puedo hablar... ¿Cómo?... Repite eso... ¿qué? Ya, no, digo, sí... ¿*Aita*? ¡*Aita*!...

Con el móvil en la mano, Erika comprobó extrañada que se había ido alejando tanto de la cocina que había acabado sin darse cuenta en el pasillo.

—¿Malas noticias?

—Tengo que irme... —contestó algo aturdida.

—Vete, anda, y cuídate, no te preocupes por mí, no haré ninguna tonte...

—Otro secuestro —dijo Erika para sí, y como si saliese de un largo trance corrió por el pasillo dejando a Santiago con la palabra en la boca.

Max aparcó el Mustang en el aparcamiento reservado a los médicos del Hospital Psiquiátrico San Juan de Dios. Se dirigió a la carrera a la entrada. Mientras esperaba en la recepción al director repasó mentalmente las averiguaciones de la madrugada. La enfermedad de Huntington era una enfermedad neurodegenerativa con una base genética. El trastorno tenía su origen en la mutación de una proteína llamada huntingtina, o HTT. El gen específico era también conocido como el gen de la huntingtina, y representaba la única anomalía en la secuencia del ADN. Si se conseguía corregir ese gen, se podría curar la enfermedad. Diferentes estudios en ratones habían tenido éxito al modificar la cadena que contenía la copia defectuosa y sellar una nueva secuencia capicúa. Existían varios artículos que relacionaban los palíndromos con la enfermedad de Huntington según los cortes capicúa en el ADN.

—¡Inspector! —le saludó efusivamente Alfonso Korta. Esta vez de la bata blanca sobresalían unos pantalones vaqueros y unas zapatillas de deporte—. Es un placer volver a verle, tendría que haber avisado antes y le hubiera podido atender como es debido, dispongo de muy poco tiempo, en breve debo atender a unos familiares...

—No será mucho tiempo el que le robe.

—Viene a ver a Natxo, ¿verdad?

Max asintió con la cabeza. Alfonso consultó su reloj de pulsera.

—Vamos, queda una hora para comer, ahora está en su habitación, acompáñeme.

Tomaron el pasillo y ascendieron por unas escaleras. Los dos andaban con las manos a la espalda, pensativos.

—¿Hay nuevas noticias sobre el tío? —preguntó Alfonso.

—¿Cómo?

—El tío de Natxo, está aquí por eso, ¿no?

—Ah, claro, sí, le hemos encontrado...

—Pues de momento no se lo diga, es mejor prepararle antes para la noticia, una novedad así puede alterarle negativamente.

Llegaron a una puerta con un gran cristal. Alfonso miró a través de él.

—Hoy está tranquilo.

Max miró también. Una habitación repleta de dibujos se mostró ante sus ojos. En una silla de ruedas, delante de la cama, Natxo Beloki jugaba con un tablero y una pieza de ajedrez.

—¿Y dijo que no puede andar?

Max estaba seguro de que todo en Natxo era puro fingimiento de cara al exterior.

—Creemos que sí, aunque la mayor parte del tiempo permanece en la silla. De hecho, se desplaza en ella por el hospital. Aunque como le dije en la anterior visita, alguna vez nos lo hemos encontrado de pie en el baño.

Natxo miró hacia la puerta. Sus ojos carmesíes se cruzaron con los de Max. Este sintió un escalofrío en el cuerpo y no pudo evitar dar un paso atrás.

—Tranquilo —dijo Alfonso—. No puede vernos, y tampoco puede salir de la habitación, la puerta solo se abre desde fuera.

—¿Cree que finge?

—¿Natxo? ¿Por qué iba a hacerlo? No sé, ¿qué quiere decir?

—Nada.

Al inspector le resultaría casi imposible demostrar que aquel paciente estaba detrás de unos crímenes tan horribles.

—¿Quiere hablar con él?

—¿Servirá para algo?

—Creo que no, se cierra en banda ante los desconocidos. Al enfermero que lo cuida tardó casi dos meses en dirigirle la palabra. Aunque a veces le habla con gestos. Natxo tiene su carácter, no crea...

—Me lo imagino. ¿Y todos esos dibujos que cuelgan de las paredes?

—Los ha dibujado él. Le relaja. Una vez una señora de la limpieza los tiró a la basura. Se puso hecho una furia, estuvo tres días sin comer, y no fue el mismo hasta que volvió a llenar las paredes con sus dibujos. Si se fija, son todos muy parecidos.

Los dibujos estaban realizados a lápiz. Mostraban personas de grandes cabezas, muchas en posiciones grotescas, y todas tenían la boca abierta, como queriendo gritar.

—¿Le gustan?

—Son un poco siniestros.

Natxo movía la pieza de ajedrez, un caballo negro, sobre el tablero de escaques blanquinegros.

—En mi opinión es bueno que un paciente saque a la luz sus demonios interiores, libera sus miedos.

Max aguzó la vista y descubrió que a las personas dibujadas les salía una protuberancia de la frente. En algunos eran simples palos, en otros parecía una trompeta y en muchos era un cuerno.

—Es un síntoma de que se está curando —añadió Alfonso.

«¿Curando? —se dijo Max—. Las pelotas...» Delante de sus narices tenía la prueba más fehaciente de que aquel psicópata obsesionado con unicornios era el verdadero homicida. Las jeringuillas en las frentes de las víctimas no eran para anestesiarlas, eran un símbolo, el cuerno del caballo, el unicornio, el comité Qilin y sus prácticas secretas que tanto daño le habían hecho y que seguramente le habían curado a cambio de terribles efectos secundarios. El paciente que Oliver sospechaba que se había curado por terapia génica.

—Un psiquiatra de visita nos hizo caer en la cuenta de que los dibujos son representaciones de Amduscias.

—¿Y ese quién es?

—Amduscias, o el Gran Duque. Un demonio con cabeza de caballo y cuerno en la frente. En algunas representaciones el cuerno se transforma en trompeta, y entonces a Amduscias se le asocia con el trueno por su potente voz, que llama a sus legiones a la guerra durante la tormenta.

Max no paraba de procesar la información y atar cabos. Natxo había despertado meses atrás y se había vengado de los que

440

participaron en el comité Qilin. Anestesista, médico y químico. Mario, David y Oliver. Con Mario debió de quedar en la clínica, engañándole con un chantaje. Luego cayó Íñigo, tal vez como advertencia hacia su hermano, tal vez por equivocación, confundiéndolo con él. Andrea, la mujer del psicólogo, era un enigma que le quedaba por resolver. No así la muerte de Raúl Tejado: un chivato de la Policía que no tuvo remordimientos en corroborar la veracidad del documento encontrado en el piso de Biarritz. Delató vilmente a Natxo Beloki, a saber a cambio de qué.

–No está claro si este demonio proviene de un unicornio que transforma su cuerpo en el de un hombre o de un hombre cuya cabeza se transforma en la de un unicornio –añadió Alfonso.

Max observó con atención al exjugador de ajedrez, un hombre culpado injustamente de pertenecer a banda armada, un inocente que cayó en las redes de la Brigada, que le arrojó a las garras del comité Qilin. Por eso Xabier estaba interesado en acallar a Oliver, mandó a Gordo y Flaco que lo secuestrasen con el fin de salvar la memoria de su esposa Ana y ocultar las fechorías cometidas con los pacientes que inculpaban directamente a la Brigada. ¿Itziar? Otro enigma por resolver. ¿Qué tenía ella que quería Xabier? ¿Qué papel representaba Eneko en la función? Aún demasiadas preguntas sin respuesta.

–¡Sator, Sator! –gritó Natxo sin apartar la vista de la puerta y sin dejar de hacer saltar al caballo por el tablero de madera.

–¿Qué dice? –preguntó Max.

–Lo hace a menudo. Ya sabe que Natxo no pronuncia bien. Sufre una disartria. Creemos que dice *salto* constantemente. Hay un famoso problema de ajedrez que se llama «El salto del caballo». Consiste en mover el caballo por el tablero, por supuesto en ele siguiendo las reglas del ajedrez, sin repetir ninguna casilla hasta conseguir que el caballo haya pasado por todas. No crea que es fácil, el problema despertó hace tiempo el interés de los matemáticos, querían describir una fórmula que lo resolviese. Son 64 casillas, pero como el caballo se puede mover en cualquier dirección, la cifra de secuencias posibles es estratosférica. Natxo lo repite una y otra vez, ofuscado. Creemos que en un pasado lo resolvió, y ahora no es capaz.

El inspector contempló a Natxo Beloki. El retirado ajedrecista lo miraba a través del cristal mientras hacía saltar el caballo por todo el tablero. A Max le pareció que no repetía ninguna casilla. Leyó en su mirada, en sus dibujos, en su ajedrez, que se trataba de la mente pensante e ingeniosa culpable de los homicidios. No era difícil imaginárselo escribiendo los mensajes con la sangre de las víctimas mientras pensaba en unicornios y palíndromos. Un ser sumamente inteligente que fingía una enfermedad y se permitía el lujo de dejar pistas a la Policía y guiños a las siguientes víctimas en los escenarios de los crímenes. Unos guiños que solo Oliver Lezeta supo ver, aunque tarde.

—Sator, Sator...

—Una ofuscación en el tiempo —añadió Alfonso.

Sonó un móvil. Era el de Max.

—Recuerde que aquí están prohibidos los móviles, no sé si se lo había dicho. —Alfonso señaló un cartel del pasillo que mostraba un móvil tachado con una gruesa línea roja—. Alteran a los pacientes.

—Sator, Sator...

Max atendió sin hacer caso al director. Era Erika. Estaba angustiada.

—Sator, Sator...

La visita del inspector al hospital psiquiátrico se acabó abruptamente ante la inquietante noticia.

—Sí, madre... En el *loft*... Claro que he comido... Alubias y pollo... ¿Cómo?... A las nueve de la mañana en la maternidad... Sí, en el hospital... Claro que te llamaré si tengo contracciones antes, no te preocupes... No, no hace falta que me llames mañana, quedamos allí mismo, aunque el ginecólogo ya avisó de que si era cesárea ni siquiera el padre podría asistir al parto... Claro, ya tengo preparada la canasta con la ropita que me regalaste... Sí, estará la mar de mono... Lo siento, tengo que dejarte, tengo que ir al baño... *Agur,* hasta mañana.

Cristina salió corriendo derecha hacia el servicio. Al salir se sentó en el sofá al lado de Virginia. La muchacha estaba absorta viendo un canal de televisión que mostraba unas horripilantes criaturas marinas.

—Es un poco desagradable, ¿no? —dijo Cristina, viendo como en la pantalla un monstruo lleno de tentáculos engullía a un marinero.

—Quieres decir como tu madre...

Cristina miró a Virginia, que hacía esfuerzos por aguantar la risotada. Al final ambas estallaron en sonoras carcajadas.

—Mañana igual me quedo en casa —dijo Virginia después de que hubo pasado el ataque de risa.

—Y eso, ¿por qué?

—Con Dupin y tu madre creo que sois suficientes. Tres, y luego cuatro.

—Va, no seas así, vente, me gustaría que vieses a Damián en el hospital.

—Los recién nacidos no son lo mío.

—Mierda, otra vez me estoy haciendo pis...

Al cabo de cinco minutos el grito de Cristina acalló el de un monstruo marino. Virginia salió disparada hacia el baño.

—¿Estás bien? —dijo al tiempo que aporreaba la puerta.

—¡Pasa!

Virginia abrió la puerta pero no se atrevió a entrar. Cristina estaba sentada en la taza del váter, con los pantalones bajados, mirando hacia abajo.

—Creo que he roto aguas...

Garbiñe navegaba furiosa sobre el mar encabritado en su lucha contra el oleaje por mantener los diez nudos de velocidad.

Joshua estaba en el interior de la cabina, con la mirada fijada en la proa, serio como una estatua, aunque de vez en cuando cobraba vida y movía el timón unos centímetros a la derecha. Dos horas más tarde y no hubieran podido echarse a la mar porque la oscuridad los habría envuelto con su manto negro. ¿Cómo harían para volver? ¿Volverían? Napoleón murió en la isla Santa Elena.

Erika viajaba en el banco central, sin sentir las finas gotas de agua que salpicaban su rostro entre las fugaces rachas de viento. Su vista permanecía clavada en el horizonte, donde entre la vegetación y la escasa luz del atardecer se perfilaba en lo alto de la isla la fachada blanquecina del faro. Solo pensaba en su *aita,* no podía perderlo también a él, era lo único que le quedaba. Esperaba que el inspector tuviese razón. La guarida del lobo, había dicho.

Max meditaba sobre cómo afrontar la situación que se avecinaba. Les hubieran venido bien los drones que iba a adquirir la Ertzaintza para echarle un vistazo a la isla desde el aire. Estaba sentado detrás de Erika con la espalda apoyada en la cabina de la embarcación. Absorto en sus pensamientos, el móvil había sonado un par de veces sin que se diese cuenta. La llamada de Erika había sido como una revelación divina. Su padre había dicho que Xabier se escondía en un sitio desde el cual podía ver sin ser visto. Qué mejor lugar que la isla de Santa Clara. A la vista de todos los donostiarras y sin embargo tan lejana. Cada vez que lo pensaba, más claro tenía que había acertado. Isla deshabitada. Refugio de piratas.

A Cristina el trayecto en taxi hasta el hospital se le estaba haciendo eterno. Sentía un dolor tremendo en el bajo vientre. ¿Serían las famosas contracciones? Quería gritar, pero se mordía la lengua. Por encima del asiento lanzó una mirada furiosa al taxista. Parecía no entender la gravedad de la situación. Conducía con parsimonia, moviendo tranquilamente el volante a izquierda y derecha, usando los intermitentes para cambiar de carril y parando en los semáforos en ámbar. ¿Es que quería que tuviera el niño en su coche?

Virginia perdía la mirada por la ventanilla. Las farolas comenzaban a iluminar la ciudad. Evitaba mirar a Cristina, quien le cogía de la mano, y apreciaba cómo se aferraba a ella cada vez con más fuerza. Sentía miedo ante la responsabilidad. Aquello no era una película ni una novela de terror, era mucho peor. Cristina tenía la cara contraída de dolor. ¿Qué diablos hacia ella en aquel taxi?, ¿qué esperaban de ella?

Al acercarse a la isla desde el mar y por estribor, el faro fue desapareciendo entre el espeso follaje. Joshua maniobró con astucia a pesar del fuerte viento y logró encarar a *Garbiñe* frente a un lateral del espigón. Max lanzó una gruesa cuerda y en unos minutos la *txipironera* cabeceaba junto a otra pequeña embarcación provista de un motor Yamaha en la popa. Los tres saltaron fuera.

Una vez en suelo firme, Joshua pensó que habían tenido suerte de llegar sanos y salvos a la isla. En aquellas condiciones meteorológicas no hubiese apostado por ello. La *txipironera* había aguantado con nobleza las embestidas del mar, igual que un galeón español del siglo XV construido en los astilleros de Pasaia. Se prometió que, si salía con vida de esta, cumpliría su palabra y pintaría a *Garbiñe* de violeta y le cambiaría el nombre por el de su madre. Desde la llamada del inspector todo era una nebulosa de imágenes a la carrera. El momento tan anunciado, y temido, se acercaba.

Erika miraba hacia lo alto, donde entre los árboles debía de esconderse el faro, y dentro de él, el *aita* y sus secuestradores. Desconocía qué querían de él, o más bien de ella, para que lo liberasen, pero no les iba a dar tiempo a que se lo dijeran. Esperaba que no los hubiesen visto llegar, porque oírlos era imposible: entre el viento y las olas rompiendo en las rocas, las probabilidades de oír el pequeño motor de la *txipironera* eran mínimas. Max miró a su alrededor. Era la primera vez que pisaba la isla tantas veces vista desde la barandilla de la Concha. Inexpugnable e inalcanzable desde tierra, muchas habían sido las propuestas en el pasado para mejorar la accesibilidad, desde teleféricos que cruzaran la bahía partiendo del pico de Loreto hasta vías construidas sobre las aguas. En la actualidad, la conexión con la ciudad consistía en una motora que partía cada media hora desde el puerto durante los meses de verano. Se decía que todo vasco debía cruzar una vez en la vida la isla a nado, o dos veces, teniendo en cuenta el camino de vuelta. En julio y agosto el gabarrón era un valioso punto de apoyo. Desde los relojes de la Concha hasta el malecón de la isla había más de mil metros, y hasta el gabarrón central unos doscientos. Max no se veía capacitado para cruzar semejante distancia a nado. Desde la playa de Ondarreta, que estaba más cerca, a unos cuatrocientos metros, quizá sí lo consiguiese. Recordaba que en una bajamar de septiembre de 2010 se había podido cruzar andando, como Jesús caminando sobre las aguas.

No recordaba haber pagado el taxi. Cuando llegó a las urgencias del hospital, un par de enfermeros la sentaron en una silla de ruedas y la condujeron al interior de la maternidad mientras otro ordenaba a Virginia que registrase su entrada en recepción.

En un instante se había quedado sola. Virginia estaba dando sus datos a un administrativo de rostro ojeroso mientras ella era empujada por un camillero por pasillos iluminados. ¿Dónde estaba Max? Le había llamado cuatro veces. A su madre no. Y estaba tan nerviosa que ahora no encontraba el móvil. Tal vez se lo había dejado en el taxi. ¿Y la dichosa canastilla con la ropa del niño? No recordaba ni haberla llevado en el trayecto. «Al diablo con todo y con todos», se dijo. Ella solita había salido de situaciones peores. Y en realidad todos los días, a todas horas, en todas partes del mundo, las mujeres daban a luz, y pocas se morían, y en los países desarrollados parir casi era tan sencillo como curar un resfriado.

Eneko realizó una jugada mientras pensaba si estaba inmerso en un sueño o todo era real. Disputaba una partida de ajedrez con su captor. No estaba atado ni con los ojos vendados, aunque ciertamente estaba atrapado en una isla. Y no veía forma de huir; en el piso de abajo había un hombre con una pistola eléctrica e, incluso desarmado, no tendría problemas para tumbar a un fofo empresario, padre de familia, viudo y adinerado, cuyo mayor esfuerzo al cabo del día era subir las escaleras de alguna de sus fábricas.

—Ah, esa jugada es muy mala, amigo mío —dijo Xabier capturando un caballo blanco con un alfil—. No has sabido aprovechar que salías con blancas.

—¿Y aquí?, ¿quién tiene ventaja?

Xabier esbozó media sonrisa.

—Yo, para que te voy a engañar.

—Por favor, Xabier, ¿qué quieres?, ¿dinero?

—No, Eneko, no... Nos conocemos lo suficiente como para que sepas que no quiero dinero, o sí, pero que lo quiero lograr por otros medios. A mi edad uno busca otros méritos. ¿De verdad que no sabes lo que quiero?

—Desconozco el último ingrediente —reconoció Eneko.

Aquella fatídica llamada, aquel infausto acuerdo que pretendió alcanzar con Xabier, era lo que le había llevado a una situación tan extrema.

—Eso tendremos que averiguarlo... Por cierto, te toca mover.

Eneko sacudió la cabeza. Aquel maldito viejo se comportaba como si todo fuese de lo más normal. Pero estaba seguro de que no le iba a temblar el dedo para matarlo si le ponía en problemas. No, como bien había dicho, llegaba una edad en que a uno no le importaba el camino recorrido sino la meta.

—De veras que no lo sé. Te mentí. Itziar nunca me lo dijo, y ahora, con la caída, no sé si se acordará.

—Sería lamentable para ti.

—¡No he podido verla! Con este absurdo secuestro lo has impedido, ¿es que no lo entiendes?

—Y lamentable para tu hija...

Eneko levantó la vista del tablero.

—¿Qué tiene que ver ella con esto? Déjala al margen.

—No puedo, de verdad, amigo mío, que no puedo.

—¡Cómo que no puedes!, ¿qué significa eso?

—Ella tiene en su mano tu libertad, claro que aún no lo sabe. Solo le has comunicado que has sido secuestrado, un comienzo muy prometedor...

—Vete al diablo. —Eneko movió un peón hacia delante, pero tras recapacitar lo devolvió a su posición anterior y optó por avanzar una torre dos casillas—. Me has engañado, dijiste que la llamase para ponerla sobre aviso, no que ibas a pedirle que averiguase el ingrediente. Ella no sabe nada, y no lo descubrirá.

—Subestimas a tu hija, es muy perspicaz y espabilada cuando le conviene. Acuérdate del año pasado.

Xabier bien que recordaba: estuvo buscándola durante días y ella se cambió de aspecto y se escondió en el caserío de Hernani hasta que fue a caer en manos de aquellos dos desequilibrados.

—Si le tocas un pelo, te mato.

La sangre le hervía de rabia. Su antiguo amigo le había tendido una trampa, engañándole para que llamase a su hija. ¿Cómo había sido tan mentecato?

—No estás en posición de amenazar a nadie. —Cogió la dama y la desplazó en diagonal—. Jaque —anunció.

Eneko desplazó el rey una casilla hacia la derecha, al rincón, sin pensar. Su adversario cogió el caballo negro.

—Hay un proverbio chino que dice que el ajedrez es un mar donde un mosquito puede beber y un elefante se puede bañar.

—¿Y eso qué leches significa?

—Que el ajedrez es un juego que puede practicar todo el mundo, solo que unos son mosquitos y otros elefantes. —Colocó el caballo en la casilla g3—. Jaque mate.

Por fortuna no tuvo que hacer mucho el loco persiguiendo al taxi. Esperó desde el aparcamiento a que saliesen del coche para entrar en urgencias. Un enfermero incluso se le acercó pensando que venía a que le curasen la herida de la mejilla. Vio a la muchacha en recepción y cómo un camillero se llevaba a Cristina en silla de ruedas por un pasillo. Ni rastro de la madre ni del *cipayo*. Siguió a Cristina. Se retorcía de dolor en la silla. Sería poco en comparación con el dolor que le aguardaba. Acarició el mango del cuchillo que escondía bajo el abrigo largo de invierno. En su mente retumbaba la letra de *Nessun Dorma*: «*All'alba vincerò! / Vincerò! / Vincerò!*».

El bar de la isla permanecía cerrado durante todo el invierno y el mástil donde el dueño colgaba una bandera pirata estaba desnudo. La piscina natural de piedra rebosaba de agua salada. Corrieron por el espigón hasta que se toparon con un cartel metálico donde estaba dibujada la isla y los diferentes caminos por los que acceder al faro. Joshua iluminó con una pequeña linterna el cartel para verlo mejor. El Sol se escondía tras la línea del horizonte. Según el cartel debían atravesar toda la isla para alcanzar el faro, que se encontraba en la parte noreste. El mapa mostraba tres caminos: izquierda y derecha, bordeando la isla, y uno central, por el interior. El de la izquierda daba toda la vuelta a la isla, así que parecía el más largo y el menos apropiado. El del centro atravesaba la zona de picnic.

—¿Qué opinas, Joshua?

—Que nos dividamos. Cada uno por un camino.

Max sopesó la idea. Miró a Erika, quien afirmó con la cabeza.

—Está bien —convino Max—. Yo tomaré el de la izquierda. —Señaló el camino—. Tú, Joshua, por el de la derecha, y a ti, Erika, te queda el central. En teoría, tú, Erika, llegarás antes que nosotros, así que te tocará observar, serás nuestro apoyo, no actuarás, seremos nosotros, uno por cada flanco, quienes entremos en el faro.

—¿Y si surge algún problema? Si hay algo raro, ¿cómo os aviso?

Max miró el móvil. Vio cuatro llamadas perdidas. La señal de cobertura era tan débil que iba y venía.

—Solo tenemos mi linterna —dijo Joshua, viendo la cara de abatimiento de Max.

—Improvisa, algo se te ocurrirá —replicó el inspector—. ¿Sabes silbar? —Erika asintió—. Pues eso, o lánzanos una piedra. Nada de disparos si no es absolutamente necesario: hay un rehén.

Erika y Joshua cruzaron una mirada.

—Vamos —ordenó Max—. Antes que la oscuridad se nos eche encima y perdamos el efecto sorpresa.

Cristina miraba ausente un cartel de la pared que pedía guardar silencio a los visitantes. El enfermero la había dejado al lado de la entrada a la maternidad y se había ido diciéndole que volvía enseguida. Sola, a punto de dar a luz a su primer hijo. Y el dolor no remitía. En el tránsito entre pasillos, vio en las caras del personal del hospital que la miraban molestos, dejando traslucir que aquella primeriza se quejaba más de lo debido. Pero ¿qué sabían ellos lo que ella sentía en su interior? Un desgarro profundo y eterno. Ni en sus peores pesadillas se había imaginado algo parecido. Percibió que alguien empujaba la silla. Pegó un respingo de miedo.

—Tranquila, pronto pasará todo.

Se giró. Era el enfermero. Menos mal, ¿quién, si no?

El enfermero pulsó el interfono. Desde el otro lado emergió una voz femenina. La puerta se abrió. Penetraron en maternidad. La puerta se cerró, dando casi en las narices a un hombre con abrigo largo que pretendía entrar detrás de ellos.

Erika iba al lado de Max. Los caminos de la izquierda y del centro coincidían antes de llegar a una bifurcación. Ascendían por una pronunciada pendiente empedrada. Doblaron a la derecha y enfilaron la recta que subía el punto donde debían separarse. Ninguno hablaba. A su paso, las lagartijas ibéricas salían a esconderse entre los matorrales y las piedras. Solo se oía el débil ruido de sus pisadas y el rugir del mar. A mano derecha quedaba la ciudad. Las luces de la bahía comenzaban a iluminar San Sebastián. La fachada del faro hacía tiempo que habían dejado de verla. Al llegar a la bifurcación se miraron sin cruzar palabra. Se desearon suerte con los ojos. El camino de Max se abría hacia la izquierda y aparentaba bajar mientras que el camino de Erika parecía adentrarse en una cueva cuyo techo eran las copas de los árboles. Entre ambos caminos se adivinaba un césped alto donde descansaban bancos y mesas de piedra, imperturbables al paso del tiempo. El golpear de las olas contra la isla se oía lejano, como avisando de la tormenta que se avecinaba.

El ajetreo en la sala de exploración era el propio de una emergencia. Una enfermera, que parecía nueva, corría de un lado para otro preguntándose dónde se encontraban el ginecólogo y el anestesista. Puso a Cristina más nerviosa de lo que ya estaba. Cambió una mesa de sitio, movió dos veces a la parturienta en la silla de ruedas para acabar dejándola en el mismo lugar y tiró al suelo una bolsa de suero. Cuando apareció el anestesista las dos se calmaron un poco. La enfermera dejó de correr; Cristina, de mirar angustiada en busca de personal.

A pesar de que hablaba en susurros, oyó a la enfermera decir al anestesista: «No podemos esperar más, esta mujer está a punto de dar a luz». La subieron a una camilla.

—¿Epidural? —le preguntó el médico al oído.

—¡Síííí!

Pero qué se pensaba aquel tipejo, ¿que era Juana de Arco? No entendía cómo algunas mujeres podían tener a sus hijos en su propia casa, de parto natural y sin anestesia.

—Un momento, ahora vuelvo —dijo el médico.

Cristina imploró con la mirada que fuera cuanto antes.

Max caminaba en solitario con el Smith & Wesson desenfundado. El sendero bajó un poco para luego ascender. Bordeaba la cara norte de la isla, desgastada de años de lucha contra el mar, la que se escondía de los donostiarras y desde la que no se podía ver la ciudad. El camino era oscuro; el ruido del oleaje, ensordecedor. Se topó con un monolito: IMANOL BERAKOETXEA BIDEA. En la parte superior había un *lauburu* esculpido. Si Joshua estuviera con él, seguro que le habría explicado quién fue ese tal Imanol y qué hizo en vida para que le pusieran su nombre a un camino de la isla. Se acordó del ex de Cristina. Un látigo de furia espoleó a su cuerpo. Dejó atrás la piedra y continuó ascendiendo. Jadeaba por el esfuerzo. Le costaba respirar, allí arriba el aire era muy frío. Ya podía dejar de fumar si quería jugar con Damián, si quería correr detrás de una pelota en el parque sin parecer un abuelo.

Miró el móvil. Sin cobertura.

Apenas notó el frescor de la tintura de yodo, sí el pinchazo en la espina dorsal. Mientras tanto la enfermera se peleaba por el interfono con una voz masculina que pretendía entrar en la maternidad. Al colgar el telefonillo se dirigió a ella.

–Lo siento, pero ya le he dicho a su marido que no puede entrar hasta que lo autorice el ginecólogo..., que estará al llegar. Usted no se preocupe y relájese.

Notó la mano de la enfermera en su frente. Max había venido. Todo iría mejor a partir de ahora. Hasta comenzaba a sentir cierto alivio y una disminución del nivel de ansiedad. Empezó a respirar más tranquila.

Tenía los zapatos embadurnados de barro y sentía humedad en la planta de los pies. Al salir de unos matorrales vislumbró parte de la fachada blanca del faro. Se hallaba a pocos metros del objetivo. Se preguntó si Joshua ya habría llegado y qué estaría haciendo Erika. Aguzó el oído pero, aparte del batir de las olas, no oyó ningún otro sonido fuera de lo común. Al acercarse se dio cuenta de que la pared era una construcción de una sola planta aledaña al faro. Puerta enrejada. Ventanas tapiadas. Paredes con grafitis de peinetas de dedo, esvásticas y serpientes enredadas en hachas. Tejas naranjas. Olor a orín y excrementos. A unos tres metros ascendía por encima de los abandonados servicios la zona trasera del faro. Había luz en una ventana del segundo piso, pero no se percibía movimiento ni vida en el interior. Tampoco ni rastro de Joshua ni de Erika. Aferró con fuerza el revólver.

Virginia asomó la cabeza por el vestíbulo de la maternidad justo a tiempo de ver cómo un hombre con abrigo largo se peleaba a través del interfono con una voz femenina. Aseguraba que era el marido de Cristina Suárez, el padre del niño, y que quería entrar. Pero la voz del otro lado se mostró enérgica, negó tajantemente y cortó la comunicación. El hombre comenzó a aporrear con insistencia la puerta hasta que llamó la atención de un enfermero. El individuo se calmó cuando el enfermero le aseguró que enseguida le permitirían acceder al interior. Eso sí, le previno de que, si había cesárea, tendría que abandonar el quirófano y esperar en una sala contigua.

Virginia se escondió tras una puerta a observar al hombre. Muchos años de maltrato le habían enseñado a reconocer una mirada malvada, y la de aquel tipo de la herida en la mejilla era muy profunda. Se fijó en que durante toda la conversación con el enfermero había mantenido la mano derecha dentro del abrigo. Aquello no pintaba nada bien. ¿Quién era aquel hombre que pretendía entrar en el quirófano? Sabía que Cristina tenía un ex que la maltrataba, pero nunca le había hablado de él. Era un tema tabú. ¿Sería aquel individuo? ¿Qué podía hacer ella?

Dejó atrás los servicios y se dirigió agazapado hacia la entrada del faro. Al salir a un claro —una pequeña explanada con mesas y bancos corridos de piedra— se llevó una sorpresa: Erika estaba tumbada en el suelo mientras que su padre permanecía sentado en un banco al lado de Joshua. El agente lo miraba con cara de circunstancias. Escuchó el ruido de una puerta abrirse, pero no una del faro sino de los servicios que tenía a la espalda. Cuando se iba a girar oyó una voz conocida.

—Inspector, por favor, baje el arma. Estamos entre amigos.

Xabier. Estaba de pie donde terminaba el camino central y bajaba hacia el faro. Donde debía estar Erika. Estaba solo, desarmado y, sin embargo, sonreía.

La comadrona entró a la carrera en la sala de partos increpando a alguien por no haberla avisado antes. Se quitó el abrigo y el bolso y los dejó caer al suelo; la enfermera nueva se los llevó enseguida.

Una sensación de dejadez invadía el cuerpo de Cristina. Oyó más voces a su alrededor. Una era la del ginecólogo, que intentaba trasmitirle tranquilidad con palmadas cariñosas en los pies y le infundía ánimos para lo que se venía encima.

Max evaluó la situación. Alguien que aún no había visto se mantenía a su espalda, posiblemente apuntándole con un arma. Frente a él, Erika parecía estar fuera de juego, aunque comenzaba a moverse como si despertase de un sueño profundo. Y tras ella, sentados en el mismo banco como dos amigos que observaran plácidamente una corrida de toros, Eneko y Joshua. Apoyaban la espalda en una mesa de piedra. Eneko tenía las piernas atadas con una cuerda y las manos a la espalda, posiblemente también atadas. Joshua permanecía inalterable, sin ataduras, pero sin ademán de intervenir. En el montículo de su derecha, la figura de Xabier como un orador preparado desde un atril para dirigirse a la masa de feligreses. Solo que los oyentes eran cinco, y cuatro estaban deseando escapar cuanto antes de allí.

Asier intentaba dormir un poco. No había echado siesta y le vendría bien descansar antes de la cena. Pero su vecino de cama se lo ponía difícil; no paraba de toser y hacer ruidos guturales. Doña Amabilidad estaba de guardia, había venido varias veces –la primera por una llamada del propio Asier– para darle al anciano agua, un jarabe contra la tos y subirle la cabeza con una almohada. Lourdes se había ido haría un par de horas a dormir a casa, no era necesario que pasase la noche con él, aparte de que al día siguiente le daban el alta. Solo debía aguantar una noche más en el hospital. Pero cuando la puerta de la habitación se abrió con timidez y asomó la cara de susto de la muchacha supo que la última noche sería ajetreada.

–Eso está mejor, inspector –dijo Xabier complacido.

Max había enfundado el revólver en la cartuchera. Detrás de él, un hombre escuálido sostenía entre las manos una pistola paralizante. Le apuntaba con el haz del láser al cuello. Tenía los ojos inyectados en sangre, la nariz y las pupilas dilatadas, como un caballo preparado para la batalla.

–Entre personas civilizadas no hacen falta armas.

–¿Y el jamelgo a mi espalda?

–Sebastián es mi salvoconducto, pero esté tranquilo, que si no hace ninguna tontería no disparará. Erika la ha hecho y se ha llevado una descarga.

Max interrogó con la mirada a Joshua, pero este no le respondió.

–Ahora vamos a hablar de negocios... Eneko, necesito el ingrediente.

–Ya te he dicho que no sé cuál es –respondió el empresario casi gritando y sin apartar la vista de su hija.

Erika había conseguido sentarse en el suelo, tenía el pelo lleno de hierbajos y se llevaba una mano al corazón.

«La descarga debe de doler de lo lindo», se dijo Max. Conocía la pistola. Una Taser X26, de unos siete metros de alcance y muy manejable; disparaba dos dardos unidos al dispositivo mediante cables conductores y, al impactar, transmitían una descarga eléctrica incluso a través de la ropa. Dedujo que a la distancia que se encontraba era un objetivo fácil.

—¿Sabe, inspector? Eneko y yo mantenemos una discusión desde hace horas. Yo creo que Itziar averiguó el último pictograma que faltaba en la antigua tablilla de arcilla, ¿se acuerda de cuál?, la que usted sacó a la luz de los sótanos de la facultad..., y también creo que Itziar se lo dijo a Eneko. Ya sabe, y perdón por la impertinencia, pero en la cama los amantes suelen intercambiar algo más que fluidos corporales. Él insiste en negarlo; he tenido que traerlo a la fuerza a la isla para que me lo diga, pero está obcecado, siempre ha sido un poco cabezón. Por lo tanto, pensaba utilizar a su hija para que lo averiguase a través de Itziar, que como sabrá se despertó hace un par de días. Pero hoy, ustedes tres, tan gentiles, me traen en bandeja la solución. Un recurso rápido, he de admitir que no tan noble, pero que también me sirve.

—Ya te he dicho que yo no sé nada. ¿Cuántas veces quieres que te lo repita? Deja a mi hija en paz. Te mataré, maldito viejo loco...

—Por favor, Eneko, no perdamos los modales o tendré que ponerte un bozal. A veces eres un poco desagradable.

—No sé cuál es, no lo sé...

Eneko sacudía la cabeza.

—Habrá que comprobar si dices la verdad... Joshua, acaba con Erika.

Joshua miró con terror a Xabier. Una cosa era que le ayudase a conseguir sus propósitos a cambio de seguir tomando el Dragón —para acabar de curarse el tumor cerebral, que gracias a la pócima había remitido—, y otra que matase a alguien en su nombre, por mucho que ese alguien fuese Erika, porque era obvio que el viejo sabía que no la soportaba.

—¿Qué cojones dice, Joshua? —preguntó Max.

El agente rehuyó su mirada y el inspector entendió de qué lado estaba. ¿En qué juego se había metido? Todo estaba saliendo rematadamente mal.

Cristina seguía atontada. Le costaba una barbaridad asumir la realidad y no viajar con la mente a un lugar donde el dolor no gravitase a su alrededor. El ginecólogo le gritaba para que no se rindiese y continuase pujando. Se encontraba tumbada con las piernas separadas y los pies sobre unos estribos colocados en el final de la mesa de partos. El dolor del abdomen había bajado hasta el útero, donde se había instalado definitivamente. La comadrona le daba una serie de instrucciones para conseguir que sus esfuerzos fuesen eficaces. En cada contracción le ordenaba inspirar profundamente, retener la respiración y empujar fuerte, para después descansar hasta la siguiente contracción. También la jaleaba como si fuese el caballo al que hubiera apostado en una carrera.

—¡*Goazen,* Cristina!, ¡*Aurrera!*

Cristina miraba el entorno —lámpara de quirófano, administrador de oxígeno, mesa de instrumentos, taburete...— y solo veía rostros desconocidos con mascarilla.

—¡*Oso ondo,* Cristina!

El ginecólogo se agachaba frente a sus partes pudorosas. Al parecer había dilatado lo suficiente y Damián ya asomaba la cabeza. Por lo menos la fase de expulsión no duraría una hora como había leído cuando se trataba del primer parto.

—Vas muy bien, Cristina, un parto natural y precioso —dijo el ginecólogo con los guantes llenos de sangre—. ¿Y el padre?

—Afuera —contestó la enfermera nueva, que se mantenía al margen, en un extremo del paritorio, sin querer mirar ni intervenir.

—Pues llámenlo, y díganle que pase. Es una pena que se pierda algo tan bonito.

—Siento lo de tu barca —dijo Max.

El agente miró contrariado al inspector, sin entender qué quería decir.

—Joshua, te tienes que ganar la nueva dosis —intervino Xabier.

Pero el agente mitad irlandés mitad vasco no reaccionaba, estaba en una nube y viajaba a miles de kilómetros.

Max no entendía cómo su amigo podía traicionarlo. Tenía que cargar con algo muy pesado a cuestas.

–Bien, Sebastián, no queda más remedio, es tu turno.

Max sintió un fuerte dolor en la espina dorsal, como si un relámpago le hubiese atravesado el cuerpo. Cayó fulminado y se perdió la protesta de Joshua.

Sebastián soltó la Taser y se puso en movimiento sin perder tiempo. Se acercó a Erika. La agarró por el cuello.

–¿Y bien? –preguntó Xabier desde su pedestal, mirando a Eneko.

El empresario, bufando de rabia, se lanzó hacia delante, impotente, y cayó al suelo de bruces. El asesino y su hija se situaban a unos inalcanzables tres metros. Sebastián miró a Xabier, esperando una orden. No vio venir a Joshua hasta que lo tuvo encima. El agente se abalanzó sobre él y de un fuerte empujón lo tiró al suelo, alejándolo de Erika, quien seguía ausente.

Sebastián se puso rápidamente de pie. Tanteó en la distancia a Joshua, quien se encontraba a solo un metro de distancia con los puños cerrados.

Xabier aplaudía, entusiasmado por el espectáculo. Sebastián era un experto en el cuerpo a cuerpo y no tendría problemas para vencer al agente traidor, cobarde para matar a Erika y cobarde para cumplir con su promesa. Si no le mataba el tumor, lo haría Sebastián con sus manos. Xabier no tenía duda alguna.

Asier caminaba todo lo deprisa que podía por el pasillo en dirección al túnel que unía el hospital con la maternidad. Las camillas con enfermos que esperaban una habitación se disponían a un lado del pasillo. Otros estaban en sillas de ruedas, a la espera de quién sabe qué. Asier evitaba por encima de todo las miradas del personal médico. Varias veces había recorrido la distancia con su vecino de habitación, pero ahora era distinto. Llevaba a una muchacha de la mano. En la otra aferraba, escondida en la bata de seda que le había regalado Lourdes, la USP Compact 9mm. Ojalá no llegara tarde.

El primer puñetazo que recibió Joshua fue en pleno rostro. Cuando intentaba recuperarse recibió otro en la boca. Notó un diente roto; tendría que vencer sus temores y acudir al dentista. El tercero fue en pleno estómago y le dejó sin aire. Cayó de rodillas al suelo.

Xabier disfrutaba con la escena que se representaba a sus pies. Se lo estaba pasando en grande. Eneko reptaba como un gusano en dirección a Erika. Parecía que la agente quería despertar. Sebastián habría sostenido el gatillo apretado solo uno o dos segundos, un tiempo de contacto que producía espasmos musculares y ligera pérdida de la conciencia. Pronto tendrían que encargarse de ella. Max permanecía inmóvil en el suelo, con los dos dardos de la Taser clavados en su espalda. Esperaba que la descarga no hubiese sido tan fuerte como para cargárselo. Se conocían casos en que la Taser había matado a personas, pero se trataba de gente mayor o con problemas de corazón y se les había aplicado la máxima descarga tras mantener apretado el gatillo cinco segundos.

Joshua se había levantado, pero Sebastián estaba pletórico y confiado. Cuando fue a propinarle una patada en el rostro se topó con el aire, y a continuación la mano del agente aprovechó la maniobra de evasión para aferrar el pie de su agresor y tirar de él hacia delante. Sebastián cayó de nalgas.

—Ufff, eso ha tenido que doler —dijo Xabier, riendo.

Sebastián y Joshua retomaron la posición inicial, solo que el agente ya no cerraba los puños, sino que se inclinaba levemente sobre su estómago dolorido. Se desafiaron con la mirada, indicando que no iban a parapetarse detrás de una mesa o un banco de piedra.

Al llegar al vestíbulo ningún individuo con abrigo largo y herida en la mejilla esperaba a que saliese Cristina del quirófano.

Asier miró en todas direcciones, y luego a la muchacha. Se dijo que no se lo podía haber inventado, estaba demasiado asustada. Soltó la mano de la cría y pulsó el interfono. Nada por respuesta. Aporreó la puerta con energía, tanto que un enfermero, el mismo que había contenido y persuadido a Imanol, se acercó. Su rostro reflejaba el cansancio de la dura jornada laboral. No tuvo tiempo de emplear su cálida voz para convencer a Asier.

—Tienes cinco segundos para abrir esa maldita puerta —le dijo el agente mientras lo encañonaba con la USP. Ya tendría tiempo de pedir perdón y dar explicaciones a los polillas.

Max se movía. Debido a la descarga eléctrica sufría un colapso del sistema nervioso central que le impedía controlar su cuerpo, aunque permanecía en un estado de seminconsciencia.

Sebastián y Joshua rodaban por el suelo, agarrados como dos luchadores de sumo. Erika comenzaba a recuperar el equilibrio y el control. Eneko cada vez estaba más cerca de su hija. Xabier seguía sonriendo.

Sebastián consiguió ponerse encima de Joshua y cerró las manos en torno a su cuello. Joshua le golpeó con el puño cerrado en el estómago. Nada. Un bloque de cemento. Palpó el suelo con las manos en busca de una piedra o un objeto contundente. No lo encontró, a su alcance solo había rastrojos y hierba alta. Cada vez le costaba más respirar.

—¿Qué pasa? ¿Dónde estoy? —preguntó Erika aturdida.

Sebastián seguía apretando el cuello de Joshua. No iba a parar hasta sentir que la vida del policía se extinguía. Sus ojos eran dos brasas ardientes. Joshua había dejado de palpar el suelo e intentó como último recurso arañar la cara de su agresor, hundir un dedo en una cavidad ocular.

Max logró sentarse.

Eneko alcanzó a Erika, pero, atado de pies y manos, era ella, que estaba de rodillas, la que podía ayudarle y no al revés.

Xabier no quitaba ojo a la pelea, hipnotizado con el inminente desenlace.

Sebastián no se dejó arañar, echó la cabeza hacia atrás sin soltar a su presa. A Joshua le faltaba el aire. Bajó los brazos y dejó de mover las manos. Ya no forcejeaba.

Entonces el rugido del Smith & Wesson se llevó por delante media cabeza de Sebastián.

Debido al peso del revólver, Max dejó caer el brazo. Pero no soltó el arma.

Xabier salió del trance. Ya no sonreía. Su rostro se había transformado en una mueca de dolor.

Cuando la cabeza de Damián salía por la abertura vaginal, el ginecólogo realizó una pequeña incisión vertical en el perineo para evitar el desgarro de los músculos.

–Mira qué criatura más hermosa –dijo.

Un llanto de recién nacido inundó la sala de partos.

Cristina oyó voces de felicidad, dando la enhorabuena a ella y al padre. Así que Max estaba por fin a su lado. Lo raro es que no lo veía ni lo sentía cerca. Ni siquiera le había cogido la mano. Oía una voz conocida, pero no era capaz de ponerle rostro.

La comadrona cortó el cordón umbilical y puso una pinza en el ombligo del bebé. Después colocó al bebé sobre el pecho de la madre.

Cristina se sintió feliz al ver y cobijar en sus brazos a Damián por primera vez. Un instante único e inolvidable. El cuerpecito tenía un color violáceo y estaba cubierto de una película blanquecina y restos de sangre. Seguía llorando.

Cristina abrazó a su hijo.

El llanto decreció y Damián abrió los ojos.

Max oyó una voz lejana que lo impulsaba a levantarse. La cabeza le daba vueltas. El mundo se movía a cámara lenta.

–¡Vamos, Max!, ¡ve tras él! –le animó Erika tras sacarle los dos dardos de la espalda.

Joshua yacía a unos metros. La muerte de su amigo le insufló la fuerza necesaria. Miró hacia el montículo. Xabier había desaparecido.

—Yo me quedo con mi *aita*. Creo que me he roto una pierna en la caída. El viejo ha huido hacia el embarcadero; si te das prisa, aún estás a tiempo de alcanzarlo.

De pronto los gritos y voces de felicidad se transformaron en chillidos de sorpresa y en alaridos de dolor. Algo pasaba en el quirófano. Y ella no lo veía. Estaba ensimismada contemplando a Damián, abrigándolo en su pecho; solo tenía ojos para su cabecita, cubierta por una fina mata de pelo. Ninguna mancha en la frente.

Un rostro del pasado se mostró ante su vista.

—Hola, mi amor —dijo el rostro—. ¿Me recuerdas?

Cristina negó con la cabeza mientras aferraba con fuerza a Damián.

—¿Todas las zorras parís ratas tan feas?

Vio brillar el filo de un cuchillo.

Cristina cerró los ojos.

Max bajaba por el sendero central casi por inercia, arrastrando los pies. La oscuridad se había abatido sobre la isla, apenas se veía a un metro de distancia. Disparó al aire. Unos pájaros echaron a volar. Al llegar abajo vislumbró la silueta de un hombre asustado moviéndose por el borde del embarcadero. No había ni rastro del bote con motor Yamaha y los restos del casco de *Garbiñe* golpeaban una y otra vez el muro de piedra.

Después de dejar a Joshua, Max y Erika habían vuelto sobre sus pasos. Al inspector se le había ocurrido la idea de soltar los amarres de las dos embarcaciones: solo los criminales las necesitarían para huir. Pensó que si ellos salían airosos, podría solicitar hasta un helicóptero para salir de la isla.

Cristina no sintió nada. Ni dolor ni malestar. ¿Era la epidural tan efectiva que no sentía las cuchilladas? Oyó un disparo; luego, un cuerpo caer estrepitosamente al suelo. Antes de que pudiese preguntar qué había pasado notó como una mano amiga le acariciaba la frente. Giró la cabeza. Abrió los ojos. Virginia le sonreía. Detrás de ella estaba Asier. También sonreía.

–¿Qué has hecho? –escupió Xabier.

–Entrégate, tengo una orden de búsqueda y captura contra ti. Se acabó.

–No.

El viejo andaba de espaldas por el embarcadero, sin apartar la vista del inspector. Percibía la fuerza del mar bajo sus pies.

–No tienes escapatoria.

Max avanzaba dando tumbos con el revólver en la mano, acortando la distancia entre él y el viejo, y entre este y el mar.

–¿No pensarás disparar contra tu tío? Siempre lo supiste, ¿verdad?

–Lo sospechaba desde que me enteré de que firmaste mi traslado a la Ertzaintza. Que mi tío te conociese, y que ayudases a mi padre, fue un misterio que siempre me rondó por la cabeza.

–Tu abuelo, Javier Medina, tuvo una aventura durante la Guerra Civil con una mujer vasca, Iraitz Andetxaga, antes de conocer a la que sería tu abuela. Yo soy fruto de esa relación. Llevo el apellido Andetxaga de primero y Medina de segundo, mi madre invirtió el orden para tratar de ocultar mi procedencia.

–Por eso ordenaste a Gordo y Flaco que quemasen el antiguo archivo del registro civil que se guardaba en la catedral del Buen Pastor.

Max seguía andando y apenas estaba a un metro de él. La silueta del viejo se perfilaba sobre los edificios iluminados de San Sebastián.

–Las posguerras son siempre difíciles, y mejor un primo cuyos padres habían muerto en el bombardeo de Gernika que un hijo de padre desconocido. Las madres solteras no están precisamente bien vistas. Mi madre tuvo que trabajar muy duro para sacarme adelante. Los jóvenes de hoy lo habéis tenido más fácil y no sabéis lo que eso significa, no sabéis lo que es pasar hambre. Yo era el pobre huérfano de Bilbao; «cuánto ha tenido que sufrir la criatura» le decían las vecinas a mi madre.

—El abuelo Javier trabajaba en la Social y te consiguió un puesto. Al fin y al cabo eras su hijo. Cuando Franco murió ya tenías suficiente poder como para ponerte al mando de una nueva organización, la Brigada. El resto es historia.

Ambos hablaban a gritos para hacerse oír por encima del oleaje. El fuerte viento empapaba sus cuerpos de agua salada.

—Dicho así parece una organización mafiosa. Sin nosotros este país no sería el que es. Pero la sociedad, tan obtusa, en vez de darnos las gracias nos obliga a escondernos.

—Sí, para chantajear, extorsionar y matar es mejor esconderse...

—¿Qué sabrás tú? Sin mi ayuda tu padre hubiera muerto y tú nunca habrías sido policía.

—Gracias, tío, te lo debo todo —dijo Max sarcástico.

—Estás a tiempo de unirte a la organización. Con el poder del Dragón seremos invencibles. Renaceríamos de nuestras cenizas. Piénsalo bien.

—Ya lo he pensado. Y no, gracias.

—Déjame marchar. Te prometo que nunca volverás a tener noticias mías.

Max enfundó el revólver.

—Hoy ha muerto un policía —afirmó con pesar—. Un amigo mío, y eso significa el fin para ti. Ya no perteneces a esta época, estás fuera de lugar. La gente como tú no sabe retirarse a tiempo, anhela tanto el poder que es capaz de todo con tal de no soltarlo. Ha llegado la hora de que pagues por tus actos.

Xabier Andetxaga se acercó peligrosamente al borde del embarcadero. Se agarró a la barandilla. Allí se acababa el camino.

—Ni en todos mis sueños imaginé un final así, contigo delante y el mar a mi espalda.

—En el fondo siempre he sido un grumete a tus órdenes...

«Mucho mar a la espalda, y mucho grumete enfrente», se dijo Max.

–Dale recuerdos a tu padre, mi hermanastro..., querido sobrino.

Xabier se volvió, sorteó la barandilla y se arrojó al vacío.

–¡No! –gritó Max alargando inútilmente una mano.

Al asomarse al límite del embarcadero solo vio la negrura de un mar embravecido.

Epílogo

San Sebastián
Jueves 6 de marzo de 2014

Un sol casi primaveral calentaba las piedras del cementerio de Polloe. El canto de los pájaros en las ramas de los árboles y el verdor de las hojas anunciaban que el cambio de estación estaba próximo.

Aunque no había un culpable en prisión, los crímenes habían cesado y una calma tensa envolvía la ciudad. Max meditaba frente a una lápida. Muchas cosas habían cambiado en los últimos años. En el *loft* lo esperaban tres personas —una adulta, una cría y un recién nacido—; él, que tanto temía al compromiso, se había rodeado de una familia. Los tiempos cambiaban, la vida seguía su curso y él no había hecho más que adaptarse a los cambios.

Le embargaba una sensación agridulce, como cuando tenía un caso personal entre manos y el culpable era algo más que un desconocido. Por un lado no olvidaba las circunstancias en las que se encontraba su amigo Joshua, pero también sentía una euforia difícil de controlar, una sonrisa que asomaba en el rostro cada vez que recordaba la primera vez que vio en el hospital aquella criatura en cuya cartilla de nacimiento figuraba el nombre Damián y el apellido Medina de primero. No haría cómo su abuelo, el padre de Xabier Andetxaga, Damián llevaba su apellido y sería su hijo a ojos de todos, y tampoco haría como su padre, nunca se alejaría de él. Ahora entendía a los que decían que un hijo era para toda la vida, sangre de tu sangre, y que era el legado más bonito que uno podía dejar de su paso por este mundo. Y también que era una gran responsabilidad. Ojalá que no fracasase en su labor, en muchos interrogatorios había hablado con padres de asesinos, de ladronzuelos que no levantaban cabeza, de heroinómanos metidos siempre en líos, y la cara de los padres era todo un poema. Las palabras de uno de esos padres al salir del anatómico forense tras reconocer el cuerpo de su hijo retumbaban en sus oídos: «He fracasado como padre».

Se prometió que en cuanto pudiese compraría una pequeña embarcación, la pintaría de violeta y le pondría el nombre de su amigo. Sería bonito salir a navegar con él cuando despertase. Según los médicos, Joshua había presentado un breve cuadro de muerte cerebral, hasta que Erika comenzó a sacudir su cuerpo con furia, obcecada en que aquel cabezota agente de la Científica mitad irlandés mitad vasco no se fuera al otro barrio sin hacer antes las paces con ella. Mientras que él buscaba un sitio con cobertura en el embarcadero para solicitar ayuda, Erika le hizo el boca a boca tal y como le habían enseñado en un curso de primeros auxilios en la academia de Arkaute. El agente fue trasladado en helicóptero al Hospital Universitario Donostia, donde permanecía en un estado de coma inducido, conectado a un respirador, en una habitación de la UCI contigua a la de Itziar. Los médicos hablaban de accidente cerebrovascular y no eran muy optimistas respecto a su evolución, uno de ellos dijo «siete puntos en la escala de Glasgow», y de la explicación Max entendió que Joshua estaba sedado, pero que seguía siendo su cerebro quien controlaba los signos vitales, y en tales casos era necesaria la ventilación mecánica. Los médicos no podían determinar el tiempo de recuperación, si es que salía de esta, ni las secuelas que arrastraría. Tampoco podían explicar por qué el tumor cerebral que padecía había remitido.

Agazapada dentro de un mausoleo, una sombra contemplaba con impotencia el sacrilegio que se llevaba a cabo. La baba le caía por las comisuras, pero no hizo nada por quitársela. No podía apartar sus ojos de fuego de la mujer.

Max oyó una voz a su espalda. Se volvió y vio que Erika le hacía gestos con la mano. Debían de estar a punto de sacar el ataúd. Caminó por el sendero de gravilla hasta alcanzar su posición. Un par de ertzainas permanecían retirados, a la expectativa por si se presentaban problemas. El secretario judicial no perdía detalle con sus ojos chiquitos escondidos tras unas pequeñas gafas de sol rectangulares. Era un hombre bajo, de pelo grueso y rubio, con el rostro moreno y la nariz pelada, signo inequívoco de que venía de unas vacaciones en el extranjero. El juez Castillo no estaba presente. El permiso para abrir la tumba fue el último que había firmado como juez en Guipúzcoa. Seguramente en los próximos días volaría a Madrid, a ocupar su nuevo cargo en la Audiencia Nacional. Su suerte había cambiado cuando la periodista de *El Diario Vasco* sacó a la luz el caso de la Brigada y la oscura vida de Xabier Andetxaga. En cierta manera era un homenaje a su abuelo, porque la historia de los comités permanecería oculta a la opinión pública. El director del periódico le debía un favor al juez Castillo así que en el artículo la periodista tuvo que añadir unas líneas enalteciendo la diligente labor del juez en el caso. La noticia causó tanto revuelo entre los vascos ávidos de información sobre ETA y la etapa franquista que se rumoreaba la aparición de una novela sobre la vida de Xabier. Max se reía por no llorar: el viejo, que tanto anheló mantenerse en la clandestinidad, se iba a convertir tras su desaparición en un personaje público y famoso, y afortunadamente el apellido Medina era un secreto que a nadie interesaba. Por ley había que esperar dos años para que un desaparecido expuesto a una situación de alto riesgo fuese declarado como fallecido. Aunque el mar no había devuelto el cuerpo nadie pensaba que Xabier hubiese sobrevivido. Si la caída no lo mató, el fuerte oleaje y la temperatura del agua habrían hecho el resto. Una persona de su edad no podía sobrevivir a semejantes condiciones. Y en cierta manera ya lo decían los marineros: lejos de la tierra los muertos son del mar.

—Ya casi está —dijo Erika.

Se apoyaba en dos muletas, la pierna izquierda escayolada hasta la rodilla. Tenía como mínimo para dos meses. Pero el comisario la había ascendido y no pensaba quedarse en casa mientras desenterraban un cadáver de hacía diez años. En cambio, la nueva agente de la Científica no había acudido. Poco a poco se iba acoplando al nuevo cargo, que a juicio de Max le venía grande. Sería la nueva novata de la Ertzaintza y, en cierta manera, le recordaba a cuando conoció a Erika, hoy toda una subinspectora.

La sombra se removió inquieta. Estaba a solo unos metros, pero no había oscuridad que la cobijara y eran muchos hasta para ella. La estatua de un ángel caído parecía implorar su perdón.

—Espero no haberme equivocado —dijo Max.

Dos mozos vestidos con monos azules pugnaban por sacar el ataúd a golpe de pico. En un lateral estaba la lápida, intacta y apoyada sobre otra.

Ana Pérez Sanzberro
13-03-1945 † 15-08-2005
«Heriotzaren beldur ez dena, behin bakarrik hiltzen da»*
—Tu marido no te olvida—

Si Xabier los viera profanar la tumba de su *«querida* Ana» seguro que los mataría.

El enterrador titular permanecía al margen, supervisando a sus muchachos mientras un pitillo se consumía en la comisura de sus labios.

Max miró a su alrededor. Una lápida cercana le llamó la atención. Siempre que había visitado el cementerio para conversar con Xabier se había fijado en la tumba de su difunta

---

* El que no teme a la muerte muere solo una vez. *(N. del A.)*

esposa sin reparar en el entorno, más atento a las palabras que a las imágenes. Pero hoy era todo lo contrario, no deseaba ver cómo desenterraban el ataúd, cómo los operarios se peleaban con el duro suelo para profanar el descanso de la neurocirujana. Se aproximó a la lápida. La piedra gris estaba erosionada por el paso del tiempo y a su alrededor crecían matojos y flores silvestres. El enterrador le siguió con la mirada. Sin nombre, la losa de piedra tenía un cuadro con unas letras en su interior. La primera columna, o la primera fila, era la que le había llamado la atención.

—¿Qué significa? —le preguntó al enterrador.

Este se acercó hasta el inspector. Tiró la colilla encendida al suelo.

—Es un cuadrado mágico, dicen que se descubrió en unas ruinas, y que es mucho más antiguo que la Iglesia Católica. Se cree que se colocaba en las casas que ofrecían refugio a los cristianos.

—Pues es un palíndromo —afirmó Max observándolo de cerca.

—No sé qué es eso.

—Que el cuadrado es absolutamente simétrico, se puede leer en todos los sentidos, de izquierda a derecha, de arriba abajo y viceversa.

—Ah, eso sí.

—Sator, arepo, tenet, opera, rotas —leyó Max.

El enterrador contempló con ojos curiosos el cuadrado.

S	A	T	O	R
A	R	E	P	O
T	E	N	E	T
O	P	E	R	A
R	O	T	A	S

—Sator, Sator... —repitió Max.

El maldito loco encerrado en el psiquiátrico le estuvo diciendo abiertamente que él era el culpable de los crímenes. No se trataba de un problema de articulación fonética, ni decía *salto* como pensaba el director, sino de un juego de palabras palíndromas. El inspector no albergaba la mínima duda. Natxo Beloki era más listo de lo que pensaba, y de lo que creían los demás. Hasta Joshua se había equivocado. La firma del asesino no solo eran mensajes palíndromos, también había empleado tiempo en las escenas de los crímenes simulando un cuerno en la frente de sus víctimas. Había convertido su venganza en un tablero mágico de palíndromos, había saltado, a lomos de un unicornio, por todo el tablero sin repetir ninguna casilla y había capturado a las piezas de ajedrez que en el pasado le hicieron daño. Las fechas cuadraban. Si Álvaro Serrano fue uno de los últimos pacientes del comité Qilin, Natxo Beloki fue uno de los primeros. Nacido en Elgoibar en 1960, detenido en Biarritz mientras disputaba un torneo de ajedrez en el 85, conejillo de Indias del comité Qilin en el 91 e ingresado en el Hospital Psiquiátrico San Juan de Dios de Mondragón en el año 93. Él también se había equivocado en su peculiar clasificación: Natxo no era un asesino paciente sino un purista, un purista hábil e inteligente. Recordó una cita de Napoleón en boca de Joshua: «La inteligencia de un hombre no se mide de la cabeza al suelo, sino de la cabeza al cielo». Solo le faltaba descubrir el origen, la circunstancia que activó el salto del caballo por el tablero. Por eso se encontraban en el cementerio exhumando una tumba sellada casi diez años antes. ¿Qué había sucedido para que Natxo Beloki tomase venganza después de tanto tiempo? ¿Quién, o qué, había despertado a Amduscias? ¿Sería Ana Pérez la Dama del unicornio, el elemento inductor como intuía Oliver?

—¿Se sabe qué mensaje esconde el cuadrado? —preguntó Max.

—No, aunque se cree que aleja el mal..., la gente muy supersticiosa lo coloca en las tumbas para proteger a sus muertos.

—¿Y quién está enterrado en esta tumba?

—Nadie, está vacía. Aunque alguna vez escuché decir a mi padre que su morador era una sombra. Nunca movió, ni quitó, la lápida, y no seré yo quien lo haga... no me pida que abra también esa tumba, no podría...

–No, tranquilo.

Ambos contemplaron en silencio el cuadrado.

–Sé que haciendo un juego de palabras con las letras del cuadrado se puede formar la frase *Pater Noster,* dos veces y formando una cruz –explicó el enterrador.

Max intentó en vano hacerse una imagen mental de la cruz.

–Sobran dos «O» y dos «A» –prosiguió el enterrador–. Se suelen colocar a los lados de la cruz, según los expertos en cristianismo hacen referencia al Apocalipsis, el comienzo y el fin...

–¡Max! –lo llamó Erika.

Un féretro de madera descansaba sobre la hierba. Del agujero del suelo salían lagartijas, salamandras y demás bichejos.

Uno de los mozos se peleaba con la tapa armado con un escoplo. El secretario judicial tosió, visiblemente molesto por el deterioro que estaba sufriendo la caja.

–¿Qué crees que encontraremos? –le preguntó Erika a Max.

–No lo sé, espero equivocarme y que solo haya huesos.

Erika asintió de manera inconsciente. No podía dejar de pensar en el psicólogo. Días atrás, de pasada, le había preguntado a Max sobre las consecuencias de falsificar documentos y este le había remitido al juez Castillo. Ella había estado investigando por su cuenta. Ley Orgánica de 1995 del Código Penal, artículo 397: falsificación de certificados, penas de multa de 3 a 12 meses. Artículo 390: falsedad de documentos, penas de prisión de 3 a 6 años. Tras la presión mediática, e instigados por el Gobierno, los jueces tendían a englobar los fraudes en el artículo 390 y a aplicar severas penas de cárcel. ¿Acabaría en prisión por falsificar la autorización para ejercer de policía? En realidad no es que temiese ir a la cárcel, lo que temía es acabar entre rejas sin lograr nada a cambio. No tenía ninguna prueba contra Santiago, el tiempo transcurrido corría en su contra y desconocía el nombre del paciente al que había inducido a matar. No, no las tenía todas consigo, quizá desde su nuevo cargo de subinspectora era más valiosa y podía trabajar en buscar las pruebas necesarias para atrapar a Santiago.

—¿En qué piensas? —dijo Max—. Estás como ausente...

—No, en nada.

El operario graznó un «ajá» al conseguir abrir la tapa. La desplazó a un lado y se retiró para que el secretario hiciese su labor. Se levantó las gafas de sol para observar mejor el interior del ataúd.

—¿Qué broma es esta?

Max se puso de puntillas, deseoso de ver a qué se refería el secretario. Ni rastro de huesos, tal como sospechaba Oliver.

—Por favor, usted que tiene guantes, saque eso —le pidió el secretario al mozo que había abierto la tapa.

El operario se acuclilló y sacó del interior del féretro una caja cubierta de polvo, no más grande que una caja de zapatos. La tapa se deslizaba como las de los dominós.

—¿La abro? —preguntó temeroso.

—Pues claro —contestó con brusquedad el secretario.

Lo que iba a ser una rutinaria comprobación empezaba a convertirse en una pesadilla de la que debería dar parte, incluso tendría que hacer un informe. Ya veía malogrado el fin de semana en la casa rural que había alquilado para él y su amante.

—¿No explotará? —replicó el operario.

—Déjese de tonterías y haga lo que le digo.

—Bueno, usted verá —concedió, a sabiendas de que de poco le serviría objetar que a él le pagaban por desenterrar ataúdes y no por abrir cajitas sorpresa.

Sopesó la caja. Pesaba poco. La abrió. No ocurrió nada.

La sombra sonrió con su boca sin dientes. La mano izquierda le ardía de dolor y parecía indicarle que actuase.

Los cuatro −operario, secretario, inspector y subinspectora− miraron dentro. Dos trozos de piedra se mostraron ante sus ojos. No serían más grandes que un móvil.

−¿Qué es eso? −dijo el secretario.

−Parece la punta de una flecha −contestó el mozo cogiendo uno de los trozos.

«Una punta de lanza de obsidiana», se dijo Max. El arma con la que los antiguos mataban a los draco. El yin y el yang.

−¿Y lo otro? −preguntó el secretario.

El operario dejó el trozo con forma de punta en el interior de la caja y cogió el otro objeto. También tenía forma de punta pero redondeada.

−Una piedra con dos rayas −dijo observando la pieza.

Había perdido todo el miedo. Se acordó de cuando jugaba a los arqueólogos en el jardín de sus abuelos.

−Por detrás no hay nada −añadió dándole la vuelta.

El secretario negaba perplejo con la cabeza.

Max y Erika intercambiaron una mirada.

«Un trozo de arcilla», se dijo Max. La parte que faltaba para completar una antigua tablilla. Dos rayas horizontales, paralelas y onduladas que simbolizaban el ingrediente perdido de una receta. El poder del Dragón.

La sombra no necesitó ver ni oír más. El período del ansia se acercaba y entonces llegaría su hora. Mientras tanto, la oscuridad sería su cobijo. Se dio la vuelta y se mimetizó con las sombras que proyectaban las lápidas.

−La vida es una gran paradoja −dijo el inspector para sí−. Rezó a lo que buscó con tanto ahínco.

Todos miraron a Max sin comprender. Y más cuando añadió:

−Agua de mar.

R. A.
Barcelona, 29 de octubre de 2016

Agradecimientos

Hemos llegado al final de un largo camino. *El salto del caballo* completa la trilogía del Zodíaco aunque en el horizonte vislumbro una tenue luz, una vela que permanece encendida contra viento y marea, obcecada en no apagarse.

En las tres novelas, protagonizadas por Max Medina y Erika López, los personajes mantienen una continuidad, pero las historias son completamente independientes, de tal forma que se pueden leer en cualquier orden.

Como químico, he disfrutado mucho investigando las diferentes tramas. El conocido como ADN basura es una gran incógnita. Los científicos de medio mundo no se ponen de acuerdo con el otro medio en cuanto a su valor e incidencia en el ser humano, y lo que se esconde en él. Siglos de evolución nos contemplan, pero el cuerpo humano sigue siendo un misterio en muchos sentidos. La terapia génica, manipular segmentos específicos de ADN, es la gran ciencia que nos permitirá en un futuro no muy lejano curar enfermedades tan mortales como el cáncer. Lamentablemente las enfermedades raras se mantienen a la cola de las investigaciones científicas, hoy en día lo que prima en las industrias farmacéuticas es el beneficio.

Todo escritor es lo que lee, y en mi literatura descubrirán referencias y homenajes a Poe, Dumas, Lovecraft, Tolkien,

Mankell, King, Pérez-Reverte... a los cuales, a su obra, a su legado, debo dar las gracias.

No hay palabras suficientes para agradecer a todos los lectores incondicionales que me han acompañado en esta aventura.

En especial quiero dar las gracias a Mathilde Sommeregger, mi editora, y a Nuria Ostáriz, mi agente, dos personas muy queridas que me han animado, apoyado y ayudado hasta llegar al final del camino.

Gracias a MAEVA, auténticos profesionales que conforman un equipo humano maravilloso y que, de lo bien que me han tratado, me han hecho sentirme importante.

Gracias a María García Marco, por tus consejos tan acertados y por tus palabras, que siento como mías.

Gracias a todos los blogueros, tuiteros, seguidores, amigos, compañeros... por las muestras de cariño.

Gracias a ti, lector desconocido, por llegar al final de estas páginas.

Gracias a mi familia, las últimas palabras se las dedico a ellos.

TRILOGÍA DEL ZODÍACO

Un año, un signo, un crimen

Ambientada en la ciudad de San Sebastián, con los policías
Max Medina y Erika López como protagonistas

El signo del Dragón

La rueda del Zodíaco empieza a girar

2012, Año del Dragón. Tras el anuncio del cese definitivo de la violencia por parte de ETA, la ciudad de San Sebastián respira en paz... Hasta que aparece el cuerpo decapitado de un estudiante de bachillerato en la Facultad de Ciencias Químicas. El primer caso para Max Medina y Erika López.

El vuelo de la Serpiente

La rueda del Zodíaco sigue girando

2013, Año de la Serpiente. Ha pasado más de un año desde que el caso del Asesino de Químicas sacudiese a la ciudad de San Sebastián. Ahora la Ertzaintza se enfrenta a la desaparición de dos chicas, que parecen haberse esfumado sin dejar rastro. Y para complicar aún más las cosas, hallan a un estudiante de Químicas asesinado en el Museo Chillida-Leku..

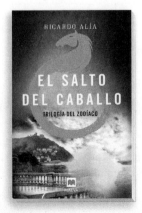

El salto del Caballo

La rueda del Zodíaco deja de girar

2014, Año del Caballo. Un asesino deja crípticos mensajes escritos con la sangre de sus víctimas. Este nuevo caso sacará a la luz intrigas que tienen que ver con la terapia génica, enfermedades raras y pacientes psiquiátricos, mientras sobre San Sebastián se cierne una temible tormenta, presagio de todos los sucesos funestos que están por venir.